2016 年初用"AA 制"为马老识途祝寿，左起章玉钧、王火、马识途、李致。

成都大石西路 36 号，王火 16 年来一直住在这里写作。

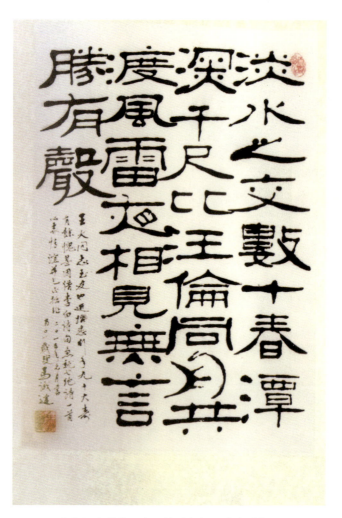

马老识途赠诗王火，情深意长，书法刚健。

2010年时王火全家合影

瑞雪中的北京大学（三妹夫罗经国教授、三妹李淑教授和他们的女儿女婿）。

大学同班好友马骏（张希文）、张镇中1985年成都聚会。

　　作家廉正祥悼念凌起凤，并采写出版了名散文家相闻宇作序的《海天奇缘》一书。

第五卷

东方阴影 禅悟 雪祭

王火文集

四川文艺出版社

图书在版编目（CIP）数据

王火文集. 第五卷，东方阴影　禅悟　雪祭 / 王火著.
—成都：四川文艺出版社，2017.4
ISBN 978-7-5411-4627-5

Ⅰ. ①王… Ⅱ. ①王… Ⅲ. ①中国文学－当代文学－作品
综合集②长篇小说－小说集－中国－当代　Ⅳ. ①I217.2

中国版本图书馆 CIP 数据核字（2017）第 067487 号

王火文集 ｜ 第五卷

DONGFANG YINYING　CHANWU　XUEJI

东方阴影　禅悟　雪祭

王　火　著

责任编辑　王筠竹
编辑统筹　周　轶　彭　炜
封面设计　叶　茂
版式设计　史小燕
责任校对　王　冉
责任印制　唐　茵等

出版发行　四川文艺出版社（成都市槐树街2号）
网　　址　www. scwys. com
电　　话　028-86259287（发行部）　　028-86259303（编辑部）
传　　真　028-86259306

邮购地址　成都市槐树街2号四川文艺出版社邮购部　610031
排　　版　四川胜翔数码印务设计有限公司
印　　刷　成都东江印务有限公司
成品尺寸　149mm×210mm　1/32
印　　张　24.75　　　　　　　　　　字　　数　650 千
版　　次　2017 年 6 月第一版　　　　印　　次　2017 年 6 月第一次印刷
书　　号　ISBN 978-7-5411-4627-5
定　　价　192.00 元

目 录

东方阴影

禅 悟

雪　祭

东方阴影

自　序

　　我写了一个发生在2003年的高扬民族精神、向往和平、礼赞人性和人道主义的爱情故事。应当说是一个既美丽动人又凄楚突兀，令人唏嘘的爱情故事。当然，这不是为写爱情而写爱情。这里寓含着更多的正面的精神价值和前路探索。它带着理想和希望的亮色，请别笑我这么一个老人还来写青年人的爱情，老人经历过的事多，老人也有写爱情的权利，我相信我写出来的爱情应当是清纯、真挚、耐人寻味、能激起读者思想上的涟漪和心灵上的震撼及政治上的思考的。

　　这本小说应是我长篇创作的封笔之作了。虽然我感到还有创作的欲望，也有创作的题材，但我的身体条件不允许我再写太长的文字。我的眼无法使用电脑，写字手已开始发颤。我是在苦难与喜爱并存的写作历程中有心用这本有质量、能让读者换换口味的小说向读者招手的。这部小说也许应算是我的告别之作了！

　　作家不可能脱离他所处的时代和环境，作家不应不关心他的国家、民族面临的世界不和谐的时局，作家应该情系人民。作家如果对过去、现在和未来没有自己的想法，那就是失去了灵魂和责任感。

　　我不可能在一部三十万字的小说中呈露我的全部内心，但我要讲的许多话，我的许多思维都裸露在这本小说里了。在小说中，我曾借一位老人的口说："事实上，一个作家，他的作品应当就是他的遗嘱，我就认为我此生所写的书，如果我死了，都是我的遗嘱。"我也许还能活些年，我没有什么悲观，但书里有些人和事，有些思想和观点，我确是作为庄重的"遗嘱"表达的，我理性地写了一个严肃、重要而且沉甸甸、敏感的题材，不仅为向我的同胞表达，也向有关国家的人民表达。因此，它虽然有可读性，但读后必然会有思索，它不是快餐式、纯消遣式的作品。

这部小说我花了整整两年才写成。2008年5月四川汶川大地震后，我做了修订。2009年是中华人民共和国建国六十周年。这两年，中日两国通过首脑互访就加强双边关系达成了共识。我愿用这部小说献给两国战略互惠关系的加强。

最初听到的传说……

夜色漆黑，将喧嚣的大海和整个苍穹融为一体。天空混沌沉重，就像一只巨大无比的黑铁锅覆盖在无涯无际的海上。

海在躁动，看不见浩瀚的浪潮怎样在翻腾，只听得到哗哗的咆哮声。风在凄厉呼叫，似是在给海浪的舞蹈敲打着节拍。

在这种压抑、幽暗的黑水洋上，有一只小小的铁驳渔船按照既定计划正向东南方向在海上航行。

夜雾蒸汽似的冉冉升腾。在涛声浪光摇曳的船上，除了船老大和四位船员外，只有一位年轻的女客孤身盘腿坐在简陋的船舱中。

这是一个美女，二十来岁，气质动人，姿韵不凡。冬季寒冷，海上刮着七级风，她穿着一件宽大厚实的橙红色皮夹克，挎着一具数码相机。引人注目的是皮夹克的背上缝着一面鲜艳的五星红旗，她帅气而奔放，风姿绰约，手拿电筒，静态、内敛、冷傲，随着波涛起伏，船摇晃着，她身子也摇晃着。

夜深的东海上，不可能看清她的脸，其实她美眉下有两只乌溜溜的大眼睛，特别引人注意的是两弯长长的睫毛，她漂亮、挺拔、时尚……见过她的人都这么说。

很不幸！黎明前，海上风暴愈来愈大，电闪雷鸣，海上狂暴雨丝密集，雨声噼啪，令人窒息，浪高几米，船只起伏，雾气愈来愈浓。黑水洋是无底的深渊，张开了无边的大嘴，海上笼罩着的恐怖黑色竟幽灵似的吞没了这只铁驳小船……

关于这只小船的陷入黑暗与大海同眠沉没失踪的命运及那位姑娘最后的情况，最初，据说是船上水性好又幸运地被救起生还的那个船老大和另一个船员说出来的。

但，这种传说又有另一个版本，说那只铁驳渔船确实遇到了大风浪，只是并没有沉没，它安全地返航归来了！很幸运地把那个美女客人平安地送回来了！那位美女回来后匆匆就离开了，听说是回S市去了！……

事后，有人回忆起，开头，是在浙江台州市玉环县的一家小宾馆里见过这位漂亮姑娘的，那是2003年12月的一天傍晚，她风尘仆仆来宾馆投宿。在登记簿上，可以查到她的名字是"司马海珠"，"二十三岁，来自S市"……

事后，有个驾驶铁驳渔船的人说，这姑娘美丽得令人吃惊！但她到台州来的目的更叫人吃惊！她单身一人，竟下定决心要到钓鱼岛去！……

据说，她悄悄找人接洽雇船，愿意出高价单包一只小船，从玉环县的坎门岛出发，到钓鱼岛去。

从坎门岛到钓鱼岛及其附属岛屿有两百多海里。这里的渔民对钓鱼岛并不陌生。从前，当日本没有非法占领这岛屿时，老渔民们是常到那一带捕鱼的。后来，日本占了那儿，驱赶渔民不许去那儿捕鱼，渔民们都痛恨这件事。……6月里有一批民间爱国人士发起个人自愿参加去保卫钓鱼岛宣示主权活动从这里雇了船出发，遭到日本军舰拦截，并且遭到日方直升机监视。最后，在未能按计划登岛后，他们在距钓鱼岛约三公里的洋面上，完成了宣示主权的活动折返出航地。这儿的人，对哄传开来的"保钓"的事早已十分熟悉了！

只是，这位美丽的女郎单身一人来到这里，不能不使人感到神秘，感到奇怪。……

起初，据传她说只是想雇船"出海游玩"。……

后来，她见船老大不是个贪财的人，而且对"保钓"的事表现出热血沸腾，有一种敬佩和同情的语态，她干脆坦率地说："我的目的很简单，我只是想远远地看看钓鱼岛，仅仅是去看一看，这是我为一位老人尽的一个心愿，也是我自己要尽的一个心愿。钓鱼岛及其附属岛屿是中国无可争辩的固有领土，如今被人家非法占领，为了那位因为年迈有病无法亲自来看一眼的老人——他是我的爷爷，我决定这样做！……"

她刚毅中透着柔情和忧伤。据说，船老大和几个船员是被她的话和她的爱国热诚和孝心感动了，才同意冒险出航的！……他们固然知道去钓鱼岛海路遥远，也可能遭遇祸事……但，这位美丽的姑娘，高贵、善良、诚恳，说起她要了这心愿时，使人动情。她那美丽修长的睫毛上沾着晶莹的泪水。谈到海上的风浪和呕吐时，她摇头说："我不怕！……我能忍受！……"

终于，船在那天夜里一点多钟，离开坎门岛出航了！

可是，天有不测风云，谁又料到没能熬到黎明降临，在可怕的黑暗中，雷声隆隆，霹雳的电光如利剑斩开天空刺向海面，波涛滚滚，小铁驳船竟就在黑水洋上，在闪电惊雷中，无影无踪了呢！……

传说总是传说，只是都说得似乎有鼻子有眼的。再后来有人就把传说又同神话搅和在一起了，说，那美丽的女郎是今日的妈神化身！她是女神呀！她怎么可能被海浪吞没呢？她的生命当时化成了一团燃烧的火，巨大的雷鸣惊天动地。她在雷声电光中显圣，突然浑身射发出万道护身的金光，令人惊悚，头上有豪光万丈的七色光环。她仪态雍容华贵，纵身飞向钓鱼岛的上空转了一圈，然后，她脚踩祥云，坐于莲座之上，金碧辉煌，海上顿时一片祥和，她突然幻化成一条红橙黄绿青蓝紫的七色彩虹，直去天际，炫目的光，使谁也不能仰视。海洋上霎时风平浪静。铁驳渔船上的船员看得目瞪口呆，惊心动魄，船只终于战胜颠簸，安全回来了！……事情传出后，有不知从哪里来的新闻记者来采访过。……只是，听到的仅仅是传说。新闻记者没能采访到那只小铁驳渔船上生还的船员，也未能找到真正同那位漂亮女郎见过面说过话的任何人。他听到的仅仅是神奇的传说，虚无缥缈而又变幻莫测。……

而且，甚至有了更多的说法：一种说法是从那天开始，在距离钓鱼岛目光可及的地方，海里多了一块礁石，这仅仅是礁石，不是岛，它在中国的海域之内，平时并不露出海面，但在月夜海潮退降的时候，它会从海底显露出来。黑色的岩礁，形状像一个穿着黑衣的女郎，翘首望着远远隐约可见的钓鱼岛，肖然不动。……渔民说，这就是那夜在七色霞光中临空飞天的女神化身变成的守护礁石。有时看得见，它就是望着钓鱼岛的女神礁；有时不在，女神是在天上遨游。……

还有一种说法是那铁驳小渔船确实出了海，但并未沉没，那美丽的姑娘也未在海上失去踪迹，她达到了目的，在日出时分，远远看到了钓鱼岛，并且拍下了好多张照片，了却了她的心愿。返航后，她匆匆上岸就离开了当地。……当然，历来凡是传说总是有差异的，甲说的未必与乙相同，乙听到的也未必与丙一致，丙记忆中的与戊也完全不同。……这究竟是怎么一回事？那美丽高贵的女郎她到哪里去了？谁知道，谁能说呢？！

人说那位记者后来从玉环那个小宾馆里查阅旅客登记卡时，了解到名叫司马海珠的那位女郎确是在宾馆里住过，有个女服务员在那女郎离开后，在她住的客房里找到她遗留下来的一页纸片。纸片上有娟秀的笔迹抄录着一首深情的关于钓鱼岛的诗。不过，记者并没有寻觅到那张有着钓鱼岛诗句的纸片。他仅仅从那登记卡证明这位名叫司马海珠的美丽女郎确是真有其人！而且，从女服务员所说的捡到了她留下的抄录有钓鱼岛诗句的纸片来看，证明她要去钓鱼岛的事也似乎并非子虚乌有。……但那种种不同的传说，是原本所有的，还是后来从传说到传说引发出来的，就又无从捉摸和查考了！

朗朗乾坤，变化万端；大千世界，无所不有。找不到答案，寻不到谜底的事，历来就多的是。风晨雨夕，在东海边的渔民中，那个有着黑眼睛、长睫毛的，挺拔、冷傲、坚定、时尚而高贵，被塑造得神化了的美丽女郎，成了一则传奇。她同钓鱼岛的传说，竟从那时就活在人们的心上和嘴上。渔民们当海上起风的时候，会想起她；在歇渔喝酒饮茶聊天时会谈起她。……

也许，这些传说随着岁月流逝会被天葬地埋、湮没遗忘；但也许，这些传说随同女主角会因其生命的绚丽而留存光大，或明或暗，闪闪烁烁……

啊！我们魂牵梦萦的钓鱼岛！……

第一章

一、宴　请

　　故事是从 2002 年 12 月在 S 市的一场宴请拉开帷幕的。

　　星期天早上，司马天雨出门的时候，儿子司马康勒叮嘱说："爸爸，可别忘了今天中午十二点陈向明请客吃饭的事。"

　　陈向明夫妇的请柬是前天收到的。昨天，他又特地打了电话来请。司马天雨本来不想去，拗不过面子，又有康勒和儿媳吕丽娟劝进，就决定答应吃请。但早上，他想到东台路古玩街去逛一逛，看看有没有什么好的收藏品可以收购。这时，他一边出门，一边说："不会忘的，我准时到！我会坐出租车来的！"话声刚落，人已走出屋子去了！

　　天冷，他围着一条红黑色交叉方格的羊毛围巾。七十九岁的老人，满头银发，显得很精神。他身体看来不错，有一双饱经风霜的眼睛。虽然早年曾经因为自己的特殊经历，使他得过一种因受惊恐而产生臆想的病症，但医治和疗养后，多年没有再犯。他是个十分勤奋的人，从出版社总编辑岗位上离休下来的这十八年，主要在做两件事，一件是写作，一件是收藏。对他来说，两件事相辅相成，既是工作和贡献，也是爱好。人说他既是作家，也是收藏家。为什么说"相辅相成"呢？因为他写的书都是与日本当年侵华有关的。他出版了《见证南京血腥大屠杀》《驳斥日本的"虚构派"》《侵华日军遗留毒气弹调查》《抗战时期日寇华北"三光政策"调查》《1940 年日寇在浙江的细菌战》《731 部队探秘》《慰安妇纪实》等书。现在，他刚出版了《麦克阿瑟与东京审判》一书，正准备收集资料撰写《啊！钓鱼岛》一书。

他的收藏集中在日军侵华罪证和国耻纪念物及抗日战争纪念品方面，已经足足够办一个较大的展品陈列馆了。例如有日寇侵华时用的多种军用地图，包括侵华日军华中方面军所制的《攻略南京要图》等，有日本昭和十六年出版的《细菌医学》、日本侵华"笔部队"的出版物、日军侵华士兵的日记、冈村宁次用过的佩刀、日本颁发的"支那事变纪念章"和日本炮制的"大满洲国纪念章"、"大满洲国建国国歌"；有 20 世纪 30 年代中共中央关于要求抗日的传单、文件，西安事变的珍贵材料；有冀东抗日民主联军及抗日游击队烈士遗物，平型关大捷及百团大战的历史文物；有八路军在沂蒙山区粉碎日寇大扫荡缴获的军事档案，有日寇在东北、华北、山东制造无人区的秘密文件；有汪伪汉奸协助日军在江南"清乡"所发的告示；有八路军、新四军的军衣、军帽、胸章、臂章；有淞沪抗战纪念品及守卫南京国军部队的遗物；有台儿庄大捷、长沙大捷时的号外捷报及缴获日寇的战旗、军刀、钢盔、防毒面具……更多的是大量珍贵历史照片，包括东北义勇军抗日的、南京大屠杀的、重庆遭受大轰炸的、日寇投降及东京审判的……还有东北、华北日本特务机关和天津、唐山日寇处死、逮捕中国抗日爱国分子的内部报告；南京、华南、华中日军兵站指定慰安所以"支那美人""日支亲善"名义张贴的海报……一部分这些实物、文件已用图照形式在他的书中利用，他的搜集和收藏则继续不断，丰富而有价值。他住处的阳台上搭建了收藏室，原有的储藏间全部放满收藏品，他还利用空间在书房、卧室及书橱上方全部设计成了收藏文物的木箱。他的每一种收藏物仿佛都凝结着时光。

现在，他去东台路古玩街，就是希望能像"江西人觅宝"似的，能再寻觅到一些他还未发现过的收藏品。

东台路古玩街是 S 市近年来新兴的古玩旧货及工艺品市场。由呈十字形的东台路和浏河路两条街面组成。司马天雨坐出租车到这里后，一看到那里许许多多摊位，又有二百多家店肆的被人称为"古玩明珠"的地方，就在心头浮起一片怀旧情绪，也涌出一种兴奋情绪。因为是星期天，逛古玩街的人特多，不少"老外"有男有女也在东看西望，有的手里已经摆着包扎好的富有中国风味的古玩物件，却仍在想买摊位上的锡酒壶、红木罗汉、八音盒……

这儿真是旧时代许多今天已经消失的物种的集中地：养蟋蟀的紫砂盆、玉石的鼻烟壶、养蝈蝈的镂金小葫芦、带大喇叭的旧唱机、小脚绣花鞋、紫铜器皿、古董花瓶和真真假假的明清瓷器、金怀表、旧银币、银粉盒、旧照相册、名人字画和书信（谁知真假？）、京剧戏装、20 世纪三四十年代著名影星的彩照……从"文革"中的毛主席像章、红宝书、报刊传单、搪瓷杯、红卫兵袖章直到林彪、华国锋的巨幅彩印像都摆着或者高高低低挂着……但司马天雨情有独钟，并不因为店摊里琳琅满目而目迷五色。他在人群里穿梭着，东转西绕，终于找到了宝，被一个摊子上的一份不起眼的发了黄的文件吸引住眼球了！

这是一份日本大本营下达的关于使用毒气的指示，司马天雨不会日文，心里立刻想到了自己最心爱的孙女司马海珠。海珠是诞生在珠海的，那时她爸爸司马康勒和妈妈吕丽娟在珠海工作，生下她以后，就取了"海珠"这个名字。海珠不但英语好，日语也好，外语学院毕业后，正在读硕士，如果带她来了，她一准马上能把全文译念给爷爷听的。现在司马天雨仔细看着这份文件。用中文来读这份日文文件，却已看出这是份军事机密文件，是极有价值的日军侵华罪证。他心里默默做了决定，今天一定要买下它来带回去。

摊主穿着旧黑呢中长大衣，却笼着双手，是个两眼锐利精明，发已秃顶的中年人，打量着司马天雨的模样，心里已经肯定这是个买主了，试探地问："老人家，看上这个了？"

"这你是从哪里得来的？"司马天雨明明知道这不像假造的文件，但很想知道来源，心中才踏实。

"绝不是假的！"摊主斜睨着司马天雨说，"要造假谁造这种东西！"发现自己这句话会使货物掉价，马上说："这种货要行家才会买，它的价值一般人是不认识的。我看你老人家是个内行，所以才感兴趣。告诉你吧！这是从一大卡车破旧书破旧报纸里发现出来的！我花了一千元收购了那么多破烂货，只淘到这么一份文件算是样货色。你要是想买，出个价吧！"

明知摊主说的未必是实话，而且狮子大开口说出一千元的高价，但司马天雨舍不得放弃这份文件。讨价还价，同摊主磨了一番嘴皮，最后用三百元买下了这份当年侵华日军的机密文件。

他带着一种满足感，拿着用塑料袋装好的"猎获物"，继续徜徉在店铺摊位间，红木家具、出土文物、竹木瓷器、书画作品一应俱全，但再也没有觅到他看得起的收藏物了。时间过得飞快，忽然间，听到大衣口袋中的手机响，打开手机接听，原来是儿子康勒来的电话，提醒说："爸爸，现在已经十一点了！您在哪里？要不要丽娟开着她的车来接您？"

"不用不用！我自己坐出租车来方便些！"

康勒道："您别再逛了！快打的到皇城老妈虹桥店去吧！我们会比您先到，门口等您！"

司马天雨答应了，收好手机，踱步走出古玩市场，等到了一辆出租车去赴宴。

车太多，塞车现象严重。他坐在车上，不时看看两边的街道的景物，心里却不禁在想，这个陈向明，他虽是儿媳吕丽娟过去的"大学同学"，但仅是高班级的同学，没有太深的关系，平日又没有太多的来往，他为什么这样隆重而又执拗地要宴请呢？想来想去，没想出个自认为正确的答案来。

　　吕丽娟开着她的"桑塔纳"和康勒及海珠一同赴宴，在造型巍峨、构思奇巧的四川火锅馆门口等候着司马天雨的到来。

　　海珠的美，不但洋溢着青春朝气，更因为她正在形成的优秀个性——显现了智慧、德行、教养等心灵品质的因素而更具魅力，她目光睿智，身材趋向成熟，今天，她戴着一顶红色的却尔斯登帽。这种红色特别漂亮，引人注目，使她的美丽更吸引人，见爷爷从出租车上下来了，她高兴地迎上去，快乐又温存，说："爷爷，您一向守时，今天怎么害我们吹着冷风苦等到现在？"

　　司马天雨笑看着心爱的漂亮孙女打趣地说："堵车嘛！其实也还不算迟到！你饿了吗？这样可以多吃些！"

　　这家由四川开到Ｓ市来的著名川菜火锅店，外墙的涂壁雕饰，是用超现实手法绘的成都的古屋街景，可见巴山蜀水、天府风采。步入大堂，只见砖地上有厚而透明的玻璃通道，玻璃下面是挖开的土坑，放着土陶罐、厚城砖，古色古香，使人怀古，进去以后，只见瓦檐竹影，充满浓浓川味，别致得很。

　　陈向明和妻子黄雪梅神采飞扬地带了二十五岁的儿子陈川富在一间宽敞豪华的包间里已经早早等候着了。陈向明刚满五十岁，早已发福，西装笔挺，红花领带，头发油亮，挺着啤酒肚迎上前来，握着司马天雨的手笑着寒暄。黄雪梅一看就是个女能人，打扮入时，穿着彩缎唐装，矜持而又谦虚。她像走马灯似的应酬客人，尊敬地招呼司马天雨后，马上同吕丽娟、司马康勒握手问好，热情地拉着海珠的手说东说西，又再给司马一家介绍她的儿子陈川富，说："这是我儿子川富！大学毕业后如今在华兴房地产公司工作！"

　　陈川富外表是个平实而帅气的年轻人，他与海珠同岁，穿的休闲装，浑身上下似乎都是名牌。他长得像母亲，大大方方，给人好印象。依着黄雪梅的介绍，叫了"爷爷""叔叔""阿姨"，同海珠礼貌地笑着点了点头，就静静坐到一旁去了。

包间里放着暖气，桌中央放着色彩斑斓的鲜花，桌上金光灿烂的餐具华丽高贵，给宴席增添了好气氛。

陈向明夫妇和儿子川富不断注视着海珠，觉得这女孩真比花还好看！她脱了红帽子，一头黑发靓得惊人。她打扮得十分得体，既不浓妆艳抹，也不朴实得过分，她很会根据自己的特点穿衣，看上去让人感到既美丽大方，又悦目和谐。她像那种小说里形容的女孩——浑身上下从里到外都能闪光，内在是钻石，外面又像镶了金子，说不出的高雅、贵重。

陈向明满面笑容，春风得意地用风趣话讲开场白了："今天，能荣幸地请到司马老和康勒及我的老同学名记者吕丽娟还有海珠侄女来聚聚，主要是高兴高兴。这家出名的川菜火锅馆，我是常来吃的，确实味道不错，值得一来。我们今天把川菜吃了，过了年，到春节时，我再请大家在有名的马里奥餐厅吃吃澳门的名菜——葡国鸡……"

司马康勒插嘴说："下次我们来请了！"

陈向明摇头："不不不！康勒兄不要客气！这里的老板是我的好朋友，我请客他是优惠的，花不了多少钱，哈哈，花不了多少钱的。火锅是川味，但今天这桌席我让他们改良了一下：一是要加鲍翅海鲜；二是你们不是四川人，不吃麻辣，吃白味的；三是我打听到司马老和康勒兄都是从不喝酒的，所以川酒虽然驰名，今天免酒，用鲜果汁代替。这里火锅的汤可称一流，配方讲究，用料精美。除鲍鱼、鱼翅、海参、明虾、海蛤外，有四川特产的江团鱼和雅鱼、黄辣丁，有松茸、竹荪、羊肚菌、牛肝菌，还有他们独有的精品黄喉和鹅肠，鲜嫩滑爽。哈哈，我这是替他们做广告了！蒙司马老和大家赏光，请一定多吃一点。"

他长篇大论讲话时，每人一只酒精火锅已经摆在面前，喷香的小磨麻油加上味精及蒜泥等调料的碗盅也在每人面前放好。鲜果汁已经在高脚杯里斟满，随即一盘盘海味、菌类、牛肉、蔬菜……都送了上来。同时，侍者先送来了每人一蓝磁盅的鸡汤火腿烩鲍翅，香味扑鼻，诱人食欲。

陈向明站起身来，举起高脚杯，说："以果汁代酒，我敬司马老和各位一杯！"

大家回敬碰杯，在陈向明一连声的"请请请"声中，都品尝起来。

吃了烩鲍翅，司马天雨朝着陈向明夫妇表示抱歉，说明自己在东台路买到一份日军当年侵华战争的绝密文件路上塞车所以迟到，说着，将那份黑塑料袋装着的文件拿了出来，献宝似的递给海珠说："这是日文的，你日文好，翻译一下念给大家听听。"

海珠笑着说："爷爷，回去念给您听吧！"

陈向明说："不，很想听海珠小姐翻译呢！中日两国离得近，如今经济联系密切，偏偏政治上又有矛盾，大家都关心中日关系，我就认为过去的事已经过去，现在该……"

司马天雨说："日本首相小泉坚持参拜靖国神社，既是美化侵略战争又是否定历史，何况日本又侵占着钓鱼岛……"

吕丽娟担心司马天雨同陈向明抬起杠来，打着岔说："海珠，爷爷要你译你就译吧！我们大家都听听！"

海珠又笑，说："爷爷，您真是迷上您的收藏了！连吃饭也让人不得安宁。"说着，接过那份文件看了起来。

黄雪梅拿出细长的"摩尔"烟来抽，摆出了漂亮的姿势。她听说海珠日文好，有兴趣地笑得眯着眼怂恿："司马小姐，你就快给爷爷和我们念一念吧！"

海珠素面朝天，清秀可人，流畅地译着说："这是一份日军大本营下达的命令。我就译着照念一下：'大陆指第452号，军事绝密，指示，根据大陆命令第241号，指示如下：一、华北方面军司令官在现占领地域的作战中使用黄剂等特种资材，并研究其在作战上的价值。……'"

司马天雨用心听着，插话解释说："这使用黄剂指的就是使用毒气。"

海珠继续译下去："二、上述研究在以下范围实施：1. 对事实的保密要采取万般措施，特别是绝对不能对第三国人造成损害。……"

司马康勒说："这时候日本还没有偷袭珍珠港发动太平洋战争，还怕刺激美英和苏联。"他是出版社文史编辑室的主任，熟悉历史。

海珠继续着往下译："2. 限定在容易保密的山西省偏僻的局部地区实施，在能达到试验研究目的前提下，尽量缩小规模。3. 不使用飞机布洒的方法。昭和 14 年 5 月 13 日。"

司马天雨听海珠译完，接过文件收到黑塑料袋里，带点激动了，说："日本当年违反国际公约，使用化学武器，造成大量中国军民伤亡。战败时为掩盖罪行、毁灭证据，将大量化武就地掩埋、遗弃。到目前，在中国十几个省市自治区几十处发现了日本的遗弃化武，有的已发生泄漏，对中国人民的生命财产安全和生态环境造成严重危害，这也是中日两国亟待解决的一个现实问题。这份文件是个铁证。我写过《侵华日军遗留毒气弹调查》，如果早到手这份材料，也可以用作图照插到书里去。"

听着海珠念，大家都停了吃火锅。陈向明招呼大家烫食，忍不住从心里称赞海珠："司马小姐真了不起，你不但日文出色，中文也好，译得好流畅啊！"他十分欣赏地看着没有一丝矫饰，清纯灵秀而举止高雅的海珠，眼里流溢出满意的神态。

司马天雨捞食着火锅里的龙口粉丝，看到陈向明夫妇对海珠那种欣赏的眼光，又看到沉默着在吃虾的陈川富不时悄悄在瞄海珠，心里顿时一亮，似乎明白了。

陈向明夫妇硬要请这次客，原先还猜度不出他们究竟为什么，原先还猜度他们是否因为吕丽娟的父亲吕平是市委离休的老领导干部，老战友、老部下颇多，颇有能量和声望。陈向明是一家大银行信贷部门主管，黄雪梅是一家进出口公司的副董事长。他们夫妇也许有什么事要找吕平，通过宴请吕丽娟来达到目的。但现在发现，显然不是。他们的目的是想找海珠做儿媳妇吗？嗯，看来就是这么一回事！司马天雨发现如果真是这样，估计媳妇吕丽娟心里是有数的。她坐在陈川富身边，从她对待陈川富的态度来看，她不但常在仔细端详陈川富，而且显然对陈川富是比较喜欢的。原来如此啊！原来如此！……

吃火锅的好处是：边吃边谈，时间可以拖得长长的，吃食时又可以各取所爱。席上最会热闹的是陈向明，见到明虾快没有了，就叫："小姐，拿虾！"见到菜心受欢迎，就叫："小姐，多拿点菜心！"见到冷场时，他就会想出话题来聊天：从去年基地组织在美国制造"9·11"事件到阿富汗战争；从出国游巴黎谈到冬天该去海南三亚享受阳光……有时还会讲点笑话，引得大家笑起来。

吕丽娟谈了些在报社里听到的关于社会风气方面的问题，对贪污和腐败表示反感。

陈向明一脸正气，说："不但使人反感厌恶，更使人担忧呀！如今的贪官污吏，跑得快的大不了斩了尾巴，跑得慢的才给斩了脑袋。人都懂得这个道理。关键是要会贪，贪了拿到现的就快跑！到了外国总是拿他没办法。我对贪官污吏是深恶痛绝的！有人说'前腐后继''跑步钱进'！哈哈，真不像话！"

看到他一脸正气这样说，司马天雨印象不错。

闲谈中，司马康勒为了凑趣，说："如今有些口头玩笑段子，虽然油滑戏谑，不能登大雅之堂，却也反映出了社会风气。比如一首叫作'五个一'的民谣，说：'娶一个日本老婆，找一个法国爱人，有一幢英国别墅，拿一份美国工资，做一个中国大官。'正面看，似是一种糟糕的向往和追求，反面看，却也是一种讽刺和批判。"

陈向明转动着桌中央的大转盘，招呼大家各取所需，又说："现在有些口头玩笑段子确实挺有趣，也挺深刻，鞭挞了丑恶社会现象，有首写腐败官员的'火锅诗'，各位不知听到过没有？我来背给大家听听。"说着，他像念诗似的诵道，"当官不怕喝酒难，千杯万盏只等闲；海鲜火锅腾细浪，虾蟹参蛤加鱼丸；吹牛拍马感情暖，红包多收心不寒；更喜小姐肤如雪，三陪过后尽开颜。"诵完他哈哈一笑，"庸俗了！庸俗了！"塞了一个鱼丸到嘴里去。

众人禁不住都笑，虽然各人笑的并不都相同，但海珠沉稳地轻声嘀咕了一句："这'海鲜火锅腾细浪'倒有点像连我们都骂了！"

陈向明挺着肚子哈哈笑了，说："这骂的是贪官污吏！我们这里没有贪官污吏。哈哈，都是廉洁奉公、遵纪守法、为人民服务的好人，哈哈！"

二、外公吕平

司马海珠抱着三束鲜花，带着数码相机，刚来到外公吕平住的小花园洋房铁栅门外，就见邵娜驾驶着她那辆漂亮的"福特"轿车正要出门，不知要到哪里去。

见到海珠来了，邵娜停了车，开了车窗同海珠点头招呼，半热半冷地说："你来了？"

海珠叫了一声："外婆！"（她本来叫邵娜"邵奶奶"的，但外公吕平说："别那么叫了！她的朋友们已经叫她'少奶奶'了，多难听啊！你干脆把个'邵'字去掉叫外婆吧！"其实，海珠叫邵奶奶，本是区别于自己去世了的外婆。外公这样说，自然只好照办了！）说，"外公叫我给他当翻译来了，还让我给他买了些花，您看，花买得可以吧？"

邵娜点着头，但鼻子里哼了一声："这老东西，不知享受，一天到晚总是无事瞎忙。不是忧国忧民，就是'三个代表'。做了个什么抗日战争史研究会的顾问，成天研究日本，今天倒好，他要弄些美国老头子来见面，我不在家受洋罪了！我找朋友去'哗哗哗'了！"

她说的"哗哗哗"是打麻将。她有一伙好朋友，都是老姐妹，个个是牌迷，全是会"享受幸福生活"的主儿，都亲热地把邵娜叫作"邵娜娜"，用 S 市的口音讲，"邵娜娜"就成了"少奶奶"。但邵娜不以为忤，反以为荣，感到自己虽然夕阳黄昏，仍旧风韵长存。她与老姐妹们如今不但几乎天天"哗哗哗"，有时还结伴旅游，到苏州吃糕团听评弹，去扬州吃蟹黄包玩瘦西湖，到镇江吃肴肉逛金山寺拜佛，会享受得很。话刚说完，邵娜的汽车就发动了，只丢下了一句"罢罢"！

　　这位在改革开放浪潮中思想时尚的邵娜，是海珠外公吕平四年前经人介绍续娶的。吕平的前妻方茵，同吕平一样，也是老革命，抗战时期 1944 年在苏北中共盐阜地委机关报《盐阜报》做过记者。后来，她同当时新四军苏中军区南通警卫团政委吕平结婚。抗战胜利后，夫妇俩经历了解放战争，随华野大军进入上海后，一直在上海工作。刚解放时，吕平任市委宣传部副部长，方茵进上海总工会筹委会文教部做秘书，两人一直在上海工作，瞬间数十年。方茵在"文革"中病故，吕平"文革"后担任过一段市委常委、副书记，也早离休了。吕平享受副市级待遇，口碑和当年政绩都好，人称"吕老"，当年的老战友、老部下很多，离休后，先后挂过"老龄委"等好几个顾问头衔。一个老战友好心，见吕平少人体贴照顾太寂寞，替他介绍了年轻时在歌舞团里做舞蹈演员，后来守了寡而又无子女的邵娜。邵娜当年嫁给了一个做生意的香港商人，在香港住了几年。后来，那老头病故，她同老头前妻的子女不和，打了场官司，分得了一笔遗产，就迁回上海住了。她同吕平年龄相差极大。邵娜是那种年华已逝却仍顾影自怜、贪图享受与玩乐的女人。成事以后，因为生活习惯不同、兴趣爱好不同、脾性不合、年龄差异，成了一对吕平自己谑称的"鸡鸭夫妻"，双方都在凑合，钱基本是分开用的，经常是各干各的，维持着不满意却不闹崩的局面。吕平不幸福，背后叫邵娜是"四分之一千"（"二百五"），这海珠心里很明白。

看到邵娜驶车远去，海珠就走进外公住的那幢三层的小花园洋房里去。

苏北小保姆姓张，长着两只丹凤眼，不笑也像笑。她是个追星族，最爱歌星，喜欢台湾红歌星张惠妹，就改名叫张慧妹了。她过去在家乡扬州上学，进了初三，因为父亲生了肝病，才辍学出来打工。她干活麻利，打扫卫生、做点简单的饭菜、洗衣、购物，很勤快，很主动，还在自学英语。外公吕平待她极好，买了一台二手电脑让她学着使用，有时还教她点唐诗，给些书她看，晚上要她读完一份当天的报纸，并且练习写字，对她说："你将来可以干别的工作，不能老是做简单劳动！"

只是海珠听外公说，张慧妹崇拜的是歌星，羡慕的是邵娜的生活方式，学英语和电脑她还算愿意，对政治和时事却没有兴趣。只想将来多赚点钞票，嫁个有钱人，没什么国家民族观念，不是值得培养的年轻人。……

见海珠来了，张慧妹笑着招呼海珠进客厅，说："爷爷在小花园里打太极拳哩，一会儿就会进来的。"慧妹匆匆给海珠用纸杯泡了清茶，就去忙着厨房里的事去了。

透过玻璃窗，可以看到吕平正在全神贯注地打着太极拳。海珠将三束用闪亮的银纸包着的鲜花斜倚在茶几上，放下相机，在沙发上坐下。

客厅里，开着空调，温度合适。那只立式桃木大站钟，钟摆嘀嗒嘀嗒摆来摆去，长短针正指着九点三十五分，海珠历来守时，知道外公也守时。外公约她十点钟给来访的美国客人做翻译并拍照，并要她略早一点来，她觉得来的时间正好。这间大客厅，整洁清雅，靠西放着一张深栗色大办公桌，背后是一排深栗色大书橱。里面整齐地放列着许多精装、平装、线装的厚厚薄薄的书籍，似乎散发着书香。半旧的整套深褐色牛皮大小沙发和桌椅、茶几，配着壁上挂的名家字画，色彩和谐。长茶几上放着大银盘装盛的水果、糖果，墙角高木架上的几盆绿色文竹和水横枝衬得窗明几净。海珠历来欣赏外公早年既是战火中熏陶考验过的军人，又是风雅得能诗能文的饱读书籍的高干，坐在这间客厅里，这种贴身的感受就更深。

钟摆嘀嗒，海珠看到桌上今天放了一只金边镜框，是平时她未见过的，不禁起身上前看了起来。

镜框里放的是一封复印的打字的英文信件，原文是：

Our Newly Found Friend，

Although you are leaving us physically，you will always be with us in our minds.

We would like to take this opportunity to thank you for the million kind and considerate things you did for us.

We hope to see you again after the war is over. Good luck to you and your family and friends always.

Words cannot express of（our）thankfulness and gratitude towards you. You and the Chinese people are true friends. We will be indebted to all of you for the rest of lives.

Thank you again very much.

Daniel W. Redmon

Marvin K. Nester

Albert L. Garute

海珠读时，心中译出的中文信件是这样的：

我们新结识的朋友：

虽然你们与我们远隔千山万水，但在我们的脑海中你们永远与我们在一起。

我们愿借此机会，对你们的大恩大德及你们为我们所做的一切表示感谢。

我们希望能在战争结束后重新与你们相见，祝福你们和你们的家人及朋友。

用文字是不能表达出我们的感激之情的。你们和中国人民是真正的朋友。我们今生将永远不忘你们的恩情。

再次致以深深的感谢。

丹尼尔·W. 雷特蒙

马文·K. 尼斯特

阿尔贝特·L. 迦罗达

海珠读了放在金色镜框里的这封信，心中泛出一种激动和感动，对前天外公打电话邀约来当特殊翻译并且拍照的事，心里更有数了。

前天夜里，外公突然打电话给海珠，说："珠珠，外公要找你来给我当一次特殊翻译，行吗？"

"当然行，外公！"海珠说，"保证完成任务！是日语还是英语？"

"英语！"

"什么事？"

"后天，上午十点钟，外事办的人要陪三个美国人来，他们当然会有翻译，但一般的话让他译，我要我的外孙女——你来做我的特殊翻译！到那时我会提出来的！你了解你外公，你的翻译一定更准确，更传神！同时，有这机会，让你受受教育，也加深了解你外公，你看行吗？"

军人出身的吕平虽然离开部队军职岗位已经多年，至今仍保持着一种军人的威严风度，但在他喜爱的外孙女海珠面前，他总是笑容满面的。早些年，他在"文革"中作为"走资派"受冲击时，曾用一本初中英语课本略略学过一段时间的英语，记住不少单词，会讲些"Long Live Chairman Mao"之类的中国式英语，所以海珠打趣说："外公，其实您英语很棒，自己用英语跟美国老朋友讲两句挺好。"

吕平笑得哈哈地说："你这个鬼丫头！正经事可别开外公的玩笑！"

"行！我太高兴外公这么欣赏我喜欢我！"海珠笑着讨喜地说，"可是，外公，是件什么事呢？"

"说来话长，那是抗战快胜利之前，1945 年 6 月里的一天，一架美国 B-29 型轰炸机在黄海上空执行轰炸日军补给船舰的任务，飞抵江苏海门县境时，坠毁在长江北岸，机组人员八人牺牲，三人负伤，被我们民兵搭救后送到新四军苏中军区南通警卫团的驻地……"①

海珠惊喜地说："外公，我知道您当时是那个警卫团的政委！"

吕平说："我们热情接待了他们，给他们疗伤，相聚了十几天。后来，将他们安全送到新四军新 1 师驻地，好让他们转道归队。这事已经过去了整整六十年，想不到前些日子外事办来人给了我这封英文信的复印件，说，信是三个人当年在遇救回国后写的感谢信，但因无法寄发，所以未发出，原件现存美国某档案馆，这次特地带来，所以外办复印了一份给我。来的三个人中一位名叫雷特蒙，当时是位中尉飞行员。他希望看到当年搭救他们与他见过面的中国老朋友。"

"外公，所以这就找到了您这位吕政委，对吗？您还记得他吗？"海珠兴奋激动起来了。

"当然难忘！当时的人，活着的不多了！我还活着，他也记得。所以就安排见面了！"吕平说，"他带了夫人玛吉和另一个叫山姆·昆的人来中国先去海门旧地重游。当地找到了几位当时救过他们的老民兵同他见了面。明天他们将到上海，后天上午十点要到我住处同我见面。"

---

① 抗战时期，解放区共救援过失事降落在解放区及日占区的美国飞行员前后近百人，然后与国统区军方联系，妥善使之归队。

"这真神奇！"海珠惊叹，"外公，我太愿意替您做翻译了！"

"那，你得提前一点先到，还别忘了带相机，好替我们拍点合影留念。"

"我会的！"海珠说，"我太激动了！谢谢外公给我这么一个好机会！不过，外公，刚才您说起那封信，我建议您是否可以将它送给爷爷，他收藏抗战文物，这信，您送给他，他一定高兴。"

"好好好！"吕平高兴地说，"没问题！一定送给他，宝刀送壮士，古琴赠知音嘛！"

"那后天见！"

"别迟到！"

三、雷特蒙和山姆·昆

现在，外公吕平打罢太极拳走进客厅来了，海珠迎上去，说："外公！"

吕平看了看海珠带来的百合、红玫瑰、康乃馨、满天星合成的花束，说："呵！你这鲜花买得好，漂亮！"

海珠说："外公，您好悠闲呵！马上客人要来，您还在东摇西晃慢悠悠打太极拳哩！"

吕平哈哈笑了，声音洪亮地说："这叫大将风度嘛！当年打仗时，我从不心慌神乱，如今会见美国老朋友，就得静下心来叙旧。当然，打拳时，我心里可是在想我该同美国老朋友谈点什么。"

"外公想谈点什么？"海珠问。

"首先当然要好好叙叙旧。另外，我要对他们说，中美人民在反对日本侵略者的战争中有过血肉建成的友谊。中美两国应当是朋友，美国不应当对中国有敌意……我还准备了礼物送他们！……"

海珠猜道："准是你去年新出版的那本回忆录，是不是？"

吕平点头："对了！送一本给雷特蒙夫妇，送一本给山姆·昆。听说这山姆·昆是位作家、专栏记者。虽然老外看不懂中文，但到时候我会让你译一些读给他们听的。另外，我还要送一张我六年前出国到夏威夷参观珍珠港纪念馆①时拍的照片。那次，回来我写了一篇游记发在刊物上。去年，我将这篇游记也收在《回忆与思考》书中做了附录。这游记我也想让你译一段给他们听听。"说着，他走到书橱前，从书橱里将厚厚的精装本的回忆录《回忆与思考》取出三本，递一本给海珠，说，"这本书我夹着纸条的两处，就是等会儿可能叫你译给美国朋友听的，后面附录里的那篇关于珍珠港的游记里也有折着角的地方，时间如果够，也会叫你译的！"

海珠接过书来，认真地阅读外公夹着纸条的部分。

海珠正在翻阅，那只大站钟这时"当——当——"敲了十下，海珠想：十点了！客人该到了！

就在这时，电话铃"滴铃铃"响了！吕平在桌前拿起话筒，那边是个本地口音的女人的尖嗓子："少奶奶怎么还不到？这里三缺一等着她呢！……"吕平气得说："这里没有什么少奶奶！"把电话一挂，说，"岂有此理！少奶奶！少奶奶！"

海珠觉得可笑，但明白外公是生邵娜的气，也不知劝什么好。

吕平摇着头说："珠珠，我这一生犯的最大错误就是不该让这个邵娜进门！你看，人都叫她少奶奶，她还嘻嘻哈哈臭美，总是打麻将，赌得还不小！真不像话！"

海珠劝解："外公，别生气！"转移话题说，"我看，客人快来了！

---

① 二次大战中，1941年冬，日本时任内阁首相为东条英机。日本对中国沿海岛屿的侵占已为他们提供了夺取东南亚地区的跳板。日本一方面派出亲善使团与美国谈判，一方面集中优势海空力量在1941年12月7日偷袭美国在太平洋最大的海军基地夏威夷群岛中的珍珠港，使当时停泊港内的舰队主力几乎全军覆没，计有"亚力桑那"号等四艘战舰沉没，"马里兰"号等四艘战舰重伤，其他十余艘舰只或沉或伤，飞机毁伤三百余架，美军官兵死伤四千余人。

……"

可不，正说着，十点零七分时，一辆白色小面包车喇叭一响，开了进来，停在客厅门口。三个美国老人，二男一女，由外办的一位副主任和一个翻译陪同来到。吕平和海珠马上起身迎接出去，慧妹也忙着去泡茶了！

六十年了！真像做梦一样，客人进了客厅，吕平和客人先是握手，接着吕平和白发的雷特蒙就紧紧拥抱在一起了！雷特蒙又笑又流泪，嘴里不断地喃喃自语："我是雷特蒙！雷特蒙！记得吗？那个美国中尉！你们救的！你们救了我的命！重新见面，这是我一生中最大的幸福！……"

他穿着黑色厚皮夹克，腰板仍旧硬朗，人也仍旧精瘦，白发稀疏，脸上皱纹像刀刻，吕平仍认得清这就是当年他接待过的美国飞行员。当年雷特蒙挺拔潇洒，如今这么老了！他也动了感情，紧紧同雷特蒙拥抱，一时不愿分开。谁能想到今天，两个有这么奇特遭遇的白发老人能重新相逢相聚呢!？

吕平指指那封桌上镜框里的信，说："请看，我六十年前没收到这封信，这次收到信后，我用金色镜框放置，说明我多么珍视我们之间的友谊！"

雷特蒙和夫人玛吉以及山姆·昆都激动地点头。

接下来，当然是那位胖胖的戴眼镜的外办副主任和那位年轻翻译的介绍：陪同雷特蒙来的美国客人，一位是穿灰呢大衣的雷特蒙的夫人玛吉；一位是山姆·昆，他是当年与雷特蒙同机坠地牺牲的八名飞行员中的一位领航员的遗腹子、一个矮小精悍的棕发老头。吕平也介绍了海珠同大家认识。于是，海珠代表外公向三位远道来客献花。伶俐的慧妹用托盘微笑着来上茶。天冷，但空调开的温度适中，使人舒适。室内布满了友好温馨的气氛。

寒暄了几句，谈话是从客人们到海门谈起的。

雷特蒙满脸的皱纹都陶醉地舒展着，说："真是不认识了！现在那里建设得非常漂亮，从前的旧印象，一点也没有了！我见到了当年参加救我的几位老人，大家拥抱呀拥抱。重访中国我的再生之地，是我的夙愿。在美国，我寻找尼斯特、迦罗达，想与他们一同来中国故地重游，可惜没有音信。也许他们早就不在人世了！不能同当年的难友分享这种幸福我真遗憾……"

那位外办的西装笔挺的年轻高个儿翻译，译得很流畅。

吕平请大家喝点清茶，点着头热情地说："多年来，我也常想起你们。你们那时帮助我们中国抗日，真是很感谢。我常想，不知分别后你们好吗？在什么地方？还记得我这个中国老朋友吗？我今年八十三岁啦！你也该快八十岁了吧？"

雷特蒙握着茶杯的手有些颤抖，说："我七十九岁了！"他指指坐在身旁的山姆·昆说："山姆·昆是名作家，六十三岁。他父亲和我其他七个伙伴在坠机时都死了，但我和尼斯特、迦罗达被你们救了。我是常常念着你的，常常想起当时的情况、想起你们。"

吕平说："今天，我要奉送你和夫人一本我写的回忆录作纪念，也要送给山姆·昆先生一本。我的回忆录里记着当年你们坠机的事，请让我的外孙女海珠译给你们听听。"

雷特蒙和山姆·昆都点头说好，表示希望听一听。

海珠掀开外公的回忆录，插纸条的一处。记叙的是当年救援美国飞行员的经过，于是海珠翻译道：

1945年6月12日夜，美国飞行员雷特蒙等驾驶的B-29轰炸机执行轰炸日寇的任务后，飞机负伤坠毁海门宋季港附近，机组中八人不幸身亡，坠毁地点属于敌占区和我游击区结合部，雷特蒙等三人被我民兵冒险救出。雷特蒙负伤较重，辗转送抵新四军苏中军区南通警卫团团部驻地时，我任政委，热情接待，妥为安排治疗及饮食、服装事宜，相处半月左右，然后派一个班士兵将他们辗转送往北部的新四军第一师师部和苏中行署驻地东台县。但6月13日晨南通、海门等地大批日伪军同时出动，到宋季港一带烧杀，日寇将八具追索到的美国航空员尸体用军刀砍劈，并砍下头颅及肢体高挂在树上示众。但日寇离开后，当地百姓立即将被肢解的美国航空员遗体妥为掩埋……

大家都出神聆听。听到这里，雷特蒙的夫人玛吉不由自主地"啊"了一声，雷特蒙和山姆·昆都面容严肃，眼光严峻，

雷特蒙端茶喝了一口，动情地说："我心中一直珍藏着对你们的感激！直到今天，我一直觉得美国同中国应当友好，有些政客说日本是盟友，中国是威胁，我是不同意的。我对日本一直怀有警惕，因为我曾同日本作战，很了解二次大战时日本偷袭珍珠港到大肆屠杀中国人和美国人的残忍暴行。我厌恶那种狡猾凶暴的武士道！"

大家都静不作声，听着海珠继续翻译：

我很高兴抗日战争时曾为救助美国航空员出过一分力并且结识了当时并肩反侵略的美国朋友。他们三位如果当时落入日寇魔爪，下场必然十分可怕。日军军部根据首相东条英机的命令，在1942年7月曾发出《关于对空袭时违反战争法规人员的惩处办法》的指示，其中有这样无理的规定：凡是被俘的飞行员，不仅是轰炸和平居民的，也包括轰炸日本本土及其占领地军事目标的，一律都要处死。其后，日本国内各报都刊载了这一"法令"，无不强调"凡是美国飞行员，被俘后一律格杀勿论"。日本军国主义者自己可以任意屠杀轰炸对方，却不让对方还手。美国当时轰炸日本本土的飞行员被俘的均受尽凌辱虐待及拷打，被日寇用军刀砍断头颅，成为日本军部发泄对美国人仇恨的对象。死后尸体还要被

刀砍刀割。例如，首先将屠杀被俘美国飞行员付诸实施的是日本中国派遣军总司令畑俊六。他曾在上海将被俘的八名美国飞行员（他们是在袭击日本本土转飞中国浙江衢州机场时机坠被俘的）吊打、火烧、铁烙、电击、灌水后残酷杀害。后来，日军在婆罗洲、缅甸、布干威尔岛、安汶等地杀死盟国飞行员五十六名。1943年3月，在菲律宾宿务岛将两名美国飞行员砍去头颅。1945年5月到7月，驻新加坡的日本司令官板垣征四郎将二十六名盟军飞行员全部处死。在中国战场上，被俘的美国飞行员有的被就地杀死，有的送往日本处置。1944年12月，三名美国飞行员在武汉被俘遭到暴打、游街后，被日军浇上汽油活活烧死。1944年冬，美国第14航空队少校霍克驾机攻击香港日军目标，失事降落广州与香港交界处，被当地居民救藏起来，日本华南派遣军宪兵队长重藤宪文联合香港日本宪兵队长野间助之贤派兵搜索，捉到霍克残杀，并杀死全体尝救美国飞行员的中国村民。这类事例极多。据东京审判日本战犯时证实，仅在1945年6月至8月，日本军部在本土就分数批处死一百一十二名美国飞行员。……可是，今天的美国鹰派人物却将日本右翼看作亲密盟友，对日本右翼政客参拜供奉着东条英机等大战犯的靖国神社，妄图推翻历史重新复活军国主义视若无睹，努力武装日本自卫队，只看到面前献媚的伪笑假面具，忘掉了当年的教训，真是奇怪。

中国是在发展，但中国是热爱和平的国家。我们历来主张保卫和平，反对任何战争。中国的发展只会对世界有利，中国历来宣布不称霸，中国在睦邻友好，中国发展国防只是为了必要时可以保卫自己，因为中国有日本这样在历史上大屠杀中国人的邻居而至今却仍不肯正视历史。中国与美国二战时是盟友，现在美国的主政者可能已不清楚，但当年同过患难的美国朋友是知道的。写到这里，我不禁想，雷特蒙啊！还有尼斯特、迦罗达啊！你们在哪里？……

雷特蒙和他的夫人玛吉感动了，雷特蒙点着头说："吕将军，谢谢，谢谢你一直还记得我！……你说的我都同意！"

吕平对海珠说："你把我参观珍珠港回来写的那篇游记的最后一段短短的感想译给客人听一下，向他们介绍一下我曾到珍珠港去过。"

海珠点头，介绍了四年前吕平曾出国到珍珠港去参观纪念馆，接着，念译起那篇游记的最后一段文字：

纪念馆就建立在美国被炸沉的"亚利桑那"号沉舰的上面。当年日本军国主义者表面用笑脸应付美国，暗中却用强大的海军突然偷袭，九分钟内，就使大批美国军舰与一千多名海军官兵沉入海中。现在，我透过清澈的海水，看见兵舰的残骸，感怀那段历史，思绪万千！当时，制订偷袭珍珠港计划的是日本海军总司令、美国通山本五十六。他曾就读哈佛大学，做过日本驻美大使馆武官，广泛考察过美国，是个以亲美派面目出现的杀美派。日本偷袭珍珠港成功后，12月8日中午，美国总统罗斯福向国会发表演说，说1941年12月7日将成为国耻日。但，今天这个国耻日和日本军国主义者的伎俩早被美国的新保守派政客们忘到九霄云外去了！他们显然想将笑面杀手重新武装到牙齿了！出我意外的是如今珍珠港所在地夏威夷群岛，到处是日本人买下的房地产，到处可通日语，按日本风格服务的饭店餐馆，蜂拥而至的日本游客踏遍了夏威夷的海滩。听说有日本人高兴地欢呼，今天日本已从当年战败后的贫弱一跃成为世界地位仅次于美国的第二经济大国！当年用飞机军舰没有占领成功的美国这片珍珠宝岛，如今已被我们占领啦！据说，有美国人哀叹，那里已经成了日本的经济殖民地了！……为了不曾忘却的历史而建了这样一个白色的肃穆的纪念馆，但显然它已被美国许多昏了头的政客遗忘。我——一个经历过血与火战争的中国老兵，到这里，心里笼罩着战争的阴影！但我心里想高声大喊，走开吧！战争！

海珠带着感情读得铿锵有力。读完，吕平点头说："够了！我愿将两本回忆录，送给亲爱的美国老朋友作为礼品。"他站起来，去拿了两本《回忆与思考》，双手递一本给雷特蒙，又双手递一本给山姆·昆，说："这里有一个与美国大兵并肩作战的中国老兵的心声，有我深深的感情。……"

想不到，这时，一直沉默寡言的山姆·昆却突然从随身带的一个背包里掏出一本精装书来，说："这是我写的一本书，请吕将军收下我的心意。"

在把书递到吕平手里时，他又脸涨得通红地说："我平日是个不善说话的人。爱用笔却不爱用嘴表达我的思想。我研究过日本和日本军国主义。日本军人二战中的残暴是令人发指的，在巴丹，七千名美军和菲律宾战俘死于日军的枪杀和虐待。战争的后阶段，美军在太平洋上反攻时，塞班岛美军死了三千；硫黄岛死了六千，伤了两万一千人；冲绳岛美军死了一万二千人，伤了三万八千人。日军在天皇宣布投降后仍杀了一批战俘。太平洋战争的历史是不能遗忘的！正如对中国来说，三十万人被杀的南京大屠杀也是不能忘却的。日本军国主义的可怕在于当天皇宣布投降后，帝国近卫师团竟发生叛乱试图阻止天皇向日本人民颁布投降的诏书。可见日本军国主义教育影响多深。日本历史上的罪行严重的不仅仅是被遗忘了，更重要的是被日本和美国当局有意隐瞒掩盖了！我这本书，是有所揭露的。"

吕平郑重地接过山姆·昆的书，表示感谢。海珠看到这本书的书名叫《从父岛到塞班》。

就在这时，雷特蒙也站起来，从他夫人玛吉的手提包里取出一只小巧玲珑的对折式彩色相片架来，说："这是我的礼物，请看——"

吕平和海珠及外办的副主任还有译员都看到，这是中国的五星红旗与美国的星条旗并排放在一起烧制成的彩色陶瓷照片。雷特蒙将它握在手中递给吕平，说："你看，这里有一行字！"

海珠口译出那行字是："永远别忘二战中我们曾并肩作战！"

四、笑话连篇

阳台挂架上那只红嘴绿羽毛的大鹦鹉，名字叫作"一点红"，是司马天雨一家喜爱的宠物。

它的叫声沙哑单调，很难听。但经过司马天雨调教，会叫家里四个人的名字。还会说："你好！你好！""谢谢！谢谢！""再会！再会！"当它开口说话，常给大家带来开心。

为了喂养"一点红"，司马天雨研究过鹦鹉。《大百科全书》上说，世界上大约有三百种鹦鹉，但很大部分都未能幸存下来。有的科学家确信鹦鹉是鸟，但它们都是恐龙的后代，祖先可以追溯到一亿四千万年前的"始祖鸟"。鹦鹉长寿，有"百岁鹦鹉"之说。司马天雨曾对海珠说："爷爷上年岁了！将来'一点红'由你好好给它养老！"所以全家都对"一点红"宠爱有加。

现在，它的叫声响起来了："康勒！康勒！"听来就像说："抗日！抗日！""抗日！抗日！"

原来，司马康勒正走进司马天雨工作及做卧室的南屋。

往事像梦幻似的飘浮在空中，飘浮在记忆中。

司马康勒原名确是"司马抗日"。这是司马天雨与做中学教师的爱妻方碧云结婚后1956年生下儿子时替儿子取的名字。那时中日之间还没有实现邦交正常化。对于曾给自己一家和中国人民造成深仇大恨的日本帝国主义，司马天雨只要一想起往事就无法忍耐。愤激到极点时，他曾好几次犯过那种超出忧郁症的 PTSD 综合征。每次因回忆起以前的惨痛血腥遭遇，就会忧愤发病。发病时，内心恐怖控制不了，失去正常状态，沉浸在往事的痛苦中，甚至失去知觉，沉睡难醒。他住过医院，也长期疗养过。后来病愈了，所以直到 1954 年三十一岁时才同二十九岁的方碧云结婚，到三十三岁时才有康勒。他给儿子起名"抗日"，是使自己和儿子对家中的这笔血泪仇永记不忘。

但从 1954 年到 1957 年春，中日两国民间往来迅速发展，逐步向高层发展，又向官方接触进展。终于在 1972 年 9 月，日本国首相田中角荣为了日本国民的利益，顶着日本右翼势力的猖狂反对毅然访华。9 月 29 日中日两国政府签署了《联合声明》，宣布两国关系正常化，即日起正式建立外交关系。联合声明称："日本方面痛感日本国过去由于战争给中国人民造成的重大损害的责任，表示深刻的反省。""日本国政府承认中华人民共和国是中国的唯一合法政府。"

那时，司马天雨在一家思想政治刊物任编委，在田中访华正式会谈前，听到过周恩来总理会见了田中主要随行人员时的一个讲话。周总理说，从世界潮流看，中日两国人民应世世代代友好下去。正如田中阁下所说，中日两国人民有两千年的交往史，值得我们珍视。这就是说，历史给我们培养了人民友好的基础。很不幸，从 1894 年到第二次世界大战结束的半个世纪，由于日本军国主义者侵略中国，使中国人民遭受了巨大灾难。侵略战争的结果也使日本人民遭受了巨大的灾难。但我们历来把一小撮军国主义者与广大日本人民区别开来，所以中国解放后，虽然我们两国战争状态还没有结束，但两国人民的友好往来从未中断，两国贸易也一直在发展。这说明我们两国历史关系和两国人民的友谊之深。田中首相就任后，抓住了主要问题，即两国人民长期以来要求恢复中日邦交的愿望，我没有理由不响应，我这个响应出于两国人民长期友好的愿望。……

司马天雨身上怀着对侵华日寇的血海深仇，历来是忘怀不了的。

他对老子提倡的"以德报怨"理论历来不以为然。但他又是一个比较理智、深明大体、有国家民族观念的知识分子。记得那时，报上刊登了人大副委员长郭沫若的一首《沁园春》词祝中日邦交：

赤县扶桑，一衣带水，一苇可航。昔鉴真盲目，浮桴东海，晁衡负笈，埋骨盛唐。情比肺肝，形同唇齿，文化交流有耿光。堪回想，两千年友谊，不等寻常。　　岂容战犯猖狂，八十载风雷大洋。喜雾霁云开，渠成水到，秋高气爽，菊茂花香。公报飞传，邦交恢复，一片欢声起四方。从今后，望言行信果，和睦万邦。

司马天雨很喜欢这首词，特别是下阕的最后一行："从今后，望言行信果，和睦万邦。"他吟诵再三，虽然心中对自己的家国仇恨总在隐隐作痛，他对大局小局、前后左右还是有思考有克制的。最后，他将这首词请一位书法家写成一幅屏条裱挂在客厅里，直到"文革"中，才被来抄家的造反派撕毁。

有一个问题放在面前，儿子司马抗日的这个名字很直露。儿子这时十六岁了，正上高中。司马天雨教中学语文的妻子方碧云不幸因为在"文革"中忍受不了无辜的批斗和殴打，在1967年犯心脏病去世了。司马天雨只有自己同儿子商量了解决。儿子的名字就由"司马抗日"改成了"司马康勒"。

这些年来，日本有些政界显要不断参拜供有甲级战犯的靖国神社，右翼分子常常做出伤害中国人民感情的事，使司马天雨很愤激。所以，司马天雨在教"一点红"说话时，鹦鹉的发音竟十分标准，叫起康勒的名字来，听上去俨然是"抗日"。这点，全家人都能感觉到。司马天雨对"一点红"的聪明伶俐也就特别宠爱。

现在，"一点红"的"抗日！抗日！"声中，司马康勒站在父亲面前了。他是个诚诚恳恳、板板正正、话不多的人。读的书不少，确有才识，但也有人说他"茶壶里装汤圆，有货倒不出"。大学中文系毕业后，做了多年编辑出版工作，不外是"在报刊上找选题，在古籍中寻灵感，找作家和专家觅稿件"，终于，评上了编审职称，却始终在编辑主任的位置上停步不前。这就使得他更加勤勤恳恳做事、小心翼翼看稿、做个让领导放心的编辑主任。他不会同书商打交道，不会也不愿卖书号。但配合时事和形势编过一些获得全国奖项的好书。他努力追求出双效益的书，出版社的领导就留住了他这样的老编辑主任把关和撑门面。

他这两天在家里审编一本重点书稿！集中精力审读，刚才上网时，给父亲点击到了一些与钓鱼岛有关的资料，下载后特地给父亲拿来。他知道父亲的脾气，如今决定要写《啊！钓鱼岛》这本书，立刻雷厉风行，马上着手要干的。他发现父亲现在上了年岁，在写作上却愈来愈有干劲。自从陈向明宴请吃火锅后，这些天，父亲左边一只尽根牙因牙周炎和牙肉萎缩，疼痛得不得了，喝茶吃饭，冷了热了酸了都会疼痛得头上冒汗。但司马天雨整天忙着收集资料，阅读构思，居然顾不上去找牙医治疗，说是"太忙，没时间"。康勒不放心，早上特别去医院替父亲挂了个专家门诊号，决定来劝说父亲明天由他陪同去医院跑一趟。

见康勒又拿来一叠有关钓鱼岛方面的资料，司马天雨显得很高兴。接过资料翻了一翻，放在桌上说："丽娟也给我拿过一些来了，也是网上搞来的，有的似乎重复了！再说，我稀罕的是我在寻觅的独家占有的资料。"

康勒点到正题说："明天上午十点钟，我陪您上医院。牙科的号已经挂好。俗话说：'牙疼不是病，疼起来要人命！'您可不能老忍着置之不理。"

司马天雨燃起一支烟，轻轻地笑起来，干脆地说："这都怪前些天陈向明夫妇请客了，那顿火锅害得我上火了！你既已挂上号了，明天我自己一定去，不必要你陪。"

康勒笑了，说："爸爸，您又抽烟了！抽烟比吃火锅可能更容易使您牙疼呢！"

司马天雨不加理会，见康勒在自己桌对面坐下来了，他喷了一口烟转了话题说："康勒！有个问题憋在我心里很难受。我老想问问，请我们吃火锅的陈向明夫妇是不是看上我们家海珠了？"

康勒笑了，说："丽娟说，她正要同您说呢！现在您却自己发现了！你看他们家那个儿子陈川富怎么样？"

"那个青年人吃饭时从头到尾没说一句话，看样子倒还不是轻浮或者爱作秀的青年人。个子不高也不矮，模样也还行……"

"是的，我们也这么看。"

"丽娟对他有了解吗？"

"有！她说这对夫妇职务摆在那里，都很能干，有学历，也善交际，经济条件不错。为人似乎也热情。陈川富呢，学历是大专，比海珠差些，但人还似乎不错。您觉得他们怎样？"

"我不了解，拿不准。你们了解的不妨告诉我。我知道你们做父母的都关心海珠的婚事。正因为关心，可要特别慎重，光看看表面不行，要多了解了解对方这家人的方方面面为好。"

"爸爸有什么感觉吗？"

"感觉当然并不全都可靠。那天吃火锅时，陈向明有的话说得在理，有的话却说得不怎么样。而且，我见陈向明手面阔绰，好像很会享受。"

"丽娟说，请客吃饭等这种费用，他们都是有特别费可以报销的，公司什么的有这笔费用！"

"说起腐败什么的，陈向明倒是一脸正气，只是他自己是不是清水衙门，我看难说。如今什么货品都有假，人也一样，说一套做一套的多的是。"

"我也建议丽娟多深入了解一下。"

"他们原籍是四川吗？陈川富、川富！……"

"不是，他们是浙江人，富春江边的人，川富本名'传富'，嫌俗，才改成'川富'了！丽娟认为，主要是看陈川富这个青年怎么样，她主张海珠同陈川富能接触，加深点了解再谈别的。"

"这倒也是！"司马天雨点头，在烟灰缸里掐灭了烟，"好在海珠这孩子是个有主见的姑娘，让她自己先发表意见或寻找感觉也好。时代不同了，这种事家里不必包办。"

"我们不会勉强海珠的！"康勒说，"我把爸爸刚才说的话对丽娟说，她一直是重视爸爸的意见的。"

"我的话倒也不一定都对。这个孙女是我心上宝贝，也是你们的心头肉。反正，多为她的幸福考虑总是对的。那天吃火锅后，海珠发表什么意见没有？"

"没有！"康勒摇头，"只是陈川富打电话到报社找过丽娟，说想同海珠出去喝咖啡谈谈心，征求丽娟意见，问她同不同意。丽娟说，现在什么时代了！你就直接给海珠打电话、打手机、发短信，网聊也可以嘛！他说不敢，怕碰钉子！丽娟说，海珠是大大方方有教养的女孩，你别胆太小。——但我还不清楚他们直接接触了没有。"

司马天雨笑了："哈哈，你这个糊涂爸爸，你该关心点才好呀！"他拿起钓鱼岛的材料又翻阅起来，风趣地说，"康勒，有海珠的'情报'及时告诉我！"他就是这脾气，怕闲谈浪费自己的时间，说这话时，那表情就是告诉康勒，你可以走了！

其实，就在司马天雨同康勒谈话时，陈川富正邀请司马海珠在外滩江边的波诺米咖啡吧里聊天。

现在的年轻人，都大方而开放，接触时没有什么羞羞答答扭扭捏捏不好意思，也没有什么怕人闲话而有顾虑。

海珠的同学和友人中，那些同龄人，在男女关系上随随便便、随心所欲的并不少见。周末节假，一男一女结伴去"游山玩水"，实际是去"放松身体""尝尝禁果滋味"的也不稀罕。但海珠条件虽好，却是在家庭正统教育下培养出来的女孩。她不任性、不放纵，甚至有同学还认为她"保守"。海珠却也我行我素。她并不古板，追求的人虽多，却总是用婉拒来应付，她觉得自己还没到那种年龄，还没有那种需要，有的属于无所谓的交往，她就坦然处理或接受。她只坚守着一条自己规定的防线和底线——不马虎也不随便。

海珠大学毕业，在读硕士学位。陈川富大专毕业，学的是经济，已经在他母亲公司里当"白领"。认识以后，来往接触一下，在陈川富觉得是有些需要，在海珠心目中，觉得很正常，海珠并不认为这就是同陈川富在谈恋爱，更不是谈婚论嫁。

那天，两人在电话上聊了一会儿，既不涉及爱情，也不涉及政治。是从说些闲话开始的。

陈："您的日文真棒！我正在请家庭教师教日文、日语呢！"

司马："呵，是吗？"

陈："我有出国去日本的打算！"

司马："是吗？"

陈："那天吃火锅，我没给您留下坏印象吧？"

司马："为什么这样想？"

陈："我只是随便问问！其实我是个很好的人。"

司马："怎么个好法？"

陈："您也许知道，有些眼界高的本地女生择偶条件是：'一纸文凭，二国语言，三房一厅，四季名牌，五官端正，六六（落落）大方，七千月薪，八面玲珑，九（酒）烟不沾，十分老实。'这十大要求，我有的远远超过，有的相差不多。"司马海珠扑哧一声笑了："自命不凡。"

陈川富发觉了，补充说："我性格温和，爱父母也为父母所爱，我用不着做'月抛族'①，将来，必然能做大企业家，大家想要的洋房、汽车，我必然不稀罕，有一条平坦的光明大道摆在面前，我待人热情、不小气，与人相处融洽，过去女同学都喜欢我。"

司马："是吗?"

陈："怎么不发表意见?"

司马："新认识，乱发表意见干吗!"

陈："您怎么评价自己呢? 能谈谈吗?"

司马："自己很难评价。人对自己常常缺乏认识。有自知之明的人很少。"

陈："呵，8574（把我气死），哈哈! 您讽刺我。"

司马："没那意思!"

陈："你温柔吗?"

司马："不知道!"

陈："很骄傲吧?"

司马："未必。"

陈："有点任性。"

司马："难说。"

陈："听说你乒乓球打得很出色?"

司马："有时陪爷爷打一打。"

陈："哪天我陪你打?"

司马："你喜欢打乒乓?"

陈："不! 我基本不会。"

司马："那何必呢? 今天就谈这些好吗? 别再说 8574（把我气死）了。"

---

① 月抛族：言下之意，就是为了工资和生活，几个月就要抛掉一个老板去"跳槽"的大学毕业的上班族。

第二次谈话是昨天晚上。

海珠正忙着把那个美国人山姆·昆的《从父岛到塞班》匆匆读完，并且将其中有的章节摘要用中文译写出来要送给外公吕平过目。这本书是山姆·昆旅行采访日军二战中在太平洋岛屿上实施暴行的特写集。书中真实写出的日军血腥暴行是海珠前所未闻的。阅读和摘译时，使她心头充满难言的愤慨……在这种情绪中，陈川富用手机同海珠通话：

海珠："你怎么有我的手机号码？"

川富："是丽娟阿姨给我的。"

海珠："呵！我现在很忙。"

川富："请别拒我于千里之外。"

海珠："有事吗？"

川富："能继续上次的聊天吗？"

海珠："我只能礼貌地说可以，因为我真的挺忙，而且，我并不喜欢在手机上闲聊。"

川富："我其实真是战战兢兢很怕打扰你的。"

海珠："想聊些什么呢？"她捺下性子，觉得太生硬不好。

川富："随您，你想聊什么就聊什么。"

海珠："你爱看书吗？"

川富："坦率地说，中学时我比较爱看书，港台的武侠小说、言情小说我全读完了。如今爱旅游。旅游也是一本书。这本书既有文化风景，又有历史岁月；既有时尚，又是休闲；既可见到商机，又可咀嚼智慧，捧着一本又一本厚书坐在那里啃的事，似乎是属于银发族的范畴了，你说不是吗？"

海珠："说得很有趣。"

川富："听说你学习成绩优秀，英语、日语都棒。那天吃火锅时欣赏到了你的翻译才能，我老爸、老妈和我都很佩服。"

海珠："别随便佩服一个刚认识的人。"

川富："这话挺有哲理，但我愿意佩服你。"

海珠："……"

川富："怎么沉默啦?"

海珠："听了你的话，我飘飘然，飞走啦!"

川富："你真会说笑话。"

海珠换了一个题目："你喜欢诗吗?"

川富："诗?（勉强思索着）喜欢!（又老实地）不过，我更喜欢笑话。"

海珠（出乎意外）："笑话?"

川富："对! 好诗似乎不多。笑话无须费脑，却能使人快乐，我讲个笑话你听，好吗?"

海珠："好吧!"

川富："有个人看到一个孩子在玩一枚金币，就想把它骗到手，他给孩子看几个铜币，说:'把你的那个给我吧! 我这几个全给你!'孩子一口答应:'好啊! 不过，你得装羊叫!'那人见旁边没有别人，就'咩咩咩'学了几声羊叫。孩子点点头，说:'你以为羊分得清金币和铜币，我倒分不清吗?'"

海珠笑了，笑声很好听。她起初觉得这人既不爱读书，说是喜欢诗，实际又不喜欢，有点懒而俗。这时被他讲的笑话逗笑了，感到这人还颇有幽默感了。

川富："你笑了! 你能讲个笑话我听吗?"

海珠："好吧! 我试一试!"她讲了一个笑话:

"一个聪明人，遇事总想知道一个为什么。一天，他去到农村，经过一口水井，见有个傻子绕着井兜圈子，一边眼睛看着井里，一边嘴里念念有词:'十三、十三、十三、十三……'聪明人想弄明白这是为什么，以为井里准有什么奇怪的吸引人的东西，决定上去看一看究竟。他走到井边，趴下身子伸头朝里张望。井水深深，什么也没看到。这时傻子却将聪明人双腿一举送进了井里。傻子继续绕井兜圈子，嘴里不断又念：'十四、十四、十四、十四……'"

川富哈哈大笑："你这笑话有点深刻，值得回味，似乎是说这个聪明人用正常人的思维去看待傻子，他其实自己干了傻事。他栽在傻子手上了！对吗？"

海珠："我想忙我的事了！挂手机了，好吗？"

川富（恳切地）："明天下午五点钟，有空吗？"

海珠："干什么？我要在学校图书馆里找资料。"

川富："五点钟你也该休息了！我开车准时到图书馆门口来接你！"

就这样，陈川富驾着他的"雅阁"兴冲冲地准时在下午五点钟停在大学图书馆门边等候着司马海珠了。

他挺守时的呢！海珠出来看到陈川富时心里想。天冷，进轿车后，有暖气，有轻音乐，陈川富的驾驶技术挺不错，车子从外表到里面都给人舒适的感觉。但陈川富对海珠说："这车子不够精彩。我爸爸说，我们不是贪官污吏，不是贪赃枉法的人，别太奢侈。所以……"他没说下去，但意思海珠懂。

海珠随口说："雅阁是日本车吧？"

"是呀！人说大老婆买奥拓，包二奶买雅阁！"陈川富打趣地说。

海珠微微一笑，想，这年轻人，很会享受！同爷爷和爸爸的家教有关，海珠不觉得这是好事情。陈川富穿的那件兔绒的半长黑大衣上洒了香水，海珠又不禁想，这是个花花公子了！但她没说话，沉默着。

"今天我们去一处可以尽览浦江美景的地方，叫作'米氏西餐厅'，喝咖啡并吃晚餐。那地方都是 VIP 去的，估计你一定早去过了。"

海珠笑笑，说："没去过。我不太喜欢在外边吃饭。"

陈川富说："怪不得那天吃火锅你吃得很少。而且我老妈说，你本来是不肯来的，是丽娟阿姨一定要你来你才光临的。今天你真是给足我面子了！喝咖啡喝茶你总是喜欢的吧？"

海珠朴实地笑笑，说："咖啡我倒是喝的，与同学去美术馆看画展后，总会在美术馆咖啡馆坐一下。在淮海公园入口处的玻璃屋里喝咖啡，那是有一天下雨，可以静静欣赏雨中的绿树，听淅沥的雨声。我还在肇嘉浜路太原路口进过自助式茶馆。那里有龙井、碧螺春、瓜片等八十多种名茶，外墙上挂着挺雅的对联：'青芜垄上香茗一杯叙旧事，藤林枝下怡情万种聚新朋。'茶馆那种文雅的江南庭园味，加上琵琶古乐，很讨人欢喜。"她说这些是怕陈川富带她到一种俗闹的夜总会一类的地方去，她可以用这因由早早离开。

陈川富并未介意，却说："怡情万种聚新朋，我可算是你的一位新朋了！"

海珠笑笑，没有作声。

"你是不是性格恬静、感情内敛的那种女孩？"

"我自己还没有评估过哩！"

后来，车子到了外滩黄浦江边一幢古老建筑大厦附近，泊了车，陈川富陪海珠走进门去，坐电梯直上七楼，进了餐厅。

典雅、富丽而又温馨的餐厅宽敞、雅致而高级。有欧洲式的烛台、吊灯，有金黄色的古典家具，有看了使人心情开朗的红色、金色相参合的餐椅，那种风格是现代艺术和中西文化及历史的结合。在靠近窗口的地方，川富早已订了座。他请海珠坐下，熟练地让彬彬有礼的服务员送来两杯香浓四溢的咖啡和两份这儿出名的奶油蛋白饼。这食物像圣代冰淇淋，可是又不全像，奶油里加入了冰淇淋，配上水果碎片，浇上鲜艳美丽的果汁，甜爽可口。

一会儿，川富预先在花店里订的玫瑰花由一位年轻姑娘送到了！红艳艳的一大束，散发着甜甜的香味，带着周边那些客人羡慕的眼光，花束由川富递到海珠手里。海珠不禁想，这个大少爷真会来事！

川富说："我觉得我们是有缘分的。有时候，缘分撞见你了，躲都躲不开。"

海珠笑笑，没说话。

"这里有许多大人物、大富豪和欧洲的皇室成员及各国的官员都来过。可惜是冬天，外边风大天冷，不然，到外边露台上，可以饱看黄浦江和外滩的迷人景色。"川富喝着咖啡介绍说。

海珠透过玻璃窗，看到露台上有老式的藤椅给人歇憩。现在是冬天，没人在露台上远眺了，显得冷冷清清。餐厅里可能因为价格贵吧，客人也不算多。

川富提议："我们到外边露台上转一转好吗？"

两人到了露台上，顿时感到寒冷。风吹得头发都散乱了。江水潺潺，闪烁着粼粼的波光，对岸那些现代化的高层建筑和外滩这边的古老建筑各有风姿，可以看到浦东的风光。那是最经典的一道风景。江上繁忙，一只只大大小小的船只在乘风破浪航行。整洁美丽的外滩江边，春天时应是绿意葱茏、风景秀丽的花园，如今，有冬天的萧瑟，有行人戴着帽子穿着大衣在徜徉或匆匆行走。

海珠倒是挺喜欢这么静静地远眺的。但川富说："太冷了，进去喝咖啡好吗？"她就随川富一起又走进餐厅。

坐定以后，川富用勺子搅动着咖啡，说："我讲个笑话你听。"

海珠笑了，一双大眼，瞳仁像闪着阳光，说："你未讲我已经好笑了！"

川富有三分得意，说："我这笑话，题目就叫咖啡——"他说起笑话来，有个本事就是自己不笑，却让人笑。他说："有个人来到咖啡店问：'有冷冻的咖啡吗？'服务员摇头：'没有！'第二天这人又来了：'有冷冻的咖啡吗？'服务员仍摇头：'没有！'第三天这人又来了：'有冷冻的咖啡吗？'服务员还是摇头：'对不起！没有！'估计到这人可能还会来，服务员特地准备了冷冻的咖啡。果然，第四天这人又来了：'请问有冷冻的咖啡吗？''有！早给你准备好了！''哦！麻烦您给我加一下热！'"

海珠听到最后一句，忍不住"呵"的一声笑了。她端起杯子喝了一口咖啡，有些苦，但咖啡确是一流的。这是烘焙磨细后现煮出来的咖啡，比在"星巴克"咖啡馆喝过的美式时尚咖啡诱人。她觉得自己话说得太少，随口找话问："你常来这儿？"

"不不不不！"川富摇头，"可去的地方很多，这儿我只来过两三次。"

海珠抬头望望餐厅的四周，墙上有些古老的油画，说："这幢七层的房屋够古老的了！"

"是啊！听说是上世纪20年代建造的呢？"

话谈得平淡无味，川富建议吃晚饭。

海珠点头说："好，我晚上回去还有事要忙！"

川富说："这里有西班牙汁烩海鲜，有意大利式的烩饭，还有味道极好的牛排……你吃什么？"

海珠说："你来过，你熟悉，你点吧，我吃得不多！奶油蛋白饼已经够我吃了！"

川富给海珠点了个海鲜冷盘，自己点了只黑胡椒牛排，却说："等牛排上来了，我再给你讲一个笑话。"

海珠又被逗笑了。她眼睛清澈明亮，说："你笑话真多！"

可不！当配油炸面包烹饪而成的海鲜和那盘配有洋葱、青豆、花菜的牛排端上来时，川富说："觉得还是该让你讲一个笑话给我听。我刚才讲过，不该再讲了！"

海珠笑了，说："我哪有那么多笑话呢？"

"上次你讲的那个聪明人和傻子的笑话就不错。"

"可是，就那一个，讲完就没有了。"

川富笑道："那我就吃亏一次，再讲一个笑话吧！"他就指指面前桌上那块很大的牛排又讲了一个笑话：

"一个小男孩同父亲走在乡村小路上，迎面忽然跑过来一条大牛，来势汹汹。小孩说：'呵哟！我怕！'父亲说：'别怕！这是牛，你不是还常喜欢吃牛排的吗？牛排，就是它的肉做的！'男孩摇头：'可它还没煮熟呀！而且，这么大的牛排我也害怕！'"

于是，看着川富面前桌上盘子里的那块大牛排，海珠再一次被逗笑了。

她想，这是个"耍家"、"吃客"、大少爷，是追逐时尚和前卫的一族！问他爱不爱看书他答不出，笑话却会连篇地讲。不过，他并不讨人厌！跟他在一起，却还是蛮叫人高兴的。……

川富吃着牛排又说："乌鲁木齐北路有家日本料理餐厅，寿司和铁板烧很出名。你日文好，我也在学日文，哪天，我请你去尝尝！"

海珠笑了，说："日本料理我不爱吃！"她婉拒了他。

晚餐结束，川富提议要陪海珠去逛人民广场地下的香港名店街，说："那里热闹，时装店斗奇争艳，酷得很，纯粹港式风情，我想陪你逛逛。……"

但，海珠从容自然而平实地说："谢谢了！我晚上的确有事，得回去了！我外公要我从一本美国书上摘译一些资料给他看。我需要赶一赶。"

"我真佩服你英文也这么棒。漂亮的女生多数学习是不行的！你这么漂亮，却这么用功，真了不起。"川富发自内心地说。

"没什么棒的！仅仅一般！"海珠不想炫耀，所以本想把山姆·昆书中那些使自己看了恶心并战栗痛恨的部分讲一讲的情绪都没有了。说着，她拿出手机拨号。

接电话的是司马天雨，海珠亲热地说："爷爷，我吃过饭了！别等我！我马上就回来！"

五、深　仇

海珠回家时，司马天雨和康勒、吕丽娟正在吃晚饭，空气里弥漫着菜肴的香味。

海珠一进来，左脚用链子拴着的"一点红"张着弯勾的红喙就热情地叫着："珠珠！珠珠！"然后就凑热闹地在架子上躁动不安，扑着绿翅。"一点红"的天架子挂在阳台上，傍晚就移到餐厅里挂着了。客厅同餐厅是连接的，客厅里的电视机开着，但声音很小，放的是市台的新闻节目，没人在看。

海珠做手势同"一点红"打打招呼，亲热地叫了一声"爷爷"，又叫了爸爸和妈妈。

爷爷和康勒弄不清海珠同川富一起喝咖啡进晚餐的事，只有吕丽娟心里明白。

司马天雨疼爱地问："海珠，在哪里吃的晚饭？"他最喜欢这个美丽、聪明、人品又好的孙女了！从吕丽娟生下海珠那天起，他就帮着抱、帮着带，关爱着她。海珠长大后，从小学、中学到大学毕业，爷爷也总是花费大量精力帮助她学习、照顾她生活，从物质上到精神上无处不操心出力。这孙女从中学时代就常陪爷爷在小区的活动室里打乒乓，让爷爷写作空隙可以活动身体，后来，家里就挤出地方安了一张乒乓球桌，祖孙二人经常乒来乓去打上几局，连康勒和吕丽娟有时也凑热闹要上几板。从高中到大学，爷爷和海珠祖孙二人，亲密得像最好的朋友，互相能够谈心交流。司马天雨为了写作，有时外出去采访和收集资料，离开孙女就会想念。孙女身边少了爷爷，也总是惦念得不行。爷爷娇惯孙女，往昔假日时，一老一少游过西南郊的欧罗巴世界乐园、朱家角镇、大观园风景旅游区；西北郊的孔庙、秋霞圃、古猗园；东北郊的崇明东平国家森林公园、长兴岛、横沙岛；东南郊的野生动物园、东新国家风筝放飞场……至于市内，两人更一同逛福州路文化街、东方路商业街、方浜中路的上海老街、豫园旅游商城、襄阳南路服饰街……至于南京、杭州、苏州、无锡这些地方，当然爷爷也带了孙女都一一去过。

去南京那次，是在冬天，爷爷是特地在冬天带海珠去南京的。因为抗战初 1937 年的南京大屠杀发生在冬天，那是 12 月 13 日，日本侵略军从中华门、中山门、光华门分三路攻入南京，就开始了有计划、有组织的血腥屠城，在市内及郊外、周围，日军杀戮中国男女老幼的平民和放下武器的俘虏共计三十万人以上。……带海珠去南京时，海珠还是高中学生。司马天雨写的那本《见证南京血腥大屠杀》已经出版。他不但把这本书的内容讲给海珠听，还把自己的亲身经历简单讲给海珠听了，说："这下你明白为什么当年给你爸爸取名叫作'抗日'了吧？"祖父与孙女是有共同语言的，这使他们感情更加深厚。

听到爷爷问今夜在哪里吃的晚饭，海珠在餐桌旁边坐下，坦率地把陈川富的邀请及在米氏西餐厅喝咖啡吃晚饭的情况讲了。她讲得很平静、很认真，既无意隐瞒什么，也未夸张或添油加醋。她有超出自己年龄的冷静与豁达。

听她说完，司马天雨只问了一句："这个青年人人品还好，不轻浮吧？"这似乎是他关心的一个问题了。

海珠摇摇头说："没见他有轻浮的表现，他说他性格温和、待人真诚、正派、不小气！"

司马天雨说："为人好最重要！"

康勒说："海珠，你已经二十三岁了！心里该有杆秤。接触人时要多了解人。有时候接触后通过一件事或几句话，就能了解他的为人和能力。这个每每是掩盖不了的。当然，人是复杂的，有时不能用单纯的眼光看，也不能匆匆下结论。"

吕丽娟吃完最后一口饭，往碗里舀着汤说："川富这孩子我倒看得中，挺有教养的。"

大家没再多说什么，很明显，海珠二十三岁了，谈婚论嫁似乎还不急，结识男朋友倒是可以进行了。如今放在眼前的合适男青年似乎不多。虽然海珠从高中和大学开始，就不断收到过同学的求爱信，但她每次总把这些信"上缴"给爷爷、爸爸和妈妈看，先后也有一叠了！她自己则从不同谁密切多次交往。这两年，虽然大学里的男同学和如今一同念硕士生的男同学里，追求她的人不少，邀她看电影、喝咖啡或参加 Party 的都有，多数她都摇头谢谢，偶尔有答应了的，她也只是用平常心一般的对待，不去深交。她看得上的人似乎还没有，总没有什么进一步的想法。而这一次，吕丽娟似乎对陈川富情有独钟了！见大家不说话了，她说："人家家庭好，有经济基础。川富这孩子卖相好，大学毕业（虽然她明知是大专，不是本科，但不愿强调这一点，只说是'大学毕业'了），又有好的工作，听说还要出国留学。依我接触，这孩子彬彬有礼，蛮讨人喜欢的！"

康勒心平气和地说："海珠的终身大事不需要我们替她定。我们的意见可以给她参考，让他们互相多了解了解，不必急于求成。"

司马天雨笑了，说："我就一个这么好的孙女，她的事我可不能不管。主要须看这青年人人品如何，是否爱国爱人民，是否努力上进，是否爱情专一，是否有责任心！海珠是有主心骨的女孩，我相信她会找到自己的幸福！"

海珠突然声音高了起来，脸上有惊异和任性的表情，说："啊呀啊呀！你们想同心协力赶快把我赶出家门是不是？有的东，有的西，仿佛我已经在谈恋爱了！其实，我心里明白，飞机停在那里，我还不想买机票呢？你们太瞎操心了吧？这是什么时代了！离男女授受不亲的时代已经那么遥远了！别都见了风就是雨呀！陈川富仅仅邀我见了这么一次面，先后不过两小时，各位已经瞎操心了！是不是太早了呢？是不是过分了呢？对不起！——"她站起身来，带点调皮地说，"本人回房去了！要忙着给外公整理资料去了！Bye－Bye！"

她一阵风地步履轻盈地飘回自己那间小房去了，并且关上了门。

留下的三个人都相视一笑。谁说海珠讲的不是真话呢?!

康勒忙着收拾碗筷去洗碗，丽娟已经去客厅沙发上坐着看电视去了。司马天雨独自回到房里。他牙疼，却不愿吃止疼药，用手扶着面颊回到房里。吃晚饭时，一块炒莴苣磕痛了他那颗右上端的尽根牙，疼得他出汗，如今仍隐隐作痛。他打开自己房里那台小电视。换了几个台，都在演那些戏说历史的古装电视剧和乒乒乓乓打来飞去的武打片。去年在美国发生了"9·11"基地组织恐怖分子劫机撞毁两座摩天楼造成两三千人死亡，那个阶段，他每晚都守候在电视机旁看新闻。后来，美国进攻阿富汗塔利班政权和本·拉登的基地组织后，他也一天不漏地看电视里的新闻报道。但现在，美国在阿富汗取得了胜利，打垮了塔利班，虽然基地组织的头子本·拉登和塔利班的头子奥马尔无影无踪，但相信他们还活着。司马天雨就总是关心着反恐的新闻。美国总统小布什如今和他的领导班子一心扑在伊拉克萨达姆政权身上，说他密址有大规模杀伤性武器，要他接受核查，并且说他与基地组织有联系，大有要单边发动一场攻打伊拉克的战争之意，气势逼人。司马天雨虽认为萨达姆的独裁专横不好，但看不惯大国霸权主义那种横暴的耀武扬威的做法，不禁慨叹这世界上强权政治竟似乎无遏制的可能，于是，遂将精力贯注在写作之中。

不知什么时候，外边下起了淅淅沥沥的冬雨，清脆的雨声敲击在玻璃窗上，使他有"半夜灯前十年事，一时随雨到心头"的那种唐诗上的心境了。

牙疼，这种生理上的疼痛，使他同样也勾起了心理上的疼痛。他阅读着康勒给他下载的钓鱼岛的资料，热血沸腾起来，心绪更愤激了！

钓鱼岛列屿由钓鱼岛、黄尾屿、赤尾屿、南小岛、北小岛及三个小岛组成，总面积约 6.5 平方公里，位于中国台湾基隆市东北约 92 海里，距中国大陆 90 海里。为什么日本非要对这块远离其本岛，本属于中国的小岛垂涎三尺并动手抢占呢？这是因为按照 1992 年联合国公布的《国际海洋法公约》关于"主权国家以 200 海里内的海域为其经济专属区"的条款，钓鱼岛的实际价值是以此岛屿为依托，半径为 200 海里的庞大海域及此海域内包括海底石油、矿产、海洋渔业等海洋资源和领海、领空的交通、运输权以及未来潜在的资源等等，如果日本侵占钓鱼岛，就意味着中国东海海域将丢失数十万平方公里的海洋国土。调查发现，仅钓鱼岛周边海域就蕴藏着 1000 亿桶以上的石油储藏量，相当于世界第二大产油国伊拉克的原油储藏量。此外，钓鱼岛源所处的地理位置极具战略价值。日本如在此建立军事基地或部署重型武器，无异于在中国家门口设下了定时炸弹。……

窗外的雨大了，由淅沥声变为哗哗声，檐头的滴水声也发出噪音。牙齿的激烈疼痛，冬夜雨中引发的思绪使司马天雨突然又想起了做小学教师的母亲林秀莲。

做中学教员的父亲司马森死得早，司马天雨对父亲的印象已经不深，但做小学音乐老师的母亲，那种印象和情结是镌刻在心上再也不会淡忘的。

母亲在他脑海中，始终是那样的美丽端庄与干练。母亲慈爱而又刚强，有时身上会散发出双妹牌雪花膏的淡淡清香……

但是，1937 年抗战爆发后的那个冬天，在南京，家住在鼓楼三条巷的一所砖瓦房里。后院的白粉墙上，夏天时会攀满母亲种植的茑萝和牵牛花，冬季时就只剩枯藤了；但却是忘不了的枯藤。那时，年迈的外婆病重，母亲无法带儿子转移，南京正面临陷落。母亲心急火燎，也患牙疼，文静的脸上布满痛苦和忧惶的神色。

日军一路由沪宁沿线进攻直取南京，另一路采取钳形攻势，从安徽广德、宣城方面包抄过来。南京面临城破，风声鹤唳，一夕数惊，由于外婆病危瘫痪，无法逃难。南京当时有外国人出面办的"难民区"，左邻右舍都纷纷往颐和路一带的难民区里逃跑，说那里也许安全些，但母亲带了病危的外婆和他，无法逃跑。坚强的母亲终于决定自己陪着外婆不走了，让小学里的同事向秦淮老师带着天雨去难民区躲避。

记得他是松开抱着母亲的双臂哭泣着才依依不舍跟向叔叔提了个蓝布包袱到难民区里去的。临别时，外婆已经昏迷不能说话，母亲流着泪亲着他说："天雨，跟向叔叔走，他会照顾你的！放心，妈不会有事的。妈妈在家里将来等着同你见面！"……他闻着妈妈身上依然有那一种淡淡的雪花膏的幽香。……这香味，直到今天，七十九岁的他，依然难忘。这种香味同妈妈那文静端庄而又慈爱的面容，永远浮现在他的记忆深处。

他提着蓝布包袱同自己也背着一个大包袱的向叔叔，一起到了男女老幼群集拥挤不堪的国际难民区里，听着枪炮声日夜在远处轰鸣。向叔叔是妈妈小学里的同事，教五六年级国文的老师，也是邻居，单身一人住在附近。他是个个儿高大、朴朴实实、络腮胡子刮得干干净净的人，为人极好。平日常到家里来，有时帮着家里买米买煤球什么的，或者送些鱼虾、水果什么的来。妈妈有支心爱的玉笛，短短小笛，温润可爱，是祖传下来的。妈妈擅吹玉笛，有时吹《苏武牧羊》，有时吹《满江红》《木兰词》。每当吹笛，必定先用黑丝绒布拭抹笛孔，唇触之际，笛音缭绕，五音柔和，如泣如诉，音韵起伏，优雅悦耳，笛声袅袅，非常好听。到了难民区里，司马天雨才知道妈给他带的蓝布包袱里，不但有衣服，还有几块洋钱和些钞票外加金饰和这支玉笛。看到这支玉笛，他就想起妈妈教过他的那首唐诗："谁家玉笛暗飞声，散入春花满洛城。此夜曲中闻折柳，何人不起故园情。……"

每每记忆如潮水般涌来，那些过去的情景不断重现，那种感情只要想起来，他就禁不住心里发酸，泪水湿了睫毛。……

今夜，这牙疼，这雨声，怎么又使他想起亲爱的母亲，想起那场六十五年前血淋淋的南京大屠杀了呢？

啊！啊！……他用手捂着牙疼造成的发烫的面颊，心里叹息着呻吟着，控制不了自己的感情。

……在难民区里，同向叔叔在一起，不时听到机枪声、步枪声、炮声，有时还有飞机声，听到人说：南京沦陷了！外边鬼子兵打着膏药旗正进城在放火、奸淫烧杀，非常可怕。被杀的中国人到处尸体都堆积着，下关江边集体被屠杀的几千尸体都浇上汽油在燃烧……又见鬼子兵常来难民区里蛮横地同一些国际人士交涉，并且强行逮走许多年轻力壮的男人，也来强行连抢带拖地掠走妇女。凡是被带走的人，再也没有回来。……

12月底，鬼子兵仍在外边疯狂杀人、放火、奸淫、抢劫。一天傍晚，司马天雨实在太挂念妈妈和外婆了，他早就同向叔叔说过，他想回家去看看妈妈和外婆。向叔叔劝阻说："天雨，听叔叔的话，你妈妈把你交给我，我有责任，这时候外边仍很危险。不能回去！……"向叔叔平时剃得光光的络腮胡子已经长得好长了。他平日对天雨非常和善的脸上这时一脸严肃，不同意离开难民区。就在那夜，司马天雨悄悄起来下定决心回家。他走得匆忙，六神无主，只挂念着妈妈和外婆，连蓝布包袱都忘了带。悄悄地独自一人就偷偷走了。……

南京城沉浸在一片黑暗的恐怖之中。

他急匆匆地趁着夜色往家里走。……

南京像一座死城，他看到许多房屋都已烧毁，街边有躺在地上的死人，那都是被鬼子兵屠杀的中国人。……他绕道要回家，却没料到远远迎面看到了鬼子兵。

鬼子兵的电筒光闪射过来，他想逃跑，鬼子兵吼叫着开枪了！"噼""乒"……他猫下身体想转身窜向右边，不料却被后边上来的两个鬼子兵冲上来老鹰抓小鸡似的抓住了。见是个孩子，就没杀他，狠狠用枪托揍了他几下。他鼻血涂得满脸，左臂也流了血。一个鬼子兵用绳子反绑住他的双手，押着他走。他看到有一个鬼子兵押着一个被撕破衣服的女人，她也被反绑着双手。鬼子用电筒照着路，走了一会儿将他关进附近一幢空房的一间屋子里。这里已关押着一伙中国人了，都是反绑着双手的。有的头上脸上身上还有伤有血。人拥挤，有坐的有蹲的也有站的。几个鬼子兵揪着那个女人叽里咕噜地笑着说着到隔壁空屋里干坏事去了！只听到女人的哭骂声和鬼子兵的吆喝大笑声。……

他仇恨地想，倒霉了！家没回成反倒被鬼子兵抓在这儿关着了！会怎样呢？会被杀吗？

疲劳、寒冷、没有睡意。他发现反绑的绳索有些松散，心里想，怎么才能逃跑？但得不到答案。女人的哭喊声听不见了，也不知是不是被杀掉了！四周静悄悄，黎明时分了鬼子兵突然来了好几个，押着被囚禁的几十个人往外走。有个鬼子兵还扛着轻机枪。

天气阴沉沉，附近不远处有个大水塘，突然看见水塘边全是死尸，尸叠着尸，看来是鬼子兵昨天用军刀砍杀在此地的，尸体都是同脑袋分了家的，血污染得地上和水边都有。司马天雨虽小，但机灵，明白要屠杀了！鬼子兵让几十个人都列队并排站在水塘边上，司马天雨心一急，情不自禁地向前冲了一步，扑倒在塘边水中的乱尸堆上。恰恰就在他扑倒的时候，机枪响了，人们接二连三地倒了下去，他就被埋没在别人的尸体下面了。机枪射击声停止后，他动也不敢动。池塘里的污水和身上边死人的鲜血染湿了他的衣服和躯体，他也不敢动一动。许久后，鬼子兵早走了，天上下起了滂沱大雨，雨很大，打在他身上和身旁的尸体上"啪啪"地响。他挣开了反绑双手的绳索，轻轻挪开背上的尸体，一身泥水地抬起头，偷偷朝四周瞅望。看清周围没有鬼子兵了，十四岁的他决定冒险，机灵地朝鼓楼三条巷方向窜去。

天上有飞得很高的一群乌鸦，"呱——呱"地叫着飞远。这一带房屋状况和地理形势他都熟悉。身上沾满泥水，又淋着雨，浑身冰冷。他缩着身子警惕地边躲边跑，向回家的路上疾奔。踩着水，一路上见到有散乱的尸体，这处一个右边又一个，天气阴霾，冷风刺骨，遥远的一处楼房上有狰狞的鬼子膏药旗在呼啦啦飘。有些被纵火焚毁的房屋，雨中像骷髅似的矗立着，砖瓦狼藉，风雨中凄凉不堪。

幸好，没有再遇见鬼子兵，却偶尔还能听到远处有枪声"叭——叭——"乱响……

终于，到达家门口了。但，门敞开着，四下静悄悄的，司马天雨的心"蹦蹦"要跳出膛来。他飞也似的冲进门去，见像遭到抢劫破坏似的，家里的窗玻璃大洞小眼全破碎了，门已踢倒歪倒在一边。外间房里桌椅全部东倒西歪，满地是瓷茶壶、玻璃杯的碎片。他叫了一声："妈——"毫无回声。他冲进后边外婆的房里，又叫了一声："妈妈——"却不禁倒吸一口冷气，汗毛倒竖起来……他顿足捶胸，泪水奔流，险些心痛得晕厥在地。……

以后，无论经过多少年，司马天雨再也忘不了当时他瞥见的这一幕悲惨恐怖的情景，这是披着人皮的鬼子兵干的勾当，这是顽固地盘踞在他脑海中的血海深仇。他最亲爱的妈妈、他的外婆都死在那间房里的床上，死了的外婆衣服倒是完整，妈妈却裸露着上身，衣服撕裂，被刺刀挑戳得从脸到身上全是伤口，淋漓的鲜血已凝结成紫黑色的血渍，涂抹得到处都是。但有一把沾着干血污的菜刀紧握在妈妈手上……

他像遭到了雷击，双手捧着泪脸蹲在地上，一切天旋地转，一切无法想象，一切都变得茫茫苍苍。死亡的气息笼罩着他，空气似乎冻结了！外边雨下得更大了！他沉默了半晌才又哭泣起来，但抑制着哭声。他摸不清周围会不会还有鬼子兵会来到或经过。他在那一刻，立誓要报仇！宁可死也要报仇！

怎么报仇呢？此刻，十四岁的他感到从未有过的孤单，感到从未有过的无依无靠和彷徨，真是要疯了！那夜，他冻得僵硬地守在妈妈和外婆尸体旁。听着雨声，心里像潮水泛滥。这种凄惨痛苦的感觉，以后许许多多年，每当夜雨秋灯，那天夜晚的情景与心态就会放电影似的鲜明呈现在眼前。于是，他会痛心地呆坐着，眼里饱含泪水，心里含着愤激，严重时，他曾不吃不喝，也听不见别人的话。人像麻木了！却有一种恐惧感，有一种怒发冲冠的表情，有一种内心颤动浑身痉挛的状态。

为这，1954年他三十一岁才与方碧云结婚。婚前，他曾三次住过医院治疗休养。医生说他这是一种受了强烈刺激造成的病症，在南京大屠杀那种鬼子兵制造的血腥恐怖情况下，造成这种病并不奇怪。

只是，同做中学历史教师的方碧云恋爱并结婚后，他的身体逐渐好起来，心情逐渐好起来，方碧云是一个善良贤惠的女人，他们夫妇从来不吵架，以后又生了儿子康勒。他当初在一家出版社做编辑，又经常自己写作，小小有了点名气。写作使他可以发泄感情。家庭可以给他温暖。他许多年来没有再犯过病。

只是，今夜，因为钓鱼岛的资料，因为牙疼，因为哗哗的夜雨，他却又想起那当年南京大屠杀时触目惊心永生难忘的往事了！想起这些往事时，他又有一种怔忪伤心的感觉了！他呆呆坐着，听着雨声，抚着牙病造成发热发痛的面颊，心里翻江倒海，像打翻了五味瓶。他很清醒，因为清醒，很怕自己又会犯病。墙上挂着方碧云和他的合影。那是"文革"前的一张合影，两人眼光里都充满了喜悦和希望。可是，后来方碧云就抛下他西去了！……看着照片，他心里空落落的。因为心态不好，他决定自己努力克制，站起身来，预备去看看海珠，同孙女谈谈心。今夜，心情寂寞压抑。往常，海珠常笑着说："我同爷爷之间没有代沟！"也许去同海珠谈谈，就能化解心上的疙瘩与芥蒂吧?！

他意兴索然地走出房去。

六、司马天雨的往事

陈川富在手机上发了好几条短信给海珠，都是些讨好或吃饱了没事干的话："真想每天都同你通话或网聊。我像热锅上的蚂蚁。""今天一肚子笑话真想讲给你听。""中午吃鱼卡了刺，555（呜呜呜），7456（气死我了），88（拜拜）。"

海珠干脆回了一条短信给他："我有做不完的事，看不完的书，难以奉陪，请勿打扰。"

陈川富识相，发短信说："遵命。"

海珠关着门，正开着那盏绿色台灯忙碌地在电脑上整理资料。司马天雨敲敲门走进她的房间。

见到爷爷来了，海珠亲热地叫了一声"爷爷"，调皮地说："欢迎欢迎，热烈欢迎！"这是她上小学时外宾来参观学校，学生们都列队摇着手里的鲜花总是这么喊叫致敬的。

司马天雨说："你在给外公摘译那本美国人的书？"

海珠点头："书是早看完了！有些事真是吓人！可能爷爷您也没见过这些材料。我明天上午给外公送一份摘译去，现在去复印一份给您看看，明天把全部给您。"

司马天雨点头说："好！"只见海珠递过来的一页标题是："我站在日本父岛上为八名美国飞行员祈祷。"摘译的文字是：

父岛列岛位于日本东京南面七百多公里处，是日本小笠原群岛中的一撮小岛中的一个，与兄岛、弟岛等一起成为父岛列岛。二战中，岛上驻有不少日军官兵。1944 年 9 月，美国轰炸机执行任务被日军防空武器击落，八名飞行员被俘，仅二十岁的乔治·布什一人侥幸获救，被俘八名飞行员，遭到严刑拷打后，日军用军刀、削光了的竹子残酷刺割他们，还把四名飞行员开膛破肚，吃了他们的肝脏和腿肉。

据日军士兵岩川供称，最先吃的是美军话务员马弗，日军用黑布蒙了他的眼，将他捆到一个新挖的坟穴前，鲜血四溅地砍了他的头，马弗死后，父岛列岛上的日军军官射场末雄举行人肉宴，由外科军医寺木医生取了他的肝，割下腿肉，招待父岛日军总司令立华义夫将军。

美军飞行员霍尔接着被砍杀死。据父岛日军海军上将森己之藏战后在法庭供称，射场末雄得意地告诉他："我用尖尖的竹子弄碎霍尔的肝，用水煮了加上酱油、蔬菜，我们大吃了一顿。"

第三个被吃的是美军飞行员吉米，他与另一飞行员沃伦一起被杀，被挖出心肝、割下肉，全部被日本军人吃掉。

另外四名飞行员虽未被吃，但无一幸存，有的还是被日军用大棒活活打死的。射场末雄和立华义夫战后审判均被判死刑。

在这次轰炸机被击落的事件中，唯一幸存者就是乔治·布什。他跳伞跌落海中，很快被一艘路过的美国潜水艇搭救。战后，他因此荣获"卓越飞行十字勋章"。1988年，他还曾任第四十一任美国总统。现在的总统小布什就是他的儿子。老布什的这段光荣经历，人所共知。但当年与他一同作战的八个飞行员怎么惨死于日军手中，却是个谜。二战结束后，美国在关岛对日军进行的审判上，日本战犯供认了吃人肉人肝等罪行。但为避免飞行员们的亲人过于悲伤，美国政府只公布了他们身亡的消息。被日军残暴杀死及被吃掉的事都作为"超级机密"处理。但是，这段历史为何对美国人民和世界人民故意隐瞒或尽量隐讳呢？当今天我们美国的鹰派又在倚重并武装日本的时候，当我们明明看到这个念念不忘受到原子弹轰炸及否定东京审判，而且刻意企图重整军备成为军事强国以便报仇，好重新称霸东亚和世界的日本，他们对美国的伪善逢迎的笑脸还是可信赖可依靠的吗？他们以神的子孙自诩，他们用武士道精神培育出来的吃人肉和人肝的军人不可怕吗？难道历史不会重演了吗？我太怀疑了！我们为什么竟忘却往事或不去了解历史而毫无警惕呢？这是我在父岛采访并实地考察后，从惊骇、悲伤与厌恶中得到的感想。

海珠见爷爷读着这份材料，脸色越来越沉重，越来越忧郁，心里有些懊悔了！何必急着把这血腥的材料拿给爷爷看呢!？啊！在战争中失去人性的日本侵略军哟！你们真是野兽！可是，至今日本的右翼对铁证如山的往昔历史罪行仍在否认、歪曲、篡改并隐瞒，好可恨也好可怕哟！……

海珠歉意地说："爷爷，您牙疼，我不该拿这恶心的材料给您看的！"

司马天雨却摇摇头，说："不！我愿意看，不过，这一看却引起我许多的回忆。本来，我牙疼，天又下雨，我突然心情不好，睡觉又嫌太早，所以来你这里坐坐，是想同你聊聊的。现在，看了这材料，我更想聊了！同你聊聊，我心里会舒服些的。"

自从方碧云病故后，司马天雨一直在闲时会感到寂寞。有人给他牵线搭桥，要他续弦，找个老伴。他一直拒绝，"曾经沧海难为水"，是他拒绝的理由。他认为找到过方碧云是他的幸福。这幸福失去了，永远找不回来。自己年岁大了，同儿子、媳妇和孙女住在一起，一切都很好，何必去再招惹那些麻烦。

但，人是有感情的动物，感情总有波动的时候，十多年来，他每当心里有苦闷或压抑，总喜欢找孙女海珠聊天，排遣排遣。在家里，康勒孝顺，但是个话少、内向的人。司马天雨觉得同他交流没意思；媳妇吕丽娟是个忙人，记者工作负担重，有点空需要休息，她个性强，公公和媳妇之间比较客气，有时似乎也缺乏共同语言；海珠大了，从中学开始，就是个有思想、有见地的孩子，上大学后，更加不凡。她阅读面广泛，司马天雨的书架上的书她差不多都读过，对社科类、文艺类的书都爱好。书读多了，让她显得与众不同。她不但越长越美丽，而且毫不媚俗。她性格也可爱，体贴爱护爷爷，爷爷心上有什么不愉快，每每同孙女谈上一会儿就能得到化解。有时，孙女把外边发生的一些时尚和有趣的见闻拿来讲给司马天雨听，每每使爷爷会高兴起来。今晚，爷爷来了，海珠的亲切，使司马天雨欣慰。海珠译的资料，爷爷看了也深有感触。他想吸烟，但知道海珠怕闻烟味，就忍住未吸。

窗外，夜雨仍在清脆击窗。司马天雨叹了一口气说："我明天上午就去治牙，你爸爸给我挂好号了。我今晚不知怎么的，又想起了往事。这牙疼，这12月的冬夜，这雨声，使我不能不想起十四岁时在南京的那段遭遇。六十几年了！当日情景又在眼前，使我一想起就不能自拔。……"

海珠知寒知暖地说："爷爷，事情都过去这么多年了，您写的《见证南京血腥大屠杀》也早出版了，反响很好。今天的中国早已不是当年那个任人侵略宰割的中国了，痛心的往事在您心中也该画上一个句号了！您别老是沉浸在对过去的回忆中，那样对您的健康可不好。"

司马天雨点头："我何尝不知道你说的这些，但思想和记忆飘浮在心中，说来就来，来了就拂不去，自己也做不了主。"

"爷爷！"海珠声音分外好听，"那您就把它说出来，说出来了，可能就舒服些。记得高中时、大学时，您都同我讲过南京大屠杀，但有些事谈得很简略，比如那位有络腮胡子的向叔叔的事，您就说得很简单。您那本书里也没多写。他到底是怎么一个人，后来怎么了？"

司马天雨斟酌着，他觉得海珠说的"说出来了，可能就舒服些"的话是对的。也不知为什么，如今当他感到寂寞压抑的时候，确实有一种想倾诉的要求。向秦淮叔叔的事，他过去对海珠，甚至对康勒、丽娟夫妇谈起时，都是有保留的。原因不在别的，只因他不愿公开这段涉及母亲林秀莲的隐私，对他心上最神圣的慈母，他怀着一种无比的崇敬与深爱，他怎么也不想把母亲的隐私给除了他之外的别人知道。这也是他心上的一块伤疤。他怕揭动，何况，向叔叔是有恩于他的人。向叔叔为人之好，对母亲与对他的好，他是难忘的。因此，他心中有向叔叔，嘴上却不愿多提向叔叔，讲到南京大屠杀时，说到他回家见到母亲和外婆被残杀的尸体时，他就未再细讲下去，何曾想到今夜聪明的海珠竟会询问起有络腮胡子的向叔叔了呢？！

他先是似乎默默地在思索，头脑里却天马行空地又出现了当年那悲惨痛心的场景。……

他扑在母亲的尸体旁，用血染的床单和被褥盖住了母亲和外婆的尸体，埋头吞声地哭呀，哭呀！……

不知该怎么办，怎么安葬母亲和外婆呢？自己到哪里去呢？今后怎么办呢？头脑里乱极了！心里痛极了！嘴里苦极了！身上冷极了！似乎天旋地转，又似山崩地裂，他简直不想活了！……

但，怎么也想不到，他忽然听见了脚步声，脚步声轻悄悄的，不响，但急促匆忙，他想躲也来不及了！痛心疾首的仇恨，心乱如麻的焦灼，死亡的威胁裹袭着他。他心一横，索性一动不动地站在那里，顺手提起了地上那把有着血污的菜刀。刀上是鬼子的血吗？可能！妈妈是个烈性的人，她是会同鬼子拼命到死的！……当看到有一个身影冒冒失失闯进房里时，他愤然举起了刀！……

意外的，他听到一声惊叫："小雨！"看到进来的是满脸络腮胡子浑身湿透背个包袱的向叔叔时，他扔下刀哭了！向叔叔一把紧紧地抱住了他，看到床上被单和被褥未遮严实的两具尸体时，向叔叔也呜咽了，抽抽泣泣泪流满面咬着牙没说话，但紧抱着天雨说："天雨，你怎么一个人就跑了呢？多危险啊！我醒来找不到你，就猜到你可能回来了！可是如今，鬼子兵在外面仍在到处杀人哪！我是冒了多大的险才东兜西绕回来的！咳，谁想到这里已经发生了这样的事！"他用手捂住眼，泪潸潸落下来。

司马天雨没有说话，他悲伤得已经无话可说，但紧紧抱住了向叔叔。他没有亲人了！如今谁是他的亲人呢？在这世上，他太孤单了！他只有向叔叔了！

向叔叔说："天雨，你走时蓝布小包袱也没带，现在放在我的包袱里了！今夜，我就是你的亲人；你就是我的孩子！我说到是会做到的！"

他说话时像在宣誓，嗓子沙哑，但话铿锵有力。

司马天雨是那种混沌初开的孩子。他对向叔叔，他觉得这个人不错。但却又因为有一次，他偶然在窗外听到向叔叔偷偷在向妈妈求婚，似乎是说："秀莲，我爱你，嫁给我吧！好不好！我会对你和天雨好的……"而妈妈悄悄哭泣着，没有答应。还有一次，他放学回家，轻步走进房里时，在窗缝里，无意窥见向叔叔紧紧抱着妈妈，那么亲密。……妈妈也没拒绝……

当时，司马天雨很生气，他怎么可以这样呢！？这太不应该了！十多岁的孩子就会是这样想的！向叔叔固然平时叫妈妈"林老师"！有时却又漏出一声"秀莲"……妈妈这些隐私，在司马天雨这种又懂又不懂的年龄时，是会引起心上反感的。他未始不觉得向叔叔是个好人，常常帮着家里做事，照顾着全家每一个人，却又厌恶向叔叔这些行为。但此时此刻，向秦淮真心真意紧紧抱住他流着泪说的话，使他这无依无靠的孤儿感到了温暖，感到了信任。他也真诚地紧紧抱住了向叔叔。……

现在，海珠问起了向秦淮，司马天雨拉回思绪，若有深思地说："我那本《见证南京血腥大屠杀》主要写了一段我自己在大屠杀过程中亲历的过程，重点写了抗战胜利后，我在 1946 年到 1948 年间在上海和南京做新闻记者进行采访和旁听公审日本战犯谷寿夫等的经过，也写了我对南京大屠杀进行研究及调查的心得与驳斥日本右翼分子污蔑南京大屠杀，说是'虚构'的谬论。向叔叔的事，纯粹是我个人遭遇中的一支插曲，对于我，很重要；对读者未必那么重要，所以我没有多写。其实，他是一位爱国者，一个好人，更是我的大恩人！"

海珠急切地说："爷爷，您快讲讲他的事吧！"她看得出爷爷今晚的压抑，也是有意要让爷爷倾诉释放心上的重压。

司马天雨点头："我不是告诉过你吗？当时，他找到了我，我就有了主心骨。天下着雨，我们冒雨悄悄将你祖母和太祖母草草掩埋在后院里，趁夜里下雨，绕道向城外逃亡。当时，十室九空，好些房屋都被烧毁破坏了，路无行人，只有死尸，怕碰到鬼子兵，向叔叔背着一个包袱带着我，东躲西藏地走。城南及新街口中心地带，鬼子兵多，向叔叔说应该向东北面逃，出城去到栖霞山方向。他说那一带有个孤树村，他有一家表亲可以投奔，估计那里可能没有鬼子兵。那时，城北下关一带全被烧光了，鬼子兵分散布岗的不少。我们既无吃的也无喝的，终于又只好闪进难民区里去。那些好心而勇敢的外国人组成的国际委员会尽力保护并救济难民。在里边，每天可以领点稀粥充饥，向叔叔和我蓬头垢面，心惊肉跳又饥寒交迫地过着日子。大约又过了三个星期，下着大雪，向叔叔对我说：'我们得走！趁夜里赶路，还是到栖霞山孤树村去，不能在这儿待下去。'我当然点头。那夜，北风好冷，地上积雪滑脚，夜里漆黑抹乌的，我机灵地跟着向叔叔，两人就悄悄离开收容所走了！"

海珠瞪大了美丽的眼睛，说："这就逃出南京城了？"

司马天雨点头："我们像讨饭的叫花子似的，一路上仍不时见到被残杀未埋葬的死难同胞的尸体。那天，腿几乎都要跑断了，终于到了孤树村。但那里人早跑光了，没找到向叔叔带我要投奔的表亲。万般无奈，向叔叔突然说：'走！天雨，我们到栖霞山的栖霞寺南边去！'我问：'干什么？去那里怎么办？'想不到他说：'栖霞寺很有名，鬼子说不定会去那里。它南边有个小寺庙，在荒山野外，鬼子估计不会去。我们到那里请和尚做好事收留我们！'"

"做和尚？"海珠想，怪不得爷爷头顶心上有香疤，被白发盖着。曾问过爸爸，可爸爸什么也不说。我也没敢问过爷爷……其实，司马康勒不提这些事是因为司马天雨有过那种精神性的抑郁症，说起这些怕引起父亲刺心的回忆。这点海珠也明白。

司马天雨脸露伤感："向叔叔他可是看破红尘真心想出家做和尚了！他可并不只是为了避难。可我是跟着他生活的。我当时，见到母亲和外婆那样被鬼子兵惨杀，恨不得立刻能报仇。但我太小，那种环境连活命也难。自然只有跟着向叔叔，借个荒山野外的小庙容身了。……"

往事缭绕，司马天雨脸上出现了回忆的神态，眼神凄凉："我随向叔叔蒙那个无名小庙的和尚收留。后来，隔了半年光景，就去栖霞寺做和尚了！"

海珠手托着腮，静静聆听着爷爷讲述。

"在南京城东北四十多里处，濒临长江有座山，山形有点像一把张开的雨伞，所以古时叫作'伞山'，山的西麓有栖霞寺。南唐时曾有位隐士名叫'栖霞'在此修道，所以寺名栖霞，山名也改叫栖霞。山上到处是枫树、乌桕，深秋时满山红叶可供观赏，四处闻名。在南京住的人，春天游牛首山，秋天总爱游栖霞山，这儿是江南出名的大佛寺之一，有一只非常大非常大的古铜钟，还有个南唐的舍利高塔可算镇寺之宝。在南京被日寇攻陷实施大屠杀时，许多人逃到了栖霞寺。兵荒马乱，但寺里僧众与日寇斗智，保护了许许多多逃来的难民，成立了难民收容所，历时好几个月。当时栖霞寺的监院名叫寂然法师。我跟随向叔叔到那里后，向叔叔求见庙里住持，请求出家，并告诉老和尚他们我的遭遇。当时向叔叔哭了，我也哭了！住持老和尚爱国有心，慈悲为怀，叹着气收留了我们，让我们洗澡沐浴，为我们披剃，给我们换上僧服成了出家人，给我们起的法名，向叔叔叫觉空，我叫慧忍。……"

海珠"啊"了一声，感动地看着爷爷那张已经多皱布满风霜的脸庞和满头白发，她睫毛微微抖动，似将落泪。

"晨钟暮鼓，青灯红鱼，我跟随着向叔叔，他真像亲生父亲似的关爱着我。我们虽一同出家，由于我小，住持让我常随着向叔叔在一起。

我们相依为命，向叔叔是有学问的人，他每天除做功课外，教我国文、历史、地理、数学，甚至英文，没有课本，但他是多年的教师了，这些科目他都会。他肚里会背的古文和诗词多得说不清。他自己编写了各种课本，一心想把自己的学识全部传授给我，对我说：'天雨，刻苦地好好学，将来你还是该离开这儿的。你不能只是做和尚。你该用你的学识和能力去为中国百姓做点该做的贡献，让中国强盛起来，不再受人欺凌，替你的母亲和外婆及那无数的死难同胞报仇……'"

"他真好！"海珠含着泪动感情地问，"后来您就离开栖霞寺了？"

"不！"司马天雨摇着头说，"我在那里做了三年多和尚。当时鬼子兵一方面受军国主义的侵略思想毒害，残酷杀害中国人，一方面又精神空虚非常迷信。所以也常有来庙里叩拜菩萨的，叩拜完毕他们每每拿出护身符要住持加盖庙印或在护身符上题句吉祥的话，向叔叔会刻图章，就给寺里镌刻了篆字庙印应付日军。三年多后，我长大了，体格强壮，文化也学得不错。1942年夏季7月里，有 天，向叔叔对我说：'天雨（他平时叫我法名慧忍，这时叫我天雨了），我已经给你打听好了情况，这里有一张地图，是我画的。你可以独自离寺，去大后方抗战了！你从南京去芜湖转住合肥，在那里过鬼子的封锁线，再从安徽去河南，经陕西入四川到达大后方。你十七岁了！路上可以找伴同行。到大后方后可以找个中学读书，听说那里从沦陷区去的流亡学生很多，读书可以不花钱，将来你一定还要读大学！根深才能树大！'……我当时心里踌躇，既舍不得向叔叔，也感到独自远去大后方心虚胆不壮，前路茫茫……却又觉得能离开这个庙不做和尚去抗战将来报仇很合我的心愿。于是，我当时满面是泪了！……"

海珠叹息着凝望着爷爷说："爷爷，你们上一代和你的那一代人，真是不容易。你们经历的灾难、艰辛太多了。比起你们，我们这一代真是太幸运了！您后来就走了？"

司马天雨点头，笼罩在回想往昔的情绪中："向叔叔临别前对我说

'天雨，你妈妈是个最了不起的妈妈，她有过人的才华，又是一位敬业称职的好教师，同事和学生都喜欢她。她在你父亲去世后勤恳工作，含辛茹苦慈爱地抚育着你，也孝顺地侍养着你外婆。由于她的优秀美丽，追求她的人很多，都是有才有貌的人，但她一个都没有在意。她一生都属于你去世的父亲。她牺牲自己，始终不肯再结婚。虽然，今天要分别了，我可以坦率告诉你，我热爱着你母亲多年，向她求婚，但她坚决不考虑，因为她心里主要只有你父亲和你。她是位伟大的母亲和妻子，谁也不能勉强她。她是存在于我心中的。她死得那么悲惨，想起她的死，我就万念俱灰、痛不欲生。如今我是出家人了！我的法名是觉空，我的确早已四大皆空，心如死水，将会青灯红鱼，了此残生，而你，前途无量，好自为之，要牢记血海深仇和身上的责任。'……

"我强忍着泪点头……"

"呵！……"海珠叹息地想：他们那一代人的爱情和婚姻同今天年轻人的观念可是太不相同了！难怪爷爷也是一直忠贞于奶奶，再也不肯续弦。……

司马天雨继续说："我是趁夜晚悄悄走的。临走，向叔叔拿出那个妈妈给的蓝布包袱来给我。原来这包袱他一直为我珍藏着呢！他打开包袱，说：'天雨，这是你妈妈给你的玉笛、银圆、钞票及金饰，还有我的一些银圆和我给你设法兑换来的汉奸发行的伪储备券、日寇的军用券、到大后方时路上可用的法币。'他拿起玉笛，说，'从前你妈妈吹这玉笛，吹得多好听啊！这是你家祖传的纪念品，你可别弄丢了！'我不肯要他的那份银圆和钞票，但他那么诚恳地要我带着，说，'我一个出家人，要这些已经无用了！你带着，我就放心得多了！'于是，我流着眼泪趴在地上朝向叔叔叩了头，当时就离开了栖霞寺。"

窗外，雨声仍在喧嚣，房间内却静寂无声。司马天雨讲完了他的故事，海珠听得入神，沉浸在一种难以形容的心境中，有凄凉，有哀伤，更有崇高。

"后来怎么了呢？"海珠终于又问。

"后来，有些你可能知道了！我千辛万苦、死里逃生般地从南京出发，按向叔叔提供的路线，秋天时到了大后方。起初，以同等学力进了一所国立中学，毕业后，考进了大学。大学毕业后，做记者，做编辑，做作家。一瞬就是马上快八十的人了！"

"那位向老爷爷后来怎么了？"海珠不禁问。

"抗战胜利后，我大学三年级时，已在做兼职记者了，特地到南京找他，我带了玉笛回去，先到战前的故居看望。但我家原来住的房屋已经倾圮倒塌。我去找当时草草掩埋妈妈和外婆的地点，看到的只是荒草离离、残垣败壁、遍地落叶，觅不到准确地点。我流着泪离开，当天赶到了栖霞寺，仅仅不过几年，老住持早已逝世。问起向叔叔——觉空和尚，得知一年前他已病故，葬在后山荒坡旁众僧安葬的故地内。那些坟上没有墓碑，也辨不清哪儿是向叔叔和老住持的故茔了！心里渺渺茫茫，我在坟地吹了一曲玉笛，吹的是向叔叔教我吹的《满江红》。我最后只能怅然向着坟地深深三叩首，流着泪离开……"

事情讲完，海珠眼圈早已红了。司马天雨反而因为倾诉出了心中的积愫，突然感到轻松。人是需要有人谈心、同人交流、向人陈述的，这时，雨仍在下，沙沙沙的响。他起身打算回房去抽烟了，却出乎意料地突然听到海珠说："爷爷，您早该把这些事像今夜这样原原本本告诉我了！走！我到您房里去，我想听听您再吹吹玉笛。今后，我也要跟您学吹玉笛！"

七、啊！海珠

邵娜在外边没有回来吃午饭。慧妹做了几样家常菜——青椒炒肉丝、蒜泥拌黄瓜外加一碗虾米紫菜汤，照顾吕平吃了午饭。

早上，邵娜打扮了一会儿，打算驾车出去找那些老姐妹们玩耍时，就无事端端同吕平小小吵了一架。她见吕平保持着军人习惯一直不改——将毛线衣下端都塞进裤腰用皮裤带扎紧，就说："你这个'阿乡'！老是爱将毛线衣扎进裤腰，讲一百次你也不改，能舒服的事你也不做，只会土里土气土头土脑……"

吕平气恼地说："中国人一定要洋里洋气洋头洋脑吗？我早就习惯这种穿衣法了！军事条令要求军人衣服不许露在腰带之外……"

"你早不是军人了！还想冒牌？怎么肩上没有给你挂上两颗、三颗金星呢？还不是你早就不够格了！……"

吕平吼了："你快走吧！你出去哗哗哗我还清静些！"

邵娜哼着歌得意地转身走了，吕平听她哼的是："红尘呀滚滚，痴痴呀情深，聚散总有时……岁月不知人间多少的忧伤，何不潇洒走一回？……"这是她常哼的歌。

吕平不由得叹了一口气。

可能是上午坐在客厅沙发上翻读了《东史郎日记》（这本书吕平曾拿给张慧妹看，要她知道点抗战时期的历史，但慧妹翻了一下过了一天退给吕平说："爷爷，一点也不好看！"）的缘故吧，午睡时，吕平翻来覆去总是想着《东史郎日记》中的许多场面，也想起了 2000 年 4 月与这位为捍卫历史的真实而顽强地抗争着的日本前侵华老兵相识并晤谈的往事。

那次，吕平是为出席由中国抗日战争纪念馆主持的关于介绍东史郎的日记图书首发式而到北京的[①]，与东史郎同住天桥宾馆。一个晚

---

① 东史郎——日本东京都府竹野郡丹后町间人。1937 年 8 月应征入伍，原日本侵华日军京都第十六师团步兵第 20 联队上等兵，曾在河北、南京、徐州、汉口等地作战，为捍卫历史尊严，他 1987 年公布了自己的《从军日记》，从此，受到右翼分子迫害、打击，但他坚定不移地坚持了斗争。2006 年 1 月 3 日因病在日本京都府于谢之海医院病故。《东史郎日记》中文版 2000 年 4 月在中国出版。

上，通过翻译，两人倾心交谈。头发苍白、面容凝重、语气低沉的东史郎，是一个声讨邪恶、维护正义的人。他有感于中国以德报怨及中日应当友好，日本应当以史为戒，披露南京之战的个人经历，以《我的小队》为题出版了日记，就不断受到日本右翼分子的攻击与恐吓威胁。但他坚定不变，东史郎对吕平说："我认为述说当年战争事实加以反省是建立日中亲密友好关系的基础。"这话使吕平深以为然。在日本国内，有很多人清醒地面对历史，反省历史。这些日本人士代表日本的未来，使人谅解和尊重。……

那晚，东史郎问吕平："阁下对当前中日关系怎么看？"他白发飘逸，容颜苍老，脸上有忧虑的表情。

吕平说："中国不是个穷兵黩武的国家，和平发展是我们的努力和愿望。我们有睦邻善邻的国策，争取的是合作双赢的局面，我们不忘历史但会用理性指导行动，中国有维护主权和原则的立场，但愿意通过谈判协商解决问题，甚至有的可以搁置争议先合作开发。中国人不希望看到中日关系不好的这种局面。但，这种局面不是我们造成的，也不是日本人民造成的，而是由于右翼政客和右翼力量总是对历史问题采取否认和玩弄花招所造成的。中日之间，目前确实存在不少问题，但中日建交这么多年，中日友好在民间还是有很深的基础的。中日之间的经济关系很密切，每当两国关系出现问题，民间友好人士都发挥了重要作用。"

"是的！"东史郎点头，"现在，还是要不断提升民间友好的温度，增进新形势下的相互了解。"

吕平说："中国希望有一个良好的周边环境。从我们所处的亚洲来说，日本是一个重要的邻居。中日关系如今的发展实际早已非常密切，日本有远见的政治家应当认识到应以史为鉴决不做伤害中国人民感情的事。那就不会使中日关系受到损害。"

东史郎点头："是的！拿我来说，我没有力量阻止右翼政客参拜供奉有甲级战犯的靖国神社，也无法阻止右翼分子修改历史书，但我愿意反对地向他们说不！我相信，在日本，我这样的人并不太少！……"

想起与东史郎的谈话，吕平更睡不着了，听到客厅里那只立地大钟"当当当"敲了三下，吕平叹了一口气，起床不睡了。中日关系，在吕平的感觉中，是中国人最关心的事情之一了！离休后到今天，他并不主张事事都政治化。他练书法、看电视、打太极拳、侍弄花草、读诗词，当然报刊是少不了要读的，与人谈话也是从改革开放谈到社会风气，从治安状况谈到天下大事，中日关系是他最关注的焦点之一。

中国和日本离得这么近，交往又这么密切，媒体上关于中日关系的报道总是像石子击水会荡开圈圈涟漪。张眼来看，超市里，商店里，到处有日本货；日本作家的小说和介绍到日本旅游的书籍摆在书店醒目处。宽阔的大道上有无数日本制造的轿车、货车，风景名胜古迹处不断有日本旅游团队活动。大学里有日本留学生。日本的影视演员与歌星与日本"寿司"等食品被中国年轻人接受。日本的婚礼仪式被引进，日本的人名被某些"哈日族"采用，幼儿园里出现了名叫"董本秀子""杨森一郎"一类的小孩名字（张慧妹就说她最想将来去日本旅游，并想取个日本名字叫"张家美惠子"）。家宅屋里放着的洗衣机、电视机、冰箱、空调不少也是日本制造。更别谈钓鱼岛、东海油气田、东北遗留毒气弹伤人、慰安妇和南京大屠杀受害者及赴日劳工索赔等敏感问题了！……从物质到精神，从思想到生活，有人说中日关系已是"我中有你，你中有我"，谁能不关心、置若罔闻呢？何况，日本国内的右翼媒体有的煽动民族主义情绪，有的不断宣扬"中国威胁论"。尤其小泉纯一郎出任首相后，坚持参拜供有甲级战犯的靖国神社。像东京都知事石原慎太郎之流右翼中坚，又常大放厥词，还勾结"台独分子"打台湾牌破坏两国关系。……有人说，中日关系已经开始由"政冷经热"逐渐变成"政冻经凉"。现在这种状况，会怎样变化，又有什么样的走向呢？……

吕平下楼走到客厅，只见张慧妹坐在沙发上正看电视。电视里一个男歌星故作感动状地在唱："……爱我一万次，不如爱我今夜这一次……"

　　见吕平来了，张慧妹敏捷地关了电视，扬扬手里的报纸，说："我正看报哩！爷爷起来啦？我给您泡茶去！"

　　吕平叹了一口气，刚在沙发上坐下，忽然桌上的移动电话铃响了。他拿起电话，想不到是邵娜来的："老头子吗？我现在在'狗狗美容院'。我买了一只'拉布拉多'白毛狗……"

　　"什么'辣浦东'？……"

　　"阿乡！这是狗名，不是'辣浦东'，是'拉布拉多'！懂吗？她爱喝牛奶、吃牛肉，现在美容以后，又靓又酷！可爱极了！胖胖的！我给她取了个名字叫囡囡！……"

　　吕平不耐烦了："我不喜欢狗！家里养狗干什么？"

　　邵娜尖着嗓子："我喜欢！我就要养！别说我不先同你打招呼！你一直反对我养宠物，这回我可要坚持到底了！我一定带它回来！"

　　吕平气恼了："不行！你那只狗不许带回来！"

　　"不许？我偏要带回来！"邵娜语气激烈，"你能干涉我的自由吗？你讲不讲理？现在我的老姐妹们个个家里不是养狗就是养猫！这是宠物，你不懂？你女儿女婿家还养着鹦鹉呢！这次你不许养我也要养！我让慧妹管理！"

　　"不行，狗拉屎拉尿太脏，容易传染疾病，叫起来扰人清静！张慧妹的事情已经不少，总得让孩子有点学习和休息的时间吧！"

　　"慧妹电视看得还少吗？电脑上打游戏机你还认为她是学习？你还真以为她是个可以培养的天才？"

　　"这种喝牛奶吃牛肉的狗，还要美容，一个月花的钱你可以捐给希望工程或者资助一个贫穷学生上大学了！……"

　　邵娜生大气了："这次我是铁了心了！这是时尚，你懂吗？你要做古董我不管你！我可要跟着时尚走！这个家总有我一半吧！我花我的钱养囡囡，我的生活你干涉不了！"她挂上了电话。

张慧妹替吕平泡了一杯绿茶端来放在茶几上，回身走了。

吕平叹了一口气，坐在沙发上看着那只立地大钟嘀嘀嗒嗒地走。邵娜的狗事使他不快，但却没有影响他继续思考中日关系的问题，他忽然看着立地大钟想着自问自答："钟摆会摆来摆去；但时间照样在前进！"

"如果钟停了呢？"

"停了可以开的！看有没有谁在上发条、拨正钟点，这是关键！"

"那开钟拨动开关的人开了钟，钟摆又开始摆动，时间又在前进了，是吗？"

"是的！时间总是在前进的！"

他陷入了沉思。

早上，海珠按照约定去给外公吕平送摘要译出的材料。进了门，就听到有狗叫声："汪汪汪，呜呜呜！……"似乎狗是受了虐待。

灵巧的慧妹拿着鸡毛掸子在打扫卫生，嘴里轻轻哼着歌，嗓子挺甜润的。她哼的是《十送红军》："……山上里格野鹿声声哀号……"海珠明白，这种歌是吕平提倡慧妹唱的，邵娜却喜欢叫慧妹唱港台歌曲。外公和邵娜两人各看一台电视，连听歌都听不到一块儿去。

见海珠来了，慧妹笑脸相迎，在客厅门首告诉海珠："爷爷早起来了，在楼上书房里看报呢！"又说，"奶奶昨天晚上买了只小狗带回来了，放在她房里，那狗一早就屙屎屙在地毯上，害得我拼命擦地毯，她让我把狗用个电视机纸箱装着放在储藏室里了！不过，说真的，这只'拉布拉多'奶奶一叫它'囡囡'，它就亲热奶奶，很会讨好人的。可惜，爷爷不爱！"

海珠打算上楼。她知道外公和邵娜分着房间睡。外公爱早起，邵娜如果不出去"哗哗哗"摸几盘麻将，就能睡到十点钟以后才起床。两人生活习惯迥然不同。

慧妹见海珠要上楼，说："邵奶奶（她故意说得像'少奶奶'）昨晚知道你今早要来，叮嘱我她有重要事找你，你来后请你务必到她房里去一下。"

"那她睡着了怎么办？"海珠问。

"她说，可以叫醒她。反正事情重要，她一定要同你见面。"

海珠点头说好。心想，什么事这么重要？平日，邵娜同她客客气气有距离，不密切的，今天邵娜叮嘱慧妹说有重要事谈，海珠不免寻思起来。她上了楼，在外公的书房里，见吕平戴着老花镜配上一只大放大镜正在读报，大声叫了一声："外公！"

吕平见了外孙女变得喜笑颜开，说："送来啦！我正盼着你来哩！"说着，起身接过海珠递来的几页译文和那本山姆·昆的原作，又说，"记着！回去时把楼下那封美国航空员的信件连同镜框带回去给你爷爷，就说我拜托他收藏保存了！"

海珠高兴地说："好！谢谢外公！"又说，"外公，我还要去学校！听说外婆找我有事，我去她房里看看她。"

吕平说："她找你？那你去吧！那个'四分之一千'，能有什么好事找你？"

海珠听了，只好装作没听见，说："外公，您就看看资料吧！我走了！"

她出房去邵娜的卧室。

卧室门开着未锁，她在门口瞥见邵娜正蒙着被侧睡着。房里混杂着香水和香烟的怪味。床边地上一只烟灰缸里有吸剩的烟蒂。房里摆设得花里胡哨的，梳妆台上全是一堆堆的各式化妆品，五斗橱上和墙上大大小小的镜框里全是她的彩色照片，床头地上与年龄不相称地放着几个大的绒熊、绒狗、绒猪，外加一个大芭比娃娃……海珠走到床前，咳嗽一声，邵娜睁开惺忪的眼睛，说："呵，是你！你来了？"房里定是整夜开着空调，很暖，她从被里钻出穿了内衣的半个身子，将身边放的厚长睡衣披上，用嘴指指门，神秘地说，"海珠，把门关上！"

海珠照她的话做了。邵娜说："就在我床边坐！"她用手拍拍床沿。

海珠笑了。邵娜说："我可是有洁癖的！平常不爱人坐我的床！但对你，我愿意让你坐！"

海珠笑了："您有洁癖，可您还喜欢狗！"

邵娜不以为然："狗是宠物，她会亲热人。我整天看到你外公那张老虎似的脸，养只狗可以调剂调剂！"

海珠忍不住笑了，说："我还要去学校，有重要事，您快说，好吗？"

邵娜神秘暧昧地一笑，说："作为我，是该好好关心关心你的。你也老大不小了！你长得顶呱呱，港台影星能比得上你的也不多。我知道追求你的人一定不会少，可是如今这世道，好男人是稀有动物。像我吧！说是找了个高干，其实是上了大当了！下了台的高干有屁用！'过时的凤凰不如鸡'嘛！女人的青春短，风华不再呀！……"说着，叹气，用手拢头上烫得蓬松的狮子般的头发。

海珠明白她要说的重要事是什么了，心里想走，又觉得刚来就走不太礼貌，就沉默着。

邵娜又说："我是关心你的婚姻大事才决定同你谈的。这种事呀，有时千载难逢，有时机会一失就永不再来。我如今手头有个人，是我在香港时结识的一个广东富婆的弟弟。这人仪表堂堂，有点像周润发，香港大学毕业后，美国留过学，在香港和深圳各开一家工厂，身价是很高的，钱当然'麦克麦克'。为了事业，没结婚，女朋友当然是有的，这我可以明白告诉你。但如今又不是封建时代，这很正常。他现在有意找个漂亮、能干、有学历、有身家的年轻处女做太太，正式结婚，做伴侣，又做事业上的帮手。人家自己的条件和找太太的要求都很高啦！可是，我觉得你很合适！……"

她滔滔不绝，海珠都不想听了。邵娜的话使她听了刺耳难受。她冷淡但是和缓地说："不！我还不想考虑这种问题呢！"她要站起身走了。

邵娜手快，一把拉住她的手说："别走！我话还没有说完呢！你总得听我把话说完吧?!"她似乎想要抽烟，说，"海珠，请你把桌上香烟递给我！"

海珠摇头说："别抽了吧！对身体不好！再说，我就怕被动抽烟，烟味熏得人浑身不自在！"

邵娜只好说："行行行，依你！我不抽！那你好好听我说。"

海珠只好继续笑着听她往下叨叨。

这时，慧妹端了一杯新泡的茶上来，进了房，邵娜朝她看看，说："把茶放下，快走！我们谈要紧事呢！要懂得点规矩，主人谈话，不要进来打扰，也不要偷听！"

慧妹在茶几上放下茶杯，不声不响地走了。

海珠对邵娜这种态度厌烦，但不好说什么。捧起茶来啜了一口，茶味倒是清香的。

邵娜继续说："这位男士有个响当当的绰号叫'金刚钻'，意思是不但值价而且漂亮。他手上还老是戴着一只两克拉以上的铂金钻戒。光听这个绰号，你就明白他好不好了，这男人要讲条件，真是样样都俏，就是同你相配，他年龄略大了些，今年五十六了！可是如今男女相差三十、四十、五十、六十都很正常！欧美各国早就是白发配红颜不稀罕了！我同你外公，年龄相差就是二十几！不过，我是倒霉的，教训是找什么货色都可以，千万别找这种共产党老干部，这种下了台的老高干，权势没有，浪漫也没有！思想僵化，落后保守，正统得跟不上时代，反对时尚，不会享受，又属于弱势群体，还喜欢打肿脸充胖子，用老党员名义隐姓埋名地将节省下来的钱，赈灾、资助贫困学生！跟这种人一同生活，那是活受罪。当初人家介绍他时，他本来住的是一幢大房子，可是我同他一结婚，就搬到这幢小房子里来了！他下了台，不值钱的！……"

海珠听不下去了，说："房子是外公硬要退让的！他认为人少住不了也不该住太大的房子！"

邵娜好像没听见，继续说："其实我有的是钞票。我的存款比吕平多得多！'哗哗哗'输了，我愿意，他管不着！许多事我同他都实行的AA制。他说他同我没有共同语言，我同他才真是没有共同语言呢！我是上了当！当初嫁给他是想到美国却去了非洲，上了贼船倒了霉了！"

海珠听不下去，起身又要走了，说："我急着要去学校呢！……"

邵娜有点任性地说："那你总得让我把话讲完呀！……"

海珠只好又坐下来侧身听着。

邵娜说："女人嘛，总是要嫁人的。嫁个好男人就有幸福。我是你的长辈，早就关心着你的婚姻。其实，嫁到香港很不错。如今男少女多，什么女博士、女硕士的没找到男人的多得像养殖场里的鱼虾，我那些老姐妹谁都有个三亲四友的，手里也都有几张年轻姑娘的王牌。'金刚钻'这几天来上海谈一笔大生意，前天他同我通了电话，一同喝了咖啡，我那些'哗哗哗'的老姐妹们听到'金刚钻'的情况，都想把自己的侄女、干女儿、情人的女儿……往上贴。我怎么能胳膊往外转呢？我说：'姐妹们，不行！要等我的漂亮外孙女海珠挑选过了，才轮得到别人！'这不，我觉得你可不要错失良机让'金刚钻'给旁人抱了去。今晚，我牵红线，安排个适当场合，你们见见面。你是天生丽质，不打扮也漂亮，但今晚不妨打扮一下，新潮一点，效果会更好！你看怎么样？"

海珠越听越难受，幽默地说："谢谢您了！金刚钻放在黑色天鹅绒上最好看，可惜我不是黑色天鹅绒。我马上得去学校，今天特忙。您再睡一会儿吧！"说着，她笑着同邵娜点头告别，几步就走出了房门，替邵娜把门带上时，看到邵娜脸上有不悦、失望。海珠不愿再去打扰外公，就轻声匆匆下楼去了。

在楼下，见到慧妹正用抹布抹楼梯，仍在轻声哼歌，唱的是："十七岁那年的雨季，回忆起童年的点点滴滴，却发现成长已慢慢接近……"

海珠知道这是首港台歌曲，却一时想不起歌名。她向慧妹笑笑，慧妹停止哼歌，亲热地送她到了大门口。

午睡醒来后，司马天雨接到了吕平的电话。吕平说："听海珠讲，你牙疼？好些没有？"

司马天雨说："正在治呢！治牙太麻烦！"

吕平说："别怕麻烦！香烟要少抽，我以前抽烟时，牙常疼。戒烟对牙疼有好处。"

司马天雨说："我现在烟吸得少！一家四口有三个反对派！"

吕平笑了，问："海珠译的文字你看了没有？"

司马天雨说："昨夜看了关于父岛鬼子吃人的一篇，今早海珠又拿给我了'塞班岛玉碎'的一篇。我都看了。她早上去学校顺路给你送去了吧？"

吕平说："收到了！这孩子真好！做事负责，外文中文都好！我这做外公的喜欢她！"

司马天雨说："确是好孩子！这几天夜晚都在读译那本书。"

"你读后感想与感受如何？"

"其实有些事你和我在当年东京审判的资料上也知道过。不过，父岛上鬼子兵吃美国飞行员的事由于美国隐瞒，就不太清楚。塞班岛的事①，知道得较详细，但也没有山姆·昆亲历亲访描述得详细，总之，看了后震撼沉重，我心里一边看一边不断在骂。"

吕平说："海珠也说她看了这书感情复杂。年轻一代对过去的事知道得不多，让他们多知道一些很有必要。我要她扼要把书中重要部分摘译给我，也是想让她多接触点这些历史。她对我说：'太可怕了：简直就是野兽！'……"

"可不就是野兽！可是，如今日本的首相小泉竟坚持每年都要参拜供有甲级战犯牌位的靖国神社。这是既要否认侵略历史，又想卷土重来走军国主义道路。"

"那天，我同美国朋友见面谈话的事海珠都告诉你了？"

"全说给我听了！你们老朋友六十年后重见面又谈了那么多知心话很好啊！写书的山姆·昆在他的序里说了一段话，海珠译给我了，我觉得说得很好。"

"她也给我复印来了，是写德国总理勃兰特的'华沙之跪'② 那一段吧？"

---

① 塞班岛的事：马里亚纳群岛东濒太平洋，西临菲律宾海，有十几座岛屿南北连成一串。塞班岛是其中最大最著名的一个岛，上有塞班山，1944 年 6 月，美国七万兵力包围了日本海军司令部所在地的塞班岛。战斗惨烈。日军伤亡惨重，残余官兵饿了割死人肉吃。当时日军指挥官为南云中一中将，见大势已去，7 月 7 日下令强迫岛上平民、妇女、老幼跳海"殉难"、"向天皇效忠"。次日，又下令所有军人都要殉职向天皇效忠。他自己也剖腹自杀！7 月 10 日，美军打扫战场，发现大批跳崖自杀的日军，塞班女子中学的一百多名女学生尸体都一丝不挂，因在死前均响应号召为大东亚圣战献身"慰安"日军官兵。塞班之败，日本当时宣传为"玉碎"。

② 1970 年 12 月 7 日，当时任联邦德国总理的勃兰特访问波兰华沙。早在 1939 年，希特勒纳粹德国曾入侵波兰，后在波兰大屠杀犹太人。1943 年，华沙犹太人起义反抗，四十万犹太人几乎全部遇难。仇深似海，噩梦难消，勃兰特访问华沙时，在死难者纪念碑前，突然双膝跪下。这就是有划时代意义的"华沙之跪"。从此，在深深受过纳粹德国残杀的波兰及东欧人民心中，德国人不再只是冷血杀人的纳粹屠夫。在他们心中，从此看到一个代表德国的人，真心愿为民族赔罪，真诚地愿与往昔曾遭残害侵略的国家请求重归于好。

"是呀！他引用了勃兰特的一段话：'对事实的回避会给人造成错误的假象，要面对历史就不能容忍那些还没有得到满足的要求，也不要容忍'秘而不张'……我们必须将眼光放长，将道德作为政治力量看待。……'说得真好！事实上，这使德国又恢复了同波兰及东欧、法国的合作与和睦。勃兰特的'华沙之跪'，是意义深远的！"

"可惜小泉之流不是勃兰特这样明智而有远见的政治家。日本的右翼政客至今不为鬼子兵制造的血债真心赔罪，至今不以诚意与受害国家树立重归于好的形象！"

"是呀！所以山姆·昆在序里说：'日本的领导人应当看看勃兰特，多想想'华沙之跪'！勃兰特本来不是纳粹分子，他是一位五十七岁的反法西斯老战士。他本来没有必要下跪，而他却为那些应该下跪而没有下跪的人跪下了！他做了应该做的事，值得人尊敬。值得今天日本右翼政治家思索而且效法。不然，日本永远不会被抹去历史上造成的血腥耻辱，永远不会在世界人们心中尤其是亚洲人民心中赢得好的地位！"

"他还说，忘记历史就没有和平！对日本如此！对美国也如此！"

吕平重复着说："是呀！忘记历史就没有和平，对日本对美国都如此，说得很深刻！"

司马天雨牙疼似乎厉害了，嘴里"嘶"地吸了一口气。吕平发觉了，说："你牙疼，话说多了，就这样吧！我是很想同你常常谈谈开阔思想的，但今天，就到此为止吧！"

司马天雨说："改天，我会去找你聊天的！"

电话挂断，司马天雨仍沉浸在父岛"人肉宴"和塞班岛"玉碎"的场景里。他是个过敏性的人，牙疼似乎更厉害了！

八、写作如命

邵娜给吕丽娟打过电话，谈起"金刚钻"的事，介绍了"金刚钻"的优越情况，说："可能海珠不好意思表态。你是做母亲的，该多关心才是。机不可失，时不再来呀！"

吕丽娟问了海珠，海珠把邵娜同她谈话的全部情况照样都说了，结论是："谁爱金刚钻，谁就戴，反正我这手上现在什么戒指也不想戴！"

吕丽娟说："陈川富呢？"她心里是喜欢陈川富的。

海珠说："妈，您发现我爱上他了吗？"

吕丽娟说："那倒没有！但你也到了该有个男朋友的时候了！别一天到晚不把这种事放在心上。"

海珠幽默地说："我也总不该一天到晚把这种事放在心上吧？"

吕丽娟哑口无言，但心里想，海珠条件好，这种事勉强不得。"金刚钻"年岁那么大，又是邵娜介绍的，邵娜的眼光靠不住！陈川富其实不错，且看发展吧！……

康勒、丽娟夫妇常分别陪司马天雨去治牙，司马天雨的尽根牙需要进行"根管治疗"，除打麻药划破脓肿治疗牙周炎外，还要将堵塞并钙化了的牙根用锉针疏通，上药杀死牙神经，有两只牙无可救药，都拔掉了，然后要再安上一排烤瓷牙……司马天雨看丽娟开着她的白色桑塔纳车老是送他接他，心里不安，但康勒告诉他："牙齿有病可不能忽视。吴佩孚当年之死，据说是日本人下毒害死的，但也有人说是他吃东西时牙齿硌了一下，出了问题，患败血病死的；于右任在台湾病故，是由于牙齿朽烂，细菌大量入肺，并发炎症造成的。……"

司马天雨听了，哈哈一笑，说："别讲得那么吓人！我这次好好治就是！"

牙疼的司马天雨这两天连乒乓球都懒得同海珠打了。他右边牙无法咬嚼，只靠用左边牙吃些半流或细软的面条、稀粥之类的食物。两个月为治牙跑了八九趟医院。本来，元旦时，陈向明又要请客，说是到南京路上新雅粤菜馆去吃烤乳猪、炖八珍、烟熏鲳鱼、脆皮烧鸡、豉汁河鳗什么的。由于司马天雨正在治牙，丽娟婉谢了他们夫妇。但川富每到周末总要打电话给海珠，约她到虹桥西隅的市立美术馆看画展；约她到茂名南路上的"马德里咖啡吧"去喝花式咖啡；约她到市中心的"1883 欧越年代"有法国式浪漫情调的越式菜馆吃南乳烧鸡和酸甜味的湄公河软壳虾……但海珠确是勤于学习，当然也有时是有心推脱，总用"忙"来婉拒。于是，川富也无法太勉强，能同海珠这样一位他心目中的高贵公主通通电话，虽不心满意足倒也颇感兴奋，他依然常常总准备点笑话讲给海珠听，引得海珠笑了，他也就觉得达到目的了。

好在海珠也不是个禀性冷冰冰的姑娘，她比较随和，并未使川富感到难堪或厌倦，川富口袋里有的是钱，身边也有朋友，又有一辆可以专用的雅阁轿车。他不愁寂寞，他愿意同海珠保持住关系，哪怕并不亲近，他认为迟早是可以亲近的。

牙齿治疗的过程中，司马天雨也从未放弃过关于钓鱼岛的写作。他让海珠帮他在网上继续收集资料，自己也到图书馆里查阅善本室里的资料。有的史书对钓鱼岛有详细记载，史料证明，明朝时，在台湾辖区钓鱼岛采珠集药、捕鱼开发从来没有间断过。

司马天雨找到过明朝嘉靖年间人陈侃曾出使琉球，他所著的《使琉球录》一书，查考到也有关于钓鱼岛情况的清楚记载，说明钓鱼岛属于中国。

明朝中叶，倭寇时常侵犯浙江与福建。戚继光等组织戚家军抗击倭寇，就曾以钓鱼岛作为战略防线，可查考到的是 1654 年清康熙帝册封琉球王为尚质王，定两年进贡一次，称中国为父国，用大清年号。

钓鱼岛列屿始终归大清国的台湾管辖。明、清期间的多幅海疆图都清楚标明钓鱼岛是中国的疆土。

司马天雨两年前曾在东台路古玩街一家古玩商店里见到过一幅清代的海疆图，上边有钓鱼岛列屿。但当时店主索价太高，未能购成。以后再去，那幅图早被人买走了，使他遗憾。

网上及图书馆里都有材料叙述了1873年日本出兵侵占我属国琉球，并入日本改为"冲绳县"。由于清王朝腐败无能，琉球被日本掠夺。但靠近琉球的钓鱼岛仍始终归大清国的台湾统辖。1893年，即光绪十九年十月，慈禧太后还把钓鱼岛列屿赏赐给清廷大臣盛宣怀，供他采药之用，这证件至今存在。

甲午战争失败，1895年清王朝与日本签订了丧权辱国的《马关条约》，台湾与澎湖列岛割给日本，但未提及钓鱼岛列屿的归属。钓鱼岛仍归台湾管辖。

钓鱼岛不是琉球的一部分。赤尾屿以东才是琉球的一部分。一百年来，钓鱼岛是台湾基隆与宜兰渔民作业的范围。

二战后，1945年日本向中、美、英、苏等盟国无条件投降，声明无条件废除一切不平等条约。《马关条约》自然废除，台湾及其所属各个群岛，包括钓鱼岛，全部自然回归中国。从《开罗宣言》《波茨坦公告》及20世纪60年代以来生效的《大陆架公约》《联合国海洋法公约》来看，中国对钓鱼岛列屿的主权都是公认的和无可争议的。

司马天雨觉得自己是在做一件有价值有意义十分值得从事的工作，写作这部《啊！钓鱼岛》的事，是一个中国学者和作家的一种神圣的责任。他并不忙于动笔。他要收集尽量多的资料、证据、图画，他还打算要能有一天自己从浙江或者福建出发，去亲眼看一看钓鱼岛。可能的话，他要亲自踏上钓鱼岛，吻一吻那儿的土地，取一掬泥土、一块岩石归来。

从他掌握的资料中，他知道早有先行者这么做了！

那是 1970 年底，美国普林斯顿大学出现了一本中国留学生写的小册子——《钓鱼岛须知》。这本小册子在中国留学生中广为流传。1970年前后的美国校园中国留学生主要来自台湾和香港，大陆那时尚未开放。而中国留学生在美国的人数近一万人，尽管政治立场和观点不同，钓鱼岛的归属关系到中华民族和中国的主权和荣辱，大家都齐集在爱国旗帜之下，人同此心，因为在这前一年，美国与日本发表联合公报，决定在 1972 年 5 月 15 日将琉球"归还"日本，其中居然无理地包含了历来归属于中国台湾省的钓鱼岛。因此，1971 年初，全美各地近六十所高校，几乎都成立了"保钓行动委员会"。首先，1970 年 1 月 29 日，北加利福尼亚州金山湾区九所高校，五百名留学生游行抗议，几乎在同一天，纽约、芝加哥、西雅图、洛杉矶都发生了"保钓"游行。到 4 月 10 日，华盛顿，来自全美下七个地区三十多所高校四千名留学生一起聚会"保钓"，形成了高潮。当时，各地"保钓"成员捐出六万美元，在《纽约时报》刊登了整页大广告，表明钓鱼岛列屿是中国领土。当时，陈省身、杨振宁、丘成桐、何炳棣、田长霖、吴家玮、林孝信等华人精英，都曾经参加了这次保卫钓鱼岛的运动。1971 年 9 月，密歇根大学召开了"安娜堡国是讨论会"，议题渐从单纯的爱国保土集中于促进两岸统一之上。他们以"第二次五四运动"自况，意识到钓鱼岛问题的彻底解决必须仰仗于中国的真正强大。……

慷慨激昂的往事，使司马天雨浑身热血沸腾，思绪如天马行空，遨游在波涛汹涌的东海之上……

他忍不住拉开抽屉拿出香烟，点上了一支，悠悠喷吐着一个又一个烟圈……

他在阅读资料时，很欣赏一位名叫陈毓祥的香港爱国者。1996 年 9月，针对日本右翼分子在我国钓鱼岛领土上修建灯塔等非法行为，香港各界群众掀起了一场"保钓行动"。9 月 26 日那天，陈毓祥等租了一艘"保钓"号小轮船，前往钓鱼岛宣示中国的主权并抗议日本右翼分子的侵略行径。但"保钓"号在钓鱼岛海域遭到日方阻挠拦击，陈毓祥率众跳入海中抗议，其他人被救起，陈毓祥竟不幸遇难……司马天雨心里难过，多么好的爱国者啊！可惜我老了！但是，我仍有一腔热血与热诚！我要为写这本书呕尽心血！这也许是我最后一本封笔之作了！因为我老了！视力太差，写作时戴着四百度老花镜还要依靠一只放大镜。写作对我是格外艰苦的，但我为写这本书，仍有到钓鱼岛去看看的强烈愿望。哪怕实在去不了，仅仅是远远看它一眼，也就圆了我的梦想！

傍晚降临，他早早开了台灯，看完一些资料后，他沉浸在一种悲壮高昂的情操中。他的房间不小，但显得拥挤，除了一张小床外，有四橱书，一个他自己设计的高大的贮放收藏品的封闭橱，外加一张写字台。这些家具遮住了两面墙，另两面墙上布置得素净，一共只有两个大镜框。写字台上，除了几叠资料、卷宗外，就是一盏台灯、一个地球仪，另有些文具、稿纸。现在，他沉默地看着墙上的镜框，除了他与亡妻方碧云的合影外，另一个镜框里放的是海珠六岁时的一张特写照。海珠活泼美丽，笑得春风满面阳光灿烂，看到她的这张童年照片，司马天雨的心情才好了一些。

忽然，他听到鹦鹉"一点红"叫了："抗日！抗日！……"

他扭回头来，果然见康勒回来了，他进来习惯地同爸爸见一见面问一声好，却没有就走。他在司马天雨对面的椅子上坐下，从口袋里掏出一张券来，说："爸爸，后天下午两点，慕容叔叔应邀在我们出版社的读者俱乐部开讲座。这是为迎接新年办的一个讲座，讲题是《正视历史——留给日本的严肃课题》。他是您的好朋友，又讲这个题日，我想您会有兴趣，给您带了一张入场券来，您愿意去，就去听听。"

"怎么只有一张券？"司马天雨心里想该带海珠也去听听。

康勒说："慕容叔叔早年是名教授，如今是现代国际关系研究院日本研究所超龄特别聘任的副所长，讲大家关心的问题，券很抢手。"

司马天雨知道康勒他们出版社开的那个读者俱乐部以名社、老社的品牌资源为依托，以高雅的文化品位和迅速的传递服务为信誉保证，吸收的会员不少，这是出版社面对市场扩大影响采取的措施，效果不错。他高兴儿子对父亲的关心，说："好吧！好久不见慕容了！的确也很想他了。"

见康勒起身要走，知道康勒要忙着去洗菜做饭，司马天雨就说："我先打个电话，一会儿就来帮你做晚饭。"

康勒说："用不着！丽娟、海珠也快回来了！今晚下面吃，很方便的！"话声刚落，人已走到房门口了。

司马天雨起身去打电话，拨通后，就听到了老友慕容景贤那苍老响亮的北京话音："啊呀！老大哥今天怎么有空来电话了？"

"一是想念你了！二是后天打算听你的讲座！你的讲题对我有吸引呀！我想带海珠一同来听，可康勒只给了我一张票，我想在你那儿走走后门哩！"

"你们祖孙走后门干什么？走前门就行！不过，……我想，你们就不必费那事了，我还真想找你聊聊呢！跟你聊聊，我可能讲得能充实些！这样好不好？明天是星期六，中午，我请客，你老大哥带海珠来，我们到'巴厘岛'吃南瓜饭！"

"你说什么？听不懂！"

"告诉你，以前的静安公园四边围墙早拆掉了，可是里边如今有家吃印尼菜的馆子叫'巴厘岛'，那儿环境优美，又可以吃印尼有名的南瓜饭，听说你不是牙疼吗？南瓜饭比较软和，你能吃，价廉物美，你带上海珠，我们边吃边谈，聊他两三个钟点。"

"呵，是这么回事！好！不过，该我请客！我想听听你的高见，我们十一点半准时见面！"

对方说好，挂了电话，司马天雨向厨房走去……

九、"巴厘岛"

树丛中的一池绿水，在这天寒时节，残荷枯梗，显得萧索。池上架着精致的木屋，带有印度尼西亚风格。透过明晃晃的玻璃窗，可以看见女侍穿着纱笼。这就是"巴厘岛印尼餐厅"。

自从改革开放大发展以来，S市已经以"海纳百川"的姿态让各国的人都来投资。不同文化的互相介入和碰撞交流，丰富并改变着人们的日常生活。

司马天雨带着海珠跨进"巴厘岛"，被一种异国风味和情调打动了。这里屋顶上悬着大吊灯，四周有长臂立柱式的烛灯。屋顶上披着密密的细竹竿，显得古朴清雅。地板上有印尼的草席，坐的是仿古餐椅，餐厅四周陈列的是许多陶制工艺品，可能是冬天，中午客人不多。找边上一处玻璃餐桌的位置坐下，却见花白的长头发、衣履整洁、黑色大衣、打着花领带的慕容教授急匆匆已经进餐厅来了！他历来走路总是甩开膀子迈大步，模样潇洒坦然，好像条条道路都是为他开的。

海珠上前招呼："慕容爷爷，在这儿！"

慕容教授笑呵呵地大步过来，玩笑着说："哈哈，客人反比主人积极先到一步，南瓜饭看来颇有吸引力呢！"他同司马天雨面对面地坐着，朝边上的海珠说："海珠，两个月不见，你更加时尚靓丽了！"

海珠也打趣说："慕容爷爷向来与时俱进，什么新名词都会用！谢谢您讲我时尚靓丽，我喜欢！"她接着拿起菜单来，说，"我先点三个饮品好不好？谈一会儿再吃饭。"

慕容教授是个热心健谈的人。他有一个能照顾体贴他生活的好老伴，又有一对好子女，儿子在北京国际大学任教，是著名军事专家；女儿在新华社当驻国外的记者。他有一个孙儿和一个外孙女，都在上高中，成绩很好，他颇以此自豪。他学识丰富，精于日语和英语。听海珠要先点三个饮品，说："好！今天菜和饭也由你来点。我做东！你尽管点贵的，我不心疼。但南瓜饭一定要点！你爷爷牙不好！"

海珠点了三个白色椰汁天然饮料，又给每人点了一个巴厘海鲜小拼盘和一个南瓜饭，叮嘱侍女拼盘和南瓜饭一个小时后再上，说明爷爷牙不好，他那个拼盘里要选易嚼的海鲜。

谈话是从媒体报道的近年发生的一些引人注目的新闻谈起的，有反贫的，有矿难的，有股市盘旋的……但没谈多少，慕容教授就说："司马兄，明天下午我开讲座，你说我的讲题行不行？"

"行！"司马天雨肯定说，"要不，我就不去听了！怎么正确认识和对待历史，对日本来说，是一个敏感、沉重但却重要而且不能也不应回避的大是大非的问题。日本政界要人和右翼分子仍然不断在上演一次又一次伤害战争受害国人民感情的丑行，妄想为日本侵略历史罪行翻案。你要讲的这个题目，对日本来说，是摆在他们面前的一个严肃的课题。"

"是啊！"慕容教授点头说，"从19世纪下半叶开始，直到1945年日本挨了美国两颗原子弹，又受到苏联出兵东北，关东军难以抵抗，日本只好无条件投降，二战结束。想想七十年中，日本几乎没有停止过对外侵略，中国是受日本侵略时间最长、伤害最深最重的国家。但日本投降已经又快六十年了，右翼仍不愿正视历史，它怎么可能成为一个正常国家，又怎么能与邻国友好相处?！"

女侍者送来了三杯白色的鲜椰汁饮料。

司马天雨提起日本这些事，就有些激动，说："中国的抗日战争实际可以从1931年算到1945年，在这十四年内，因日本侵略伤亡的人数就有三千五百万，经济损失有五千亿美元。可是战后五十多年来，日本不断有右翼人士要为日本的侵略历史翻案，他们一心要修改和平宪法，企图拥有正规军队，加强军备，不断增加军费。日本的文部省每次指示修改教科书，隐瞒侵华事实，政府首脑竟正式去拜鬼。日本首相小泉已经成了一个在东亚的麻烦制造者。每年'8·15'日本战败投降日，许多军国主义分子穿上旧军装举着军旗都在靖国神社上演为军国主义招魂的丑剧。日本有些右翼分子在政府庇护下，公然否认南京大屠杀，历史是过去发生的事实，不容歪曲和涂改。正视历史才能给人类创造更加合理和美好的社会以深刻的启示，所以你的这个讲题是极好也是十分必要的。"

慕容教授喝着椰汁，点头认可司马天雨的话，对海珠说："你们年轻人对这讲题重视吗？有兴趣吗？"

海珠说："我是重视并有兴趣的。这可能是受爷爷的影响。中日关系是社会上关注的焦点问题之一。如今的年轻人，当然会关心，但有的年轻人，对政治却确不如对时尚与前卫有兴趣。他们宁可在装饰独特的咖啡馆里听钢琴，宁可养宠物，经常出入美容院或者跑精品屋挑选衣饰，再或醉心于看球赛、旅游和参加私人的 Party，但就是这些人中，许许多多仍是关心国家关心民族，关心时事和政治的。去年10月，西北大学发生日籍教师和学生的辱华事件引起那么愤激的反应就说明了这一点。"

慕容教授说："对了！正因为不想让有的年轻人淡忘了历史，我同你爷爷这样的老年人才感到有责任有必要告诉他们历史的真相。"

司马天雨认真地说："慕容兄！你讲这题目时，我建议你别漏了两点：第一点，日寇当年侵华的大屠杀并不仅仅是在南京，日寇在华北、东北，在山东、山西、浙江等地都进行过'大扫荡''三光'或制造过无人区。日寇杀中国人的方法也不仅仅是枪刺、砍头、活埋、剖腹、火烧，他还有化学战、生物战的屠杀……"

慕容教授说："这我讲稿上涉及了，第二点呢？"

司马天雨说："日本之所以至今不愿正视历史的根本原因，同那个实行强权政治的超级大国美国密切有关，二战结束，由于受到包庇，日本没有对军国主义思想及其罪行进行认真地清算。日本的'皇国史观'、战前日本天皇神化教育的复苏，日本军国主义的温床均没有铲除。以后，又孵育日本发展军事力量。1996年日美发表'安全合作共同宣言'，并据此开始修改1978年制订的'防卫合作指针'。1997年9月，日美正式确定防卫合作新指针。这些都是在喂养老虎。我正在打算写钓鱼岛的书，这钓鱼岛的问题其实也就是那个超级霸权大国造成的。"

海珠在一旁专心致志地听着，这时，女侍者突然送来一个纸条给海珠，海珠接过纸条一看，皱了皱眉，没有说话。

司马天雨问："什么事？"

海珠笑笑，说："没要紧事，爷爷您继续讲吧！"她将纸条塞进蓝色小麂皮手提包里，继续聆听。

司马天雨说："按照《开罗宣言》及《波茨坦公告》，钓鱼岛就应属于中国，归还中国。但美国为实现其遏制战略，1970年，美军把冲绳群岛的施政权转交日本，竟有意无意地把中国钓鱼岛的施政权也交给了日本，这一无视中国主权的行为激起全球华人的极大愤慨。从1971年1月起，首先是美国华人留学生集合两千五百多人，在联合国总部前举行'保钓'示威，迅速波及全球各地华人和台湾、香港、大陆，形成了全球华人的行动，迫使美国不敢承认钓鱼岛主权归属日本，而只说是交给日本'管辖权'，1972年中日邦交正常化和1978年缔结中日和平友好条约时，两国从发展中日关系的大局出发，同意搁置争议，将钓鱼岛问题留待以后解决，但就在这一年，日本军国主义分子竟登上钓鱼岛设置了灯塔。从此，日本经常出动舰船和直升机霸占海域。"司马天雨叹息一声着重地说，"始作俑者，关键在此！"

女侍者送来了"巴厘海鲜拼盘"，打断了谈话。这拼盘真好看，有鱼片、大虾、鱿鱼、小章鱼等海鲜，色泽鲜美，配上一点绿色素菜及红色的辣椒甜酱作料，滋味鲜香，只是司马天雨的海鲜拼盘，只有鱼片、虾片，外加鲜嫩的芦笋和一些便于咀嚼的蟹肉。

海珠说："哇！真是色、香、味俱佳！两位爷爷快吃吧！我去有点事。转眼就来！"说着，她袅袅婷婷地走了。

司马天雨咕噜了一声："什么事这么神秘？"

慕容教授吃着大虾，幽默地说："年轻人的事，老头儿少管！"他嚼着虾肉，说，"结尾的部分，我打算谈这样一点意思：我们要坚持独立自主的和平外交政策，不断推进世界和平与发展的崇高事业，我们坚持走和平发展的道路，始终把国家主权和安全放在第一位。我们将同各国人民一道，积极促进世界多极化和国际关系民主化，推动经济全球化朝着有利于共同繁荣的方向发展，反对一切形式的恐怖主义，反对霸权主义和强权政治，致力于建立公正合理的国际政治经济新秩序。"

司马天雨点头，两人都饿了，吃得有滋有味，女侍者恭敬有礼地将南瓜饭也送上来了。

这南瓜饭也有印尼特色，盘中一款嫩绿的小南瓜，肚子掏空，塞放的是炒熟的瓜瓤和香米饭，金黄灿灿带着橙红色，诱人食欲。

两个老头正吃着，海珠飒爽地回来了，坐下说："我饿了！"她又一只小章鱼塞到嘴里。

司马天雨问："你刚才去干什么了？"

海珠笑着将纸条从蓝色麂皮小提包里取出来，递给爷爷说："您看了就明白了！"

司马天雨看纸条，上边写的是：

海珠：您好！

丽娟阿姨电话告我，您和爷爷在 Boil 印尼餐厅请慕容爷爷吃饭，怕打扰，我吃了午饭赶来了，现在坐在停车场上我的雅阁里，你们的账，我已付了！吃完饭出来，我开车送两位爷爷和您回去。

川富　即日

司马天雨想：陈川富一笔字倒还不错。虽然有一个错别字，把"慕容"的"慕"写成了"暮"，但也许是笔误吧！纸条写得也有礼貌，不进来打扰，也算懂事。但他纸条上说"你们的账，我已付了"，这司马天雨不愿意了，对海珠说："这账不能让他付，也不要让他等着送！"

海珠机灵地说："放心！爷爷！我刚才就是去付账的！我已把钱退给他了！叫他回去，他不干，非要等着送我们回家，但最后还是拗不过我。"

慕容教授咽着饭说："什么？海珠，你已把账付了？不是说好我做东的吗？"

海珠笑着吃拼盘里的海鲜："下一次，下一次吧！您没看到今天我没点最贵的菜，下次我就拣最贵的菜点！"

司马天雨笑了，说："慕容，以后有你请客的机会，我还想同你多谈谈呢！"

临别时，司马天雨握着慕容教授的手，说："中国的问题，最大最重要的就是富强，这就要求当今每一个国民都必须成为爱国忧国强国之人！历史这东西，时间过去越久，在人们心目中就会越发觉得时过境迁，历史陈账简直没什么意义了！但其实不然！我们是过来人，没有理由也没有资格忘记近现代中国历史上的屈辱记录。军国主义、霸权主义的梦魇如今继续盘踞在日本右翼分子的头脑里，我们清醒地看到这一点，有责任提醒同胞不要以为过去的事就不会以某种形式重演了！我在发挥余热，做这工作；你也要努力做这工作！我们的责任不轻啊！……"

他说得语重心长，海珠看到，慕容教授脸上也有激动的表情，他将爷爷的手握得异常异常的紧。

十、同去日本

内向的康勒，平时话不多，但遇事都有他自己的看法，他对海珠说："随着网络的发展，我们接触的信息越来越多，知道的世界越来越大，但头脑就不能简单，不能人云亦云，要有比较，多思考，对真实的世界才能加深理解，处理问题才能接近妥善。我话少，但并不是脑子懒，你要理解爸爸。"

康勒对父亲十分孝顺，正因为孝顺，见父亲年岁越来越大，讲话做事总不愿拂父亲的意。

吕丽娟是个外向的人。可能同她做记者的工作有关。她凡事有了自己的主见，就总是会说出来，并且坚持主见，甚至不惜与人辩论。每逢遇到这种情况，内向的司马康勒每每只好让步，两个性格不同的人，历来能和睦相处，主要原因就是康勒能让步，到了关键时刻，康勒一让步，也就吵不起来了。

但在海珠的婚事上，情况却有点不同了。

陈向明和黄雪梅夫妇是百分之百的看上海珠做儿媳了！他们觉得海珠学历好，长得漂亮，教养好，个儿高，性格好，谈吐好……总之，一切都使他们满意，而陈川富也向父母说，海珠是他见到的女生中的佼佼者，万里挑一也挑不出这么好的对象，既美丽高贵，又人才出众。只是海珠对他如今维持的关系很一般，只好像是普通朋友的关系，她大大方方，不卑不亢，毫无暧昧，对当今社会上一般女孩子追求的金钱基础、家庭富裕、男方是否穿名牌的白马王子、有没有漂亮的住房和汽车、会不会玩耍、会不会讨女人欢喜……如此等等，看得都很淡，表现得毫不介意，甚至好像不屑一顾。邀她外出，她也不是都拒绝，但却每每强调忙，不肯接受。同她在一起，川富说："像同一个公主在一起，虽需仰视，总很开心，远远仿佛就能闻到悠悠的香气。"

这样，陈向明、黄雪梅夫妇就拼命在吕丽娟身上下功夫了！

他们约吕丽娟到希尔顿酒店喝咖啡聊天，到"马里餐厅"吃"葡国鸡"。黄雪梅又陪丽娟到虹桥路的日本"中村美容城"洗头、修指甲，这儿是筑在花园里的一座"美容宫殿"。有人说它是"亚洲第一"，"洗头妹"全是日本姑娘，美容师、美甲师也通通都是日本人。一进门口，全体工作人员九十度鞠躬，欢迎光临，日本洗头妹每人腰挂一只皮袋，摆放剪刀和梳子，有日语翻译帮助顾客与柔顺的日本妹聊天……

黄雪梅豪爽、阔绰、热情，她要送一只万元的宠物狗给丽娟，丽娟说："老爷子只喜欢鹦鹉，不喜欢狗。"婉谢了。她又送珍贵的古玩玉器小摆设，送珍珠项链，送异族风情的紫红色孔雀石银手链和镶有琥珀的银项链……说这些都是朋友送她的，她只不过是"借花献佛"而已。每次见面，她总要分外爱怜地谈到海珠，谈到川富，说这是"天生一双，地生一对"。

……

陈川富也很会巴结吕丽娟。

前夜，听说吕丽娟的车子在修车厂小修，他下班前早早就在吕丽娟报社办公室楼外等候着吕丽娟，用自己的雅阁车接吕丽娟回家。他为人机灵，又会说话逗人喜欢。途中，他突然说："吕阿姨，我出个脑筋急转弯题目考考您行吗？"

"当然可以。"吕丽娟笑了，喜欢川富对她特别亲热。

川富说："一个人去考驾照。口试时，主考问，当你看到一只狗和一个人在车前时，你是轧狗还是轧人？吕阿姨，您说怎么回答？"

吕丽娟不假思索地答："当然是轧狗了。"

"错！"陈川富说，"主考摇头说，你下次再来考试吧！今天你不及格。通不过！"

吕丽娟为不及格的人叫冤说："他不轧狗，难道该去轧人吗？"

"是啊！好像是这样！吕阿姨，其实不是！主考大声训斥道：'你应该刹车！'"

吕丽娟听了捂嘴咯咯地笑，笑得泪水都出来了。她真是很喜欢川富。

吕丽娟带点女强人的味道，又历来是个颇有进取精神的职业女性，川富确使她感到比较满意，川富比海珠小三个月，但总算是同岁，小三个月不算问题，不像邵娜介绍的那个"金刚钻"，居然要大三十多岁！她作为母亲，这几年早已经开始关注海珠的婚事了！见到川富，她喜欢这个青年白领的帅气与礼貌，更满意这青年人有好的父母，给他铺好了一条平坦的光明大道。她做记者，见多识广，交际的人多，但像陈向明这一家的条件，是少有的。拿黄雪梅来说，这样一个婆母，通情达理，花钱大方，善于公关，会同儿媳处得好的。因此，她也下了决心，想抓住机遇。她同康勒谈过好几次，康勒话不多，起初说："让他们年轻人处一处，互相增进些了解再说。"后来说："海珠还在读硕士，也不必太急。"但最根本的问题是，康勒发现父亲对陈向明、黄雪梅的印象并不顶好，总觉得对这家人了解不多，看不准。再说吧，从海珠那里了解到她对陈川富并不反感，但似乎还谈不上有好感。司马天雨对康勒说过："如今的青年人，恐怕无须父母之命、媒妁之言来帮他们定终身了！顺乎自然，无为而治吧！"

因此，丽娟很着急，康勒慢吞吞，老爷子要顺乎自然，海珠却按兵不动，那边黄雪梅一再紧叮，一再催促。最后，黄雪梅对吕丽娟说："啊！海珠太好了！我真喜欢她！我总觉得海珠和川富的事，最好能在我俩之间有个默契。为什么呢？你猜猜！"

"为什么呢？"丽娟问，"我可猜不出你的哑谜！"

"我们有个打算，一个好的打算！我们想让海珠和川富一起出国到日本去留学。"

"去日本？"吕丽娟出乎意外。

"是呀！"黄雪梅说，"日本这么一个先进大国，如今想去求学发展的年轻人极多，川富现在工作不错，但让他去日本也弄个文凭或学位回来，进步更快。我们有个关系在日本，可以让他俩去日本上学。找个名牌大学给海珠上，一切手续和费用包括到日本后的住、吃开支，一切的一切，都会由我们及那边妥当安排好的。无须你们费一点心。这些事现在办是个机会。放弃可惜！"

"你的意思是让他们结了婚去日本？"

"如果海珠同意，当然好！如果海珠不同意，那当然尊重她的意见。一起到日本，远隔重洋，可以互相有个照应，我说这些是认真的！"

见吕丽娟沉默着、思索着，黄雪梅又补充说："当然，双方不必承担任何责任，她不必就匆匆做什么承诺。男女间的事不是用非感情的手段可以达到的。只是，两个年轻人，将来有这可能就好，就是我们的希望。我们像姐妹，海珠就像我的亲女儿。我和向明都喜欢她。我们愿意出点力让她去日本留学，但绝对是无条件的，不要造成她心理上的负担或不愉快。你当可理解我们的心！"

黄雪梅提出的话是有诱惑力的，丽娟知道，海珠有一次说过："将来要到日本、欧洲、美国都去看看，了解了解外面的世界。"放着这现成的去日本留学的好机会，看来黄雪梅绝非开玩笑，失去这机遇确也可惜。于是，有分寸地对吕丽娟说："就结婚或给什么承诺，我看海珠是不会点头的。他们都还年轻，让他们处得长一些，互相了解得多一点，顺乎自然地发展，那倒是符合今天青年人的实际的。说实话，对川富，我们印象不错，只是老爷子和康勒对海珠的婚事并不着急，总想慢慢来……"

黄雪梅是个胸有城府的女强人，从吕丽娟的话里似乎已经体会到了点什么，说："是呀！如今时代已经不同了！我们做父母的只能牵线搭桥，路得让年轻人他们自己走。据我看，川富对海珠那是死心塌地百分之百满意的。海珠对川富也绝没有什么反感，让他们一同到国外去上一段时间。留个学，开开眼界，见见世面，互相帮助，增加接触机会，互相交往，绝对是好事。我想你们老爷子和康勒兄，肯定都不会反对。我现在是诚诚恳恳把一切都向你交底了！我是把你完全当亲姐妹对待的，你就多出出力促成这种好事吧！好不好？就是将来万一他们自己觉得不合适，那也不要紧，这番情意总是在的！"

她的话说得诚恳，也说得在理，吕丽娟没有理由反对，自然点头，说："好！"

黄雪梅又建议："这样吧！星期日中午我们两家聚一聚，就算是提前进行春节的聚会，我们全家都到，你也一定把老爷子、康勒兄和海珠一起请到！在席上，我们把这事初步吹吹风，你看好不好？事先，你先做做老爷子、康勒兄和海珠的工作。"

吕丽娟采访过不少大大小小的人物，平时也颇老练，但这时在黄雪梅的言谈之下，由于事出突然，感到那种支配的主动权似乎掌握在黄雪梅的手里了，她只闷声说了一个字："好！"

大城市里，中上层的人际交往，多数如今都安排在讲究的餐馆里。中国人是历来讲究吃的，"食不厌精"嘛！市里各式各样的中外餐馆都有，陈向明、黄雪梅夫妇平时就是吃遍好馆子的交际家和美食家。这次的安排，是一家中西合璧的粤菜馆，这广东菜馆有些奇特，在气派堂皇的浦东中银大厦外居然不设招牌，可是登上自动电梯到达三楼，便是这粤菜馆的华丽大堂了。这馆子做的都是大款、官员们回头客的生意，或是因为知名度高，辗转慕名来品尝的客人多，"好酒不怕巷子深"，不挂大招牌反而显得独特，照样生意兴隆。进了侍者恭敬迎候的入口，那现代派图案的地毯色彩鲜丽，大堂中是潺潺水声流淌的水幕玻璃墙，使人心境澄明。有女侍者引路，进入包房，这才发现规格之高，装潢材料精心点缀出一种艺术氛围，餐桌的台面广大，看了舒适，彩色壁饰和花式灯盏、立式衣柜和大电视机使人有在豪宅中的感觉。餐椅套及沙发套的色彩各不相同，却又和谐协调。包房宽大，设有讲究的配菜间和卫生间，有轻轻悠扬的广东经典音乐声传来，遥远而又似乎可以耳闻。

陈向明和黄雪梅夫妇带着川富早在包间里迎候。司马天雨本来是不肯来的，禁不住吕丽娟和康勒的一再劝进，才勉勉强强地来了，并叮嘱康勒："别再让人家付钱，你抢先把账付了！"

海珠本来也不愿来，丽娟反复劝说，说不能让人家没面子，最后，海珠让了步。

陈向明热情招呼着司马天雨一家，表现得荣幸和高兴，连声让坐，又介绍说："这是家外边不放招牌，却又是名声斐然的餐馆，烹调可算一流，不然我可不敢惊动司马老伯和康勒兄夫妇还有海珠光临。大家请坐，请坐。今年2月1号就是春节正月初一，我们今天就提前过了！我和雪梅就在此地借这机会给老伯和各位拜个早年了：祝合府吉祥如意，康泰幸福！哈哈！……"他用一阵笑声拱着手，作着揖，躬着身，热情非凡。

少不了一阵寒暄。丽娟也代表全家向陈府拜年。然后，每人坐在餐桌面前，都配置了金光闪闪的西式刀叉和油亮的福建漆筷。这在其他餐馆里一般是没有这种摆设的，这是中西合璧的吃法，看来也是这家餐馆经营的魅力所在。

侍者推着酒和饮料的小车来了。进口的各式洋酒，从XO、马提尼到白兰地、威士忌；从法国派拉蒂香槟的皇家礼炮酒，还有各色干白、干红葡萄酒到艾丁格黑啤、黄啤……但司马天雨一家都不喝酒，陈向明夫妇劝大家喝点酒未能如愿，陈向明突然一脸正气地说："不喝酒好！我们一家今天也不喝！"他对着司马天雨说："老伯，社会上早就有个顺口溜批评喝酒了，说，一路春风一路歌，走到哪里哪里喝；喝坏了党风喝坏了胃；喝得单位缺经费，喝得企业不纳税，喝得夫妻背对背。"说完，哈哈一笑，引得大家也笑。气氛变得活跃、和谐了。

陈向明吩咐侍者给大家都上了开普百分之百的葡萄汁和苹果汁。

陈向明的菜是点得很精彩的，说："这家餐馆名声在外，客人都是闻名来吃的官场人员和商界精英，中菜、西菜、各式风味名菜，此间都有。我今天点了的西菜冷盘，不外是法国鹅肝酱、日本金钱鲍，配点芦笋之流。此外点了明虾大乌参、鲜烩甲鱼裙边、原盅鸡汤火腿炖翅、泰国燕窝盏，我还专为司马老伯点了两种好吃的素菜：什锦冬瓜合和观音熏素鸡。"说完，他举杯祝福，包房里气氛轻松。

菜很快就开始上了。侍者按照西菜的方式给客人分菜，每人那么一小份，不多不少，恰到好处，大家都吃将起来。

陈向明为使大家更加开心，拿起一张餐巾纸拭嘴说："今天欢聚，欢乐无比。我就来讲点笑话让大家笑笑助兴。……"

司马天雨顿时想到去年年底那次吃火锅时他背诵的那首'火锅诗'来了。

海珠心里则想，怪不得陈川富那么喜欢讲笑话，有其父遂有其子呢！……这家人生活条件好，过着快乐生活，自然就不缺少笑声了！……

陈向明用纸巾擦着嘴说："据说民间流传着一首《俺农民不明白》的顺口溜，说，俺不明白为什么，俺吃上荤，你们城里人却爱吃素了！俺吃上糖，你们城里人却尿糖了！俺用上纸擦腚，你们城里人却用纸擦嘴了！俺娶上老婆，你们城里人却爱做单身贵族了！俺能吃饱穿暖，你们城里人却减肥露肚脐了！俺有人想偷渡出国，你们城里人却又成海归派了！……"

大家听着又笑，但各人笑的感觉不同。

陈川富阻断父亲的笑话，说："爸，别说了！这些不新鲜，网上报上都早就有了！"

黄雪梅却抓住陈向明说的最后一句做文章了，说："这末一句谈到'海归派'，做'海归派'可是绝对好的事啊！文化低的人出国仅仅想打工挣点钱，知识分子可不一样，出国留学是大好事，学成归国更是大好事。国家要富强，要现代化，要跻身强国之林，就得靠年轻人出国多学些本领然后回来报效祖国。我们的国家和我们做父母的人，希望都在年轻人的身上啊！"说着，她望着吕丽娟，似是暗示要她说话。

丽娟吃着盘里的金钱鲍，点头呼应说："是呀！过去闭关锁国，后来幸亏有了改革开放，这出国的事，有抱负的年轻人都是向往的。我们海珠，她学日文，学英文，学得都不坏，有机会我们是要让她出国去的。"

陈向明一家三口今天见到海珠以后，眼睛总是跟着海珠转，赞叹着，啊！海珠真好看！真大方，真文静……

海珠今天毫未修饰化妆，穿的一身素雅的黑色薄呢套装，露出雪白的衣领，胸前缀着流行的七彩圆形碎花，特别抢眼。她本来外边有一件灰色长兔绒大衣，这时脱去大衣，显得分外青春。她长发披肩，听着吕丽娟的话，显得漫不经心，却引得陈川富心动不已，也引得陈向明和黄雪梅欣赏到她的大气与脱俗。

陈向明说："海珠小姐其实该马上到日本去镀一下金。你日文好！日本如今是世界第二经济强国，它的现代化和高科技发展简直惊人。它的经营管理和人文研究、资料存储也是大有可取。我前年、去年先后去过两次，真是开了眼界，颇有收获。到日本来去方便，在那里读书、游览、购物，样样精彩。中国需要许多了解日本、熟悉日本、会日语日文的专家。到日本去上两三年或三四年，拿个学位做海归派回来发展，那可太好了！"

黄雪梅见缝插针："是呀！我们在那儿有关系，很靠得住的关系，海珠要去日本留学，很方便，一切事都不必烦心。我们办这点事是不费力的，完全可以包办。"

司马天雨沉默着，似在思索什么。康勒见爸爸这样，心里明白爸爸是个对日本很反感的人，就也沉默着。海珠听了这些话，下意识地朝坐在对面的陈川富看看。陈川富本来正在注视她，这时把眼光转移到桌中央那捧五色的鲜花上。他很希望听到海珠讲点什么。但海珠却什么也没有说，平静地端起了面前高脚玻璃杯里的饮料，又很礼貌地轻轻地似回答又似自语地说："我现在还在读硕士，国是要出的，只是那是以后的事了！以后出国的机会总是有的。"

"出国宜早不宜迟呢！"陈川富在这种场合，本来总是沉默，但今天此刻，他感到不能不开口了，"我现在是工作了！但我确实想出国，到日本去拿个学历，经经风雨，开开眼界。如果出国，早去总比晚去好！"

吕丽娟在桌下用脚踹了康勒一下，意思是要康勒说话助威，康勒言不由衷地说："是啊！川富有这想法不错啊！"他不敢提海珠去日本的事，因为他知道，出国的事，司马天雨不会反对，但去日本，那就难说了。那次，海珠说过以后想到日本留学，爷爷就说过："什么国家不好去，偏偏要去日本?！"因此，他只能这么含混着说了应酬一下。

陈向明是个精明人，能琢磨并看出些什么，这时说："本来，出国留学，美国每每是首选之国，因为美国先进嘛！富庶嘛！大学教育办得好嘛！可是自从发生'9·11'事件后，恐怖分子'基地'组织如今时刻威胁着要在美国再搞些什么名堂，欧洲英国等也不安全，比较安全的还是亚洲有些国家，比如中国、日本。亚洲国家，落后的多，日本是先进的，要留学，日本现在应是首选之国了！"

黄雪梅决定打开天窗说亮话，帮腔说："是呀！是呀！我们在日本有个多年的好朋友，很实在的关系。孩子年轻，去到外国，在异国他乡总是难免不放心的。有人照顾比没人照顾好，所以，海珠出国，迟不如早。我认为，像海珠这种条件，到日本进个名牌大学，硕士学位到那里去读，肯定比在这里读好。"她沉吟着又说，"我们川富是决定去日本了！如果两个孩子一起去，互相有个照顾，那多好！川富日文不行，海珠日文好，去国外可以帮助他的！"

吕丽娟觉得无法再不表态了，看看脸上严肃沉默着在嚼东西的司马天雨，又看看帮不上大忙的康勒，再看看平静的海珠，心想，海珠当然是没法说话的！这话只有我来说了！就信马由缰地说："雪梅，你和向明的情我领了！这事我们回去商量商量！"她说话时，故意笑容满面，为了化解有点僵硬的局面。

陈向明突然似乎明白了什么，想起了上次在吃火锅时司马天雨从古玩市场购买了一份日军施行毒气战的秘密文件让海珠翻译的事，他也听吕丽娟简略说起过司马天雨经历过1937年12月的"南京大屠杀"并且写了不少有关日军当年侵华暴行的书，顿时猜度司马天雨对海珠到日本留学可能思想上有阻力。这时，他意在言外地说："现在有一派主张对日新思维的人，我是认为颇有见解的。日本这个国家，过去侵略中国，人所共知。但事情已经过去多年，中国现在有它的贷款，同它做生意，日本的经济也不能不依靠中国，中国也应当了解日本，双方有双助互补的关系，更应当做到双赢。学习日本的先进科技和本领，刻不容缓，不宜把关系弄得太僵。不了解这样一个邻居，是无法同它竞争的，既无法同它相处，也无法同它打交道。正因这样，我是想把川富送到日本去留学的。我们两家关系好，我也建议海珠能去日本留学读个学位，将来为中国的强盛多出点力！"

司马天雨依然没有说话，似在思考什么。

陈向明和黄雪梅甚至吕丽娟不禁想，人到老了，真是会变得古怪了！但康勒和海珠不这样想，他们都理解司马天雨的沉默，海珠心中其实是想去日本留学的。如果现在有好的机会，为什么不抓住呢？当然，她也在考虑，为什么陈向明夫妇和陈川富今天请客大谈去日本的事呢？为什么妈妈也同他们呼应呢？去日本留学固然是海珠之所愿，是好事，陈家有关系愿意帮助安排也便于成行，但他们的目的似乎是要她同川富建立对象关系呢！这就使她不能不犹豫了！她为什么要为这件出国的事把自己拴在陈家的腿上呢？她并不急着谈恋爱定关系，同学中前几天还有两个人给她写过求爱信，但她没有理睬，她对川富并没有恶感和坏印象，但也还谈不上有很好的感觉。这是什么时代了，还要由双方父母出面来搞什么带有得失成分的婚姻交易吗？显然这使她心中有些反感。

这顿丰盛的午餐其实没有吃好，大家吃得都不多，剩下的残菜剩食品很多。

宴席散后，陈川富找个机会靠近海珠，轻声说："我给你打过手机，拨了过去，蜂音悠然鸣响，但你总是不接电话，为什么？"

海珠坦然："我实在太忙了！"

后来，大家寒暄告别，海珠回去后，决定找时间同妈妈好好谈一谈，袒露自己的内心……

她要告诉妈妈，她愿意出国去日本留学，也可以接受陈家牵线搭桥做出帮助，但她不愿意与陈川富确定什么婚姻关系，再说，陈川富比她小三个月哩！她可从没想找个小爱人！当然，结伴同行，一同去日本，在异国他乡，互相有个照应是可以的。但她只愿要家里筹措费用，没有钱或钱不够可以不出国，她不愿接受人家金钱上的"帮助"。家里给她的钱不必太多，她到日本可以一边求学一边打工，她不怕艰苦，相信能够像许多赴日的留学生一样自立自强的，如果不符合这些条件，她宁可现在不出国，以后再谈……

陈向明、黄雪梅夫妇请客谈海珠、川富去日本留学后的第三天，海珠已经同妈妈吕丽娟和爸爸表明了心迹和态度。在吕丽娟的心目中，女儿的话合情合理，她和康勒本来早就积蓄着钱，想让女儿出国的。"9·11"以后，"去美国留学已非首选之地"这话她是同意的，去日本既有陈向明、黄雪梅的关系，办手续、联系学校等，人家都可很方便地一手包办，何不乐观其成？剩下的问题，在丽娟的思想里，就是司马天雨老爷子的默不作声了！这默不作声，是不赞成、反对吗？老爷子脾气倔，念念不忘昔日的血海深仇，又痛恨日本的右翼分子至今否定南京大屠杀，老是做否认侵略历史、参拜供有甲级战犯的靖国神社这种伤害中国人民感情的事，丽娟感到自己和康勒是没法同老人对话说服老人的。于是，她决定搬出自己的父亲吕平来做做工作。

这天傍晚，丽娟从报社下班回家吃晚饭时，在餐桌上对司马天雨说："今天中午我去看了老爸（她习惯于喊吕平'老爸'，喊司马天雨'爸爸'），他心情不好，当年脑部的旧伤又犯了，胃病也犯了，说很想同您聊聊，解解闷。"

司马天雨同吕平平时谈得很合拍，感到这位老干部颇有学识和见地。司马天雨写的书，每出版一本总要送一本给吕平。听丽娟一说，司马天雨不禁问："他心情不好，是不是同那位邵夫人有关？"

"可不是嘛！"丽娟埋怨地说，"老爸关心国家大事，同邵娜兴趣、爱好都不同，两人没有共同语言，他老是生闷气，胃病也好，脑伤也好，都是这么又犯的！"

"也快过春节了，我明天就去看他，顺便拜个早年吧！"司马天雨爽快地说，"我也想他。他比我年长，是老大哥了！我去，方便的！"

"这样，我明天一早开车送您去我再去上班！"丽娟说。

"不要影响你上班！我坐出租车就去了！既方便，也自由。"司马天雨说。他心里想，手边有两罐安徽友人送的名茶"敬亭绿雪"，吕平爱喝清茶，明天带去送他正好。

他次日起了个早，提着茶叶盒就出去打的看望吕平，但一路塞车，到时已经上午九点了。

进门后，见到了张慧妹。这女孩如今受邵娜的感染，越来越讲究打扮了，烫了头发，变得快成大人了！

慧妹热情地叫了一声："司马爷爷！"

司马天雨笑了笑："慧妹，我送你的我写的两本书，你看完了吧？"

张慧妹笑笑，笑得倒是很甜，但说："呵唷，这种书看了好吓人的！又是鬼子兵杀人，又是……"言下之意，她没多看。

司马天雨说："年轻人应当知道历史，你有空还是应该看一看。"

张慧妹答应着："是呀是呀！不过……现在邵奶奶又养了只狗，天天要给它洗澡、喂饭、打扫粪便。爷爷又天天晚上让我看报练字，我还要洗衣、烧饭、炒菜、打扫卫生、学电脑、学英文……"

司马天雨闭上了嘴。

慧妹热情地将司马天雨带进客厅，说："爷爷早盼着您来了！我马上给您泡茶。"

吕平似乎脸上又多了点黑色的老人斑，他个儿高大，方脸膛上两只大眼很有威势，白发白眉，刀刻似的皱纹一笑就舒展开来，但今天卧在客厅里的一张躺椅上显得疲惫而且衰弱。空调的暖气有点热，见到司马天雨，他痛苦地站起来握手，说："司马，我接到'情报'，知道你要来看我，我想着你，你就来了！真好！请坐！"他让司马天雨在身边沙发上坐了下来，说，"早几天，我就准备了一样礼物等你来后给你作为年礼，你看——"他用手指着墙上悬挂着的他自己新写了裱好的一幅隶书，是《孙子兵法》中"形篇"里的一段：

孙子曰：昔之善战者，先为不可胜，以待敌之可胜。不可胜在己，可胜在敌。故善战者，能为不可胜，不能使敌之可胜。

故曰：胜可知，而不可为。

司马天雨嘴里说着"感谢，感谢"，抬头看着这幅字，吕平的汉隶苍劲有力，他知道吕平熟悉《孙子兵法》，他选这么一段，总有他自己的解悟吧？要不，为什么专门录这么一段裱挂着作为礼物送我呢。他欣赏地赞了吕平的字和这段文字，关切地说："老兄的脑伤和胃病今天好一点了吗？"

"都是老毛病了，但我还像这只钟一样——"吕平指指客厅里的那只在嘀嗒嘀嗒走着的立地站钟说，"年岁虽老，仍在走动，不甘心停下啊!"又说,"你一来,见到你,我的疼痛就减轻了!你来,比我吃药还灵啊!"吕平幽默地说,"你最近还在忙写作,是吗?好呀!"见司马天雨点头,吕平又说,"听丽娟说,你在打算写本有关钓鱼岛的书?"

司马天雨点头:"是啊!还在收集资料并研究着呢!"

吕平鼓励地说:"很好!我们这些老家伙老啦!没有大用了!但做点力所能及的事,尽点心尽点意总比那种吃喝玩乐的人活得有意思,在这方面,你的贡献比我大,我很佩服你的!而且,你的爱国情操,令人钦敬。你的书都是同中国受日本侵略有关的,不断向中国人提醒这一点,是不可缺少的。你做得好,做得有意义啊!"

张慧妹送来了一杯清茶。

吕平继续说:"我们从不发动中国人去永远仇视日本,但要中国人记得历史才好,并要日本人正视历史,不要再伤害中国人!把中国与日本的关系放在长远的角度来考虑来发展,对双方,对两国,对两国人民都有利。要做到这,使中国富强是必要的条件,不然就是空的!"

两人正在热烈地谈着,却见客厅门口人影一晃,一个清脆响亮的声音在叫:"外公!爷爷!同志们!你们好!——"

司马天雨回身一看,吕平早已快乐得叫了起来:"哈哈哈,珠珠,你怎么也来啦?"

海珠一来,像带来了一阵喜气,两个老人顿时都笑容满面,连吕平脸上刚才那种病痛及疲惫的神态全都变成明朗的笑意了。

"你怎么也来了呢?"司马天雨问,"早知我们就一起来了!我还以为你上学了呢!"

"我是临时做出决策,让妈妈开车把我带过来的!"海珠带点淘气地说,"多天没来看望外公了,听说外公有病痛,能不来吗?再说,你们两个超级大国巨头会晤,我想可能会谈到我的事儿,万一我不参加,做出了对我不利的秘密协定,我可不愿意!"

吕平含笑点题:"是怕不让你出国到日本留学吧?我们还没谈呢!"

司马天雨心里透亮了，这可能是丽娟一手导演的一出戏呢！问："海珠，你怕我们谈你的什么事？是到日本留学的事吗？"

海珠在靠近两位老人的小沙发上坐了，亲热地说："对！我确实是想出国！一样是读硕士，出去开眼界、经风雨拿一个日本的硕士或更高的学位回来，岂不更好！去日本，我明白，这事外公这位当年的抗日名将和爷爷这位写日本侵华著作的名作家，也许脑筋很难急转弯，但我觉得我是为爱国而去日本，并非是想做当年那种亲日派，你们该支持我去把人家对中国有用的好东西学点回来，并让我到那个平台上去加深了解这一个过去对中国侵略过的恶邻居今日的现状及未来的走向。改革开放，两位可不能对我实行闭关锁国……"

吕平咯咯笑了，说："这丫头！嘴真能！"

司马天雨认真地说："你这问题，我确是在考虑。这几天，觉都睡不好，就是为这事烦心。我并不是不明事理僵化的出土文物，但我不能不想得很多……"

吕平泄露天机了，说："昨天丽娟来，说了珠珠要出国到日本的事，我觉得孩子也大了，有这些想法并不错，该让她出去闯闯，丽娟怕亲家你想起往事心里不顺，要我同你交交心，我说你是位明白人，估计不会有问题的。因为，我认为，日本，我们可以反感它，但不可以轻视它，甚至不可以不学习它那些应该可以学的东西。日本人民我们是必须接触交往的。我们应该掌握辩证法。"

司马天雨像下象棋时碰到了当头炮，诚实地点头说："是的！有些事往往理智拗不过情感。对日本的事，我就是这样，我们中国，邻居特别多，不像美国只有加拿大和墨西哥两个邻居。我们却有十几个，而且历史上有日本这种残酷大规模屠杀过我们无数同胞而至今不肯真诚悔罪的恶邻居，邻居是客观存在，不能无视它，也不能不打交道，自从双方邦交正常化后签订了友好条约，中日关系进入了务实时代，但在以史为鉴面向未来的问题上，却由于日方右翼势力的反动，令人气恼。我也明白，中国与日本历史上有过血雨腥风，但也有过阳光和春风，作为普遍规律来说，总是和则两利、斗则两伤。回顾和总结历史，目的自然是着眼未来，但每每气愤于日本军国主义幽灵的徘徊，想起当年南京大屠杀的国恨家仇，我是忘不了的。我现在在写钓鱼岛的书，心中常常激动……"

吕平插话说："是呀！和平不等于安全，高质量的和平是力量的产物，不是妥协的产物。没有力量，我们无法真正有效维护我们的基本利益！"他指指那幅挂在墙上的隶书录的《孙子兵法》中的一段，说："我送这幅字给你，就是希望你将这寓意写入大作中去呢！"

海珠不由得仔细看起外公写的那幅挂在墙上的字来了！

司马天雨听了吕平的话，点着头继续说："我是个性情中人，一动感情，我就常常不冷静了！有一种疾恶如仇的感觉。一不冷静，听到让我孙女去日本，心里就不舒服。"说到这里，他长吁了一声。

吕平微笑地看着他，却没有否定司马天雨的话的意思，说："司马，你是个能对日本说不的战士！中国人的尊严始终是第一位的！人是需要骨气的！珠珠——"他面向海珠说，"你有这样的爷爷应当值得骄傲。要记住爷爷的话！你外公和你爷爷都有一样的爱国思想和情操。但，肩负着中日关系未来的年轻人，能亲自到日本去，看一看，了解了解，学习学习，是必要而有意义的。你今后如果去了日本，千万别忘掉这！"

海珠不知为什么，动感情了！眼眶里转动泪水了！她被这两个亲爱的老人的话所感动。她明白，外公是支持她去日本留学的，爷爷也不会坚决反对了！但她没感到轻松，却感到了沉重，也不知为什么会这样，这时，她对司马天雨说："爷爷，我同妈妈谈了我的想法，我去日本留学，我们有了约法三章！"

司马天雨问："什么约法三章？"

海珠今天的头发绾得随意，别着一枚发夹，衣服稳重而飘逸，看了让人觉得大方舒服，她胸有成竹地说："一，陈川富年龄比我小，我同陈川富之间可以一同出国，但没有任何承诺；二，我可以接受陈家在联系入学、安排出国等方面的帮助及好意，但我不用他们的钱；三，家里负担我出国的钱，去后我会努力求学，也会用打工来维持生活，家里可以放心。"

吕平说："好孩子！你外公可以有些钱给你的，你是外公独一无二的外孙女，去日本，我会送个厚厚的红包给你的！"说到这里，他站起身来，指着墙上那幅字，说，"珠珠，把这幅字取下卷起，给你爷爷带回去！是我送他的礼物！也是我要你懂得这内容的礼物。"他风趣地看看司马天雨带来的放在身边的"敬亭绿雪"茶，说："我就爱喝点好的绿茶！你这茶我收下了！用字换茶，各有好处，我们都不吃亏！"

海珠又在浏览那幅字，文字有点深奥，一时体会不深，她将字用画叉从挂处取下，用双手卷起，说："爷爷，我给您带着，可您回去，得把外公写这幅字的意思讲给我听。"

当夜，司马天雨把吕平的这幅字叫海珠挂在房间里的墙上。海珠细细又读了两遍，思索了一会儿，带点天真地问："爷爷，我能体会到一些了，但仍想听您讲一讲！"

司马天雨认真地看着吕平的字说："你外公原先是军人，军人总有军人的考虑；他又是史学家，史学家也有史学家的认识。中国算是一个大国，另一方面，因为不发达，还是发展中国家。所以实际上还不是一个强国。只有中国富强了，制约战争的和平力量才会大大增强。所以这幅字上引用的《孙子兵法》那段话的寓意是深远的，实际是让我们懂得，必须富国强兵，尊严要靠实力捍卫！"

第二章

一、承　诺

司马海珠拿到护照后，终于在陈向明夫妇帮助下，与陈川富一同去办签证并联系学校，准备出国到日本留学去了！陈川富给海珠在手机上发的短信说："我们的生活星空将是五颜六色多姿多彩。"

但，办着手续，海珠的心情是复杂的。

外公吕平那天傍晚曾独自亲身来看望他心爱的外孙女，并且带来了一个用红纸袋装着的存折。他仪表堂堂地对外孙女说："珠珠，我把这红包交给你妈妈，以后，我还会给！外公就希望你到日本后，好好学习，将来回来可以有真本事来报效祖国……"

外公来时，邵娜没有来，自从海珠拒绝了她介绍的"金刚钻"后，邵娜虽不说什么，但听慧妹说，邵娜心里有疙瘩，认为海珠不给她面子，但海珠要出国，邵娜还是让外公吕平带了一套名牌春装给海珠作为礼物。

事后，海珠听妈妈吕丽娟说："你外公和外婆早年就喜欢收藏字画，那时书画作品不值钱，他们认识齐白石、徐悲鸿、刘海粟、李苦禅、陈半丁、傅抱石等名家，人家都送过书画给他们，他们也在市场上低价购买到一些明清时的名家书画。这次为你出国，外公特地卖掉了一些他心爱的书画珍品。外公给红包的事，是没让邵娜知道的。那年，外公拿出一笔积蓄捐给希望工程，邵娜吵了好几天，邵娜如果知道外公给了外孙女那么多钱，肯定是不愿意的……"

海珠明白，不收外公的红包外公不高兴，但收了外公的红包，她心里却不安。她知道，外婆去世后，外公同邵娜结婚后两人一直合不来，龃龉和气恼不断。如今，海珠要远去日本，心里拥塞了许多话想对外公说，想劝外公少气恼，多保重，又觉得一本烂账无从谈起，谈也解决不了外公的问题。结果，仅仅亲热地叫了一声"外公"，又说了两个字"谢谢"，就泪湿眼眶，什么话都闷在心中没有说出来。

吕平似是在作临别赠言。他来的那晚，司马天雨外出散步，自己去邮局发信了，康勒和丽娟敬了茶陪着吕平同海珠一起坐在客厅里聊天。

"你要走了！外公想送点话给你，谈点自己的想法。外公是比较理智的，你爷爷是比较感情支配的，我这不是否定你爷爷，你爷爷是我尊敬的一位中国人，但太感情用事，有时不免会失之偏颇。趁他不在，我就谈点大体的看法。"

海珠认真听着，说："外公，您请说！"

吕平捧着茶杯喝了一口，说："珠珠，中日两国从1972年邦交正常化至今三十一年了！从建交到80年代初，双方关系发展较为健康。后来，从冷战结束到90年代初，双方关系进入了不稳定期，中日关系进入调整状态，重要的原因是日本国内政界发生了很大变化，新老交替步伐加快，一批新生代政治人物走上政坛，这些人对侵华战争基本上没有日本老一代政治家那种负罪感！围绕中日历史问题出现了不少有负面影响的事，在经贸方面，由于中国的发展增快，也时有摩擦……"

"但那时高层互访还是有的。"丽娟插嘴说。

吕平点头："可不是！1992年10月日本明仁天皇还访问了中国，那是10月29日，他和皇后美智子从上海虹桥国际机场起飞回国，我还参加了欢送。随后，从1993年到现在，整整十年，中日关系的发展实际上是上一阶段的延续，经济关系合作领域有扩大、发展，民间交流在继续，外交磋商机制建立了，为解决相互信任问题在各个领域有实质性接触，双方重要领导人也有互访，但由于社会制度、意识形态、发展阶段的不同，加上世界观、安全观、主权观、人权观等方面的分歧，以及日本国内一些不负责任的媒体的炒作，在日本，受一种强烈民族主义思潮影响，标榜改变自民党、改变日本的小泉纯一郎上台后，在政治上，极右势力正逐步扩张并抬头，由于小泉坚持参拜靖国神社，中日关系是建交后极差的。历史问题从现在看更加明显是中日关系的一个瓶颈……"

"那，这个问题能解决吗？"海珠忍不住问。

"我不悲观！在参拜供有战犯的靖国神社这种问题上，我们是讲原则的。我们既正视现实，也着眼未来，我们寄希望于日本人民。中日交流是不会终止的。中日关系不仅是双边关系，也是对东亚及世界和平做出重要贡献的关系。既然这么重要，珠珠去日本求学，我自然支持。我不认为日本人民会让双边关系永远停留在那一段历史阴影之下，而是要走出历史阴影的。而我们最重要的是使中国快快富强。"

海珠静听着外公的话，心里觉得外公说得辩证而且合情合理。

吕平把话讲完，起身说："我用这番话给珠珠送行！"又对康勒说："你爸爸还不回来，我就不等他了！我得回去，晚饭后有朋友要来看望我，我现在回去正好！"

珠珠上去像她小时候一样亲亲外公的脸。小时候，外公常笑着叫她："来！珠珠，亲亲外公！"这些年，她长大了，外公也不这么说了。但现在，她亲亲外公，外公显得特别高兴。她心情激动，忍不住又像小时候一样，舍不得让外公回家了！

吕平笑笑抱抱海珠说："好孩子！等你从日本学成回国，别忘再亲亲外公！外公要是身体好，到机场接你！"

大家都笑了，但海珠心里却想落泪，她想起了死去的外婆，又想起外公的生活如今很不幸福，外公走路早有老态，多么好的外公呀！

自从确定海珠要去日本以后，海珠感到爷爷司马天雨的心情变得寥落起来了。那天，打了一会儿乒乓，爷爷说："海珠，这以后，爷爷没有你陪着打乒乓了！"海珠听了，不知说什么好。

连续两天，海珠听到司马天雨吹他的那支玉笛，吹的曲调依然是慷慨激昂、凄凉萧瑟的《满江红》，这曲调够古老的了！邻家的一个女大学生有次曾问过海珠："你爷爷吹的是支什么曲子呀！……"海珠心里明白：这是当年死在南京大屠杀中的曾祖母——爷爷的母亲林秀莲爱吹的曲子。爷爷一定在心情寥落时又想起他那苦命的妈妈，又想起那场血腥的南京大屠杀了！……她想劝劝爷爷，安慰爷爷，但千言万语涌在胸际，难以倾诉。她从小喜欢爷爷，现在要离开了，爷爷要不习惯的，是会寂寞的，爷爷在外公的支持下，居然爽快地同意她去日本，这里包含着对她的深爱，这不能不使她感动。她怕见爷爷因别离伤心，总想说点什么安慰一下爷爷，但说什么才能给爷爷一点安慰呢？

爷爷从街上回来，今夜，她又听见爷爷在房里独自吹玉笛了！笛声悠扬，旋律震颤在夜色中，使她心上像海洋涨潮似的不平静。

康勒在房里看报，忙他的事。丽娟因为加班，又去社里工作了。她忍不住从自己的房里出来，走到爷爷的房里去，听到鹦鹉"一点红"叫起来了："珠珠！珠珠！"

她闪身进了爷爷的房，笛声停了下来。绿色灯罩的台灯光将爷爷的影子映在墙上，海珠在爷爷对面坐下，说："爷爷，我要去日本了，您不高兴是吗？"

司马天雨慈爱地看着海珠，用手拂拂稀疏的白发，摇头说："不，没有！"他这话说得真，但也有水分，心里矛盾得自己也似乎说不清。

"爷爷，我给您一个承诺！"

"承诺？"

113

"是的！承诺！爷爷，现在交通便利！我去日本以后，只要哪天爷爷下命令要我回来，我一定立刻回来看您！毫不迟疑和耽搁。"

"我何尝要你有这个承诺！"司马天雨说，"海珠，只要你去了好，爷爷心里就高兴。固然，爷爷本来对日本，心里是有挥之不去的阴影的。但爷爷也不是脑筋僵硬的老顽固，你去留学，我想得通。感情上，那当然是舍不得的。你走了，爷爷会冷清会想你的！但这都是小事，不能因小失大。"司马天雨说到这里，忽然将手里的玉笛扬了一扬，说："海珠，这玉笛的历史，我给你讲过，我那出家的向叔叔在把母亲的这个遗物交给我时，他在上边镌刻了一株吉祥草，你看，就在这儿！"

海珠接过爷爷递过来的玉笛，果然见到笛上刻的是一株吉祥草。

司马天雨说："这种草又叫'松寿兰'，或叫'观音草'，是百合科植物，多年生常绿草木，有根状茎匍匐地上或地下。叶丛生在匍茎的顶端或节上。线状或线形披针形。秋末冬初开花，花是淡紫红色。我国长江以南地区都有。我随向叔叔在栖霞寺出家时，见他用盆栽着放在窗台上欣赏，他说这种吉祥草不但表示吉祥，还可入中药。所以同我分别时，他在玉笛上刻下了吉祥草，希望我吉祥如意，作为纪念。转眼一晃已经六十年了！现在，爷爷把它送给你，你带着，爷爷不迷信，但为你祝福！以后，想着爷爷时，可以吹吹爷爷教你的曲子，爷爷爱你，一些平日的稿费等积蓄已交给你妈妈，让她为你去日本安排花费。送什么给你都表达不出爷爷的爱，只有这支玉笛，是件传家宝，你好好保存吧！"

海珠拿着这支不到一尺长却圆润光滑色泽白净略带淡绿的玉笛，体会到爷爷的深爱和深意。心酸了，泪水蜿蜒流淌在腮上。

但，司马天雨变了话题，忽然说："海珠，你大了，婚姻的事需要自己有主见。这次，你同陈川富一起去日本留学，陈家的意图表达得很清楚。你母亲的倾向性我也感到很明白。陈川富这个年轻人，我同他接触少，了解得太少，你同他交往也不多，但互相常通电话，有时也在网上聊天，你觉得他怎么样？这是我很关心的问题。"

海珠真诚坦率地说："爷爷，他比我小！我不会随便找这种小丈夫的！我对他也仅仅是刚开始接触，了解不多，并不是谈恋爱。爷爷请放心，我会注意这件事的！我决不会马马虎虎草草率率，我会让你们放心的！"

"这就好！"司马天雨点头，又解释一句，"我不是说我已经感觉陈川富有什么不好。只是他那种家庭，父母能干，生活优异，穿名牌，驾轿车，会吃会玩，享受高级，在那种环境里生长的少爷公子哥儿，你是得谨慎小心，不宜很快就感情用事。你同你妈妈的约法三章很好，我满意。"

海珠能体会到爷爷的想法和心情，这时关心地说："爷爷，您上年岁了！以后，写作可不能再像以前那么拼搏了，该悠着点写，想写时写一点，不太想写或累了就停笔。您的书写得不少了！图书馆里也不等着您的书上架，我最不放心的是怕您写作太操劳，伤了身体。"

司马天雨笑了："图书馆里确不缺我的书，再说，我也写不出时尚的畅销书。我的书印数总是不太高，但写作是我的爱好，更重要的是我感到有一种责任，也是贡献和寄托。比如我写钓鱼岛，就是为了保存中国的这块先人留下的领土。"他指指墙上吕平送的那幅字，说，"你外公写这段话赠我，是寓含深意的，我把它挂在眼前常常看看，也是一种鞭策。"

海珠从上到下，把这段《孙子兵法》上的话又看了一遍，对老一代像爷爷和外公的爱国热忱似乎又加深了理解。他们经历过风雨雷霆，经历过战争，有过死亡的考验，如今虽已年迈，也不再在岗在位，但万里江山是镌刻在胸臆中，国家民族是溶化在血液中的，她不能不敬羡他们。

本来，海珠打算回房去了，却听到门铃响，鹦鹉"一点红"凑着热闹高叫："来客了！来客了！"她去外边开门，见爸爸康勒已经将慕容教授迎进门了。

戴金丝边眼镜的慕容教授嘴里嚷着："送行来了！送行来了！我给海珠送行来了！"

海珠叫了一声："慕容爷爷！"司马天雨也出房来了，说："慕容！快坐，快坐！海珠泡茶！"

慕容教授在客厅沙发上坐下，见海珠泡了茶放在茶几上，笑着说："海珠！祝贺你啦！要去日本啦！"

海珠说："其实我去日本心里也有矛盾，挺舍不得离开家的。舍不得爷爷、外公、爸爸、妈妈，舍不得离开中国，甚至连'一点红'也舍不得！"

慕容教授说："别舍不得！年轻人啊！该有生命冲动，外边的世界很精彩！该出去时就出去！该到新的平台上去好好掌握游戏规则现现身手！该回来时就回来！飞机一飞，两三个钟头就到家了！"

司马天雨笑了，说："电视剧《水浒传》里的那支歌'该出手时就出手'，到你这里就改成'该出去时就出去'了！有趣！"

海珠说："慕容爷爷是个时髦人，说起话来全是新词儿！"

康勒不说话，只是赔着笑，他一向喜欢慕容教授的博学、豪爽和风趣。

慕容教授从身边掏出一封信来，说："海珠，你走，我想起有个日本朋友在东京，特地给你写了封介绍信，你到东京可以去拜访他，这是个挺不错的日本人，做律师的，名叫夏目喜多，多个熟人多条路嘛！日本有些人对中国不友好！这个日本人可不同，他对中国友好，你认识了说不定会有用的，有困难时不妨找他帮助，你起程后，我也会给他写封信或打电话打招呼。"他将介绍信递给海珠。

海珠双手接过信来。她知道慕容教授会日文，但见信是中文写的，说："夏目先生会中文？"

"会的！会的！会讲一口标准的普通话，他跟中国很有渊源。在中国留过学，是一个很有正义感对华友好的日本律师。"

慕容教授总是匆匆忙碌，珍惜时间，坐着谈了一会儿他就急着回去了。司马天雨送他时，"一点红"高兴得扑翅大叫："谢谢！谢谢！""再会再会！"引得大家都笑。康勒和海珠将慕容教授送到外边，招了一辆出租车送他回去。

海珠心里很不平静，今晚，对爷爷的承诺和慕容教授来送行，使她心头涌发潮汐。她回到房里，忽然手机声响，手机一开，就像万花筒似的，信息提示灯闪烁着，她听到了陈川富的声音，就关上了门接听。

川富的声音仍旧快乐和轻松："海珠，我爸爸妈妈明天要带我来你家向爷爷和伯父、阿姨辞行，其实，你也去日本，而且是与我一起起程，这似乎是说你也得跟伯父、阿姨到我们家辞行。来而不往非礼也，你还没光临过寒舍呢！我先送个信息给你，做好光临寒舍的准备，好吗？"

海珠被他逗得想笑，说："哪有那么多礼节，要离开祖国了！我心里感情挺复杂的！……"

"祖国？"川富玩世不恭地说，"是该把祖国放在心上！我有个笑话，是关于祖国的！你想听吗？"

海珠想，这个人，笑话真多，也真是一种本事！随口说："那你就说吧！"

川富说："连长问，'新兵王二，请告诉我，祖国是什么？'王二'啪'的立正，说：'报告连长，祖国是我的母亲！'连长很满意，说：'对！你回答得太好了！'他又问第二个新兵：'新兵张三，你说祖国是什么？'张三'啪'的立正，一本正经地回答：'报告连长！祖国就是王二他妈！'"

说完，川富在手机那边大笑，海珠在这边也忍不住笑了。

川富问:"你的行装收拾得怎样了?"

海珠说:"打算办好了签证再收拾。"

川富说:"签证之类没问题的,东京那边的一切也都有人安排妥当的。我那老爸老妈神通广大,你可以放一百二十个心!"

海珠一时不知怎样回答了,说:"你行装收拾好了?"

"没有!不必急!我老妈会给你我把许多东西都准备好的!"

"那不好!用不着的!我一切都有现成的!"

川富似乎明白海珠的性格,口气变了一些说:"这你当然不必烦心,丽娟阿姨会替你操办的!我知道!"

"……"

"我问你,你心爱的那只宠物'一点红',我们把它也带到日本去留学,好不好?"

海珠说:"虽然我喜欢它,可带它去干什么?当然不带!"

川富说:"我倒想买只鹦鹉带去。"

"怎么呢?"

"有只鹦鹉特别聪明,卖它的人说它什么话都会说,但售价极高。我的一个朋友花了一万块买下了它带回家养,每天一早,起来就教它讲:'早上好!'但鹦鹉鄙视地斜眼看他,闭口不说话,一连教了十天,鹦鹉仍不开口说话,我的朋友想:'上当受骗了!这哪是什么特别聪明的鹦鹉呀!这是只不会说话的笨鸟!'到第十一天,他走近鹦鹉就不教它说'早上好'了,没想鹦鹉轻视地斜眼瞅着他,突然说:'嗨,你今天怎么啦?'原来它的确什么话都会讲,教它讲'早上好',是把大学生当托儿所的小宝宝对待了!"

海珠又不得不被逗笑了,但笑话听多了,心里有点烦,说:"明天你们来的事能不能免了呢?"

"丽娟阿姨现在刚到我家,正在同我老妈商量呢!她回来,你就知道了!我是在自己房间先送个情报给你,反正,明天也许可以见面。"

"好吧！"海珠说，"那就谈到这里！"

二、五光十色的东京

经历过亲友、同学、同事等的热情欢送和交往，海珠和陈川富起程离开 S 市了！

飞往日本东京的那天是 3 月 21 日，起程前，巧的是在电视里看到了美英联军在 3 月 20 日不顾联合国和其他许多国家的反对，在"先发制人"的战略战术中进攻伊拉克。空袭正在巴格达猛烈进行，暗夜中轰炸声和防空炮火的轰鸣声响成一片，曳光弹与火光此起彼落。

坐上了从虹桥机场飞往东京的中国东方航空公司的大型客机，起飞时，海珠看看手表，已是下午 4 点 20 分了。飞机本定下午 3 点 20 分起飞的，但因为调配问题，晚点了一个小时，使海珠心里有点不愉快。坐在她邻座的川富也说："糟糕透了！这下子可要把到机场接我们的田中先生等急了！"

海珠打开手提包，悄悄又检查了一遍护照、护照影印本、日本签证、机票、信用卡、ATM 提款卡、日币、美元……川富将自己的一份也交给海珠，说："这样，我就没有责任了！我这人有时马大哈，爱掉东西！交给你才放心！"海珠不好拒绝，就把川富的也都放在自己的手提包里。

空中客车飞机迎着金色的夕阳向东飞去，海珠从机窗里看着底下远远离去的熟悉的 S 市，这是中国，这是她生长的地方，除了出外旅游，她始终在这个她喜爱的大城市里生活、上学，现在，她要离开这个城市和亲爱的家人、同学、朋友，去异国了！这使她心头有一种怅惘，她默不作声，川富找着话同她讲，她礼貌地回应着，川富问她想不想听笑话，她摇着头说不想听。

川富似乎体味到了什么，说："才刚离开家，就想家了，是吗？"

海珠没有说是，也没有说不是，依旧凝望着机窗外棉絮般浓密的云团云海，巨大无边重叠着的云团似凝固着，又常翻滚，空姐送来了热咖啡，海珠不要糖，让咖啡的苦味和香味在嘴里逗留、回味。

日本在亚洲大陆的东侧，如同一把碎石从东北向西南撒落在北太平洋，成了一群大大小小的岛屿。到东京的成田国际机场，航程是两小时另四十五分。由于误点，发了一盒点心当晚餐，但海珠和川富不饿，都没有吃。

当飞机轰鸣盘旋在东京上空时，下边灯火辉煌的夜景，有令人心跳的豪华壮丽，像天上的银河带着满天繁星落到了地上。听人说过，白昼时到达日本，可以看到下边是一连串珍珠项链般的群岛，如今，灿烂的灯光点缀着下方五颜六色变幻着的霓虹灯闪烁入眼，机舱里的旅客们都似乎因为马上就要到达目的地而显得兴奋。在不知不觉间，听到空中小姐用日语、英语宣布了东京到达，飞机已平稳地降落停止在跑道上，川富就维护着海珠提着手边的小件提包和手提电脑等一同下机。

行走在候机楼和自动甬道上，听到那用日语和英语反复播放的内容是："马上就到自动甬道终点了，请注意脚下安全……"环顾四周，远远近近都是人和灯光，陈川富赞叹地说了一声："啊！人说东京是花花世界，名不虚传啊！……"

有一个中年偏老的日本人，头顶微秃，穿着灰色西装外罩蓝色风衣来迎接他们。

他打着一条红色黑点领带，满面笑容，川富远远看到了他，就熟悉地同他几乎同时都互相招起手来。

川富对海珠说："好极了！田中一雄先生来接我们了！一切可以放心了！"

海珠问："你跟他熟？"

"当然！"川富得意扬扬，"早就熟了！他常到中国，是个中国通，中国话说得好着呢！出国来日本的事都是由他安排得妥妥帖帖了！"

田中的特点是满面笑容，不笑时也像在笑，但不露牙齿，有人说"笑是两人间最短的距离"，但这应该指的是真笑，田中的笑，海珠觉得假。迎上来后，他双手放在大腿两侧，鞠躬行礼，然后又上来握手，双手给海珠递上名片，嘴里说："初次见面，请多多关照！"

"啊呀，飞机误点，我等得可心焦了！"田中笑着说，"司马小姐和川富先生辛苦了！我们会长和社长让我向你们两位致意！"

川富说："谢谢来接。我们到哪里去？"

田中带着路边走边说："原来的安排因为飞机误点打乱了！现在已是晚上七点，我重新作了安排，你们不必烦心，我们先进晚餐，然后，你们今夜到宾馆休息，明天我再带你们到住处去。我们可以好好谈谈你们上学的事。总之，一切都安排好了，请放心。"

他那口纯熟的中国普通话，使海珠吃惊，从他与川富之间的关系看，不但熟识而且亲热，也使海珠诧异。

在机场出口处，川富不断用数码相机给海珠拍照，拍了一张又一张，为了供挑选，他的习惯是尽量多拍，抢镜头。

田中开的是一辆漂亮的丰田汽车公司出品的卡罗拉型轿车，由机场到市区很远，上了高速，车子飞驰，田中兴致很高地一路介绍。他数字观念特强：东京面积210237平方公里，人口一千多万，商店一万三千多家，饭店约两万家，旅馆一千几百家，咖啡店近三万家。……打国际长途电话话费每6秒钟10日元，夜间十一点到隔日八点为减价时间，可以享受六折优惠……海珠听了，不禁想，等一会儿，我得打个电话回家。在这同时，川富已经在对海珠说："等吃饭时，我们打个电话回去，免得家里挂念。"

路遥远，一路灯光，一路繁华而现代化又有日本风味，田中开着车说："日本人以健康和长寿著称，爱好吃，但你们刚来，日本食物虽好，一时或者不太合口味，以后，吃了日本料理，就会喜欢的，实际上，没有什么国家的食品比日本更讲营养。……现在，我们到六本木去吃晚饭。"

"六本木？"川富带着高兴，"好啊！"

"你们刚来，吃日本料理，将来机会很多很多。六本木５－５－１有个タイテッセリテワメ泰式餐馆，是个高级泰国菜系店。在那儿，不仅能看到比法国埃菲尔铁塔还高十三米的东京铁塔，那可是日本人的骄傲呀，还能欣赏东京夜景。泰国菜味道不错，中国人吃泰国菜，比马上就吃日本料理可能合口味些。主厨的全是泰国名厨，我的目的是请你们先看看东京美丽的夜景。"

田中卖弄炫耀地又说："东京是了不起的国际大都市，用中国话说就是五光十色，灯红酒绿！哈哈哈，你们来了，可以好好欣赏、体会一下。"

川富不以为然地说："田中先生，可别把我们当乡下人。我们是从Ｓ市来的，我到过欧洲、到过东南亚，什么没见过！"

田中连点点头，说："哈依！哈依！对对对，我知道你们是见过世面的人！"

看来，田中确是费了心思这么安排的，在泰式菜馆也预先订了座，到泰式餐馆已经快九点了。店内有泰国情调的木雕等装潢布置着，整体显现高级的餐饮格调，三面墙全是明晃晃的镜子，使餐馆显得宽敞别致，既感到舒适又感到心情开朗。田中在那里看着菜单点菜又点啤酒，川富和海珠就用手机打电话回家。

川富让海珠先打，他又忙着拍照了。接电话的是吕丽娟，海珠告知飞机误点，已经平安抵达，接的人正陪同吃晚饭，让家里一切放心。然后，司马天雨和康勒同海珠都匆匆说了几句话，海珠让爸爸给外公吕平打个电话告知已经到达东京，请外公和邵外婆保重，就挂了手机。

川富用手机打了电话回家，接电话的是黄雪梅，川富告诉她："田中先生来接机的，现在就要吃晚饭，一切都好。"他还周到地代海珠向黄雪梅和陈向明问好，匆匆说："明天我再给家里打电话！"就也停了手机。

两人由田中陪同观览东京的夜景和装置了一百六十四个能在春、夏、秋、冬四季变换颜色的投射灯照得菊黄色通体透明的东京铁塔，然后吃晚餐。上菜后，田中用啤酒敬川富和海珠。川富高兴地喝了，海珠说不会喝酒婉谢了。泰国菜并不精彩，主要是用咖喱做的菜肴，有鸡、有虾，有带酸味的蔬菜，外加泰式炒面。吃完，田中去洗手间时，川富对海珠说："看到不？这就是日本人！说大话用小钱，请到这么远的大馆子里，只吃这点东西！要让我爸爸妈妈请客，决不会这么小家子气！"

晚餐后，田中驾车向西北方向行驶，说："今晚，请你们住高级饭店——Park Hyatt 东京，这比新宿的东京希尔顿饭店还讲究，在新宿区西新宿，那里，双人间 47000 日元一夜，单人间 47000～58000 日元一夜，是国际级饭店。"他突然征求意见，"是双人间还是单人间？"

川富不敢正视海珠的脸，却俏皮地说："双人间倒是划算一点！……"

海珠马上抢着说："当然住单人间！"她不喜欢川富的这种俏皮，脸上严肃起来。

川富笑着应声："对对对！当然是单人间好！"

田中笑着点头，嘴里说："梭堆斯卡！对对对！"看不出他是不是真笑，他长着的就是那样一张莫测高深的笑脸，"单人间！单人间好！"

海珠突然问："我们租的房子在哪里？"

田中说："就在新宿区！所以今晚先送你们到新宿区西新宿的这家大饭店里住一晚，明天，我就带你们到租下的房屋里去，今夜太迟了，去住你们不方便！"又说，"我们日本是仅次于美国的世界第二经济强国，东京是世界上现代化程度最高的城市之一，也是物价最高、消费最昂贵的城市之一，东京欢迎你们来留学！你们会爱上这里的！"

听到他那炫耀而又带着自豪、自傲的语气，海珠不太受用，但听到川富问："我们在新宿租的房子好不好？"

田中回答："东京房价最贵了！因为新宿是东京人潮最多的地方，购物十分方便，交通也方便，买世界名牌货样样都有，可以逛街、逛书店，吃中国菜和日本料理，下班后喝酒方便，……新宿西口附近的歌舞伎町对于日本人或是外国人都知道是条娱乐街，除了电动玩具店、电影院 Koma 剧场外，夜生活热闹极了，吃喝玩乐卡拉 OK 样样都有。嘻嘻，风俗店、'扒金宫'游戏房……什么都有！那是花花世界，夜生活迷人得很……"

川富感兴趣地问："'扒金宫'？"

"日语'パチソコ'，一种赌钱的游戏房的名称！"

海珠说："为什么我们住的房屋要租在这一带？"

田中驾车无意中打了一个饱嗝，说："这完全是为你们二位方便考虑。司马小姐您要进的春稻田大学就在北面新宿区户家町，陈先生进的东京的日本语言学院也在新宿区花园神社附近。住在这里，对你们上学、购物、生活都方便。"

他这么一说，海珠倒觉得田中是周到考虑过的了。海珠对于能进春稻田大学做研究生，是高兴的。春稻田是名牌的私立大学，主张学术独立、进取精神为教育宗旨，这个 1882 年创办的大学曾哺育出一大批日本的精英，1998 年，中国国家主席访日时曾在春稻田大学做过题为《以史为鉴，开创未来》的报告。这个大学在校本科生三万多，各类研究生四千左右，全校有九个学部和含有十一个学科门类的硕士博士点。海珠选了"亚洲太平洋研究"读硕，学费比起有的著名私立大学还是较为便宜的。但一年学费也在一百多万日元，不过一边学习一边打工的学生很多，这不是一个贵族学校。海珠很看重这一点，就在起程到日本之前，她已经决定上学后就半工半读了！

进春稻田大学，依靠的除海珠自身具备的条件外，也有陈向明、黄雪梅夫妇的努力。由于他们在日本的人事关系，使一切都很顺利，海珠本已是硕士生，有极优秀的成绩、论文及导师的推荐，本来理应先考二至三门科目达到一个基准才入学，但现在允许她带着证件到日本入学后再考试。海珠让妈妈吕丽娟送过学费去给黄雪梅，临行前却给退了回来，说："用不着的，我们在日本的朋友和亲戚已把这事情办妥了！"海珠心里别扭，她是个不愿意随便占人家便宜的姑娘。临走还叮嘱妈妈："一定要将学费再送去让陈家收下！……"外公吕平和爷爷给的钱就足够交学费了！海珠可以用外公和爷爷的钱却不愿用陈家的钱。而且，她愿意到日本后付出自己的劳动来挣到自己的学费。那样才使她心安。

刚到日本东京，车窗外五彩缤纷的夜景并未引起海珠太多的注意，她的心飘浮在离开了的亲人的身上——爷爷这时在干什么？爸爸妈妈在干什么？那只鹦鹉"一点红"在不在叫"抗日！抗日！"……

不经意间，车子到了新宿区西新宿 3－7－1－2 的 Park Hyatt 东京大饭店了！这是位于新宿西的高层大楼群中的一家豪华型饭店。从三十九楼到五十二楼的房间均是。从这高层楼上望出去，现代化的东京很美很美。田中早订好了房间，显然他先前在车上问是住单人间还是双人间是另有考虑的。他从车上自己提了两盒礼物下来，让门口出来的侍者给川富海珠搬运行李一同坐电梯上了第五十一楼，川富与海珠各自的单人房是毗连着的。侍者将箱子提包等送进房间。因为位于高层，透过落地玻璃门向外瞭望，远眺近观，都大有可看之处，房间格调高雅，宽敞舒适，浴室和洗手间设备齐全，清洁明亮，有欧式风情的特色。空调使人温暖，那种日本风的大都会的气派非凡，川富又是用相机拍照，说："多寄点回去给家里看看！也留点作纪念。"

海珠进了自己的房，房里设备齐全，川富与田中都来了。川富问海珠："这间房行吗？"

海珠说："可以！"她不喜欢川富和田中两个男人待在自己房里，

说，"走，川富，到你房里看看！"

三人到了川富住的单间里，川富从自己的提包里掏出三个漂亮的用彩色花纸包扎好的礼品盒递给田中，说："一个是您的，请收下。另两个请代交你们的会长和社长。"

田中高兴地谢了，鞠躬告辞，说明天上午九点半准时前来。

川富点头说好，只是问："您同我父母说过的那些事没问题吗？"

"没问题！"田中把微秃的头点了又点，满面是笑，"明天我来后会一一都交代的。请放心！"

海珠这时发现由田中手里提来的两大盒用彩纸包扎着的礼物是留给她和川富的。

田中说："这是会长和社长送给二位的贵重礼物，请收下！"接着，他又鞠着躬谦卑而又客气地说着晚安微笑着走了。

他一走，川富好像满意地舒了一口气，说："今晚的泰国饭只能打不及格的分，这个旅馆安排得还差不多，我真怕小日本又搞个什么名字好听内里蹩脚的旅馆打发我们！"

海珠拿出先前田中给的名片来看，名片上写的头衔是"日本东京卡的都株式会社常务取缔役①、《新东京新闻》社会部部长"，海珠心想：看来这个田中是个神通广大的人！忍不住问："川富，你能告诉我吗？这是你们的什么亲戚？"

"我也搞不清楚！该算是'四海一家'的亲戚吧？"川富说。他正忙着在拆田中留下的两大盒礼物的花纸及包装，揭开盒子，突然"哇"地高兴叫了一声，说："两套讲究的日本和服！太好了！一套女的，一套男的！很漂亮呀！"他抖开日本和服说，"日本人送和服是算很贵重的礼呢！"说着，继续回答海珠的问题说，"反正，我老爸老妈他们同这家株式会社之间有那么些很密切的关系，所以他们才肯做保证人，办一切

_____

① 常务取缔役：相当于中国人执行常务董事。

手续，这么照顾我们！"

"这公司是干什么的？"

"弄不清！反正他们那个公司很大，还自己办了个《新东京新闻》报哩！老爸老妈是有头有脸的人物，并不占他们的便宜，这点你大可放心！我知道你这人有点傲。你不愿意沾人的光！但这些事，属于他们之间的交往。我们到这里人生地不熟，总得有人照顾，老爸老妈让他来照顾，我们乖乖地被照顾就行，你说是不是？不去烦那些不该烦的心！"

他将和服依然照原样叠好放在盒内，轻松地说："海珠，哪天我们换上日本和服好好拍些照寄回家去给大家看看，那多新鲜！"

可是海珠摇头，说："我不想穿日本和服，更不想穿了日本和服拍照冒充日本人！"

海珠有一种说不出的感觉，一种感到暧昧的感觉。她觉得陈川富似乎确实也弄不清与东京的日本人有什么瓜葛，又觉得自己现在已经到了东京，就像一匹马走在夹道中，回头也不可能，只有朝前走了！不然怎么办呢？一切都还没有着落，一切都未安定，来追究或要弄清一些不属于自己的事也没意义。只是这种弄不清的暧昧、不明朗的暧昧，使她心上不愉快。

她蓦然感到有些疲劳了！又想起了家，想起了爷爷、爸爸妈妈，想起了外公吕平，还有那只"一点红"……她一时竟发愣了，呆呆地坐着沉默起来。

但，她发现川富坐在沙发上凝望着她，这突然使她警觉。

她忍住了一个呵欠，对川富礼貌地说："我累了！想回房睡了！你也该休息了！"

陈川富彬彬有礼地说了一声："好！晚安！……"那声音和表情似乎有一种恋恋不舍的感觉。

三、初来乍到

窗外，是异国他乡的城市景色，看到和想到是在日本东京，远离中国和 S 市，要在这里生活下去，海珠心里觉得不是一种好的滋味。

早餐后，电视里正放着美英联军抛开联合国突然猛袭伊拉克对巴格达正施行"斩首行动"的大轰炸场面，导弹落地，闪光四起，防空武器空中开花，"嗵嗵"的声音震撼空间……

海珠看着，感染着战争造成的那种杀戮和毁坏的威胁，有儿童受惊哭喊的场面，有妇女、老人流血死亡，伊拉克的百姓在受难……

上午九点三十分，田中先生果然准时到了 Park Hyatt 东京饭店，他满面是笑地同川富和海珠见面，首先告诉川富，有关居住、入学、驾驶等手续都会很快办妥，打算给川富买的一辆轿车是丰田制造的卡罗拉型。只要替川富拿到驾驶执照后就可使用。他给了一张信用卡给川富，另外是一只鼓鼓的黄色大纸封袋，估计装的是日币现钞，他轻轻对川富说了个数字，海珠没听清，然后说："有需要，请随时告诉我就行，没问题的！"又对川富好意地说，"日本政府不允许接受移民，对在日本就读日本语言的学生，最多只给予滞留日本两年的签证，当然，优秀的像海珠小姐进名牌大学深造的不同，读语言学校进不了高等院校的中国学生，两年后只能'巴拉巴拉'①，不过，川富先生，我想您是一定学好日语就能进大学拿学位的！"

在海珠听来，田中的话对川富既是鼓励也是进行警告，要川富好好学习日语将来上大学。但川富似乎毫不在乎，手里攥着信用卡和那只黄色大纸袋，说："我知道！您就别操心了！请问，您同我家里通了电话没有？"

---

① 巴拉巴拉：日语的谐音，松散、零碎的意思。

128

田中点头，依然满面笑容："通了！我让他们放心。我办的事他们都是知道的，也都是按他们的心意办的。你们真幸福，他们真爱你和海珠小姐啊！"

后来，田中就给川富和海珠一人一张东京市地图，他同两人办了退房手续，带上行李物件，由他驾车送川富和海珠到他们办好的租住屋里去。

租的房屋是在新宿区花园神社附近的一幢楼里的三层楼上的一套公寓。进门有一个客厅，摆着一大一小两只沙发，电视等设备齐全，有一间日式一间西式的两间卧室，每间大约十几平米，各放着床和榻榻米及桌椅。有一个明亮宽敞的小厨房，有一个不大但是设备完善的浴室兼盥洗间，有良好的通风设备，一只小巧玲珑的阳台。海珠很注意两间卧室，西式卧室有上了锁的木门；她也注意了浴室，浴室是可以洗淋浴的，有塑料帘子可以拉起，但日本人似乎不太在意这种洗浴的事，在内间洗淋浴与外间的盥洗间之间，全靠这幅半透明的塑料帘遮挡，外间盥洗间有个日本式拉门可以关上，幸好还有个搭扣可以扣上。

川富似乎不大满意，轻声对海珠说："在Ｓ市是一等公民，到这里可成了三等公民了！"

海珠觉得来东京求学有这样的公寓房子住已经很不错了，但觉得与川富同住一套房太别扭，至少也是不方便。自从昨晚在田中驾驶的轿车上谈到住双人间单人间时，川富俏皮地表了一下态，就使海珠觉得必须警惕。这两间卧室，日式的是那种推拉的木格门，不安全。不容川富说什么，海珠就把自己的物件朝那间西式卧室里一搬，说："川富！你住那间，我住这间。"

川富也许没想得那么多，也许是有意要顺从海珠，爽直地点头说："好！"

田中确实是个周到细致的人，在这所租赁下来的套房里，他将居住及使用在生活方面所需要的东西全部配备齐全了！电视机、微波炉、冰箱、洗衣机、电热壶、DVD机、书架、桌椅、窗帘等固然齐全，被褥、毛毯、毛巾、厨房用具连同纸笔、药包、针线包以及油盐酱醋之类也都有，甚至还放了花瓶和工艺品。

三人在房里看了一会儿，到客厅里坐下，田中得意地用右手指着周围说："哈哈，川富先生和海珠小姐，所有这些都是奉黄董事长之命，一一照办的。她就怕你们到东京后生活上不方便，想得可周到了！要想使你们一切都满意！其实这附近就有超市，新宿是一个范围很大的繁华区，又位于东京市中心，是东京都的交通枢纽之一，生活非常方便。日本方便食品多，你们自己如果不做饭，在外边吃，西新宿的京王百货美食街与 B_1 超市，有各色小吃，很方便的。"

川富听了，得意地对海珠说："其实，我明白，这些都是老妈为你考虑的，她喜欢你得不得了，做什么都希望能使你满意和高兴。"

海珠不知道说什么好了，说一声："真谢谢黄阿姨！"转脸问田中："田中先生，日本的新学年在每年的上半年4月开学，与中国的新学年每年的下半年9月不同，这我知道。我参加春稻田大学考试的事多多拜托了！是不是可以过几天就去入学考试呢？"

田中说："海珠小姐放心，这事过几天就办，不成问题的。知道您日文、中文等什么成绩都好，您会很顺利的。日本的大学教育发达，大学多，生源不足，现在连名牌私立大学也把入学考试条件降了又降，有钱交学费，就不怕没大学上。哈哈，请您放心！"

川富笑着说："是啊！有钱走遍天下，看来日本也不例外。"他转向田中，"我这语言学院我休息几天再去上行吗？"

"当然可以！"田中回答，"学费也交了！手续也办了！你哪天去上都可以，好些中国学生上语言学校的都打工，你不用打工，出勤率不会低的。你爱旅游，既到了东京，先陪海珠小姐自由自在游几天正好！"

川富朝海珠看着，眼光里有恳求："先玩几天，行不行？人境问俗嘛！机会难得！"

海珠本色地说："我还得准备考试，抽点空就近观光一下当然可以！"说到这儿，她对田中说："田中先生，我想请您帮助一下，我是个闲不住的人，很想边读大学边打工，我会日文、英语，中文是我的母语，我又会熟练使用电脑设计程序，文秘工作、广告设计工作、翻译工作等等，我都能做。按钟点干最好，倘若您能多多关照，我将十分感谢。"

川富听到这里，几乎叫起来了："啊呀，海珠！你打工干什么呀！难道还怕没钱交学费？难道还怕没钱花？"他摇着头，"你爷爷、你外公、你妈妈爸爸都有钱供你，我的老爸老妈是我的自动提款机！……"他把放在沙发上先前田中交给他的那张信用卡和装满现钞的大纸袋朝桌上一放，说，"这又不是我一个人的！这是我们两个人的！你见外干什么呀？你不能打工！绝对不能！"

海珠摇摇头，说："不，川富！我带了美元和日元来，以后也陆续会有钱来的！我连用家里长辈的钱也感到不安，我喜欢尽量做到自食其力，我来之前就了解过，春稻田大学有很多的学生都是边学习边打工的，他们不奢华、不铺张，是一种很好的人生品质和生活模式，我愿意这样做！我不喜欢吃伸手饭，不喜欢坐享其成！更怕占人便宜。"

川富涨红了脸，上牙咬着下嘴唇，不知说什么好。

田中打圆场说："川富先生的话一片好意，海珠小姐的想法也不错，以海珠小姐的条件，即可不打工，如果打工，自然也不必去菜馆洗盘子去大饭店端盘子，去干不适合的工作，依我看，海珠小姐有特长，寻个计时的收入不低的工作是可以的。如果你们的意见一致，我愿意效劳！"

海珠坚定地说："田中先生，我把学校入学的事解决后，就可以打工，这是一种磨炼，我喜欢。我这人，决定了的事总是会步步走到底的！拜托了！请您多多费心吧！"

田中笑着说他还要回去处理许多事，鞠了躬匆匆走了。他一走，川富就又嘀咕起海珠要打工的事来了。海珠先是不理会他，接着就说："别太勉强我了！你婆婆妈妈地老是纠缠在这件事上，就使人太伤脑筋了！尊重我自己的选择，好吗？反正，我总是要一边上大学一边打工的。不会因为打工影响上学，可也不会因为上学就不去打工！"

见她有个性，说得认真，川富无法用语言去梳理或者用情绪去渲染，不再说了，提议道："大小姐！走吧！我们出去看看新宿，看看这繁荣的东京新宿，再吃一顿日本料理当中饭，这您总不会又拒人于千里之外吧？"

海珠笑了，说："不拒绝！你回房去收拾收拾东西。我们都休息一会儿，喝点水，我洗洗手，就一起出去！"说着，她拿杯子放自来水喝，笑着问川富，"你喝吗？我知道你是只爱喝热咖啡的！可我，冷的自来水也能喝！入境随俗，我知道很多日本人都是这么喝的！我也行！"

川富叹了一口气，手上玩弄着一只水杯，他也说不出自己为什么要叹气，但心里就是有些闷闷的。

海珠觉察到了，说："小青年，叹气干什么？算了！别不高兴了！你不是最爱喋喋不休讲笑话的吗？别把气氛弄得太坏了！讲个笑话我们大家笑吧！好吗？"

川富终于莞尔笑了，说："好吧！你既然想听，我就讲一个'两个巴掌'的笑话。"

"两个巴掌？"

"对！一个朋友问小陈：'你为什么还不结婚？'小陈叹气回答：'唉！一个巴掌拍不响嘛！我一人急有什么用？'但后来，他终于找到了一个美丽动人的小姐结婚了。朋友又问他滋味如何？他的邻居抢先回答：'每天都听到巴掌声！'小陈也叹了一口气说：'唉！她太凶了！'

……"

他说笑话有个本事，自己从来不笑，但海珠忍不住咯咯笑了。笑着，却觉得这笑话味道有点不对，什么"小陈"呀，"我一人急有什么用"呀，"结婚"呀，"美丽动人的小姐"呀，"她太凶呀"！似乎都有所指，海珠止住了笑，说："这笑话不好！快回房里收拾收拾吧！我们过一会儿去逛街！"

陈川富回房去收拾了，海珠去洗手间洗手，紧紧搭上了门。

后来，他们一同上街，问着路逛新宿，新宿人声鼎沸，十分嘈杂。东京的街景有着异国情调，到处沿街都是商店，都是类似"富士""福花"一类日本味的餐馆。各家店的前面林立着彩色日文招牌，有的有身着日本和服的女服务员站在寿司店和卡拉OK店的前面热情招揽顾客。

行人络绎不绝的中心街道，有许多民间艺人的表演，最多的是年轻的流浪音乐人，也有杂耍艺人，国籍似乎有欧洲的，有东南亚的，日本的当然也有。围观的人有的扔钱给他们。

这里商业繁荣，百货公司、山珍海味食品店、书屋、照相机店、电视机和音响店、饮食店什么的都有，有各种酒吧、旅馆、舞厅、影院。可以想象得出这里夜间必然光辉灿烂、五色缤纷。即使有严重的光污染，却一样拥挤着四方游客，白天人虽比夜间少，却也热闹。

川富说他来东京前看过一些介绍东京的旅游书，似乎对这里早有些了解，说："这里其实就是红灯区，听说夜里才是游客高潮的时光。……"

海珠没有接话，只说："不想踩地皮了！走，我们离开这儿到前边找个地方吃午饭！"

川富忙着用数码相机拍街景，说："我的录像机丢在家里！没带来，有心在东京重新买一台的，可以好好给你录点像……"

海珠说："不用！我们找个地方吃饭吧！"

川富说：“我在上海吃过日本料理，说实话，不太喜欢。你恐怕也不会喜欢！”

海珠点头：“我怕腥！生的三文鱼片，用紫菜裹着的寿司等，花里胡哨，颜色好看，我都怕吃。”

川富说：“今天这顿午饭，得为我们顺利一同来到日本镀金庆祝庆祝，该吃得讲究些！你日语好，问问人家哪家馆店的东西好吃，行不行？”

海珠问路边从一家时装店里出来的一个购买了一大包东西的年轻日本妇女什么地方有好的吃午饭的去处，那妇女热心地指点，说在太子酒店横过一条十字大马路，有一家位于六楼的六歌仙日本烤肉店，可以吃到套餐，也可以吃到顶级的霜降牛肉和松坂牛肉。

海珠和川富果然找到了“六歌仙”饭店，套餐包括烤龙虾、蟹粥等，川富也点了牛肉，尝尝味道也不过如此，价钱很贵。海珠先将钱付了，川富却死活不应，说：“你这样，要伤害我的自尊心的！”他态度坚决，说得真诚，海珠只得依他。

吃完午饭，川富摇头说：“要讲吃，比起S市差远了！”海珠也觉得是这样，但没说什么，到东京来是求学的，吃的上面不习惯，她能克服。

川富付了账，陪海珠出来，忽然用手要挽着海珠走。海珠拒绝了，说：“别！我不喜欢这样！”

川富叹了口气，皱了皱眉，说：“海珠，有首流行歌曲唱的是：‘哪怕你是一口干涸的深井，我挖呀挖呀挖，也能挖出最甘美的泉水……’听丽娟阿姨说你的歌唱得极好！这支歌你会唱吗？”

海珠朝他看看，警惕地说：“不会！”

川富感到没趣，先是闭上了嘴，一会儿又说：“唉！你真让我神魂颠倒！”

海珠听了，不再理他。

归途中，经过百货公司，海珠说想去买点东西，川富陪她进去后，她买了一把亮闪闪的锋利的水果刀放进手提包里。

川富好奇地问："买这干什么？"

"要用的时候可以用！"海珠脸上平静地说。

四、谷川教授

日本属于海洋性气候，四季分明，温和而湿润。每年十二个月中，三月中平均温度0～8度；3月中至6月中平均温度8～16度。现在是4月间了！气候比来时暖和些了！海珠在4月间顺利地进了春稻田大学。这使她深感欣慰。

春稻田大学据说愿意招募的是大批精英和贵族之外的平民才子。这所古老而著名的大学在日本东京新宿区户家町，校本部并没有富丽堂皇的正门，有一个并不华丽辉煌的大礼堂。整个校园里显得朴素、古老，绿化很好，在这四月天，树木已经萌生绿意，不少男女学生在校园里匆匆地走，忙碌但是安静。春稻田大学有九个学部和十一个学科门类的硕士、博士生点。这十一个学科门类是：政治学研究、经济学研究、法学研究、教育学研究、文学研究、人间科学研究、社会科学研究、国际情报通信研究、理工学研究和亚洲太平洋研究，海珠选定读亚洲太平洋研究的硕士生。这也许同她常与爷爷司马天雨接触有关，也同爸爸司马康勒做编辑和妈妈吕丽娟做记者有关。亚洲及太平洋上的问题总是使她既关心而又有兴趣的。

导师谷川恒彦教授，五十出头的年纪，戴副眼镜，没什么笑容，是个瘦削的高个儿，穿着裁剪得体的深色西装，经常打一条配着白衬衫的黑领带，表情有点古怪和严肃，实际却好像挺会关心学生的。

谷川教授话不多，但该讲话时也不少。他对收了海珠这样一个成绩优异、仪表美丽的中国女研究生很满意。

头一次见面，是田中陪着去的，弄不清田中同他是什么关系，他们好像是挺熟的，谷川教授对田中夸奖海珠说："我很高兴！她有这么好的日文和英文基础！我也发现她知识面广，对亚洲和太平洋的历史和近现代及当代的研究有很好的根底。她逻辑思维强，活跃而不死板，是我这几年招收的博士生和硕士生中的佼佼者……"导师肯在第一次见面就敞开来这么公开地夸赞她，使她感到一种温暖。

　　后来，田中给导师和海珠拍了合影，又让海珠在校园中拍了照片。海珠和田中离开谷川教授回来时，田中就说："海珠小姐，您很了不起。教授这么赞扬您是难得的。今天是初次见面，下次来，您可以带点礼物送教授，我们日本相当热衷于送礼。礼物的轻重不在于价值，而在于意义。一年中，'中元'（中秋节）、'暑中见舞'（6、7月）、'岁暮'（12月）、'正月'都是送礼的大节。教授爱喝上等的苏格兰威士忌酒……"

　　海珠当然依照田中教的做，果然，导师谷川教授很高兴，他当然不是为了一瓶威士忌高兴，是被这个成绩优越仪表举止美好的中国学生表现出的礼貌与尊师的情谊所打动。他竟谈起了一些使海珠久久思考的话来。

　　谷川教授说："日中两国一衣带水，但两国关系如同复杂的水波一样，变幻莫测，时好时坏，还常有表面上看不到的暗流。眼下日中关系的特点是经济关系膨胀而政治关系滞后，很叫人不安啊！"

　　海珠说："我来日本选学亚洲太平洋研究向导师求教，也是希望从理论上和感情上能有长进，能找出思路来。"

　　谷川教授用眼镜片下两只目光热情而又冷漠、坚毅却又尖锐的眼睛瞅着海珠，说："只看到侵略战争时代的日本而不愿正视如今的民主日本，这恐怕是中国人反日观形成的主要因素，这是不可取的！"他的表情似是在征求海珠的看法。

　　海珠忽然想到了爷爷司马天雨，但能说爷爷不对吗？日本的右翼政客及学者甚至包括大臣、首相，至今还不承认历史上那本侵略账，那能行吗？……但她初同导师接触，无论从礼貌或是求学来说，都不允许她慷慨激昂地坦率反驳。这种时候，她觉得不做任何表达是不对的，生硬地表达也是不对的。

她语气平缓，真诚地说："中国人并没有普遍形成反日观。只是中国过去受日本侵略，现在也不愿日本有些人否认历史，总是做严重伤害中国人民感情的事，中国人过去区分开日本军国主义者和日本人民，现在仍区分开日本右翼和日本人民，中国是主张中日友好以史为鉴面向未来的，但日本有些人的对华成见是理解当今中国的障碍。我读过有些日本学者的文章和书籍，觉得日本右翼的反华意识令人担忧……"

她怕谷川教授冒火，放低了语调，却发现谷川教授专心听着，脸色有点古怪却并未烦躁，只是打断了她的话，说："可以！你谈得很坦率，反正，我有一个基本的观念，也是我的信仰，我希望日中两国永不再战，共存共荣，当然，这个问题很大，牵涉的方方面面很多，好的是你选了我这个导师，我们在研究亚洲与太平洋问题时，可以多角度、深层次、从历史到文化、从往昔到现在，研究、探讨、交流……我想，会很好研究也能研究得很好的。"

那天，也谈了些闲话，谷川教授谈话中说到中国，常说"凄い"（音："施哥以"），这个词在日语中有三个含义，"了不起""厉害"和"可怕"，海珠听说日本人有的说话比较含蓄，所以有"暧昧的日本人"的说法，谷川教授是赞叹中国呢？还是对中国的发展感到无奈抑或是认为对日本有威胁呢？弄不清。

教授不是爱笑的人，但送别时，谷川脸上的笑容却使海珠感到激动和兴奋。领了教材和参考书、参考资料，导师谷川教授陪海珠到研究室去，里边有些伏案看书、工作的人，冷冷看看她，但没有什么表情和动作，多数均在低头干自己的事。有种"两耳不闻窗外事"的味道。

一个职员递给海珠类似学生证的一张卡及一张科目表，说："这是本学期的课程，一周你必须选五门以上的课程。选定了就请告诉我选择的结果。"他又用手指着课堂的方向，说，"上午九点就上课，上课是在那边大课堂上！"

同导师谷川告别回来时，海珠在静谧而有文化底蕴、栽满树木和草皮、常有师生来往的校园里听着鸟儿鸣叫，呼吸着有春天气息的空气，迈着步子走回来时，觉得心潮澎湃，她很想放声唱歌。中学时代，她歌是唱得极好的，上大学就唱得少了，但好的流行歌曲和一些过去的经典名曲，她也总还是喜欢，她在心里默默哼着一只过去妈妈教她唱过的英文歌，沐着阳光行走。

回到住处，正是中午，但川富不在。

川富已经用上他的新轿车了！他本来坚持要用轿车送海珠。但东京的交通网四通八达，JR线、地铁、电车、巴士都可乘坐。海珠日语又好，说："我爱自由！让我自由自在吧！如果需要，我会坐你的车的！"川富只好同意，他自己也开始去语言学院上课了。

东京人太多太多，满眼都是车、车、车，满眼都是花花绿绿的店招，满街都是急急匆匆行走的人。置身街上人流中，像是在浏览一幅流动的画片。这使川富兴奋，他总是爱在外边逛街、游玩，甚至有时晚上也回来得相当迟。

一晚，他邀海珠晚上出去一同逛街，又拿出日本和服来自己换上，要求海珠也换上，说："我俩做一回日本人吧！一同去拍张合影！"

海珠摇头，笑着说："我不！"又说，"我早对你说过，我不喜欢穿日本和服，更不喜欢穿了和服去拍照！你自己去拍一张和服照寄回家里去吧！"

川富摇头："你真叫人扫兴！"却无法勉强。

海珠觉得同川富关系不保持得太亲密也好。因为她常感到川富用眼瞅着她时有一种明显的雄性的"野心"。川富有时晚上回来，到海珠房里坐下就不肯走。言语之间，也露出一些挑逗性的话。

他说过："唉，海珠！你真美！美女本来都是最美的艺术品，是上帝制造的，你又是这类艺术品里最最顶尖的作品！"

甚至，有一晚，他拿出一个红丝绒的钻戒盒，内中是一枚黄豆大闪亮晶莹有奇光异彩的钻戒，硬要海珠收下。海珠坚决不收，他竟说了一个笑话：

"妈妈问她那美丽的女儿为什么还不肯结婚？女儿说因为追求她的男孩不能使她样样满意，她要再等下去，挑下去。妈妈说：'你不怕当老处女吗？女人年岁越大越掉价的！'女儿说：'哼！大海里多的是鱼吧！'妈妈笑了笑，说：'可是女儿啊！你明白吗？钓饵在水里时间泡久了，就没味了！'"

海珠明显地听得出川富的用意，假装不懂，驱赶着他说："我没笑！你这个笑话不精彩。带走你的钓饵。快回你的房里去吧！我要看书了！"她将钻戒盒塞还川富手中。

川富像只泄气皮球似的乖乖走了。从这晚开始，他在外边逛荡游玩，甚至喝酒以致迟归的日子多起来了！

川富对海珠是不错的，那是田中将信用卡和大黄纸袋装的日币交给川富的第二天，海珠发现川富将信用卡和一大包日币——那么多一千、二千、五千、一万元的纸币，悄悄默不作声地塞在海珠的床头柜上，附了纸条，写的是：

> 海珠：有缘同来东京，用钱请不分你我。钱多的是，我们一同花用。我一向视金钱为粪土（老爸曾说我是个"化粪池"），鄙视守财奴。这些钱你先尽量花用，田中还会给我送钱来的。你如不用，就见外了，我会难过！
>
> 川富

海珠是个不喜欢沾人家光的人，她来日本前，就首先决定不用陈家的钱，她也不喜欢胡乱花钱，到东京后，为了节约，手机费贵，她连手机也不用了。她夜间打长途电话给家里或有时发 E-mail，甚至写信，写信的好处是可以充分表达，家中收到信后可以传阅。爷爷和外公吕平都说爱看海珠写的信。看到了川富的纸条和钱，海珠脸都红了，她将钱原封退还，放在川富床边，写的纸条是：

川富：谢谢好意。但我不缺钱。绝非见外。主要是我没有乱花钱和用别人钱的习惯，请理解我。

海珠

这次，川富生气了，晚上，海珠准备了晚饭，他竟不吃，独自外出吃饭了，而且，喝了酒满脸红红的，夜深才回来。回头就蒙头睡了，也不理睬海珠，海珠倒了杯水给他，他也不喝，直到第二天下午才恢复正常。

海珠找机会劝川富别在外边喝酒，晚上该早点回来，劝他该多多学学日文日语。

川富玩世不恭地笑笑，说："既然到了日本，我就该了解了解日本东京的生活，我泡在生活里总比飘在生活上与日本格格不入好吧？……"

海珠心里有些梗梗的，感到别扭，这种时候，思家的情绪又浓烈涌上心头，爷爷那慈爱苍老的面容，爸爸那和善朴实的态度，妈妈那能干而爽朗的表情，外公那军人风格的姿态都在眼前闪动，甚至想起鹦鹉"一点红"的"珠珠！珠珠！……"的叫声也使她心跳，家啊！甜蜜的家！

她忽然有一种想流泪的感受。她现在有时同家里通电话常常可以听到爷爷和爸爸妈妈及外公吕平的声音，本来每天都想同家里通电话，为了节约，只好忍住不打，拨国际长途回国内，先拨001＋86，然后再拨区号和家中电话号码，但每每拨了001＋86，她就忍住不拨了，有时就改发E-mail。

今天，傍晚回来没见到川富，她被川富近来的行为困扰了。川富这样，是不是在放纵自己了？东京的新宿、银座、六本木、涩谷、池袋等商业闹市区，本来到夜晚就有红灯区，陈川富这种富家子弟在出国之前就是会吃会耍的玩主。他说过"就是到了日本，我也不想穷兮兮苦兮兮地过生活"，到东京偏偏又住在新宿这种繁华又有夜生活的坏环境里，他会不会走上邪道呢？……海珠心里忐忑了！她同川富是一起来东京的，如今又住在一起，她和川富同年，但是大三个月，说什么她也是个姐姐式的角色呀！川富的情况她摸不准，但已有一种不好的感觉。她应不应当把川富的情况告诉妈妈呢？告诉了妈妈，妈妈想必会在有机会或认为有必要时同陈家说的，但仅凭感觉没有确切的事实，是不是就该张扬出去告状似的就告妈妈呢？那自然不妥！她本来想拿起电话打回家的，但又不想打了！到日本后最初同家里通电话，她主要是催问妈妈是否将机票款等付给了陈家。后来，上了学，又是催问妈妈是否已将学费和房租付给了陈家，直到妈妈告知学费和机票等款项都已付去，但房租陈家无论如何不收，坚持以后再说。海珠就在E-mail上告诉妈妈，她上学后准备打工，相信自己能靠打工维持生活，并且说有机会她想自己另租房子居住，那样比较方便，吕丽娟确实有希望她与川富能通过相处和了解确定一下关系的想法，但爷爷却在一次电话里表示赞成海珠打工并且独自租个住处，爸爸也说："海珠，你已经到了自己可以做主的年龄了！……"

想起这里，海珠心里烦闷压抑极了！她去厨房，煎了一个荷包蛋，又将冰箱里的馅包拿了一个出来，用器皿盛着放在微波炉里加了热，冲了一杯速溶咖啡，当作晚餐。冰箱里有成品的猪排饭、叉烧面、乌龙面、鸡腿、面包……有的是她买的，有的是川富买来的，但她估计川富是不会回来吃晚饭了！

海珠正吃着晚饭，忽然电话铃响，以为是川富，马上拿起话筒，出乎意料的是田中来的电话。

"喂！海珠小姐吗？您上次谈到工作的事，有眉目了！是家文件翻译兼广告制作公司，就在新宿区役所大街，他们条件高，急需一个会英文、中文、日文三国文字语言而且会电脑程序设计、会文秘工作的职员，您的条件具备，他们按小时计工资，但要先试用一个星期，每小时工资两千五百日元以上，算是高的了！定时的急译件或难译的文件按件计酬，做得好还有奖金。"

海珠说："田中先生，谢谢关照！我愿意干！"

田中说："不过，要您的照片，还要填个表，这当然好办，此外，您该请您的导师谷川教授给您写个介绍信之类的东西，这样，让他知道您在半工半读也好安排时间，我想，他是肯这么做的，我也会找他请他关照的。"

海珠有点犹豫，但仿佛看到了田中那张笑脸，说："好！我明天就找谷川教授。"

"陈川富先生不会反对吧?"

"呵！不会的！"

"但是，我知道，他很爱您呢！嘻嘻，而且他的父母也非常看重您的。叮嘱过我，要好好照应你们二位的！"

海珠说："田中先生，这您不必担心！我会处理好的！"她后来又谢了田中，挂了电话。

五、兰 兰

从文件翻译兼广告制作公司开着的窗户里眺望，可以看到蓝天白云，也可以看到高耸的大建筑。海珠在思考广告构思或者翻译时琢磨一个最合适的词句时，常爱凝望不远处的阳光照耀下的那排绿树。

谷川教授慨然写了介绍信，对海珠做了很高的评价作为推荐，天下事每每顺利时总是一帆风顺开绿灯的。

有了田中的介绍和帮助，谷川教授的推荐，更重要的是海珠的才能和仪表，那家在区役所大街一幢大楼里的东京福田翻译广告公司的主管爽快地雇用了她。

主管四十多岁，是个矮瘦子，北海道那边的人，嗓音很怪，说起话来就像打字机在操作，只听到嗒嗒嗒咔咔咔咯嗒咯嗒……但人倒挺好，板脸时显得凶，不板脸时不算讨厌。

海珠每天去打工上班，街上常多打扮得花枝招展的老女人，与素雅打扮的女孩子正好成鲜明的对照，人们在路上都走得又急又快，海珠也就在人潮中步履匆匆。

公司在二十层楼上，实际只有一大套间。工作台用白色的密度板隔开，每个空间大约不到四平米，放着一张白色的电脑桌和一把黑椅。本来，连主管统共只有四个人，加上计时打工的海珠成了五个人，有点像个皮包公司，但业务倒是多的。员工的团队精神也很强。工作时大家肃静无声，下层对主管总是"哈依、哈依"地十分恭顺敬重。主管写了个广告似的几句话贴在墙上："言必践行，人必尽忠，事必尽善，职必尽心。"显然这就是要求下属的座右铭了。

海珠彬彬有礼，但懂得不说工作以外的话，也不去弄清主管是否就是老板。她的才能充分得到了发挥。每天下午至夜间，有时还可带回来做，少则可以工作两个半小时，忙则可以工作四个小时，算算收入，如果干得顺利，海珠感到除了靠家里供给外，自己的收入贴补缴学费、每日三餐、付房租、交水电费、付交通费，以及必要时支付保险、医疗费及日杂费等可以占相当大的比例，这使她感到愉快。虽然，她边学习边打工，来回奔波，比较劳累，但她愿意有这种心态轻松下的劳累，她把这作为好消息告知了家里，不提劳累的问题。

知道海珠打工后，川富表现得很不愿意。曾打电话回家告诉了黄雪梅。黄雪梅打电话给海珠，说："海珠，何必打工呢？钱，有的是。我把你是看作亲生女儿的。我不忍心你去打工！听我的！不干了！有时间，多休息多玩玩。日本是个旅游胜地，你可以同川富去旅游，川富这孩子有点以个人和个性作为追求和崇尚的目标。在国内他不满社会上的某些现象，到日本，打电话来常说心里边空虚，现在不少年轻人都这样，有你在他旁边，我们放心。川富学业上如果不太行，请你帮助帮助他，拜托了！……"但海珠有礼貌而温和地谢了黄阿姨劝她不打工的好意，做到了既未伤害感情又坚持了自己的主张。

川富明白拗不过海珠了，他仍继续他那种"自由自在"的生活。他还喜欢在网上同人聊天。

有一次，他说是与新认识的日本朋友一起唱卡拉OK，这样有利于他学好日语。有一次，他说是看夜间电影，原版的日语片对他学口语也有好处。他很欣赏东京的繁华热闹。有一天，约海珠去看相扑比赛，海珠要打工，他悻悻地独自走了，到半夜才回来。

两人有时也一起在家里吃饭。都是海珠做的，米饭拌生鸡蛋，日本人爱吃，海珠和川富都不喜欢。生鱼片是日本的皇冠料理，寿司说穿了就是在饭团上加上生鱼片和紫菜之类，再加上了有比例的糖、醋和盐。但川富和海珠都吃了摇头。川富和海珠都常买些对方爱吃的中国料理和日本食物回来加热食用。

一天夜晚，下着大雨，海珠打工回来，川富仍未回来，事实上，这些天他总是不在家吃饭了，冰箱里他买的吃食从来自己不吃，海珠买来的"中华牛肉便当"、咖喱饭、烤肉串、酸牛奶、烤鸡串，有的是为川富买的，都积压得不新鲜了。冰箱里的"存货"成了海珠"专享"的用品。海珠对川富常常夜间迟归感到忧心忡忡。

后来，海珠快睡了，川富却回来了。他不但喝得醉醺醺地喷着酒气，而且情绪恶劣，纠着眉，板着脸，一副懊丧不得意的模样。他跨进海珠房里，就朝椅子上一坐，随手将几本漫画书往地上一放，那都是些黄色的流行漫画书，日本人看的倒是不少，川富也喜欢上了！

海珠叹了一口气，想劝劝川富了，给川富去倒了一杯热茶，递到他身边的茶几上。

海珠说："你怎么又这么晚回来？"

川富喷着酒气笑笑："你是我什么人？你管得着吗？"他酒喝得不少，但似乎并没有大醉。

海珠说："我实在是不能不劝劝你了！你老是在外边玩耍，也总是喝酒，连下这么大的雨你都在外边玩到现在才回来！学语言也是要下功夫的，总不能这样浪费光阴吧？"

"你的事我没法管！我的事你也不该管吧？"

"我除了学习、打工，没有做任何不好的事！"

"那你怎么知道我在做不好的事呢？"

"至少，你是喝得酒气熏天了！从来也不见你拿课本或讲义看！来东京是留学！人是该有人生目标的！"

"大道理！讨厌的大道理！我不爱听！"川富站起身来，在他的眼里，海珠焕发着青春的肢体光艳奔放，富于弹性。他带着酒意，盯着海珠美丽的面孔，说："你要是我的女人，你才有资格管！"

海珠生气了，带着清傲的冷峻，说："请你回你的房里去吧！"

川富没有走，反倒逼近海珠，两只酒醉浑浊的眼睛露出一种邪意的闪光，海珠警惕了！闪身后退，拿起了自己的小手提包。

外边，雨声哗哗，清脆击窗。

川富结结巴巴地说："你知道，我老妈在电话里说我是个大饭桶！怪我放在碗里的鲍鱼也不会吃！同你住在一起，却不会让你成为我的女人！其实，我不是不会，我是想你自愿，我不想伤害你！可是，你对我太无情了！……"

海珠浑身气得都要冒火了！后退着，后退着……

川富忽然疯狂地张开双臂拥抱上来，说："日本人说，鱼力气再大，也逃不掉网！你今天是逃不脱了！我是下决心了！……"

他表情、动作、语气都带着兽性。

但，他瞬即停住了摇晃的脚步，惊觉起来，酒气顿时清醒了不少！

他看到海珠披着黛黑长发的那挺拔匀称的身体贴着墙壁。她手里拿着一把明晃晃锋利的水果刀，脸上有一种凛凛不可侵犯的神色，两只美丽的眼睛射出刺人的寒光……

海珠耸着眉，锋利的刀刃朝着川富，厉声高叫："你敢再上来一步，我同你拼命！……"

川富停步了，像泄了气的气球，清醒地带着哭声说："我……我醉了！我真是傻笨傻笨的！……你，你别在意！别把我当色狼！……我错了！……"他似乎想道歉，但说话嘴里像含了个疙瘩，终于，他踉跄地离开海珠的房，趔回自己的房里去了。

海珠"乓"的锁上了房门，如今自己的小房间是她固守的碉堡。她将水果刀收进手提包，气恼得浑身仍在颤抖。她有一种与老虎毗邻的感觉，泪水淌了下来，想想幸亏买了这把刀，要不，谁知今夜会发生什么事！以后会怎样呢？

她想打电话回家，冷静下来后，又觉得不能就打，哗哗降落的雨声仍在黑夜里无边无际噪响，她坐在床沿上，久久都不想睡，心里纷乱，脑里空白，脑中似塞着一团乱麻，她还从没有碰到过这样的事！太可怕了！她默默看着溅满雨水的玻窗外黝黑的夜色……

一条无形的无法逾越的鸿沟横贯在海珠与陈川富之间了！

当夜，海珠没有睡好，常做噩梦。不知谁说过一句话："脚把心带到远方，心又把脚带回老家。"她刚离开中国不久，就已经那么深深地想念老家了！

第二天早上起来，开了锁着的门伸头看时，见陈川富的房门开着，静悄悄地寂然无声，川富已经出去了。海珠去漱洗，想，他这么早就

146

出去，是罕有的。看来昨夜的事，他也感到羞耻，所以才避开见面？

海珠漱洗完，从冰箱里拿出酸奶和面包，胡乱吃了些。上午十点钟到导师那里就可以了，但她不愿在家待着，她决定慢慢步行着早些到学校去。她提着手包，带着一些书和讲义，匆匆锁上了门走到外边。但昨夜的噩梦仍缠绕心头。

一清早开始，那些西装革履、衣服整洁的"上班族"匆匆就去上那拥挤不堪的市内铁道电车或者地铁，有的手里提着皮包，有的手里还提着装有早点的纸包，上上下下，在无声中涌动着，忙忙碌碌。生活很艰难啊！雨后的街道开始由潮湿变干，空气分外新鲜，春天已经使嫩绿的叶片缀满树枝，风风火火的行人在各自奔向自己的目的地。海珠正在走着，忽然听见旁边一个年轻的女孩友好地招呼着她说："请问，您是中国人吗？是从Ｓ市来的？"她说着普通话，话里明显带着Ｓ市的乡音。

海珠停步凝神一看，是一个二十来岁的阳光女孩，有一张圆圆的娃娃脸，两只大眼睛乌黑漂亮，一头烫过又削短得很时尚的乌发，穿一套黑色套装，手提一只黑色坤包。听到中国口音，而且还有乡音，海珠倍感亲切，看着对方的脸，猛地忆起，这张好看的娃娃脸，这双漂亮的大眼睛，曾经在这附近的街道上迎面见过好几次。因为这张娃娃脸可爱，她的穿着又挺艺术，所以海珠留得有印象。

海珠礼貌地朝她点头："你是中国人？Ｓ市的？"

对方亲热地说是："你是中国来的自费大学生吧？"

海珠点点头。

对方显得开心："是啊！我见过你在这儿走过，已经好几次了！你的美丽给我很好的印象。我就住在这儿不远的地方！不容易啊！异国遇同乡，两眼泪汪汪啊！"

"在东京习惯吗？"

"开头当然不习惯！开头时，只知道这里'是的'叫Hai，'不是'

叫 Lie；看了《日语一点通》，知道鸡蛋是'玉子'，烤鸡肉是'烤鸟'，萝卜是'大根'，生鱼片是'刺身'……反正，挺别扭的，现在好多了！"

海珠问："你在上学？还是工作？"

"一言难尽了！我读过日本语学校，还想上东京艺术大学美术系，可是学费太贵了！将近百万元的学费，我要靠打工积攒，我还在奋斗啊！"

海珠的同情心油然而生，来到东京，她心里有难以描绘的一种寂寞感，忙碌时还好，空闲一些这种寂寞感就会伤人。尤其经过昨夜陈川富的骚扰，事后那种心情更加恶劣。她相信对方说的是实话，说："我双姓司马，名字叫海珠，你就叫我海珠好了！我就住在这附近。"

"我也住在这附近！这真的太好了！我今年二十二岁，名叫兰兰，姓李。你叫我兰兰就行了！说真的，你长得太像我以前的一个高中同过学的好朋友了！当然，你比她还漂亮！见到你，我从心里高兴。我怕你骄傲，猜测你也许不愿理睬陌生人。在这里的有些中国人都这样，互相不往来。东京人多，但我没有好朋友。不过，我心里觉得你为人一定善良，所以今天试一试！果然，我没猜错。"

海珠心里也直感到这个比自己小一岁的娃娃脸女孩是个直率爽朗的人，朝她再看看，发现她脸上残存着昨夜化妆时留下的口红和粉底、眼影的淡痕，那是擦拭过但未擦净的印象，不禁脱口问："兰兰，你在哪里打工？"

兰兰叹息一声，摇摇头，突然咬咬嘴唇说："一本难念的经呢！对你，我什么都不隐瞒，我在这里没人说知心话！这样吧！我是回家去。我租的房子就在这条大街背后。你有急事吗？没急事上我住处去坐一会儿，我把一切都告诉你！"

海珠听到她说："我租的房子就在这条大街背后"，心上忽然一亮，同陈川富再这样同住在一个套房里未免太危险太不妥当了！该在外边租个住处自己独住才好呀！她看看手表说："好！兰兰！我去你那里坐一坐！"

兰兰带着路，她长得特别甜，眉毛弯弯的，眼睛带着可爱的稚气，讨人欢喜，边走边说："不知为什么，我同你好像有缘分，见到你就像找到了个姐姐。我无求于你，但什么都想告诉你。其实，平时我是不同人瞎搭的。"她对这一带的路很熟悉，带着海珠走，说，"我的住处很小，就像鸽子笼，你看了别见笑。我猜到，你一定是位S市来的阔小姐，你风度高贵，就像位公主……"

海珠忙不迭地摇头："不是不是！……"

兰兰说："我现在属于这种档次的——"她用手做了个低档的手势，"但我还维持着尊严，中国人的尊严！唉！……"说到这里，她声音里带着无奈，长长叹了口气。

转到后边的小街上，这里海珠还是第一次来。兰兰将她带到了住处，这里实际是介于普通居民楼和中国留学生住的叫作"寮"的那种房屋之间，岁月磨蚀，灰溜溜旧了的房屋，在二楼上，有公共走廊。兰兰独自居住的一间日本式的房子，有着一面墙壁、两面挂窗和一面壁橱的六帖榻榻米，在屋内入口处，是连在一起的厨房和洗漱池，小得只能站立一个人。海珠脱鞋进去，兰兰不肯，说："不必了！不必了！"海珠还是脱了鞋。她看到厨房仅仅只有一个煤气灶头，好像可以烧点开水或者煮点什么吃的。这里没有洗澡池，也没有厕所。

海珠问："你洗澡怎么办？还有厕所？"

兰兰笑笑："我来日本两年半了！我很发奋努力，来日本第二年，就拿下日语一级资格证了！但这里是金钱社会，东京是寸金之地，住在这里，本来也不习惯，现在习惯了！厕所是几家公用；洗澡只能去'钱汤①'，周边公共浴室很多，还有自动洗衣房。"

---

① 钱汤：公共浴室。

兰兰房里唯一特殊而有亮色的是一幅带着现代派色彩五色鲜艳的水彩画，画的是晨曦中的一些刚从睡梦中苏醒过来迎接黎明的鲜花。花色品种多样，一个花朵就是一张人脸，表情却多种多样，有刚醒的，有打呵欠的，有蹙眉的……那表情，那色彩，那意境……都显示了绘者的天才和智慧，有丰富的想象力，善于运用色彩和光。

海珠忍不住说："呵！好一张美丽的画呀！兰兰，你画的？"

兰兰笑笑："谢谢你欣赏我的画！"但瞬即苦笑着摇摇头。她让海珠在一张小椅上坐下来，难为情地说："委屈你了！可我只能这样招待你！"她要去壁橱里拿罐饮料，海珠连忙劝阻她。海珠来到这里，似乎才真接触到了中国另一些来闯东京的留学生的生活状态，心里有些难受。

海珠问："这房子租金贵吗？"

兰兰说："当然！东京没有便宜的房子，现代化要求都市人的便是更多的经济付出。一般租房不少于三千日元·平方米一月，房子越好，房租越贵。就我这间鸽子笼，一月至少也要付三万日元左右的房租。"

"这里还有空着的房子可以租到吗？"

"弄不清。怎么？你想租房子？"

"我现在只是问一问，打听一下。"

"如果你想知道，我可以打听一下告诉你！"

海珠问："你现在每天都打工？"

兰兰用手理理短发："我说了你别看不起我！社会地位和经济地位的低下，使我羞惭。我原本在麦当劳打过工，也在一家大饭店洗过盘子。后来，让我当招待端盘子，每小时八百日元，其实，我从小在 S 市文化宫学过绘画，一直到中学都没停过。我很有点这方面的天赋。我在家里又跟妈妈学到过一手做中国菜的好手艺，也会包馄饨、饺子。新宿有家中国料理店也愿意让我露露手艺。但那个老板是个色狼，动手动脚想我的心思，我当然不干。后来，人介绍我到新宿歌舞伎町一家'斯那库'当女招待。我知道去干那名声不好，穿得要很露，但收入高，我不多挣钱没法上大学。我想只要我自己掌握操守，灯光暗一点，衣服露一点，就是陪鬼子喝喝酒唱唱歌，只要不过那条底线我怕什么?! 我就干了! 还签了合同……"

海珠同情地看着兰兰，听她往下讲。

兰兰说："我妈妈年轻时本来是挺著名的越剧女演员，所以我会唱越剧，有时我唱一段越剧，还挺受人欢迎的。这样，一个月我至少可以存储二十万日元左右。我确实没有逾越我自己规定的底线。诱惑很多，好色的客人拿厚厚一叠万元一张的日币放在我面前我从不动心，但打这种工总是像做亏心事。爸爸早先是电影制片厂的职员，妈妈年岁大后改做了会计，都退休了! 姐姐做工会工作的，同姐夫离婚了，我写信或打电话时到家里胡吹牛皮，说一切都好，日语学好了，找到了一份工作，过半年就能上东京艺大。是怕他们担心，其实，我活得太累心里太苦，连个讲心里话的人都没有。这不，今天运气好! 碰上你了! 我鼓起勇气，终于找到了一个中国姐姐了! ……"

海珠忍不住又朝墙上镜框里兰兰画的那幅水彩画凝视起来。她自小就知道怎样对别人好。她又同情地看着兰兰那张可爱的娃娃脸。但年轻的娃娃脸上显然看得出客居异国他乡的沧桑。她忍不住叹口气说："打这种工确实不好! ……"但心里想，我既没法帮助兰兰找个好工作，也没法拿大批钱资助她上学，我尽说些空话不关人家痛痒有什么意思，就咽住话不说了。心里却忽然又想，兰兰说她学过绘画，我打工的那家公司，生意忙的时候，似乎常需要计件工和临时工，我倒可以替她留意着。但她历来没有把握的事不喜欢先给人承诺，就没吭声了。

兰兰似乎明白海珠在想什么，搭讪着说："本来，平常这时候，我正在睡觉呢! 今天是因为我听说新宿区新两宿有名的一家中国老店铺饺子馆要招包中国饺子的能手，恰巧，我与'斯那库'的合同也马上就满期了，我想去试一试，所以早上没睡。刚吃了拉面打算回来打扮一下就去。这不，碰到了你，跟你认识又谈了心，我真感到开心。告诉你，海珠，我呀，已经积存了一笔钱，到我觉得能上大学时，我就解放了！一分钟都不耽搁，你相信我吗？"

她说得干脆，眼睛倏地亮起来，似是向海珠保证。

房里地上放着一只旧式的放录音带的录音机，还有一叠录音带，海珠朝录音带看看说："这是家里带来的？"

"对了！"兰兰说，"都是旧音乐带子。心情不好时，我听听广东音乐《喜洋洋》和《步步高》；想家时，听《梁祝》和《江南好》；睡前听《春江花月夜》和《平湖秋月》；疲劳了，听《青春舞曲》什么的。其实，这都是妈妈爱听的录音带，她要我带来的！"说着，眼里含满了泪水。

海珠突然更喜欢这个有张可爱的娃娃脸的女孩了！但看看手表，时间不多了，说："兰兰，我要去学校了！这样，我把地址写给你！有空，请一定来玩！晚上九点后，我一般都在家！"她在手提包里取出笔来，从小本子上撕下一张纸，写下了地址、电话。

兰兰送她出来时，亲热地对海珠说："我抽空一定去看望你！到日本后，我心里常常很压抑，主要是处境不好，又没有交到好朋友。现在，有了你，我有心里话就有姐姐听了！不过，我知道你忙，我不会乱去打扰你的！"

海珠明白兰兰是个很自爱的人。走得远了，回头看时，兰兰还在那儿站着凝望着她哩！

六、川富的秘密

海珠觉得在学校图书馆里或在打工的公司里时，由于忙碌，心情还比较平静，但只要回到住处，心里就总是变得沉重压抑起来。

新到东京，那些往昔曾有过的美好童真及心灵的自由似乎离得越来越远了！一种对陌生环境的不习惯及同陈川富住在一起的别扭越来越深，心中常荡漾起无限的乡愁。

虽然，陈川富似乎是表示歉意，说过"请饶恕我这一次"的话，又似乎是想重新处好关系。他见到海珠时，总又显得彬彬有礼，他常买吃食带回来放进冰箱，有的还送到海珠房里。海珠不吃他买的东西，对他说："我早又买了许多，冰箱放不下了！下次你自己吃就买，不吃就别买！"陈川富又出主意邀约海珠由他开车到东京迪士尼乐园去看太空人、梦幻馆和蛮荒世界，吃异国风味食品店；邀海珠到后乐园去坐旋转木马和下吊式云霄飞车；去上野动物园看珍禽异兽……但海珠都拒绝了！陈川富的行径使她既想保持距离，又有戒心和担忧。海珠的拒绝每每使得陈川富闷闷不乐，扫兴的脸上露出气愤。

有一次，陈川富在喝酒后回来忽然说："两块石头在一起，焐久了也会发热，你怎么这样冰冷？"接着，摔了茶杯，"乒"地关门。但事后却又好像十分诚恳地道歉："我醉了！想家！昨晚好像砸碎了茶杯，真对不起！"

海珠的心沉落又飘浮。她确实想立刻搬出去住了！但搬到哪里去？房子还没有下落。而且，一同来到日本，她不想把事情做得太绝。她心里提高警惕地同陈川富在一起，时刻紧张着，不敢放松警惕。

川富在家的时间不多，在家除了去电脑上打游戏机或者同陌生网友在网上聊天外，他的生活依然可以使海珠想象出他的荒唐。他驾着轿车外出，常常深夜不归，他似乎交上了一些朋友，一次，海珠看到他开着的轿车上载有陌生的男人和女孩向新宿北面驶去。那几个男女，脸未看清，但有的染着黄头发，有唱有笑，似乎不像什么正派的好人，属于"异类"。

海珠不止一次想把这些情况一股脑儿告诉家里，但总像投鼠忌器似的下不了手！在弄不清事实真相之前，她秉性善良，怕伤害了人不好。

可是，这种生活情况什么时候是个了呢？

海珠心里压抑，忧郁起来，常常夜间躺在床上思索、猜测，她偶尔也劝过川富，比如关心地问："你日语学得还好吗？有困难吗？"（川富说："没困难！"）比如说："酒会伤肝，以后别再喝了！"（川富说："我在家里也喝酒的！我老爸老妈不反对！"）比如说："你半夜才回来，别出什么事！"（川富说："我又不是去做贼做强盗，请放心。"）比如说："到日本来留学，可要注意别损坏我们中国人在日本的形象。"（川富说："哈哈，你真像个大姐姐！形象多少钱一斤？"）……

海珠见田中不止一次地给陈川富送过钱，有一次，川富似乎嫌少，高声对田中说："我需要用钱！卡上没钱了！这点不够！要这个数才行！——"（海珠看不到他做的手势）后来，仿佛又听到川富说："你们找我老爸老妈的事，他们都办了！我用我自家的钱你们这么刁难？……"海珠从自己卧室门里看到田中那张尴尬而没有了笑容的脸。

一种隐性的不安在心中惶惶升起。海珠认为陈川富的问题严重了！究竟严重到什么程度呢？她想象不出。对川富来说，他父母那两只"自动取款机"不断供给，川富就像"运钞车"一样把钱运给日本，而自己除了堕落一无所获。

反正，新宿是有名的红灯区之一，海珠住了一段日子，了解也加深了。这里有黄有赌，谁知川富在干些什么呢？但她觉得不敢也不该更不愿往这方面想。为什么要把陈川富想得这么坏呢？万一冤枉了他就不好了！他那夜是对我动了坏心，但年轻的男人又有他母亲教唆他想追求、占有我同堕落之间还有距离……这样一想，她心就有点软了。

自从上次见过兰兰以后，海珠一直没有再见到她。这个星期日，上午十点半钟，兰兰却出现了。海珠一开门，阳光女孩站在门前，看到那张漂亮大眼睛的娃娃脸，出乎意料，海珠高兴地叫了起来："啊！兰兰！"

她热情地请兰兰进来坐，兰兰脱了鞋换上拖鞋进来，她将兰兰引进自己的房里，从冰箱里取果汁、酸奶、零食招待她。

兰兰说："你这房子很好呀！这租金一定是很贵的吧？我今天本来是为了告诉你我那儿附近有房子出租才来的，看来，你还是住在这儿好。这里同我那里可是天上地下，你去我那里租房住，是会不习惯的。"

海珠摇头："不，告诉我，你那里的房子有出租的。是吗？"

兰兰朝川富住的卧室那边看，说："海珠，那边住的是谁？是你先生？"

海珠连忙说："不不不，是一同来日本留学的朋友。"她不愿多提川富，川富一早就外出了，也没说到哪里去，只说，"上午有朋友请去聚会，中午不回来。"……谁知他去什么地方了呢？

兰兰凝望着海珠，海珠真美，墨黑乌亮的披发下是一张白净透露着智慧和善良的脸庞。天然的细眉下有挺秀的鼻梁、闪烁着情感的黑眼睛。她不多打扮，粉红色的嘴唇和洁白整齐的牙齿配着肤色细嫩的颈项，那修长有弹性的身材散发着朝气。她穿一身素雅的套装，反衬得她白皙而又高贵。兰兰说："我住处附近的一所楼里有两个台湾女留学生搬走了，空出的房子比我住的好，有单独的洗浴、卫生设备，在二楼，租金比我那儿贵，但还不错。条件比你这儿当然差。我看，放着你现在这居住条件，就别往那里搬了！"

海珠诚恳地说："这里实际是住人家的房子，我去你那附近租的是住我自己的房子。再说，有你邻近做伴，我也欢喜。"

兰兰机灵地似乎听出海珠的话里有话，说："与你同住的是个男朋友？"

海珠摇头："不是男朋友，是个熟人，比我小，一起来日本的。他在上语言学院。"

兰兰似乎不好深问了，告诉海珠："我赔了老板一些钱，早几天离开了那里，现在不干女招待的工作了，饺子店选中了我，除包饺子外，也包馄饨，有时还掌勺做几个菜，累是累点，老板精明，半夜天不亮就干活，时间长，常常一身油腻腻的，只有待遇还算好。你那天说过一句：'打这种工确实不好'，虽只是八个字的一句话，可我知道你是为我好，我也叫你相信我，我今天来，一是为了你要租房子的事给你个回音，二是来报告你我已经不干那侍候陪伴坏男人的工作了！你该为我高兴了吧？"

海珠心中有些感动。她曾为兰兰的事向广告公司的主管说过，但回答是："以后特别忙时可以找她做点什么。"海珠把这事告诉了兰兰，说："我会留意着的，但日本老板没有承诺，话是不算数的。"

海珠想去厨房，说："兰兰，我来做顿午饭你吃！有现成的鳗鱼盒饭，放在微波炉里加下温就行了，再给你煎块牛排好吗？"

兰兰笑了："早饭吃得迟，吃了就来了，过一会儿我就走了！你就别为我忙了！"

海珠坚持，兰兰说："那好吧！鳗鱼饭很贵，我爱吃面，吃碗拉面或者方便面就行！"

正说着，忽听零乱的脚步声和开门声，海珠一看，是陈川富回来了！他一副毛焦火辣的模样，鞋也顾不上脱就大步一阵风进来，径直朝自己房里走。海珠起身问："你怎么回来了？"

陈川富心不在焉地说："拿点东西！"他不看海珠，甚至好像也没有发现兰兰在场。他走进自己房里，翻起东西来。听到他开箱子的声音，海珠估计他是拿钱。他的钱全都是锁在那只深蓝色航空箱里的。

兰兰看着陈川富进来，又看着陈川富进自己卧室。海珠忽然发现兰兰的脸色和表情有些异样，似惊恐又似突然。这时，门又开了，而且好像是有人用脚"乒"地踢了一下门，门外站着两个陌生人。海珠和兰兰看到一个是烫着黄头发的矮个子。她立刻想到是那天她看到川富驾驶的轿车上的那个"黄头发"。这人神色凶恶，傲慢张狂，染了的黄毛烫得横七竖八，穿双白鞋，镶着金牙。另一个是肚子凸出的胖汉，肌肉强壮，完全像个打手，露出的手臂上还刺着青。这两个人服装有些另类，显然都是日本人。兰兰忽然拨转身去，似是害怕看到这两个日本人，海珠也一时愣在那里弄不清是怎么回事又该怎么对待。所幸，川富匆匆忙忙手里拿着个黄色大纸袋出来了！海珠看到田中装现钞给川富时用的都是这种黄色大纸袋。只见川富心慌意乱地也没同海珠说什么，也似未看到兰兰，自顾自地跨出门去，"乒"地关上了门，同那两个日本人"蹬蹬蹬蹬"地下楼走了。

海珠懊丧极了！这意外的一幕使她不知向兰兰说什么好，她的心"扑扑"跳得极快，一时都静不下来。

但，兰兰说话了，问："刚才那个穿灰西装的就是你的朋友？"

海珠无力地坐了下来，点头说："是的！他叫陈川富！"她非常想把心里郁积许久了的关于川富的事都告诉兰兰，一时又似乎不想多说。她忽然看见兰兰脸上又泛起刚才川富进房时有过的那种怪异的神色和表情，她忍不住说："他比我小，实际我感到应当把他当个弟弟待。过去没来日本时，他给我的印象是不错的。但是……"她不知为什么竟想哭泣了！

兰兰性子直，也是个感觉敏锐的人。刚才那一幕确实震惊了她。这个陈川富她确实认识，那两个日本"异类"，黑道上的角色，她也认识。她在新宿做女招待时，陈川富曾经不止一次地点名要她坐在身边陪他聊天喝酒，在那样的地方，照明器具是放在桌上的酒精灯或者蜡烛，靡靡甜软的音乐声中，在烛光和荧光映照下，这个年轻的中国人自己开一辆轿车，给她留下的印象是个大把花钱的阔少爷。他对她动过邪心，有一次，竟要她陪他去"凡尔赛皇宫"情人旅馆开房间，说是要多少钱给多少钱，被兰兰板着脸一口拒绝了。为这，店长和"妈妈桑"都说她傻。那个"黄毛"绰号叫"导弹"，胖子绰号叫"一匹狼"。

"导弹"的左手上缺一只小拇指①，他与臂上刺青的胖子既是皮条客，也出售摇头丸，是在有乐町开扒金宫娱乐场和地下赌博场的老板。陈川富认识他们后，有一次，黄毛对兰兰说："嗨！你这支那姑娘，性观念开放点嘛！放着你们那个支那男人的钱不要，你失去了一座金矿啦！"又说，"现在，我们给他找的是十五六岁花一样的青春偶像啦！这些女孩乐意援助交际，背着的双肩包，有手机，也有花花绿绿的安全套，她们比你聪明啦！……"

这个中国来留学的少爷姓陈，但后来他确实不来找兰兰纠缠了。看样子，黄毛说的没错！他结交了黄毛和胖子这样的坏家伙，当然会进入色情和赌博、吸毒的领域，结交这样的坏人，进入那样的领域，这个姓陈的中国青年可是不会有好下场了！拿刚才看到的那一幕场景来说，兰兰可以意味到大致是怎么一回事了。看来，姓陈的已经被操纵在黄毛和胖子的手中，看来，姓陈的是欠了他们的赌债被迫上门来取钱还账了！

兰兰愕然地坐在沙发上，脑际闪过一幕幕电影似的画面，海珠也默默坐在沙发上，不知这噩梦般的事怎么蓦然会无情地降临。

兰兰忽然站起身来，说："我还有急事要回去办！我走了！改日再来看你！"

她似乎不想卷入太麻烦的纠纷当中去，所以匆匆用一种赶快离开是非之地的态度同海珠告别了！

七、偷　窥

但是，兰兰是一个心地纯真厚道的女孩，走在回去的路上，心里

---

① 日本有超过两千五百个帮派组织，有的黑社会组织中，低层的混混失手或犯帮规时，以剁指作为惩罚。

忐忑不安，谴责起自己来了！你怎么可以这样呢？你怎么可以这样呢？……

她自责应当帮助海珠，使海珠了解情况。都是中国人嘛！都是S市的人嘛！她不把心里知道的事说出来，自己觉得对不住美丽、善良的海珠！终于，兰兰决定不回家了！她回转头来，又来到海珠住处，找到海珠说："海珠！我要把我所了解的事全部马上告诉你！陈川富大祸临头了！他跌到东京黑社会的旋涡和深渊里去了！……"

兰兰的性格泼辣干脆，使她毫无隐瞒地一枝一叶地把知道的事都讲给海珠听了。海珠也坦率真诚地把自己和陈川富的故事无保留地告诉了兰兰。她觉得川富可能已经很难自拔了！听完了兰兰的叙述，又讲了自己的遭遇，海珠控制住感情，显得比较冷静地向兰兰咨询："兰兰，你说我该怎么办？"

"立刻劝他！"兰兰说，"赶快让他悬崖勒马吧！甩开'导弹'和'一匹狼'，越快越好！不能再同他们在一起了！他们都是Yakuza——黑道组织的人。同他们赌博，会倾家荡产；通过他们吸毒、玩女人，更是没有好下场的！陈川富面临危险，他最好马上回中国，别再在日本待了！海珠，你劝他快刹车，先赶快搬个家吧！唉！我实在也想不出好办法来帮你的忙了！"她说得非常诚实和认真。

海珠觉得兰兰说得对，但主要问题，是川富要能幡然醒悟，立刻停止堕落。如果他仍旧不改，谁也救不了他。海珠下了决心：川富今天回来，一定严厉地劝他。如果他同意改，就商量一下该怎么办，必要时搬个家避开"导弹"和"一匹狼"也好。如果他不同意改呢？海珠决定，那只有把真相原原本本立刻打电话回去全部告诉妈妈，让妈妈去陈家使陈向明和黄雪梅夫妇知道实情，想出解决的办法来。

兰兰讲完，心里无愧了，决定告辞，她表示无奈，但关心地劝海珠："你也不要太着急，赌钱、玩女人和吸毒这种事，沾上了就像进了迷魂阵，人是不清醒的。你劝他时，要耐心点。"

海珠点头，心里难过，说："兰兰，如果方便，你帮我继续了解了解，不知他究竟陷得有多深！好吗？"

兰兰回去后，海珠才想起竟忘了热午饭煎牛排给兰兰吃。但自己也未感到饿。坐在椅上，脑子里像天马行空似的胡思乱想。她估计陈川富是很难自拔了！她索性自己搬出去一人住算了，但她怎么能就这样做呢？两人是一同来日本的，她总不能一点责任感和道义都不讲啊！她必须要做最后一次的努力，尽到自己的心。

晚上，川富没有回来吃饭。海珠早早吃了点东西，看了会儿电视，心神不定。拿起书来看，也看不下去。

天气燥热，川富不在，估计又是半夜后才会回来了！海珠决定洗澡。

她穿好睡衣，走进浴室，打算洗淋浴，先拉上淋浴莲蓬头外端的塑料遮帘，然后在外端的盥洗间里洗脸，扎好长发，冲洗了一下日式便池。她像每一天一样小心翼翼地关上外间盥洗间的拉门，要闩上搭扣。睡衣已经脱去，她忽然发现门上的搭扣坏了，门无法闩上了！

好好的搭扣怎么坏了呢？她用手推紧了门。

她踌躇、犹豫了一下：怎么办呢？一种侥幸的心理支配着她。一向在这时候洗澡，陈川富都不会回来，估计今夜也不会早回来。她想：好在我洗澡快，快快冲洗一下就是。

她解开护胸，开了水龙头，调好了水温，赤裸了身体，用洗浴液涂抹全身。清水舒适地淋洒着她。她洗了头，湿了水的乌黑长发摸起来滑润而柔软，衬得她青春婀娜的肉体更加雪白。灯光金色地映在她可爱的胴体上，她觉得此刻她自己很像人鱼公主了！……

忽然，在喷头哗哗的水声中，她听到外边的门似乎发出声响"吱"的一声。

是陈川富回来了吗？她心中一惊，侧耳细听，但没有再听到声音，还真是疑神疑鬼了！她继续用水哗哗地冲洗全身，但心里盘算着应当快点洗！忽然，她又听到了外间盥洗间的门似乎一响，吓了她一大跳。她紧张地听着，却又没有声音了！自己的心反倒"扑通扑通"地跳得飞快。

她赶忙冲洗完身子，关了龙头，洗完用干毛巾抹干全身，穿上内裤，戴上胸罩，又穿上睡衣，走出浴室。却出乎意料地看到外间盥洗间虽然本来紧闭却因搭扣坏了未曾闩上的木门敞开着。……在这瞬间，川富的身影一晃，窜到客厅沙发上坐下了！

啊！啊！刚才川富一定是悄悄猫着身子踮着脚步进来开了木门，隔着塑料浴帘偷窥自己沐浴了！她脸都红了！心里明白这浴室外间盥洗间的木门上的搭扣，肯定是川富故意弄坏的！

她好后悔啊！后悔自己不该冒失着这样扣不上盥洗间的木门就沐浴！看见川富若无其事地坐在客厅沙发上开了电视在看逗人笑的肥皂剧，她心里气恼极了！

偷窥的事难以同陈川富理论，海珠看见陈川富脱了上衣，松了领带，又着腿仰卧在沙发上，闭着眼。海珠迅即回房换好了衣服，走出来说："陈川富，我想向你做最后一次的规劝了！……"

"有什么好规劝的！"川富说，"我困了！喝了啤酒、清酒和洋酒，我想睡了！"他显然是想回避，怕海珠提起刚才他偷窥的事。

海珠声音沉重："你在外面胡作非为，现在处境非常危险了！你不能再同坏人来往，那样弄不好会有杀身之祸的！看在同到东京来的分上，我劝你悬崖勒马，赶快想个避祸的方法……"

川富懒洋洋地说："没那么严重吧？你在侦察监视我的行动？我愿意风风火火闯九州，我花的是我老爸老妈的钞票，满足欲望就是快乐。关你什么事！别以为你是漂亮女人！女人算什么？有钱就有女人！……"

海珠忍住气愤："陈川富！你快完了！我也仁至义尽了！你做了什么侵犯我的坏事你心里清楚！你在外面乱七八糟，我直到现在，还没有打电话告诉家里。但现在我决定如实报告你的情况，我不该隐瞒，这是一！

我同你是一起来东京的，我决定走！很快搬走，这是二！陈川富，我的话说到这里，听不听由你！别丢中国人的脸！你好自为之吧！"

海珠说完，回身走进自己的卧室，紧紧锁上了门，从她的态度、语气和关门的声音上，可以发觉她的决心。

海珠独自坐在房里淌眼泪。突然，她听到陈川富来敲她的房门："开门！开门！……"她当然不开门！为了提防，她打开手提包，将那把雪亮的水果刀牢牢拿在手里。

陈川富突然在门外高叫："海珠！你开门！原谅我好吗？我错了！你该知道，我实在太爱你了！你为什么不能爱我呢？！……"他语气里竟带着哭声了！

海珠想，这人真是无可救药了！他仅仅把自己的错只局限在偷窥我的问题上了！他怎么糊涂得连自己堕落得结交坏人会带来危险的结果都想不到呢？！

月亮就像天上着的一盏明亮的灯。

海珠这一夜辗转反侧没有睡好，主要为陈川富，但更有一种乡愁。

她真希望自己能有一双翅膀，一下就能飞过大海飞回去，飞到家里去。……她做了一个决定，赶快搬走！绝不再同陈川富住在一起！

八、分　手

早上，海珠离开住处到春稻田大学时，川富的房门关着，似乎尚未起床。

心理影响生理，海珠感到疲劳。她在翻阅当天的报纸时，导师谷川教授走过来，似乎看到她脸色不好，脸上有些阴云，问："身体好吗？"

海珠起立向导师行礼，礼貌地含笑说："好！谢谢。"

报上登载中国发生一种"非典型性肺炎"，不少地方都有，北京、广州很严重，香港可能也是广州传去的。这使海珠十分挂念。日本保守性的报纸上有些报道很耸动，对中日关系，对右翼言行常起着推波助澜的作用。海珠看着报，不禁皱起了眉头。

出乎意料的，谷川教授似乎是在注意着她。一会儿，教授又走过来，指着面前桌上的一篇报纸上的文章说："你可以看看这篇文章！"

这篇日本报纸上的文章，题目是《美国出现"日本期待论"》，海珠迅速认真地看了一遍。见她看完了，谷川教授说："这篇文章说美国过去十年对日本的看法由'敲打日本论'变成'日本无用论'，现在出现了'日本期待论'，就是说，日本已经成为一个远远超乎美国期待的可靠盟国了！你对这篇文章有什么看法？"

谷川教授是器重海珠的。对这个中国来的优秀硕士生，他常用这种探讨的方式听取她的看法和意见。

海珠和缓而坦率但十分礼貌地说："在克林顿做总统的第一个任期内，美国就经济摩擦问题确实敲打过日本；在他第二个任期内，由于日本长期经济不景气和中国的崛起，美国确有舆论开始谈起'日本无用论'。但小布什上台后，特别是'9·11'事件后，日本在反恐战争、阿富汗战争和现在对美国发动伊拉克战争中的表现，使日本的身价急剧提高了！这是确实的。但在我这样的中国人眼里，美国从'二战'后是一直在支持、提携日本，而且为了它的霸权，逐渐把日本看作是可靠的盟国的！"

谷川教授品味着海珠的话，表情依然有点古怪严肃，瘦削的脸上没有笑容，近视眼镜下的眼光明亮，思索着说："你很诚实，做学问必须应该有诚实态度。但，亚洲和太平洋地区的情况，表现在美国、日本、中国这三个国家上是很复杂的，更别说朝鲜、俄罗斯这些国家的问题了。美国向日本投过原子弹，也占领过日本，但是美国又扶持日本，使日本处处与美国步调一致。日本侵略过中国，但现在日中的经济关系非常密切。日本向中国提供了巨额政府开发援助。对这，美国有些专家就很反对，减少及取消这种贷款是必然会实现的事。我很想知道，你对目前中日之间的关系有些什么真实的看法？"

导师这样询问，出乎海珠意料。她觉得导师说过做学问要诚实，她也不应当为了讨好老师就违背自己的良心来说假话。她认为中国人在日本人面前隐瞒自己的正确观点是可耻的，因此说："中日关系总体上的发展不错，中国新一代的领导人去年3月就表明了重视日本的态度，并表示要避免小泉首相参拜靖国神社的影响波及业已中断的首脑互访之外的经济等领域，但由于众所周知的原因，中日政治关系还是常常冷淡。加害国政府必须认真反省历史，向受害国诚心谢罪，不再参拜供有甲级战犯的靖国神社，不去复活军国主义势力……"她说得激动了。

谷川教授忽然打断了她的话，说："不必在中日关系上老是纠缠历史问题不放，应该更理性更宽容一些，那样不是更好吗？"

海珠摇头，说："其实，历史问题想搁置也是无法搁置的。中国人从抗战胜利时起，就想对中日关系采取以德报怨的态度。这应说是非常理性和完善的了，可是结果呢？大家都看到了，反而换来的并非真诚反省，反而极力掩盖、否认战争罪行，粉饰军国主义，现在的小泉首相不断在做出伤害中国人民感情的事。"

谷川教授变得很冷静，鼓励地说："你说，你说，你继续说，我很想听！很想听！"

海珠说："作为中国人，尤其是在日本当年侵略战争中被残害过的中国人，才能体会到什么叫作伤害感情！您可能不知道！我的祖父的母亲和他的外祖母是在南京大屠杀中被惨杀的，我的祖父险些被杀，也经历过1937年12月的血腥南京大屠杀！他今年八十岁了！是一位作家，正在写一本关于钓鱼岛的书！……"

"呵？！"谷川教授用右手扶扶眼镜架，似是要认真看看海珠，说，"钓鱼岛？呵，那是日本尖阁群岛中的一个岛，是日本领土！"

海珠说："不！那绝对是中国的领土！"但从阴云突然密布的导师谷

川教授脸上，她领会到了导师心中那潭水的深浅。她突然觉得自己的话说得太多太坦诚了！沉默是金嘛！她应当多听少说才对，但她是有原则有性格的。她语气变得温和地说："我在我爷爷收集史料时，知道这有非常确切的证据，包括中国明朝、清朝时的地图……"

谷川教授不再说话，脸上的神态本来古怪，此时又变得平和了，说："好吧！今天就探讨到这里吧！"

海珠后来去图书馆里看书并查阅资料，想，谷川教授是有名望的学者，他该不至于为一个学生的直言而不予宽容吧?! 但我没有错！在原则问题上我说的是一个中国留学生该说的话！

她心里压抑，陈川富的事本就使她不安，再加上谷川教授的这场对话和争论，使她像碰到了针刺一扎，虽然清醒却受到了伤害。

中午时分，海珠回到住处。平时她中午是并不一定回来的，但为川富的事使她今天决定回来看看，并先整理物件准备搬离。

进了门，川富不在，但客厅沙发上有一封信，是川富留给她的，写的是：

亲爱的海珠：

不管你怎样，我是爱你的。但请别干涉我的生活，更别向你家里或我家里告状检举。对于我酒后对你的不敬，我在此深深道歉。

希望不要搬走，我不会再冒犯你的。拜托了！

川富　即日

看完信，海珠心里滋味复杂，但心里明白的是无法将川富拉回头了！他的任性和堕落已经使他无法自拔，他使人难以帮他从剃刀边缘上得到安全。怎么办呢？她决定打电话把一切如实告诉妈妈，不能再替陈川富遮盖隐瞒，她和陈川富一同来到东京，如今分道扬镳了。她看到陈川富在走向悬崖，她又无法拉他回身！她只有求助于妈妈了！

她犹豫着，忽然心头一亮，想起了田中。田中那始终常笑的面容，鞠躬的姿态，冷静而保持距离的接触，都浮现在面前了。田中曾帮助她进入春稻田大学找到谷川教授做导师。田中曾替她找到公司打工。田中是陈向明夫妇曾委托在东京照顾陈川富和她的人。川富用钱就是田中供给的。在这种时候，她觉得应当在打电话告诉妈妈之前，先同田中先生商量一下，听听田中的意见，看看田中有什么良策。

这样想着，她草草自己弄了点冰箱里的食物吃了，拿起电话拨了田中名片上的电话号码。果然，听到了田中那略带沙哑的声音。她说："田中先生，我是司马海珠。有件事想同您商量一下，约个时间找个地点谈谈可以吗？"

田中的声音很热情，说："哈依！我现在刚好有空。你住处附近有个很幽静的凯文咖啡屋……"他说了咖啡屋的方位和地址，说，"我马上开车来，我们一起喝咖啡谈谈。"日本人把家视为私人场所，很少在家待客的。海珠觉得在同田中说话时万一川富回来，也不好处，就同意了。

咖啡店在日本许多地方都有。这是一家幽静、洁净的咖啡屋。咖啡是速溶的，不那么香浓，但环境适合交谈。

田中见到海珠依然鞠躬彬彬有礼，在狭长桌子的对面坐下后，海珠开门见山，把川富近来的情况大致都同田中说了，表示了自己的忧虑和焦急。田中那张满是笑纹的脸上虽然仍是笑，但有时吸一口气，有时发出一点"嘘"的声音。他有时偏头，有时点头，说："是！是！"却总是用眼盯着海珠的脸，似在欣赏一幅名画。海珠谈着谈着，渐渐感到不舒服了，她不喜欢这个日本人这种眼光。

奇怪的是田中对川富的事似乎是知道的，而且并不感到意外。当海珠问他应该怎么办，拜托他规劝陈川富并且为陈川富的安全想些办法时，他竟咧嘴笑着说："从历史上看，我们日本人比你们中国人在两性问题上的约束要少，性和酒在日本，属于个人的隐私和尊严，没什么大惊小怪的，不算什么过错。像新宿区，有五十多个旅馆有应召女郎为男性服务……海珠小姐是不是别把这些事看得太严重。其实，现在日本的年轻一代也是很开放的……"

海珠一时竟不知说什么好了，终于说："他还赌博，交上了黑道上的朋友……"

田中认真听着，嘴角咬着一丝冷笑，说："唔，他向我拿的钱确实不少，但他家有钱。他其实也不傻，他是个男子！男人有男人喜欢的生活，女人也许不明白的。我们日本是个有严格法治精神的警察国家，安全是有保证的，海珠小姐不必太为他担心。"

海珠明白向田中求助是无望了！她弄不清田中所在的这个株式会社究竟同陈向明、黄雪梅夫妇之间有着什么样的关系。但反正肯定有极密切的大数额的经济上的来往。要不然，为什么历来被称为狭隘小器的日本人田中会有那么慷慨的安排和照顾，会用信用卡及黄色大纸袋装着大笔钞票一次再次地送给川富，会先垫钱支付学费？……显然，这中间有"谜"！但这"谜"虽然海珠弄不清楚，却可以猜测到一定是由于金钱和利益驱动的。那么，现在田中的这种态度与做法，是不是由于他意图笼络住陈川富免得造成他们的损失呢？陈川富显然会是田中他们手中的一张牌！是不是由于他为了那个株式会社的利益而宁可让陈川富堕落在泥潭中而受到他的约束与控制呢？……她这样想却越想越寒心，越想越害怕，见田中那张笑容满面的脸和暧昧的眼光仍心怀鬼胎地在她胸前和脸上盯来盯去，她总觉得这个头顶微秃的日本人不怀好意，厌恶地想结束谈话了！用手势示意侍女买单，从手提包里取出钱来付单，不等田中反应过来，她已佯作礼貌的姿态保持距离地离开田中出了咖啡馆，迅速地离开了！

这夜，陈川富依然像日本人说的"夜鬼"似的迟迟没有回来，海珠终于做出了打电话给家里的决定。

她电话打到家里，先是爷爷接的。海珠挂念"非典"的情况，司马

167

天雨说:"S市并不严重。现在全国都在抗击'非典',看来是可以控制住的。"他叫海珠放心,说家里和一些熟人一切都如常。他仍在慢慢地写他的《啊!钓鱼岛》。爷爷知道海珠想念鹦鹉"一点红",竟让"一点红"也在电话听筒前高叫"珠珠!珠珠!……"使海珠听到了,心情激动,泪水盈盈。

海珠又同爸爸康勒通了话。爸爸也仍是忙着策划选题并且组稿、审稿、编稿。最后,海珠同妈妈长长地通了电话。

她向妈妈全部如实地谈了陈川富的情况,吕丽娟惊讶地听她讲完,要海珠继续劝告川富别在邪道上再走下去,海珠也谈了多次劝阻完全无效的情况,并且告诉妈妈她决定搬出去自己租房居住。吕丽娟先是还有些犹豫,后来表示同意。电话是在沉重的气氛中结束的。

在东京的生活,像一块嚼了多时的口香糖,太无味了!海珠的灵魂像悬在半空里,决定找兰兰,决定尽快搬走,离开陈川富。当晚,陈川富到深夜仍未回来,海珠只好写了最后一封信。她准备把这作为对陈川富的最后一次认真的忠告与规劝,也准备在自己搬走时把这封信留下来给陈川富做最后一次的告别。

陈川富这一夜居然没有回来。

海珠留给他的信是这样的:

川富:

　　人与人的聚散,是天地间的神秘,一切似乎只能随缘,聚是缘起,散是缘灭。我们本来可以一同留学东京,现在却走着两条不同的道路,我无法使你不在你那条危险的道路上栽下去,就只好搬出去住了!谢谢陈伯伯和黄阿姨对我的关照,也谢谢你有过的对我的关心,你比我小,我有一种把你当作弟弟对待的责任,但现在劝你珍重却已无能为力,只能到此为止。我很遗憾,不过仍想最后一次劝你远离黄睹(还有毒否?),不要喝酒、警惕交友,脱离险境，你需要寻觅灵魂，寻找到你的精神家园，如果你能听劝，我将十分高兴。为你祝福！

　　留下的钱是我应付的房租，请不客气地收下。此外，我只带走了我自己的东西，那套日本和服，我不喜欢，所以也留下了。

海珠　即日

第三章

一、邂逅小津

海珠在兰兰的帮助下，租了与兰兰类似而较为体面的那种公寓式住房，位居二楼，朝着一条小街，拥挤而僻静，离兰兰住处较近。

她曾抽空看望兰兰，见兰兰躺在床上休息，正轻轻用录音机放着《梁祝》。那悲情的旋律，既悦耳又动听。

兰兰说："我喜欢越剧，但这首小提琴独奏曲《梁祝》我更喜欢，是我从家里带来的，听了就仿佛还在家里。"

兰兰又说："我鉴赏的只是音乐虚无的幻影，宛如没有对象的恋爱的憧憬，忙时还好，稍一停闲，就感到太寂寞了！"

她喜欢兰兰，这个姑娘，一边拼命打工，一边努力学习，虽然很累很苦，但咬着牙，活得体面，赢得了身边日本人和中国留学生的尊重。她是会积起学费实现上东京艺术大学的愿望的。

那天，兰兰叹着气对海珠说："你离开陈川富不同他住在一起是对的。他这样下去，不会有好下场了！看来他已经成了'导弹'和'一匹狼'那伙人手中的一团面了，他们要怎么捏他就能怎么捏，他危险了！我们是没法救这种人的！太悲哀了！……"

海珠听了，只有黯然唏嘘。兰兰说的是真话，也是对的。

海珠继续着她自己的生活，学习、打工。每天也非常疲劳，她想帮兰兰在公司里揽些美术和广告设计方面的临时性计时活干，主管却总是摇头。海珠明白这看来是帮助不了兰兰了！心里不免抱着歉疚。

去公司打工晚间回来时，要走过一处横街窄巷多的地方。兰兰告诉过海珠："这一带有许多黄色场所，有不少骇人听闻的事情。天黑后，你一人可不能胡乱闯荡，有时可能碰上喝醉了酒的坏人……"

海珠心里警惕，但这些地方夜晚反而灯光闪烁，霓虹变幻着五颜六色，海珠觉得自己匆匆赶路，没什么可胆怯的。

这夜，公司里忙，要海珠赶译几份急用资料，起草一些广告词，比平时打工的时间延长了两小时，海珠下班后急急赶回住所，看看手表已是夜间十点半了！

低檐的房屋，大红的灯笼，藏青的京梁门帘，笔直的或幽深的街巷，原木砌成的格子木门和格子木窗，紧挨着的居酒屋，高高低低刺花人眼的光污染，合成了纸醉金迷的花花世界。

她匆匆迈步，四月天，走得急，身上发热，出了汗。东京有许多高楼大厦，却不全是高楼大厦。宽阔的大街上人头攒动，到这种洋溢着夜生活景象的小街巷中，人似乎都躲进那些街两边的房屋里去了。走在路上的人很少很少，仅仅偶尔可以看见个别皮条客和打扮得非常妖艳诱客的女人，也偶尔可以看到个别免费赠送有色情广告的纸巾包的人。这使海珠心里厌烦。她低着头只想快步离开，早点到住处，好好洗一洗，喝杯茶。

她忽然看到一个二十几岁的年轻男子，拎着摄影包，在拍照片，这个年轻人有近一米八的个儿，长得精明干练，很帅气。他穿一身潇洒的休闲服，有一头乌黑的头发，从脸孔到身上，给人一种很轻盈快乐的感觉。日本有许许多多小眼睛的男人，他却有一双英气勃勃的大眼睛。海珠记得白天她在住处附近也不止一次见到过这个人，也见他拎过照相机，并看到过他在给街道边的房屋和有些街景和行人摄影。

今夜，这年轻人朝海珠看着，也许，他是因为看到海珠的美丽出众？也许，他是奇怪在这么晚的夜里这个女生匆匆赶路是在干什么？……

海珠发现自己的目光无意间与这年轻男生触碰了一下，她迅即避开了！她依然急匆匆地朝前赶路。

在前边，一个有着酒吧霓虹灯招的店馆里，突然跌跌撞撞、摇摇晃晃闪出一个人来，粗胖得一脸横肉，脸颊边有着络腮胡茬，有凸出的啤酒肚，长得就像与陈川富结交的那个黑道上的绰号"一匹狼"的家伙，只是鼻子更塌些，眼更小些。

海珠刚往前走，他却正好摇摇晃晃、醉醺醺地打着酒嗝，张开双臂，迎着海珠走过来。

海珠皱眉，想绕过他走，没料到这个酷似"一匹狼"的家伙却喷着浓烈的酒气，跳跃式地冲过来拦住了海珠，猛地一把拽住了海珠的右臂。

海珠有撞着了鬼的感觉，心惊肉跳，猛地甩脱了酒鬼的左手，酒鬼却猛冲猛撞地连抱带拥将海珠掀倒在地，一面用左手撕开海珠的外套，一面已经压在海珠的身上，右手紧紧捂住了拼命挣扎的海珠的嘴。

海珠一切都出乎意料，清醒地放下手中的提包，用死力抗拒着酒鬼的侵犯，高声呼叫："救命！救命！"但这酷似"一匹狼"的醉鬼用粗壮有力的手，打了海珠的头部和面部，海珠只记得鼻子、嘴里被打得都流血了！她狠狠地在酒鬼的手上咬了一口，这就一阵头晕，失去知觉了！

当海珠清醒时，发现那个酷似"一匹狼"的酒鬼已经四仰八叉挺着啤酒肚躺在一边地上。她正被一个淌着鼻血的男青年抱起在路边。那青年男子用指甲在掐她的人中，并且用雪白的纸巾在擦去她鼻子和嘴边的鲜血，将她的手提包放到她手中。

见她醒来，那男生声音喜悦地说："好了！好了！您醒来了！我已经用手机报警了！"他自己也用手在拭去自己的鼻血。

有摩托声响，骑摩托的警察来了！海珠这时才想到自己是被那个醉鬼打伤打晕了，上衣和内衣也被撕裂了！她也才认出这个救她、抱着她流着鼻血的人正是那个她注意过的挎摄影机的年轻人。

海珠想挣扎着起来，不要让人抱着她。但是头仍眩晕，她只能在地上坐着，由那年轻人向警察述说着他所目击到的经过。

警察盘问了海珠的姓名、身份、住址、电话等情况，知道海珠是中国留学春稻田大学的研究生，礼貌地表示歉意，说一定会好好处理的，问海珠要不要去医院，海珠说不用了，警察盘问了救海珠的日本青年，又忙着去处理那个喝酒肇事又被击倒的醉鬼去了。青年日本男子说要陪海珠去附近找医生检查一下。海珠说不用了，他就扶着海珠回家。

"我曾经不止一次见到过您！"他的目光无声地飘过来，慢慢地定格在海珠脸上，用中国话说，"我们住得很近，我名字叫小津。"海珠说："小津君，谢谢您！您忙吧！我自己可以回去。"她很奇怪，这个日本青年怎么中国话说得这么好！但她不想要这个陌生的日本人送。

小津似乎懂得海珠的心意，说："不要紧的，我愿意送您，这我才放心。您受伤了！一个人走不好！日本有好人也有坏人。我是摄影家！在我养父开的有岛商业中介公司里担任课长。我住处离你住处不远。我对中国和中国人友好！……"他一连串就用中国话说了那么多，但他的表情和态度使海珠感到可以信任。海珠确实感到头晕，就由着小津扶着她慢慢走回住处去。

"那个酒鬼怎么会那么老老实实躺在地上不动了！"海珠奇怪，她用日语问小津。

小津笑了，说："我用中国话，你用日本话！但你是中国人，我是日本人！这很滑稽，你说是吗？你日语讲得真好！我看我们偏爱用哪国话就用哪国话讲吧！"

海珠点头，笑了，觉得小津说得有趣。

小津说："那醉酒的人打出了我的鼻血！我就只好回手。我学过空手道！但我没有狠狠教训他。主要是我知道他酒喝多了！"

"你常在街上摄影？"

"是的！"小津点头，他的声音好听，中音偏低，带点磁性，"我正在拍摄一些东京城市生活的照片，也作为积累的一些图片资料。有时，也有广告商请我拍摄一些他们需要的照片。"又说，"我注意到您是中国人！前几天，有一次，我听到过您在房里吹笛子！我猜那是您吹的吧？太好听了！我在楼下街道边仰望着您的灯光听了很久。"

海珠出乎意外，这个日本青年竟注意到自己吹玉笛了！说："您怎么知道的？"

"您很引人注目，很美丽，很高贵！我本来有一次想替您拍照的！怕冒昧，没有做。春稻田大学是个有名的大学。您可能猜不到。我是去年春稻田大学第一文学部文学专业毕业的。"

海珠听了，感到亲切，说："您怎么搞摄影呢？"

"纯粹是爱好。在我养父的公司里工作，我是努力的，但我业余酷爱的是摄影。哪天，我替您拍些很好的您一定喜爱的照片，好吗？"

海珠没有说好，也不好就拒绝，说："小津君，非常感谢。您看，我住处快到了！我自己可以回去了，您也请回吧！"

小津突然说："请给我您的电话号码，可以吗？"在他眼里，海珠有令人难以拒绝的一种美，浓烈而又清雅，给人很多的思绪。

海珠报了电话号码，再一次谢谢小津，独自回住处上楼去了！

在二楼房里，海珠未开灯，有意识地从临街的窗口向窗下张望。一眼看见小津仍在那下边站着，仰望着。海珠心里一动。这个日本人似乎挺好，他说他对中国和中国人友好，又说日本有坏人也有好人，他中国话说得很不错！……但她不再看，也不再想，去开了灯，不再去到窗口。

洗了一洗，海珠换了衣服，喝了些水，头里舒服了，鼻子和牙齿也似乎没有重伤，她感到庆幸，这种时候，她更特别想家了！时间虽太晚了，长途话费虽贵，她仍忍不住拿起了电话，直拨家里。

接电话的是妈妈，听到海珠的声音，吕丽娟高兴地说："海珠，你好吗？"

"好的！妈妈！你们好吗？'非典'怎样？"

"'非典'没有传的那么凶，染上的人究竟是少数！我们都好！你放心，就是想你！你独住以后好吗？你爷爷、你外公、你爸和我，只有你一个宝贝，如今成了空巢里的几只老鸟了！"

"妈妈，大家别多挂念我，我读完研究生就会打道回家的！爷爷和外公怎么样了？"

"你爷爷好着呢！他已经睡了。就是因为北京有'非典'，他想去北京国家图书馆和故宫皇史宬查资料，我们劝他目前别去。他答应了，整天关心着伊拉克战争，看电视看报纸。他经常念叨你，烟抽得不多。"

"外公呢？"

"家里有个养狗的麻将迷，他总是消受不了。那只白毛狗夜里爱'汪汪'地叫，吵得他睡不好。你外公想办一个书法展，精神有了寄托，倒还不坏。呵，对了！那个小保姆张慧妹让代她问你好。……"

"她好吗？"

"滑稽得很，慧妹托我对你说，如果有合适的日本人要她，她愿意嫁到日本，不过一定要有钱的。这姑娘如今讲究打扮，好像已经在外边交上男朋友了！你外公对她很不满意。"

海珠又问："慕容爷爷还常来吗？"

"他是个忙人。这些日子没来过，但同你爷爷通电话，对了！他介绍你认识的那位日本律师，你去拜访过吗？"

"没有！忙，也怕打扰人家，再说，我现在还很难融入日本社会，过些时再说吧！爸爸好吗？"

"他好，今晚他的一个老同学从美国回来了，几个当年的好朋友聚会长谈，但过一会儿大概就会回来。我问你，陈川富怎么样了？"

"不知道。"

"我和你爸爸去过陈家，一片好意把他们儿子的情况说了，目的不外是要他们注意别让儿子出了大事。谁知他护短，结果不大愉快。他们的生活很成问题，夫妻俩据说各自都有外遇，最近矛盾不少，难怪儿子教育不好。我们反倒处在一种尴尬境地了。"

海珠听到这里，想挂电话了。但吕丽娟说："海珠，别太节省！一定要注意身体！告诉你，妈妈跳槽了，离开报社到新办的时尚杂志《流行风》当执行主编去了！主要是待遇高，妈妈会攒钱帮助女儿拿学位的！……"

"妈妈，您别太辛苦，我现在边打工边读研究生，收入可以维持，一切都好，您告诉爸爸、爷爷和外公，请他们放心，就说我向他们请安。当然，邵外婆也代请个安，还有慧妹，问她好，劝她年纪小还该多学点文化。"

海珠挂断电话，被醉鬼拳击过的头和嘴部还有些疼痛，一种在异国他乡受了委屈的情绪泛上心头，但她忍住不落泪。

刚想就寝，忽然电话铃响了！

这么晚谁来电话？

她拿起话筒，出乎意料听到的是小津开朗的声音："真对不起，海珠小姐，我一直打电话，却打不通，可能是您在通话。这么晚了，我不放心您的伤。您没事吧？"

海珠心里萌生出感激："呵！小津君，我很好！没事！先前我一直在同中国家里通话！"

"那……晚安！呵……不！我想告诉您，那个骚扰您的酒鬼，名叫山下，是一家企业雇用的非正式员工，收入少，日子紧，现在日本社会贫富差距日益扩大，这个人喝便宜的发泡酒喝醉了就犯法干了坏事，还正在拘留调查中！真对不起您！……"

海珠说："幸亏您救了我，我还得再说声谢谢呢！"

小津突然说："正是赏樱花的时节，我还想问问您，明天，我们一同去赏樱花好吗？今晚遭遇了这种事，您该放松放松才好！"

"呵，真不好意思！"海珠礼貌地说，"上野远，我也忙，小津君……"

小津又改用日语讲了，看来，他喜欢既用中国话也用日语同海珠说话："呵！不是去上野！我们不必舍近求远。就在离这里不远处的新宿御苑，樱花是与上野一样出名的。园内有七十五种一千五百株樱花，开得十分绚丽，不看就要凋谢了！您不喜欢樱花吗？再说，只占用您很少的时间，现在是日本春天最美的时候，请答应吧！"

春天，一般日本平民的"花见"（赏樱）活动，据说是日本江户时代之后就开始的，赏樱花迎春是一种传统。时至今天，依然是一种消磨、享受融融春日的迷人方式。

樱花是日本的国花，每年3月中旬到4月中旬，是日本"花见"的时候，是樱花节。由于忙，加上陈川富的事烦心，海珠还没有闲情逸致想到去观赏樱花。现在，小津提出十分诚恳的要求，海珠因为感恩突然不忍也不好意思拒绝了。

海珠想："头部给打了，休息休息去吸吸新鲜空气，也是应该。"她想到鲁迅曾用"上野的樱花烂熳的时节，望去确也像绯红的轻云"的句子描写过樱花的美丽，她不由自主地说："那……那好吧！谢谢了！"

"明天近中午吧！我想十一点钟时您可能方便些。从新宿南口散步十五分钟就可以到新宿御苑。我们赏了樱花一同吃午饭。不影响你上学，也不影响你工作。"

这倒是个替人考虑得很周到的男生！海珠似乎觉得只有答应了，说："好！那明天我们准时在新宿御苑进口处见面。"

放下电话，海珠感到先前那一阵压抑和寂寞似乎过去了。她关了灯，在黑暗中躺在榻榻米上闭上了眼。

正是春天多雨时节，也不知从什么时候开始，天上雨来了。起初，雨不大，从声音听，细细的像线一样，一会儿，变成了滂沱的春雨。这种时节，日本的雨真使游子想家啊！窗外是稀里哗啦的雨，满屋子似乎也流淌着水声。突然想起明天赏樱花，又突然使海珠想起小时候爷爷教过的"夜来风雨声，花落知多少"的唐诗。海珠倒急切希望雨停，很怕去看樱花时，已是一地的樱红，令人凄婉悲怆。

幸好，在她睡梦中，春雨不知何时已经停歇。

近中午时分，海珠步行走到新宿御苑方向去，在新宿御苑出口处看到容光焕发的小津。有趣的是两人几乎是同时到达的。小津应该是早几分钟先到达的，因为他手里拿着两张入园券。他穿一件银灰色西装，仍旧挎着摄影机。他俊朗而气度不凡，笑得朴实而幸福地说："谢谢您能来！您真守时，我以为您会让我起码等候半小时呢！"他看着海珠，海珠昨夜受伤又受了惊吓，脸色有些苍白，看上去显得娇柔，身上似有光晕一样，在他眼里异常耀眼。

海珠说："我答应了的事，我就不会迟到了！"

小津欣赏她的回答，指引着路走着说："五万三千多平米的新宿御苑是日本明治时代的代表性名园。昨夜一场春雨，您看，打落了多少樱花！这新宿御苑的樱花千树万树一齐开，锦簇似的无比娇艳，现在落英缤纷，真美极了！"

天空蓝蓝的，有着白云飘浮。赏花的人在这中午时分仍然不少，连有些"Mask 族"①戴着口罩也来了！大多来赏樱的人都带着"下敷"（铺在地上用的大垫子），选自己心仪的树旁坐着，摆上罐装啤酒和"便当"在吃吃喝喝、喝歌、用手打拍子。有的人还起身载歌载舞，击着

---

① "Mask 族"：指有花粉症候群。对花粉过敏的人，一般从 2 月到 5 月都戴口罩。

掌："啪啪啪""啪啪啪""啪啪——啪"，连续循环、节奏整齐。……见到那么多人的高兴和欢喜，呼吸着新鲜的空气，看着千姿百态粉红、纯白、尤其更有一种开放时有好几种颜色的"五色樱"，海珠忽然感到平时忙得太紧张，生活是那么平淡无光，而现在，却感到有这样一种赏花的情调也是一种奢侈了！

她仰脸看着云锦似的樱花，问小津："日本人为什么这样钟情樱花？"

小津说："志贺重昂在他著的《日本风景论》一书中说，日本人总是把樱花作为本民族性情的代表。樱花固然美丽，花瓣很快地飞落，以显示其多情，令人悯惜。社会学家认为，樱花所以被大和民族选为国花，是因为日本人在樱花里找到他们自身某种外化的影子。樱花开得从容、绚丽，但凋谢时，若有风雨，一夜之间会落得一干二净。日本人对此深受感动——像樱花凋落般的壮烈，是日本人所憧憬的生活方式。……"

海珠陷入了沉思。人生之短暂，犹如樱花之短暂，但短暂的生命也该有绚丽的开放。如果仅从短暂里去寻求悲观，像日本这样一个有着自杀传统的国家，该不是有许多人对生命有了错误的解读?! 但她心中在想，却没有说出来！

走近一片樱树，绿草地上全是昨夜被雨打落的花瓣，树上淡红色的樱花依然在雨后晴朗的天气里盛开着。远处有的樱花树上挂着红色的长长的纸灯笼，别有一种日本的情调，小津说："海珠小姐，请与樱花合影可以吗？我一定为您拍一些非常优美非常风光的照片，记下今天这个瞬间，让您喜欢这些我为您拍的照片！"

海珠自然地倚树站立，自然地行走，自然地赏花，自然地远眺，小津喜欢海珠顾盼之间的那种天然的神韵，不断抓拍，风趣地说："因为您的美丽与自然，因为我的善于捕获瞬时之美，我能捕捉到您的形象，也能在照片上留下您的内心语言。"他摁着快门，自言自语地说，

"将来，您的照片会出现在我的摄影展上。……"

赏花后，两人一同到新宿一家名叫"蟹道乐"的食蟹专门店去吃午饭，店很有趣，高悬的店招就是一只遍体通红的大海蟹。

小津说："这里凡是您想得到的海蟹的吃法，他们都做得到，除了普通的刺身①、寿司②，这儿还有网烧、牛油焗、天麸罗③及蒸、炖等吃法。"

海珠笑着说："我还是中国式的吃法，吃蒸蟹。蒸了蘸些作料吃就行，真对不起！我很怕吃你们的刺身、寿司，我怕腥！"

小津也笑，他穿银色的西装很帅，说："日本人很乐意招待外国人吃日本式的食物，有时会请了吃难得一见的食物如活鱼，当你一边吃鱼，鱼眼也一边瞪着你。那些动物保护组织的人士看了会害怕得大叫残忍。还有容易使吃的人中毒的河豚，很鲜。到九州去，那里吃生马肉，但客人若不愿意吃，他们也不会感到意外。您爱吃蒸蟹，现在我就陪您吃蒸蟹。"

他的话表现出一片好意。海珠笑着说："别！您就吃您爱吃的日本料理吧！我也不会感到意外的！"

点了蒸蟹，等待蒸蟹端来的时候，两人闲谈。

海珠问："小津君，为什么您昨天说您对中国人友好？"

小津说："中国地方很好。中国人也给我很好的印象，中国文化我也喜欢。您可能想不到，我父亲还在中国留过学。……"

"是吗？"海珠笑了，"真想不到。"

小津继续说："我到过两次中国，到过 S 市，到过苏州，还到过江苏赣榆。"

"您去干什么？"

---

① 刺身：生鱼片、生蟹片。

② 寿司：醋米饭团加上蟹肉、紫菜、鱼片、小青萝卜即成美味寿司。

③ 天麸罗：裹上面糊炸过的海鲜和蔬菜。

"到 S 市和苏州是旅游，到赣榆的事以后告诉您。"

蒸蟹端上来了，两人边吃边谈。

小津说他喜欢唱歌，问海珠喜不喜欢。

海珠说："喜欢。但既唱不好，现在忙得也常常没有闲情逸致唱了！"

"听过您的笛声，我就感觉您一定会唱歌！"小津说着，他从身边摄影机包里取出一张印着曲谱的歌卡，说，"送给您，希望您喜欢。"

海珠一看，歌卡上印的是一首日文歌曲，题目是《樱花，樱花》，这是一首日本民歌，看着歌词，译出来是：

> 樱花啊，樱花啊，
> 暮春四月天空里，
> 万里无云多明净，
> 如同彩霞如白云，
> 芬芳扑鼻多美丽。
> 快来呀，快来呀，
> 同去看樱花。

海珠轻轻哼起了曲调，说："很美！很美！"她将歌卡放进自己的手提包里，说，"我会用我的玉笛吹您这支民歌的！"

他们后来吃完午饭走出旋转玻璃门分手了！小津去公司上班，海珠去公司打工。

夜里，海珠打工后回到住处，自己从冰箱里取出速冻食品在微波炉上加热吃了以后，拿出玉笛。她眼睑低垂，按在玉笛上的手指美丽而修长，在窗口吹起了《樱花，樱花》，她的身影被灯光斜映在墙上，像一幅诗一般静美的画。

窗开着，笛声一定袅袅流泻到四面八方去了。缓缓响起的笛声哀婉动人，她自己也不知为什么，似在吐露一种朦胧的欲望，倾诉着心底起伏的感悟。……

忽然，她看到一个身影在对面街边上仰望着她的窗户。再认真地看，认出来了！夜空下那件银色的西装上衣闪闪发亮。这是小津，多么痴情可爱的年轻人！……

但是，她没有再朝窗外望，她也停止了吹笛。

二、剁去手指

5月降临后，吸引世人关注的伊拉克战争中，美英联军似乎进展顺利，萨达姆的共和国卫队完全不像人们想象和意料中的那样勇悍善战。美英联军大有势如破竹之势。

兰兰陪海珠去买了一台二手货的便宜电视机。海珠忙碌之余，每天能按时看看新闻，但却不喜欢日本的"视觉系"等流行音乐和那些一统主流乐坛的情歌，也讨厌五花八门的电视台播出的那些时髦的插科打诨的搞笑甚至低级的节目。在漂泊的人生里，本土的文化，是一个人立根的本，本土文化是深入内心和血液里地影响着人的思想和行动的。海珠埋头于学习、思考、寻找资料、阅读、写作论文及辛勤打工的日子里，觉得很辛苦，扳着指头常常默算着一天天、一周周、一个月的逝去，耐心而又急切地希望早日结束在日本的"抗战"生活，回到温暖甜蜜的在S市的家里去。

过着刻板单调的生活，海珠有时想起过陈川富不知怎么了！心里有一种异样不安的感觉，就甩开不想了。

这天晚上，她先是给外公吕平打电话问安，接电话的竟是邵娜，"邵外婆"客客气气但毫不亲热地说："你外公睡了！我去叫醒他，他要发火的！"言下之意，是不叫外公吕平接电话了。

海珠问："外公和您都好吗？"

"好好好！我和老姐妹们准备去浙江桐乡乌镇旅游呢！"

感到没话说，挂上电话后，海珠给家里打电话。妈妈吕丽娟因为刊物发稿没回来，爸爸康勒接电话后却用沉重低低的话声告诉海珠一个完全出乎意料的消息："陈向明和黄雪梅夫妇前天突然都同时被逮捕了，听说贪污受贿和洗钱的问题十分严重，还牵涉到一些复杂的我们弄不清楚的机密问题，金额非常巨大，抄家时发现冰箱、洗衣机、微波炉里和床底下全部都藏着美元、日币、人民币现金。在Ｓ市和杭州、苏州都有房产。生活腐化的事就很难形容了。他们早办了护照想逃出国去，但迟了一步！……"

海珠"啊"了一声，简直说不出话来，又立刻理解了。拿这对夫妇的职务和生活状态看，阔绰巨大的支出同他们的实际收入既不相称，似也说不清钱财的来源。从陈家和卡的都株式会社的关系来说，从田中和他们家的来往来说，从田中给陈川富的款数来说，可疑之处自然太多。那么，现在东窗事发了！这似乎也是天经地义顺理成章的事！海珠心头像打翻了五味瓶。哲人说："种刺者必得荆棘！"人生的道路上，用侥幸和不正当手段想获得好处的人，迟早是会因伸手被捉的。海珠不禁想到出国前有一次赴宴听陈向明说过的那句话了！他那天说过："贪污的人跑得快的只被砍了尾巴，跑得慢的就砍了脑袋！"看来，说这话时，他心中已有什么想法了呢！

海珠因为自己出国曾沾了陈家的一点光，心里十分懊悔。幸好，旅费、学费等都是让妈妈送去了，连在东京的房租费也付给陈川富了！如今自己早同堕落了的川富分手绝交了！但只要想起往事，心里怎么能平静无波呢？

后来，爸爸康勒告诉海珠："爷爷批评了你妈妈，说幸亏你有主见，坚持原则，不然，按你妈妈希望将你同陈川富拴到一块儿，岂不糟糕?!"

海珠说："那也怪不得妈妈！妈妈是好心好意，主要是对陈家了解不深……"多的话，她也说不出。当初，妈确是希望把女儿攀上这门亲的呀！可见爷爷当时的态度还是有见地的！爸爸的考虑也是周密的。……她心里想着这些，却又诧异地想，最近连续打过几次电话，都没有同爷爷说上话，总说爷爷已经睡了。爷爷历来并不是喜欢夜晚早睡的人呀！因此说："爸爸，怎么爷爷老是不接我的电话？他怎么啦？好吗？"

"他好！"司马康勒低沉地说，"他已经睡了！"

"不行！"海珠实在不放心爷爷，恳切又任性地说，"爸爸，您把爷爷叫醒！让他同我说上几句。不然，我不放心！我实在太想他了！"

司马康勒这个内向平日少言少语的人，只好老实说："海珠，你别急，爷爷十多天前有一夜又梦见了南京大屠杀。第二天醒来，还告诉我们他做了一个血淋淋的非常可怕的梦！但隔了一天就犯病了！老是一个人独自嗫嚅着呆呆望着窗外，常像受了惊吓似的满脸恐骇。医生要他做心理治疗，服镇静剂，只好让他住院去了！你妈妈不是发稿，是在医院陪伴服侍他。我一会儿去顶替她回来。不过，海珠，你放心，爷爷不要紧的，这几天已经好多了！……"

海珠泪水早已潸潸流下来了！挂上电话后，她立刻想起许多往事。最早的记忆是她上幼儿园的时候。爷爷总是在傍晚到幼儿园接她回家。她见到爷爷时就大叫"爷爷！爷爷！"然后爷爷抱着她回去，总会先递给她一颗好吃的用彩色锡纸包着的小巧克力！那是她当时一天里最高兴的时刻了！后来，她长大了！爷爷给她辅导过功课，常同她谈心，既是祖孙，又像好朋友。有一次，那是她中学时，爷爷教给她一支歌，那是戴望舒的一首诗，歌词有："我走遍茫茫的天涯路/我望断遥远的云和树/多少的往事堪重数/你呀你在何处？……"爷爷说，这是他年轻时与奶奶一同常唱的歌。可惜奶奶死得太早。……今夜，听到爷爷病又犯了，海珠心里说不出有多难过。爷爷这些年都没有再犯过病，现在他又病了，该不是他写《啊！钓鱼岛》的书，太劳累了，又牵动对往事的记忆才发病的吧？真不放心呀！海珠牢牢记得自己来东京时曾对爷爷许下的承诺。只要爷爷想见她，要她回去，她一定立刻回去。但现在，为了求学，为了经济，她也不可能随便就回去呀！她真想念爷爷啊！心里像刀刺痛着，又像被堵塞着，她不是个爱哭的人，此刻却似乎只有啜泣能释放心中的悲哀与寂寞了！

寂寞中，她不由自主地想起了小津。如果这不是个日本青年，她觉得也许自己可能会喜欢上他！但，他是个日本人，她心里就有一种排斥和抗拒。爷爷必然更是憎恶日本人！我是不会"日本化"的！想着这些，使海珠只想同小津保持着一个完美的距离了！

自从在新宿御苑赏樱以后，与小津有过好几次相遇。当海珠夜里打工回来路过那段夜间有时会有醉汉肇事的横街窄巷时，总会看到小津，起初她觉得是无意中的相遇，后来才知是小津有意地迎候，带有保护她的心意，使她心里感动。

小津也不多说什么，脸上依然是那种让人欢喜的轻盈快乐而平静的表情。这种表情给海珠留下既深又好的印象。

海珠应小津之邀同他吃过螃蟹以后，觉得按照日本人的习惯，该找机会请还小津一次。但因为忙，外加心情杌陧，又不想同小津过于亲密，一直拖着未实现。见到小津夜间在那些横街窄巷附近像个保护神似的逡巡等待，她心里很过意不去，总想兑现。其实，她察觉小津是常常关注着她的。

小津打过三次电话给她。

一次是说："在看樱花时拍的照片洗出来了！有的拍得很好。我想选好的放大了送您，最近太忙，请等些时日！"

一次，小津说："听春稻田大学的熟人说，您是很优秀的中国留学生。我听了非常高兴。我打电话给您，不会太干扰您吧？其实我常想给您打电话，怕打扰才克制住的！您好吗？昨夜，我听到您吹笛了！我走过您的楼前窗下，仰望着您的窗口，站着听了一会儿悠扬的笛声才回去。您还不知我的住处呢！哪天，我指给您看。我也是住的靠街的二楼，我的窗户同您的窗户很像……"

第三次打电话是昨天夜晚，小津说："真想多同您谈谈心！我很忙，最近心里很烦。有不如意的事，真想告诉您。……"

是什么不如意的事呢？他心里为什么很烦呢？……海珠想过，但也没有多想和深想，她觉得，对这个日本人有了不少了解，比如他的侠义，他的正派，他的倜傥，他对中国和中国人友好，他的学历，他的工作，他的在中国留过学的父亲和他比较流利的中国话……但仅仅是浮面的了解呢！其他关于他的许多深层的事，比如家庭，比如思想，比如内心，比如嗜好，比如……都还不知道或知道得太少呢！……

初认识陈川富时，陈川富讲讲笑话，陪着喝咖啡，外表上服装整洁、彬彬有礼、不乱多说话，也并不讨人厌，可谁知他到东京后竟变成了那样一个堕落者呢！……

海珠越想心里越乱，在这时，电话铃声响了！她以为可能是小津，拿起话筒，听到的却是兰兰那好听的声音。兰兰那张剪着童花头的可爱的娃娃脸浮现在海珠眼前，兰兰打工忙，海珠上学和打工也忙。两人许多日子未见面也未通电话了。这时间，正是兰兰忙着打工的时间，她怎么来电话了呢？

海珠热情地说："兰兰，你好吗？我常想你！实在太忙了！我有空的时候，又怕你没有空！……"

兰兰讲话快得像打机枪："是呀！我也一样，真想你呀！我打工回住处，你正在睡觉，我睡觉你又去上学了！我现在利用一个机会在外边电话亭里同你通话，我要赶快告诉你一件事：有个名叫魏正平的陈川富在语言学院的同学，在我们这儿附近一家中国料理馆店里打工，刚才告诉我，昨天陈川富被人剁了左手两根手指！他欠的赌债很多！'导弹'和'一匹狼'他们打过他，昨天剁手指时，据说他要是再不还钱，就要他的命！小魏说，陈川富是完了！唉！好了！我挂电话了！"

兰兰一定是急着要回店里去！电话断了！海珠愣愣地坐在那里。

今晚怎么啦！先是爷爷的病，爸爸说起了陈向明、黄雪梅夫妇被捕，现在又是陈川富被剁了手指。……

海珠真是心乱如麻了！睡是太早了！看书是看不下去的！她又不喜欢做郁闷的网虫。她下意识地打开了电视机，一家又一家的电视台，正播着五颜六色一种又一种的广告。她百无聊赖地又"啪"地关上了电视。

很少有这样的心神不定得连书和资料也看不下去的情况。但现在确确实实是一颗心七上八下了！

忽然，电话铃声又响了！今夜事多，电话也多，她拿起话筒，果然，听到了小津的声音，那声音仿佛使人看到他露出洁白整齐的牙齿开朗地微笑着在说："我刚才打电话给您，但您可能正在通话。"

"是的！我的好朋友兰兰——我告诉过您的，她来了电话。"

"现在时间还不太晚，我想给您把放大了的照片送过来。照片实在太美妙了！不是我拍得好，是您的形象和风度好。我真想让您今晚就能看到我的杰作。"

他说得那么真诚、急切和风趣，使海珠也感染到了他的兴奋和快活。但海珠想到是夜间了，有点犹豫，沉吟着没有立刻说话。

小津似乎明白了，说："这样吧！我还是给您送来，只占您一会儿时间。我在楼下把照片递到您手里就走，可以吗？"

没有理由再不同意了！海珠说："谢谢您，请来吧！既然来了，就请坐一会儿喝杯茶！"

海珠在房里等着，十多分钟后，听到了门铃声，开了门，正是小津。海珠故意不锁上门让门虚掩着，请小津进房坐。小津将双手抱着的一个金边大镜框靠墙放下，将一大沓洗印好的照片递到海珠手里谦和周到地说："请看看吧！也许您会满意的呢！"

海珠谢了他，接过照片。小津脱了鞋进房，说："您房里真干净！"房小，陈设简单，但有一种现代的新鲜、明亮和高雅。

海珠请他坐下，说："我只有这一把椅子！"她拿起照片看，小津拍的照片，厚厚一叠，都是 6 寸的。小津将刚才靠墙放着的那只金边大镜框提进房来，框里的是一张 25 寸的大照片。照片上的海珠，形体美丽自然，面部有生动的欣赏樱花的表情，惬意而安逸，鲜艳的樱花衬得她神态陶醉，有亲和柔美的感觉，散发着青春活力。那一叠 6 寸的彩照，都特别活跃，小津认真而艺术地捕捉到美妙的瞬间，拍活了人，也拍活了樱花，角度新颖、色彩鲜丽，春光灿烂，荡漾着现代气息。

　　海珠喜欢这些照片，说："您拍得太好了！还把这一张放得这么大，太感谢了！"

　　小津笑着说："我摄影是带着感情做的。您能喜欢，我很高兴。我现在就把这张 25 寸的照片镜框给您挂起来！"他兴高采烈地动手拿起镜框，并从后裤袋里掏出一把小钉锤和一只挂钩来，打算挂框，说，"房里有了这张大照片会增加很多生气的。您就不会寂寞了！您的大照片陪着您，您独自在的时候，也就好像有两个人面对面了！"

　　他的话说得有趣，海珠有好感地笑了。

　　但，突然，"乓"的一声，门被踢开了！有一个人，蓬松着头发，脸灰里泛红浮肿着，衣服不整，左手上裹着带血的纱布，用绷带拴托在脖子上，心事重重，两只凶恶的眼睛却直勾勾地盯着小津和海珠。

　　小津不认识这个横暴无礼而落魄的陌生人，霍地放下手中的大镜框闪过身来护住海珠。

　　海珠先是一惊，却顿时认出这是陈川富！啊！他眼袋肥大，额上也有皱纹了！他抗不住恶劣环境和堕落生活的侵蚀，现在怎么混成这副模样了？看到他裹绕在颈上的绷带和左手带血包扎的纱布，海珠证实兰兰说的话一点不错。陈川富是被黑道上的"导弹"和"一匹狼"他们剁掉手指了！

　　陈川富蹚进房来，"乓"地关上了门，痛苦在他脸上抽动，眨着他那双不安分的眼睛，大声吼叫："好呀！我在下边守候多时了！司马海珠，你勾搭上什么男人了！我监视着你们，看你们干什么好事！你司马海珠是同我一起来东京的！你这样待我，没那么便宜！……"

小津摸出手机，问海珠："我报警，好吗？"

海珠先是一言不发地注视着陈川富，心里惊讶得天翻地覆，又怜悯陈川富的堕落，听了他的话，忍不住气得脸色绯红、七窍冒烟，但听小津说了报警，她连忙摇头阻止。

她克制住了自己的愤怒，眼光里被注入了一丝深重的忧郁，说："陈川富，你卑鄙堕落，你胡说些什么！你沉沦到这副模样，难道自己还不后悔！你想干什么？……"

陈川富目的是来要钱的，看到小津要报警，有点含糊了！可能海珠阻止小津报警触动了他，他从刚才的流氓变成了无赖，说："好好好，其实我不想管你的私事！我老爸老妈出事了！王八蛋的田中他们那儿甩了我不管了！我需要钱！"他伸出了右手摊开掌心，"拿钱来！"

海珠气得打战，但蓦然又想到了往事。往事并不如烟。兰兰说，"导弹"和"一匹狼"他们剁了陈川富左手的两个指头，如果不还钱，还要他的命！这使她心中不忍，一股恻隐之心冒了出来。她是个坚强但是善良的人，这时，似乎觉得无论如何不能见死不救，哪怕过去没有与陈川富一同到日本这点因由，就凭陈川富是个中国人这一点，看到他落难了，她也不能置之不理，但她不富有，打着工在节约、积蓄着钱为的是继续完成学业。她知道陈川富欠的赌债，数目必然巨大，她是没有能力给他钱代她偿还债务的。怎么办呢？她见小津愣愣地面对着这个身上肮脏伤残着手指头发蓬乱出言不逊的中国青年，表情似是在问："海珠，这是怎么回事？我该怎么帮助您？……"

海珠对小津说："小津君，真对不起，这是我过去的一个熟人，您别介意。事情以后我会告诉您的。我想，他不会伤害我的！"她向陈川富说："你知道，我是无法帮你还债的！但我打工积下的钱可以大部分都拿给你！我看你得赶快离开日本，买机票回国去！你有姑妈在 S 市，快去找她！不然，你会更危险，我能做的就是这样了！别的办法，我是一点也没有！这你应当清楚！"

她的话很诚恳，可能使陈川富有些触动，似乎为自己的没落黯然神伤，他耸眉垂着头，嘴唇嚅动，不再作声，却伸出了未被砍指的右手，意思是：拿钱来！

海珠去开箱子拿钱。把两个月来辛辛苦苦打工得来的钱全部拿给陈川富了，说："你快订机票，留下你回S市后要用的钱，也可以先拿一部分还债，总之，要快走！越快越好！"

陈川富从海珠手里接过钞票，用手指沾着口水数了一数，往口袋里一揣。猥琐的心境似已渗透陈川富的灵魂了，他忽然叹了一口气，斜睨着海珠和小津说："我，也许会再来的！"

海珠激愤了，说："你别再来了！你快走！快回去！懂吗？你别再又去赌！……"

陈川富直直地瞪着一双眼，特意要显出敌意和冷淡，但眼神涣散，忽然狞笑着对小津说："我走！你也走！"他的声音犹如刀片划在玻璃上，脸上和身上布满阴郁气息。

小津朝着海珠说："让他快走，我就同他一起走吧！"他那表情是为了海珠的安全和不受打搅，他要把这个人送走！他向海珠微微作躬告别，说："再见！"

小津穿上鞋陪着陈川富下楼，替眼带疑惧的海珠将门关上关牢。海珠听到他们的脚步声下楼去了。

海珠不安地关上灯，从窗口向下张望。天上的月亮，散着温润纯净的光，街灯也亮着。她看到小津和陈川富两人的身影在下边走出楼去，小津个儿略高，陈川富矮些。忽然陈川富不知怎的狠狠向小津挥拳打去，小津"啊哎"的一声哼叫，然后将陈川富揪住摔倒在地。

海珠不顾一切地开了房门冲下楼去。她到楼下门口时，只见陈川富已经逃逸，小津正坐在街边地上左手抚住右肩。街灯的金光照着小津。小津的左手上沾着鲜血。

海珠惊问："小津君，您怎么了？"

"不要紧的！"小津回答，"他突然拔出小刀刺了我一下！但还好！他只有一只手，我伤得很轻！"他摊开左手，全是鲜血，左肩衣上也有血迹，说，"要不是我狠摔了他一跤，他还会给我第二刀的！"

海珠说："小津君，是不是快找医生包扎一下？"

小津摇头，表现得真诚可爱，说："不要紧的，不厉害！我本来可以打手机报警的。但我见您给钱叫他快回中国，我想，您可能不愿意我那么做！"

海珠觉得脸都红了，有惭愧，也有气恼，更有对小津的歉疚和感谢，说："小津君，请上楼吧！我给您包扎一下，请让我把我同这个人的故事告诉您！"

三、海　葬

浓烈的恋家情结折磨着只身客居东京的司马海珠。

爷爷的病使她几乎坐卧难安。有时想起慈祥的爷爷在她小时候，下雪天挽着她到公园里，在纷纷扬扬的大雪飘飞中与她一同去堆雪人，身后留下了一大一小两双脚印的情景……有时想起爷爷带着她在淮海中路上逛街买她爱吃的苏州糕团、高桥松饼、冰激凌……都使她不能不有时心情抑郁。

几乎每隔一天，海珠都要在夜间打电话回家询问爷爷的病况。每次都是妈妈吕丽娟接的电话。爷爷的病在恢复中，使海珠欣慰。她起先不想把陈川富的情况告诉家里。终于觉得不能不告诉；谁知陈川富回中国后会不会到家里去讨借钱骚扰呢？！他已经变成这样无耻、异化的角色了，什么坏事做不出来呀！所以，她在电话里终于将陈川富的状况及那天夜里酒醉来要钱的事简单讲了，但没有提小津被刺的事。

这当然引起了吕丽娟和司马康勒的忧虑，陈川富的行径已经发展到被黑道剁指，而且可能被杀死的地步，他居然夜里去找海珠要钱，这怎么得了？海珠给了他钱，劝他快回中国找姑母，他会回来吗？恐怕不会了！那姑母听黄雪梅以前说过，同他们家不大往来，陈向明和黄雪梅犯了重罪被逮捕了在审理，他回来又怎么办？

吕丽娟推测，陈川富是不会回上海的了！不回上海，他就有可能再去纠缠海珠，真叫人不放心啊！但怎么办呢？

司马康勒建议海珠去看望慕容教授介绍的夏目喜多律师，看看能否得到他的照应。海珠答应了，但既忙，又听人说许多日本人虽然讲究礼貌，也常给人看笑脸，但讲究处事圆融和避免尴尬。日本人也讲究地位和职衔，有些人有轻视他国的倾向。在日本，人人都是工作狂，不是日本人就是"外人"。日文称呼外国人为外人（Gaijin），无端冒昧去打扰人家，未必是人家欢迎的。所以，海珠实际是抱定不去找夏目喜多的主意，口头上说找时间去拜访，实际是安慰爸爸妈妈而已。

使海珠高兴的是爷爷终于出院回家了，而且同海珠通了电话。

爷爷出院回家的那天，是 5 月 20 日。听到爷爷声音的那天，海珠说："爷爷，我高兴得要晕了？"

爷爷笑得呵呵地说："小海珠呀！爷爷又可以回来酝酿写《啊！钓鱼岛》了！爷爷又可以天天在家里看报看电视了！5 月 1 日布什宣布在伊拉克的大规模作战行动已经结束，但实际恐怖袭击还在发生，美军仍在继续伤亡。美国先发制人，但打得有点累呢！……"

最后，爷爷说："我的好海珠！爷爷好了！爷爷也想你呀！别挂念爷爷和家里！唔！爷爷明天去看你外公，爷爷住院时他老是来看我呢！好了！电话费太贵，可以少打！……"

在国内时极普通的话，如今到了国外，听了就能使海珠心颤了！海珠只是动感情地说："爷爷保重！多保重！"这真像爷爷过去教她唱过的一只旧歌里说的："一朝去他乡，朝思复暮想。……"有时，她有这种心境，夜晚就又吹起了玉笛。

她也说不清自己是怎么了，独自静处的时候，尤其是夜晚睡觉之前，竟会不经意地想起小津来了！难道青春萌情时期的男女，就会这样的吗？小津右肩被陈川富小刀刺伤的地方愈合了。发生那件不幸的事的当夜，如果他报警，警察是马上会逮捕陈川富的。显然，小津是完全意识到善良的海珠是不忍心让警察把落魄的中国人陈川富抓起来的。要不然，她为什么要给钱让陈川富离开日本回国呢？这事，使海珠又一次地感动了！她发现这个日本青年确是一个品质很好善良高尚的人。当夜，请小津上了楼拿出纱布绷带和"邦迪守护"①替小津处理了伤处，海珠把陈川富前前后后的故事讲了，讲得坦率而且真诚，使小津也唏嘘起来。后来，小津见夜深了，告辞回去。海珠坚持要送他回去，小津本来不肯，后来说："请你看看我住在哪里，知道哪个窗口是我的房间也好！"就让海珠送了。

小津的住处确实离海珠住处不远。东京新宿，有很多摩天大楼，但住宅区的高楼并不多，夜晚的天空广阔高远得可爱。小津住的也是二楼。他指着从右边数第三个窗户告诉海珠："那就是我的房间！……"

仰望着那个窗户，海珠忽然想到了小津在楼下仰望自己窗户的情景。她说不出为什么，她觉得血液翻滚，心跳也加速了！

小津请她上楼坐一会儿，她没有同意，礼貌地同小津告别。但她临走时想到自己应当请还小津的心愿，说："等您伤好了，哪天我请您到一家传统的日本餐厅吃午饭。"她知道按日本人的习惯，这个人情是应当还的。

但小津并不是因为要接受海珠的回请而同意的，他喜欢有同海珠谈话相见的机会，他立刻豪爽地说："那太打扰了，非常感谢，但不一定要在日本餐厅，您怕吃有些日本食品，选一处中国料理最好！"他替

---

① 邦迪守护：日本出品的一种创可贴。

她想得好周到哟！

那个夜晚，对海珠是难忘的。发生了陈川富这样找上门来要钱的惊心动魄的事，又发生了小津送照片和被刺伤的事，海珠一夜都没有睡好。梦中仿佛看到自己在小津住处的街上仰望着二楼从右边数过来的第三个窗口。醒来时，外边又正下着淅淅沥沥的黎明晨雨。雨水像无数细沙清脆地洒在玻璃上，使瞬间悠悠有永远的感觉。

隔了一天，小津夜晚来了！他是惦记着那天因为陈川富的出现使大金边镜框没有挂上墙的事才来的。他用小钉锤钉好挂钩，将大金边镜框端端正正挂好在墙上，那张 25 寸的彩色艺术照片——海珠与樱花一同生辉，真的使房间里有了生气，有了美丽，像多了一个美人站在墙前，多了一尊美术品雅趣盎然。小津那温柔如水的眼睛，使海珠不敢多看，但他为人正派，留下了一包榛子巧克力给海珠，就礼貌地告辞，说："您休息，我回去了！"

又过了两天，海珠请小津在西新宿兰兰打工的那家中国饺子店里吃午饭。最初，海珠打电话给兰兰，告诉了她关于认识小津的事，说明请小津吃饭，也请兰兰作陪，一同聚聚。海珠选定的是新宿三丁目一家吃牛肉火锅的餐馆，因为听学校同学说那里的牛肉又鲜又嫩，曾被日本饮食杂志评为东京十大自助饭店之一。但兰兰说："别去那儿了！我也抽不出空来吃你请的。再说，小津君让我认识一下不就行了，他可能只想同你谈谈心呢！这样吧！你干脆请他到我打工的新宿老边饺子馆来吃饺子吧！这里供应清朝全盛时期闻名的中国北京饺子。这家中国式店铺将秘传的美味保留到现在。在日本吃中国的饺子，也是别有风味。如果不吃饺子，还可以吃'皇帝锅'，味道和内容也蛮不错的！你陪他来，介绍我认识一下就行了！我就去忙我的，你们就边吃边谈，好不好？"

兰兰讲得真诚，海珠只好按她说的办。

那天吃煎饺当午饭之前，海珠介绍小津认识了兰兰，说："兰兰是我的好朋友！"又向兰兰说："小津君，我向你介绍过他了！"

兰兰那张娃娃脸开朗得发亮，同小津打过招呼，她动作灵巧地就去忙着包饺子去了，从这开始，兰兰没再出现过。海珠明白，兰兰的工作时间既长又紧张，老板是不允许她在工作时间随便出来同人谈天说地的。

海珠本来要点"皇帝锅"的，其实她也弄不清"皇帝锅"是什么东西，但"皇帝锅"价钱贵是必然的。小津说："我喜欢吃中国饺子！尤其是煎饺。"海珠就只好点了煎饺，外加两盅鱼汤。

海珠问小津："听说在日本被邀请吃饭，主人会代客人点吃的，在餐厅里允许主人为你点菜是有礼貌的尊重主人的表现，客人一般在吃食上来时，会小声说'我喜欢'，是不是这样？"

小津笑了，说："有这样的，也有不这样的。我这个客人，自己提出想吃什么，您同意点了，我当然一定会喜欢。"

餐馆生意好，客人不少，等着饺子端来，两人谈话。

小津问海珠："您注意没有？现在东京出现了一种新职业。就在来这里经过的街角上，有个人坐在那里，面前放着一个招牌，写的是'我听你说'！"

海珠说："是呀！我刚才经过时注意到了，那是个三十多岁的男子，老成持重，戴副眼镜，教养很好的模样，我还不明白他是干什么的？"

小津说："日本的贫富差距拉大，全日本每年因为种种原因自杀的人数这几年总在三万人左右。东京现在人口越来越多了，但东京人的孤独感也在与日俱增。这种新职业也就产生了！这位男子在那里，就是让人停下脚步，向他敞开心扉，诉说憋在心里无法向熟人倾诉的心声，诉说的人，最后要付些钱给他。"

海珠说："呵，真有这种事？这也是一种职业？中国可是还没有呢！"

小津说："现在这种社会，人们受到各种各样的巨大压力，有的可能是经济上的心理上的，有的可能是政治上的生活上的。每个人的生活节奏都非常快，过劳死的人也有。这常常使得人们没有足够的时间和精力去倾听别人的倾诉。我就常想，如果能找到一个可以让我倾诉的对象该多么好！"

海珠体味着他的话，本想沉默，却忍不住说："真的吗?"

小津认真地点头："是呀，日本人的一个特点是羞于向别人讲出自己的问题，并且谨慎选择措辞来避免让人感到厌烦。"他突然话锋一转，"海珠小姐，您觉得我高兴吗?"

海珠沉吟着说："好像挺好的！"

"是啊！我有一颗乐观的心，有自己喜欢的性格和外表，我爱文学，爱摄影，爱工作，也爱唱歌。但是……"

煎饺端上来了！打断了谈话，饺子很香、很烫，味道似乎不错，一人一盅鱼汤，里边放着鱼肉，乳白色的，也很诱人食欲。

海珠想到，这些饺子也许正是兰兰包的，说："小津君，边吃边谈吧！手工包的饺子比机器包的好吃。兰兰包起饺子来，她说，用手一捏就是一个，快得跟机器差不多。"

她要小津快吃饺子，又将桌上的醋和酱油倒在碟皿里。

小津夹着饺子继续说："其实我生活得很刻板，很单调，也很无趣，上班、下班，干着我并不想干的事，无人可以倾诉。自己很少有自由，被养父一手支配着，在没有趣味的生活中默默忍受着。但遇到您以后，我感到生活忽然有了光泽，心灵的寂寞有了寄托的地方。这是您赐予我的！我感谢您！其实，我也有那种你听我说的要求。我心里真想请您把我当作一个'我听你说'的对象，倾听我向您倾诉心底里的话呢！"

海珠心里隐隐颤动，但自然大方而风趣地说："您尽管说，小津君！我不收您的费用！"

小津笑了，他喜欢这种风趣，夹着煎饺蘸着作料吃，说："兰兰包的饺子！一定是她包的！真好吃！"但立刻又回到正题上说，"其实，我心里常常并不开心！……"

海珠吃着煎饺，说："肯定是兰兰包的！只有她那样漂亮能干的姑娘才包得出这么好吃的饺子。"她是故意避开小津的话题。但用美丽的眼睛看看小津，不去碰他的话题。

小津继续吃着说："我的养父，名叫有岛荷风，是位银行家，又经营一家公司。他待我不错，但很严厉，一切要按他的话办，甚至可说是横暴。他没有儿子，只有一个女儿叫杏子。你知道，爱情这东西不是可以勉强的！杏子是东京家政学院毕业的，不工作，住在家里吃父亲的，整天只是打扮、旅游、闲逛，有点异类，我从不同她周旋。养父的意思我明白。他期望我将来继承他的事业，但他的事业并不是我的所爱。再说，我的思想——"小津用左手指指脑部，"同养父常有不同。他是遗族会里的极右翼的成员。……您是研究亚洲、太平洋问题的，当会知道。……"

海珠想他讲这些给我听，为的是什么呢？她"呵"了一声，说："我知道！遗族会是自民党内的一个中坚团体，据说有十多万人。很多是坚持参拜靖国神社的。"

小津点头："我是坚决反对日本再走当年老路的。那样既给外国造成伤害，也给日本人民自己造成伤害。养父却希望日本重新成为军事大国称霸亚洲和世界。我认为日本过去很对不起中国，以后应当以史为鉴。我进春稻田大学时，那年在大隈讲堂听过来访的你们中国的领导人的演讲。我觉得他代表中国讲的话是诚恳的，也该那么做。说实话，今天日本的年轻人，想走老路去同中国打仗当兵做炮灰的，绝对不是很多，只是右翼的人那些做法是会影响年轻一代和孩子的，那危害是极大的。……"

海珠慢慢吃着饺子，内敛而深沉地说："是呀！但愿您这样明白历史的日本人越多越好。中日是邻居，到日本后的这段时间，我一直在看，凭我的感觉去看日本的方方面面，但我有沉甸甸的思考。日本与中国有着长而又深的文化渊源。但有些右翼同我们的想法和心理上却有隔阂。历史是血淋淋的，中国人最不愿看到历史重演。日本现在很发达，中国也在大发展，互相都不要伤及民族的感情。中国方面在历史问题、台湾问题、钓鱼岛问题等都有原则立场。如果日本重视这些涉及中方重大关切和中国人民感情的问题，按照中日之间过去订立的三个政治文件以及日方做出的承诺以史为鉴妥善处理，那就好了!"

小津吃着煎饺喝着鱼汤静静听着，叹了一口气，说："我们谈的太政治化了! 其实，我并不热衷于政治。政治是政治家的事，像我们，离它远些的好。"

"但是，"海珠认真地说，"政治同我们密切相关。我其实也不是搞政治的，却不能不关心政治，尤其是中日关系，因为是邻居，关系应当好不应当坏。"

小津带着感情地看着海珠说："海珠小姐，最近一个报纸发表的对未成年人的调查，对了你想度过什么样的人生的问题，回答'做自己喜欢的工作'的人占 69%；回答'建立幸福家庭'的人占 62%；回答'享受人生'的占 54%。可以看出日本青少年有重视个人和家庭的倾向，我可以坦率地说我就是那两个 60% 以上的人中的一个。在当今这种男女风气杂乱的现实社会里，我对被我所爱的人，会忠心不变而愿付出牺牲。您相信吗?"他满脸友善的神态，凝望着海珠。

他为什么这样说呢? 他说得很明显，但海珠不愿表态，平静地想岔开话题，本想问问小津父亲留学中国的事，又觉得不礼貌，就欲言又止了。为避免小津尴尬，海珠并不掩饰自己的感觉，诚实地说："小津君，您是一位我们中国人说的'君子'!"

小津感到高兴。他说："谢谢! 这顿饺子我吃得很舒服，很快乐。您如果同意，以后请别叫我小津君好吗? 就叫小津好了!"

"可以。"海珠爽朗地说，"互相都叫名字吧!"

后来，他们吃完午餐走出饺子店，在街角见到那位打着"我听你说"招牌的戴眼镜的人仍坐在那里，但有一位老年的妇女满面愁容同他说话。他耐心地听着。

小津幽默地说："今天，我们互相也做了一次'我听你说'。不过，我说得多，你说得少。"

分手后，小津匆匆去上班，海珠匆匆去学校。海珠在大学里要听导师谷川教授讲述《变革中的日本》，这是谷川教授刚在写作的一本书的内容。他对自己这本学术研究成果很重视。下午的讲座，许多人，连东京大学、应庆义塾大学的学生据说都要来听。

天，突然下起蒙蒙的细雨，海珠到达学校后，却没有能听成导师谷川教授的讲座，因为新宿警察署的两个便衣警察正在学校里的一间空教室里等候着，要找她谈话。这使她大吃一惊，他们见到她，告诉她："我们曾到你住处找过你。你不在，所以到你学校来了！……"

两个便衣刑事警察态度礼貌而严肃。一个年岁大些的剃平头的身材壮实，脸孔有点像日本电影明星高仓健。一个年轻强壮的小伙子像个运动员，长头发向后梳，拎个黑皮包问清海珠的姓名、地址等，看了海珠的护照、学生证件后，请海珠坐下。

年岁大的剃平头的警察"高仓健"不带感情地问："陈川富认识吗？"见海珠点头，又说，"请谈谈你所了解的他的全部情况"

海珠心里思忖，陈川富出事了？问："他怎么了？"

"你先谈谈关于你所了解的他的全部情况嘛！"像运动员的小伙子说。

海珠无顾虑也于心无愧地把自己和陈川富的关系及情况一一如实说了，说得简略但完备，连"导弹"和"一匹狼"也说了。说完，不禁又问："他怎么了？"

年岁大的平头警察"高仓健"严肃冷淡，说："他已经成了无家可归的流浪者，昨夜又被人杀了！"

"杀了！"海珠瞪大了美丽的眼睛，险些嚷起来，"谁杀的？在哪里杀的?"

"案情我们正在彻查。嫌犯可能就是你说到的那个'导弹'和'一匹狼',已经拘留了!陈川富被杀得很残忍,尸体仍在检验。他身上有一封写给你的信,可能没来得及发出,这是复印件!"那位像高仓健的警官一字一句认真地回答。

海珠接过信的复印件来一看,确是陈川富的笔迹。字写得很潦草,歪歪扭扭。

信是这样的:

海珠姐姐:

　　请允许我叫您一声姐姐,对您说一声对不起!

　　人生就像一次旅行。我的旅行该结束了!怪我不遵守在这社会里的游戏规则,我坠(堕)落到这地步,是罪(咎)由自取。我以前喜欢说笑话,可是现在明白我自己才真的是一个天大的笑话。悔不早听你劝,我使自己从灵魂到肉体都垮了!我明白已经逃脱不了被杀的命运!我问自己,我在干什么?但不知如何回答。老爸老妈用钱乘(乖)坏了我,他们出事,使我万念俱灰。怨他们吗?我更怪自己!我是个丢了脸的中国人。死后,既无脸回中国,也无家可回。只有拜托您看在同来东京的情谊,把我火化,用个塑料瓶装着丢进海里,让风将我吹得远远地离开日本!风和浪要让我漂到哪里,我就去哪里!但无论如何,不要在东京!写这信,是表示我的惨(忏)悔,也是向你表示我死前对你的衷心惭愧和感谢。一切拜托了!海珠姐姐!

陈川富

看着这信,海珠的心往下沉,往下沉,善良的她,泪水顺着腮边流下来了!她忽然下决心地对日本刑警说:"如果可以,我愿意负责火化他的尸体，按照他的意思办。"

陈川富被杀的案件登了报，电视也播了！东京都港区的中国驻日领事馆的人也来找过海珠表示关切询问情况。

那天，天气阴霾，下着蒙蒙缥缈的小雨。午后，小津陪海珠带着陈川富的塑料骨灰瓶去到临海区。临海区的"百合海鸥"号电车是海珠早已闻名的。这条首创的日本无人驾驶之先的营运新电车线，可以坐了畅游东京湾。刚到东京不久，陈川富有一次说过："海珠，我们去坐'百合海鸥'号电车畅游东京湾好不好？"当时，海珠拒绝了！想不到今天，海珠却带着陈川富的塑料骨灰瓶来了！

这是个阴雨天，一会儿，雨沙沙沙；一会儿，雨像迷雾；一会儿雨停了，但天空发灰。既不会看到东京湾的晨曦，也不会看到东京湾的夕照，时光飞逝如电，它有魔力使人和事迅速变幻，那么大的一个年轻生动的陈川富，如今火化成为尘埃，只用一只塑料瓶就装下了他。陈川富世界观不成熟，社会免疫力差，日本又充满诱惑，他终于堕落成骨灰了！

他如果没有那样的父亲和母亲，也许不会像如今这个样子！他如果不来日本东京，也许不会像如今这个样子！他如果不被花花世界和吃喝嫖赌诱惑，也许不会像如今这个样子！他如果不去结交那类心狠手辣的黑道渣滓，也许不会像如今这个样子！他如果早早悬崖勒马停止堕落，也许不会像如今这个样子！现在呢？一切都固定了！他已化为渣土，什么都晚了！……

海珠一直沉默着，她并不垂头丧气，但心中哀伤，像病了一场似的。小津心疼地看着她，突然觉得她的精神气质有点像日本以前的名影星栗原小卷。栗原小卷年轻时主演过根据武者小路的小说《友情》和《生死恋》改编的影片中的女主角——美丽而纯情的姑娘夏子。那影片摄成放映时，是20世纪70年代初，小津还没有出世。他是后来在早稻田大学里读日本电影史时听说这部片子好，才设法找到录像带看到的。

那影片写夏子与大宫相爱，有两句对白小津还记得：

夏子："我真没想到，跟一个人认识了，会在我们面前呈现这么一个崭新的世界。"

大宫："在一个个美丽的风景里，似乎都有你的身影。不论看什么，不论走到哪里，总是感到你和我在一起。"……

虽然那已是又旧又老的影片了！但小津喜欢这片中所写的美丽动人的爱情。

小津心中老是重复定格着这些话，收回思绪，想安慰海珠，都又不知说什么好，他明白，海珠对陈川富并没有爱情，有的只是一种善良的同情。海珠的善良和为人，使他心里泛出钦敬，却也越来越深地陷入了爱河。

雨停了，海边的风仍不小。海风带着清新的咸味。小津陪海珠到了台坊海滨公园。天色渐渐暗下来，沙滩一端的地带，礁石上有层层叠叠的海蛎子附集着，还可以看到有小小的螃蟹穿梭在礁石旁，水中有小鱼和透明的小虾出现。这里本是一个处处海鸥飞舞、充满着浪漫潮骚气息的地方。天好时会有许多情侣在这里消闲、流连。小津陪海珠坐上了游船，游船夜晚如果漂浮在东京湾，眺望彩虹大桥，梦幻般的灯光美得醉人，但此刻海珠和小津在游船上只看到东京湾的蓝色海水特别深幽莫测。

然后，海珠轻轻地悄无声息地将装有陈川富骨灰的那只琥珀色的塑料骨灰瓶掷入海中。她心里说："你到另一个世界里去生活了！你一路走好！希望大海将你漂回中国去！"

那塑料瓶，摇摇晃晃轻飘飘地，像一个流浪汉浮在水上无依无靠地漂荡。陈川富像一个幽灵在东京的人海中驾着一叶孤舟触礁翻船如今化为塑料瓶骨灰中的一缕孤魂在闯荡大海！船向前行，瓶向后退，终于，渐行渐远，一点也看不见了！

海珠忽然想到爷爷以前对她说过的一段话。那是关于生活的，爷爷说，人都是要死的！但人是可以有所作为的。人生要活得有价值，有价值的人生才会充满希望、理想和幸福！人决不能碌碌无为、无聊混日……

当小津和海珠回来时，已是夜间快九点了。小津坚持要送海珠回住处，海珠一路仍然沉默，但这时说："小津，太感谢你的关照了！……"

小津听得出，她的话并不仅仅是礼貌，她是真诚地感谢，就终于劝慰说："海珠，对你这位中国同胞，你已经做了你所能做的事。他死了，也就是得到了解脱，你就别再难过了！"

海珠说："我不是为他伤心，我是在思索为什么他会走上这样一条不归路！……"

她话没有说完，忽然听见不远处有一个犀利的女声在尖叫："小津！……小津！……"声音里洋溢着一种傲气的飞扬与怒气的升腾。

几乎与小津同时转回身去，海珠看到尖声呼叫小津的是一个打扮得时尚漂亮的女生。装扮前卫，染过的茶色长发，五官端正，但有媚气和骄态。她可能是经过这里时见到小津和海珠才停车下来站在路边的。她站在自己那辆白色小轿车旁，一副冷冷的不怀好意的模样。

海珠心头一亮，难道这就是小津说过的杏子？

果然，小津说："杏子，是你？"

杏子走上来了，街灯的光照得她脸苍白，海珠看到她有白皙的肌肤。但脸上口红、眼影、眼线、假睫毛……化妆上一样不少。她朝海珠细看着，既不招呼，也不说话，有一种鄙夷的神态。

小津礼貌地说："杏子，我给你介绍一下春稻田大学的海珠小姐……"

杏子仿佛没有听见，也不看海珠。

小津说："你怎么了？……"

杏子依然故我，朝着小津命令式地说："走！跟我回家！父亲有事找你！"

小津说："你先走！我一会儿自己来！"

杏子上车一溜烟地开车走了！小津礼貌地向海珠告别，才一个人匆匆走了。

这夜，海珠睡得很迟。她的心情使她拿出玉笛吹了起来！她先吹了爷爷喜欢吹的《满江红》，又吹了新学会的《樱花，樱花》，笛声悠扬，她觉得今天自己的灵魂似在流浪。

四、有岛家

中长个头的有岛荷风坐在那里似是在闭目思索。他的脸埋在灯光的阴影里，使人看不清他的那双三角眼和他的高颧骨、厚嘴唇。他脸上有木然的表情。

他越来越孤僻、固执和褊狭、自尊，甚至粗暴了！

年轻时，他想做一个大富豪，出版过自己的语录，书名为《一个富人的成功守则》。他自称是一个爱钱的人，认为要爱钱才会有钱，但他不善经商，对人吝啬。出版的语录中就有这样的警句："爱钱的人应当是个不愿把钱白白送人的有钱人！""爱钱的人就是看到马桶里有一个角币也会取出来的人，手脏了可以洗净，钱不取到手就不存在！"

那时，他不像许多富人爱旅行、爱穿名牌、爱收藏、爱住豪宅，他喜欢住在设计简单而又巧妙的房子里，只摆放少量的家具，却始终挂着一张他最崇拜的宫本武藏①的巨幅画像。

---

① 宫本武藏：日本历史上有名的剑客，打遍天下无敌手。他的事迹成为传说、故事、戏剧，流行于日本民间。

五年前，有岛荷风比他小七岁的妻子死了后，他就未再娶，传闻他有时爱悄悄到新宿歌舞伎町红灯区里寻花问柳。六十六岁的他，年轻时就迷恋着酒，现在更是整天都在酒精的麻醉与刺激中生活。他清醒中透着糊涂，糊涂中又透着清醒。不缺的是钱，缺的是情感的滋润。妻子雪枝未死前，一直受他的压抑和暴力欺凌。他生于1937年12月，祖父有岛康夫是海军部的中将，日本战败前曾任日本中部防务官，日本战败后被捕病死在东京巢鸭监狱。父亲有岛健太郎日本侵华战争开始后，应征去中国作战。恰好在他诞生时战死在攻陷湖南常德的战役中。他母亲美智子出身贵族，是军人吉田正夫的女儿，辛苦将他抚养大，带着他在1945年经历过残酷的东京大轰炸，侥幸未死。"8·15"日本无条件投降后，吉田正夫突然失踪了！美国军队占领了日本，战争带给日本人民的同样是灾难与贫穷。那时有岛荷风才八岁。以后那是一段悲惨、屈辱、贫穷到极点的生活。美智子靠着姿色曾在东京为了养活儿子和自己，靠向美国占领军卖春获得几盒写着"Ration"字样的美军给养或十元八元美金……但上世纪50年代"韩战"爆发，又过了些年，在有岛荷风二十二岁那年，他的外公吉田正夫突然出现在他母亲和他面前了！他是来寻找女儿美智子的。此时的美智子带着有岛荷风在东京上野车站附近开着一个小商店出售土产、杂货、糖果零食、药品和化妆品之类。有岛荷风已上完高中帮助母亲在经营商店，从1945年到1965年这二十年是日本的经济恢复时期，日本全力恢复因战败而遭受的重创。在这二十年内，"韩战"爆发，日本成了美军在朝鲜作战的后方基地。物资源源供应朝鲜战场，日本经济大振，许多日本人都成了事业有成、经济有基础的人物，吉田正夫就是这样。他出现时已经发财了，成了相当大的财主，在东京拥有好几栋大楼和房子。他的钱是从哪里来的？是怎样发财的？弄不清！失踪的许多年他在哪里，在干什么？也弄不清！当年，他为什么要销声匿迹，也弄不清。

　　有些风风雨雨的传说，但无从追究查考。有人说他在美机轰炸东京时，拾到过一只小皮箱，里边是一箱珠宝钻石和黄金。有人说吉田正夫当年在侵华战争中是一个旅团长，掠夺了大量中国人的财宝和文物古董，暗暗携回日本隐藏，所以发了大财。有人说他帮美国人秘密做过情报工作，做过十分缺德的事，但搞到了钱。有人说他跟一个富孀同居，把对方的财富和住宅弄到了手，那富孀死了，他得到了全部财产。有人说他在"韩战"中，利用时局，跟黑道有密切关系，干了许多犯法勾当发了横财……

　　反正，一切都搞不清，乱世是常多这种发横财的事的！但，他终于接受了自己的女儿美智子和外孙有岛荷风，并且成了一个银行家。只是，几年以后，美智子和吉田正夫都先后病故，有岛荷风继承银行和大笔财产。只是他经营无方，酗酒成癖，对妻子冷漠虐待，自己对生活放纵，妻子雪枝死后，依然如此。只有对女儿杏子虽然放任，倒还关爱。二十五岁的女儿与他同住，在东京家政学院毕业后，杏子以现代女性自居，喜欢读女作家令夏洋子的名作《我不结婚》。她常说自己是块"过期蛋糕"，以为这说法幽默有趣。住在父亲家里，她就像流行语说的成了"单身寄生虫"①，甚至在名片上也公然印上了"单身寄生虫"的头衔。她从父亲处有足够的钱用来购买时尚手袋、服装、鞋子和首饰。她喜欢流行音乐，从中学时就迷恋过"天之娇女"宇多田光。她喜爱持续走红的清一色的男性 Glay"视觉系"的演唱组和 X-Japan 演唱组……从上家政学院开始，就热衷于名牌衣履、时尚打扮和打游戏机，当然更少不了结交男朋友。她很西化，在小津眼里，杏子有点异类。虽然有岛荷风有意要把杏子嫁给养子小津，杏子认为小津为人谦虚和善，家务方面能够自立，有稳定的职业，是社会上日本女人愿嫁的那种男人，她心里也对小津抱有好感，但互相之间的碰撞却不少。

---

① 单身寄生虫：日本东京学艺大学的社会学家山田政弘用这来形容那些依赖父母大把用钱在时尚用品上的单身年轻人。

杏子骄娇成性，好任意干涉小津的事，比如居高临下地说："小津，你帅气，为什么不留时髦的短发呢？染一下烫一下多好看！"比如说："你不够酷！不够浪漫！"比如说："我想你这样的人，可能是不会光顾情人旅馆的，是吗？"比如说："挂个照相包多难看！我是看不起摄影师的！……"

……

小津内心厌烦杏子。小津明白，养父虽然不善经营，但依然很富。养父希望小津与杏子能结婚成家，以后能接手公司的经营，养父要小津一切顺从，一切听从他安排。但这不符合小津的性格，使小津心里产生痛苦、不快及反感。

小津问过自己的父母，我怎么成为有岛荷风的养子的？

但，未能得到答案。他的父母似乎也弄不清来龙去脉。他父母和有岛荷风之间毫无来往。只知道有岛荷风的外祖父吉田正夫临终前曾立有遗嘱，委托律师宣读执行，遗嘱上写明要有岛荷风一定要将小津收为养子、培养教育，使小津至少要读完大学，并在小津成年事业有成后将遗产中的三分之一给予小津。

在有岛荷风那阴沉沉的客厅里，有一个专门用来供奉祖先牌位的地方，常供奉着鲜花和时令水果，那里就也有吉田正夫的牌位。

为什么吉田正夫有这样的遗嘱？无人知道，小津的父母也不知道，有人猜测，也许是赎罪，或者是报恩。反正人世间稀奇古怪的事很多很多。吉田正夫和小津父母家有什么恩怨情仇之类的事，谁也捉摸不出。天底下常有许多神秘的找不到答案的事，在经历过"二战"后的日本，牵涉到种种不可思议的人际关系的事特别多。小津突然成为人家养子的事恐怕也只不过是千件百件事中的一件罢了！

事实上，有岛荷风是按照吉田正夫的遗嘱做的，虽然，他是个冰冷的人，对小津没有什么真的感情。但他的思想却是极右的。他无视日本当年历史的阴暗面，拥护通过新历史教科书，以篡改歪曲历史的教科书教育孩子并以身为日本人而骄傲，主张对中国、韩国、朝鲜采取更加强硬的立场，主张占领钓鱼岛修建灯塔，大力鼓吹日本民族的优越感。除了静坐喝酒、洗温泉、吃刺身之外，他热衷在每年祭日去参拜位于东京都千代田区九段三丁目的靖国神社。每次自民党内的遗族会开会活动，他都积极参加。20世纪80年代时，日本拓殖大学讲师田中正明写了本书叫作《"南京大屠杀"之虚构》，歪曲隐瞒事实，诬蔑说"南京大屠杀"是"虚构"的，"缺少真正的资料"。有岛荷风当时四十多岁，看了这本书，就公开向记者说："不但日本人没有进行南京大屠杀，反倒我父亲就是在南京被支那兵杀死的（其实是进攻湖南常德时死的）！"

有岛荷风还常喜欢讲一个他从外公那里听来的故事。有个名叫市三郎的日本兵，在中国河北同共产党八路军部队作战时，负了重伤被俘，一个八路军战士见他伤残被俘不能走路，就背他下火线去医治。谁知市三郎竟一口咬下了背他的八路军战士的耳朵。有岛荷风常向人讲他听来的这个故事，讲得好像他的亲身经历一样，赞美日军当年的武士道精神。但小津听父亲说过："南京大屠杀是血写的历史，赖不掉也不该赖。1937年南京大屠杀时，有岛荷风刚出生。日本战败投降时，他也才八岁，他没有资格胡乱吹牛。……"

今夜，有岛荷风习惯穿着他那特制的类似相扑运动员穿的浴装——一种夏用和服，印有花纹图案、棉布质地的适合夏秋之间在家里穿着自由舒适的衣服。他席地而坐，那条他心爱的大狼狗紧偎着他，竖着耳朵。他米酒喝多了，脸上发红，醉眼惺忪，打量着被杏子叫来的小津，先是不开口，不怀好意地看了又看，似乎是在审视小津的内心世界。

灯光不太明亮，给人阴森的感觉。

小津也盘腿坐着，杏子缩脚并偏向一边坐在父亲旁边的席垫上。

有岛荷风办事说话历来简单化，开口道："听说你近来行为不轨，是这样的吗?!"

小津忍着气摇头："没有啊!"

"我说话不会错的!有人看到你同一个支那女子在一起,今天又是!"

"那是春稻田大学的一位中国留学生!"

有岛荷风的眼光像火又像水:"小津!我厌恶支那!日本正在遭受支那越来越大的威胁!我要警告你!你如果同支那女人去爱情旅馆的话,你别想得到我一点好处。"

小津历来在养父面前总是沉默寡言的。此刻十分生气,但看到养父的醉态,就只摇摇头强忍着气闷声不响。

"公司里的工作你做得不错,很好!要做终身奉献的打算。你该做个'赢家',别做'输家'!我可以再升迁你,不会让你做'窗边族'①的。小泉首相的改革,对遗产继承法进行了修改,使人们更容易继承大笔财富。你好好发扬团队精神,将来是大有前途的!"

有岛荷风对小津不顶撞有点满意,问:"你那摄影展的事办得怎么样了?"

"还在进行!"

"广岛的照片拍了没有?我对你说,要好好拍!怎么一直没拍?以后拍照你可以同杏子一起去嘛!她喜欢旅游的!"

"杏子她也很忙的!摄影是个人的艺术,一个人搞摄影方便而且自由。艺术不能套上框架,我摄影时只想凭自己的选择和感觉去做,要拍许多照片才可以精中求精。"

那只凶恶的狼狗紧偎着有岛荷风,竖着耳朵,歪着头,似是想着什么。

杏子席地坐着,起初是缩脚偏向一边,受不了这种坐姿,现在改

①　窗边族:指受冷落的职员。

成跪着，听到小津的话，任性地站起，扭身走了。

有岛荷风察觉了，对小津脸色严峻："既摄影又旅游有什么不可以？你的摄影展，我答应付赞助费，但你要听我的！遗族会和军恩会的照片一定要多拍，广岛这些地方也一定要拍！……"

"摄影是一门艺术！……"

有岛荷风打断了小津的话："什么艺术不艺术！不给你钱你就艺术不起来！不对吗？"

小津终于忍不住了："如果没有艺术不讲艺术，要钱干什么？……"

"啪！"有岛荷风摔了面前的一只茶杯，"我要告诉你！茶杯砸地板，倒霉的是茶杯！你懂吗？"又厉声说，"走吧！你走吧！……"

他是个暴躁而有暴力倾向的男人，当年，妻子死前是常遭他殴打的。

小津站起身来，心里酸辣地行礼告辞，保持着礼貌："那我就回去了！"

五、夏目喜多律师

谷川教授讲课时，声调低沉。但他很懂得讲课的技巧与规律，毫无随意性，懂得怎么让学生得到想学到的知识，很善于把自己的思想灌送到学生心中。他喜欢有准备有目的地凭他的个人兴趣来讲课。

海珠上午在学校里听完课后，到导师谷川教授的办公室，同他谈到自己想写一篇论文，论述日本与台湾的问题。

日本是一个喜欢送礼的国家。一年中，6月、7月是"暑中见舞"，是送礼的大节。日本人送礼包装得精美无比，但礼物本身却很轻。有人说日本人的重礼是东方式的，而简洁送礼的方式却是西方式的。海珠依然买了苏格兰威士忌酒包扎得花枝招展的带去送给导师。

谷川教授高兴地收下了酒，表示谢谢。

海珠真诚地说:"送礼只是一种心意,再重的礼也答谢不了您的关照和教导!"

谷川教授听了,表示高兴,说:"是的,中国有'礼轻情义重'的话。其实我们日本也是一样。"

谷川教授要海珠谈谈自己写这篇论文的目的和论点。

海珠接受上次谈话的教训,不愿再"言多必失",说:"我还在思考,并未成熟,但大致是想说明历史,也想说明现状,指出台湾是中国的一部分,应该尊重中国的领土主权,坚持一个中国的原则,不支持'台独',这样有利于中日关系的健康发展。……"海珠说话是有节制的。她收集了很多这方面的资料和例证,也读过了与"台独分子"关系密切的日本右翼分子小林善纪写的《台湾论》一书。那是一本居心叵测的书,极为反动,所以她打算好好写这篇论文。

谷川教授听了,平静的脸上肌肉里仍旧透出古怪的神色,对海珠的话既不肯定也不否定,只是问:"你对中日关系的现状有什么看法?中日关系现在有好的一面,也有不好的一面呢!"

海珠说:"虽然中日关系在前进过程中也有困难和问题,但两国应当本着以史为鉴、面向未来的精神为建立长期、健全、稳定的中日关系做出贡献,民间多交流,增进相互理解和加深友好。"

谷川教授指点地说:"有些事需让双方都能接受,找到共同的理解与看法。"

海珠忍不住说:"是的!为达到友好睦邻,不做伤害对方感情的事,所以以史为鉴是重要的。"

谷川教授脸上出现阴云,又古怪了!他打断了话题,说:"你是不是应该写篇更有价值更新鲜更容易引起人们关注的论文呢?据我所知,日本现在有些资深报人都在研究一个问题——重要的中日和日美关系,也在关切亚洲各国的民主问题。你可以在这些方面做出研究。"

海珠虚心请教:"您说的中日和日美关系,是论述日本外交的历史性转折吗?"她注意到报道上有日本学者论述这方面的问题。

谷川教授点头:"中国经济是持续高速增长,几十年后可能会成为世界领先的经济强国,日本将无法忽视中国的存在,日本应由追随美国转为重视中国,事实上日本经济增长已离不开对华出口。以后,日本如修改宪法成功,日本有了正规军,日美安全体制将从根本上改变,很可能是从依赖美国向摆脱美国转变的开始。"

海珠用心听着,导师讲的有些观点她是同意的,但听得出导师对修改日本"和平宪法"并且使日本有正规军是颇感兴趣而且赞成的。这就是谷川教授真实思想的流露了!本来嘛,到日本来研究亚洲与太平洋问题,遇到各种各样人的各种各样的看法与想法,并不奇怪,人的立场与角度不同嘛!她认为导师提出的这个论文题目是值得去研究并论述的,但她还不愿放弃自己原来的想法,准备工作已经做得差不多了!原来的论文题目自己认为是极为重要的,她不愿不写,因此礼貌地说:"谷川教授,谢谢您赐教!我当好好去研究。您提出的和我原来想写的,我都认真对待,写成再请您指教。"

她注意到导师没有反对的意思,见导师桌上堆着信件和材料,知道导师忙,就双手摆在大腿上弯下腰部向导师鞠躬告退。

在校园里,她遇见了两个男同学,一位叫佐田,一位叫熊野,大家打了招呼,站着讲了一会儿话。熊野脸上有气恼的神色,原来他的家在东京附近美军基地近旁,美军基地飞行器等发出的噪音造成污染,住户还担心发生事故。……他说:"'二战'结束这么多年了!美军还在日本驻军好几万,东京附近就有好几个美军基地。美国什么时候才能不再骑在我们头上……"

大学里的同学有不少很冷漠的人,这两个男同学却不算冷漠,但海珠同他们也只是点头关系。海珠有谨慎的心态,寒暄一下听熊野牢骚了几句,就礼貌地走了。

走出学校,她在外边匆匆吃了午饭,决定利用下午的假日时间到涩谷去看望慕容教授介绍的日本朋友——夏目喜多律师。海珠打听到，夏目喜多是1994年成立的"中国人战争受害者索赔要求日本律师团"的成员。这个团有三百多名律师参加，但坚持正义的夏目喜多是一个重要成员。他和他的同伴们，以他们的正义追求和高尚的人格从事着崇高的任务。

海珠去的主要目的是想通过拜访夏目喜多先生，了解他对中日关系的看法，以助于她撰写论文及研究亚洲与太平洋问题。因为夏目喜多律师是一位主张捍卫正义的日本律师，她去也是向他表示敬意。

她带着慕容教授的介绍信，坐JR电车拟在涩谷车站下车，步行到涩谷区宇田川町附近夏目喜多先生的家里去。

日本的地铁站里，通常都安置了上下的电梯。电梯不宽，只能并排站两个人，左列站的是乘电梯的一般人，右列则是为抢时间赶电车而在电梯上大步疾跑的人，电车非常准时，日本的电车永远按着时刻表运行。电车里打盹和看漫画的人很多。有些结伴出游的老年妇女都打扮得整整齐齐漂漂亮亮。海珠上来，拥挤时给她让座的人常有，但她总是表示谢意拒绝了。

生活刻板而缺少激情，人生总有无法释怀的不如意。海珠想，自从来东京后，生活的圈子极小，先是陈川富堕落造成的不安定，后来又是整天忙于学习和打工。除了那次同小津一起在新宿御苑赏樱花外，几乎过的都是凝结着的古板而灰色的日子。生活，真太会折磨人了！陈川富的被杀死，至今没法使海珠释怀。同小津的相处，无端却惹来了杏子的侮辱和骚扰。前一天夜晚的那段遭遇，对她有很大的刺激。她觉得自己并没有损害过杏子，为什么竟遭到这样的对待？她看到杏子将小津喊走。小津临走，倒是很礼貌地对海珠说："对不起，我去一下，您多保重！"但她明显感到小津对杏子表现出来的不快。

小津被他养父叫去，不知是什么事？海珠有小津的电话，她想了解小津的情况，却又强行克制住不打电话，不打电话，心里却十分慌记。她想找兰兰谈心。兰兰又太忙。同兰兰通了电话，兰兰说："我看小津君好像是爱上你了！"

海珠说："可他是日本人，我不会同日本人恋爱的！"

兰兰说："你与我不同！你是大学研究生，读硕士的！你有条件！不要把自己封闭得那么紧！你想，到东京后，从没见你玩过，把生活面扩大点不好吗？……"

海珠觉得兰兰说的有道理。昨晚，她突然做了决定，拿出了当初带来的慕容教授的介绍信。她觉得到涩谷不远，应当去看望一下夏目喜多先生，对慕容教授也是一个交代。她在东京地图上找到了涩谷区宇田川町，怀着想把生活圈子扩大一些的愿望去上门拜访夏目喜多。

6月本属雨季，但今天天气出奇晴朗，蓝天广阔。天已热起来了，吹吹风，沐沐阳光，走走路，头脑里不去想烦恼，对海珠竟已成了一种奢侈。街上人气很旺，涩谷与新宿、池袋是东京商业上的"三巨头"。最繁华的"老大"如今当然是新宿，但涩谷实力并未衰退，海珠使自己尽量精神上放松，在阳光下走着。

在涩谷车站前，看到了"秋田忠狗八公"的铜像。这只铜狗的模样，像一只老虎。下有一米五六高的灰石长方形底座。听兰兰说过，东京人来涩谷都会来看这只忠狗八公的铜像。约会或者等人都将这狗的铜像作为一种标志："我在忠狗八公的铜像那儿等你！……"

说起这只忠狗八公的故事，确是很感动人的。狗本是很讲忠义的宠物。八公这只狗，1923年出生在秋田县大馆市，是一只秋田犬。生下后三个月被住在涩谷町的一位东京大学的教授上野英三郎收养。每天早晚，八公都会到涩谷车站送迎主人。后来，教授去世了，八公不知主人已不在人世，依旧每天到涩谷车站等候主人回来。就这样，持续了长长的十年。有一天，大风雪，已经年迈的老狗八公竟冻死在涩谷车站前了。附近的摊贩看到多年来狗等待主人这一幕感人场景，非常激动。于是，大家集资建立铜像纪念这只忠义秋田犬。

海珠看着狗的铜像，禁不住轻轻叹息一声，有一种崇高的感情涌上心头。狗是这样的呢？人该如何？八公的忠义已是遥远的故事了！但却会传下去的！她在八公铜像旁流连了不少时间。

海珠后来走过涩谷有名的西武百货店，这里已是涩谷区宇田川町村了！她买了一束鲜花，又买了一盒时鲜水果作为礼物提在手中，询问后按照介绍信上的地址经过大道上栉比鳞次的高楼、商店，找到了夏目喜多律师住的公寓。

这里实际也是事务所，门口有他的名牌。环境挺好，公寓是用磨光花砖砌成的楼房。揿了门铃，通话机里有个年轻人搭腔，声音有点熟悉，海珠报了姓名，完全出乎意料的是：来开门的竟是小津。

"啊！是怎么回事呀？"

小津容光焕发，他站在门口迎候，浑身散发着青春气息。

怎么可能是小津呢？怎么可能？但怎么又不可能呢？

小津看见捧着鲜花、礼品的海珠，当然也非常奇怪，行着礼说："呀！海珠！怎么是你呢？"

"很对不起！"海珠行着礼几乎是晕头晕脑地说，"我是来拜访夏目喜多先生的！怎么你也在这里呢？"她递上了身上带着的介绍信和手中的花和水果。

"啊呀啊呀！"小津接过信和礼品说，"真抱歉，这是我生父的律师事务所。我父母也都住在这里。我今日恰巧是来看望他们，真想不到你也来了！谢谢光临，快请进来坐吧！"

日本的家室入门处有一块小的空间叫作"玄关"，在这里要脱鞋，再上台阶，才能进入室内。海珠脱下皮鞋，换上拖鞋，觉得一切像在雾中，但又醒悟到小津大学毕业后是单独住的。他在养父的公司里工作。他谈过养父的一些情况，也谈过他生父是中国留学生，但就是没有深谈，情况并不清楚。今天，偏偏巧了！同小津竟在这里相逢。而且，夏目喜多律师竟就是小津的父亲，真是从何说起啊！

海珠脱了拖鞋，进了有榻榻米和小桌的陈设简单而典雅的会客室，小津请她坐下，匆匆进内间去了！海珠刚坐定，看到小津陪着一个中等个儿花白头发穿灰西装、白衬衫打黑领带的长者来了！他精神抖擞，手里拿着慕容教授的介绍信，满面笑容地向海珠看着，一脸慈祥。

小津介绍说："父亲，他就是我刚才说起过的司马海珠小姐。"

海珠尊敬地站立起来，鞠躬行礼。

夏目喜多低头施礼，满面和善，居然伸出手来，同海珠握手，用一口很道地的中国普通话说："欢迎，欢迎！请坐，请坐！司马小姐，见到你很高兴啊！我早收到过慕容教授的信和电话了，他说你要来，但你一直没有来！"

他看到了海珠带来的鲜花，周到地说："花很美啊！谢谢！"并且对小津说："快把司马小姐送的花插在桌上的青瓷瓶里！"他在海珠对面的茶几式小桌旁坐下了。

小津插着花告诉父亲："她很忙，在春稻田大学做研究生，很优秀的，还在一家公司打工……"

海珠因为夏目喜多说一口中国话感到亲切，谦虚地说："太忙，没有早早来拜访，今天又没有先生的电话号码，冒昧就来了，太失礼了，请多多原谅。"

夏目喜多问小津："你们早就认识了？"

小津若有深意地说："是啊！我刚才还对父亲和母亲说起过海珠小姐呢！不过，她不知道我是您的儿子，我也不知道她有介绍信要来看爸爸。"

夏目喜多摇摇头："怪不得你说得吞吞吐吐、不清不楚的！"

小津笑着对海珠说："我父亲对我从小就严厉，日本人是不喜欢溺爱子女的，小时候，他总舍得让我穿了短裤在冬天晨跑，冻得腿都发紫！使我不怕冷，能吃苦，身体健康。"

夏目喜多莞尔笑了。他一直看着海珠，似怕冷落了客人，找着话说："司马小姐，我在中国留学还参加过'文化大革命'做过红卫兵呢！"说时，做了个戴红卫兵袖章的表情，又做了个手拿语录本的表情，忽然说："呵，你们这些年轻人可能已经是不知道的了！不过，我没有打砸抢！哈哈，绝对没有！"

海珠给逗笑了，但心里奇怪，这是怎么回事？

夏目喜多看得出海珠的疑问，解释说："我在中国留学时，有几位美国专家写了大字报要参加'文化大革命'，毛泽东主席知道后写了批示，意思是外国革命专家及其孩子，要同中国人一样对待。凡自愿的一律同意，我就做了红卫兵，到过韶山串联旅游。我那时在北京读大学，头脑发热，同中国的红卫兵同学一起造反，后来糊里糊涂发展到同中国同学一起去冲击了公安部，被抓住受审查。当时知道我是日本人，怀疑我是不是特务，有关方面急急上报，中央'文革'下令，赶快释放！我才回日本！一晃，现在我头发都花白了，对'文革'，我早认识到那很糟，但对中国，我的感情不会变。"

小津从里边端了茶出来，将一杯茶放在父亲面前的几桌上，又给海珠上茶，笑着说："父亲为中国战争受害者代理诉讼，多次到中国取证。前两年，我跟父亲到过中国，在一家苏州宾馆里，父亲说中国话，有人以为是冒牌的日本人，等到他同我讲日本话，人家才相信他确是日本人。"

气氛变得轻松自然了。海珠介绍了自己在春稻田大学研究亚洲与太平洋问题，并且准备撰写中日关系方面论文的情况。请夏目喜多是否可以从他的切身体会给予赐教。

夏目喜多直爽地点头说："所有文明都必须学会共存。我对日本民族主义的泛滥十分担忧，国际社会也出现了日本究竟要往哪里走的担忧。与邻国和解关乎日本形象与国格。日本无论如何都要与当年曾遭受日本残酷侵略的中国、韩国、朝鲜及东南亚各国发展经济和文化关系。否则日本的将来就没有希望。中日两国既是近邻，关系更应密切，但政治关系发展不好。不甘心由衷以史为鉴，回避或掩盖侵略的历史事实，参拜靖国神社，甚至发表反华言论，都造成了发展关系的阻碍，这些破坏中日关系的人是非常令人失望和气恼的！"

海珠说："中日关系到底应该怎样？中日关系的根本是什么，请先生赐教。"

夏日喜多凝思着说："日本政治家是应该深思的。要中日关系向前发展，双方应当有心与心的沟通。日本应该明确当年加害者的责任，承担起责任来，该道歉的就道歉，该赔偿的就赔偿，尤其要将历史真实情况告诉年轻人和孩子们，使中日永不再战，世世代代友好，我们这个律师团就是抱着这种信念做的，我们为731部队、南京大屠杀、慰安妇等受害者主持正义，索赔，可惜——"他叹了一口气。

海珠看着夏目喜多激动的表情，继续静听。

夏目喜多说："在日本今天这样一个环境中，我们处境很艰难。同政府打官司，胜诉的极少。而且，虽有相当多的日本人同情我们，就整体日本人而言，我们是少数，大多数人并不理解。有的右翼分子还认为我们这样做是在损害日本，打电话来辱骂，写恐吓信来骚扰，都是有的。

海珠出自内心地说："我要向先生这样的人致敬。在您的身上，我看到了跨越国界和民族的正义力量！"

夏目喜多似乎为海珠这种得体的话感到欣慰，两眼射出一种正气的光芒来。

小津拿了摄影机走过来，说："留张合影作纪念吧！也可以寄给慕容教授看看。"

他让海珠和夏目喜多并排站立，揿下了快门。

海珠觉得第一次来，坐的时间不能太长，又听到门铃响，是有客来了，起身鞠躬告辞。

夏目喜多亲切、随和地同海珠热情笑着说："以后请再来！"

小津忙着给客人去开门，并送海珠，亲切地轻声对海珠说："今晚，我去看你！"

六、异国他乡

海珠离开夏目家，走在阳光下，到宇田川町一家名叫 Book 1st 书店里去逛了一圈。

这书店有六层楼高，她浏览了一通。什么《日本人的心理》呀，《日本人和日本文化》《日本第一》呀一类的书不少。书店里有关中国的书籍许多均是一边倒地攻击中国，正像有些媒体也充斥着一边倒的关于中国的负面报道一样。由于日本一些主要政客的右翼化，日本民族主义高涨，靖国神社问题破坏了中日在历史上妥协与互谅的基础，这使海珠心中产生了压抑感。

一楼是卖杂志、新书和畅销书的，她翻阅了一下，买了一本英文书，这是本美国智库一位专家写的论述应该构建美、日、中三边框架对整个亚太地区极为重要的书，论点较新。海珠不愿生疏了英语，也不愿放弃新论点的采撷。书虽贵，还是买了。

海珠离开 Book 1st 书店，又特意找到纪伊国屋书店。因为听说这里涉华图书特别多，果然看到书架上这类图书不少。拓殖大学教授黄文雄是台湾人，却是在日本胡编乱造骂中国最卖力的人，写的书有《日中战争不是侵略战争》《台湾不是日本殖民地》《满洲国不是日本殖民地》……一本本粗制滥造，充满谩骂式的反华叫嚣，其他，宣扬"中国威胁论"的书和拿中国"反日"做文章，宣扬"厌中"情绪，专写中国阴暗面的书也不少……海珠草草翻阅，有一种吃饭时吃到苍蝇的感觉。但也看到了一些严肃的认真研究中国和思考中日关系的书籍，数量不如那些乌七八糟乱说乱写中国的书多，却反映出了日本学者和作家的良知。像应庆大学教授小岛朋之的《崛起的中国？日本如何与中国交往》；像京都大学教授大西广的《中国现在想什么？》，虽然有的论点不完全能被海珠接受，但基本上是认真研究并公允论述的书籍。海珠又看到一部分在日本出版的华人著作，像政法大学教授王敏的《中国人的爱国心？不同于日本人的五种思考》、日本宫崎大学教授王智新和中国社科院研究员吴广义合著的《反日感情，还是厌日？对日本的争论到底是谁的问题？》，作者既了解中国，也了解日本，海珠将这两种书每种买了一本。

从纪伊国屋书店出来后，海珠顺路买了些吃食，搭电车回到新宿。一路上，她想，中日两国作为近邻，不可能长期为敌，但靖国神社问题是国家意志的较量，不是中国退让能解决问题的。现在日本方面，死硬得像小泉这样的人总是要下台的！反思和重新构建双边关系的基础，双方有合作双赢的热情和思考，应该是有所作为的。她又体味着夏目喜多的话，但更多的时间在想，怪不得小津说他对中同和中国人有感情，原来他有这样一个父亲！……又不禁想，先前刚见到夏目先生时，他问小津："你们早就认识了？"小津回答父亲"是啊！我刚才还对父亲和母亲说起过她呢"是什么意思呢？……

她发现自己去拜访夏目先生，小津显得非常高兴。小津本来是个英俊青年，刚才似乎浑身都闪着光彩，健康、开朗、气宇轩昂……她心里对小津漾出一种好感，相识以来，他给了她很多好印象，也给过她很多感动，给过她不少帮助和安慰，解了她不少寂寞孤单。……但，他是个日本人，他为什么是个日本人呢？……

回到住处，海珠休息一会儿以后，自己做了些吃的当晚餐，就去公司了。公司近来业务特忙，生意兴隆，主管对海珠的工作很满意，对她的评语是："一丝不苟，井然有序。"主管是个惜语如金的人，经常只适时地从口里进出一两个字，或者发出个"嗯"呀"啊"的声音来表示同意或不同意。海珠认为他是一个生意手腕灵巧、能够仔细聆听问题的人，他对海珠给予这么好的评语，在公司里是少有的。海珠就更加努力地工作着了。

夜间，海珠回到了住处。刚才，她走过一幢高层建筑时，仰头向上张望，每层楼上一排排的灯光星星似的一直亮到夜空深处，使她心上有一种孤独难表的感觉。现在，在住处，发现门上有封插着的信，上边写的是中文："司马小姐亲收。"她开门进房，拆开信一看，很简短，写的是：

> 海珠小姐：请恕冒昧。异国他乡，您寂寞孤独吗？我对您极
> 为爱慕，如愿见面谈谈，请打电话 3814—4151 找小魏，谢谢。

这是谁呢？"找小魏"，小魏是个什么人？猜不出。类似这样的信，在国内时，海珠常收到，到日本后，却还没有过。纳着闷葫芦，海珠洗了澡，喝了水，吃了点点心。她边吃边打开电视，看 NHK 台，这家台常有较好的节目。但，发现没什么可看的，海珠就又打开电脑，在网上看了一会儿新闻和资料，发现 6 月 22 日早上，一艘载着五名船员和十五名中国民间保钓人士的船只，从浙江玉环坎门岛出发，到钓鱼岛宣示主权。但在离钓鱼岛十五海里处遭日方军舰拦截、直升机监视，有人受伤，他们无法登陆，将带去的象征中国主权的标志石碑沉没在东经 123 度 17 分、北纬 25 度 40 分的位置。该处离钓鱼岛只有几海里，遂返航。6 月 24 日，坎门岛在细雨中迎来了归航人。……

海珠看了后，突然热血沸腾，心潮澎湃，想，爷爷一定已经关注、知道这件事了，他一定非常激动！……她关了电脑，打算静下心来看书，并思索着论文的提纲，但总是惦念着小津来。小津下午在送她出门时说过晚间要来的。也说不出为什么，这竟干扰得她无法静下心来看书了！

天，又滴滴答答落雨了！东京的雨季呀，总是夜雨多，说下就下。上午、下午都是晴朗的，现在却又雨水淋漓了！下雨使她心情不好。

单调的雨声听了总会有寂寞感。

她想起童年时的许多往事。一次，在公园里玩，突然下雨了！爷爷背着她跑着躲雨，结果还是浑身淋湿。爷爷说："海珠成了落汤鸡了！"一次家里带着她在国际饭店二十二层楼上朝下看雨中的马路。车辆和行人都湿漉漉的。打五颜六色雨伞的人那么多，妈妈问："海珠，这些伞漂亮吗？"她说："漂亮！真有趣！一把把伞就像一个个蘑菇！"爷爷听了笑道："你们看，她不但会说漂亮，还会说有趣，更会形容一把把伞像一个个蘑菇！这孩子将来一定会写文章。"那年，她才五岁半！……

拉回被淅沥雨声引起的悠悠思绪，现在，又突然想到了大雨洒落在东京湾蓝色的大海上了！陈川富如今漂浮到哪里去了？永诀了！永诀了！……为什么今夜想的都是沉重？

好想家呀！想得翻肠倒肚没法表达。家里的每一个人，爷爷、妈妈、爸爸还有外公吕平……都想。这时候，海珠连鹦鹉"一点红"也是那么思念。如果此刻房里有它，将带来多少生气，也将会带来一些欢快，带来一些对思家思乡的安慰，解除一些寂寞。可是，它也不在呀！

安下心来强迫自己读书，却又想打电话给家里了！心里催促她拿起电话，手指自动去拨那最熟悉的号码。终于，听到了爷爷那熟悉的声音。她喜欢得高声亲热地叫了起来："爷爷！"

"啊！是海珠啊！又打电话回来啦！"爷爷不是不想海珠打电话回来，只是知道电话费贵，担心海珠为了打电话节约了饮食等花用，就总爱说："家里好着呢！'非典'已经不可怕了！别不放心家里！一星期来一次电话就可以了！"

爷爷告诉海珠："你爸爸妈妈今天看你外公去了，现在还没回来。"马上又说，"知道有十五位中国民间保钓人士从浙江玉环出发到钓鱼岛宣示主权的事了吗？有这样的英雄后代真使人高兴！真是了不起的中华儿女啊！可惜我老了！不然，我也一定会是他们中的一员呢！我哪怕能远远看一眼钓鱼岛也满足了！"爷爷声音带着颤抖，"海珠，中国有的是血性的男儿！上一代如此，年轻一代后继有人，这是保证中国能够跻身强国之林、不再遭人侵略欺侮的资本。海珠，你是爷爷的孙女，爷爷就要你像这些年轻的爱国者一样！你到日本留学，爱国这一点绝不要变也不能变。历史上，也有的留学生留了学成了亲日派，你在日本，要同日本老师和同学处好关系，学好本领，但绝不要丢掉爱国者的品格！懂吗？"

爷爷说得没完，海珠激动地听着，不知为什么，被爷爷那种爱国激情感染得竟眼睛发酸了。爷爷对她的重要嘱咐她从小就是都做到了的。爷爷要她德智体全面发展，她的学习成绩、运动成绩、思想品德总是被学校老师和同学及亲友夸赞的，她尊重爷爷，也喜欢爷爷，了解并理解爷爷的为人及对她的爱。当现在爷爷这么激动地同她谈到钓鱼岛的事时，她注意到爷爷的每一句话，她心里似是在向爷爷承诺，她似是在向天地宣誓——我会的！我当然会做一个顶天立地的中国人！……

"爷爷，我来了日本，没人陪您打乒乓了！您就让爸爸多陪你打打乒乓吧！别一天到晚坐着看和写！"

"好好好，爷爷会这么做的，你别挂念。爷爷身体好着呢！"

最后，司马天雨说："海珠，爷爷过几天就去北京了！我要到国家图书馆善本室和皇史宬里寻找史料，我有个教授朋友是清史和满文专家，他会给我很大帮助的。关于钓鱼岛的书，由于病了一场，又由于'非典'流行，耽搁了！我要将时间追回来的！……"

海珠放下电话。不知什么时候，雨已停了！爷爷的话声仍铿锵响在耳边。海珠像一块退潮后的礁石一样呆在原地不动，心头涌起一股无法表达也无法实现的爱情的折磨。这是她这种年龄的女孩普遍都会有的一种欲望似的要求和憧憬，也可能是因为爷爷的话逗起了她对小津那种朦朦胧胧似已存在的好感的一种反叛，这使她感到不适，感到痛楚，感到无奈和一种莫名的忧郁。

窗开着，她走到窗前，雨后的空气好新鲜，四边远处霓虹光彩照耀着，使天空有梦幻的色彩，楼下街边有人在湿了的路上来往走过，呆呆看了一会儿，她回到桌前坐下。

她心底里在询问，他是个好人吗？答案是肯定的。她心底里又问，你是爱上他了吗？她回答不出。

那天，小津对她说过："现在这世界，这社会都疯狂了！比如爱吧！现在已混乱了！坚定的爱似乎是可笑的。我一个朋友，结过三次婚了！一个朋友，有过好几个同居过的女朋友，但没有结婚也不要家庭。一个朋友，有一个家庭，却在外边有两个情人。他们有的笑我是清教徒。但我确实同他们不一样。我还没有爱过谁，但如果真的爱上了谁，我会一辈子不变的！"

当时，海珠忍不住脱口说："是吗？"

"是的！"小津说，"这就像是一种信仰！"说这话时，他眼睛里露出真诚。

有好感的爱情似乎还有那么长长的一段距离吧？但，为什么寂寞得百无聊赖的时候，孤独得竟忍不住常想着他呢？是一种对异性的爱吗？也不全是。她好像能回答又回答不出……

可是，为什么他是日本人呢？为什么？为什么？唉！唉！我为什么这样想呢？……

无意间，她看到先前扔在桌上的那封不署名只署姓的求爱信。拿起又看了一遍，突然想到了！这可能是兰兰谈起过的那位与陈川富在语言学院做同学后来在歌舞伎町打工的那个留学生，名字好像叫作魏振华的。信上署名"小魏"，看来就是他呀！海珠当然不会考虑打电话，顺手又将信扔在桌上了。

正在这时，门铃响了！是小津在揿铃？那铃声总是相似的揿法：不长不短地仅揿一下。

她开了门，见到了热情洋溢笑得特有朝气的小津。这一度，她与他的接触更为自然了，那是无掩饰的、坦诚的阳光下的交往。但今天同爷爷通电话后，她的心情不同。她不是盼望着他来吗？是在盼望着！可是，他来了，她却并不感到很高兴。为什么呢？说得清也说不清！是爷爷刚才那番话给她造成了心理上的巨大压力？可能是的！唉！她感到心里很累，真的非常累！

但，小津的笑容使她舒服了一些，也轻快了一些。小津的笑容很好看。因此，她脸上也出现了非常好看的笑容。这笑容跟那张小津给她拍摄并配上金边镜框挂在左边墙上的 25 寸大照片上的她在樱花树旁的笑容完全一样。

小津每次来，总带点小礼物给她。海珠明白，这是日本人的礼节。不在于什么贵重的东西，只在于礼节。小津带来的礼物并不昂贵，但很有意思。总是很有趣的、挺艺术的、使人心仪的。例如好看的彩纸包着电动牙刷，例如从日本民间艺术店里买来的日本人喜欢的鲤鱼和猫头鹰的造型、兔子和鸡鸭等小动物的泥塑，使人发笑的面具……都被海珠排列着放在书架上。海珠也用带来日本的中国茶、中国剪纸、中国邮票、中国风景图片、中国京剧泥塑小脸谱等回礼。

今天，小津来，又带了两袋"月光浴铭果"来。紫色的塑料袋内装的月光浴铭果按海珠想象可能是一种水果，可是小津拆开一袋后，海珠看到的是像小馒头似的糕点。

小津说："这是友人从岩手带给我的当地土产。这月光浴铭果有个故事哩！那是日本从前战国时代，有一个族群战败逃到了今天岩手县一带。不久，一个青年与当地一个女孩恋爱了。两人常浴着月光在沙滩上散步互诉爱意。可恨不久，战乱又起，这对恋人不幸被拆散了。但神奇的事发生了，过了两年两人重回旧地在月光下又重逢了！为了这个传说，当地人做了一种铭果起了个浪漫的名称——月光浴，相传满月时分，如果分手的男女恋人，吃了月光浴铭果，就可同心爱的人再度相逢。这成了当地的一种出名的土产。"

海珠听了故事，看着小津，小津是笑着讲这故事的。但海珠明显感到今天此刻在小津笑容的背后，似乎隐藏着什么深不可测的东西。全凭的是感觉，只是这种直感每每来自敏锐的心灵感应。明朗的背后有着阴暗。平时她所见到的小津从来没有这样的啊！是什么原因会使他这样的呢？

小津坐在她的对面，端详着她。

她问："喝点什么吗？咖啡还是茶？"

小津说："不喝了！本想早点来的，但还是拖到现在才来，早上没有送你一程，很对不起。因为我有事正想同父母谈一谈。"

海珠听着，琢磨不出他的话里是什么意思，说："夏目先生给我很好的印象。"

"是的！"小津点头，"他是个很正义的人！……"他想说什么，但没有说，吞吞吐吐的。

见他这样，海珠问："您今天怎么啦？跟平时好像不太一样呢！"

小津没有掩饰自己的不安，下了决心似地说："海珠，认识你以后，我一直觉得非常高兴。你是我想象中出现在面前的仙女，但我不敢开口提出什么！我怕你会拒绝我，我就一直在犹豫。但这两天，我做了决定，我不能隐瞒自己的感情，我也不愿意瞒你！我真的已经钟情于你。我想，我能尽我所能给你幸福！我能为你付出一切牺牲。我能用前所未有的爱来爱你！……你看！你的照片，我已经做成了瓷片挂在我的颈上，我愿永远不离开你……"他从颈口里掏出一根银亮的铂金链来，那上边一个小小的心形铂金器镶着一张彩色的海珠在樱花树旁的烧瓷照片。磁照上的海珠灿烂微笑。"我——"他好像无法用语言来表达此刻的心情，反倒停住说不下去了。

海珠的脸发热发红了！有火烧炙着似的，出乎她的意料，此刻的小津竟会这样坦率这样毫无顾忌地灼热直率提出了爱的请求。她还没有面对面地见到有人向她这样君子式而又坦率直露的方式表白爱情。她不知自己是高兴还是苦恼。但心跳加速，激动着说："不要！不要这样说！……"她确实不希望小津再说下去。此刻，她发觉自己真的有些爱上小津了！是一种优秀异性的吸引力？还是因为对小津曾经给予的帮助产生的感动和感谢？抑或是因为小津的诚恳和热情？反正，她感到心慌意乱，心中综合着众多的矛盾，使得历来落落大方的自己，此刻变得局促了，羞涩了，进退失措了！

小津冷静一些了，继续说："海珠，在这个干什么都有企图的社会，我在寻求一种放弃一切企图的纯爱，在你的身上我找到了！不要拒绝我！请一定不要拒绝！我的目光像一把剪刀，早将你的身影剪放在我的心扉上了！我不是一时的冲动才对你说刚才那些话的！我可以向你发誓，我是真正地爱你！永远不变地爱你！……"

海珠不忍心也不愿把心里的话吐露出来，只是摇着头，文不对题似的尴尬着说："今晚，我还有许多资料要读。……"她不愿就这样不礼貌地赶小津走，但言下之意表露得很清楚了！

雨，哗哗地又下起来了！窗外，有一点点的微风吹进来，带着点热气。

小津听了海珠的话，说："我既然已经说了，我索性就说完。在你面前，我愿意是一个透明体。我不向你隐瞒任何事，只求你听我说完。"

见海珠沉默着没有说话，小津说："我的养父，希望我同杏子结婚。但我同杏子之间，既不交往也没有任何爱情。我同养父的许多想法包括政治观点也无法强求一致。养父富有，希望我继承他的事业。前夜，他又训斥了我，要我依他指的道路走，但我决定走我自己的路。钱财不是我重视的东西。我不会因为钱财牺牲我的爱情。"

海珠听着，似乎看到了有岛荷风训斥小津的场面，又好像看到了杏子那副骄横尖酸的嘴脸，心里为小津的话有些触动。

小津继续说："今天，我上午去父母处，我是告诉他们我爱你的事，我也告诉他们养父的一切，告诉他们养父已经逼我同他走向断裂或分裂的局面了！而我，是为了爱情，心甘情愿放弃养父应承要给我的财产的。但是——"

海珠的两只美丽的眼睛看着小津，充满同情。

小津说："谁知，父亲和母亲对你印象都好。你去后，母亲在里房透过窗缝一直注视着你。她说你美丽大方，有礼貌，有教养，谈吐得体。父亲说你不愧是春稻田大学的研究生。说慕容教授在介绍信上夸你的话说得都得体。但是对我爱你，他们却都反对！……"

海珠微微低着头，有点违心地说："您应该听父母的话！"

"不！"小津几乎是带点咆哮了，"我不能听！他们的理由是不应该得罪养父辜负养父，认为养父不是恶意。更重要的是，他们虽然对中国友好，内心深处却又不愿意儿子同一个中国留学生结婚！……"

"是啊！"海珠叹了一口气，说："应该理解这一点！中日关系现在不好！因为你是日本人，我这中国女孩也不愿意同你有婚姻关系！"

"为什么？"小津几乎声音高起来，"现在中国女孩嫁到日本来的还少吗？"

"很简单，就因为你是日本人，我是中国人！国家历史上有冤仇，现在关系又这么坏！"

"海珠！中日两国是近邻！历史上，长期都是友好来往的！有过两千年友谊。在近现代，日本侵略中国，这段历史罪大恶极，是铁的事实。但有良知的日本人民和有远见的日本政治家是会真诚道歉并努力改善日中关系的。天下不该有永远不解的仇恨。代代友好和双赢是美好并应当实现的愿望。我说过，日本有坏人也有好人！我为什么不能爱你？"

"但是，我不能接受，我不会同意的！"

"为什么？"小津问，"你要知道，我父母反对是有根由的！有件事我应该告诉你！我祖父名叫夏目重之助。二十多岁时，应征入伍，去中国作战侵略中国。可是后来他反战，不愿做侵略军。他在山东投奔到八路军成了反战同盟的战士，常在前线向日军喊话。不幸，后来在一次战斗中被日军俘虏后遭枪决，他的墓在江苏赣榆的一个烈士陵园里。中国人把他当作国际主义者、当作烈士对待，日本军国主义者却认为他是卖国贼。那年，我随父亲去赣榆到他坟前献过鲜花。但只能秘密地去，对谁也不说，正因为我有这样一个祖父，我的父亲受过很大的影响，有岛家同我父亲从不来往就是这个原因。我成了有岛家的养子，可以摆脱这个阴影。我父母是高兴的，但这个阴影在我父亲心上和身上造成的影响是深刻得无法磨灭的！尤其父亲帮助中国人打官司，受到的恐吓和威胁不少，使他有时不免心惊肉跳，他并未放弃自己的正义感和律师责任，却不愿他的儿子与中国人结婚，再陷入杌陧！"

海珠被他讲的祖父的故事感动了！那简直像一首血与火的诗！天下事真复杂呀！她竟觉得哑口无言了！

小津又说："海珠，我们家是这个样子，所以父亲反对我们相爱是有根由的！而你，你同我相爱有什么不可以呢？国家关系一时不和，民众也要不和吗？如今是全球一体化的时代，异国通婚的事太普遍了！你总不能因为我是日本人，就拒绝我的爱吧！何况，我必须告诉你，我的养父的态度，我动摇不了他也不想去动摇他，可是我的父母，我是可以坚持我的主张，软化他们的！这我考虑过了！我一定软化他们！"

海珠沉默了，听得出小津对于养父和父母的话是诚实的，听得出小津表达的爱是真诚的，但，小津啊！你只考虑了自己那方面的情况，你考虑到我了吗？你应当知道，我是不愿意同日本人相爱并结婚的，我的爷爷知道我同日本人结婚，他会怎么想？他可能会暴跳如雷坚决反对的呢！小津，你的确为人善良、正直，你对中国人友好！你对我体贴、关心，你对我有过恩赐，你不知何时已经悄悄走进了我的心中，但不行啊！我们之间就像中国下的象棋上那条楚河、汉界鸿沟分明呀！就是你那边无任何问题，我也不能贸然接受你的爱情的请求啊！何况，你的问题那么复杂，既牵涉到养父和杏子，又牵涉到你的父母和你自己，那么多一座座高山似的阻碍和阻力，那么多的隐患和隐忧，这能带给我们幸福吗？不！这是未知数！她想到了钱锺书的《围城》，如果一头扎进围城的命题中出不来，必然是烦恼的不断的开始……

她这么闪电地想着，又不想伤害小津，忍不住坦率地说："小津，谢谢你给我讲了那么多实在而且难忘的话，但太沉重了！我来东京留学，不是为了想获得这种沉重才来的！对于我来说，我可以同一个日本人成为朋友，但不可能同一个日本人成为伴侣。这点，我们双方其实都一样，如果我不是中国人，如果你不是日本人，那就不存在你刚才说的那些使你心情低落的事情了。我需要安静，需要一个读书、作研究、写论文的好环境。你很忙，除了工作之外还筹办你的摄影展，你也需要安静。这不是很好吗？我们可以做好朋友，大家都取得安静，但你就别想其他问题了！"

小津摇头叹息，又从颈上掏出那只心形的铂金磁照来，深情看着海珠的彩色磁照说："我早不让你离开我了！我常问自己，生活是什么？生活就是问题！所以我不怕问题！"他话说得凝重，但充满憧憬，"海珠，别拒绝我！相信小津，我是个好人！……"

但是，海珠坚定地叹口气说："不！小津，我只能拒绝你！今晚，不早了！我想休息了！外边的雨停了呢！……"

她坚决让他走了。

七、交　往

与日本同学接触起来，他们多数好像不爱突出又不具幽默感，他们多数人都忙忙碌碌。据说日本大学生与人都爱等距离相处，而且上大学期间，许多人并不努力读书，他们爱玩，爱旅游，爱交异性朋友，并要打工挣钱花，放任自己的不少。海珠入学后，似乎也引起不少同学的注意，有时她发现有几个同学离她不远不近，时不时地看她几眼，似在议论什么，然后相互笑笑，但并无恶意，倒似因为她的美丽引来一种善意的注视。当然，也有的同学则用一种有礼貌的漠然来对待她。

但，友好的日本同学也有一些。

身材粗壮的斋藤昭夫是海珠结识的第一个日本同学，神户人，文学系的。他友好地找到海珠，说他旅行到过中国的上海和成都，看到中国的发展很快，城市美好，在中国旅行很快乐。又说，每年中国的春节，神户的中华街南京町华人社区都举行庆祝活动，喜庆、热闹，放爆竹，敲锣打鼓，舞狮，装扮成中国历史人物——刘备、曹操、杨贵妃等，穿着中国古代服装，走在街上，热闹极了！日本观众人山人海，这种庆祝春节的活动已经持续了十几年了！是神户市的无形文化遗产。他在一次同海珠谈话时说："右翼的政客和媒体呼应着使中日关系恶化，误导了日本大众，使中日关系走入了冬天。他们忽略了中日关系应该健康发展的重要，这使我非常不安。"他爱唱歌，曾经邀请海珠去唱卡拉OK，海珠婉言谢绝了他的好意。

学教育的森田幸一有一次特地来找海珠。说他反对违背历史胡乱篡改历史教科书，也反对首相参拜靖国神社。他是位书法爱好者，他喜欢一位日本著名书法家广田，因为广田的字看上去是甲骨文字体，但用的是金文的笔法，同时又带日本书法的韵味。他送了一幅自己写的字给海珠，写的是"一衣带水"四个字。

另一位名叫市村孝二的同学在图书馆与海珠相识后，告诉海珠，他有一位姨母是当年日本战败后被遗弃在中国东北的孤儿，中国养父母收留抚养了她，长大上学后做了中学教师，中国养父母对她极好。她后来寻亲回到日本，但因语言不通，年岁大了找工作困难，反而一切都不习惯，又思念养父母的恩情，前年终于又回中国吉林去了！他说，日本过去侵略中国对不起中国，中日两国今后应当永不再战，友好相处。

女同学饭塚惠美子根据自己的硕士论文写了《怎么看中日感情》一文发在刊物上。她将刊物送了一本给海珠看，她认为，中日感情发生问题，根本在于日本人对当年侵华战争及"二战"认识模糊。日本人总觉得已多次向中国道歉了，事情就该过去了！但事实上，日本一部分政治上的右翼，甚至包括内阁大臣不但拒绝认错，甚至还有挑衅行动和言行，使中国人怀疑日本政府的诚意。日本该深刻认识，当年侵华，中国人受害有多严重，不认清这事实，就不可能消除中日间在历史认识问题上的差异。日本政治家应在国内创造一种正视历史真诚道歉的气氛，清算过去错误最好的办法是表达自己的真诚反思。宽恕的感情只能来自于彻底的反省。如果口头上说反省，又去朝拜当年的甲级战犯，那怎么取信于人？那岂不是在继续伤害人家的感情？

海珠读了文章，觉得她写得诚恳。但听说导师谷川教授对饭塚的这篇论文，很不欣赏，使饭塚心里非常不痛快。

还有一位同学名叫安倍贵文，他脸上常带天真的微笑，有人叫他"仙台四郎"。原来仙台四郎是明治初期的一个人物，被仙台民众敬奉为买卖兴隆的神明。在仙台商业街的神社供奉着仙台四郎像，有些商店出售有关他的纪念品，有的商店供奉着他的偶像，用他的微笑做到和气生财，安倍建议海珠假期与他同去仙台旅行，因为那里是中国文学家鲁迅求学的地方。海珠看到安倍的笑脸，感到日本同学很友好。

匆匆忙忙地读书、听课，在图书馆借书还书，在电脑上工作，打工，一日三餐，购物，洗衣……打电话回家……海珠在异国他乡紧张的生活节奏中过了一天又一天。

自从那夜听了小津的求爱表白后，海珠的心情像开水沸腾似的不平静，她是个头脑清醒的女孩，却内心苦闷而又烦乱，不知如何是好了！

小津两天没有出现。

这天下午，预报有台风。天气闷热，日本位于太平洋夏季台风行经的路径上，所以当电视发布台风警报，大家都不敢掉以轻心。

台风是夜晚来临的，夹着滂沱的大雨，哗哗哗，呼呼呼，台风发着大脾气吹得外边似乎窗户、墙壁上都有巨大的巴掌在拍打摇撼。……

海珠关着窗睡，梦中被风雨声惊醒，将蓝色竹花的窗帘拉严实了，听到风声雨声，有一种特殊的凄凉心情，但电话铃声忽然响了。

接起电话，原来是小津打来的。

"台风来了！海珠，你别害怕！没事的！日本在每年这种季节总是有台风的！这次不过风力强一些罢了！"

"我不害怕！谢谢你！"

"那你睡吧！做个好梦！我打搅你了！"

"不！谢谢你！"

挂断电话，铃声又响了！海珠又拿起话筒，原来是兰兰打来的。

"海珠，今夜的台风厉害，我这里有点地摇山动，我怕你害怕！所以打这个电话！"

"兰兰，谢谢你！我不害怕！你好吗？常想你！"

"马马虎虎！好不到哪里去！日本东京就是常会有台风、地震什么的！习惯了会不太把它当回事的！海珠，睡吧！睡个好觉！"

"其实我睡不着！要是我们住在一起，聊聊该多好！"海珠真心实意地说，"你打两份工，又要学习，我们总凑不出时间见面。"

"找时间吧！找时间我去看你！"

电话断了，海珠听着窗外的风声雨声，却无法闭眼入睡。

当最后一缕黄昏时的微光从窗户里射进来时，小津仍是常常出现。

他有时带一束鲜花来，有时带一小瓶气味淡雅的北海道产的薰衣草 Furono 香水来，间或也带一块色彩瑰丽的爱马仕围巾或一只玩具的小熊维尼来。……他正派，来后总是同以往一样的坦诚和热情，但从不纠缠，也不太迟才走。知道海珠会打乒乓，他说自己过去也爱打乒乓。他约海珠去打乒乓，海珠说太忙，他就不再坚持了。他是个在海珠眼中感到只讨人喜欢而不讨人厌的男生。

"你太累了！该休息时应当休息，该了解了解东京，我来做你的导游！"

他总是在非常适当的时候，陪海珠到东京一些名胜古迹和值得玩的地方去游览。到过皇宫外去看隐藏在大绿树林深处的天皇居所；去过新宿的东京都厅，在四十五楼眺望一百公里外的富士山及房总半岛的景色；去过神谷町的东京铁塔，在二百五十米的大展台登高览胜。（这使海珠不禁想起与陈川富出国抵达东京的第一晚，在六本木泰式菜馆看到东京铁塔的往事了！）当然，小津也陪海珠到过上野公园，顺便看了美术馆，每一次，小津都给海珠拍了照片，说："寄回去，或者用电脑传回去，好让家里看看你。"

小津有能力，有责任感，海珠知道他在养父那家公司里工作很忙。他有一辆二手轿车，但平时自己珍惜时间，也不要阔，只讲求效率，从不偷懒。东京交通方便，他经常为方便和迅速而坐地铁、电车或巴士。他不像有些日本上班族男人，下了班就泡在酒吧等处喝酒，他当然绝不吝啬，因为他有很多好朋友，有的是以前春稻田大学的同学，有的是他所在公司的同事，有的是与他一样的爱好摄影的记者、编辑、业余摄影爱好者。海珠见他无论与人相遇见面还是通电话时，人对他及他对人的那种态度都说明他受尊敬，对人是很真诚友好的。他乐于助人，在上野公园附近见到几个可怜的老年白发流浪者时，他亲切地给他们钱，却没有一种施舍的模样。海珠从切身感受上深深领会到这一点。

有一次，他问海珠："男人最重要的是什么？"

海珠笑了，说："我不是男人，就不了解男人，你自己难道没有答案吗？"

他也笑了，说："中国有句成语，叫'当局者迷'嘛！不过，我认为男人最重要的是要有事业心，能吃苦耐劳，努力拼搏，要有责任感，要有好朋友，特别重要的是要有一个好的——"他没说下去，却说，"我不说你也会明白我要说什么！"

海珠说："那你说女人最重要的是什么呢？"

小津说："我觉得你身上有女人种种最重要最杰出的因素，比如勤奋、善良、美丽、温柔、忠心、大方、能干、爱国、勇敢、博学、多才多艺、讲情义、有个性！……"

海珠捂嘴笑了，打断他的话说："你干脆把所有形容词都拿来选好的都念一遍得了！"

小津也笑："可是，我不是阿谀，也不是奉承。我对生活看到的角度更多，在我心里留下的情感也更多。在我心目中，你就是这样一个综合的完美体！"说着，他又把颈子里贴肉的那条铂金链手拉出来，看着心形铂金磁照上那块彩色的海珠相片的烧瓷片，"唉！我说的全是心里话呀！"

他的一声"唉"，有血有肉，知冷知热，使海珠竟心灵颤动。

但，他站起身来，带点忧郁地看看手表，告辞了！

又有一次，三天他都没有来，有一晚，他兴冲冲地来了，对海珠说："我想喝一杯不加糖的咖啡。"当海珠给他冲了一杯速溶咖啡后，他用黑亮的眼睛看着海珠，神情温柔，说："我要告诉你一件事！"

他历来总是这样坦率面对海珠说实话的。

喝着苦苦的咖啡，他对海珠说："我的爱情无法向你表达，更好像无法实现，这使我痛苦，但我却不会消极。"

她说："你怎么又谈这个问题了？"

他说："我有一种渴望嘛！我要告诉你，昨天，杏子突然打电话到公司邀我中午到三峰馆大楼梦海道吃回转寿司，我去了，她向我表示歉意，说不应该在养父面前说了我的不是，造成了我的不快。我真诚地对她说，我不怪你，但我只把你当妹妹看，我们之间，没有爱情，也不可能有爱情。我说爱情既不可能无中生有，也不可能已有当无。我告诉杏子，我爱上了一个人，虽然她还并不爱我，但我已无可更改。我劝她好好去爱她将来可以爱的人。我的话使她很伤心，但她明白我说话是当真的，她说，她要纠正自己的错误，好好劝养父继续爱我。我说，杏子，谢谢你，但请不必这么做！养父一直对我不错，我对他也有感情，但我拂了他的意，他有权利按他的想法做。我是个工作狂，有自己的能力，按我的学历、能力、勤奋和人际关系，我是不怕失业也不愁没有出路的。'万事不求人，身份自然高'，我绝不会贪财！决不丧失做人的尊严！"

海珠不安了，说："小津！……"

但小津摇头不要她说话，做着手势说："请让我说完——"他继续滔滔地说，"杏子真的当晚回去对我养父说了。但养父酒醉了，听了大怒，当时训斥了杏子，砸了酒杯。第二天，杏子打电话告诉了我，说养父要我中午去谈谈，我以为去了少不了又是发脾气训斥我一通，或者甚至解雇我，或者宣布将来遗产没有我的份，谁知去了他态度不坏，我估计杏子一定把我的话全告诉他了。他冷静下来后，觉得他不该气势凌厉，那样蛮横对待我，把我赶走或者开除我。他说，这些年你忠于公司，发扬团队精神，工作很有成绩，依你的贡献，我决定给你调薪和升迁，希望你心怀感恩，更加尽力！这当然出乎我的意料，我表示感谢，说，是！养父说，杏子的事可以暂时放一放！我说，我同杏子已经谈过，我会像对待妹妹一样处理好关系的！他似乎不好再说什么。对于我同你的事，他避而不提，只说摄影展我会资助你开办，我是守信用的！但你一定要把我提出要拍的那些重要照片拍好，到时候我会邀请很多贵宾来参观展览的！"

海珠说："有岛先生是想用你的摄影展来宣扬他的政治主张，是吗？"

小津坦率地点头："正是！我父亲常说，希望历史不再重演！养父却说，日本应当重振大和魂成为军事大国！日本的仇是一定要报的！……"

"日本的仇？"

"他指的是美国当年对东京的大轰炸，那两颗丢在广岛和长崎的原子弹；还有东京对战犯的审判。……那是他常常放在心里的事！"

"呵！"海珠大吃一惊！这种日本右翼！面上媚美亲美，暗中其实心怀鬼胎呢！可叹，美国佬竟一心要把老虎喂强壮添上翅膀呢！……她沉默了！

沉默使空气像是凝固了！

过了一会儿，海珠说："那你还得给他拍摄那些他意图宣扬的照片才行呢，不是吗？"

小津脸上涌出一种忧恒，突然说："海珠，对我的养父，我心里有一种厌恶和反感，因为我曾看到过他保存有两张可怕的照片，喝了酒以后还爱拿出来欣赏！"

"可怕的照片？"

"是的！是他父亲有岛健太郎当年应征去中国作战寄回的照片：一张是有岛健太郎用军刀砍掉一个中国兵的头的照片，样子凶恶；一张是三个日本兵将一个中国女人衣服剥光后的合影，三个人都大笑着，中间那个就是有岛健太郎，中国女子哭泣着流泪……从那，我心里更厌恶有岛家了！而我养父，却欣赏这两张照片，说这是宣扬皇军的军威，得意非凡。"

海珠又沉默了，感到震撼。侵华日军在南京大屠杀时拍过许许多多这类照片，她在爷爷那里见到过，日本当年侵华的屠杀就是这样。只不过被杀的一方仇恨，杀人的一方还有这种没心肝的军国主义分子在欣赏、炫耀而已！

小津似乎有把握地回答海珠说："一样的题材，表现手法可以完全不同，他要拍的照片我都会去拍，但我不会拍出他希望要的那种照片的，我可以暴露、批评，却不会去唱赞美诗。"

海珠没有再说话，小津忽然说："海珠，我真的爱你！我对日本人的剖腹自杀感到野蛮，但我想借这来向你表示我的真诚！如果你要我用剖腹自杀来表示，为了爱你我可以这样做，你信不信？"

海珠见他认真，说："哎呀，你别吓了我！这件事，以后再说吧！不过，我还是认真告诉你，由于你是日本人，我是中国人，我们都会有大阻力的！我们做好朋友吧！你要爱人或妻子，请另外去找。找一个好的日本姑娘，那应该是不难的！"

"我已经找到了！就是你！你为什么这样残酷无情？"他将杯中剩的咖啡一饮而尽，叹口气意在言外地说，"唉！咖啡为什么这样苦？但再苦我也愿意喝！"

海珠没有说话，听到门铃响，拿起对讲机，听到是兰兰的声音，说："海珠！我是兰兰！"

海珠揿开了楼下的门，一会儿，兰兰上楼来了。海珠开了门，兰兰脱了鞋子，见到小津在，小津站起来热情地同兰兰礼貌地打招呼。

兰兰看到墙上挂着的金边大镜框里海珠在樱花旁的大照片，称赞说："好漂亮呀！哇！真把海珠拍活了！一定是小津先生的杰作吧？拍得真好！"又说，"小津先生，您好！我现在来一定打扰你们了！"

小津微笑摇头。

海珠说："打扰什么呀！久不见面了，我常想你呢！"她见兰兰那张漂亮的娃娃脸瘦了，脸色也不好，拉兰兰坐下，问："今晚怎么没去打工？"

兰兰笑着，笑容里放出善意，她见小津在，似乎说话不方便，答："等会儿我对你说。"

小津感觉到了，起身说："我走了！你们好好谈谈！"

海珠留住小津，说："别走！兰兰和你都是我的好朋友，大家一块儿谈谈不好吗？什么事都能谈的！"

小津又坐下了。海珠看着兰兰说："你瘦了！"

兰兰说："是呀！我现在除了上语言学校外，打两份工，实在太劳累了！我日语已经学得不错，一切都是为了将来上东京艺术大学多存点钱呀！但饺子馆老板太精刮了，让我把包饺子的技术全部无保留地传授出去后，老板反倒降了我的工资，一气之下，今晚开始我不干了！我是来同你商量，有人又介绍我去银座陪酒，时间不长，但收入多得多，也没那么吃苦，我又想去干了！当然，我是会洁身自好的，只是衣服穿得裸一点，现在天热，我也不在乎，但想到你曾劝我别干那种事，我又犹豫了！所以我来同你谈谈心里话，你说，我去不去！"

海珠马上说："不不不！兰兰，不去干那个！千万不去！"

小津在一旁坐着，也皱眉说："兰兰，海珠说得对！那不是个好工作！"

兰兰苦笑笑，两只好看的大眼睛里忽然包满了泪水："我也懂！我也猜到我来找海珠，你一定会劝我不吃回头草的！但不干又怎么办呢？"

海珠说："唉，兰兰！我有个想法，你不要客气！我是诚心诚意的！你把租的房子退掉，搬到我这里来。我们一同住！房钱水电一切归我开支，我有这个能力，我们像亲姐妹一样住在一起，互相都有个照顾！那多开心！你呢？还是另找一份工，可以打两份工，但不能找不好的或太累的活干！"

兰兰摇头，说："不行不行！我知道你也不是富翁！你也在辛苦打工，我不能白占你的便宜！"

海珠说："相信我的诚心诚意！你说我像你姐姐，我觉得你就是我妹妹！我真的想与你一同住！就是头疼脑热，也互相好有个关心和帮助！"

小津突然插嘴说："兰兰，海珠是好人，说得很真诚，你就依她吧！再说，你将来上大学时，如果有困难，我会尽我的能力帮助你的！你要打工，我找找朋友，看能不能给你找个合适的工作，银座你就一定不要去了！"

兰兰忽然用手捂住泪眼，抽泣起来。

海珠上前动情地抱住了她，说："兰兰，做我的妹妹吧！好不好？"说这话时，她眼圈也红了。

兰兰没有答应也没有拒绝，最后只说："我回去想一想再说。"

她后来要走了，小津说他也要同去了！海珠突然说："兰兰，有件事我想问问你！"

她走到桌前，从桌上找到那封早先插在她门上的信给兰兰看，说："你看一下，这是不是你认识的那位姓魏的写的信？"

兰兰看了信，说："对！是他！"又说，"这个人倒并不坏！他同陈川富同过学，现在一边读语言学校，一边仍在打工，怪不得他常向我打听你的情况，可能是你条件太好而他又太寂寞了的原因吧！"

海珠说："信我不复了！你如果见到他，请代我谢谢他，但也请代我拒绝他！当然，千万不要伤了他的自尊心，好吗？"

兰兰把信递给小津，说："小津先生！你没看到过这封信吧！一封追求海珠的信！中文的，但你一定看得懂！"

小津接过信去看，将信还给海珠，笑着说："又是一个失败者！"但轻轻用日语在海珠身旁说，"兰兰的事你做得真好！这封信的事，你做得也好！你说千万不要伤了他的自尊，真善良！"

海珠没有理会，送他和兰兰出门，叮嘱兰兰："我等着你搬来，越快越好！打个电话，我就去帮你搬来！你要是不来，那你就不是我的妹妹了！"

兰兰的娃娃脸上一片感动，不知说什么好了！

三天后，她在海珠诚心要求下，终于由海珠、小津帮着，用小津的汽车把物件全部搬到海珠处同住了。

八、慕容教授来访

陈向明和黄雪梅夫妇的案件由法院正式宣判了！

陈向明被判处死刑，剥夺政治权利终身，财产全部没收。

黄雪梅被判处二十年有期徒刑，剥夺政治权利终身，财产全部没收。

他们夫妇具体的贪污受贿数字惊人，房产多处，商业投资数处，腐化情况也惊人。陈向明在外边包养了两个情妇，黄雪梅在外边也有情夫，宣判以后，报纸上仅比较简略地报道了一下，具体贪污受贿情节及他们与日本某株式会社之间的金钱活动情况等司马一家均弄不清楚。像这对夫妇受到逮捕、审理并依法判处重刑，完全应该，他们本来已办好护照准备逃往加拿大，但正像陈向明自己说的"跑得慢的砍了脑袋"，他被处了死刑；黄雪梅则被垃圾般地扫进了监狱，要受二十年铁窗之苦了！

无论如何，司马康勒和吕丽娟看到这消息后，是大受震动的。司马天雨严肃但淡淡地说了一句："险些害了我们海珠！"又说，"唉！吃了他两次请，我真该好好漱漱嘴！"

吕丽娟心里有愧，认识陈向明夫妇，并且主张攀亲的主要是她。为这，她同康勒还斗过嘴，她也劝过海珠，说服她同陈川富好，看来，海珠不但有主见而且是有分寸的。陈川富到东京后，花天酒地，结交坏人，狂嫖滥赌，最后被杀丧身异域。他的父母又贪婪腐败遭到惩办，一家人就风飘雾散瞬间消失了！天下事常如浮云流水。叹息以后，事情也就遥远地过去了！

自从海珠留学东京，家里缺了一个海珠，其他情况都大致与原来相仿。司马天雨还仍是专心写他的钓鱼岛一书，偶尔仍去东台路古玩市场看看有没有他要的收藏物，便宜而有价值的就买一点。有时也去福州路文化街看书买书。康勒夫妇因他犯过病，劝他别太劳累，顶好不写或少写，他都坚持不依。

他去过北京一次，查古籍、查档案、找资料，颇有收获。最珍贵的例如明清时期的海疆图都清楚标明钓鱼岛属于中国，光绪十九年十月，慈禧将钓鱼岛列屿赏赐给清廷内务官盛宣怀供他采药之用的史料，都觅到了！这使老人十分高兴。

司马康勒的变化最小，他在策划并编审一套"解读文史经典名著丛书"。他发现出版社有一个严重的问题，就是创新能力不足，不能下力气开发新产品，却去盯着其他出版社。一朝发现人家的哪些书推向市场能够赢利，马上模仿，跟着风跑。为这，他写了论文发表并在社内提出这个问题，自己又来策划研究想通过实践解决这个问题，这就使他更忙碌更少言寡语了。

吕丽娟去到那个时尚杂志《流行风》做执行主编后，她使《流行风》反映最新的时尚变迁，在传播时尚美学的同时，旨在提高衣着文化的深度和广度，内容也涉及美容、烹调、养生及旅游……刊物印制精美、装帧时髦，有漂亮的图照，也推荐时尚人物，女性人物为主，兼顾男士。刊物办得很有起色，印数不断上升，刊物在年轻读者中颇有影响，广告收入大量飙升。她有时为刊用一张漂亮的封面或一篇有分量的吸引眼球的文章能数次反复，耗费掉整个晚上睡觉的时间。刊物办得成功，工作人员收入大大提高。她以这个时尚刊物格调既高，又能赚钱自豪。由于陈川富的事，她觉得愧对女儿海珠。一方面，她想用自己的收入来支持女儿留学，电话中总是告诉女儿："海珠，你别太辛苦，妈妈给你准备了足够的钱，保证你可以读到毕业，你的打工如果超负荷妈妈会心疼的！"……另一方面，她又总还是关心女儿的恋爱和婚姻。海珠离家这么远，她无法释念，所以打电话时总说："海珠，在东京要是有好的男生追求你，可别放弃啊！"可是，女儿远离妈妈，谁知她会怎么呢？

海珠陆续寄过不少在东京的照片，也在电脑上传真照片。起初是那些初到东京时陈川富和田中拍的照，后来是小津拍的照。有的照片拍得太美了！在新宿御苑海珠和樱花一样美！在天皇居所周围的海珠以成荫绿树为背景拍得妩媚极了！东京铁塔、东京都厅、上野公园处处名胜都有海珠的踪迹……直到海珠的住处，虽小但洁净。最近寄来的照片上更有一个可爱的姑娘名叫兰兰，海珠说，这是她结识的好友。也有一个英俊潇洒的青年男子，海珠电话中说是春稻田大学的学生。那可能是海珠的同学了？但海珠与这个同学合拍的照片仅仅只有一张。两人分立在街边，拍照的人技术并不高明，谈不到什么画面构图、角度选取。但从外表看，这是一个可与海珠匹配的生命飞扬的青年男生。吕丽娟激动不已，引起浮想联翩。她不知这是海珠有意寄回的一张照片，海珠同小津只合拍过这么一张照片。虽然拍得一般（是兰兰拍的），但海珠有意放出一个试探气球，看看家里的反应。果然，吕丽娟在激动的心情下，与海珠通电话时，关切地问起来了：

"海珠！那张照片上与你合影的一个年轻男生是谁呀？"

"呵！"海珠故作不经意，"春稻田大学的一个学生嘛！"这并非说谎，小津毕业于春稻田的嘛！

"是同学？"

"嗨！"海珠想，这也不说谎，先后同学嘛！

"你跟他有来往？"

"妈，您什么意思？"

"妈关心你，这个男孩模样蛮好，是学什么的？优秀吗？家里是干什么的？"

"问那么多干吗？人家挺好的！学文学的！当然挺优秀的！春稻田是所名校嘛！"海珠其实也想说出这是个日本人！但克制住了，没敢说，听吕丽娟夸小津的模样好，心里有点高兴，但终于打住，说："随随便便一张照片，您就问得那么多！"

"不是的！妈确是关心你！你不小了！有机会总得找个对象，你可能想不到吧？外公家的小保姆张慧妹如今离开外公家了！她搞网恋，找了个'大款'，说是开照相馆的，被人包了'二奶'，就坚决走了！你爷爷知道了！叹气说，年轻人啊！被金钱搅昏了头脑，中国的担子，将来得靠慕容教授的儿子和我们家的海珠这样的年轻人挑！……像照片上这个人就不错嘛！个儿、长相、学历、为人似乎都可以，妈倒挺看得中的！他追求了你没有？"

"妈妈，换个题目谈谈吧！好不好？"海珠打断了妈妈的话，心里复杂，妈的话使她兴奋，但爷爷的话使她好像受了冲击。

她似明白又似糊涂，在不知不觉中感到自己已经陷入了爱的魔沼。小津那么诚挚地向她求爱，但他是日本人，她拒绝了，却又不能不为小津的热情感动，为拒绝感到违心。雨果说过："生命是一朵花，爱情是花蜜！"在她这种年岁的女孩，需要爱来充实生命。爱异性，也被异性所爱，似乎是宇宙的法则。她难以抗拒这条法则，但，为什么可爱的小津偏偏是日本人呢？……

女儿的心情，吕丽娟当然不知道，她也想不到小津是日本人，她拿着那张有小津在海珠身边的照片给康勒看，说："你注意到了吗？海珠这张照片上的同学很帅的呢！保不定是追求海珠的人呢！"

康勒看看照片，点头："小伙子确实不错，但孩子大了，这种事我们别瞎操心！要相信她自己会处理好的。陈川富的事要不是海珠自己有主见，险些是悲剧，往后，我们顶多做做参谋，千万别做司令！"

"照片要不要给爷爷看看？"

"哈哈，给爷爷看当然可以，但二万五千里长征还不知是否开步走了呢？是不是太早了？观察观察吧！"

"对对对，观察观察！观察观察吧！"平时强势的吕丽娟，现在面对海珠的婚事，虽然心中火热，却已经谨小慎微了！

七月天，很热，开了空调，房里凉爽，这个晚上是周末，吕丽娟照例和康勒打开电视，看了休闲消息，司马天雨也照例在房里，戴着老花镜用上放大镜两镜并举看他订阅的十几种报刊，门铃响了！

反应最快的是鹦鹉"一点红"，它兴奋地高叫："爷爷！爷爷！"它还不会说"来客了"，所以拼命叫："爷爷！爷爷！""抗日！抗日！"

康勒去开门，是慕容教授！他手提一大盒新鲜的草莓，说："我来看老大哥来了！"

机灵的"一点红"突然大叫："谢谢！谢谢！……"逗得大家都笑了。

康勒说："慕容叔叔，爸爸常想您呢！您许久都没来了！"

慕容教授打趣道："虽是老朋友，天天见也就互相不想了！这样才能'一日不见，如隔三秋'呢！"

司马天雨走出房来，慕容教授却径直走进房去，笑着说："身体好吗？老大哥！"

两人握手。司马天雨亲切地说："身体马马虎虎，今天什么风把阁下吹来了？"

两人坐下，康勒泡了茶来，就又出去看电视了。

慕容教授说："今天来，主要是有一位以前日本的侵华老兵，名叫吉田一郎，八十多岁了！当年曾在北支那派遣军第12军第59师团当过步兵，在山东参加过大扫荡，干过杀人放火的事。现在很忏悔早年的罪行，他到山东沂蒙山区谢罪，又决定到南京去参观大屠杀纪念馆，在那里献花并谢罪。人家介绍他到我们研究所来，我们见了面，他对中日关系的看法很有些正确的见解，忏悔也是真诚的。我希望你能同他见见面，谈一谈，你如果同意，我们今晚就同他见面一块吃饭，好吗？他能见到你，是会感到高兴的！"

司马天雨听了，一皱双眉一摇头说："不行！日本人我不想见！一律不见！"

"啊呀！老大哥！这些肯讲述揭露侵华罪行来谢罪的日本老兵，是良心发现的日本人，别把他们再看作鬼子！"

"我懂！但我感情上就是不想见日本人！见到日本人我会想起母亲和外婆的！你别勉强我！"

见他态度十分坚决，脸都扭曲了，慕容教授只好心里叹了一口气，岔开话题说："恕我直言，我是想跟你谈谈心里话，现在的中国已不是当年随便受人侵略的中国！人不能老是生活在悲情与阴影之中。想起过去，就产生悲情，心灵上就有阴影，那是不行的！我们要走出阴影，不能让阴影主宰我们的灵魂和思想！由于时代的改变，国家的变化，我们的思维和做法也要适应新的要求才行！"

司马天雨有点不以为然："说说容易，但对我来说，过去经历过的血腥经历，是忘不掉的，我写书，就是记录历史，含着血泪的记忆在写！"

慕容教授理解司马大雨，说："老大哥！你写历史书，这书应当属于今天。比如你写钓鱼岛，这是中国的领土主权问题，你写这书无异于向世人宣示中国对钓鱼岛的领土主权！但你不见这位日本老兵，就未必辩证……"

司马天雨摇摇头："你就别说服我了！我不会见的！我的感情在心里面，我是里外一致的！如果不一致！我会精神分裂的！"

慕容教授不再勉强，指了指司马天雨房里墙上吕平写的那幅《孙子兵法》上的一段隶书说："你这位军事家的亲家写的这段话很有意思啊！自古知兵非好战，从来攻伐重谋略。我以前也研究过《孙子兵法》，至今还背得几句哩！"

司马天雨点头："哪天找个时间，我与你一同到吕平那里聊聊，他这人，接触的人知道的事多，看的书多，了解的信息多。他对中日关系这种大家普遍关心的问题极感兴趣。他早知道你，我也介绍过你，哪天上他家叫他弄几个菜，我们边吃边谈，他年岁大了，同续弦的老婆又不对眼，常生气，我们去聊天，他肯定高兴。"

慕容教授答应，说："好！"看看手表说，"啊呀！坐太久了！你恐怕累了！我得走！"他起身说走就走，不要司马天雨送，说："你别动！让康勒送送我就行了！"

外面客厅里原来看电视的吕丽娟不知干什么去了，康勒过来，说："慕容叔叔，您走啦？我送你！"

"一点红"好像要睡了，客人走，也没叫。

从空调房里走到外面，热气扑面，小区大道两旁的树下有聊天摇扇子的人在说笑，也有不知名的花香，幽幽传散，康勒奇怪，慕容教授过去来，从来不要人送，今晚却点名要我送，为什么呀？

果然，是有事！只见慕容教授停住脚步，立定了脚跟，说："今晚，我是为海珠的事儿来的！"

康勒一惊，海珠的事？问："她怎么啦？"

"呵！"慕容教授说，"你别吃惊！我来告诉你！我不是介绍了一位日本人——夏目喜多律师给海珠认识的吗？昨天，夏目给我打了一个很长的电话，说起他的儿子小津正在追求海珠！小津在一家公司里工作，春稻田大学文学系毕业，擅长摄影，是个极好的日本青年。"

"呵！"康勒脑际立刻出现了海珠寄回的照片上的那个男生。日本人同中国人在照片上有时简直是难分国籍的。那个挺帅挺健康的男生想不到是个日本人呢！

慕容教授说："小津有个养父有岛，是个富翁，本来拟要小津做女婿继承事业和家产的，但小津心在海珠，养父十分生气，劝服不了小津，只好勉强同小津暂时维持着关系。但他找到夏目夫妇，说，如小津不服他管教，将使小津一切化为乌有。要夏目夫妇必须劝止小津。夏目夫妇对中国是友好的。但这件事使他们十分为难。他们似还有难言之隐。所以打电话给我，说他们见过海珠，确实十分优秀、十分美丽、十分令人感到可爱。但现在中日关系冷淡，他们也不太想儿子同中国姑娘结婚，有岛本来安排好了小津的道路，小津违抗，一切就不幸了！所以他们打电话给我，要我斟酌，看看能不能同你们谈一下，让你们同海珠说一说，为他们解决这个问题！"

康勒仔细地一字一句听着，只感到浑身出汗，额上也冒汗，事情太出意外，但他冷静沉稳，问："慕容叔叔，海珠是否已同小津恋爱了？"

"我问了夏目，我说海珠是个百里挑一的好姑娘，在国内追求她的人就很多，但她并不是个浪漫的女孩。我问海珠是否已经同意了？他说，没有！我说，没有，那干海珠什么事呢？我说，我不好去说的！我去说，这有点对人不敬了！他就哑口无言了！"

康勒说："您说得对！海珠并未承诺同他的儿子恋爱，他怎么能随便要求您来找我们谈呢！这确实有点伤害人了！"

慕容教授说："他倒也不是有心伤害！只是病急乱投医吧！大约想通过这，使海珠不与他们的儿子来往，达到他们劝阻儿子的目的！"

康勒气恼了："海珠是个有主心骨的女儿！她不但自己的条件好，也有思想。您是看着她成长的。听了这件事，我很生气。"

"康勒，别生气！我本来是不想来讲的，所以昨天接到电话今晚才来，我觉得这事我知道了不告诉你们也不对，但我不想告诉司马兄，他知道了肯定会冒火的，所以告诉你，你和丽娟知道有这么一件事就行了！我是喜欢海珠的！不告诉你们，就是不负责任。昨天同夏目通话时，我最后说，你们儿子的事你们自己就近解决，他的追求既然未成事实，我不能完成你们的托付，抱歉了！"

康勒心里平静了些，说："谢谢叔叔！又害您跑了一趟！"

后来，慕容教授走了，康勒回家，见父亲已经睡了，到房里去，看见吕丽娟正在书桌上开着台灯在打电脑，他把刚才的事说了。吕丽娟先是生气，忽又拿出抽屉里海珠和小津那张合影来看，看了又看，说："这个小青年倒是挺不错的！但为什么是日本人呢？要是中国留学生不就好了吗?"

康勒闷声闷气地说:"海珠要是真的同日本人谈了对象,给爷爷知道了,那可翻了天了!"

吕丽娟说:"好在也没成事实!这些事不必告诉老爷子,不过,现在什么时代了!中国人与外国人通婚的还少吗?"

康勒突然说:"但是,他是日本人呀!再说,海珠寄了这么一张照片来,是不是有什么含意吧?要不要下次同她通话时给她打打防疫针呢?"

吕丽娟先没有回答,在灯下皱着眉,操作电脑,思索着,接着说:"算了!海珠不是随随便便的女孩,她的事应由她自己做主!房子还没造起来,就急着去拆干什么!不必告诉别人,也无须同她谈,那样,会伤害她的!"

第四章

一、病和爱

海珠心里清楚，这位话不多、表情有些古怪严肃的导师，在不少思想观点和政治主张上同她是有根本分歧的。

谷川没有非常清楚地全面表述过，但平时从接触中，海珠发现导师在中日关系、日美关系等方面，存在着比较顽固的一套想法。

他说过："中国不能老是拿历史问题来刺激日本国民的感情。""日本是个民主国家，与中国不同，中方的对日政策有可以改进之处。北京有必要实事求是地报道日本，应该肯定与赞许日本所做的贡献，这样既给国际和日本社会通情达理的印象，也可防止中国人的偏激言论主导对日政策，导致中日关系冷淡甚至倒退。"他有一次带点激动地说："新生代日本人没有加入过'二战'，他们其实不必为'二战'道歉。""日本在华'二战'遗留毒气武器的善后工作，日本做了很多工作，可是却未得到中国肯定。""从 1979 年到去年，日本支持中国改革发展的低息贷款，提供过 2.8 万亿日元，但中国人不宣传，百姓好像不了解。""参拜靖国神社，是日本的传统，日本人有这种权利和自由，中国却总是指责。"……

谈到这些问题时，海珠每每态度礼貌地向他说出自己的某些不同看法和想法，并且做出某些解释。她不愿隐瞒观点，她有中国人的自尊和立场，研究亚太问题，糊糊涂涂，马马虎虎，人云亦云，并非她的追求，何况是在大是大非的问题上，岂能乱和稀泥?!

多数日本人表面上是很讲礼貌的，她用礼貌约束谷川教授的古怪，并不完全无效。于是，她抗拒陌生环境中的一种压迫感，注意态度，注意措辞，注意语气，注意言之成理。每每还可以用一种请教、咨询的方式来表达。她一般也按日本人的习惯多听少说，仔细倾听，等导师说完自己再说，决不打断导师的叙述，客气而且内敛，轻声细语。但该讲的也决不去打折扣，因此，有时看到导师脸上开始表情灰涩，她就适可而止，或者转移话题，或者借故闪避，不让矛盾激化。

那天，谷川教授忽然用一种关爱她的姿态说："我认识一些有影响的报刊编辑，像《产经新闻》《读卖新闻》《福布斯月刊》，我都有关系。你在写的论文，应该写得适合他们用，写得好我可以推荐去发表。当然，要写得好！明白?"

海珠表示感谢，但这些报刊有的是著名的有保守倾向的，导师说的"适合他们用""写得好"，指的是什么？是同他们的观点一致?……他是不是用这种方法使我跟着他的思路和观点走呢？当然，她也不能将导师的好意去做坏的理解。

她用功地要写好自己原定写的两篇论文。

第一篇是个导师不喜欢的题目——《日本与中国台湾》，但她觉得这问题重要，仍决定写。

第二篇论文，她决定写《加深文化理解，推动中日关系》，她觉得这有助于研讨改善中日关系。

她本来是个勤奋的人，读书、收集资料、思考、斟酌、琢磨论点论据，拟出提纲……干起来风风火火，不怕疲劳，起早睡晚，意气风发。

住在一起的兰兰，现在除读语言学校外，仍打两份工，因为那家饺子店的老板见她真的不干了，舍不得她走，决定不减她的工资仍挽留她继续干，她也就继续干了。与海珠同住后，两人确实互相都有个照顾，也解去了不少在异国他乡的寂寞与孤独。兰兰性格开朗，有时哼哼越剧给海珠听。她喜欢唱《梁山伯与祝英台》，学小百花越剧团的茅威涛唱得有腔有调："风和日丽花似锦，乔装改扮出远门，日行夜宿阳关道，来此已是草桥亭……"听得海珠心里高兴。海珠过去爱唱歌，来日本后倒是不唱了！兰兰来后，她有时也唱唱过去会的电影电视插曲和英文歌曲，她同意兰兰说的："心里压抑，一唱就畅快了！"两人在一起，这种时候，都感到开心。

兰兰见海珠太用功，常常劝她克制，海珠答应了可是并不注意休息。人累了，天气热，她用冷水冲凉，却不经意地患了感冒，打着喷嚏发起烧来。从家里来到日本时，她带得有感冒药，服了一些，但感冒很重，高烧时浑身骨节酸痛，头里昏沉沉地又痛又晕，竟躺着起不来了。

兰兰打电话告诉小津："海珠病了！是重感冒！服了药，不要紧，我也给她做好午饭了！你中午有空，最好来看看她。"

兰兰对小津印象极好，那一晚，她和海珠都睡下了，关了灯谈心。她对海珠说："这个日本男生真不错，无论从哪个方面说，条件都好，尤其是为人好，我看他对你挺专一的，他向你表示了没有？你喜欢他吗？"

海珠说："大家是朋友嘛！他的确很不错！但是，——"

"但是什么呀？"

"他是个日本人！我可以同日本男生做朋友，但不可能同他恋爱或者结婚。"

"这么保守？"兰兰说，"日本鬼子过去侵略中国，我也恨！中日关系现在是给日本右翼政客搞坏了，但中日人民的交流还是关系密切的呀！日本人并不都是坏人，有对中国坏的，也有对中国友好的。现在国际通婚是很普遍很平常的事了！你还抱本过时的旧黄历做什么呀？"

海珠默不作声，在体味着兰兰的话。

兰兰说："就怕碰不到真心爱你又条件优秀的男生！如今碰到了，却又选择放弃？小津可是救过你的呢！日本是个男权至上的国家，男女其实并不平等，小津却不这样，像他这样的男生，不但日本不多，中国也不多。生存的压力这么沉重，能有这么好的男性用爱来滋润你，别失之交臂呵！"

海珠老实地说："他确实很好，但日本人我家里是绝对通不过的！"

"你是为自己选择对象，又不是为家里选择对象！这就叫作代沟！懂吗？代沟！都21世纪了！不同国籍通婚的人太多了！中国人和日本人结成家庭的也不少了！你这么一个时髦的留学生居然还要让家里主宰自己的婚姻，做祝英台？"

海珠摇头："我自己对日本人也有一种本能的排斥感，过去日本发动的侵华战争对中国的伤害太大了，直到今天，小泉之流仍在不断伤害中国人的感情！"

"这干小津什么事呀？那时候，他还没出生呢？再说，他父亲还是个帮中国人打官司的律师呢！他对中国人那么友好，我就不认为你同一个好日本人结婚就是不爱国！一个既帅又有教养很善良的白领，一个既有学历又讨人喜欢的摄影家，救过你又对你那么痴心，陈川富之流是没法比的！有这样的男生追求你，你的条件固然好，也不要太政治了！该心花怒放才是呀！"

海珠沉默了！兰兰性子爽快，说的话并不掺水，能说她讲得不对吗？当然不是完全不对！但是心上的灵犀为什么似通未通受到阻碍呢？

其实，海珠越来越发现，自己不知从什么时候开始已经对小津确实产生感情了！可是竟做不到，身体里，理智和情感老像两个拳击手在格斗。理智说："他是日本人！"情感说："我喜欢他！"如今，见到小津，她心里就暗暗高兴。见不到他，她心里就会惦念。看到他的笑，她也会笑，见到他多情，她会更温柔。但是，只要想起小津是日本人时，她就打退堂鼓了，恍若有出自天生的反感，担心爷爷、外公和家里的反对。何况小津又告诉她养父有岛荷风及父母也都反对。他能为爱情叛逆，我海珠怎么能也叛逆呢？……每次总是心里越想越乱，最后也就搁在一边，坚持住不再去想。天长地久看来不大可能！那么，让现在就这样拥有一次既不明言又无承诺更不越界可能瞬即随风而逝去的爱，把它当作一种特殊的友谊，当作一场高尚的异国"游戏"，无为地随缘共处，共同分享，虽然是一瞬而不是永远，但一瞬也是可贵而难忘难舍的呀！

夜里，她有时辗转反侧，难以睡得安稳。这当然不仅是为了与小津的事，身在异乡，总是别有一番滋味在心头。也不仅仅想家里的亲人，连当年的同学好友，老师们（虽然有的还通过信或电话）也都常想。连外滩江边、南京路、淮海中路……常走过的街道，查过资料的图书馆，看过电影的影院，逛过的公园……都会在梦中出现。夜间梦醒，竟忍不住会一声叹息。

病中，给家里打过两次电话。

一次是爸爸妈妈接的，少不了是"你好吗？我们都好！"关心、叮咛，详详细细问问生活情况，嘱咐在东京要注意健康，谨慎交友，说爷爷散步去了，让有机会再寄些照片回家。一次，就是今天兰兰去打工后海珠拨的电话。

电话是爷爷接的，这丝毫没有出乎海珠意料。爸爸妈妈上班去了，自然是爷爷接的电话。

爷爷先对海珠说："海珠。你听，'一点红'在说什么？"

海珠听时，只听见"一点红"在说："珠珠电话！珠珠电话！"

爷爷笑着说："这是我新教会它讲的！"

海珠笑了，感到心里温暖。

爷爷情绪激动，先说了美国打败了伊拉克，美军却仍在遭受袭击，美军杀害的平民太多了！这种动辄滥用武力的做法令人反感，然后告诉了海珠一件事：

"海珠！有位在西南做房地产生意的大款，他有收藏抗日战争文物的爱好，打听到我收藏丰富，特地来看望我，要收购我的全部收藏，他要出高价。……"

"爷爷，那是你多年的心血和爱好，别卖！我还打算在日本给您收集些这方面的东西哩！"

"不！这人是位有心的爱国者，他收集的历史比我短，但收集的物件比我多，因为他经济实力雄厚，他的心愿是找个风景名胜处建造一个抗战文物陈列馆，将全部收集到的文物妥善保存又用来教育民众。这是好事，理应支持。我决定将多年收集到的文物，有的赠送，有的不要他的高价，但全部给他。我的收藏，占了家里阁楼、储藏室、橱柜、阳台、箱子……许多地盘，你妈妈虽没说什么，但我知道她并不乐意，文物捐了，家里会宽敞些。……"

"爷爷，您舍得吗？……"

"当然舍得！我有我的盘算！这绝对是好事！"爷爷说，"海珠，你在东京打工不要太累了！生活也不要太节省！爷爷会给你一笔钱的！一大笔，供你留学和将来结婚用的！啊？……"

"不不不！爷爷，我打工不累，生活很好！您千万别挂念，我不要爷爷再给我钱了！也不要外公再给我钱了！我承受你们的爱太多太多了！你自己多多保重！千万千万！……"

挂上电话，她心里却更乱，压抑似乎更难消解了！她为爷爷要将多年的收藏转让出去感到悲伤。

但，中午时分，小津来了！海珠戴上口罩。小津带来了"精进料理"（斋式素食）和"杂炊"（菜粥）及两盒天麸罗虾饭，说："我陪你吃午饭。清淡些，味道鲜！我想你会喜欢的！"他请海珠摘下口罩，说："别太闷了！天热呀！我不会被传染的！"

海珠说:"兰兰已经给我做了吃的!我胃口不好,并不想吃,我喝点粥,你就快放量吃吧!"

小津来了,房里像充满了阳光和生气,海珠感到感冒也似乎好些了。

小津一边伺候着海珠喝粥,一边自己吃饭,顺手从带来的手提包里取出一沓照片递给海珠,说:"都是些有趣的照片,你看看消遣。"

海珠边吃边看小津带来的照片,确实有趣,明白小津是因为她生病特地带来使她看了开心的。

小津吃着饭指着照片说:"这一张是名列世界文化遗产的东京日光山内东照宫神社德川家康陵墓上有名的'日光三猿'雕像,三只猿猴形象生动滑稽。一只是'不听邪',猿猴自己把双耳捂着;一只是'不看邪',猿猴自己把双眼捂着;一只是不说邪,猿猴自己把嘴捂着。据说这源自孔子说的'非礼勿视''非礼勿言''非礼勿听',三只猿猴的表情举止滑稽,让人看了就想笑。"海珠看了,不禁微笑起来。

一张是两个特别肥胖壮大的巨型相扑摔跤手,穿着紧身缠腰布,正在肉搏,互相用牛劲企图把对手推倒或推出画在地上的圆圈。他俩肥胖而又粗壮的腿脚,凸出的肚皮,肌肉堆积的胸臂发射着健与力,姿态和表情显得灵活与笨拙并存,凶猛与稳重同在……

小津说:"你看,我这张照片把他们那种气势、力量、专注全拍出来了!有趣不?"

海珠看了,又露出了笑容。

又一张,是大热天在一家面馆里抢拍的一个特写镜头:一个中年胖子,汗流满面,大口吃着热热的荞麦面,嘴张得很大,筷子上一大挑面条正塞进嘴里,使人仿佛听到他吃面时那种稀里哗啦滋味无穷的声音。

小津说:"在日本,吃饭很讲究规矩,比如多要食物认为失礼。吃饭不宜出声。但吃面可以有滋有味咂嘴出声,人不为怪。"

有七八张男孩女孩的照片，都是十分健康可爱的儿童，有的笑，有的哭，有的焦急，有的顽皮，表情有趣，举动天真，稚气浓烈，看了叫人高兴，想抱抱他们。

一张是在小镇上许多男孩过五月男孩节的情景。搭着挂满红灯笼的高高木台，敲着大小不同的鼓，舞蹈的人化了浓妆或戴了面具，和一些穿了美丽和服摇着团扇的姑娘跳着婀娜的日本舞，使人看了感染到欢乐与青春。

有些在东京迪士尼乐园拍的照片，充满魅力，色彩强烈。卡通城的主角，蛮荒世界里的游人。一些在八景岛乐园拍的五彩海鱼的照片，都鲜艳美丽。一些在上野动物园拍的各类动物的照片，张张生动新奇。更有不少表现东京街道和日常人们生活的场景，各种职业的男女老少的工作状态的照片。另外，有些黑白风景照片，上边的山水拍得极美，庭园也拍得雅趣盎然，水和山在模糊和清晰之间渲染，美得像东山魁夷的水墨画。有些彩色照片，拍的有京都秋天的红枫，青森县夏季的白练飞瀑，璀璨壮观。……

看着照片，海珠情绪变得好些了，捧着照片说："你拍得既有艺术又有生活情趣。"

但小津摇头，说："这是特意拿来给你消遣的。其实我追求的是获普利策新闻摄影奖①作品那样的照片，我收集了差不多全部普利策新闻摄影奖的获奖作品。当今，读图时代的车轮滚滚向前，摄影面临着严峻的挑战，那些获奖作品可都是震撼人心、记录历史，至少也是十分动人的。比如，有一张获奖作品是日本摄影记者长尾安1960年拍的，那年10月的一天，日本三大政党的内阁选举在东京举行。社会党委员长浅沼稻次郎演说时被右翼分子山口二矢用刀刺杀，只是因为浅沼访

---

① 普利策奖是以美国报人约瑟夫·普利策（1847—1911）的遗产做基金而设立的。普利策新闻摄影奖是普利策奖中的一部分，从研究现代传播学的角度看，普利策新闻摄影奖获奖作品都是很有研究、参考和资料价值的。

华时说过反对敌视中国的话，右翼仇视他，那张照片记录了右翼分子残杀政治家时那一瞬间的情况。1961年获奖。浅沼只是主张中日友好，竟遭残杀！个别极端右翼分子的血腥猖狂，令人发指，那是一张过目难忘的照片。"

海珠说："以后有机会，我愿意看看你收藏的那些照片。当然，更祝你今后也会拍出你满意的好照片来！"

看完照片，吃完饭。小津似乎想抓紧机会讲些什么，说他过一会儿就仍要去公司上班，忽然说："海珠，我还是想同你说一句话，提一个要求。"

海珠心里猜测他要说什么，指着那张"日光三猿"的照片，说："这是你拿来的照片噢！你应该这样——"她用手指着那只捂住嘴的猿猴

小津笑了，说："这是指不说坏话，我要说的是好话，不必捂嘴。"

海珠也笑，说："如果听到说的是坏话，我就——"她学照片上的那只猿猴，捂住了双耳。

小津叹口气说："海珠，我实在是喜欢你！"

海珠伸出双手摇头说："我真的要捂耳朵了！"

小津说："别别别，听我把话说完。"

海珠不忍心了，就不吱声，拿起那沓照片又看起来。

小津说："我只求你给我一个字，送我一件东西，答应我一个要求。"

"怎么能要得那么多呢？"

"其实不多！一个字——爱！一件东西——也是爱！一个要求，仍是爱！爱是不嫌多的！"

海珠叹口气："小津，你人很好，给我的印象也很好。但你该明白，你的养父和父母都反对！我的家里知道也会反对的！这样的爱情势必不会幸福！很可能会是悲剧，何必呢?！"

"你同我在一起感到不幸福吗？你讨厌我？"

"那不！"海珠坦率地说，"我们是朋友，中国的文化传统是看重友谊的！"

"但我觉得做朋友还不够！"

"那我就没有办法了！"海珠诚实地说。

"我们相爱，同别人哪怕是家人有什么关系？他们怎么能剥夺我们相爱的权利！我们的爱为什么要别人赐予？"

海珠不作声，但缓慢地摇着头，脸上痛苦。

"我想得很明白了！你的顾虑就是因为我是日本人，不是吗？"

海珠点头："你养父和父母不也是因为我是中国人才有他们的反对吗？"

"但是——海珠！你想过没有？日本是侵略过中国给中国造成过很大的伤害，但该让我这一代日本人为他们前辈中的军国主义分子的所作所为负责并付出比死还痛苦的代价吗？"

听他说到"比死还痛苦的代价"海珠心里震动了，感到眼眶刹那间发红了！

"我祖父的事，我告诉过你了！他并不是一个在中国烧杀的鬼子兵！相反，他是死在自己的同胞——日本人手中的。至今他还埋葬在中国的土地上！世界上的事是复杂的，国与国的关系也是复杂的。我尊重你和你的家人热爱自己的国家，也尊重你的民族感情，但我就是想不通，为什么小津和海珠，这一对无辜善良的异国年轻人就不能相爱？"

海珠黑密的睫毛垂下来了，叹口气说："为什么我们偏偏就要相爱？"她言犹未尽，就沉浸在思索中了，显得有点伤感。

小津也伤感，忽然问："海珠，你熟悉英国莎士比亚的《罗密欧和朱丽叶》的故事吗？"

海珠心头浮起一种诗意的爱，知道学文学的小津是熟悉世界各国许许多多文学名著的。海珠从中学就对文学作品有兴趣，莎士比亚的《罗密欧与朱丽叶》当然熟悉，她点点头，很早很早以前读过的这个名剧的故事她当然忘不了！那是一个动人的爱情故事，又是一个多么伤心的悲剧呀，维洛那城的两个大族——凯普莱特家和蒙太古家，旧日结成深仇大恨，偏偏蒙太古家的英俊儿子罗密欧和凯普莱特家美丽的女儿朱丽叶相爱了！但爱情无法成功，两家的仇恨使这对年轻儿女都送了性命，最后，这使两家的老人醒悟，彼此不该怀着那种野蛮的无理性的仇恨！上天是借着他们儿女的恋爱来惩罚他们这种人为的冤仇，他们终于同意把多年的仇恨埋葬在子女的坟墓里，不再做仇人了！……

海珠觉得那两个大族间的仇恨，同自己面对的两个国家间的情况并不完全相似，但罗密欧和朱丽叶间的爱情却同自己与小津的爱情不无相仿，想起这些，海珠突然默默无言。

小津这时冲动地想上来拥抱海珠，但海珠拒绝了，脸上泛起红晕，说："小津！别这样！"

"你不觉得我们很像罗密欧和朱丽叶吗？"

"现在还不像！"

"怎么呢？"

"两个国家之间的关系与两个家族的关系不同。国家关系牵涉的事具有的历史更加复杂。况且，我并没有答应爱你！"

"那我求您答应！"

"你愿意我们做罗密欧和朱丽叶吗？"

"当然不！时代不同了！我相信，只要我们自己做主，我们会幸福的！海珠，为什么连我们的爱情都要那样政治化呢？政治，是政治家、政客、国家领导人的事！这世界，美国政客有点像黑社会教父；日本的政客，像死不认账的赌徒！我们可以对他们说不！冤冤仇仇，我真希望不要永远绵延下去！……"

"但，我是中国人！我爱我的祖国！"海珠声音因激动而嘶哑了！

小津体会到海珠既有说不出的温柔，又有内在的刚毅，轻轻地说："我当然也爱日本，但你爱中国，我也爱！为什么不可以这样呢？在爱情上我选定了你，这是无可更改的，我可以死，可以丧失一切，但不能丧失你，我愿意你和我都既爱我们自己的祖国，又能为中日世世代代友好做我们应有的努力，你与我的生命与生活同在！我无可更改，也不会更改！"他转身看看手表，打算走了，但又叹息补了一句："刚才的话，请当作是我给你的誓言吧！"他沉静的目光里有着冷冷的固执和淡淡的忧愁。

小津悒悒地走了，脚步声渐渐消失。

留下了内心汹涌波动的海珠，痛苦地发出了一声痛苦的呻吟。

整个下午，海珠躺着，心里冰凉，是一种类似秋风笼罩的凉，是一种霜落雨淋的冷，心里七上八下，像丢掉了魂魄，她痛苦，是从前没有过的一种特殊的痛苦，多么两难的一种痛苦哟！小津的"誓言"实实在在撞击着她的心，有巨大的震撼。她像站在十字路口，却看不到绿灯在何处!？

不能否认，她确实是爱上小津了！小津在她心里已经占了那么重要的一个位置。她已无法把他驱赶出来了！爱，应该是轻盈快乐的！为什么现在爱竟这么艰难苦痛，心灵竟笨重得不能自由飞翔！她惶惑而失落了！

傍晚，兰兰打工还没有回来，突然电话铃声响了，拿起话筒，竟是小津。

他还想说些什么呢？

出乎意料，小津声音清朗地说："海珠，你需要放松，需要休息，也需要一次旅游！中元节①快到了！我为摄影展决定要到广岛、金阁

---

① 中元节：8 月 13 日—16 日，日本国定假日。

寺、奈良等地拍些照片，我们一同去旅游一次，让我像中国人说的，略尽地主之谊！好吗？我讲的这些地方，都是你十分值得去的地方！好好看看日本！我们一同去，好好享受假期，好吗？"

她先是犹豫了一下，愣了几秒钟。

小津察觉了，说："请别犹豫，好吗？我们做朋友还不行吗？我保证像那'日光三猿'一样，还不行吗？"

他的话既风趣，也说得庄重。

也不知为什么，海珠的心上突然亮起一片无比幸福的光彩，竟一口就答应了："好！我们 AA 制吧！一同去，日本不是东京，我愿意见识见识东京以外的日本！……"

答应同去旅游，她忽然内心感到一种甜甜的喜悦。

二、广岛恋

傍晚，去打工前，兰兰独自在家轻轻唱她的越剧《楼台会》里的祝英台："小别重逢梁山伯，那英台，又是欢喜又伤悲。喜的是今日与他重相会，悲的是美满姻缘已成灰。但见他喜色匆匆访九妹，我这里强颜欢笑上楼台。……"

为什么唱这呢？一是她喜欢这段唱词的悲情，二是她心里有一种想发泄的情绪。她知道海珠和小津的恋爱发展不顺，使她心里难受。但，唱着唱着又停止了，这样悲哀的词曲，不该唱给海珠听的呀！她停止了轻唱，将洗衣机里甩干了的衣服裤衩都取出来放上衣架，晾上阳台。

兰兰善良而且热心，对海珠有强烈的好感，渴望看到海珠幸福。现在门响了，海珠回来了，买了不少吃的东西往冰箱里放，告诉兰兰说："有件事忘了对你说：中元节快到了！有假期，小津约我一起去旅游，我就没法在家陪你了！"

兰兰高兴了："看来，你是接受了他的求爱了？"

海珠诚实地摇头："不骗你，旅游是一同去旅游，但确实没有你说的那种'接受'！"

"我看八九也不离十了！其实，我真希望你们这郎才女貌的一对金童玉女配成一双的！"

海珠说："别开玩笑了！兰兰，我还心里盘算呢，要是你也一同去该多好！可是你打工又离开不了！"

兰兰笑："就是离开得了我也不会去的！为什么要陪着去当电灯泡呢？"她那娃娃脸做了个怪相挺逗人笑的。

海珠说："桌上，小津送你的照片，你看到没有？"

"没有啊！"兰兰去桌上看，她看到一只大牛皮纸封袋，问，"是这个袋子吗？"

"对！"海珠过来说，"快看看你的美人照，还有你这幅精彩的水彩画（这幅熠熠生辉的画兰兰搬来住后，海珠将它悬挂在另一面墙上了），小津给它起了个《晨曦中的睡美人》的名字，给你拍成彩照放大了！你一定喜欢！"

兰兰将一张 25 寸的大彩照和一沓 6 寸的彩照取出牛皮纸袋，6 寸的彩照都是小津先后给她拍的，小津说："兰兰，寄回家给父母看看，父母会高兴的！"小津的照片，张张都把兰兰拍得既美丽、自然又有笑容，那张水彩画，小津看了也赞不绝口，说："天才！兰兰！这张画太出色了！你将来进了东京艺术大学，毕业后必定会是位优秀的画家！"你看，不知什么时候，他竟将这张水彩画拍了放大送来了！这画被小津拍得美极了！真是金碧辉煌、五彩纷呈！太美了！给人一种梦幻中的朦胧迷醉的美！

兰兰手里拿着照片，喜欢而又感动，忽然放下照片，用手捂住眼，手指缝里流出眼泪来了！她一把抱住海珠，说："姐姐，谢谢你！谢谢小津先生！"

她心里感动，所以忍不住要淌眼泪！她是多么高兴自己在东京有这么两个知冷知热的好朋友啊！

"我们由远到近，进行旅游。先到广岛。"小津在出发的头一天晚上，来到海珠住处，指着地图告诉海珠，"然后，从广岛回来，到京都，在京都游金阁寺，到奈良游唐招提寺。在和歌山县和三重县交界处的海边，游新宫。时间如果充足，回东京前就先到箱根游览，你看好不好！"

海珠看着地图，笑着说："这我没有发言权噢！再说，你要筹办摄影展，这些地点你都要摄影，当然都该去，你当导游，我跟你的路线走！"

小津很快就走了，说："晚安！早点休息，明天早上见！"

第二天早上，天还没亮透，空中泛出浑浑的蔚蓝色，街灯还没熄灭，海珠就起来了，兰兰也陪着她起床，两人吃了早点，也给小津准备了牛奶、煎蛋和兰兰做的夹鸡肉和蔬菜的面包。一会儿，小津来了，吃了早点。兰兰送海珠和小津出了门，她也就去打工了！

海珠和小津两人，一人都有一只双肩包，腰间再系一个结实的腰包。只是小津不能不提着他那装着摄像机、照相机、自拍架等的摄影包，负担不轻，两人穿得简单、舒适，海珠上身穿一件金色的衬衫，虽然宽松，却更潇洒。一条黑色牛仔裤愈加显出她纤纤长腿的轻巧。小津发现阳光强烈，海珠却忘了带遮阳镜，就在机场买了一副，递给海珠，周到地说："这你很需要。"

从东京成田机场乘第一班飞机到广岛只需一个半小时，飞机上，谈起中元节，海珠想不到小津竟说："其实这是唐朝时从中国传来的呢！中国旧俗有'三元'，就是阴历正月十五是上元节；阴历七月十五日为中元节；十月十五是下元节。据说，源出于道教。"

海珠说："呵，我只知道中国旧时考试，前三名叫'三元'，就是状元、榜眼、探花，没想到你比我清楚的事这么多！"

小津说："我这些是从父亲那里得知的。有人说：日本的中元节，就等于中国的中秋节，其实好像不是一回事。中国的中秋节是阴历八月十五，不是吗？"

海珠点头说是。她今天充满活力，美丽多姿，充盈着她独特的魅力。

小津问："海珠，你想不想中国？"

海珠说："怎么会不想？！"

小津笑着说："今天我们俩一同到中国去！不过这可不是你的祖国中国，这是日本的中国！你知道吗？日本全国按传统习惯划分为八个地方，其中，北海道、四国和九州三个大岛各划为一个地方，而最大的本州岛则划分为五个地方：关东、东北、中部、近畿和中国，广岛就在中国地方。到那里后，你到处可以见到'中国'字样。比如'中国医院''中国银行''中国新闻社'等，报上也总是出现有关中国的消息，可是它们完全与你的祖国无关。'中国'是这一带日本地区的传统叫法。"

海珠说："来日本前，我就看过介绍日本的书籍和资料。你说的这些我多多少少知道一些。这个'中国'应该称为'日本的中国地区'！我本来出来旅游，不那么想家了！给你一提，又浓浓地想家了！"

小津看着海珠轻盈飘逸的模样和姿态，说："将来，哪天我陪您一同真的去到中国，并且到您家里去看看老人和'一点红'，该多好！"

海珠没有作声，岔开话说："请介绍介绍广岛吧！广岛被美国投原子弹的事我早知道，但别的知道得就不多了！"

"日本人其实也是日本军国主义的受害者。1945年8月6日早晨八点十五分，美国飞机在广岛投下了第一颗原子弹，当时死了七万多人，由于核辐射死亡人数后来升为二十多万。其实，那时日本已成败势，动用原子弹杀死这么多日本平民势非必须，当时广岛顷刻间夷为平地，凄惨极了！"

海珠点头："接着，三天后在长崎又扔下了第二颗原子弹！"

小津说得沉重："8月9日，长崎当时死了七万五千人，由于核辐射，陆续死亡的也差不多这个数。长崎的照片我去年拍了。这次是专拍广岛来的。我把广岛投掷原子弹的事看作是世界上先于美国'9·11'的第一次恐怖袭击。"

海珠忍不住想起了南京大屠杀，说："你这说法恐怕站不住脚，日本侵华战争中1937年12月开始的南京大屠杀，一下子杀了三十万人以上，那怎么说呢？日本袭击珍珠港发动太平洋战争又怎么说呢？"

小津点头继续沉重地说："是呀是呀！你是研究亚太问题的，历史你熟悉，我是觉得作为国家领导人的政治家责任重大，他们做错了事走错了路，百姓就遭殃，美国当时丢原子弹，是否必要，是有争论的。既是先发制人，也是恫吓当时的苏联和世界各国，更是对珍珠港等事件的报复，冤冤相报，没完没了，那可不是人类之福！可是在政客中却有市场！日本的右翼政客所作所为就是如此，你主张冤冤相报吗？"

海珠摇头："我反对！但具体问题要具体分析！比如中国的和平发展，不是为了报复谁侵略谁，而是使自己强大，有自卫能力，免得再遭屠杀。我从心里面热爱和平，反对非正义的战争！"

小津说："我到广岛摄影，尽管来这里拍过照的人很多，有的作品也很出色，但我仍要用更好的照片，显示这个惨绝人寰吃过原子弹的城市遗迹，形象展示和平这个主题，提醒人们的良知。"

话题太严肃、太沉重，两人都闭上嘴沉默起来了！

过了一会儿，小津说："日本有个老漫画家名叫中泽启治，广岛人，童年时在原子弹爆炸中，他死了全家，自己未死。中年时，他用儿童连环画形式出版了《赤脚阿源》一书，有一百多页，一出版就卖了六百多万册。赤脚阿源实际就是画他自己，但不仅仅是谴责美国人给广岛带来灾难，更明确指出日本是这场战争的侵略者，在亚洲推行的是帝国主义，如果日本领导人不发动侵略战争，就不会使人民遭受原子弹爆炸了。可是如今，这位漫画家说，他老了，活不了几年了！今天的父母已不再向自己的孩子讲述那场战争了！很快就没有人再清楚这段历史了！导致灾难的原因搞不清，对日本对亚洲甚至对世界都不是好事。……"

他的话引起海珠的思索，海珠动心地说："这位老漫画家说得好！我爷爷就说，历史是永远无法抹杀的！……"此刻，她突然十分想念爷爷司马天雨，很想把爷爷写作的事讲给小津听。但空中小姐来送饮料了，她没有讲。

一个半小时的空中行程很快，从东京到广岛，每天有十个以上的航班，下机后，两人背着提着物件出了机场，有直达广岛的公共汽车。上了车，车速很快，约莫五十分钟，九点钟左右就到了广岛。

当年，原子弹毁了整个广岛，有人认为广岛在五十年内仍会寸草不生。如今的广岛，却早是一座百万人以上的现代化城市了，很繁荣，很像旅游城市，但留下了精心挑选的"遗迹"展示出来供人凭吊。

走在太阳高照的广岛的街上，小津说："如果我们是在8月6日来的话，那就可以看到每年在此举行的盛大纪念仪式了！那是感人的场景！广岛这样被原子弹轰炸的事，一百年一千年……人们都忘不了的！"

用触目惊心、惊心动魄这样的话来形容广岛之游在海珠心目中是再确切不过的了！广岛市内交通的有轨电车很方便。游览市容不是目的，海珠随着小津是直趋原子弹爆炸遗迹地点来的。

和平纪念公园是旧广岛的中心地带，当年最繁华的市中心，原子弹爆炸时，一下子成了一片废墟瓦砾，现在，这个占地十多公顷的公园里，有个核爆炸慰灵碑的倒U形建筑，里面有个大理石的石棺，上面镌刻着"安静地睡吧，因为历史不会重演"的句子，这是给死者的安魂碑。海珠看时心里想，要历史不重演，最重要的该是知道历史，接受历史的教训，生者应有真正的觉悟吧！……她觉得自己学习亚太历史是选择得对的!

公园中间是一所广岛和平纪念资料馆——一座深灰色水泥建筑物，外表原始，不加装饰，下面悬空，用几十根柱子支撑，造成一种带有死亡气息的肃穆，楼上陈列室里，有当年原子弹爆发巨大蘑菇云的巨照，然后是许多照片对炸前炸后广岛情况做的对比。最使人难以忍受的是那许多面部扭曲，呻吟着的受伤者的照片和死者的遗物：一只爆炸后拾到的有着土垢的泛黄旧表，指针时间冻结在八点十五分；烈焰烧烂的学生制服、书包、饭盒等用具，附有主人生前的照片；一架儿童骑的玩具车，原子弹爆炸时烧熔了一半，似一具骷髅站在那里；一块花岗石，本是一家银行门口的台阶，原子弹爆炸时一个职员恰巧走过，倏然烧化，仅在台阶上留下一个黑色模糊人形，这块花岗石被称作"人影石"了……这些展出的物体真是凄惨，海珠心里涌塞着怆然的情感，但不禁想起她所掌握的一个资料——"二战"后期，德国和日本当年都曾有希望造出原子弹，只是美国抢先造成并使用了！如果日本的原子弹早早造成，那会是一种什么局面？……

走着，看着，最使海珠激动的是，一个十二岁的小女孩贞子，受到原子弹辐射发病卧床，她相信只要根据日本古代的传说，折完一千只纸鹤，她就能恢复健康。然而，折了六百六十四只纸鹤，白血病就夺去了她的生命。为了纪念贞子，1958 年，由日本学生和儿童捐献建成了一座千纸鹤纪念碑。孩子们现在也折纸鹤，经常有很多纸鹤与五色彩条献在碑前。

远处，有上了年岁的老人，坐在树下的长凳上，似在冥想此处发生过的不堪回首的往事。馆前，有一个母与子的塑像，真是一种表达了人民反对战争，要求和平的心声的杰出艺术品——一位神情张皇失措，伛偻着腰躯的日本母亲，前面抱着一个不安的孩子，身后背着另一个表情惊恐的孩子，正从战火之中逃亡。它象征了人性，给人强烈的感染。海珠站在那里，仰首看望，她那善良、美丽的脸上，有两颗晶莹的泪珠慢慢流下。她那挺拔的身材、宽松的金色休闲装、黑色的牛仔裤掩盖不了她那漂亮的身材。风吹得她长发轻飘，此刻，小津抢拍下了一张又一张的照片。

看到海珠专注在塑像上，正慢慢用纸巾拭去眼泪，小津轻轻对海珠说："我把你请来请得太好了！你是位人道主义、热爱和平、富于同情心的女性，有你刚才的形象，我将拿出最美最动人最自然的照片。这将区别于以前人们已拍过的一些被人称道的照片。是一个未来的母亲悼念过去憧憬未来。……"

但，海珠似乎没有听见他说什么。

公园深处，有一条河叫元安川，许多游客在渡过元安川前都要先摇响和平钟。河上有一座桥，金色的阳光下，有微风吹来河水的气息。据说这一带当年属于原子弹爆炸的中心，许多伤者口渴难忍，挣扎着爬到河边喝水，有的就死在河边。

海珠问小津："长崎也有原子弹轰炸纪念馆吗？"

小津点头："长崎有个观音宇宙寺，也是个原子弹牺牲者纪念馆，造型奇特，是一个巨大的乌龟背上驮着观音塑像，内有一个大钟摆，每天十一点零二分时钟敲响以纪念原子弹爆炸事件。"

元安川右岸保留着一幢西式四层楼圆顶的残屋，是广岛原来的工业促销大厅。当年，原子弹就是在这上空爆炸的，这个有圆顶及断垣残壁的废墟是原子弹爆炸后幸存下来的，如今保存着作为纪念，被称为"原爆圆顶"。这个颇像教堂的残破建筑，像个驼背凸肚的矮子老人遮挡住它近旁的新建筑物，小津和海珠站在一米多高的黑铁栏杆旁朝这幢残存下来的废墟张望，心里凉飕飕的。

小津有感地说："发现原子能的人有功，发明原子弹的人有罪。我与一个朋友前年到广岛来看这废墟，他说，如有子女一定不让子女做研发武器的科学家，他要子女做医生。因为前者是杀人的，后者是治病救人的！"

海珠摇头说："已经存在了的东西是无法假设它不存在的！学医的也可以搞生物武器打细菌战！现在已经有了核武器，关键是约束，政治家和国家领导人责任重啊！"她话未说完，却不想多说了！

小津跑到远处，以"原爆圆顶"做背景，给海珠摄影。跑回来时，说："有部法国电影《广岛之恋》，上世纪电影史上的经典，你没看过吧？"见海珠点头，他说，"那片子是杜拉斯的作品，写一个法国女导演与一个日本工程师在广岛相遇的爱情故事。画面出现的情景很大部分是人物回忆和联想，并用激烈而大胆的抒情手法，深刻地表现了人类对战争的恐惧及战争带给人类的痛苦。我很喜欢的。"他突然问海珠："我们能在此地合个影留念吗？"

海珠说："当然可以！"但她心里却在想，小津说的法国和日本人的恋爱，小津说的战争和痛苦，恐怕是心中想着的事吧？她很遗憾自己没有看过《广岛之恋》。

小津兴致勃勃地用相架支好相机，用手指着一个高高的站立处，说："在那里，我们一起眺望绿树掩映的这个代表广岛过去的废墟，用和平的蓝天做背景，好吗？"

当相机拍下他俩的侧影后，小津风趣地说："愿这张照片拍得成功。那么，我将用《广岛恋》做照片的名字。"他发现在阳光下看海珠，那黑色的睫毛更黑，她的肤色特别好看。

海珠幽默地说："如果那样，我可算是上了你的圈套了！"

小津得意而快活地笑着。

但，好心情被一个突如其来的日本老人破坏了！他穿得破旧，瘦削得像一株枯树，估计有七八十岁了，突然上来大声说："看到了吗？这是美国留下的血债！大和民族的子孙，永远别忘！"他一定把海珠也当成日本人了！说完，他迈着军人步伐走了。

海珠望着远去的背影说："他可能是个老兵？"

小津点头："嗯！其实，有的右翼政客也有这种想法，主张日本成为正常大国，拥有核武！建立正规部队。"

海珠叹了一口气："你赞成日本应当有核武器吗？"

"不！"小津摇头，"我发自内心地反对！"

三、金阁寺与唐招提寺

昨天下午，小津和海珠从广岛坐火车来到京都，当晚，住在京都的花园酒店。一家既有西式风格也有日式风格的旅社，在城市东部。

海珠早早抢先选了两个附设浴室的单间房，付了房金，对小津说："其实西方的 AA 制也挺好的。但我知道在日本分开付账是不礼貌的行为，那就你也付付、我也付付好了！"

小津没奈何地笑笑，他理解这位中国姑娘是个自尊自爱、不喜占人便宜、有主见的可爱女生，她不愿让小津在旅行中全部出钱，自然只好由她，免得她不快活。

小津告诉海珠："明天我们就去金阁寺，这一处你一定感兴趣的。今天晚饭后，我们就在京都逛逛。这里最繁华热闹的地方，就是我们这附近的四条河町了！百货公司很多，再走到新京极和寺町街，有卖纪念品的小店。京都手工艺品出名，有漂亮的绢织物，也有人形木偶。"

晚饭吃的是热鸡汤煮的拉面，配着用芝麻油炸的蘸着作料吃的海鲜和蔬菜。日本食品的外观和视觉吸引力似乎同味道一样重要。那种新鲜美丽的色彩增加人的食欲，鸡素烧一类的食品海珠觉得很好，生吃的海鲜，海珠却不太适应。小津在饮食上很迁就海珠，饭后，在四条河町逛百货公司，在自动贩卖机前投硬币取出酸奶、果汁解渴，两人散着步一路闲聊，心情愉快。

京都高耸的塔和寺庙刺破了天空的轮廓，据说有两千座寺庙和神社可以游览。在一些折扇店里，有制作精美的扇子出售，价格昂贵，海珠并不想购买，小津却偏要选购两把送给海珠，说："总该带点纪念品回去的呀！这两把扇清雅秀美，象征着你的风格，你自己用一把，送一把给兰兰，她会喜欢的。"海珠嘴角眉梢露出一丝笑意，觉得小津送扇子说的话诚恳而不带俗气。

京都不像东京的夜生活那么热闹，商店大都在晚间十二点以前就打烊了！娱乐区大都设在观光饭店内，小津问海珠："是不是一起喝喝咖啡？"

海珠说："我想去洗洗澡休息了！"

小津说："今天你可能累了！早点休息也好！"

海珠问："你呢？"

小津说："我带了一本三岛由纪夫①的《金阁寺》，想再看些片段，这书我还是大学一年级时读过的，明天我们去金阁寺，我想找点灵感，也许可以将金阁寺的照片拍得更精彩。"

海珠心想，他对自己的摄影和文学爱好确是很有敬业精神的呢！小津阅读面广，同他交谈海珠觉得常有收获，她喜欢有文学修养的人。

三岛由纪夫的名著长篇小说《金阁寺》，海珠 1999 年在大学时读过。三岛由纪夫是有军国主义思想的日本名作家，海珠为想了解他才读《金阁寺》的，但当时还缺乏进行深刻分析的能力。现在大致轮廓之外，印象已模糊。海珠离开小津回房洗澡休息后，躺在床上虽然疲倦，却睡不着，亢奋地想起当年看《金阁寺》留下的印象来了。首先是作家通过主人公——那个说话结巴的小和尚对他眼中和心中所看到的

---

① 三岛由纪夫：日本小说家，前期唯美主义色彩较浓，20 世纪 50 年代写的《金阁寺》，描写了一个年轻的和尚放火烧毁京都金阁寺的犯罪事件。有人认为作家宣扬影射的是日本的一切"美"都应伴随战败投降而彻底毁灭，但也有人认为《金阁寺》是真正的文学，体现了三岛的美学世界，他是以金阁与人生相比喻，写美的人生、艺术与人生的悲剧性的关系。三岛后期的作品，歌颂武士道，美化军国主义分子为"忧国之士"和为国捐躯的"英灵"。20 世纪 60 年代末，三岛反对进步群众运动，组织反动的"盾会"。1970 年 11 月，煽动陆上自卫队发动政变，失败，切腹自杀。

金阁寺的描述。描述是非常美的，然后是作家对日本战败、挨轰炸、美军占领日本的那些描述，最后是小和尚嫖妓和放火烧毁金阁寺的描述。三岛崇尚"生命之美正存在于年轻时悲壮的死亡"，他后来的武士道式的切腹自杀，也算是他这个有军国主义思想的作家的实践了吧？

海珠不知小津对三岛怎样看？但小津出发来旅游前问过她："这次我们要去金阁寺，你读过三岛的《金阁寺》没有？"看到海珠点头，他说："自《金阁寺》出版，三岛又切腹自杀，金阁寺名声更响，当然，它也的确是美，国外游客来看金阁寺更多了！……"小津今夜仍在读《金阁寺》，明天，他将怎么拍摄金阁寺呢？……

海珠觉得多同小津接近后，对他的了解加深了！一路上，他不管对谁，都显得很有教养。他谦虚、体贴、礼貌、周到、敬业，没有日本男子那种大男人主义。他不抽烟、不喝酒，而抽烟、喝酒在日本男人中是太普通的事了！海珠明显地感到他对她的追求，却又感到他掌握分寸从不过分，他的专一，处处流露出的那种君子式的异性之爱，使海珠每一想起，心跳就会加快……

后来，她睡着了，睡得安适、平静。早上，是被电话铃叫醒的，拿起话筒，是精神焕发的小津。

"睡得好吗？做了好梦没有？"小津带着笑意，"过十五分钟我在楼下餐厅等你，我怕你吃不惯日本式的早餐，我陪你吃西式早餐。"

在餐厅里见到小津时，小津那满面阳光的笑容，叫海珠看了喜欢。

小津说："海珠，你昨夜一定睡得很好，今天真是像金阁寺一样的美，光辉灿烂！你天然，不化妆，却比化妆的人美得多！其实，我就坐在这儿看着你，你身上似是笼罩了雅致和文化的光环，我觉得比看什么美景都好！"

海珠打趣地笑着，风轻云淡地说："怎么？金阁寺也不想去啦？"

"当然要去！昨夜我又读三岛这本小说，直到夜深，他很爱国，但偏激，是个右翼分子。他分不清日本的对与错，他当时认为日本一切的美都应随着战败投降而毁灭。但金阁寺烧毁重建了！日本不走老路反而可以更好！他看不到这一点，只好用传统的日本武士道方式切腹自杀，我今天来拍金阁寺，对三岛要反其道而行之！"

早点端上来了，是牛奶、涂果酱的烤面包片、火腿煎蛋，他俩边吃边谈。

小津将三岛的《金阁寺》上他用笔画出的部分指给海珠看，说："三岛描写的金阁寺确是很美的哟！"

海珠欣赏小津刚才说的话，说："我发现你确是一位摄影家，而不是一个拍照匠或者拍照师！"她看到小津那本《金阁寺》上画出的几段是：

　　金阁犹如夜空中的明月，也是作为黑暗时代的象征而建造的。因此我梦幻的金阁以涌现在其四周的暗黑为背景。在黑暗中，美丽而细长的柱子结构，从里面发出了微光，稳固而寂静地坐落在那里，不管人们对这幢建筑物做什么评语，美丽的金阁都是默默无言地裸露出它的纤细的结构，必须忍受着四周的黑暗。

　　有时我觉得金阁宛如我掌心攥着的小巧玲珑的手工艺品，有时我又觉得它是高耸云端的庞然大物般的庙宇。少年时代的我并没有认为所谓美就是不大不小的适当的东西。因此，看到夏天的小花像是被晨露濡湿散发出朦胧的光的时候，我就觉得它像金阁一般的美，还有看到山那边云层翻卷，雷声阵阵，唯有暗淡的云烟边缘金光灿灿的景象的时候，这种壮观就使我联想起金阁来，最后甚至看到美人的脸蛋，我心中也会用像金阁寺一般的美来形容了！

看到这里，海珠明白为什么早上一见面时，小津就说"你真是像金阁寺一样的美"了！她内心里笑了一下，继续看另一段：

我站在镜湖池这边，金阁与池子相隔，西斜的夕阳照射着金阁的正面……金阁精致的影子，投落在稀疏地漂浮着藻类和水草的地面上，看上去，这投影更加完整。在各层房檐里侧摇曳着夕照在池水的反射，比起四周的明亮来，这房檐里侧的反射更鲜明耀眼，恍如一幅夸张远近法的绘画，金阁的气势给人一种需要仰望的感觉。

　　她没有再继续往下看，但美丽的金阁寺确实使她向往了。她匆匆吃着早点，说："吃完我们就去！我真想好好看一看美丽的金阁寺了！"

　　小津玩笑地说："你去看金阁寺，恐怕金阁寺会说：'还是让我好好看看你吧！'"

　　海珠知道自己美丽，在国内的时候，同学朋友们都这样说，爷爷、外公和爸爸妈妈也这样说。她自己也不止一次遇到过这样的事：一次在大街上走，有个中年人老是跟着她，忽然上来递给她一张名片。原来是一家电影制片厂的导演，问："我们正在选演员，愿意试试吗？"一次，在火车上，邻座一位大学的女教师问她："你是做文艺工作的吧？"还有一次，在公园里，一个可爱的小女孩跑上来，说："我妈妈说大姐姐你真漂亮，你能同我合拍一张照片吗？"……但是，海珠可并不因为自己美丽就骄傲或者讲究穿着打扮，女同学中有的说她"穿什么都好看""不打扮也像打扮了一样"。有的男同学写追求信给她，用各种形容词赞美她，她并不放在心上，她爱求学，一心想将来成为一个像爷爷一样的作家，一个像爸爸一样的编辑，一个像妈妈一样的记者，像大学里某些教授一样的专家、学者。她把自己的恋爱远远抛在一边，从不在意。可是，现在，当面对小津时，她竟逐渐逐渐在不知不觉中发现自己像一块铁，被吸铁石吸住了！心里有一种渴望，甚至是追求了！顾虑虽多，负荷虽重，既有怅惘，又有幸福，像解一道数学难题，答案还找不出，解法是否正确也弄不清。但她已经陷入爱情变得不由自主了！于是，除了爱情一切仿佛都变得考虑得少了！……她也说不出是为什么？这难道就是人性？就是少女怀春？……

他俩坐巴士到了京都城市西北部的金阁寺。

这真是一个有山有水、风光如画的景区。树木葱郁，处处鸟鸣，绿茵离离，山石嶙峋。难怪成了日本最负盛名的景点之一。在园林中壮丽灿然矗立的金阁寺，使人眼前一片辉煌，旅游书上说："名震四海的金阁寺是以泉石造景独步京都的，其林林幢幢的小岛映进平波镜湖，展现出有如桃源般的仙境。"有人说，在外国人眼中，富士山、艺伎与金阁寺是日本印象三大典型代表。

美丽的沧桑的金阁寺是足利义满（1358—1408）这个室町幕府第三代将军建造的。他结束了日本南北朝七十五年对立的局面，统一了全国。由于对华丽灿烂的艺术建筑的偏爱，他下令建造三层的金碧辉煌的鹿苑寺作为自己的别墅。他死后，其子为祭奠释迦牟尼，将别墅改作寺院。因为建筑物外部涂抹的都是金粉，在阳光下耀眼夺目，所以改名为金阁寺。

香火旺盛，游客很多。有的欧吉桑和欧巴桑①穿得鲜艳而体面，香雾迷蒙中烧香礼拜。现在这金阁寺是 1950 年被火烧毁后，1955 年重建到 1987 年才完成的。新建的金阁寺镀金厚度是原先的五倍，这个三层亭庙式建筑，寺的正殿第一层是宫殿式，第二层是武士练武殿，第三层是禅宗寺庙风格，有佛的雕像。

小津陪海珠走近镜湖池，那些大树浸满水盈盈的绿意。湖水平静，真像波光闪闪的一面镜子。金阁寺坐落在湖的一角，清晰的倒影映在水中，湖中的金阁寺与岸上的金阁寺毫无两样。真是清隽、华丽、美观，有与中国寺庙相似却又是日本风的翘楚建筑。环湖有小岛和园林、

---

① 欧吉桑：上了年纪的老男人。欧巴桑：上了年纪的老妇人。

峥嵘的山石，有阳光蒸晒出的带有青草味的气流，小鸟"吱吱"鸣叫着在树丛间飞来飞去。真是田园诗般的美丽！

小津忙于摄影，他忽东忽西，跑来跑去，要海珠原谅他的忙碌。海珠笑看着他在炎热的阳光下忙得满头大汗。一会儿这种姿势在拍，一会儿那种姿势在摄。忽南忽北，忽高忽低，海珠明白他要拍出金阁寺角度最美的摄影作品来，他说他要对三岛由纪夫来一个"反其道而行之"，那么，什么是"反其道而行之"呢？她问小津。

小津认真地说："照片将来展出时你看了就会有感觉了。它会赏心悦目的！我不拍黑暗、阴郁，我拍光明与灿烂，我对三岛那种武士道式的自杀抱有否定。我还要拍人，拍出和平生活中人的安详气氛与场景。要把那些老人、女性、儿童的美融入金阁寺，有了人的照片金阁寺才是活的！烧毁后重建了的金阁寺才是比从前更美的！三岛的黑暗会被我的光明白昼代替；三岛的阴冷会被我以开朗表现。他的美同我的美会迥然不同。他说'生命之美正存在于年轻时悲壮的死亡'，那是害青年人的！而我喜欢年轻，也喜欢年老，年轻年老都该蓬蓬勃勃和平恬静地生活，我反对三岛歌颂崇拜的那种死亡。……"

海珠咀嚼着小津的话。

小津表现出对生活的热爱和旺盛的生命活力，说："让我们在这镜湖池边以金阁寺做背景合张影吧？好吗？"

金阁寺处于逆光的位置，但它的轮廓线闪闪发亮，极美。

海珠说："当然可以！"

他们用自拍机留了影，小津说："等到我们八十岁那年，再在这里拍张合影，那该多好！"

海珠朝他看看，说："你真该把嘴捂上，像日光那只猿猴！"

有蜜蜂和蝴蝶在眼前的花丛中飞舞。那么快乐和自由。金色的阳光沐浴着它们。

小津笑了："那意味着我们那时候仍在一起，那也意味着三岛由纪夫的话错了！因为生命之美既存在于年轻时，也存在于年老时！"

在这样的日子里，连一片绿色或泛红的树叶都可以编织成一场醉人的快乐，何况一张美丽的充满爱的照片？！

海珠与小津在一起，心灵上无拘无束，有说有笑，非常快乐。离开金阁寺后，中午是到奈良吃的饭。

奈良是日本历史名城，位于京都南方四十二公里处。

小津告诉海珠："中国游客到了奈良，会发现奈良和中国有很深的渊源。它的城市格局是网络状造型，有辉煌宏大的宫殿，据说同中国古都西安相似，都是红柱、白壁、绿瓦的宏伟建筑。奈良的舞乐，是唐朝时从中国传到日本的，至今仍旧保留着。"

海珠专注地听着他讲。

小津热情地说："我陪你来，是想让你看看有名的唐招提寺。这说明中日两国关系的源远流长。当然，我要拍那儿的照片！"

唐招提寺在西京五条町靠近近畿日本铁道的西京车站，午饭后，两人从奈良乘火车南行，大约十五分钟，再从西六车站步行六七分钟就到了唐招提寺。天空晴朗。阳光下，热气腾腾。这周围，一派古雅祥和的景象，使人心态悠然。

宏大、神秘、质朴而又绚丽，这是一个古老的大寺庙，创建唐招提寺的鉴真和尚本是唐朝高僧扬州大明寺的住持，应日本圣武天皇的邀请，为了传布佛教，唐开元二十一年，从中国出发到日本。十年之内，五次泛海，历尽艰险，都未成功。第五次东渡失败后，六十二岁的他双目失明，但东渡的宏愿始终不移。唐朝天宝十二年（公元753年），他率弟子四十多人第六次东渡，同年在今天日本九州南部鹿儿岛附近登岸，第二年到了奈良，受到日本朝野盛大欢迎。他在东大寺大佛殿前设立戒坛，向日本圣武、孝谦两天皇及其他高僧举行了授戒仪式，弘扬佛法。公元759年，鉴真和他的弟子在孝谦天皇支持下，创建唐招提寺。"招提"的名字就是"在高僧鉴真的佛陀身旁修业的地方"的意思。鉴真渡海到日本传教,不但对日本的佛教历史,而且对日本的文化发展做出了很大的贡献,对于唐代两国的交流及友好也做出了很大的贡献。鉴真还通晓医学,在日本传授医学,热心替患者治病,在日本医学界享有崇高地位。鉴真在公元764年圆寂,回忆这段历史,海珠心里溢满怀旧之情。

小津告诉海珠:"唐招提寺是日本著名的佛教寺院,是日本南部七大佛寺之一,它集中了中国盛唐时期的建筑和造像艺术之大成,成为日本'天平文化'的建筑艺术和雕刻艺术的明珠,被定为日本的国宝。"

海珠随着小津看着与国内古寺庙类似的唐招提寺,寺庙内有阴凉、潮湿的气味,但古意盎然,寺院流露着中国大唐的建筑风格,不外显,不夸耀,似静立着留待有心人欣赏它的唐风遗韵。她想起前几年曾在国内到海南旅游。在南部海边见到过鉴真东渡的塑像。当年鉴真为到日本,遇到海上的大风浪曾船破遇险到过海南,然后又从海南再出发。那种为传播信仰及带去中国文化到日本的毅力令人钦敬,想不到现在自己站在鉴真建造并圆寂的唐招提寺里了,而且陪着的是日本男生小津,人生遭逢何其奇妙。……

寺院大门上的红色"唐招提寺"四字横额引起了海珠的兴趣。

小津告诉海珠:"这横额是当时孝谦天皇模仿中国书法大师王羲之、王献之的字体写的。真迹现在珍藏在寺里。"他说,"那个时代,中日关系和文化交流是丰富多彩的。直到今天在日本处处都可以感到中国文化对日本的影响。中日两国离得既近,历史上的渊源又深,理应友好。"说到这里,他下意识地摇摇头,没有继续再说。

海珠却明白他心里怎么想,他没说出来的又是什么。……

奈良的主要景点,中国人来游的以到唐招提寺为最多。这据说是世界最大的木质建筑。木殿高近五十米,内有一尊巨大铜佛,重量达四百三十七吨,高十六米。

小津说："这铜像花了五年时间才建成，是一个经典作品，最早是奉圣武天皇的命令在公元746年制造的。用这尊佛像作为他的权力的象征。为了看这个铜像，就值得来这里看一看。"

许许多多游客，来自西方的不少，穿着各种颜色的衣服都在大殿前摄影。海珠往前走，小津也不断给她录像。

海珠说："可惜，你录像，只录下了我，没有你。"她要小津把录像机递给她，她也给小津录了些游览的过程。

唐招提寺的主要建筑在金堂、讲堂、开山堂、藏经堂、礼堂，还有鼓楼。寺院大殿，就是"金堂"，是天平时代最雄伟的建筑。藏经堂保存有一千二百多年前鉴真从中国带到日本的经卷，开山堂里有精美的壁画。

小津告诉海珠："这是日本名画家东山魁夷绘制的，共计六十八幅，画的有中国安徽的黄山，广西桂林的月夜……"

开山堂里还有许多尊栩栩如生的佛像，但最吸引海珠注意的是鉴真和尚的干漆坐像。鉴真在唐招提寺住了四年后圆寂，时年七十六岁，这座鉴真的干漆坐像，是鉴真的弟子在他圆寂之前，仿照他的影像塑造成的，鉴真面向西方，结跏趺坐，微露笑容，双目紧闭。那种完成了任务去西方见佛祖的高尚悠然感，使人感叹。海珠静静地瞻仰，遥想着盛唐时中日友好交流的盛事，体味先辈对时间和生命的昭示，心里涌出不尽的沧桑，不禁叹息。

开山堂内主佛西边有高大的千手观音像，手像翅膀一样生在双肩，意味着拯救众生。海珠在国内有一年暑假与同学结伴游览过重庆大足，在那里见到过千手观音。同这一样巨大而又金碧耀眼，海珠心里说："菩萨哪！您真能拯救众生吗？我现在似乎沉沦在尴尬、无奈与忐忑、杌陧中了！您能拯救我吗？"……她从来没有求过佛，现在心里却突然这样想了，自己也觉得奇怪！当然，她什么也没有说。

她看到小津又专注于他的摄影了，他时时刻刻关注海珠，却又时时刻刻不忘摄影。唐招提寺有些地方禁止摄影，他就观览，可以摄影，他就专注摄影。他的摄影展，对他来说是一件大事。他的摄影作品，曾在日本著名的《朝日画报》不止一次地以整页的篇幅刊登过，引起了日本摄影界、美术界的注意。但摄影展对他而言是第一次将在东京举行。日本是一个艺术被廉价出卖而商业广告却霸占着广阔空间的国度。日本也是一个崇拜名人的社会。但小津对摄影有他的追求和爱好，有他的抱负和期待。

小津擦拭着汗，心情很好，忽然问海珠："你知道，我陪你来这里还有什么目的和想法吗？"

海珠摸不清他的想法，笑着说："小津先生，别出题考我了！你就说吧！"

小津得意地做了刚才看到的鉴真大师干漆坐像结跏趺坐微露笑容又双目紧闭的姿势和神态，说："我是告诉你，我要学他的精神，从事我热衷的摄影事业，还要用他的精神和意志完成我对爱情的追求！不达目的决不罢休！"

海珠看见他的姿态和认真，忍不住笑出声了，但说："可惜你不像！"

"为什么？"小津几乎想叫了。

"你不是中国人！鉴真大师是中国人！"她话里含有双关。

小津诚实地叹了一口气："唉！"接着说，"但我可以做到中国去的日本和尚小津！"

看到他这么认真，海珠不忍心再说什么使他泄气的话了。

走着路，晒着日光，吹着风，非常快乐，两人徜徉而行，边谈边看，欣赏着风光之美。

小津说："摄影学从创始以来，形成了许多流派，拍人像的，像绘画派、传统派、表现派、唯美派、传神派、环境派、纯粹派、超现实主义派等。但我是一派也不派，我可以吸收各种流派的长处，但也不受他们的束缚，我自己有自己独特的欣赏力和表现力。比如，我给你拍照，你从不紧张拘束，你的笑，你的动作，都很自然放松，有了你这样天生少有的青春偶像，我无须干涉、无须摆布，更无须修饰，我就能拍出独特的以形传神的好摄影作品来，我要感谢你!"

"中国有句话叫作'戴高帽子'，你懂吗?"海珠问。

"我懂!"小津说，"但我没有! 我说的是真话!"

"那你拍风光景物呢?"

"我能掌握不同天气不同时段，也掌握了画面构图和光、影、色的配比。但风光景物，不但有景，也有情。看似静止，也有动态，我前晚重读《金阁寺》，就是在窥视三岛由纪夫对金阁寺的静态与动态的描述，从中悟出情趣和意趣，甚至是三岛的心态，引发我的灵感。我常思索独特的创意，付出我的情感。说老实话，有你同游，我感到心情不同，意境不同，激发出的灵感也不同。我想，这次肯定是会有许多情景交融的作品冲洗出来的!"

刚说完话，他忽然看见一对白发的老夫妇，站在南边一对形象生动的木雕卫士前笑着欣赏，立刻上去抓拍，那对老夫妇慈眉善目，满面是笑，互相挽扶，衣服色彩鲜艳，男的胖，女的瘦，男的头发稀疏弯曲，女的瘪嘴，配着两个威武的木雕卫士，十分有趣。

唐招提寺给海珠留下了难忘的印象⋯⋯

四、徐福会和熊野滩

离开奈良，坐电车半小时就到了坐落在日本本州西南部的大阪，这是日本的商业中心。

大阪是日本第二大城市，人口近九百万，是个水都，风光旖旎。民谣说："东京八百所，京都八百庙，大阪八百桥。"桥多，是因为河多。远眺大阪，河道多，绿树多，楼宇现代化，看上去洁净美丽。如果从空中俯瞰，可以看到环形的地上铁路线、贯通南北的林荫通道、梅田摩天大厦、山上的大阪城堡、海边的大阪湾……

小津告诉海珠，大阪有最长的商品街，也有最长的地下街，人说是"购物天堂"，大阪自古以来，便有"天下厨房"的美称，是日本最有特色的饮食王国。他笑着说："可惜你不爱吃日本料理，此地日本料理与海鲜烹调的水准可是技巧最高的噢！"

两人午间在大阪逛街，有些商店可以买到不少稀奇古怪的日本特色的小玩意。从服饰、风铃到陶瓷器、蚕茧黏拼成的小工艺品，看了使人喜爱，海珠给兰兰买了一些。然后，两人到了道顿堀吃饭。这里被人叫作"吃倒街"，热闹极了！可以吃到中国菜、法国菜、意大利食品、西班牙食品……当然，更多的是日本各地有名的风味菜。

海珠建议："中午我请吃中国菜！离家日久，我太想念中国菜了！"

小津点头："好极了！晚上我们再在这儿吃日本料理，现在我知道你并不是排斥所有的日本食品，我拣不腥的食物点给你吃。绝不请你吃生鱼片和寿司，好不好？"

爱情不知不觉能使人处于燃烧的状态，两人高高兴兴地进了一家中华料理店，小津听任海珠点菜。海珠点了些炒海鲜、炒肉丝、炒蔬菜，吃米饭，但滋味完全同中国有异，不是那么一回事。小津吃得津津有味，说："很好吃！很有味！"

海珠笑了，说："谢谢夸奖，说真的，这不能说是中国菜，但又确实不能说不是中国菜！"

小津问："那是什么菜呢？"

"这成了中日混血儿了！"海珠揶揄地说，"这是日本厨师做的中国菜！"话说出口，却忽然觉得这"混血儿"的话说得不好，脸微微红了。

小津注意到了，说："我喜欢混血儿！"说着，大筷夹起菜来送进嘴里。

吃完饭，喝了茶，小津说："下午，我们到新宫市，并且去海边熊野滩看看！天神真帮忙，太阳常被云块遮住，像撑着大伞似的替我们挡住了日晒，不然在烈日下暴晒可能把你晒成非洲姑娘了！"又接着望望天上说，"最好的是又不是没有阳光！太阳从云层里钻出来时，我可以抢拍照片，我们去新宫游览后，就回来住在大阪，晚上一同吃日本料理逛大阪看夜景。"

离开大阪去新宫市时，是下午两点钟。这次来，是为探访徐福的遗踪来的。

海珠明白，小津有心选择那些与中国有历史渊源的地点陪她旅游。海珠小时就听爷爷司马天雨讲过徐福的故事，说徐福是秦朝时的方士，秦始皇做了皇帝，要想长生不老，徐福为迎合秦始皇的迷信长生，上书说海上有蓬莱等仙山，有长生不老药。秦始皇派了童男童女几千人，让徐福带他们从山东乘楼船入海，结果，竟到了日本，一去不复返了！

记得那天，听爷爷讲了徐福的事，海珠哈哈笑了，说："秦始皇那么厉害的皇帝，却也会遇到骗子上了当?!"

爷爷说："也许不算是骗子，那时漂洋过海危险很大，也许去到日本后，回不来了！……"

想起往事，海珠笑了。

小津问："你笑什么？"

海珠把往事讲了一遍。

小津也笑，说："日本百科大辞典上有记载，说我们日本传说徐福带了童男童女数千人和许多金银财宝、五谷器材，到东海蓬莱求长生不老药，在熊野滩登陆，但没能得到仙药，因惧后患，就留下不回中国了，他们的子孙就留在日本了！相传熊野的蓬莱山自古以来出产野山参，徐福来日本取长生不老药，可能指的就是人参，徐福有墓在这里呢！"

海珠侧脸看着远景说："在中国，徐福的事本来只是传说，但这两年，山东和苏北有的城市在争论哪里是徐福出发到日本的地点，我也不太注意，想不到在日本，除了传说，还真有徐福墓呢！从秦始皇至今，足足两千多年了！徐福的墓却仍保存着，太有意思了！你陪我到新宫来，是让我看看中国和日本的最初交往吧？"

小津精神奕奕地说："是呀！本来，可以多玩玩别的地方，但想到是陪一位中国的留学生小姐，就必须到新宫和熊野滩看看了！我也不能不拍摄这两处的照片了！我的摄影展，突出日中两国的渊源和友好，是主题之一呀！"

海珠露出浅笑，喜欢听他这样的话。她觉得他有男性魅力，又坦荡自然。

两人乘车抵达离和歌山市不远与三重县交界处的新宫了！游离的街景，漂泊的日光，新宫在波涛起伏的太平洋滨，一眼可以望见太平洋无边无际浩浩渺渺水天相接，这是座人口不到五万的小县城，但海风吹来的新鲜空气，使人神清气爽。街上有些地方挂着红色的大灯笼和彩色鲤鱼。民艺店里，有猫头鹰、兔、鸭、鬼面等小摆设，烤肉店门口有写着"炭火"大红字和"烧肉屋"白字的店招，拉面店里有些顾客在大口吃面，穿休闲服的男男女女混杂零散地走在街上。

海珠真想不到传说中本以为虚无缥缈的徐福在这里竟这么实实在在，有这么多的遗迹。这里有阿须贺神社，里面供奉有徐福的纪念碑。立有牌坊式高大玻璃瓦三洞大门的徐福公园，距门口不远就有徐福的一尊立像—— 一个戴冠穿唐朝官服的蓄须老头，面目祥和，双手相合。他被作为一个知识和医药之神受到膜拜。

在新宫市，小津询问到了"徐福会"的会址。到了那里，几位年长的徐福会会员，热情地接待小津和海珠。听说海珠是中国在东京春稻田大学的留学生，他们十分友好，热情地用茶道招待客人，表现得纯朴、善良。

日本人用茶泡饭，也吃茶粥，饮茶更是讲究。用茶道待客，是友好亲善，尊重客人的表现。

清洁的茶院，清寂的茶室，闲适的气氛，得体的款待，请来一位穿和服的美丽少女。她携来了全部茶具。她是茶师，几位长者都盘腿席地而坐，小津也盘腿席地坐下。海珠虽不习惯，也礼貌地跪着。小津又轻轻关切地对她说："如果受不了这种跪法，可以缩脚并偏向一边，再不，伸一伸腿也可以，不必强忍。"

茶具很讲究，那少女茶师一头短短的乌发，有一张文静的笑脸。泡茶之前，先上甜点。精致小巧的甜点，需小口品尝。姿态要优雅。这点海珠早听说过，未曾失礼。

少女茶师煮水温杯，点茶、冲茶、献茶，按规定动作，动作娴雅动人。她点炭火、煮汁水、斟茶，然后轻轻地、恭敬地依次献茶。献茶奉客时，她先将茶碗绘有图案的正面转向来客，海珠学小津屈身行礼将图案转向主人后，恭敬地双手接过用精美小茶碗盛着的茶水，先致谢意，再三转茶碗，轻轻品茶，慢慢饮下，又以赞赏的态度奉还茶具。但茶水入口，海珠却尝到满嘴的海藻味道，与中国的茶味不同。新宫离大海近，茶水有海藻味可能同这有关吧？

几位年老的长者——徐福会的会员，有的白发红脸，有的眼袋松弛，有的枯瘦的脸上刻留了皱纹，但都健谈灵活。他们指着墙上一件悬挂在玻璃橱里的会员服，请小津和海珠看，会员服上印着白色花纹，胸前正当中是一个大大的"福"字。他们说："徐福会常常举行一些纪念性的活动。每年也要去徐福墓上扫墓、献花、摆放祭品、行礼如仪。"

茶道用的那套茶具，从壶到碗，都是仿古的花纹颜色，精美细腻。大家品茶时赞赏茶具。少女茶师介绍："这是来自中国江西景德镇的，因为来客有中国客人，所以特地选用这套珍贵的茶具来款待的。"海珠表示谢意。

小津拍了些照片，又用自拍机，与大家合拍照片留念，然后告别主人。一位白发老人，特意穿上徐福会的会员服，决定陪小津和海珠到附近新宫町的徐福墓去。

路不太远，走到近处，远远可以看到一处石砌的围墙。老人用手指着古旧的围墙说："那里就是！"走进围墙，可以看到三株高大幽绿的古楠树。海珠一眼就瞥见了徐福墓。小津和海珠随老人近前去看。徐福墓全部是用大石块砌成，墓前有一只古老的石雕大香炉，积满了香灰和燃剩的残香，香炉背后有石制的大盆，里面种植着花草。墓上的石碑，上镌"秦徐福之墓"五个大字，墓旁还有一块石碑，上镌"七塚之碑"。看到这古老、朴素的墓地和碑文，使人仿佛走进了历史长河，不禁有沧桑之感。海珠忽然想起徐福的漂洋过海必然艰辛危险，他带人在日本传播知识，是一位先行的文化使者，心里油然产生了敬意。

做向导的老人介绍："这'秦徐福之墓'五个大字，是朝鲜人李海溪写的。这在《和歌山县史迹名胜志》上有记载。"

天上，或者是云端里，有缥缈不知来自何方的风声，楠树上的叶片瑟瑟作响。隐隐约约听到似有风铃声，引起人的怀古幽思。

海珠问老人："李海溪是谁？"

老人笑摇着白头说："久远了！查考不了啰！"

"七塚之碑是什么意思呢？"海珠又问。

老人说："据说原来有七个塚，都是与徐福同来日本的大秦汉人的集体埋葬墓，但湮没了也不可考！"

历史长河滔滔流逝，古老迷茫的历史已湮没得难以寻找。剩下这么一点遗迹，还是保存下了那些今天人们想了解和保存的往事，往事袅袅，有这点古迹存在，往事就不会散尽，听到风吹楠树，发出轻轻的弦音似的飒飒声，海珠若有所思。

小津请老人在徐福墓前凝望着墓碑，让他摄影留念。老人形象极好，又穿着徐福会的会员服，他用手抚摸着徐福的墓碑，深有感情。海珠忽然说："小津，让我双手合十，向徐福致敬，你拍这么一张我与老人及墓的合影，可以吗？"

小津满意地说:"当然!"他高兴地拍了好几张角度不同的照片,对海珠说:"徐福早你两千多年来日本,他是中国人的一位使者,在日本生根开花,到今天他促使两国友好交流的功绩仍受人尊敬,刚才这张照片,有一位徐福会的老人,还有一位中国留学生的美人,色彩、感情、地点都好,洗出来会很精彩的。"

白发老人,这时用手指着东边说:"这里往东走几里路,就是熊野山,在中熊野有蓬莱山麓,那里有神社,是徐福的大祠,门前有十块碑,碑上写着'徐福东渡记'五个字,该是记载当年徐福来日本时登陆的地方。"

天气炎热,老人年岁大了,汗湿额面,小津和海珠感谢他的陪同,同他亲热握别,请他回去。两人却肩并肩地径直朝东走向熊野滩去看望。

越走,越近海了,越走,越有海水带盐的气息了;越走,海风越大了!这处的海似在低声叹息,天上时有暴晒,有时日在云中,天又阴将下来,到达熊野滩时,只见远处有青灰色的雾霭,近处的沙滩有呼拥的波涛拍击,溅成白色泡沫,水天开阔,带给人浪漫的心绪。

海鸥飞翔,鸣叫声凄凉单调,四周一片苍茫,一片寂静。太平洋的水,滚滚滔滔,无边无际,看到广阔的太平洋的波浪,也不知为什么,海珠突然想起了陈川富,想起了那只漂浮在海上的装着陈川富骨灰的塑料瓶。一个爱享受,堕落了的不幸花花公子!但由于有过那么一段邂逅,由于他那么年轻带着悔意惨死异国,不能不使海珠心里涌出一种惆怅。

海珠伫立滩头,遥望无边无际的大洋,一轮炽日闪出云层,极其美艳,她沉浸在一片耀眼的绮照之中,风物妍美,空气纯净,阳光艳映在恬静却又动荡的洋面尽头处。风吹拂着她的长发,衣袂飘飘,她真想做一片云,或者就做一只白色的海鸥,可以在天空飞翔……

小津用天际与大洋作衬,将她美丽的背影拍摄下来,那是一个袅娜动人的单身美丽女郎，衣衫飘飘，似在迎风飞舞的背景，有许多海鸥陪绕着她……

本来，他俩想去找那块"徐福东渡记"五个字的古碑，但离山麓还远，又热又累，两人终于放弃了！

离开时，天际那轮红日将要下降，变成玫瑰红色了！照得两个年轻人身上一片绚烂，小津总不忘拍照。收起相机时，用高声压住海水的潮声说："海珠，我希望刚才拍摄的这些照片都有音乐一般的韵律美！"

海珠说："这可能吗？"

"有您在照片上，用我的心灵和技巧，这就可能！先前，你在海边临风舞时，我就仿佛听到了神奇的旋律！"

五、假日酒店

当天傍晚，西边天上的云彩白云苍狗、诡谲多变，随即又转向暗淡的时分，两人乘车回了大阪，住在南海假日酒店。这是一家西式酒店，门口霓虹灯早早就闪烁着变动不停的彩色了。这里离车站、购物区、夜生活很近，有舒适的房间和西式日式餐厅，海珠仍早抢先做了与第一晚同样的安排。

小津笑了，说："看来，你是只讲友谊的了！"

他的话说得含蓄，海珠听得懂，但有心不加理会。

小津提议："海珠，我们各自洗一洗，晚饭就到道顿堀去吃，那里可以吃有毒的河豚，鲜美非凡，卖河豚的厨师都是经过严格考试有执照的，保证不会中毒，但你不爱吃鱼腥，我们就不吃。这里烧鳗鱼也出名，不知你吃不吃？"

海珠笑得爽朗："你真周到！我不是不吃鱼，只是怕生鱼片太腥。这样吧，今晚到日本料理店，你选你爱吃的吃，我选我喜欢的点。大家都自由，好吗？"

两人分头洗澡换衣，喝水休息了一会儿，一同外出。

月亮已经出来，逛到了道顿堀，只见这条美食街灯光五色，热闹极了，餐馆并排并列地开着，都已挂上了布帘，有的点起了闪烁的转灯，有的亮红了大红灯笼，旅游的人来这里进餐的多极了，里面青春女孩极多，但在小津眼里，只有海珠是月亮，别人只是烘托的星星。

小津看着海珠，发现霓虹灯照着她，她的眼睛溢闪着流光，闪烁着跳跃的异彩，心想摄影技术再高，能拍出这样的美吗？……

他们选了一家门面宽敞、内里洁净的日本料理店，在摆在榻榻米上的小地桌子前面对面地坐下，小津给海珠点了锄烧、猪排、烤章鱼丸、狐狸面。小津说："尝尝！你尝尝！日本料理色彩和外观多漂亮！日本料理确实还是很好吃的！我希望你喜欢！"但马上又说，"如果你不喜欢，下次我们还是吃中国菜！"

晚餐后，两人进街，大阪市的街头夜色极美，街边的雕塑有满天星灯的树状装饰，映着绿水碧波，充满了诱人的吸引力。海珠本想买点礼物给导师和兰兰，自己也买点纪念品，但大阪的著名产物是刀剑、竹帘、牙刷、毛毯等。海珠只好仍选了一瓶威士忌酒请店家用有大阪标志的花纸包装好，外加一盒大阪名产风味小吃——粉红色的算盘丸子打算给谷川教授，给兰兰选了点化妆品，自己什么也没买。

闪烁的霓虹灯照着他俩的影子，回到南海假日酒店，小津希望海珠再一同去喝喝咖啡听听流行音乐休闲，但海珠说今天实在累了，还想洗发再洗洗澡，小津似乎失望，但也不勉强，打哑谜地说："有她陪我，我不寂寞！"

海珠问："谁？"

小津从颈间取出铂金链上的海珠照片，说："请看，她！"

海珠咬咬嘴唇，叹一口气，却没忍住笑。

大家互道晚安，各自回房。

小津回房，看电视消遣。其实，海珠回房后，洗了头又洗了澡，也在看电视。她说不清自己是一种什么心态。也许，同小津相识之时，本来是天涯陌路式的感情，但现在一起出来旅游，交往与交谈，已经形成了一种旅伴的关系。她今天确是累了，怕的是晚上与小津再一同去喝咖啡，小津会再纠缠。她现在并不讨厌他的追求，但怕感情情不自禁再深下去。

看着电视时，海珠心里很想听到小津忽然来电话或敲门仍邀约她去一同喝咖啡！当然，既没有电话，也没有敲门声，她的人格在传统与现代之间冲撞，心里的矛盾和微妙，如此年轻就常呈现出这种又甜又酸又涩又淡又近又远的味道和感受来了！

海珠躺在沙发上透过窗户看着月亮睡着了！

她做了个梦，梦是支离破碎的！

梦真怪！她的心沉重得不能释然。

她穿了一身雪白麻纱的连衣裙，黑黑的长发与飘逸的衣服形成强烈的反衬，风姿绰约，高雅迷人，好像看见了一片白花花的水面，水是清清的，蓝蓝的，平熨得像一面镜子，是金阁寺那儿的镜湖池吗？又像，又不像。她在水边，临风站立，又仿佛是看到了熊野滩，太平洋浩瀚得一望无边。是朝阳圣光充溢，又像是夕阳熠熠如血；苍穹发光，云水苍苍，她觉得自己仿佛变成了一只海鸥，孤单地飞翔，茫茫不知往哪儿飞。……

忽然，像灵魂出窍，她又走进了一处黑魆魆的大森林，树好高好高，好密好密，树干好粗好粗，遮住了光，分不清是白昼还是夜晚。她一人在树下茂盛的草丛中蹀躞，转来转去，绕来绕去，找不到出路……

听见了一种奇怪的音乐声，好像来自天上，又像来自海上，是一支散漫无际的曲子，袅袅回荡。她想叫喊，嗓子像被人用手叉住，透不过气，发不出声，走得太累太累了，寻呀找呀，一心想冲出黑树林去，见不到光亮和出路，怎么会这样难受？这样窒息呢？

不知是怎么的了？忽然幻觉置身在一片废墟上了，这不是广岛那幢劫后残存的"原爆圆顶"吗？心里酸酸的，看不到人。当年原子弹爆炸时该是这样的吧？……感到口渴，想喝水，心里恐惧，不知该怎么办。受伤了吗？身上是什么样子了？那天告别广岛，看到过原子弹爆炸的惨景后，当夜小津说过："战争就是残酷，和平才是幸福！当年日本军阀穷兵黩武换来了这样的后果，今后如果再打核战争，后果不堪设想。但愿人类不会愚蠢到想毁灭自己的地步！"

此时此刻，她虽在梦中，却十分挂念小津。有紧张恍惚的等待，心里热浪翻滚，小津在哪里？怎么见不到小津了呢？本来是与小津在一起的呀，怎么只剩下自己一个人了呢？心里压抑，想哭想喊，想透气，想逃离，但无能为力。

远处有阳光在树林间跳舞，树林明净而绿得醉人，忽然，景色变了！海珠陷身在大片无边无际长满盛开紫蓝色薰衣草花的田野间了！风来时，紫蓝色花儿海潮般起伏，将她包揽在花中，花儿轻抚着她，香气扑鼻，她迷醉欣喜，这时，看见小津了！是他！是小津！额上沁满了汗，一脸阳光，浑身活力，见到她，他飞跑上来，亲热地说："海珠，我爱你，真的爱你！"

海珠摇头，她想表达爱情，却又怕在爱情的利刃上舞蹈，她说："不，你应当明白，我和你，就像两只风筝！你懂吗？天上的风筝！我们可以在天上一同随风飞翔，但我们不可能永远在一起！……"

小津突然用力抱住了她，紧紧地、温暖地拥抱着她。哭泣着，她沉浸在被爱的幸福之中，心上流动着涩涩的温情与伤感，瘫软无力地由他抱着。……有大风雨刮起来了！雨滴好大好大，风好剧烈！……啊！啊！……

她忽然醒来了！一切都静静的！窗外仍有月光，这仅仅是一个梦！一个奇怪的梦！开了灯，金黄色的灯光照着房里的一切，她起来喝水，咕嘟咕嘟喝了一大杯，心跳得不像梦中那样急促了！觉得平和了！梦中的情景仍支离破碎，片片断断印象深刻地残留着。

人说未婚的女孩是多梦时节，海珠平时其实很少做梦，为什么今夜却做了这样多彩多异的怪梦？而且，这样梦见了小津：难道真是爱上了他？

吃早餐时，海珠去到餐厅，小津已经坐在那里微笑着等待她来到了。

"昨晚睡得好吗？"小津殷勤地问，见她点头，忽然说："你远远走来，我就在想，如果你穿了和服，一定风姿不凡，那是华丽温柔的美丽！"

海珠笑笑，摇摇头。她想起了刚来日本时田中赠送和服的往事，和服她不愿也不想穿，心中有一种自然的反感，陈川富要她穿上和服合影，她坚决拒绝了，后来搬离陈川富那儿时，那套和服她丢下给陈川富了！……这一切当然小津都不知道。她也礼貌地问："你昨晚睡得好吗？"

"不好！"小津摇头，他点的又是西式早餐，已经由侍者送上来了，他请海珠进餐，说："我昨夜做了一个梦，又做了那样一个梦！可能是白天累了，好怪好怪的梦啊！"

海珠心里一怔：他也做梦了！

"是可怕的梦吗？"海珠问。

"不！不可怕！很甜蜜的！你猜我梦见了谁？"

海珠似乎能猜到他梦见了谁，但不想回答，只说："我不在你的梦中，怎么知道你梦见了谁呢？"

"呵！不！你正是在我梦中！我梦见了你，在一片五颜六色的鲜花海洋里，像是夏之美景，却又有一种秋红萧索之美，也弄不清是海上日出还是青山夕阳。我迷迷蒙蒙，却忽然眼前一亮，见你从花的海洋里飞也似的轻盈走来，你真是太美了！真是无法抹去的记忆呢！"

"后来呢？"

"后来，"小津叹息一声，他的眼睛火辣辣的，烤得她心里发热，"后来我们就在一起了！……你不是告诉我，你在中国以前爱陪爷爷打乒乓球吗？在梦中，我竟同你打起乒乓球来了！我们都像是一流的乒乓运动员，打呀打呀，你打来，我吊去，打得无尽无休，边上看的人都鼓掌，打得我筋疲力尽了！最后——"他开朗地笑着说，"你别生气，我紧紧拥抱了你！"

海珠脸红心跳了，怎么两人都做了你中有我、我中有你的梦呢？是心灵相通、有美妙的共振吗？……

小津继续在说："我爱做梦！你可能知道，18世纪初意大利著名作曲家塔蒂尼的小提琴曲《魔鬼的颤音》，据说就是因为他做了一个梦才写出的！他梦见魔鬼要买他的灵魂，魔鬼为他演奏了一首旋律十分优美动听的小提琴曲。他梦醒后把梦中听到的曲子整理重现出来，就是这首《魔鬼的颤音》。昨晚，我的梦很美，我可能也会完成一批最美的摄影作品，或者也会带给我人生中一曲最美的生之旋律呢！"

海珠听得入心，但稳住心态沉默不答。她举杯喝着牛奶，忽然觉得天下最笨的爱莫过于明明爱了却不知道自己爱着，是要等吗？还是该爱的想爱的却因顾虑坚决不去爱？……她不再想，问："今天到箱根玩一天住一夜，明天就可以回东京了吧！"

小津说："如果愿意，明天可以晚上回东京，从箱根的小田原回新宿，坐观光快速电车大约九十分钟就可到达，我已经打电话在箱根订好了下榻的温泉饭店，今天可以进行温暖之旅了！"

他拿出一张箱根旅游图来，说："本来，昨晚想给你看，并且一同研究一下的。因为你说累了，我想今天早上研究也不晚。"他指着图给海珠看，"我们早餐后就去箱根，到达小田原。不用出车站，就坐箱根登山电车，估计一小时就可到达终点站强罗。强罗在箱根的中心，我订的温泉旅馆就在强罗。午餐我们在那里吃，休息一会儿下午可以从强罗改乘空中吊车到达芦湖之滨的桃源台。途中经过箱根有名的景点

'大涌谷'，可以看到火山口。到达桃源洞后，换乘四十分钟的观光汽船游览一下箱根最迷人的景点——芦湖，最后，我们回强罗温泉旅馆，在那里晚餐，泡澡、休息，你看行吗？"

海珠眼睛宝石般地闪烁，说："除了旅游，你需要摄影，你觉得好就好！"

小津诚实地说："摄影对我来说，固然重要，但怎么样也比不上陪你游览重要！"

海珠风趣地说双关语："你搞摄影应当忘我，头脑里想着别的就怕拍不出成功的好作品来。"

"不！"小津回答，"与你一起我不但有了照片上的人物主角，而且会有灵感的！在我，灵感与忘我同样重要，现在有些摄影家应一些杂志和周刊的要求为拿高的报酬，专门偷拍人家谈情说爱的场面，或者偷拍影星、歌星及名人的隐私绯闻，无聊得很，他们既不要忘我，也不需要灵感！"

海珠问："我们初次相逢的那晚，你救了我，那晚你在街上干什么？"

小津说："我在拍有些街上快要消失和改变的街头夜景，目的是留下它们往日的形象，将来在对比时会给人新鲜的震动，也会给人怀旧的感触。比如旧的大厦将要拆毁，有的隧道将要摒弃，有的店招将要改变，新与旧的对比和变化，我都要拍了留作资料。我常想，幸亏有那晚，才使我们相识，这是我最幸运的事了！"他将涂满果酱的最后一口面包片放进嘴里，兴奋地说："带着东西，我们去箱根啦！"

六、箱根留爱

位于神奈川县西南部、距离东京九十公里的箱根，山高水热，林荟苔翠，清溪出涧，温泉处处，风景优美。

箱根的小田原是个重要的城堡镇。小津和海珠在这里换乘登山电车开始了游览箱根的路程，由小田原到终点强罗有十五公里。

两人上了干净舒适的登山电车。

小津说："海珠！人的一生如果只能有那么一条轨道，那我真希望我们两人的轨道能联结起来，畅通无阻，你看这登山电车多平衡，多迅速！"

海珠觉得他的话是发自内心的，但只朝他笑笑，没有作声。

小津告诉海珠："日本这片国土，就像高压锅的锅盖，盖在活火山这口大锅之上。结果在日本各地的地层下，都奔涌出热气腾腾的温泉。"

海珠说："我看过一个资料，说日本位于太平洋板块与欧亚板块交界处，所以火山多、地震多，全国有许许多多火山，那材料看了叫人心惊肉跳。但日本却建设得非常漂亮。来东京后，我也遇到过震感，不大，而且早就不介意了！"

小津说："日本的自然条件是不好的！但温泉是最好的！"

沿途的风景赏心悦目。穿了红色、白色、黑色各种衣服，戴了各种颜色的旅行帽的游客，像花朵似的点缀在路途上和山野间，有太阳晒热的花草的气味飘散在空气中。阳光在风中流动，舞蹈。一些杉树林，绿荫在望，听得到鸟儿飞来飞去鸣叫，山间静谧、安宁，一派恬美气氛。

小津介绍说："据说 1590 年，武将丰臣秀吉率兵攻取小田原城堡时，发现箱根温泉又多又好，下令在附近山中建造一座温泉浴场，让将士们能够洗一洗舒解长途跋涉和战斗进攻的疲乏，从那时起，箱根的温泉就出了名，后来发展成一处休憩度假的名胜，成了日本最有代表性的国际知名的观光胜地。"

海珠说："我在未来日本之前，就知道箱根这个名胜了！现在来了，确实感到这地方很美！"

一路谈谈说说，到达强罗，两人下车走路找到了一家虽小却清洁亮堂的餐馆吃午饭。

小津说："现在，我可真知道你爱吃什么怕吃什么了！"他点了虾卷、炸鱼、甜点，说："怎么样？"他知道海珠怕腥，但鱼虾油炸了却是爱吃的。他又记得有一次到海珠住处去，见海珠买了甜点心，说："日本的糕点做得很好。"

高兴地吃着午餐，小津说："吃完，我们去温泉旅馆办住宿手续，然后分头洗一洗身上的汗，旅馆里有温泉游泳池，我们泡了澡，先游泳休息一会儿，再去坐登山吊车到桃源台，你看这样可以吗？"

海珠在大学时代常常游泳，这时粲然一笑，说："好！"

那旅馆是坐落在岩旁的木结构建筑，带着神秘古老气氛，环境幽雅清净极了！温泉上弥漫着浓浓的水雾。温泉旅馆富有情调，使人心情充满光泽。两人在旅馆办了手续，海珠很满意小津的安排，他是仿照海珠前两次的安排做的。这使海珠放心，两人各自去泡澡洗澡。

海珠在更衣室内脱下衣服，拿起毛巾、肥皂和小水桶，进入一间墙壁和地上都铺有瓷砖的大房间，洗净身子。浴池就在隔壁，等水全部流尽重新注满后，进入浴池。

池水很烫，她打开冷水，使水的温度合适了：温暖的水雾使人舒适，她心情舒畅，美美地泡了一会儿，洗好澡，见旅馆里提供的女性游泳衣丰富多彩，她选了一件白底蓝花的泳衣穿上，她身材匀称，肢体光艳奔放，体形美好，又选一件长睡衣罩上，兴致勃勃地朝游泳池走去。

温泉水不断注入游泳池，上有轻烟似的淡雾。有些孩子在戏水游泳，笑得可爱，水花溅得老高。水蓝得清澈见底。海珠见小津也洗好澡穿着泳裤外加睡衣来到游泳池边了。他看到海珠散了长发，乌亮的黑发瀑布似的流在双肩，忍不住说："哎哟！我去拿相机！"话声刚出，人已走了。

小津回来时，海珠已在温泉游泳池里用优美的仰泳姿势凫起水来了。中午时分，阳光炽烈，刚才那几个戏水的小孩都走了，游泳池里静悄悄的。一会儿，海珠换成了俯泳，她那黑亮的长发海藻似的在水中披撒开来，在白皙的上半身上摇曳。每当双手一划，身子往前一钻，头发便向后漂流，姿势美妙极了！小津摄影，一会儿，海珠上来了，清粼粼的水滴珍珠般地从她胸肩洒落下来。她嫣然笑着，拿过小津手里的相机，说："你也下水游一会儿，我给你拍照！"

但小津摇头，说："要游晚上再游！现在，我们抓紧时间去穿衣坐空中吊车上山！"说着，他不小心，"乒"的滑下了游泳池，他爬上来，脱下了湿淋淋的睡衣，露出健壮的胸肌和臂肌，高兴又狼狈地笑着说："幸好相机在你手里！"

海珠马上给他拍了照片，说："这一定是张十分有趣的照片，你的笑容好极了！可以看看我抢拍的技术！"

小津笑着请求："晚上回来，不但可以游泳，还可以到休息室去听音乐，喝咖啡，今晚你总该陪我聊聊了吧？"

海珠点头说好，日本有些温泉男女可以混浴，但穿睡衣走到人前是失礼的没有教养的行为。两人各自去自己的住房里穿好衣服，走出温泉旅馆，在强罗搭乘空中吊车摇摇晃晃地前往芦湖湖尾的桃源台，蓝莹莹的天空透明透亮，这种吊车每隔几分钟便发出一趟，每趟可以乘坐十人，吊车沿着钢丝索道滑翔前行，远远近近的景色，都笼罩在云影日色里，秀色如画。吊车外，烈日炙人，小津发现海珠只是安静地望着下方和远方，有时甚至有一丝微笑出现在嘴角。

小津问："看到了什么？"

海珠说："我在欣赏那波浪似的白桦林，树在晃动，叶片都好像高兴得在鼓掌。这使我忘掉了烦恼与不快，感到了快乐。"

小津想：她有什么烦恼与不快呢？但觉得问这是不礼貌的，就没说话。他喜欢海珠脸上有微笑。

当空中吊车抵达大涌谷时，海珠俯瞰下方，箱根火山的喷火口就在下边。那真是狰狞可怕！喷火口裸露着被火烤红的山肌。深处距地面一百几十米的谷底，喷吐着白色轻烟。草木皆枯，浓烈的硫黄气味扑鼻而来，有惊人魂魄的威慑力量。大涌谷有空中吊车的停车场，乘客可以下去参观浏览，但海珠和小津决定节省时间直接坐到桃源台。空中吊车停了又开动后，山峦处处，有火山地带特有的黑土，遍布着绿色丛草和腾腾烟树。涧深崖陡，树林茂密，风景怪异，一会儿，迷人的芦湖就展现在面前了，带来一幅幽美的画页，令人倍感天涯的无边无际，宽广得像一个梦境。

芦湖是个火山湖，海拔七百多米，面积近七百公顷，湖水湛蓝清澈，碧波泱泱，清得仿佛能看见水的灵魂。下了空中吊车，走了一段，海珠忍不住嗟叹地叫了起来："啊！富士山！两个富士山！"

白头美丽的富士山，在这晴朗的阳光下，倒影完整地映在湖中，像一座白头山绘在白色的天幕中，又有相同的一座白头山倒影完整地绘在一幅铺开的蓝得透明的画布上。湖上远处，有海鸥水鸟鸣叫，水波浩渺。

小津说："平时并不经常有这样好这样清晰的画面，我上次来箱根摄影就没遇上这样的好运气！"他忙着在海珠帮助下迅速跑向几个角度得意地拍下了美景。

过了一会儿，小津和海珠坐上观光汽船游览芦湖，空气清新，有山有水，树木丛生，阳光飘浮在芦苇丛上就像蒙上了一层薄纱，水中溶化了天的蓝、云的白。人在水天之际，天空亮得像一面平镜，芦湖也亮得像一面平镜。人的心情开阔舒畅，两人都非常快乐。

小津用手指着说："这湖滨有个神社，里边供着一尊万卷上人的僧人座像。传说古时候芦湖底下有条凶恶的九头逆龙，掀翻船只吃人，僧人建了石坛每日诵经祈祷，感动了上天，将逆龙锁入湖底，人们就建了神社纪念他。可惜我们来不及去看了！"他有说故事的才能，海珠听得津津有味。

晚餐仍是在回到强罗后吃的，每一只大托盘里有一碗酱汤，里边放着蔬菜和马铃薯。一条烧鲜鱼，一块甜点心，一小碟咸菜，一小碗煮物，还有一小碗用鱼肉末加酱油拌的青菜，外加一碟切块的水果。花色众多，颜色诱人。日本人进餐尽量不剩饭，剩饭是失礼的。吃不下的东西可以不动筷，海珠吃了那条烧鱼和甜点心、水果。小津却几乎全部吃了，抱歉地说："海珠，这一顿你一定没吃好！是我的菜点得不好，请原谅！"

看到他那认真的歉意，海珠马上把那一小碗煮物拿过来吃了，说："不多吃些对不起你！"

两人都笑了。

小津关切地问海珠："累了吧？"

"不累！"

"高兴吗？"

"我感到放松了！"

小津发自内心地笑笑："你的高兴，就是我的高兴！"

海珠说："小津，我看到温泉旅馆餐厅里的招贴，说豆腐的怀石料理非常有名，是用北海道的大豆和箱根的泉水烹煮的美食，这种日本食物你一定喜欢是吗？我愿意请你尝尝好吗？"

小津高兴地点头，但却说："倘若你同意，我愿意还是陪你吃炸鱼、虾卷，外加荞麦面！"

海珠被他一本正经的模样逗笑了，却感到了他的善解人意。

晚餐后，回到旅馆，远处，有随父母来度假的孩子们的嬉戏声，像模糊的回音似的悠悠传来，在耳边萦绕。到休息室喝咖啡，客人太多，但情调不错。每个桌上都点着蜡烛。亮起小小的令人引起遐想的火苗，照耀着海珠和小津清澈透明互相对视的双眸。

听管乐队奏一些不精彩的老曲子，偶尔又夹一些流行歌曲。休息室里喝啤酒的人多，喝咖啡的人极少。小津笑着诙谐地对海珠说："我俩成清教徒了！"

海珠也笑，举起咖啡杯说："小津！为清教徒的友谊干杯！"

小津却举起杯来，说："不仅为友谊！也请为我们的爱情干杯！"他轻轻碰了一下海珠的咖啡杯，喝咖啡的时候，嘴唇有力而充满渴望。

海珠忽然发自内心地斟酌着说："但，反对的力量太大了！"她有无声的叹息。

小津摇头，轻声地说："中日互相仇恨是没有未来的！只有以史为鉴永不再战，向前看才是出路，我会终生为这努力的！我爱你！"他双眼诚挚地望着海珠，"爱情是反对不掉的！我的爱情信念，无坚不摧！"

海珠不看小津，摇头说："为什么总要说爱情呢？友谊是可以永恒的！友情不好吗？"但说这话时，她心里似有呼呼乱蹿的火苗。

"可是我不仅要友谊！"

"为什么？"

"因为我是男的！你是女的！友谊我在男子中也可以找到！我需要你的爱情！你会是我的生命！"

小津的话像在缝合、织造一个美丽的梦。

海珠脸红了，噤住声音，但放下了苦味的咖啡杯。

小津说："海珠，你美丽！我爱你不仅因为你美丽，还因为你聪慧美好，同你相处，我快乐。我喜欢你的温柔而又刚强，风趣而又善良，勤奋而又渊博。我不信佛，但你在我心中就是一尊女菩萨！……"

太奇怪也太有趣了！有一位时尚的日本女歌手这时走到小小的乐队演奏台前，准备献歌。那个小小的管乐队突然演奏起了那支熟悉、悦耳的日本民歌《樱花，樱花》。……

海珠感叹了，轻声说："啊！《樱花，樱花》！"

小津也神往了！

女歌手用女中音以日文忘情地在唱："樱花啊，樱花啊/暮春三月天空里／万里无云多明净／如同彩霞如白云／芬芳扑鼻多美丽……"

也说不出为什么，爱像要畅通无阻了！海珠被各种悦耳的音符萦绕在一片旋律里，她感到了爱的圣洁，心里像有波涛起伏，这支小津教她唱的歌，她喜欢它的美妙。此刻，她沉浸在女歌手的歌声中，心里流泻出温泉般的柔情来了！

歌声停止，大家鼓掌，小津提议："海珠，外边月亮和星光很好，这里人太多了！出去散散步好吗？"

相处变得美好而有诗意。两人走到幽静浪漫的外边，白天时，那些远处的山丘上长满了绿树，色彩浓郁，地形复杂。现在，天黑了，远处都影影绰绰模模糊糊了。覆盖着青苔的地面，很滑，踩上去要小心，淡淡银白的月光泼洒下来，满天星星好像飘散的渔火在幽黯平静的海面上闪烁。洁净的温泉旅馆的庭园中，有淡淡的夜雾化为露水无形无声地降落。暗影里，有茕茕的光斑跳动，也许就是荧火。游泳池方向，有人在戏水，传来轻轻的喧哗声。夜幕已将白昼的炎热包敛卷走。小津和海珠缓步走向僻静的地方。

泉水潺潺，静谧使人感到祥和愉快。仰望夜空时，有一颗流星飞过，划出一道耀眼的弧线，消失在遥远的天际。四下静得只有昆虫在草丛石缝中欢快奏鸣。两人的脚步声轻轻响动。这天空，这树下，这宇宙之间，充满了爱情。

小津突然说："海珠——"

他想怎样呢？他又要说什么呢？海珠心里有一种渴望，也有一种热情，更有一种期待，……为什么会有这种渴望、热情和期待呢？她自己也分析不出。仿佛是自然存在的，是感情主宰而排斥理性的。当刚才那一曲《樱花，樱花》奏唱结束时，她身上就像通了电流似的有了这种渴望、热情和期待。宁静、银色的月光下，她的脚步不由自主地向前挪动，在他身边的这个小津，此刻使她有了一种浓烈的亲近感。这就是爱情的躁动吗？

天上群星闪烁，星星都在挤眼。因为有淡淡的月亮，夜空大部分背景仍是黑暗。一只夜鸟受了惊，"吱"地飞过。月色迷离，四周如同梦幻。

小津陪着她默默地走，在夜静中沉默良久，忽然说："海珠，想听故事吗？我来讲一个故事好吗？"

她侧着脸微微笑着朝小津点头。她望着小津的侧影，那暗影里的侧影的轮廓线有一层融化了的光亮的微颤。银色的月光下，她停步倚在一棵树干斑驳的大树上，小津可以看清她可爱的纯净的笑容。于是，小津讲起了此刻他想讲的故事：

在日本本州中部西海岸的金泽那儿一条街上，有一对青年男女相爱了！他们有时秘密约会，总是在夜晚约定在一棵大树下悄悄见面。男孩路远，他又要侍候一个残疾的老母，所以常常迟到。每晚迟到了，他总抱歉地说，真对不起，劳你久等了！女孩总善良地笑着说，不！我等得不久！

男孩起初以为是真的，后来，有一次他早早提前赶到，发现女孩早就到了。男孩迟迟才走过去，故意说，真对不起，劳你久等了！女孩仍善良地笑着说，不！我等得不久！男孩才知，不管等多久，她因爱他怕他不安，总是体贴地骗他。

不幸，"二战"爆发后，1943年，男孩被征入伍。出发前，两人依依不舍，为了怕一去就回不来了或回来时家乡已毁于轰炸，两人约定，如果回来彼此找不到对方，一定到这棵大树下等候。

男孩入伍，派到东南亚作战，一次，在丛林战中负伤，失去记忆。日本战败，被遣送回国，多年后，才恢复了记忆。

一直挂念着那段永不可忘的青春记忆，带着苏醒的旧情，男孩回到家乡，老母和旧屋早不存在，他就直奔那棵旧时与女孩相约的大树。但一切都变了！看到的是许多商店、餐馆，一条陌生的街道，他满心凄凉，何处有大树，爱人何处寻？

满面风霜病容，他流着泪留恋徘徊，忽然看到附近有烟摊，想买包烟抽抽吧！他走上前去，对女摊贩说，请给我一包烟！摆摊子的女人正在低头补衣服，说，好！她抬起头，两人目光交流时，他看到那个苍白瘦弱的女摊贩原来就是他昔日山盟海誓而一直日思夜想的她！

啊！他和她潸潸的热泪都挂满脸上。他立刻明白：她是为了等他归来怕他找不到，又不知他何时回来，才在这大树早被砍伐了的旧地，摆着一个香烟摊等他归来的！……

他流着泪既悲又喜地鞠躬说：真对不起！害你久等了！

她也流着泪，但强制自己笑着说：不！我等得不久！

他俩紧紧拥抱在一起。

她温柔地说：你好吗？你老了！

他也深情地说：你好吗？你也老了！

小津讲完了故事，叹口气说："唉！为什么要等到老了才能相爱呢？"他的叹息声在周边回荡。

有些情意，转瞬即逝；有些情意，却会延续难忘，发展着爱情。

小津讲完故事，声音带着悲哀的气氛，泪水溢出了眼眶，忽然发现倚树站立、面对着他的海珠也已经满面是泪了，银色的月光将她的泪水照得晶莹闪亮，珍珠一般。她已被融化在这个男人如同太阳一般灼热的爱意里了！

小津一把抱住海珠，他感到海珠的心怦怦跳动，他深情地说："海珠，我爱你！"

天下最平凡、最陈旧的三个字："我爱你！"只要发自内心说得真诚，却使听到的人会觉得最动听、最动心！海珠这次没有拒绝，她颤抖着，让小津紧紧抱住她，用灼热的嘴唇火辣辣地吻着她。……

暑气随着夜色像退潮的海水一样渐渐回落。月光下，丰草长林，层峦叠翠，树连着树，温泉冒着热气。那是刻骨铭心的一吻。她深深记住这个夜晚，她可能也明白，她注定要为此付出代价！

七、黑色的一天

海珠与小津旅游结束返回东京后，身上涌动、感受着一种生活中的韵律之美。海珠喜欢与小津心灵的交流，有了知心的人，是幸福的！

生活依旧，心情完全不同了！那是一种陷入热恋的喜悦、激动与兴奋，但在海珠心上又是一种忐忑不安与隐隐出现的焦虑。

她将带给兰兰的小礼物送给兰兰，同住的兰兰用一张友善、快乐但是疲劳的娃娃脸朝着她，用两只明亮的大眼睛瞅着她说："海珠，你更美丽了！虽然皮肤晒黑了，但你这次旅游一定玩得十分开心，是吧？"

海珠对着她笑，羞涩使她不想全告诉兰兰，友谊却使她不想说谎否认。她用笑容默认了。

"他真的不错！"兰兰说，"哪一方面来说都不错！我为你高兴！"兰兰的话是真心实意的。

难耐的是，海珠心里不安，她忙着先给家里打电话，告诉爷爷和爸妈，她利用假期与同学小小地做了一次旅游，到了广岛等地，但没有提到小津。司马天雨告诉他："我正在按计划写钓鱼岛，有些珍贵史料收集困难。比如明朝的中国史书《顺风相送》只有英国牛津波特林图书馆珍藏得有，正托英国的一位朋友在查找。"爷爷后来说："海珠，你抽空给我在东京找一找日本《朝日新闻》1970 年 8 月 29 日的报纸，那天的社论中有些材料对我有用，希望复印寄来。……"爷爷一心扑在写作上，情绪不错，使海珠高兴。但想到自己与小津的事，海珠像做了亏心事似的，将来不知该如何向亲爱的爷爷交代。

生活依旧，海珠却有时会有一种驾着孤舟闯荡海上的心情，似乎稍有闪失，会有触礁翻船的危险。这种心情只有在小津来到时才会暂时消失。

小津是讲求效率的人，旅游归来后，他工作忙，洗放照片，搞摄影展也忙。不是天天来，来就是在晚上，时间也不太长。如果来，他总是带着满面灿烂开朗的笑容，用他那快速健壮的步伐将阳光一般的快意带给海珠。

　　那晚，兰兰打工去了，小津来到，他吻了海珠，兴奋地说："去旅游的照片全部洗出来了！拍出了许多杰出的艺术品，我太幸运了！可以选出许多来参加摄影展，将来也可以编一本厚厚的摄影艺术作品集。照片留下了珍贵的记忆，你将来会是我这本摄影集中的女主角！"

　　那晚，他带了洗出来的许多照片，说："我带来了你的以及我们的合影，当然也有那天在箱根游泳池你给我拍的跌入水中的滑稽照。虽然滑稽，但你还是将我拍得非常帅。……"

　　海珠看到了那张小津跌入游泳池又爬上来浑身湿淋淋狼狈笑着的照片，不禁捂嘴笑了！想起了当时的情况。照片确将小津拍得可爱，有纯真快乐的笑容，她说："我喜欢这张照片！因为将你好看的笑容留下来了！"

　　小津递给海珠一张软盘，又指指洗出来的照片说："如果你愿意，可以寄回去。上面主要是你的照片，当然也有我们的合影！"

　　小津带来的许多洗出来的照片确实很好：金阁寺、熊野滩、唐招提寺、芦湖、箱根温泉……看了就会想起那三天旅游的难忘记忆。海珠心里洋溢着感动，在这种喜悦的时刻，她在小津的身边，却隐隐心里又有一种哀伤。她也说不出这是为什么。

　　房里原先小津放大了用金边镜框框着的海珠那张在樱花树旁拍摄的巨幅照片，仍端正挂在墙上，那段回忆虽已过去，却依然芬芳。如今，面前这许多照片又有了新的记忆。照片当时捕捉到的美妙感受，画面上的诗情画意，使海珠眼睛发光，沉浸在无法表达的心境中。异国风光，有的背景却像中国的山水画，青青的天，蓝蓝的水，丛林古寺、岩间庭院，天穹广阔……海珠静止的成像活跃在照片上，她自然而放松，青春焕发，都是最精彩的瞬间。

小津说："我会再选几张给你放大，用金边镜框装好，让你的房里，到处都有你的照片陪伴。"

海珠笑了："有樱花和我的这张和兰兰的那张画就够了！房小，就请别再放了！"

小津说："那就放到展览会上去！"

海珠说："算了，你父母，有岛荷风先生，还有杏子，他们看到了会反感的。"想到这些，她感到心情暗淡下来了！

小津率直地摇头："那是我的自由！"

"我们的自由都是有限度的！"海珠感叹地说。

"我不管！"小津坦诚地说，"反正，养父要我拍靖国神社的照片，我也去拍。当然。要他满意也难。比如靖国神社，我已拍过的是神社门口示威反对首相参拜的照片；也拍了祭日时一些人重穿旧时皇军军服耀武扬威的照片；靖国神社里许多树干上都贴有招魂幡似的大日本皇军××师团××联队××中队等一类番号，弄得乌烟瘴气、乱七八糟，我也要拍，我这是揭露，不是歌颂。养父参加右翼分子开会时，要我去拍照，我拍下了他醉醺醺乱讲话的照片，他说我丑化了他，让我重拍。那个会上男女老少吵吵嚷嚷，我拍后，他也说拍得不好。坏和丑的东西怎么能拍得好而美呢！"他摇着头笑了。

后来，因为忙，他就走了。临走，他亲热而又依依不舍地吻了海珠，他走了，海珠心里安静不下来。她思想像漂在水上的浮萍，心里疙瘩解不开，一夜都未睡好。

生活不会平静无波，隔天上午，海珠先去邮局将一些照片寄回家去，然后，又去到学校。但她想不到竟有厄运等待着她。

她见到导师谷川教授，将旅游带回的威士忌酒和一盒大阪名特产粉红的算盘丸子送给老师，谷川教授礼貌地收下礼品，带着古怪神态的脸上气色不好。海珠简单讲了利用假期出外旅游的事以后，导师却用冷峻平淡又保持客气疏远的态度对待，说："你的论文我看了！我希望学生都有与我吻合的论点和思路！不然，别的地方也许对她更合适。"他阴鸷着一只眼，"我答应过您，如果写得好，我会推荐出去，但您辜负了我的信任。中国人对参拜靖国神社反对，在日本社会，很多人认为对死者没必要追究。日本的神道教主张，善人恶人死后都可以成神。中日两国的文化价值取向确实存在难以接近的差异。你在日本，应当尊重日本的文化。你的论文，不但我不会推荐，我还要考虑是否要改变我以前对你的评价。"

他说得简单干脆，从抽屉里取出海珠的两篇论文，以不屑一顾的态度放在海珠眼前。

海珠明白，是自己那些有根有据的论点、数字，虽然正确，但冒犯了这位貌似公允实际胸藏极端国家民族主义意识和民族傲慢的学者。这位学者曾想软化她，所以提出"如果论文写得好，可以推荐去发表"的诱饵。目的未达到，就恼羞成怒了！一种自小受过爷爷熏陶的爱国情操使她想用礼貌的态度进行反驳。来日本前，外公吕平对她说过："到外国，很重要的一点就是注意树立良好的国家形象。国家形象不是抽象的，表现在每一个中国人的身上！……"对导师，她理智地知道这一反驳将不可收拾，就保持沉默，看导师再怎么说。努力使自己冷静。

谷川教授像脱下了一只假面具，用近视眼镜下两只锐利的眼看着海珠，神色严峻，身上仿佛散发着一股冷气："你到日本来留学，应当理解我们日本人，是的，日本皇军杀过中国人，但那是战争，怎么可能不杀人？中国人也杀日本人的！再说，比如为国捐躯后名字被刻在靖国神社的大批日本同胞，我们心中自有我们的分量。至于太平洋战争，日本人杀了十万美军，可是美国人在那场战争中杀了一百四十万日本人。比例是1：14，这怎么说？……"大约觉得话说得过头了，他开始较为和缓了："我认为我的学生该有一个和我能成为师生的可能。

这种可能越大，秉承我的东西越多，如果双方无法接近，那就只好分开走路，你是否可以思考一下我的建议？"

海珠礼貌地点点头，但不说话。

谷川教授又说："中国正在利用历史问题，将日本作为憎恨的对象。中国有许多什么'南京大屠杀纪念馆''中国人民抗日战争纪念馆'等让人去看，在历史书上也刊登日军暴行的照片和事情，日本媒体和政界人士早就指出这样做不对！我建议你改变一下思路！"他用手指指太阳穴。

海珠终于忍不住了！语气平和但是字字用力地说："侵略国是不该对受害国正确记载历史说三道四的！"

不料，谷川教授突然古怪地笑笑，说："不说了！不说了！无须再说了！"

海珠仍在生气，意识到导师信奉霸权主义理念。他的非理性思维与极端化的价值取向同日本目前采取的外交思想是一致的。她觉得继续反驳已无意义，导师既停止了辩论，给了弹性，暂时维持了表面上的和谐，海珠听说有不少日本人常将直觉、本能和情感，当作行事的重要依据，日本人讲究处事暧昧、圆融和避免尴尬，来做研究生自然不宜撕破脸皮。她得体地合乎礼貌地取回论文，用恰当的尊敬长者的姿态告别了谷川教授。

又想不到的是谷川教授忽然说："有件事忘了告诉您，您打工的那家公司的主管打过电话给我，我给您写过介绍信的，因为不景气，业务要缩小甚至可能停办。非正式的员工不拟雇用了，所以你不必去了！他们通知我了！"

海珠在中元节前，去广告公司打工时，是听说卡的都株式会社的常务执行董事田中一雄给公司打过电话询问海珠的情况。现在谷川教授又这么说，看来弄不清究竟是怎么一回事了！本来，田中介绍海珠去这个公司打工，是因陈向明夫妇的关系，陈向明、黄雪梅早已出事，陈川富早已被杀，田中不愿负责，采取什么措施都属正常，海珠很想得开。

那种在陌生环境中的压迫感，使海珠感受到了一种威胁，心里有失落感和挫败感。她后来离开了导师。走在年代湮远的校园里的路径上，校园异常清静。她去图书馆寻找参考书。晒着太阳，脑里晕乎乎的。那些有了年代的古老房屋和环境，使她体会到一种生活在焦灼不宁的惨淡日子里的滋味，似乎可以想到这里边曾有过不少沉重甚至辛酸的故事。一个上午，先是导师谷川的当头棒喝，接着又来了公司的解雇，使她更有一种在别人国度里的孤单感。即使现在与小津在热恋中，也解脱不了这种孤单感。根在彼岸，心在彼岸，一颗中国心，使她对这多事多难的一天发生憎恨。她本来是个要强的人，本来她可以有选择留下来的自由，但也一样可以有坦然选择回国的自由，只是现在有了小津，却不能这样做了！……导师那里，她可以用沉默与缄口来处理（虽然这样是十分难受的）；广告公司不去了，她可以到别处再去打工！……

环境复杂与心灵压力，似快超过了她忍耐与处理的极限。但，这么想着，她心中坦然了一点。从图书馆里夹着些书出来时，她忽然想唱歌了！歌声可以抒发心中的烦忧。她在大学时代是本校出名的歌手，当影片《泰坦尼克号》上映后，那支插曲《My Heart Will Go on》流行时，她在毕业时的演出会上高歌一曲，曾赢得铺天盖地的掌声。她的嗓音模仿那位歌星，简直可以乱真。此刻，也说不出为什么，她竟慢慢地唱了起来，有悲怆的浓情，有动人的挚爱……这使她想起了她和小津。唱着唱着，心又沉重了！她并没有达到可以唱掉郁闷得到轻快的目的。

她途中买了两份报纸，回到住处。从冰箱里取出食物，简单做了些吃的，边吃边看报纸，想看看报纸上的广告里有没有可以求职的地方。但没有，两份报上都没有，心里苦闷，也忽然决定：要把小津的事告诉妈妈。这事隐瞒家里时她觉得良心受到责备，这事隐瞒家里岂非迟早都得不到解决？她分析过：爷爷是一定会坚决反对的！爸爸也未必会同意，但妈妈也许会好一些。妈妈思想比较前卫，开放。妈妈早盼着女儿能有一个好对象，妈妈疼爱女儿有一颗母亲的心。……想到这儿，她决定先同妈妈商量。

她先用英文发了 E-mail 给妈妈说：

　　亲爱的妈妈：有要事需和你通话，但不希望爷爷和爸爸知道，今晚八时（东京时间为七时）我打电话到你单位，请接。海珠。

做了这个决定，心里似乎安定了一些。她开始收拾房间，洗自己和兰兰换下的衣服，然后，静静坐下看起书来。……

四周空荡荡的无声，她吃晚饭后，准时与吕丽娟通了电话。妈妈在杂志社里有单独的办公室。一会儿，母女就接上了话。

吕丽娟很着急，不知发生了什么事，急促地问："海珠，你好吗？什么事？快给妈妈讲！"

海珠连忙安慰："妈妈，我好。但有一件事我要告诉您，同您商量！"她介绍了小津，扼要但中肯地讲了自己与小津相爱的经过，讲了小津的养父及小津家庭和父母的情况以及他们反对的事，也讲了自己与小津是如何从相识到相爱的过程。最后，希望妈妈能同意她与小津相爱，并且告诉妈妈，她已寄了新拍的一些照片回家，其中与她一起的那个青年就是小津。

出乎意料的是吕丽娟在那边说："海珠，其实这事，爸爸和妈妈早知道了！……"她将上次慕容教授收到夏目律师电话后来家告诉司马康勒的事如实说了，最后说："小津这个日本青年如果确实不错，你自己选定了的话，妈也不是保守的人，妈也相信你自己的选择，但是——这件事你外公也许可以同意，你爷爷肯定不会答应的，不但不会答应，他还会生气的！他现在身体不好，气不得！你爸爸，他也似乎不热衷，不过，他呢？跟你外公一样，我还都能做做工作。难办的事是你爷爷！"

海珠说："妈妈，小津和我确实相爱！这是我们的初恋，我相信也是我一生唯一的一次恋爱！我是十分认真的！他也是十分认真的！无论如何，好妈妈，您要支持我！"

"唉！"吕丽娟动感情地说，"为什么偏偏他是个日本人呢？中日关系又这么坏！小泉这种首相老是拜鬼！你爷爷的脑筋在这问题上是转不过弯来的！我对劝他是一点信心都没有！……"

"妈妈，为了我的幸福，我求您了！您看，我是不是可以直接同爷爷通一次电话求求他呢？他是那么的爱我！"

"正因为他特别爱你，这更不好办！先别冒失，事情僵了就更不好办了！这样吧！先给我点时间，再好好考虑怎么办，好吗？"妈妈的声音里透着慈爱，也充满无奈。

最后，两人就谈到这里结束了。

海珠心里空落落的，只想流泪！她感到身心都疲劳极了！平时这时候，她常在广告公司打工，现在却待在家里，她好苦恼啊！她拿起剩下未寄出的一沓照片，放在桌上看起来。

同小津在一起的这三天，像一场摇晃的梦，是多么甜蜜的日子呀！那是前所未有的快乐和兴奋。虽然这三天已经逝去，留下的却是无尽的温馨和喜悦，是前所未有的心跳和激动。难道这就是亚当和夏娃在伊甸园里尝到的爱情的滋味？可是，爱情现在带来了这么多的未知数，夹杂着凄美的悲情，怎么办呢？活得实在是太累太累了！阻力为什么这么大呢？她在大学时代，看到小说中、电影电视中描述的许许多多爱情故事，多数都是在盘根错节的情感纠缠中挣扎不得的男女酿成的悲剧。听到朋友、同学谈起许多爱情故事，也有不少是悲剧。那时未曾想过为什么，现在自己似乎也遇到了不顺畅的痛苦爱情，却仍是说不清楚为什么。爱情竟与政治关系这样紧密。爷爷爱国当然是对的。我是他最爱最爱的孙女。可是偏偏我同与爷爷有血海深仇的日本人恋爱了！为什么偏偏可爱的小津是日本人呢？为什么侵略中国伤害中国的日本至今不肯正视历史依然将中日关系搞得这样坏呢?! 她翻开摊在桌上的那些广岛、京都、奈良、新宫、箱根拍的照片，照片上有她也有小津的笑容，那些阳光灿烂、风光明媚环境中的发自内心的笑容。现在，笑容只留在照片上，笑容哪里去了？似乎爱过之后，她才明白了爱的苦味。

兰兰打工还没有回来，海珠独自久久地陷入冥想。小津肯定是在忙着洗放他的那些要参加摄影展的照片才没有来。此刻，海珠自然而然地从抽屉中拿出了那支爷爷给的玉笛。玉笛上的吉祥草，说明爷爷给这件传家宝的吉祥物包含着希望孙女平安、幸福、吉祥如意，但能有这样的吉祥吗？

袅袅地吹起了玉笛，姿势曼妙，轻轻的笛声悠悠地响起了《樱花，樱花》的旋律，在箱根温泉旅馆休息室里听那支小乐队演奏，那位女中音日本女歌手的歌声又动情地响在耳边了！日本是非常喜欢民歌的民族。小津的歌唱得极好，他会唱很多日本歌，也会唱一些英文歌。在箱根夜间散步的那夜，初吻之后，他们继续散步，沐着雾气和露水，小津轻轻给海珠唱了《樱花，樱花》，恳求海珠也唱一支歌。海珠就轻声唱了《*My Heart will Go on*》。小津说："我真没想到你的歌唱得这么好。"那是一个难忘的夜晚。那夜，天空蔚蓝蔚蓝，月光明亮明亮，他们热情地拥抱，陶醉在从未有过的爱情中。……

此刻，她吹了《樱花，樱花》，想起了那晚，酸苦的心头渐渐又泛上了甜意，燃情的往事是永远会清楚呈现在记忆中的。

就在这时，门铃响了！兰兰这时还早不会回来，难道是小津吗？怎么他来之前不先打个电话问问我是否在家呢？多么希望小津这时候能来啊！

但，门开了！站在门口的不是小津。

这是杏子！海珠见过她一次的！那次是晚上，但她的模样仍记得清楚。今夜，她依然穿着时尚，新潮染发，服饰前卫，浓妆艳抹。她浑身散发着一种奇异的香水味。使人有一种刺激的感觉。

"小津不在吗？"她矜持地问。她眼睛细长，面孔上冰冷呆板，不太容易看清她的内心。

"不在！"海珠预感到一种不祥，来者不善，见了她，仿佛见了乌鸦似的难受。

"那我要进来看看！"杏子说着，竟大步进房来了！一般的日本人都是很讲礼貌的！杏子这样是有意侮辱人呢！她不换鞋，大摇大摆自己朝桌前一坐。

海珠仍礼貌地问："有事吗？"

杏子不答，用手抓起桌上刚才海珠在看的那许多照片翻看起来。她显然是看到了小津和海珠的合影，嫉恨地说："好呀！你这支那女人！你用留学名义来日本挣钱！小津被你迷住了！但你错了！没有我父亲——小津的养父，除了空气他什么也没有！我恨你！你听见没有？我恨你！"

海珠心里冒火！她本想保持平和与镇静，这种平和与镇静来自她自身的教养、素质和她自己背后日益强大的祖国。但听到杏子这些咄咄逼人无中生有的侮辱的话，她实在忍不住了！她骄傲地拿起电话，尖锐而严肃地高声说："请快走吧！我要报警了！"

这话很灵，杏子仓皇地站起身来，显得猥琐和丑陋。怕被报警，她真的走了！但留下了一句话："我诅咒你！你不会得到小津的！"

她匆匆忙忙就走了！脚步声踢踢踏踏下楼远去了。

海珠有身上被泼了污水的感受，觉得今天这一天，真是黑色的一天，怎么会有这么多意外的不痛快的尴尬事呢？这种时候，她身心疲惫，孤寂委屈，有独自无助的感觉，是那种曲终人散时的凄凉心态，真想家呀！也真想小津和兰兰突然出现。

但是，她忽然发现杏子临走时顺手牵羊竟悄悄偷带走了桌上小津和她在广岛、金阁寺的合影。

八、说服者

快乐旅游回来的第四天晚上，海珠突然意外地接到了慕容教授的电话。

"海珠！你想不到吧？我到东京来了！"

"啊！慕容爷爷，真没想到，我真高兴！您住在哪里？我马上来看您好吗？"

"离你不远，我与朋友住的是新宿区百人町的永裕之家，台湾人经营的住宿旅馆，收费合理，也还舒适。"

"慕容爷爷，您来东京干什么？怎么事先也不告诉我，我好接您。"

"很方便的！用不着你接，来得匆匆，我也没有告诉你家里。前天，我们一同来的有三个人，有比我们早到的另一批中国专家学者。我们是来参加由日本政法大学主办，日本外务省、中国驻日大使馆合办的中日关系研讨会来的！参加会的中日学者和日本各界人士有二百五十多人。已经开了一天会，今晚有空，所以我马上打电话给你。"

"我马上到您住处来！"

"不，我到你那里来，也好看看你的住处，了解你的生活情况，回去好告诉你爷爷和爸妈，你把地址再说一下。"

"还是我来吧！"海珠说。但听见慕容教授等着要对地址，就将地址说了一遍。

"那你等着我，马上见！"慕容教授话声刚落，就挂了电话。

海珠因慕容教授的来到有些意外而激动，她将房里整理了一下，就急急到楼下等候了。

果然，不多久，看见学者风度的慕容教授，穿一套米色西装迈着大步，轻捷得与他年龄不相称地出现了。海珠脸上有淡然柔和的笑，见了亲人似的快步上前，迎着亲热地叫了一声："慕容爷爷！"

在异国他乡，没有比见到这样的客人更高兴的了！此时此刻，她似乎突然感到更有一种荡漾在胸间的乡情、亲情在心里鼓动。她挽着慕容教授的臂将他引上了楼，进了房，请教授在桌前坐下，忙着从冰箱里拿出罐装饮料来，但教授说："海珠，泡点茶吧！"

海珠说："好！"就用电壶煮水给他泡茶。那一筒绿茶还是当初离家时妈妈给她放在箱里的西湖龙井，到日本后，给兰兰和小津喝了一半就不愿再用了，似乎留着是为了留下家和妈妈给的温馨。现在，慕容教授来了，自然该拿出来待客了！

窗开着，外边，远处夜空有霓虹灯反映出的淡红色光，慕容教授摸出纸巾擦脸和手，脱去西装上衣，松了下蓝底白点的领带，端详着屋里的一切，说："这住处在东京给留学生住就算是可以的了！"

海珠说："我同一个挺好的女朋友兰兰同住的。她现在打工还没回来！"

慕容教授看到了墙上小津拍的海珠在樱花树前的照片，说："拍得很好啊！"

海珠问到家里的情况。其实，情况她大致都了解，但多么希望从慕容教授那里再听他说一遍啊！

教授说："家里都好！你父母仍是忙于工作，你外公身体也不错，你爷爷专心写钓鱼岛，但他是个性情中人，对过去战争和日本人造成他心上的创伤，那伤口总在滴血。前些日子，有位到中国谢罪的日本老兵想同你爷爷见面，你爷爷坚决不见。其实是应该见的！他心里的理由仅仅因为对方是日本人。其实，从理论上他也懂得要有所区分，碰到具体现实问题，感情就占了上风，解不开怨仇之结了！对于那位到中国谢罪反战主张真诚道歉使中日友好永不再战的士兵，他拒绝见

316

面，是不对的！当然，这也可以理解，十几岁时亲历过的血仇，他是没法忘却的！"

海珠若有所思，说："爷爷过去受的伤害和刺激太大了！听妈妈说过：早年他有一次犯病，是因为在旧货店看到一面日军的太阳旗。那是白麻布做的，长有一米，已有破损，角上还染着血，旗上歪歪扭扭签着一个日军小队人员的名字。爷爷本来想买下收藏这面旗的。可是竟因看到旗子联想起南京大屠杀时看到过日本旗呼啦啦飘及我祖奶奶的惨死，旗子未买，他已经发病，两眼发直，泪流不止，精神恍惚，连步子都迈不开了！马上送到医院，住了一个月才回家。……"

慕容教授叹口气说："我是尊敬并且理解、同情你爷爷的！不是身受过这种伤害的人是无法切身体会他心中的仇恨与悲痛的。我常对他说，从现在和未来考虑，我们应该要理性看待中日关系，处理也一定要理性，但他是个因受日本侵略之害造成心灵和精神有重伤的人，硬要苛求他也是不现实的！"

海珠问："慕容爷爷，您这次来开会，情况还好吗？能谈点内容和情况我听听吗？"

慕容教授从容地说："这样的会多开开当然是有好处的，但交锋和生点火花也是有的。现在日本的民族主义情绪和大国意识日益膨胀，对华政策当中的消极一面逐步凸出。右翼报纸一提到中国，舆论表现总是非常情绪化。日本政界不少人对中国抱有某种厌恶感，但主张发展正常中日关系的力量也是不小的。这次会上有些大学教授和专家谈的意见就都有积极意义。……"

正在讲，电话铃声响了！海珠去接，来电话的是小津。

海珠说："我现在有客人。"

小津说："是慕容教授吧？"

"咦，你怎么知道？"

"他到我父母处去过了，说今晚要到你那里，并且希望见见我！"

"是吗?"海珠惊诧着说,"为什么?"

"我也弄不清!我马上就来!"

"嗨!"海珠只好挂了电话。

她挂上了电话,不知该不该问一问慕容教授是怎么回事,又想,不问吧,等小津来了再说,就说:"慕容爷爷,您继续说吧!我对你说的很感兴趣!我主要想听听您是怎么谈的?"

慕容教授气质温文,有一种老年学者特有的智慧和阅历,他的表达力很强,口齿清晰,有思辨力,说:"我大致是说,中日是近邻,中国人民愿意同日本人世世代代友好。中国的发展会使邻国受益而不会威胁邻国。中国历史文化传统是以和为贵,讲信修睦,善待邻邦,是己所不欲勿施于人,中国人爱和平,不要误解中国的发展。加强和改善中日关系,一是要以史为鉴面向未来;二是要坚持一个中国原则,台湾问题事关中日关系的政治基础;三是加强合作,共同发展,有争议的事通过谈判来解决,比如能源问题应摒弃对立加强合作,东海应是和平的海。钓鱼岛是中国的领土,领土主权不能相让,但一时解决不了可以留待以后解决。中日关系即使是在对立与对话,摩擦与协调并存之中发展,这种关系也未始不是一种成熟的关系。当然,我特别强调,日本领导人一再参拜供有甲级战犯的靖国神社,太伤害中国人民的感情,日本领导人应当停止这种行为。……"

听着慕容教授侃侃而谈,善良的海珠忽然想到了那次在"巴厘岛"吃南瓜饭的事了!那次,爷爷同健谈的慕容教授谈得很投机,那天,陈川富在停车场他的雅阁车里写了字条。陈川富的骨灰瓶如今漂到何处去了?……

海珠起身去给慕容教授的茶杯里兑水。想不到慕容教授突然问:"刚才给你打电话的是不是夏目家的小津?"

海珠差点把手里的茶杯松手摔了,镇定下来说:"慕容爷爷,您怎么……您这是怎么回事?"

"是个谜了吧？哈哈！"

"是呀！真叫人猜不透！当然，我知道您同夏目喜多先生是朋友。"

"把谜底给你揭开了吧！"慕容教授幽默风趣而又爽朗地说，"我去看过夏目了！在他那里，没见到小津。我知道你同小津正在酝酿一场爱情呢！所以，我告诉夏目律师，今晚我要到你这里看望，要他通知他的儿子也来。我想看看这个年轻人呢！"

海珠点头，心里沉思：天下事每每总是出人意料，我同小津的恋爱，是我的初恋，本不想就确定，也不想张扬，但不知不觉竟陷进爱的旋涡里难以自拔了！同小津的恋爱，显然在爷爷那里是通不过的，但慕容爷爷现在介入了！也许，他是一个能解开爷爷心结和思想芥蒂的人！我还弄不清为什么慕容爷爷要叫小津来我这里见面，但慕容爷爷为人是见多识广、爽直、热情而且待人真诚的。看来也许是妈妈拜托了他也是他自己想介入这件事？……她一时想不出答案，却抱有一种希望。希望小津来后能给慕容教授一个好印象！

想着这些，海珠心里不安，沉默了。

慕容教授看着海珠，似乎能理解海珠的不安与沉默，语气关切地说："海珠，我知道你现在正陷入一种带点痛苦的境地，是不是？"见海珠点头，他继续说，"我想会会小津，看一看，谈一谈。然后听听你们的故事。也许，有可能我或许会出点力！"

海珠心里感动，不知说什么好，眼睛发热。

慕容教授说："海珠，你给我介绍介绍小津好吗？让我听听他是怎样一个人！"

海珠坦诚地把认识小津及以后的种种情况与感受说了。

慕容教授静静听着，风趣地说："中国的老话是'情人眼里出西施'，陷入爱河的人看到的都是爱。但我相信你不是那种糊糊涂涂随便廉价施舍爱情的女孩。看来，夏目家的这个儿子，必定确有他的魅力！……"

海珠仍尴尬着不知说什么好。

这时，门铃响了！

当然是小津来了！海珠去开门。

小津一进门，他的明朗、青春、健康，那一头乌亮的黑发，那一张带笑给人好感的坦诚的脸，那高而又不太高的匀称身材，都给慕容教授好印象。

他有礼貌地向慕容教授行鞠躬礼，教授同他握手后，他也学海珠轻轻叫了一声："慕容爷爷！"然后，在对面的一张椅子上端正地坐了下来。

慕容教授端详着他，说："呵！你中国话说得不错！"又说，"去你家里没见到你，我很想看看你！"

小津站起来斯文地行礼说："多谢了！"

慕容教授要他坐下，率直地说："我是看着海珠长大的。可惜我没有她这样的好孙女。但我关心她爱护她。我可以问：你是真心地爱她吗？"

海珠没想到会是这样，脸上起了红晕，心里有种说不出的滋味。

小津突然严肃了，双手抚膝，端坐着说："那当然！"他点着头，声音发自肺腑。

"你能给她幸福吗？"

"能！"小津点头，"我一定要给她幸福！我对她的爱是永远不变的！什么牺牲都可以付出！"

"那我问你：你爱中国吗？"

"我爱！"小津不打折扣地回答，"我爱中国！我爷爷还葬在中国！"

"那，你爱日本吗？"慕容教授语气透着尖锐。

"我爱！"小津也不打折扣地回答，"我爱日本，因为这是生我养我的祖国！我父母都在这里！"

"现在中日关系不好！你感受到没有？"

320

"我感受到了严峻的现实！"小津皱着眉说，"这是使我心上困扰担忧的问题！"

听着这样的问答，海珠的心一直在一跳一跳地激动。

"你担忧什么呢？"

"《中日和平友好条约》和《中日联合声明》其实早对中日友好做了规定，只是日本领导人没有认真执行而已。这使我担忧，但我愿为此努力尽一个日本人的责任！"

小津的话引起了慕容教授的重视。这个日本青年是有思想的，这使他欣赏了："呵！小津，你说得好，但是，想过没有？如果你现在同一个中国姑娘相爱，不会引起不幸吗？"

小津脸上更严肃了，说："慕容爷爷，谢谢关心！我知道，你问这些完全是为海珠和我好！我也知道我们的爱情是有阻力的，有家庭方面的阻力，更有国与国关系造成的麻烦。因此，也许，谁也说不准今后我们会遇到什么样的干扰、影响、坎坷和侵袭，但爱情我相信是有不可战胜的力量的，只要我们是真诚无保留地相爱，只要我们决心去为爱努力，为爱奋斗，那么，我们将排除一切去获得幸福！"

说到这里，小津看着海珠，似乎是说："海珠，你说是吗？"

海珠一直认真听着他们两人的一问一答，面上平静，心里却海啸地震，眼睛发酸，这时点头对慕容教授说："小津说的是实话，他要说的也正是我要说的。"

慕容教授不由得感动地说："你们使我感动了！我祝福你们！人间并不是天堂，但在人间由于有了爱，你会找到幸福的天堂的！如果在你们的恋爱中，海珠的家里有什么阻力的话，我愿意充当一名志愿的说服者。"

海珠心里激荡，竟流泪了！

小津站起来鞠躬，动感情地说："慕容爷爷！拜托了！"

慕容教授忽然说："我后天中午飞回中国，明天是星期天，上午我要接触些日本朋友，但午后有空，我想到靖国神社的游就馆①看看，你们有空陪我去看看吗？"

海珠和小津都说可以。

"你们都去看过了吧？"慕容教授说，"我以前来过两次日本，但都没有去靖国神社，那里供奉着日本甲级战犯，我是不愿去的！但其实这也片面，不是去参拜，而是去看一看了解了解，那是有必要的。不过，这次时间不多，只能看看游就纪念博物馆了！"

海珠说："神社有规定：进拜殿者应行参拜礼，可是对于不愿参拜的外国人尤其受害国人而言，不拜也很自然，无法强迫。小津去看过，他当然不是去参拜，所以未进拜殿。我与慕容爷爷心情一样，不愿意去那里，所以一直未去！"

慕容教授说："游就馆美化日本侵略战争否定侵略历史，明天午后我们同去看看！……"

九、如此游就馆

日本庭园之美，以京都为最。

京都曾是日本的首都，被称为"日本的文化摇篮"，东京都中心市区，"一寸土地一寸金"。

据说，"二战"末期，美国要向日本投掷原子弹时，军方提出的可供选择的投弹目标，京都名列首位。但当时负责原子弹计划的陆军部长史汀生认为京都是个历史悠久的古都，丰富的文化遗产必须保留，

① 靖国神社位于东京都千代田区九段北三丁目，游就馆在靖同神社的东北角，靖国就是"安邦护国"之意。游就馆名称取自《荀子·劝学》篇中"君子居必择乡，游必就士"一句，以此象征靖国神社内供奉的"神"，是"高洁之士"。游就馆是为了展示供奉在靖国神社内的"祭神"的遗物、资料、武器等与战争有关的历史遗物而建的。"二战"结束后，曾被关闭，1986年重新开放，其内容及目的，都是美化日本侵略战争。

广岛遂成了代替京都的"枉死城"。

京都旧时平面布局深受中国都城格局的影响,京都有许许多多神道社和佛教寺院。寺院古色古香,日本式庭园景色秀美,现代化建筑也错落相间,构成了一道亮丽的都市风情画。

靖国神社面积1.2万平方米,这里靠近日本天皇所在地"皇居"。神社南门前的靖国大道,是东京都一条有名的大街,弯弯曲曲东西横贯市区,游就馆在神社的东北角。

小津远远找地方停好轿车后,带着慕容教授和海珠从"大鸟居"(神社入口处的牌坊)沿参拜道路往前走了大约五分钟,就到了游就馆。

不是祭日,靖国神社的本殿、灵玺簿奉安殿等都是关闭的。靖国神社名义上是一个民间团体,但充满军国主义色彩和政治意味,处处都让人看到昔日日本皇军的标示,甚至连树身上都贴着招魂幡似的"皇军××师团××联队"等番号表示怀念和悼祭,使人感到当年的侵略军又在还魂了!

慕容教授和海珠、小津来到游就馆,见在游就馆参观的人不太多,金发碧眼的外国人可能是来自欧洲、美国的,也有东南亚国家和韩国人。

游就馆的正门前,有为战争中死去的军马、军犬和军用鸽建立的"慰灵碑",看了阴森森的。靠近正门的地方,引人注目地矗立着海防舰纪念碑。台座上边是海防舰的青铜模型,一面大石碑上镂刻着许许多多在战争中被击沉的海防舰的舰名,这些军舰其实都是日军在"二战"中侵略亚太地区时被击沉的!

慕容教授率先走到正门的右边,去看竖立在那里的"特攻勇士"青铜像。海珠和小津跟着过去,海珠看到一旁的《特攻勇士赞》文字上说:"特攻勇士……是今天和平与繁荣的日本的基础……他们那种崇高无上的殉国精神,应该受到国民一致的敬悼并永垂千古。"这里陈列的

"肉弹勇士"，主要是"二战"中用自杀方式与对手同归于尽的日本军人。其中有从水中攻击美军登陆艇的"伏龙特攻队"，有冲炸美舰的"神风特攻队"，宣扬的全是军国主义实施侵略的武士道精神。

游就馆的侧面，建造的新馆正在施工。乒乒乓乓的施工声不断传来。看来，这个出名的将当年日本侵略战争正当化的游就馆，要扩大展出更多的内容"宣扬国威"了！

"神风突击队员"，是日本"二战"投降前垂死挣扎用法西斯精神使用的一种"肉弹"形式，用强迫和欺骗方式使用飞机或鱼雷艇与对手同归于尽。一旁，陈列着一架当时使用过的那种零式战斗机和加农炮、机关炮、重机枪。……

慕容教授和海珠、小津一样，看时显得既索然反感，又厌恶那种军国主义的黩武死亡气息。

进入游就馆这所建筑，参观其他展览之前，要先进音像厅看循环播放的纪录片《我们不会忘记——感谢、祈祷、自豪》。身历其境，想到"我们不会忘记"的句子，使人们都看到那种咬牙切齿的复仇者凶恶的表情。

片子很长，一开始，就是原子弹爆炸的蘑菇云。接着，宣扬的先是"大东亚战争"，影片的画外音说："不开战就等于战败一样，是没有选择余地的。""这场战争是远东的小国日本面对大国对手的自存自卫之战。"……而到后来，则表现的是像画外音所说的："东京审判是胜者对败者的报复，是非法的审判！"……

慕容教授和海珠、小津静静地克制住感情，看完了纪录片，走出放映厅。

有些人脸上是漠然的，有些人脸上是皱着眉的，也有一个日本中年妇女却涨红了脸，用纸巾在拭泪……她为什么要流泪呢？明显是受到了纪录片宣传的感染了吧？

慕容教授轻声对海珠说："是非全颠倒了！可怕的是：种荆棘者必

然要收获刺！日本的孩子们受到这种教育，和平怎么能不受到威胁?!"

海珠注意到，不远处有一个熟悉的外国人的身影出现在眼前。

那是一个矮小精悍棕发的老头！他脑后头发微秃，脖子上挂着一只相机，穿的蓝色条纹 T 恤。啊！海珠清晰地想起来了！这是"二战"时牺牲在中国的美军飞行员的遗腹子山姆·昆，在外公吕平家那天会见美国航空员雷特蒙时，他是与雷特蒙等一同来的那位美国作家。山姆·昆正从放映厅里出来，他立定在附近，似要停步休息一会儿。他这时也突然看见了海珠，伫立着看着海珠，似乎面熟要招呼的表情。

海珠走上前去用英语说："山姆·昆先生，我们见过面，在我外公吕平家。您走后我就读了您的那本《从父岛到塞班》，您的书写得非常好。"

"啊，谢谢！您给我留下了很深的印象！"山姆·昆热情地同海珠握手，"想不到我们在这里又见面了！"

海珠轻声给他介绍了走上前来的慕容教授和小津。

山姆·昆说："海珠小姐，我不会日语，这很糟糕。这是我第二次来这里看看，上次有翻译陪同，这次我单独再来看一看。我接触到一些日本人，对我们美国人还是很友好的，但在这里，从展品和纪录片，明显看到仇美，也不承认日本当年侵略。很可怕！你有这种感觉吗?"

海珠点头："是的！片子一开头就是原子弹爆炸。并且说：希望告诉你们真实的一面！当年的侵略者日本成了受害者！这种宣传效果很坏！我们刚来，打算再看一看！"

山姆·昆拭汗："有两家报纸请我写一写我所看到的日本，我会如实写的，不少美国人把日本看作一个负责任的正常国家，不管日本在'二战'中做了什么，认为在过去近六十年里，日本变了，但实际我看到的是日本军国主义复活的可能性很高。美国有人认为《日美安全条约》是防范日本军国主义复活的瓶盖，但实际上日本力图要修改"和平宪法"，日本始终不忘要报仇！我有责任提醒美国！"

他说得有些激动，急着要走了，突然又回过身来对海珠说："你和朋友去看看吧！东条英机①、木村兵太郎②等的照片里边都有！他们都成了神了！山本五十六致南云的书信，在冲绳岛与美军作战打死无数美国兵的牛岛满司令官的军服，都给我留下可怕的印象！"

山姆·昆打着招呼快步转身走了。

慕容教授既会日语也会英语，对海珠和小津说："这位美国作家头脑清醒，可惜这样的美国人未必多！"

海珠简单介绍了山姆·昆的情况。

小津说："小泉首相说他是为了不再进行战争而参拜靖国神社的辩解是根本站不住脚的，任何国家都有自己的民族主义，但如果日本的民族主义变成简单的国粹主义，不去正视历史，和平是一定仍会遭到破坏的！"

游就馆里，在各展厅，按照时代顺序，陈列着日本参与过的战争的图片和军用物品。在"靖国的神灵"厅里，展出了阵亡者遗像和遗书，在大约五千张遗像中，很快就看到了甲级战犯东条英机的照片，他戴着眼镜，有微含笑意的奸诈表情。……

慕容教授看看手表，说："听说游就馆里把南京大屠杀称作'南京事件'，说明文是：'南京城内的居民很快就恢复了和平的生活'，实际却是日军屠杀了三十万以上的中国人！我们再走过去看看吧？看看游就馆，将会引起我很多的思考。"

海珠和小津陪慕容教授继续参观。外边阳光灿烂，有蓝天白云，但在游就馆里，即使在这炎热的季节，却使人有一种阴沉沉、凉津津的感受，而且，老是仿佛看到东条英机、木村兵太郎等战争罪犯那种残酷、奸诈的面容与表情，他们似在暗暗窃喜。

---

① 东条英机：发动太平洋战争时的日本首相，甲级战犯，东京审判后处绞刑。
② 木村兵太郎：甲级战犯，东京审判后处绞刑。

第五章

一、噩梦沉重

夜里，天气潮热。司马天雨躺在床上。因为怕得空调病，睡前早早就关了空调，却又热得难以入睡。

头脑里胡思乱想，一会儿想着美英联军在伊拉克的战况，炸死的妇幼平民真多；一会儿想着报上登载的美国东亚战略——与日本合作，对区域性和地区性挑战制订合作的方针。报上一篇文章详细谈到日本得到美国新式海空军装备的情况，这使司马天雨心里气愤得血液沸腾；一会儿又想着自己将收集珍藏的全部抗战文物和日本侵华罪证文物转让给中和企业公司的事。下午，中和企业公司的老总特地来看过他，商定转让签约及公证的事。那老总姓董，一个挺精明而又正派爽快的人，来谈时坐了一小时，表现得还诚信、厚道。

对转让这些心爱的收藏物件，司马天雨心里很舍不得，却毅然做了决定……由此，他又想起了心爱的孙女海珠……

自从海珠去日本留学后，他几乎没有一天不挂念她，有时幻觉中似乎看到海珠回来了！在叫："爷爷！爷爷！……"当然，幻觉只是幻觉。海珠正在东京春稻田大学留学呢！

他之所以愿将心爱的收藏的文物一股脑儿全部转让，虽然主要是因为自己年岁大了，应当开始安排料理一些后事了，文物的保存，交给中和企业公司不会散失反可得到充分利用，但也有为海珠考虑的成分。想用低价出让得到的这笔钱培养海珠，使海珠留学不致缺钱，不致过度劳累地去打工。他可不愿意心爱的孙女为了缺少留学费用在物价最高的东京，在日本人面前显得穷而可怜。……

现在，他服用了舒乐安定片后，想着海珠，朦胧间，却在不知不觉间进入梦乡了！

年老，不但爱怀旧，也是多梦的年龄段。

司马天雨在梦中，看见天空乌云密布，阴云笼罩下来。忽然，看见小时候看到过的鬼子兵了！鬼子兵都在新型的坦克和装甲车上铿铿锵锵隆隆地长驱直入扑面而来。天上，像黑乌鸦似的轰轰飞来几架涂着狰狞太阳徽的巨型轰炸机和喷气式战斗机的吼声震得地动山摇，有个声音在叫："鬼子又来了！"……而后，夜色突然降临了！一片漆黑，但有火光，有冲天的火焰，有在逃跑的老弱妇孺……鬼子兵却手持新式步枪在烧杀抢掠。司马天雨看到自己在高叫："别怕！别怕！今天我们不是当年的中国了！我们有力量保卫自己！……"他似乎看到有导弹射中了鬼子兵的坦克、装甲车，又似乎看到远处出现了中国的军队，天上也有那么多中国的战机……

梦境凌乱，忽然不知怎的，又在一个险峻陌生的山野间，看见海珠出现了！……海珠美丽得全身发射着光彩，她站在一处下面是悬崖的高冈顶端，手里拿着一支步枪，却被十几个鬼子兵包围着。海珠击毙了一个鬼子兵，鬼子兵一拥而上，抓住了海珠！一个鬼子兵撕破了海珠的上衣，但海珠猛地揪住那个鬼子兵一同跳下了万丈深岩……

司马天雨"哇"的大叫一声醒来了，满面是汗，开了电灯，喘咳起来，司马康勒听到声音跑进房间，惊问："爸爸，您怎么了？"

司马天雨拭着汗摇头："没什么，做了个梦！你去睡吧！"

他关了电灯，重又平静地躺下，但心里更想念海珠了，黑暗中，海珠的身影似乎在幻觉中向他姗姗走来，海珠悦耳的声音在亲热地叫唤："爷爷！爷爷！……"

他安静地打着鼾，睡熟了。

午后，司马天雨珍藏收集的抗战文物及日本当年侵华罪证转让给中和企业公司的公证签字仪式在华隆饭店举行后，电视台的一位短发清纯说话清晰的女记者采访司马天雨，有如下的一段对白在电视台直播。

女记者：司马老先生，您收藏抗战文物和日本当年侵华历史罪证多年，付出极多心血，也付出很多金钱、时间和劳动。藏品丰富珍贵，是您的至爱，为什么现在愿意转让？舍得吗？

司马天雨：我从小怀着国仇家恨，有着太多抗日情结，收藏这些文物，不是为了获利、升值，而是为了保存历史，激励后生。如今，年岁老了！中和企业公司财力雄厚，老总是位有文化、爱国的有心人。我的藏品交给他们我放心，他们不但能收藏保存好，而且能提供展出条件，使藏品发挥作用。这是我及家人办不到的。所以我舍得，而且乐意这样做！

女记者：听说转让这批文物时，您不愿开价，对方酌情付给，您就同意了！这一笔钱不大但也不少，老先生打算怎么支配？

司马天雨：其实，多少年来，我陆续收集、购买，先后花费的钱并不少，有些文物应该说是无价的。这次出让，我们双方都抱着爱国之心，并不在金钱问题上纠缠。对方给我的钱，我决定将四分之一捐给希望工程和贫困大学生。其余，除了部分我留作养老治病之用外，全部给我唯一如今在国外自费留学深造的孙女支配，我的儿子和媳妇均有工作收入，无须我给。

女记者：（拿出一个本子）司马老先生，您可以给我题写一句话做纪念吗？

　　司马天雨：当然可以！

　　他接过女记者手中的签字笔，在本上写下了十六个苍劲有力的大字：

　　"强者之争，终有停歇；
　　弱者受欺，永难休止。"

　　女记者将司马天雨所题写的话，展示在电视屏幕上，铿锵有力地念了一遍，说："司马老先生的意思是盼望我们的祖国必须和平发展，富强、富强、再富强！永远不会再受人欺凌、侵略呀！"

　　女记者采访司马天雨的专题节目在晚间电视上播出时，从日本回国后的慕容教授在家也看到了！

　　但，就在这时，他收到了夏目喜多律师从东京打来的长途电话，简单的寒暄过后，夏目喜多谈到了正题。

　　夏目喜多说："慕容兄，那天你来日本突然光临，但匆匆走了，未能畅谈。当晚小津见了您，他告诉我了你们见面及次日去游就馆的情况。今天，我还是不能不同您谈谈小津和海珠小姐的事。现在，他们真的进入热恋中了！去外地旅游回来后，两人的感情发展很快了！"

　　慕容教授问："小津和养父有岛先生的态度有新的变化没有！我劝您去同他商量商量，您去了吗？"

　　电话中，夏目的语气带着无奈："哦，没有！有岛此人，有人说他年轻时是个昏君，如今老了，是个暴君！他对我有顽固的看法，我不想去碰撞他！我认为他是不会改变反对态度的。因为反对，他会设法取消小津的继承权，也取消给小津办摄影展的资助，甚至会辞退小津在他公司里的职位！"

　　"你们夫妇现在的态度呢？请坦率地告诉我！"

　　"噢，我们不像有岛，他是右翼分子，我们对中国友好，小津是我们的爱子。我们最后总要尊重他自己的选择。但，顾虑的是如果海珠小姐家里也反对，这件婚事，就很不幸了！所以，我想，最好海珠和小津恋爱的这件事不成功，大家一起来反对掉，不成功，反对掉，除感情外，双方都没有别的损失。要是反对不掉，那么有岛这边我们只好随他去了，只是海珠小姐家里必须欢迎小津这样一位日本女婿。这样，我们夫妇感情上才可以接受。这就是我们的想法，请慕容兄多多关照，拜托了！……"

慕容教授听了夏目喜多的话，觉得他讲的是真实、坦率的，也合情合理。事情真棘手啊！虽然在东京那晚，当着海珠和小津面，慕容教授承诺要当一名"说服者"，但这件事绝对难办！尤其刚才看到电视上司马天雨接受记者采访，更体会到这个爷爷对孙女海珠的爱，也更体会到司马天雨的思想，要他接受一个日本人做海珠的对象，穿针引线太不容易了！但不应承下来似乎也不行。因此犹豫以后，说："谢谢信任，意思我明白了！我去努力办，办了就给您打电话。"

慕容教授喜欢海珠，他既是司马天雨的好友，也是司马家的常客，海珠的事他不能不关心。同夏目通电话后，放下电话，他心里动荡，他懂得司马天雨的为人和个性。他比司马天雨年轻，早些年，两人思想比较一致，但近几年，在看待一些国际问题上有时会有分歧和争论。尤其在中日关系因小泉上台不断参拜靖国神社降温后，两人就有了更多方式方法上的不同。主要是他认为司马天雨自我封闭比较厉害，他则经常出国，接触的人多，看的新出版的资料书籍多，各种研讨会和论坛参加得多，了解的内情多，思路的开拓与假设也多。司马天雨的想法比较固定不易更改，这慕容知道。正因如此，知道海珠在东京与小津已经发生了恋爱，他借在东京开会的空隙，看望了夏目喜多，也看望了海珠见到了小津。他对小津印象挺好，对海珠与小津的恋爱同情而且支持，所以他表了态，说："你们使我感动了，我祝福你们！"又说，"如果在你们的恋爱上，海珠家里有什么阻力的话，我愿意充当一名说服者!"

现在，摆在他面前的确是一个"说服者"要面临的巨大艰难的说服工作！他当然不能退避，不能违背自己发自内心的承诺……

他想了又想，没有贸然就去司马天雨家，却拨吕丽娟的手机，打了电话去。

上次，他同康勒谈过后，康勒随后告诉了吕丽娟，吕丽娟曾打电话给他说："慕容叔叔，您看海珠这事儿我该怎么办?"

慕容教授当时说："中外古今，凡要干涉男女恋爱的事，是最难办的。每每好心也会办成坏事。我也没有锦囊妙计可以给你。但司马天雨兄的为人我是知道的，千万别马上就告诉他，他身体不好，知道了跳起来就糟了！好在现在海珠还没答应同人家恋爱，那就别急。我是由于夏目律师来了电话不能不及时奉告，但愿海珠没有造成事实，那这事也就烟消云散最好！"

现在，他拨通了吕丽娟的手机，吕丽娟还在主编办公室工作，接到慕容教授的电话后，她立刻心中愁云密布。

她对这事心中早已了然。因为海珠已经同她在电话里详细谈过，并要妈妈同意支持，恳求妈妈想法成全她和小津的事。海珠和小津旅游时拍的一沓彩照，包括好几张两人的合影也已寄到吕丽娟杂志社到了吕丽娟手边。从照片上看，这可真是极般配的一对。小津的形象和风度，吕丽娟是满意的。

吕丽娟了解自己的女儿。海珠可不是一个没头脑没心眼或者随便浪漫的女孩，她能选择上小津并且这么热烈地恳求家中同意她的选择，绝对有她的理由，一定是小津的优秀及人品各方面都得到了海珠的肯定与好感，才使海珠燃烧起爱情之火的。

吕丽娟爱女儿，也想给女儿幸福，成全这桩异国爱情，面对司马天雨，却不敢轻率提出。她已经与康勒初步取得了一致，康勒虽然起初认为"海珠找个日本人不好"，最后在她的诉说下，已经勉强表示可以同意了！担心的只是司马天雨的反对！事情也就拖着。现在，慕容教授在电话中说："丽娟哪！有件重要的事，是关于海珠的，我到日本东京去开了一次会回来，在东京时，见到了海珠和小津，因为回来我忙，还没顾上告诉你，但刚才东京的夏目律师来了电话，谈到海珠同他儿子小津的事。我想，我们约个时间、地点，你同康勒和我，一起谈一谈好吗？"

吕丽娟已经猜到海珠和小津恋爱的事发展得严重了，只是不知夏目律师这次打电话谈的是什么主张，听说慕容教授去东京开会见到了海珠和小津，忍不住立刻问："您对那个男孩印象怎么样？"

"非常好！"

"那您认为他们是般配的？"

"是的！非常好的一对！"

"您支持！"

"嗯！我确实支持！"

吕丽娟手边正忙着审读要发的急稿，马上说："慕容叔叔，今天太晚了，我有急稿要处理！明天中午，我们在淮海中路的'季诺'西式快餐店吃快餐，那里离您近，十一点半，我同康勒也约好，三人在那里边吃边谈，好吗？"

事情就这么约定了！

当天深夜，吕丽娟回家，把慕容教授电话里说的事一枝一瓣地全部讲了。

康勒闷声听着，叹气说："这真是件缠脖子的事！唉，但不知夏目律师是什么意思？"

吕丽娟说："夏目律师倒不是难题，主要是你父亲这把锁就怕什么钥匙也开不了！"

"也许慕容教授能起点好作用！"

"我不乐观！他们虽然要好，平时也没少抬杠子！"

"请你爸爸出面，也做做工作，让你爸爸也来开锁！我认为你家老爷子是说得通的！"

"唉！谁知道行不行？我不乐观哩！"

两人情绪低沉地睡了，就盼着第二天中午同慕容教授见面能商量出个好办法来。

第二天中午准十一点半，三个人在飘扬着蔬菜、肉类、番茄酱、咖喱鸡香味的快餐店里见面，选了个角落里便于谈话的座位，三人点了三份简单的西式快餐。慕容教授一点不漏地将在东京的全部情况和昨天夏目律师来电话的一切一五一十都讲了。

听完，吕丽娟说："我来归纳一下，夏目律师的意思是，最好大家来反对掉海珠和小津的恋爱；如果实在反对不掉，那就要我们表态，向他保证我们欢迎小津，是这意思吗？"

慕容教授思索着点头："我觉得有这意思！"

丽娟说："慕容叔叔，我不瞒您，在您之先，我已经接到过海珠的电话了！她和小津的确陷入了热恋。"她从手提包里取出了海珠和小津合拍的几张照片给慕容教授看，说："慕容叔叔，您看，的确是很好的一对呢！"

慕容教授看了，叹一口气说："这青年挺好的！我们的海珠选得很准，我同他接触，是从心里同意他们相爱的！"

吕丽娟叹气说："是呀！我了解海珠！她不是一个马马虎虎乱找对象的女孩！她眼界高，决定了的终身大事不容易改变的，现在，要我和康勒来反对，我看办不到。何况，离得这么远，而且，我认为夏目律师他们作为小津的父母，恐怕也反对不掉小津对海珠的爱情，至于夏目家要我们欢迎小津，这点我深思熟虑过，只要海珠爱他，我们当然也会欢迎他的。这男孩从照片上看，很讨人欢喜。海珠讲了他的一些事及为人，也说明他是个好男孩，我们可以做到：海珠如果接受他，我们也会好好接受他的！"

司马康勒这时插嘴说:"问题的关键在于我爸爸。就怕他知道了,会坚决反对!根本不是同意或者欢迎的问题,而是不同意、不欢迎、坚决反对的问题。他想不到会发生这种事!发生了这种事,他是万万接受不了的!"

康勒讲的是要害问题。

丽娟长长地叹了一口气,闷闷地吃着饭。

慕容教授对自己在东京时对海珠和小津做出的承诺并不后悔。但想起了司马天雨的"坚定",也像面对着一个火力强烈的碉堡,感到难以进攻了!他吃得无味,尴尬地皱眉说:"是呀,知父莫若子!康勒说得中肯,司马非常疼爱他的这位可爱的孙女,昨晚看电视时,我还听他对记者说:我要将钱用大部分给海珠深造。我怕他知道了海珠同一个日本青年恋爱会伤心发怒!日本当年侵华期间给中国人留下的血仇太深了!经历过南京大屠杀的司马忘不了那些往事!他以前告诉我:早年犯病时,常听到枪声和诡异的敲门声,常出现看到满地尸体的幻象。我要努力劝他说服他,但怕他知道了就跳起来,谁的话也不听。关键和难关就在儿啊!"

吕丽娟担忧地说:"我昨天一夜没睡好。这事如果告诉老爷子,一定垮!要是瞒他,既不应该也不行。真是难死人了!孩子应该有他们的幸福爱情,我们不应该蛮横地剥夺他们!"

慕容教授在思考,康勒摇头插嘴说:"那怎么能瞒他?!海珠是他的命!瞒是不可以也瞒不住的!这么大的事岂能瞒他,海珠也不会同意的!"

慕容教授点头:"是呀!瞒恐怕不行!也不好!"

"那怎么办呢?"吕丽娟焦灼无奈。下午还有个会,她看看手表。

"我要——"慕容教授斟酌着说,"丽娟,你赶快好好去找找吕平老,先说服你爸爸,使他同意并且支持,再让他来找司马兄。上次,司马兄约我一同去看望了吕平老,大家谈时事,谈社会现象,谈得很高兴。司马兄对吕平老的见解是相当佩服的！如果他参加进来做一个说服者，大家一起做说客，众人拾柴火焰高。这样，兴许能成。你们说呢？”

吕丽娟干脆地说："这我昨夜同康勒想到过。我家老爷子不保守也不僵化，再说我的话他能听。这着棋也许可行！有了慕容叔叔你，再加上我家老爷子，应该说，力量是比较强了！但康勒说他不乐观！”

司马康勒面有愁容，轻声坦率地说："是的！爸爸他……咳！我就怕还是说不成讲不通啊！……”

慕容教授带点自我排解地说："司马兄特别疼爱海珠！海珠的终身幸福的大事，也许他终于会不那么坚持反对的！”

康勒仍旧无信心："谁知道呢？但我看很悬乎！”

吕丽娟指责康勒："你就是这种性格！有事老往坏处想！在爸爸面前总是唯唯诺诺！我可对你说，这次在海珠这件婚事上，你可不许动摇！你得跟我一起说话！你要是不开口，我可不答应！”

慕容教授圆场说："我看，就这么安排，后天怎么样？后天是星期六，上午还是下午？”

吕丽娟爽快地说："后天上午十点半，慕容叔叔，我们恭候大驾！我保证把我老爸吕平请到，中午，就在我们住处吃便饭。我们附近有家扬州菜馆，莫家干丝、水晶肴肉、扬式风鸡都是名菜，提前打个电话，到时候他们就送上门来了！大家聚个餐也挺好！”

事情就这么谈定了！

二、不幸的聚会

两天以后，是星期六。从早上开始，吕丽娟和康勒夫妇就开始将家里打扫得干净明亮，插上鲜花，铺上新的桌布，等着慕容教授和吕平、邵娜夫妇来。

鹦鹉"一点红"似乎预感到家里要来客有什么热闹的事了，在架子上不安分地扑翅、跳动、斜着头看人，有时嘴里还高兴地叫几声。

司马天雨实际是蒙在鼓里。丽娟和康勒没敢先在前透露风声，司马天雨只听丽娟说："今天吕平夫妇要来，慕容教授也要来，觉得聚一聚也不错。"

近几天，他身体不好，可能同劳累有关。他为写《啊！钓鱼岛》一书，先完成了钓鱼岛大事辑录，又完成了钓鱼岛主权问题详述。他非常认真，因为这牵涉到国家主权问题，必须有根有据，不可有差错、疏忽及遗漏，每每为找一份资料，引述一句话，查找一个出处，寻觅一个文件，解决一处问题，都做到字字准确，要费尽身心力量，东奔西走，南寻北觅，常常思考过多，造成失眠，所以血压也升高了，服药后依然波动，白天有时头疼头晕，心理影响生理，情绪也有起伏。

今天，要有客来，他早上起身，洗脸刷牙，刮了胡子，吃了早点，感到精神爽快了一些。报纸早上就送来了，他拿起报纸看着，等待着慕容教授和吕平夫妇来到。

吕丽娟本来是并不想邀邵娜陪吕平来的，她同邵娜平日只维持着一种保持距离的客客气气、互相尊重的关系。但昨天傍晚去吕平住处，邵娜恰好在外面打牌赢了回来。丽娟来了，她倒很热情，泡茶拿水果地陪着，平日，丽娟知道吕平的痛苦，既然邵娜已经名正言顺做了吕平的夫人，丽娟也只好在老爸和邵娜之间做点缓冲和润滑的工作，使他们减少些摩擦，所以同邵娜面上也还和睦。昨天，丽娟让吕平来，吕平先是犹豫，经不住丽娟央求，又拿出海珠与小津的照片，将海珠和慕容教授说的种种情况讲了。吕平爱海珠这个外孙女，也爱丽娟这个独生女儿，他又是个处理事情能掌握方向和分寸的老干部。丽娟说："海珠他爷爷历来佩服您，对您说的话总是十分重视的！有您讲一讲，等于千军万马，事情才有成功的希望。"吕平终于答应了！邵娜听说后，异常热情，她是个爱凑热闹的人，说这是海珠的终身大事，必须重视，自告奋勇说她准时开车同吕平一块儿来。丽娟心想，有邵娜去，既可来回接送老爸，多邵娜一张嘴劝说司马天雨也好，所以说："邵姨，那就一切拜托了！约定时间是十点半，你同老爸同来，我既高兴又放心。路上开车得慢些，我知道您爱吃芙蓉鱼片，明天专为你点一只，包你吃了满意!"

十点半光景，鹦鹉"一点红"兴高采烈地扑翅大叫："来客了！来客了!"

慕容教授果然准时来到。他一来，就谈笑风生，同司马天雨笑着说："人逢喜事精神爽，今天老兄容光焕发，准是《啊！钓鱼岛》一书写得顺利?!"

吕平夫妇来到，吕丽娟怕慕容教授先一人独自泄漏天机，连忙向他做眼色，但司马天雨不知道，随意地说："确有喜事啊！有人说我永远在寻找最沉重的主题，在我那本已不堪重负的心灵上，我承认。这是因为我有亲身难忘的经历，我愿意这样贡献我爱国的一片真诚。昨天我在前人基础上考证了三条材料，证明了中国与琉球从来不以钓鱼岛为界。而且，《马关条约》对钓鱼岛无任何约束力……我一口气写了近三千字。对我目前来说这就是我最高兴的喜事了!"

慕容教授笑了，说："哎，人家说：三句不离本行，你也正是这么个人！如今在写钓鱼岛的书，开口闭口就都是钓鱼岛了!"

司马天雨正要说什么，康勒已将刚到的吕平、邵娜夫妇迎进门来，鹦鹉"一点红"也在那里大叫："爷爷！爷爷!"

吕平今天心情不好，早起，坐在客厅里看《参考消息》时，读到一条消息，说当年"二战"时曾击落过九架日机并参加过飞虎队在中国作战的著名飞行员雷特蒙在他的家乡病故了。这使吕平悼念和伤感。雷特蒙属于美国"牢记珍珠港耻辱"的那一代人，这一代人越来越少了！听着那只立地大站钟有板有眼的嘀嗒声，他默然久之，想起许多往事。如果不是有海珠的事答应要来，他是不想出来的。但为海珠的事答应要来，听到邵娜叫他，他终于忍住感触，坐上了邵娜的车来了！

见吕平夫妇来了，司马天雨和慕容教授都起身招呼，握手寒暄，大家就在客厅里沙发上坐下。人一多，客厅就显得拥挤了。

邵娜虽然已经五十六了，今天仍旧浓妆艳抹，口红涂得嘴唇鲜红，脸上雪白，眼睛还画着眼影，眉毛也文得纤细，穿着薄得半透明的纱质短袖衬衫和黑色长裙。吕平出发时见她这样，说她是"返老还童"，她却反唇相讥，说吕平是"少见多怪"，"出土文物"。她极少来司马家，司马天雨见了只好客气地应酬。

大家坐定，司马天雨对身边的慕容教授说："听说，你到东京开会。还专门去看了海珠，真得谢谢你啊！"

慕容教授说："你这爷爷喜欢孙女，我也喜欢海珠，到了东京，岂能不去见见面?!"

司马天雨又问吕平身体怎样，吕平说："比前一度好些了！反正机器老了有点故障也正常。"接着就谈起雷特蒙病故的事，言下不胜感叹。

康勒和丽娟都端来了新泡的绿茶。桌几上放着开心果、葡萄干和南瓜子，互相说起了闲话，可是除了司马天雨被蒙在鼓里，谁也不敢马上去触及海珠婚事这个主题。

忽然，吕丽娟被邵娜拉到身旁，轻声说："嘻嘻，给你看一个广告，如今日式婚礼，生意很红火呢！将来海珠和你的日本女婿就可以回来举行日式婚礼，很风光的！"

吕丽娟觉得邵娜有点本地人说的"十三点"，心里生气，对她说："您轻点声！"接过广告一看，标题是"日本向本市出口日式婚礼"，内容是说日本的渡边婚礼服务公司以富裕阶层为客户，以五星级的花园饭店为婚庆会场，在充满怀旧情调的乐曲中介绍新郎新娘，切蛋糕、点蜡烛，新娘更换礼服，一切都是日本式的……丽娟匆匆看了，心里不悦，但明白邵娜就是这种"小热昏"，不再同她说话，将广告悄悄捏成了一团。为了言归正传，她将早已准备下的以前未给司马天雨看过的一沓照片拿过来给大家看，说："大家看看，这是我们海珠寄来的照片，有的是早寄来的，也有最近寄的！"

照片中当然包括海珠和小津的合影，这几张合影，昨天，吕丽娟拿去给吕平看过，慕容在海珠那里连小津本人都见了，但司马天雨是没有见过的，照片一亮出来，大家就都拿来看了！

慕容教授是个爽快人，干脆就点题了，说："司马兄，你看看这个年轻人如何！"他将海珠和小津在金阁寺湖边的合影递给司马天雨看。

司马天雨接过照片说："咦！这照片我怎么没看见过呢？"他面向吕丽娟和康勒问，"这照片怎么我没看到？"

吕丽娟说："见过的吧？照片寄来得多，可能您看漏了？"

慕容教授认真地对司马天雨说："我到东京开会，去看了海珠，也见到了这个年轻人！这个年轻人很不错，春稻田大学毕业的，在一家公司工作，是位业余摄影家，正派、有才华、有见解！跟海珠很般配！"他问，"司马兄，我看这一对挺好，你看呢？"

完全出乎意外，司马天雨似乎又明白了点什么，朝大家看看，见吕平夫妇专心地一张一张在看照片，康勒借故不知干什么去了，司马天雨问吕丽娟："这年轻人是谁？"

慕容教授怕丽娟为难，插上来说："司马兄，我先问一句，你觉得这个男孩好不好？"

司马天雨说："照片上看确实可以，他是谁？"

慕容说："老兄记得不？海珠去东京时，我给她写信让她到东京后拜访一下我的朋友夏目喜多律师，这男孩就是夏目的儿子！"

"呵！日本人啊！"司马天雨看着照片，脸上表情突然异样。

"是日本人！可是，是对华友好的日本人！"慕容教授打铁趁热地说，"夏目喜多打电话给我，说小津和海珠恋爱了！我在东京见到了小津，真是一个极好极优秀的年轻人！我也发现海珠和他双方是真心相爱！所以，我是很欣赏这一对的！这不，我来道贺来了！这可是一件喜事啊！这个男孩小津，人品一等，才貌优秀，与他父亲一样，都对中国和中国人民友好……"

吕丽娟说："海珠以前夜里遇到酒醉的坏人，救他的就是这个年轻人，后来，陈川富被杀，帮海珠料理陈川富后事的也是他！"

但，司马天雨突然明白了，皱一皱眉，额上纹路刀刻似的更深了，满腹狐疑地说："海珠谈恋爱了？怎么能青红皂白不分地找个日本人？怪不得你们现在才告诉我！……"他很生气，脸都涨红了！

慕容教授说："司马兄，一代人自有一代人的命运！海珠他们是在国际化环境下成长的一代！我们该理解这一点！"

司马天雨皱着眉，拨着手指，不作声。

吕平看到女儿丽娟向他做眼色，这时说："亲家，对日本，我厌恶有的政客老是参拜供有甲级战犯的靖国神社，但中日两国人民应当友好，激化对立，对两国的长远大局没有任何好处。中国今天也不是任人侵略的国家。我们应当历练大国心态，既自主自强、理直气壮，又能开放包容。面向未来，和平发展，与邻国谋求共赢。我们过去抗战时就是将日本军国主义者和日本人民区分开来的。今天我们对日本人民同对日本右翼政客仍是有区别的。民间的交流始终在扩大，这个青年，祖父参加反战同盟时葬在中国。父亲对华友好，他也非常不错，海珠不是糊涂人，她选了对象，我认为没有理由反对。我们该尊重海珠的选择，不去包办。他们结合，是可以为促进中日人民的友谊做出贡献的！"

司马天雨说："哦！看来，你们是幕后商量定了安排今天这次聚会的！"

慕容教授说："那倒也不尽然，再说，为海珠这件喜事，我们聚一聚，谈一谈，庆祝一下，也是好事呀！"

司马天雨摇头："不行！我司马家的人，不能同日本人联姻！中国人永远不能丢掉抗战精神!"

慕容教授含笑进劝:"司马兄,抗战精神是面对侵略者的。万众一心,不屈不挠,艰苦奋斗,不怕牺牲,当然永不能丢!但这同现代社会儿女婚姻的事无须混为一谈。其实,你这也是一种封建家长式的思想作怪。什么时代了?中外联姻有何不可?还该成问题吗?据我所知,日本人跟外国人通婚的去年有近三万对,像东京那样的国际大都市,国际化的程度可能达到了每七个孩子中就有一个是混血或外国家庭出身。美国说穿了是个杂种国家。中国的各民族早已通婚,涉外婚姻极多。要是海珠同一个日本军国主义分子恋爱,我反对!可是同小津这样的日本好青年恋爱,有什么该反对的呢?"

司马天雨想不通,脸上神色难看。

邵娜叹口气自言自语地朝吕丽娟看了一眼,悄悄轻声附着吕丽娟的脸说:"当初,我给海珠介绍香港的那个'金刚钻',她要是答应了,就没这个麻烦了!唉!"见吕丽娟绷着脸不作声,她就住嘴不说了。

吕平关切地对着司马天雨,平静、坦然却又不无威严地说:"中央的政策从来没有说不准中国人和日本人结婚,男女青年恋爱的事,老辈可以提建议让他们参考,但不能独裁!历史上许多悲剧都是独裁产生的。孙女选择了日本人,要看是个什么样的日本人。这个小津是能正视历史的日本人。反对我看不好。司马,我知道你爱国,但海珠不是做汉奸,小津不是要来损害中国的民族利益,仅仅是普通人的爱,她和他有这权利!把历史旧账扯到这上面来不对!该理性处理,不要完全感情用事。我是理解你的!我们都爱海珠。如果她坚持要同小津相爱结合,我劝你同我一样,就别行使否决权了,行吗?"

司马天雨目光忧悒,不点头也不说话。

吕平继续讲话,有点像做大报告了:"从长远看,邻国总是要处好关系的。中国的和平发展无意于挑战现存国际秩序。近年,中日两国国民感情不断下滑的现象应该引起重视,我们一厢情愿地与日本改善关系是不行的，但将军国主义与日本国民区别对待是应该的。这有利于以史为鉴，面向未来。从对日政策的长远考虑出发，分清历史是非，加强中日交流，维护和平发展大局，把爱国热情整合到积极作用上来，以利国家的发展和中日关系的发展及双赢。这中间依然有个辩证法存在，从长远看，司马，中日关系是一定也应该会改善的，要走出历史的阴影才好啊！"

司马天雨仍木然坐着，一言不发。

空气有点像冰冻结住了似的。

这时，门铃响了！"一点红"大叫："爷爷！爷爷！"

原来是馆店送菜来了，康勒招呼馆店送菜的进来，馆店里办的菜一盘盘色香俱佳，放满了一桌。吕丽娟为打开僵局，请大家到客厅进餐。康勒要扶司马天雨起来，司马天雨拒绝，自己走到桌前坐下。康勒和吕丽娟给每个人杯里都斟满了果汁。

大家举杯，司马天雨心情沉重，既不举杯，也不出声，仍旧闷坐着一脸气恼，他听了慕容教授和吕平的话，他不能说他们的话没有道理，但却转不了弯，一句也听不入耳，心里只是嘀咕：怎么会有这种事？怎么海珠会同一个日本鬼子恋爱？……

丽娟、康勒热情夹菜，请慕容教授和吕平夫妇尝这吃那，又给司马天雨夹菜，但司马沉默得像一个哑巴。

这真不是好兆头！

慕容教授又想话归正题，就亲热地对司马天雨说："司马兄，其实海珠和小津这件事，多数不在你那边！你是少数！少数该服从多数啊！"

司马天雨不理不睬，一言不发。

邵娜本是个爱讲话的人，一直忍住没开口，这时语出惊人了！"我那些老姐妹，有的早谈过：'一等美女嫁美军；二等美女嫁皇军；三等美女嫁国军！'哈哈，这美军就是美国人，皇军就是日本人，国军就是台湾人……"她说话快得就像一把豆子撒落在地上，她想风趣些，逗逗笑，却一说就出了事。只见司马天雨听了，瞪着眼，脸色更难看。慕容教授也吃惊了，吕平生气地说："邵娜！你胡扯些什么！岂有此理！"

邵娜瞪了吕平一眼，继续说："我是说老实话的！我看嫁个日本人蛮好！比嫁非洲人好得多！同我一块儿打牌的张师母，女儿远嫁日本长崎，那个日本女婿年岁虽大，长得也难看，但回来见丈人丈母，可讲礼貌啦！一进门就'扑通'下跪叩头，大包小包带了好多礼品回来……"

她没说完，吕平将面前的果汁一饮而尽，似是压压火，终于忍不住威严地一拍桌子，说："你给我闭嘴！……"

邵娜觉得当着众人丢了面子，气得尖叫起来："你个土包子！给你续弦我算倒了八辈子霉！人家是'三个代表'，你是一个代表，只代表你自己！我哪点说错了！你水平高！你水平高怎么不调到中央去?！你就会下了台在家里逞威风！老娘不吃你这一套！"

吕平气得脸色发白，手也哆嗦，强忍住不想在司马家吵架。

吕丽娟皱着眉劝邵娜说："邵姨！这是您爱吃的芙蓉鱼片，您多尝尝！"她叫康勒："你快给爸爸和邵姨杯子里加点果汁！"

谁知邵娜霍然站起噎吕平说："我走了！我要回去喂我的囡囡了！"说着，她问吕平："你走不走?"

吕平站起身来，他明白无法说服司马天雨了，心里气恼，决意回去跟邵娜算账，在司马家他不准备与邵娜纠缠了！他说："我走！"

司马天雨脸上似乎泛出病容和沮丧。慕容教授扫兴地只顾慢慢嚼他嘴里的一只油炸虾。碰到这种局面，他似乎也拿不出高招来了。大家都像窒息了。一顿饭谁也没吃好，匆匆就在僵硬的气氛中结束。

聚会的目的没有达到，看来司马天雨不但坚持反对的立场未变，而且始终不说话，表情显示他的态度更僵硬了！

吕丽娟和康勒忙着送吕平和邵娜走。吕平被丽娟挽扶进轿车时，脸色仍气得灰白，邵娜也一脸别扭地坐进驾驶位置，"砰"地关上车门，突然猛地发动了车子，"呜"地就使轿车像射出的球似的飞快驰走了！

丽娟和康勒又送走慕容教授，给他雇了辆出租车。吕平夫妇临走什么话也未说。慕容教授只对他们夫妇叹了口气，说："我还并非一筹莫展，我还会来劝司马兄的，强扭的瓜不甜，但这只瓜我为了海珠是要扭下去的！"又说，"过几天，我打电话给夏目喜多，只能是来个拖拉战术，拖一拖再说！你们看怎么样？"

丽娟、康勒苦恼地点头，能怎么样呢？

康勒进屋时，闷声闷气对丽娟说："我早估计这事是办不成的！我们的海珠可怜了！"

吕丽娟滴下泪来，她怕进屋被司马天雨看见，用纸巾拭干了泪才进屋。进屋后，见司马天雨仍呆呆坐在沙发上，但小津和海珠合拍的几张照片已被撕碎扔在地上了！康勒没敢作声，吕丽娟不由自主"啊"了一声："怎么把照片就这么撕了呢？"

想不到司马天雨"哼"了一声，斩钉截铁地说："国家大事让国家领导人做主！家中的大事我要做主！"又大声吼，"我要打电话，同海珠通电话！不要她在日本了，叫她立刻回来，她同日本人恋爱的事，我反对到底了！"说着，他涨红着脸，眼有愠色地走回自己房里，掏出香烟，点燃了火，大口吸着，大口喷着烟。

丽娟和康勒明白大事不好，心里实在没了主意，两人都呆呆坐在客厅里，也不知怎么才好。沉默得像哑了一样。这时忽然电话响，康勒去接电话。

拿起话筒，万万没想到是民警来的电话，说要找吕丽娟。丽娟从康勒手里接过电话，听到对方说："我找吕丽娟！"

"我就是！"

"出车祸了，有一辆开得飞快的福特轿车，上边有你的父亲吕平及驾驶汽车的你的继母邵娜，两人都受重伤送到瑞金医院在抢救。吕平让打电话告诉你，让你快到医院去！……"

肯定是邵娜生了气，开了飞车。民警说："她超速驾驶，与一辆货车迎面相撞……"

真是"屋漏偏逢连夜雨"，谁会想到竟又发生了这样不幸的事呢！

唉！唉！老爸啊！吕丽娟顿时泪流满面了！赶紧拿起皮包，飞也似的要出门驾车赶赴医院，但叮嘱康勒说："你在家陪着老爷子！我去后会打电话回来的！"

吕丽娟满头急汗开车赶到医院里的时候，吕平和邵娜都在急救间里动手术。

吕丽娟像热锅上的蚂蚁似的，守候在急救间的外面，心里火急火燎。半个多钟点后，急救间的门开了，邵娜被罩着白被单由护士用车推了出来要送往太平间了！她伤得太重，抢救中死在手术台上了！吕丽娟也没有勇气掀开白被单看一眼，由着护士推车走了。询问护士，邵娜坐在驾驶位子上，迎面碰撞，心脏受伤严重，吕平坐在后边，伤势较轻，仍在手术。

吕丽娟忍不住哭泣起来，她突然想起，有一次，邵娜曾同她谈过生死问题。

邵娜说："我活着一天就享受一天、快乐一天！我死后不要火葬，用火烧我，我怕！但不烧我，将我土葬，我也怕。像马王堆的女尸，像新疆发现的那些女人干尸，死后还光着身体被展览，那多恶心！"当时，吕丽娟问她："那怎么办才好呢？"邵娜笑着说："最好不要死！真要翘了辫子，也就只好听人摆布了！"现在，邵娜却说死就死了！好不幸啊！

吕丽娟为邵娜的死和吕平的伤流着泪，也同时为海珠与小津的婚事产生变数这么难办流着泪。心里空落落酸苦酸苦的！终于，在四十分钟后，吕平被推出来了！他像熟睡着，医生说："手术顺利，情况稳定，主要伤在腿部，也许会落下残疾！"

吕丽娟俯身看着似在沉睡的老父，流下了庆幸的泪水。但心乱如麻，除了拭泪，什么话也说不出来。

三、命 令

兰兰听说海珠立即要离开东京回国了，想起了自己心里的辛酸事。人活在世上，尤其自己到异国他乡来，心里怎能没有辛酸呢？她心里像打翻了五味作料瓶，说不出是什么滋味，她那张可爱的娃娃脸上布满了失落和忧郁。

在异国他乡相识而产生了亲姐妹似的情谊，使兰兰真舍不得海珠走。

何况，她明白海珠这次离开，最大的可能是永远不会再回日本来了！

海珠夜里接到一个家中打来的电话，先是妈妈，悲伤地告诉她：外公吕平坐邵外婆的车，邵外婆因为生气把车开得飞快出了车祸，她死了，外公重伤正在医院。然后，是爷爷同她谈的话。爷爷谈些什么，兰兰只能大致知道。反正，爷爷口气从未有过这么严厉。爷爷命令海珠："你不准同日本人恋爱！必须同那个名叫小津的日本人一刀两断！"

爷爷并且说："海珠！我命令你立刻回国！不要在日本读什么学位了！"

爷爷口气异常地说："以后出国的机会有的是！可以到欧洲去！钱都给你准备好了！"

海珠坦率地向爷爷介绍了小津，还谈了自己的看法。

但，爷爷斩钉截铁地说："你太使我伤心了！你有一千条理由，我也反对！你必须回来！"

海珠起先犹豫，可是爷爷大声说："我老了！身体不好，说不定哪天就死了！你去日本时，向我承诺过，我要你回来，你就回来！你忘了你的承诺了吗？"爷爷的态度、语气都好像不太正常。

海珠是个从小讲诚信的人！起初，脑子里一片空白，然后倏地悲从中来。她牢记着来日本前的这个承诺，她好像力求挽回一个错得不能再错的局面，痛苦地答应了爷爷的命令，说："那，我回来！"

答应爷爷时，她心上像压着一块千斤磐石，放下电话，她就失声痛哭起来，她的心沉下去了！像一个冬天走在结了冰的湖上的人，忽然冰破裂了，她沉入了冰水中，浑身寒彻，完全冻僵了！美的向往、纯净深厚的爱情都消失了！她的灵魂被从天而降的霹雳摧残了，心上汩汩流血了！

时光不过这么短短一瞬间，在海珠心上却忽然觉得已经走过自己的前半生了！

兰兰能理解海珠的伤心！这样的恋爱真像一场痛苦的劳役，何况收获不了婚姻！兰兰也伤心，以致她那张略带稚气的漂亮的娃娃脸，看上去也突然变得苍老了！她打工劳累，有时脸上带点憔悴，但这次是由憔悴变成苍老。她不愿同海珠分离，更不愿意看到海珠遭遇这种不幸！怎么能让这么美丽善良的海珠姐姐同倜傥善良的小津被硬给拆散呢？那不是有点像梁山伯祝英台一样了吗？

海珠勉励兰兰："你好好再拼搏奋斗一下，祝你明年4月可以如愿进入东京艺术大学！"又对兰兰说，"拜托你了！我走后，如果可能，你多照顾一下小津！他是个好人！"

兰兰点头，难过地包着眼泪说："我真想不到，怎么会有这样的晴天霹雳。你们这一对，本来多么好！你们像两个球星要上场了！可是游戏规则却一下子全改变了！一切都成泡影了！为什么老天爷不从人愿呢？你爷爷怎么能这样呢！太残酷了！"

海珠摇头，话里面包容着对爷爷尊严的爱护，说："其实，他一点不残酷！他是个最好的应该受到尊敬的老人。他是十分爱我也是十分爱国的人。因为他恨当年侵略中国的日本侵略者，血仇难消，血恨难解啊！现在中日关系这么糟！日本右翼领导人不认过去侵略的账，总是拜鬼伤害中国人的感情，还想走军国主义的老路，领土主权问题上也有纠纷，时机对我和小津就是这么不利，可是我真想不到命运的转变即在瞬间！"她流下痛苦的泪来，消沉地说，"我只怕，我受不了这样的打击，小津更承受不了这样沉重的打击啊！"

"你准备立刻就告诉小津吗？"

"是的！"海珠胸口发闷发烫，点头说，"我马上就订购机票！爷爷身体不好！我的事使他伤心了！从电话里，我听得出，他气得连声音都变了！妈妈告诉我，爷爷最近血压、心脏都不好。我早回去他早安心。再说，来东京前，我对爷爷有过承诺，我该兑现。我外公出车祸受伤，我也挂念他……"

兰兰直爽地说："海珠，我想不通，你为什么这样顺从？反抗不行吗？叛逆一下！他们老一代是可敬的！但他们有他们的生活，我们年轻一代也有我们的生活！你这么好，小津也这么好！我不愿看到你们不幸！今天什么时代了，自己的婚姻还不能由自己做主?!拿出勇气来！一个人该有勇气的时候，勇气不够，是会死掉的！"

"可是，"海珠说，"我有国家观念，也有民族感情，这在我爷爷是神圣的，在我心中也神圣！谁叫我是中国人，而小津偏偏又是日本人呢？要怪只能怪存心搞坏中日关系的日本右翼领导人！我不愿毁去爷爷心中的神圣和我心中的神圣！爷爷老了！我不能毁去他的生命！为了回报他对我的爱，我只好付出牺牲！"

"但你也牺牲了小津！"兰兰语气尖锐。

"是的！我感到抱歉！我思考过了，感情有时不得不给生活让路！我只有劝他另找幸福！他条件好，能找到幸福的！"

"那你也另找幸福吗？"

"不！"海珠的心像一轮陷入了乌云的明月，摇头说，"不会了！我不会了!"她的眼里滑出一种哀怨,使兰兰同情和痛苦。兰兰的泪水也出眶了!

兰兰急着出去了,海珠忙着打电话订机票。已经决定回去又何必拖拖拉拉,很巧,她订到了后天中午十二点飞回国的机票。她就忙着收拾行装。但一边收,一边发呆,她想起小时候爷爷抱她逗她的情景,想起小时候爷爷挽着她的手逛街的情景,想起爷爷带她到南京旅游的情景。那次,走在一条长长的小巷里,两旁都是青砖的高墙,小巷又长又深又寂静,她说:"爷爷,我想坐车!"爷爷笑了,说:"没有车!得靠我们自己走出去!走出去就有车了!"那时,爷爷还不老,走路快极了!可是,现在爷爷老了!早已不是当年的爷爷了!想再要回从前那个爷爷,不可能了!……

她心绪不宁,爱情还没有爱够,就戛然而止了!那多可怜!她连收拾行装都感到不安,拿起这样又放下那样。许多东西她都全准备留下给兰兰用了。理理东西,又想到该到学校给导师辞个行,她明白:这次回去,不会再来东京,也就是说,不会再到春稻田上学,那么,当然无须办什么手续了。至于向导师辞行,她也不准备多说什么,只是去图书馆将书还清时,去向导师表示一下作为一个学生的礼貌和意思而已。对导师,她的敬爱已经褪色。导师对她,就像一个圆框框里塞放不下一个方的框框似的。自从与导师有过当面小小的辩论,实际在观点上却有着极大的不协调与分歧,导师的言而无信及古怪表情下的骄横跋扈,使她原来应当有的尊敬与师生情谊早被破坏了!而这次回国,既然自己与小津的爱情遭到了毁灭打击,以后她又何必再到东京来呢?……

这是一个冷清的夜晚,她失眠了整整一夜,寒彻心底,好像在冬天淋了一场冰冻的雨水,浑身湿透地狼狈。

第二天早上,兰兰打工去了。她只是在一种近乎木然的几乎无动机的礼貌驱使下,提着一大包书来到学校,在学校里,她在研究生室里有张桌子，桌子里有一些她的书籍、讲义、资料等物。她收拾干净，先去还书。在图书馆里，她清清楚楚地办好了还书手续，然后，就到了导师谷川教授的办公室。

见到她，导师谷川教授平静而不动感情地看着她。她见到那张古怪严肃显得很难看的脸，克制住自己的反感，向老师礼貌地行了鞠躬礼，腰部弯下，手摆在大腿上，日本的鞠躬文化她不喜欢，但入境随俗，对导师表示一下中国人的尊师礼貌和风度是应该的。导师也还了她礼，她保持着距离，轻声细语地问了下导师身体好否，又说了两句闲话，见到导师冷漠，她就简单地说："我要回国了！来辞行，并且谢谢导师过去对我的关照！"她递上了退学的报告。

谷川教授出乎意料，态度突然变得温和了，问："为什么？为什么？"

海珠不想多说什么，只说："家中有急事！我决定赶回去。"她以一种礼貌的内敛的态度告辞出来，看到导师谷川教授的两个眼睛和张开未闭的嘴巴凑成了一个"？"号，拿起她的退学报告在看。

那种处在陌生环境中的压迫感此时更重更深了！外边，就这一会儿，已下起了蒙蒙细雨，远处校园古老的建筑和围墙在淡淡的烟雾中，近处草叶鲜亮，空气清新，凌乱的思绪和细雨随风飘散。似乎经历了一场梦。梦里有可怕也有甜蜜。似乎经历了一场曾有兴奋的烛光舞会，听到优美而伤感的《一路平安》乐声已经奏响，无论有多少感叹，有多少依依，都只能挥手说一声 Bye—Bye！

她自从昨夜接到爷爷的命令电话后，就想同小津见面，就想把一切都告诉小津。但是，时间太晚了！今天上午，又怕干扰小津的工作。他们公司里的工作纪律是很严的。事实上，中午时间才适合同小津通电话并同他见面，但午间太匆匆，似也不合适，斟酌后，她决定午间打电话同小津约定：晚上在住处见面。明天，就要走了！就要离开日本东京了！就要同小津分手了！绚烂换成了灰暗，温暖变成了冰冷。

想起这，心头就卷起波涛。雨，渐渐大了，像泪水似的，天也在哭吗？天阴沉沉地下起了雨。雨水，像淋进了她的心！心也在流泪了！她感到自己很狼狈，何尝料想到，会有这样悲哀不幸的遭遇？！

回到住处，身上已湿。她洗了脸，换了衣，又收拾起物件来。稍停，从冰箱里取些食物出来，用微波炉加温胡乱吃了些当作午饭，感到前所未有的疲乏。她独自坐在桌前，看着窗外雨越下越大发出沙沙沙的声音。听着雨声，心中更感沮丧，神思与雨声溶在一起，她似乎剩下的就是再同小津见一次面，看一看他那阳光般的笑容，做一次倾诉，然后是伤心的告别了！

她并不喜欢日本东京，但无论怎样，东京的这段生活，已是她生命中无法割裂、排除的一部分了！

她忍不住打电话去了小津的公司，小津用略带沙哑不安的声音接她的电话，看来他非常忙，但出乎她意料地说："前晚，杏子去找你的事，昨大兰兰打电话告诉我了！今天，兰兰给过我电话，你的事我知道了！我恨不得马上就来，但现在无法来，下班后我就来一起吃晚饭，好吗？"

她答应了，说："来吧！下雨，就在我这儿，我做点现成的东西吃。我想同你谈谈！"她心里悲哀地想，再幸福的人生也会有个结束的时候，我该满足了！

挂断电话，在屋子里踱了几圈，听着窗外飞舞洒落的雨声，她静静坐在那里，默默看着小津给她放大了的挂在墙上金边相框里的 25 寸大彩照，樱花树旁，她笑得浪漫舒适而纯真，她又翻看起桌上的照片来了！但同小津的合影已经被杏子连偷带掠地抢去两张了。那是幸福旅游中的两张合影！很美！啊！爱是容易的！但坚持着使它完成并完美是不容易的！人说没有爱情的人生是残缺的，但当有了难以获得的爱以后，却又蓦然丧失，生命承受得起这样的沉重吗？

雨轻轻地落着、飘着。她觉得可以用心去听雨的声响，那很像一种哭泣声，雨声会引起心上温馨的记忆，也会引起心上落寞的情绪，使她仿佛看到生命中亮起的红灯。尽管是红灯，但她无怨无悔。她无功利地同小津相爱一场，她觉得曾经幸福过！现在，她要走了，肯定没有好的结局了！剩下的恐怕就是一段异国他乡风花雪月的回忆了！

又打起精神来整理行装，除了那张墙上金边框大照片，别的照片她全部带走，放进了箱子，身外之物，尽量多留给兰兰，她已没有心绪去采购点什么东京的礼物带回国去，心里真是塞满了乱麻似的难受。明天中午起飞，不到三个小时，飞机就在祖国降落，再加上由机场回家的路一个半到两个小时，傍晚也就到家了！何尝想到，到东京留学，同来的陈川富死在此地，骨灰瓶在日本的海洋里飘飘荡荡；而我却要离开小津独自归去，而且流星似的再也不会回来了！……

整个下午，在熟悉而就要告别的屋里，渴望与沮丧像一波波潮水涌来涌去，心里平复不了，她感到浑浑噩噩，心里殷切地企盼着小津早点来。

她觉得生命中构成的那些彩色皂泡般的幻觉消失干净了，要能像兰兰那幅挂在墙上的美丽而充满幻想的水彩画该多好！

她想起了那支她过去会唱的流行歌曲，并且轻轻地哼唱起来："我不要再想了，我已经倦了！我不要再唱了，我已经哭了！……"歌声像细雨似的飘在她心上。

四、离别夜

五点多钟，雨停时，小津匆匆就来了！

小津一进门，他俩几乎同时叹了一口气，彼此深情地对望着。海珠勉强露出笑意，笑意中有孤寂、疲劳和无奈。小津猛地抱住了海珠，动情地贴着她的脸说："怎么会这样的呢？我不能让你走！你不能走！我们永远不分离！"

她心里充满柔情，没有也无法拒绝他抱，这使她想起了电影《泰坦尼克号》主题歌那忧伤的旋律，忧伤深情的歌词。"我们被爱笼罩，并将终身享受爱的甘露，我们将终身在一起，当我爱你，当我拥有你，在我一生中，我们总是相爱依旧……"

她流泪了，被拥抱在小津温暖强健的怀中抽搐起来。

小津依然激动地说："不行！我要你留下来，同我永远在一起！"

"可是不行！"她哽咽了，"我爷爷命令我回去！他年岁大了，身体不好！我对他有过庄重的承诺！在来东京时我答应过他，只要他要我回去，我立刻就回去！再说，外公出了车祸，在医院里！……"

小津眼圈红了："为了我们的爱，你想！你走，我能舍得吗？我们的爱岂不是要就此断送了吗？"

"可是，中国人讲究'一诺千金'，我早先承诺过我爷爷的，我永不能反悔！"

"你不爱我吗？"

"怎么可能！我当然爱！今生今世无可更改，但我恨你们日本那些破坏中日关系的右翼分子！"

小津点头："是的！我也恨！但别忘了日本人民中也有无数对中国怀有美好感情的人！"稍停，他说，"但是，分别后你总还会回来的吧？"

海珠伤心地摇头："恐怕不会回来了！"

"那我们的事怎么办？"

海珠流泪摇头："我也不知怎么办！再好的戏也总有谢幕的时候！"说这话时，她是硬着心肠讲的，稍停，她又哀伤地说："你也寻找一条路径，我也在寻找一条路径，我们都希望这条路可以让我们顺利走下去，走到一块儿。但实际我们没找到路！我们之间的路是不通的，我们没有路放在面前……"

小津也心里哀伤："我们将永远不会有幸福了！"

"我是不会再跟别人恋爱了！我希望你幸福！你应该也可以找一个比我好的日本女孩，将来有一个幸福的家！"

"你说这话我很生气！不该处罚我这样一个并无过错的人！"

"请别生气，我这是为你考虑，从心里发出的声音，我是诚恳的！"

他们互相紧紧抱住，不愿分开。

小津亲切地说："你知道吗？我心里只有你，你在我近旁我都日夜思念你，你离开了，我怎么办？"

"我也一样，但我只能回去！"

"不！我们不能分离，也不该分离！"

"我要给你看一样东西！"海珠从颈项里由胸前拉出一条与小津那条相似的铂金链来，那铂金链上也拴有一块烧瓷的彩色小津相片，镶在一个铂金鸡心里，小津的相片笑得那么开朗可爱。

海珠说："你永远在我这里！"

小津深深感动，这出乎他意料，但使他更激动了，他也拉出自己挂在脖子里放在胸间的那根铂金链，将自己有海珠照片的心与海珠那个心并成一对，叹息地说："我们不该分离！"

海珠默默无语，指指那张墙上金边框里的大彩照说："那张照片留给你！"

小津脸上落满绝望的阴影："你的走，真是无可挽回了吗？"

海珠心底卷起千层万层波浪，点头："无可挽回了！"她的声音像叹息，"我送你一样纪念品，也是我家传的宝贵吉祥物！"她心里想：美好的愿望只好停留在美梦的平台上了！但她没有说，她从抽屉里取出了早先放在那儿的那支短短的玉笛，玉笛色彩晶莹，温润凝重，看到它仿佛听到了那悠扬、凄凉似在梦境中才能听到的出神入化的笛声，她说："将来，如果你用它吹起《樱花，樱花》时，你也许会想起我的！"

小津竟呜咽了，接过玉笛，把头贴在海珠的肩上："我真想不到，我们的爱，怎么会变成这样！当然，我不应该怪你的爷爷！我只怪小泉他把中日关系搞得太坏了！历史会留下他的作为的！"他略顿一顿说，"我真希望国与国，民族与民族都和睦相处。有一个地方，既没有战争，也没有仇恨，既没有贫穷，也没有匮乏，没有人际的倾轧，没有阴谋诡计，没有一切坏的东西，我们倘若在那样一个地方生活，只有爱情，只有阳光和春风，那该多好！"

"但是那可能吗？"海珠摇头，"那不是现实，只是希望，只是美好的理想！现实是在漫长的人生轨迹中我们只短短相聚了少得可怜的一些日子！"

"但希望和理想总是该有的！"

"是的！是该有的！不然就更可怜了！"

窗外，沙沙沙又下雨了，天也黑下来了！

小津叹了一口气，他拿着玉笛，说："我会吹类似的乐器，你看，我吹给你听！"他果然灵巧地动着手指，吹出了动听的《樱花，樱花》。

海珠说："你真聪明，吹得真好！"她油然想起了在箱根的那个晚上。

小津放下玉笛，从身上掏出一个小小的不倒翁似的玩偶，说："这是达摩坐禅俑，达摩是中国禅宗的始祖，传说在少林寺面壁九年修成正果。他在日本深入人心，这是个吉祥物，日本人祈求时，将一只眼画上黑圈，祈愿达成时，再将另一只眼画上黑圈，表示圆满。我母亲在我大学毕业时给了这个俑让我随身带着作为吉祥物。左眼上她已画了黑圈，我现在将它送给你，将来，你再回来或者我去中国，那只右眼上的圈由我们一同来画上，好吗？"

海珠接过小小的彩色的达摩俑，叹息着摇头，她想说："这是不可能的了！"但忍住没说，只是珍贵地将小小的达摩俑放进自己的黑皮手提包里，找着话说："兰兰可能快回来了！"

小津说："今晚兰兰不回来了！她打电话告诉我，她要让我们好好谈谈。"

一切似灰飞烟灭，海珠哀怨地说："话已经谈完了，已经没什么可谈的了！"她去开了灯。

"人总是可以走出一条路来的呢！"小津豪爽地说，"我不甘心，办过摄影展后，我会想法到中国去看你！很方便的！"

"但，我怕你不受欢迎，你别来吧！"

小津哑然了！突然，他流下了眼泪，说："这真是个制造离散的时代吗？我不怨怪你，你有美丽的心灵，我也不怨怪你爷爷。这世界疯啦！人都怎么变得怪异了！我曾听说过一个真实的故事，那是一个使我内心十分震撼的故事。去年初夏，一个驻守车臣的俄军上尉，妻子生了个女孩，他不能回家探望，给妻子写了封信就去巡逻。途中，见到一个车臣小女孩，想起自己的女孩，他爱怜地笑着从袋里掏出巧克力给女孩吃，谁知女孩竟从身上拿出一把手枪'乒'地将上尉打死了。好几个俄罗斯士兵包围了小女孩，但枪都指着小女孩却无法下手，这小女孩只有六岁。六岁的车臣小女孩竟仇恨地打死了给他巧克力吃的俄国上尉。上尉的家信还没有寄出……"

讲完故事，小津哽咽地哭出声来，说："小女孩只有六岁，而你爷爷已经八十岁了！他心里酝酿的仇恨必然是比小女孩更强烈的！……这我无法责怪他！……当年日本侵略中国犯的罪太大了！"

海珠也随着小津哭泣起来。

雨声淅沥，轻敲窗玻璃。灯光亮着，小津拉上了那扇蓝色竹子图案的窗帘，此时此地，雨带来了惆怅，人似乎更需要缠绵柔情的慰藉。

小津忽然思索着说："海珠，也许我们不应当悲观！记得我在箱根讲的那个大树等候的故事吗？"他的眼睛表现出十分的渴望，温柔地铺了细网，将海珠网住。

海珠垂下眼帘说："那是永远不会忘记的！"

"我总相信，中国和日本迟早是一定会友好的！人民和人民之间没有理由不友好相处。这次分别，一时不能相聚，我会永远找你的。见到你，我会说：'真对不起，害你久等了！'"

"我也会永远等你的，见到时，我会说：'不，我等得不久！'"

"啊！海珠，我们约定吧！将来，如有机会，你也抓住来日本！哪怕三天五天也好！你那次到涩谷时，见过那只忠狗八公的铜像，那里是东京人时兴的约会及等人的标志，每年4月8日，是忠狗八公的纪念日，我每年那天，从早到夜，都在那里等你。"

雨声很响，说话声几乎湮没在淅淅沥沥的夜雨中了。

海珠明知自己再也不会来日本了！但不愿伤害小津的情绪，她发现小津眉宇间汇聚着牢固的忧伤，点头说："但愿有那一天！"

但愿有哪一天呢？她自己也没有答案。经历过这次的痛楚，她感到真是灵魂投降、生命退化了！她能预料到自己和小津的分袂必是永别；她不能预料未来还有再亲热聚首的那一天。好辛酸呀！好心痛呀！当小津又亲热地拥抱她吻她时，她也激情地拥抱他吻他。

那是青春的释放，她闭上眼，任泪水流出，心悲伤得快要碎了，所以不碎，是有温馨黏住了呀！

忘了饥饿，明天就要分别……都抛开了！一切只在深爱中，一切只在此刻的相聚中。

"看着我！"小津说，"你的瞳仁上有我，我的瞳仁上有你；我会永远逗留在你眼球里，你会永远逗留在我眼球里。永远记住此刻，好吗？"

海珠呜咽地点头。她从小津深情真诚的眼睛里似乎能找得到天堂。

她想哭，想让泪水无尽无止地流。她努力克制住了，此刻何必再哭，相聚就这么一夜，何必再哭？啊！多么好的两人世界啊！

外边是漆黑的夜，夜色缭绕，雨仍在飘落，落地声幽幽不绝。窗开着，拉着窗帘，天不热也不凉，海珠心上却有冷飕飕的感觉。在小津的怀抱中，一种甜蜜而又带着酸楚的滋味浸润着肺腑传递到周身的每一根神经。

两个凄楚、疲惫的灵魂融合在一起。

他们并未虚度这一夜的光阴，但这一夜对他们来说，就是从此永别……

五、遭遇暴力

幸福来得让海珠猝不及防，也走得迅速无比，人生往往会碰到这样的天翻地覆。

好像时代的重负横阻在面前，东方的阴影始终笼罩着他们。

小津竟没有送海珠上飞机回国。

一早，杏子突然来海珠住处敲门。小津去开门，说："是你？"

杏子身上仍散发着那种奇异刺鼻的香水味，气恨地说："快跟我走！爸爸让我找你快去！"她摆出一副要押着小津走的姿势。

走？下着大雨，小津说："我有事，为什么马上就要我去？我中午去！"

杏子用眼瞪着坐在椅上的海珠，高声哭喊："爸爸检查出胃癌了！他要你马上去！"

小津惊讶："胃癌？"

"是的！你必须马上去！"

小津没奈何地穿上上衣，临走，对海珠说："我很快就回来。我会请假送你上飞机的！"他突然想起海珠送他的玉笛留在桌上未拿，匆匆就去拿起插在西装上衣的内袋里，同海珠亲切地点头。

杏子细长的眼显得特别冷酷，唇上发亮的白色唇膏也泛着冷峻，不怀好意地始终盯着海珠看，用有岛荷风查出胃癌的理由，拉小津上了她停在楼下的那辆红色轿车一阵风地开走了！

四周出奇的安静，海珠心里猜测：杏子将小津带走，小津一定要碰到麻烦了！从杏子来的态度来看，她不能不替小津担心。

幸亏，一会儿兰兰回来了！她说：她请了假，中午要送海珠上机场回国。

海珠感激兰兰请了假来送她。

兰兰从颈上把自己一直佩戴着的一块用红丝绳拴着的玉锁片取下来说："姐姐（她平时虽把海珠当姐姐，却从来没这么叫过），这是一件吉祥物，请收下做个纪念吧！愿它能锁住你的爱情和幸福！我实在没有什么好东西可以送你，就这一点诚恳的心意，请收下吧！"

海珠不收，她知道这肯定是兰兰自己不离身的吉祥物，怎么能收呢？

但，兰兰哭了，说："好姐姐，如果你不收，我马上就砸碎它！"

她说得太认真了，海珠只好鼻子发酸地说："我收！我收！好妹妹！"她一把抱住兰兰又由着兰兰把玉锁片给她戴上颈项。

海珠把杏子"押"小津回去的事说了，表示担心。

兰兰说："小津是个沉稳有主见的人，你别担心！他说中午来送你上飞机，我们就等他来。"

兰兰拿些冰箱里的食物办了早点要海珠吃，自己也陪着吃了一些。

但，等到十点钟过了，小津仍不见踪影。

过了十点三十分，小津还没有来。

海珠心里麇集着惨淡愁云和离情别绪，整个人和灵魂像高吊在希望渺茫的空盼中。

羽田机场比成田机场近得多，但误了班机总是担心，海珠既担心小津不知怎么了，又想着再见小津，但终于担心飞机起飞，耽误了上机，心上仿佛有一种预感在为她发出信号：小津不会来了！她悠长无声地在心里叹息了一声。

心像坠入了深渊。她用笔写了一张简单的纸条交给兰兰，纸条上写的是：

小津：久等不来，我走了！保重。

海珠

等到十一点，她终于打电话叫了一辆绿色车牌的营业计程车来，同兰兰一起前往羽田机场。兰兰想劝慰她，却不知怎么劝慰，只是自言自语似的说："不要紧的！不要紧的！……他一定太忙。抽不出身！……"大部分时间，两人都沉默着。

路上，车流络绎，前后飞驰。机场里外，人潮滚滚，海珠有的只是孤身而过的失落，心灵似乎与世隔绝而僵化了！那颗心像泛在水上的一只葫芦，飘摇着，沉不下去，定不下来，感到自己很狼狈，狼狈得失魂落魄，五脏六腑都被掏空了！感情上真受不了！心上有一个永远愈合不了的流血伤口。她年轻美丽的脸上布满了凝重，变得有点憔悴，她从不认为小津会失信不来送她：她明白小津一定遇上了棘手的特殊情境。悲剧和苦难的突然袭来，打乱了她的内心世界。时间好像置身在尖厉刺耳的惊叫声中，没有出路，只有空荡的回声，生活完全改变了！挂念小津，成了她此刻思想负担上的最重。

她对自己的未来，感到已经不能自己把握。心泡在泪水里，眼睛却干涸了！

兰兰了解她的心，似乎也无从劝慰，反倒常常在自己拭泪。

"他不会来了！"海珠叹息。

兰兰点头："是呀！现在还不赶来，小津怕是不会来了！他怎么了呢！"

然后，是同兰兰的拥抱、告别、互道珍重，她通过安检上飞机了！回首最后向那张可爱的娃娃脸招手，又招手！

她从机窗里最后一次俯瞰东京时心想：人类生命的进程充满偶然，我再也不会到这个地方来了吧？我不可能重重复复寻寻觅觅再到这儿来找我失去的梦了！也许，我以后会怀念往事。深情追忆过去的时光……但却又想：为了小津，也许我将来又会来寻他呢？在那棵大树下，在涩谷那条忠犬八公的碑旁，在他住处那有灯光透出的窗下……但是，他怎么没来送我呢？

寂然无声告别，比有声的告别更使人伤心，更痛楚……

留下了呆呆站在那里的兰兰，不愿就离开的兰兰，那张好看但疲劳的娃娃脸上挂着珍珠似的泪滴。……

其实，这时，小津正有一番特殊遭遇。

这特殊的遭遇，出乎他的意料，却也被他认为是在情理之中，只是他没有想到：事情发生得这样快，而且这样使他精神和肉体都战栗得糟到不可收拾。

当他上了杏子的红色轿车后。

杏子说："你刚才拿了件东西插在上衣的内袋里，是什么？"

小津说："你多管这么多闲事干什么？"他捺住不满和厌恶，礼貌但是责怪地说："杏子，你不好，你做了很不应该做的事！"

"爸爸检查出了胃癌，你就毫不关心吗？"

小津说："这太突然！我不是跟你在回去吗？我是讨厌你的凶恶、无礼！你太不善良！"

杏子转着方向盘朝他看看，冷笑："再善良的人受到侵犯，也会想出恶毒的办法来的！"

小津说："你欺侮人，不但欺侮了她，也欺侮了我！你没资格这么做！"

杏子目光冰冷，只从牙缝里挤出一句："我要你后悔！你会受到惩罚的！"

她的话使小津唇齿间生出寒意，她是深思熟虑才说出来的，小津仿佛听到了轰轰自远而近的雷声，有一种深切的不安。

他问："爸爸不去医院吗？你叫我回去，是让我马上陪他去医院，是吗？"

"去了你会明白的！"

小津不愿再同杏子说话了，他有一种已经达到边际效率的疲劳感。他了解有岛荷风的性格与为人。他没有希冀侥幸，只是希望见到养父后，立即送他去医院安排好后抢着时间赶去机场送别海珠。

何曾想到事情会是这样的呢?!

他进屋见到养父的时候，有岛荷风正面色酡红，满嘴酒气，醉醺醺地穿着和服盘腿端坐在那里，他仍在喝酒，醉眼惺忪，端详着几上的酒瓶，身边还有一瓶清酒和一只早已喝完的空酒瓶。他满脸愠色，十分凶恶，左手摸着胃部，似乎胃部不适。

那只狰狞的狼狗，烦躁不安伏在地上，东张西望，有时张张嘴伸出红舌露出利齿。

小津屈膝行礼，轻声问候养父，双手十指交握，放在前面。他明白受到养父训斥是逃脱不了的。

听到他的问候，有岛荷风不理不睬，只用两只凶狠的醉眼盯着他。

令人窒息的对峙和沉默。

杏子在父亲身边跪坐着，用嘲讽的语气挑唆地说:"我在那支那女人住处把他找来的!"

"哐!"有岛荷风示威了，将一只酒杯砸碎在地上，碎瓷片溅散得到处都是，惊得狼狗"汪"地叫了一声，竖起耳朵。

这时，小津看到在有岛荷风的面前几上放着的是两张他和海珠在旅游时拍的合影，那是杏子那晚在海珠住处连偷带抢弄来的。

有岛荷风突然捡起面前几上的照片，当着小津，将照片撕得粉碎朝小津扔过来了!碎的照片打在小津脸上和身上，飞飘得地上都是。

"你这个不忠不义又不孝的东西!忘恩负义!"有岛荷风咒骂着。

小津突然感到有岛同他像是在进行一场相扑决战，有岛正要用致命的大力猛地向他撞击过来。小津忍耐着。有岛荷风有要人绝对服从的习惯。他听杏子说，养父查出了胃癌，不想再使养父生气，只说:"您是否应该到医院去再检查一下身体?酒不应当再喝了!"

杏子却在一边说:"爸爸，你叫小津把他上衣内袋里的东西拿给您看!是那个支那女人送他的!"

有岛荷风问："什么东西？"

小津不理，说："我自己吹的笛子！"

有岛荷风说："拿来！"

杏子说："不是他的！是那个支那女人的！"

小津生气地说："人家是中国留学生！我同她交往是我的私事，我们的关系是清澈、真诚的！"

"你坐下！到我面前坐下！"有岛荷风下命令地吆喝着，用鄙视仇恨的眼光盯着小津。

狼狗站起来了，像预感到要发生什么事似的，嘴里发出"呜呜"的压抑的吼声。

外边大雨哗哗，雨声有点疯狂，雨声使人想起日本海和太平洋上的乌云和风涛。

小津挪到前面，在有岛近处坐下，说了一声"是"，但心里感到受了创伤与太多的侮辱。

"你承认不承认不孝？承认不承认不忠不义，忘恩负义？"有岛荷风怒吼着。

小津心上像压上一个大铅块，沉重地摇头。

"你是卑贱小人，辜负了我的好心！"

小津心中充满了灾难的阴影，但仍旧摇摇头，这激怒了带着醉意崇拜武士道又一贯专横跋扈的养父。

"我的病因你而起，我不能宽恕你！"有岛荷风的目光不仅是穿透，而且仿佛在喷火。

小津仍旧摇头，他不能承受这种指控。

"你还摇头？我要向你宣布——"有岛荷风高声怒叫，眼球周围都红得像在燃烧，"从今天起，你将被公司除名！"

小津出乎意料，但接受了，说："是！"

"从今以后，断绝关系！我的岳父要给你的是我的财产，我已委托律师办好手续，决不给你一个日元！"

"是！"小津坦然接受了，态度显得平静。

这却使有岛荷风火冒三丈了："你忘了你只是只茶杯吗？今后你将一无所有！我早警告过你，我是石块，你是茶杯！我可以砸碎你！"他大声嚷嚷："你的摄影展完蛋了！我一钱不给！"

小津点头："是！我不要！"他看看手表，记挂着海珠，想告一段落后，马上礼貌地告退，赶快去送别海珠。

谁知，像一颗定时炸弹爆发了！

酒意蒸腾的有岛荷风像火山喷岩浆，忽然起身恨恨地拿起身边的酒瓶，劈头盖脸朝小津的头部死命狠砸下去。

小津刚要抬头撑起身子躲避，正巧酒瓶狠狠砸在头上，额上连同右眼都重重挨了一下，酒瓶破裂，发出碎片坠地的响声，小津的额头、右眼，右颊被玻片砸划，鲜血飞溅，洒得身上、地上和捂着伤眼的手上到处都是。小津血脉贲张，他心里想拼命还击了！但有岛荷风是老年人了，违反了"相扑"的正常规则，竟用这种杀害人的罪行伤害对方，他虽负伤流血，又怎能还手?！他疼得大叫一声："啊——"血淋下来。

那只凶恶的狼狗闻到了血腥味，疯也似的"汪汪"吠叫，夹着尾巴在有岛荷风身边逡巡徘徊，吠声就像号哭，在一边的杏子"哎呀"叫了起来，她未始想到发生这么严重的流血惨剧。她想去扶起小津。但小津猛地甩开了她，这时，那支玉笛从小津的上衣内袋中滑落出来，杏子忽然异样仇恨地想用脚猛踩下去，但小津没命地用左手抢起玉笛，号哭似的狂叫一声，右手捂着流血的右眼，踉跄地冒雨冲出门去，像一只鸟儿飞离树梢。

仿佛天坍地陷，他在倾盆的滂沱大雨中奔跑，忍住疼痛，流着鲜红的血，飞跑着，招手叫了一辆计程车，疾驰到医院去。

六、兰兰的泪水

兰兰送海珠回来，才发现枕下有海珠留下的一封短信和一只装着一沓日元及照片的信袋。

海珠信是这样的：

亲爱的兰兰妹妹：

在东京结识你是我的快乐。再见了！谢谢你平日对我的感情和关心。这是中国人在国外遇到同胞最需要的一种感情。我会永远不忘。你硬要给我的房租等费用，现在在信封里，我用剩的钱也留给你。钱有价，情感无价。留给你的这些，代表姐姐对妹妹的感情，你别拒绝。姐姐爱你，永远！祝你顺利，幸福！

海珠

兰兰手里拿着信，又看着海珠留下的照片，泪水淌得像下雨一样……

海珠走了！兰兰打算搬家，搬一处小的便宜点的房子里去。

兰兰心里埋怨小津怎么既不送海珠上机返国，又不来同自己联系。当然，她是信任小津的，她猜测小津一定是出了什么事了！能出什么事呢？想不出来。她曾打电话找小津，想告诉小津海珠离开的情况，并关心一下小津的情况，同时告诉小津她打算搬家，但小津的公司里的人说小津以后不来上班了，小津的手机也总是关着。兰兰心里忐忑得很，脑里像遇到一个谜语解不开。

再见到小津的时候，是在送走海珠的第四天一早，兰兰正要去打工，小津的出现使兰兰目瞪口呆，她简直不敢想象仅仅几天光景，英俊潇洒的小津怎么会变成另一个人了?!

她能估摸到些什么，天下难道会有这么比死还残酷的爱情吗？命运真无常呀！

那天，仍是下雨，雨水多得像老天爷也在大哭。兰兰正在整理物件打算搬家。她找不到小津，小津却提前离开医院赶快找她来了。

仅仅不过短短两三天，小津瘦了！浑身被雨淋得湿透他也不管，他身上带着血迹，衬衫上的血迹被雨溶化了，变得鲜艳。他头上缠着纱布，右眼上蒙着黑色的眼罩。在上楼前，他在下面仰着脸先朝楼上张望，窗开着，兰兰从楼上窗口看到了他。兰兰记得，海珠曾对他说过：小津以前有时夜间曾经仰脸在对面街沿朝上张望。兰兰连忙在窗口招手招呼小津："小津！快来！"

但，看到小津入房的模样时，兰兰傻了！惊得泪水不由自主地流下来了！一切仿佛在噩梦中旅游。她发现小津心中忧悒，伤势不轻，尤其是黑罩罩住的右眼，那已经毁了他的面容！他面色苍白，像遭遇了飞来横祸！是被人杀伤了吗？是被车撞成这样的吗？是……怎么啦？

兰兰的太阳穴上似有一把钉锤在不停地敲打，她吃惊地问："呀！您怎么啦！发生了什么？怎么流这么多血伤得这么厉害？您怎么没送海珠？我找不到您，知道吗？……"她恨不得要立刻得知所有的谜底，她赶紧拿干毛巾帮小津擦头上身上的雨水。

但，小津没有立刻回答，先问："海珠平安走了吗？"看到兰兰点头，他问："兰兰，是你送她上的机场？"见兰兰又点头，他说："这我就放心了！"他仿佛舒了一口气，从皱皱湿湿染血的上衣内袋中掏出那支玉笛来递给兰兰，说："请一定代我寄还海珠，这是她爷爷珍贵的传家贵重吉祥物，请告诉她：我离开养父和父母家了！请她不要再想念我。人生之短暂，犹如樱花之短暂！……"

好心的兰兰拭着泪倏然惊出一身冷汗，关切地问："你到底怎么啦？伤重吗？唉！唉！"

小津摇摇头："右眼可能会失明！额上脸上和头上部有伤口！不是

本来的小津了！"他不想再多讲，说："请别问了！"

他向兰兰索要那幅墙上金边相框里的海珠的大照片，相框他留下了，大照片他卷起了要带走。对兰兰说："告诉海珠，我不求永远，但求曾经，我感谢她！"

兰兰难过地劝慰："小津先生，您别消极，茶杯碗碟打碎了，就完了；人可不一样，人倒了霉，可以爬起来再干的！即使人在黑夜里，也应该相信和寄希望于明天的阳光！"

但，小津叹口气，说："一切已经不可能了！我祝海珠幸福，也祝你幸福！"

他心里惆怅，好像被遗弃在无边大沙漠中的一个孤客，尊敬地向兰兰深深鞠躬，说："一切拜托了！"

外边，下着飘泼大雨，天空充满恐怖气氛。他身上带着血，用上衣护住照片卷回身出门走下楼去匆匆在大雨中淋着雨走了。兰兰在楼上追下去只看到小津的身影远去，隐没在密密的哗哗雨声之中。……

兰兰怅然地想到：日本是一个有着自杀传统的国家，男人尤其这样。"人生之短暂，犹如樱花之短暂"，小津受了伤，毁了容，可能瞎了右眼，肯定受到了不知什么巨大的打击，他会在失去海珠又遭到伤害后，去选择自杀吗？……

她不敢再深想下去，她浑身发冷，抽搐战栗起来，心头泛起沉重的伤感，她不由自主地扑在床上出声哭泣起来。

七、不可承受

似乎变得没有回家的那种温暖感觉了！

虽是炎热逞威的8月底，海珠的心似落叶在萧瑟的秋风中飘零。真是奇怪，本来曾朝思暮想的家，本来曾因想念想得要哭的家，忽然在海珠的感情和心理上竟一下子变得陌生而又有距离了！

沉重的脚步载负着离愁，有太多的对出国去日本东京的后悔，有说不出道不明的无奈，有说不尽也没法形容的对小津的怀念，糅合成一种酸苦的调料洒满了海珠的心！

啊！啊！司马海珠啊！我回来了！穿过岁月烟云飞回来了！可是，我怎么回来了呢？并没有忘记家的温馨，并没有忘记亲爱的爷爷、妈妈和爸爸以及出了车祸幸存的外公，甚至那只鹦鹉"一点红"。但是，因为奉命实现自己的承诺回家，因为服从爷爷严厉的训斥回来，因为离开了深爱的小津回来，抛弃了学业，离开了兰兰……一切的一切，就变得两样了！那些当年在S市熟识并交往的朋友、同学们，自从去东京后，都疏于交往了！如今，又回S市了！海珠想起了他们，却立刻抛在脑后，心中因为创伤失去了想同他们见面的兴趣、感情和感觉，怎么会千变万化到这种地步呢？

当她从东京飞回来，带着比出国时还要简单得多的一只箱子和一只提包坐着出租车回来进入家门时，有一种恍若隔世的体味。

那只鹦鹉"一点红"起先大叫："来客了！来客了！"转眼就改成了："珠珠！珠珠！……"这使海珠曾感到一点家的气息，她有一种筋疲力尽铩羽归来的感受。

怀着受挫、惨败的姿态，对自己即将面临的未来，不抱什么奢望也不抱什么企求。幸福似乎不过是一种燃烧，转瞬即逝，烟散火灭。这样的归来，有很深的遗憾，自己像失去了平衡，变成了一个心灵上的残疾人，一个会说话的哑巴，一个有脚却不知如何迈步的呆子。好压抑好忧郁呀！有一想就会痛心落泪的回忆。有怕很难融入爷爷感悟里的顾虑，思想虽在自由飞翔，却像陷身于一场大劫难似的变得消极。

所以，当刚看到爷爷和妈妈、爸爸时，她变得像童年受了委屈时的那样，"哇"地用手掩着眼睛和脸哭了！哭得别人都慌了手脚。妈妈先一把抱住她哭，从来没见过妈妈过去这样哭过。爷爷也颤颤巍巍上来，嘴里含糊不清地不知说些什么，终于听到他是心痛地说："海珠！

别哭！别哭！回来就好！回来就好！……"爸爸手忙脚乱，重复着说："海珠，到家了！到家了！……"

妈妈终于克制住了感情，但紧紧抱着她在大沙发上不松手，拭着泪说："海珠，好女儿，回家了！不想妈妈吗？……"爷爷去打了热手巾拿来递给她说："海珠，你走后，我们天天想你，这下团圆了！"但发现这话说得不好，立刻止住了。爷爷这时忽然叹着气，在一只小沙发上呆呆地坐下，沉默着不再说话，看着海珠伤心落泪。

命运真像抽彩，海珠克制住酸辣苦咸的滋味，心被撕裂侵蚀了！止住了哭，变得惘然。

像是经历了一场海市蜃楼的幻象，一部二十五史，从何谈起呢？她回来了！从爷爷开始都不提小津的事了！问题已经解决，海珠回来了！这件事不提比提起好，但大家心里怎么抹得掉这件事呢？尤其是海珠，她几乎是每时每刻都在想着小津，想着自己同小津的事。

一切都流逝了！其实也并未流逝！流逝的不是时间，不是记忆，只是生命中的所爱！痛苦就在这儿。

洗了澡，换了衣，吃了晚饭，海珠终于同吕丽娟说："妈妈，我想要同爷爷谈谈！"

妈妈通情达理，对女儿的爱怜和同情多于别的，说："可以，但是，海珠，爷爷年岁大了，身体不好，这两天尤其不好。你谈话时要注意。"思考着又说，"或者，明后天再谈也好！你今天旅途劳累，也该早点休息！"

海珠应允了，回到自己的房里，房间布置的一切，同走时一点没变。这是爸妈和爷爷疼爱海珠的表现吧！淡雅的蓝底白花窗帘依然静静垂挂着，这使她想起东京住处那房里的蓝色竹子图案的窗帘，那张她从大学时代就熟悉的写字桌，经过时光的浸润显出岁月深远的情意，擦拭得仍旧锃锃发亮。房里墙上依然有那些她从幼年直到中学、大学时代的放大照片，大学毕业的那张学士照特有风姿。书架上的许多书，墙上那面大镜子，桌上亮着的台灯、文具也好像没人动过，只等待原来主人的归来，床上铺的被单和毛巾被都是新的……往事像流水一样漫过心坎。她的确感到乏力了，世界真大，也真小，午间还在日本东京，现在却在家里了！小津没有赶来机场道别，他怎样了！海珠下意识地掏出挂在脖子里的铂金链子去看那心形中的彩色磁照，可爱的小津在向她灿然地笑。

想到小津，想到临别那夜的相聚，她心头有一种祭祀般的色彩，匆匆滑落的往事，连成了泪水和凄怜，多少虚无的回忆啊！她微喟地想：短暂是美丽的，但为什么瞬间不能是永远呢？

痉挛般的痛苦，是无法消解淡忘的。它成了海珠生活的影子，海珠恍恍惚惚似在梦中，仿佛又听到了那支以前熟悉的《泰坦尼克号》电影里的插曲的歌声，那只以前熟悉的沙哑、悲哀而又激情的磁性女嗓音在唱："不论你走到哪里，我都坚信我们相爱依旧，有你在我身边，我无所畏惧。因为我知道，你爱我依旧，我们将同在一条人生之路上漫游，你在我心中是如此安全，因为我爱你依旧……"

但是，他和她沉船时都在一起，而我和他，分手了！永别了！悲哀像潮水涌塞胸间，海珠斜倚在床上，静静闭上了眼睛，心像浮在空中，上下不着边，两头不到岸。

"海珠！"

忽然，她听到了爷爷的声音："海珠，爷爷来看看你，同你谈谈！"

她看到爷爷走进房来了！绿色台灯亮着的灯光下，她发现爷爷比她去日本离开时苍老得多了，也瘦了！头发也更稀更白了！爷爷来看她，她站起来，让爷爷坐在书桌前那把皮垫靠椅上，她握着爷爷的手，冰冷、皮包裹着筋骨、多皱而坚硬的手，说："爷爷！……"想讲许多话没讲出一个字来，却哽咽起来了！

"海珠！爷爷懂得你会伤心，但是，你应该理解，爷爷不能允许你同日本人结婚，爷爷不是保守，爷爷这是爱国！你知道，你祖奶奶、你太祖母的母亲，都是被日本人惨杀的！血海深仇哪！你知道，一场南京大屠杀就杀了中国三十万人以上啊！中国的抗日战争付出了死伤三千五百万人的代价，直到今天，爷爷闭上眼就能看到你祖奶奶惨死的情景，噩梦总是折磨着我，而日本至今还不讲诚信和文明，还在否认历史倒行逆施！我敢预言，日本如果这样否认历史，按目前的道路走下去，迟早将来仍会打中国的！它是个祸害！爷爷也许对不起你、严重伤害了你，为这爷爷也心疼，但爷爷没错！只要爷爷活着，爷爷不能容忍爷爷最爱的孙女竟去同日本人结婚！"

海珠本有许多想讲的话，一时都又不想讲了！再讲也是白费！是呀！能说爷爷不爱国吗？能说爷爷错了吗？不能！当然不能！但我错了吗？小津错了吗？也没有错！我和小津应该承担这种无尽无了的罪责造成的坏影响吗？历史上的恩恩怨怨深仇大恨是非是清楚的！但侵略者不肯以史为鉴走向未来，却反复否认历史，掩盖罪行，至今仍在伤害当年受害国人民的感情，由此造成两国关系的冻结，这种可怕的阴影，让我们后代产生的爱情受到了可怕的毁灭。我和小津是多么可怜的牺牲品啊！该恨的、该说错的，是日本今天的右翼政治家！他们搞坏了理应可以搞好的中日关系。他们没有像"二战"后德国领导人那样的胸怀与远见！他们罪比天大！……

她这样想，却没说出来！说出来，爷爷也许能接受一部分，但不可能全部接受，爷爷从根本上是不能容忍自己的孙女同日本人结婚的。她变得木然地坐着，刚回家时想同爷爷谈谈的愿望这时消失了！

司马天雨看看海珠，明白孙女有自己的想法，不想多说了，说："你回来了，明天去看看你外公，你该知道，出车祸那天，他们夫妇是为了你的事才来家里吃饭的……"

海珠点头，想起外公的伤和邵外婆的死，感到内疚。

司马天雨说："海珠，爷爷有钱了！全部可以给你。你可以去英国或者澳大利亚，去读一个学位，你会有成就的。这事抓紧就进行。说实话，当初你去日本，我内心就是有障碍的！"

海珠没有表态，但说："爷爷，您身体不好，早点去休息吧！"

司马天雨长叹一声，他听得出海珠心里有抵触，却明白了一下子是无从解决孙女心上的疙瘩的，点头说："我最近写书有点累，血压、心脏都不好，失眠也严重，你外公出车祸使我受到刺激，你的事又伤了我的心，唉，海珠，爷爷真的爱你，见你回来这么痛苦，爷爷心里难过，真的太难过了！昨天慕容教授同我通电话，知道我命令你回来，说我：你有的思维只属于历史，却不属于今天，你没有面对现实，不去思索如何更好地处理和转化、改变现实。海珠，爷爷的确抛不开沉重的历史阴影，但我不能推翻我的爱国信仰，让你去做日本媳妇那可不行！我一辈子爱国，要求的就是我的后代也爱国！连这点都做不到，在我，是愧对我的母亲和外婆的！……"说到这里，他竟老泪纵横哭得像个孩子了！

海珠窒息憋闷，但不能不为爷爷出自肺腑的话所感动，强忍心酸说："爷爷，我扶您去休息吧！"

司马天雨没有拒绝，由海珠扶着到房里去了。海珠开灯，让他睡下，他摇头说不，坚持要再坐一会儿自己再睡。海珠陪了他一会儿，见爷爷坐着也不说话，就告辞说："爷爷早点睡！"她出房时，见爷爷吸起了香烟，又拿起笔不知想要写些什么。爷爷的习惯就是这样，不喜欢别人过多关心、干涉他。

一切真都像是一场梦。海珠要回房，却见妈妈和爸爸在客厅里坐在沙发上等着她。两人都不提小津的事，只是要海珠早点睡觉，不要太劳累，康勒还说："唉！你回来也不打个电话说一下班机时间，我和你妈妈都没去接你。……"

海珠告诉父母："爷爷让明天去看看仍在养伤的外公。"

吕丽娟说："下午我开车陪你去。"

海珠问起邵娜，吕丽娟说："火化后，骨灰盒安葬到苏州凤凰山公墓去了！因为她生前喜欢去苏州旅游。"又叹气说，"像邵姨这种人，也有优点，第一个丈夫虽不幸早死，同你外公再婚后，即使脾气不合，却像个乐天派，始终自己找快乐。岁月似水，她能随水漂浮，不愿自己沉重得沉下水去。从这点来说，她在世界上还是轻松快乐的，这也不容易。外公家挂了她的遗像，你去时也该鞠个躬悼念一下。"

海珠说好，听了妈妈的话，明白妈妈实际是在劝解女儿，她告诉爸爸和妈妈："我去睡了！"就进了自己的房间。

回到房里，开了台灯，海珠孤独寂寥，找出小津送她的吉祥物达摩坐禅俑，反复轻抚，又取下颈上兰兰替她佩上的那个玉锁片，抚摸着它，就像摸到了兰兰的感情。她打开床头柜的抽屉，用一只小盒子将玉锁片藏起来，又将小小的达摩坐禅俑放在一起。

后来，海珠睡了，但人躺在床上，木头似的，心里烦躁，她像受了伤，创口无法去舔，至少，一个梦，一个留在东京的梦，彻底破了！余下的遗憾是无穷的。她关了灯，黑魆魆的空间，好像有一张面孔，一直忽明忽暗地在晃动，那是小津阳光的脸，睡着后，又梦见了小津！她问："你怎么没来送我！你好吗？……"仿佛小津将脸靠在她的肩上，双手拥抱着她，她多想试图握着这段珍贵回忆的小津的双手啊？但，手在哪里，哭醒时，枕上全被泪水湿透了！

八、遗憾太多

第二天，是星期日，谁料到一早，海珠软软地躺着浑身无力还未起床，吕丽娟急急忙忙开门进房来了。

她脸上惊慌失措，说："海珠，快起来，爷爷不知哪里去了！"她声音里带着惶恐。

海珠心中像针一刺，霍然起床，问："怎么了？"

"爷爷不见了！"吕丽娟说，"你爸爸早上起来，发现他被也没有叠，房门敞着，大门也开着，他不知外出到哪里去了。着急了，就叫我快起来，他就立即出去找爷爷去了！你爸爸一直担心他犯病，说他现在真的可能是犯病了！以前，犯病时就出走过！"

命运真像是个黑洞呀！无法先窥见是什么！

海珠心里火烧火燎，穿好衣服，流着泪说："这可能都是因为我！"她想起了昨夜爷爷在她房里说的话，爷爷后来哭得那么伤心，就是不太正常！不，是正常的！但却使他自己受了太大的刺激！她开抽屉拿了梳子在镜子前梳好了长发，用发夹挽在头上，说："我到爷爷房里去看看！"

昨夜，她扶爷爷到房里后，爷爷不睡，还硬要坐在桌前的椅上吸烟，爷爷还拿起笔来似乎想在纸上不知写些什么。她现在想：出去茫无边际地找是需要的，但先到爷爷房里看看，也许能发现点什么情况。

鹦鹉"一点红"也似乎感到家里出了事，一会儿叫"珠珠！珠珠！"一会儿又叫"抗日！抗日！"……它站在架子上扑动翅膀，头侧来侧去地斜着瞅人。

吕丽娟和海珠一同进了爷爷的房，房里残留着昨夜残存的香烟味，烟蒂扔得地上、桌上都有。爷爷平时是从不抽这么多烟的！爷爷的桌上堆得很乱，稿纸、书籍、资料、报刊，什么都有。台灯、老花镜、放大镜、钢笔、圆珠笔、降压药、心脏药也散布在书桌上。海珠和吕丽娟在桌上寻找，什么也没有。估计康勒出去寻找前也来看过桌上寻找过了！

海珠拉开爷爷写字桌的大抽屉来看。

一拉开，就看到爷爷写的一封信放在面上。那是用雪白的 16 开打字纸写的，爷爷有时写信喜欢用这种质地坚韧又漂亮的纸，他流利的圆珠笔字写在这种纸上好看。

海珠惊叫："妈妈！看！爷爷的信！"

她从大抽屉里拿出信来。

信上的字，写得潦草，甚至大大小小、颤颤巍巍，有的东侧西歪，估计爷爷写时身体、情绪都很不好，吕丽娟和海珠都一起来看。这是一封没有写完的信：

海珠：见到你回来后那么痛苦，爷爷十分内疚，但，我们应该为了一种信念活着。爷爷从你小时候就特别爱你。你是爷爷的命！可叹的是明知会严重伤害你，爷爷又不能不伤害你！爷爷这就钻进死胡同出不来了！爷爷虽老，也懂得破坏你的爱情是一种罪！你也许将永远不会原谅爷爷，但爷爷没有办法不这样做！今夜，爷爷将要有犯病的感觉。头里昏昏，心里慌，趁头脑还算清醒，写这信给你，也给康勒和丽娟。我一生为人正直爱国，此时只有两大遗憾：第一，是你的事使我伤心，而我既不能不这样做，又无法使你不受到伤害。第二，钓鱼岛一书还未结尾，恐怕已无能力写完了。倘若可能，希望你来续成，我老了！连想远远看一看钓鱼岛的愿望都无法做到了，实在遗憾。你是爷爷心上的一颗珍珠；钓鱼岛是中国海上的一颗珍珠。我写钓鱼岛时常常魂牵梦绕。心里澎湃着一种爱国热情。我留给你的那笔钱，属于物质；而这种爱国热情属于精神。你能给爷爷续成这书，爷爷也就是把这份精神遗产传给你了。事实上，一个作家，他最后的作品应当就是他的遗嘱，我就认为我此生所写的书，如果我死了，都是我的遗嘱。唉，遗憾太多，但我不写了！……

看信时，海珠、丽娟起了条件反射，身上发抖，泪光闪闪。海珠尤其心酸，只觉得眼前的一切天旋地转，掩着面泪水不断，她想对爷爷说："爷爷，我不恨你！……"但爷爷不在当面，爷爷不知哪里去了！感情这东西，有时就这么奇怪！它是各种矛盾常常纠结在一起的综合体。它有时会是爱与恨、情与仇、亲与疏、生与死交错糅合成的一种催化剂。头绪有时是理不出的；发泄有时是受梗阻的！海珠怨恨自己！昨夜，我为什么不对爷爷说点安慰他的话呢！啊！啊！……她珍贵地将信折好放进了抽屉，说："立刻报警!"

吕丽娟已经拿起电话在报警了！她打电话给110和派出所，报警后将自己的手机号告诉了对方。

报了警，海珠不放心地说："妈，您在家守着，家里不能没有人！我也出去到处找一找。"

吕丽娟说："不！我也出去找，分头找，多一个人好一些，公安局发现了你爷爷，会用手机同我联系的!"

他们全家都外出寻找司马天雨，找到夜里也没有消息。八点多钟时，三人回来，胡乱吃了点东西，又都决定再分头出去寻找，互相用手机联系，但懊丧的是：S市这么大，茫茫大海里怎么捞得到司马天雨这根"针"呢！

巧的是忽然丽娟的手机铃响，吕丽娟马上拿起手机，原来是110来的电话，说："别急，你们要找的司马天雨老先生找到了!"

吕丽娟声音激动："在哪儿？好吗?"

"在浦东方向的一个立交桥桥洞里，没事。我们马上用救护车将他送回来，请放心!"

（在找到司马天雨的事上，有另一个传说。据说：在S市找了两天，没有找到，司马康勒忽然想：会不会司马天雨到南京去了？找到南京新闻界的朋友托了电视台播出了寻人启事，说老作家司马天雨外出未归，登出了照片，寻求帮助。果然，有人送来信息，说在栖霞寺附近看到一个老人，约莫一米七五的个儿，在那里游荡，时而翘首伫立，时而低头沉思，在后山荒坡旁往昔众僧安葬的坟场旁，似在寻觅什么似的。也有一种传说更正说：不对，人们是在原来鼓楼三条巷附近看到他的。司马天雨神情忧郁而又恍惚。在许多新建的房屋高楼中似在追寻什么往事。……总之，他是被家人从南京接回S市去的。

......）

110真好！不多久，司马天雨就被送回来了！康勒、丽娟和海珠扶着司马天雨下车，只见他眼神惊恐，身上哆嗦，看到家人脸上木然。海珠扶爷爷到房里坐下，灯光下他不言不语，康勒给他洗脸，丽娟给他倒水，海珠要爷爷换件干净衣服上床躺躺，他拒绝了，总是不言不语痴痴地凝望着窗外黑黝黝的天空。谁也不睬。

可能家里的环境他熟悉，又有家人陪伴，他比较安静，他过去犯病不太严重时，就常是这样像和尚打坐静坐入定似的。这次病情似乎不轻，康勒、丽娟与海珠轻轻商量后，决定连夜立即送司马天雨住院，三人轮流去医院日夜陪伴。

康勒去联了附近的区中心医院病床，一家人将司马天雨送到了医院。医生做了检查，询问了病史，认为他受了强烈的刺激，需要进一步观察治疗。给司马天雨服了药，让他镇静，安睡，先消除狂躁。海珠坚持要陪伴爷爷，让爸爸妈妈先回去休息。一场突如其来的不幸与惊扰，才告一段落。

九、怎么办？

经不住海珠的再三要求，康勒与丽娟走了。病房里只剩下海珠陪着沉沉昏睡着的爷爷。药物使他安静地躺着，发出均匀的呼吸声。灯光下，司马天雨脸色灰白，深深的皱纹配上全白了的稀疏头发，显得严肃。他偶尔断续地在谵妄中发出含糊不清的哼唧，似在独言独语，使海珠看了心疼。她深情地握着爷爷在输液的那只苍老而血管硬化了的手，轻轻地给爷爷按摩，心里发酸发苦。

"这都是因为我！这都是因为我！……"海珠心像被撕成了碎片，一半在小津身上，一半在爷爷身上。而由于爷爷的病情，主要的关心此刻全倾注在爷爷身上了！自己心上的创伤暂时滑到脑后去了。心中最悬虑的只是爷爷的病和她的歉疚了！爷爷老了！但愿他早点好起来，仍像从前一样地写完他的《啊！钓鱼岛》。但愿他早点清醒过来，依然笑看着她最心爱的从东京归来的孙女！……

但是，空虚和伤感像密布的蛛网似的缠住了她的心。她又怎么能忘怀小津呢？刻骨铭心的爱用刀削、用斧砍、用镪水腐蚀也是消失不了的！往事散出星星点点的怅然和惦想，临别那夜的拥抱……谁料想第二天一早小津被杏子叫走就不再见面了呢？……她不能不想起街头击倒日本醉汉的小津，在新宿住处楼下仰望楼上的小津，替她在樱花树旁拍照的小津，快乐旅游中的小津。……那个总带着明快笑容、总体贴周到、颈项里挂着铂金链心形瓷照的小津……她不由自主地从胸前抽出铂金链来，深情凝望着朝她笑得那么快乐的阳光男孩小津！可是，她永远失去他了！永远不会再有小津了！爷爷昨夜那封未写完的信上说得那么明白，说得那么悲壮和坚决，爷爷的信上写出的"两大遗憾"，实际是要她再一次做出承诺。她能置之不理吗？

不知小津现在怎么样了？她知道兰兰会有信息传给小津也传来给她的。真希望早点能从兰兰那儿知道她希望知道的情况啊！……

她收起铂金链，让小津的瓷照又重新回到她的胸前。又细细想着爷爷那封未写完的信上的每一句话，心里有一种深深的凄凉和累乏。她像一个不谙游泳的人被抛进了深水，挣扎着上不了岸，游不出漩涡，好像有一种等死的心情了！简直是骨架都要松散的累乏，但这时，一个戴着白帽穿着白衣的护士将门轻轻地开了！她出乎意料地看到了护士背后慕容教授那高大挺拔的身影轻步走进房来。

病房里很静，静得使人听得见自己的心跳。空气里弥漫着医院里总有的那种药水气味。白色的墙，白色的床，白色的床头柜等用具，反射出洁净的光，有一种肃穆气氛。

海珠轻轻起身，迎了上去："慕容爷爷！……"刚压嗓叫了一声，泪水竟滚落下来。

慕容教授来看望爷爷来了！他花白的头发染得挺黑，穿一件短袖的墨绿色休闲衫，一条黑色的西装裤，很潇洒，那副金丝边眼镜下两只聪明智慧的眼睛，使他整个学者风度的外形儒雅、精明而有书卷气。

紧握着海珠的手，他轻声关切地说："海珠！别难过！人生，什么事都不会一帆风顺的。用我们中国人过去习惯了的话说：'你要经受得住考验！'"他远远看看在静睡输着液的司马天雨，带着感情地继续说："人总应该不断挑战逆境，打破宿命！对一切抱希望，永不失望！"

从慕容教授的手上，海珠可以感觉到他的关心；从他的表情上，海珠得到安慰；从他的话语上，海珠得到力量。

慕容教授松开了海珠的手，走近床边，深情看着老友司马天雨，司马天雨瘦骨嶙峋，安详酣睡。教授关切地说："司马兄啊！你坚定，你是个有信念的人！你会好起来的！你的书没写完哦！我相信你这个强者，一定会康复的！"

他的声音带着心疼，又凝视了一会儿，从病床旁移步走到窗口，望着夜间灯火辉煌的病房区，对走近他的海珠说："孩子，我有时是同你爷爷有争辩的。虽然，我们的大方针和立意基本一致，但某些问题想法不同。因为爷爷那种受害者的心态太深，难以摆脱历史的阴影，而日本的右翼政客还在要把阴影扩大，中日关系不好，责任不在中国，也不在日本人民，中日和平共存，永不再战，争取双赢，符合双方长久利益，关系总有改善的一天。"他望着海珠说："你不会怪你爷爷吧?"

海珠摇摇头，说："我知道他爱我！我只希望他早点病好！"

慕容教授说："我对你爷爷命令你回来并不同意，这是什么时代了，不该这么做！你外公就说过：你和小津恋爱，不违背宪法，不违背国家政策法令，不损害国家利益，这仅仅是普通一对年轻人的相爱，你们有这权利！爷爷的偏激让你和小津有了不可承受之重了！"他顿了一顿继续说，"本来，我可以给你出个主意，未必很好却也不坏。你不妨按照爷爷的意见再到别国去留学。在那里，让小津也去，你们在那里相会，谁管得着你们的爱情？当然——"他忽然深深叹息一声，"现在我来对你说这些，也许是晚了……"他突然又停顿了一下，说："但也许不晚！苦难是炼金之火，什么叫失败？无路可走并非失败，失败的是不去找一条新路走！被击倒在地不算失败，失败的是不爬起来，你要重新认识生活的重要性！让悲伤与痛苦渐渐离去吧！"

慕容教授把话说得很沉重，海珠从他的脸上看到的是一种庄严但是特别的表情。慕容爷爷为什么是这样的语气和表情呢？……

慕容教授好像要结束他的话了，说："好孩子！你遇到的当然是一场感情灾难！我只能而且应当向你说：海珠！人活着并不仅仅是为了爱情！你年轻优秀，还有广阔的天地，还有漫长的时光，还有这国家、这民族、这世界、这社会上的许多事可做！你应当心里有一个巨大的网络……"

泪水在海珠眼眶里漫起大雾，模糊了视线，海珠一字一句听着，没点头也没摇头。慕容教授的心意，使她感谢。当然，他的建议，此刻对海珠来说，也仍是一种不可承受之重。

慕容教授后来走了，海珠陪伴着爷爷直到快近黎明。她望着病房里雪白的天花板和墙壁，望着窗户外天空快由深灰变成鱼肚色的晨光，遐想着，缥缥纱纱地出神遐想。她想些什么呢？她自己想得乱糟糟的，说不尽，但她老在反复品味慕容叔叔加重语气和那种有点特别的异常表情。心里想捉摸出一个答案来。

东方露出曙光时，司马康勒来顶班，让海珠回去睡觉，并且告诉她，妈妈上班去安排工作去了。明天上午，陪她去看望外公吕平，并给邵娜外婆遗像献花鞠躬。

海珠回到空荡荡的家里，鹦鹉"一点红"寂寞地站在架上，见到了她，高叫："珠珠！珠珠！……"此时此地，听到"一点红"的叫声，使她心里发热。

她目光哀怨，六神无主地坐在沙发上想歇一会儿就去睡觉。但心里明白未必能睡得着。以前曾经有过的睡得香甜的日子似乎从此一去不复返了。

就在这时，电话铃响了！她拿起话筒，兰兰来的电话！兰兰从日本东京打长途来了！这是她日思夜盼的电话哟！她激动地高叫："兰兰！兰兰！是你？……"

兰兰可能为了节省电话费，讲话飞快，但却详细如实讲了一切，她告诉海珠小津的不幸遭遇和她同小津晤面的全部情况。她将和小津所说的每一句话每一个字都毫无遗漏地告诉了海珠，她带着轻轻的呜咽告诉海珠："玉笛我将邮寄给你！你一定要多多保重！……"

电话断了！海珠心上流着血，全部明白了！

她连慕容教授说话为什么那么沉重，脸上表情为什么那么特别，慕容教授为什么说"说这些，也许是晚了……"一下子都明白了！

她没有再哭，泪水已经流尽了！但牙齿却咬破了嘴唇，嘴唇流出血来。

啊！啊！小津啊！

啊！啊！你在哪里！你现在怎么了！啊！啊！

后来，又有许多传说……

转眼是金风萧瑟的深秋，接着又是严寒凛冽的冬天。春季当然也会来的。因为时间总在前进，生活永远不会凝固。

最初，就有了这小说开头的那个关于钓鱼岛的传说，一个神神奇奇、若隐若现的传说。

谁都知道，海珠是很温柔、善良的，这个传说似乎有点锋利。但，水是柔弱、无形的，在高高的悬岩上，水在寒冷的条件下，它会成为愤怒的百丈冰柱，那也并不奇怪。

而且，每每传说总是被淹没在历史的长河里，常遭时光冲刷得面目全非，因此传说在人们的口头上总是多种多样，未必一致的。补充开头那个传说的，是一家出版社的某个编辑。据他说，他收到了老作家司马天雨的一本关于钓鱼岛的书稿，是由他的孙女帮着续写完的。这书已经列入选题计划，他们打算隆重出版。

人生有许多片段，有许多遭遇，是不可预知和难以解决的。因此，也听到了另一个奇怪浪漫的传说，扑朔迷离。说有一个美丽动人的中国女郎，后来又回到了东京。她到过春稻田大学的校园，兜了一圈。连续几个晚上，她姗姗而来，到了新宿区，痴迷地站在她曾经住过的那幢灰楼的对街上仰望那个她曾熟悉的二楼窗户，又到离此不远原来一家公司宿舍的楼前，向二楼从右边数第三个窗户仰望。风，四处游走，她看着那窗户里亮着灯，灯光温馨而温和，似在回忆一段不能遗忘的故事。隔着悠悠岁月，恍若梦境，要找回过去了的当时的感觉。

据说，她后来去了箱根。在箱根，有人在强罗的温泉旅馆见到她那苗条动人的身影。那天夜间月下，她在那里用一支玉笛吹出了《樱花，樱花》的曲调。吹得优美悦耳。悠扬的笛声，凝重而低沉，如歌如泣，突然璀璨激越，一会儿又缠绵悱恻，但当人们闻声来围观时，她却像一位女神似的倏然隐身不见了！

类似的传说是在她离开日本东京的第二年的4月间，4月8日那天一大早，她忽然出现在东京涩谷火车站附近的忠犬八公铜像附近，那是日本青年男女喜欢约会的地点。她似乎是在等候什么人。她手里拿着一个小小的达摩坐禅俑。达摩的左眼上画着一个黑圈，右眼上也画了一个黑圈。可惜，从早到晚，她等着，等着，徘徊，又徘徊，她要等的人始终没有出现。她吹起了玉笛，等的人仍没有来。

当然，也有人说：不对！那天下着雨，她打着伞等着。在另一个角落，一个英俊挺拔的日本男青年也打着伞在等候。起初，互相都未发现对方，最后，互相发现了，兴奋得两人都扔了雨伞热烈拥抱起来。

男的说："真对不起，害你久等了！"

女的说："不，我等得不久！"

后来，两人一起高兴地挽着手合打着一把美丽的绿雨伞不知到何处去了！

同样，有一个很美的传说，说在日本东北的岩手县著名风光诱人的海边沙滩上，夜晚月光如银，有人看到一个黑发的中国美女在那里散步，忽然她同一个也在那里散步的帅气的日本青年意外相逢。他们热烈拥抱，高兴而又伤悲地流泪痛哭，似是离散很久的一对情人的喜相逢。后来，他们并着肩离开，但买了两包当地有名的土产"月光浴铭果"才走的，因为以前他俩曾吃过这种饼，并且知道当地有过古代传下来的一对男女恋人不幸被拆散却又在月光下重逢的故事。

这些不同的传说，有的据说是东京艺术大学艺术系的一位中国女留学生兰兰讲的，她认识那对异国相爱的男女青年，女的名叫司马海珠，男的名叫小津。兰兰有绘画天才，她画有海珠和小津的素描，真是可爱的一对。兰兰有一张漂亮的娃娃脸，她给自己好朋友讲过海珠到东京留学与小津认识并相恋的往事，引起过听者的同情和唏嘘。

关于小津，有人告诉兰兰：曾看到在东京一个体育馆内，有几千群众参加一个由几个民间团体发起召开的大会，激烈反对修改"和平宪法"中的和平条款，上台演讲的人中，有一个就是小津，他的讲话得到了热烈的掌声呼应。他戴一副黑眼镜，但仍是非常倜傥。有人则说：他没有戴黑眼镜，依然英俊，他经过了整容。……

传说每每都是容易引起争议的，相信这部小说开头那个有关钓鱼岛传说的两位浙江台州的大学生对上述多种传说都说没有根据，因为那位名叫司马海珠的爱国姑娘在勇敢豪迈地去钓鱼岛时，已经牺牲在海中。她不会又去日本的！只是不同意这种质疑的人说：有什么不可能呢？唐朝时，传说杨贵妃死在陕西马嵬坡了，但是，杨贵妃的坟在日本就有三处，那么，如今交通如此方便，中日之间民间交流人来人往这么频繁，传说海珠又到过日本，似乎也不奇怪！

包括兰兰在内讲出来的传说和故事，据说有人认为这样的故事和传说，会带给日本人和中国人很多思考。是怎样的思考？倒也没有人去深入探讨。反正，善意的思考总比恶意的思考要多要好吧！

最后有一种传说，是带有现代化和比较"另类"的，也许还有点理想化色彩，说后来海珠和小津真的在一个第三地见面了，而且幸福快乐地团聚了！这是一个第三国呢？还是就在中国？抑或是在日本？传说都未讲清楚，是在什么条件和情况下到那样一个第三地见面并团聚的，也未说清楚……

好在传说总是传说，故事带给人宽广的想象空间，带给人口头塑造的天地，使人可以唏嘘，也使人可以心中五味横流，而真正要去查考或纠正，倒是未必一定需要了！有些传说似乎只是想表明：爱是能在石缝中生长的花卉，爱的保鲜期是无限的……可爱的人儿即使在人间蒸发了，也会有人用传说惦记和议论他们。……

2004 年 6 月 6 日—2006 年 8 月
2008 年 5 月 20 日—2008 年 7 月 28 日修订

禅　悟

第一章

1994 年 8 月　晏师明的部分札记

（阴历）六月二十四日晚　星期一

秋苇：

　　身体不好，心情纷乱，一路来生活不安定，感到疲乏，一路上我都没有动笔。但今晚，我开始按照我在你坟前约定的，在写札记了，我希望回去以后，能将札记焚化在你的坟前，让你听一听我的心声。

　　海峡隔不断乡情，故土常在梦中，悠悠几十年，说不尽春夏秋冬。种种坎坷，似乎都在南柯一梦间，成了过眼烟云。

　　我老了！孤子一人，回到五十八年前我曾出家为僧的玉龙寺，了却最后一个心愿。

　　八十几岁，不能说不是长寿，我怎么竟会活得这么长？仅仅活得长又有什么意思？有人说：年龄只能带给你一件东西，那便是智慧。这话也许是真理，但对我来说，对于生活，我还似乎非常陌生，甚至连很寻常的问题都思索不出正确的答案，解释不出根由来，这是为什么？

　　年轻时读过鲁迅的小说《在酒楼上》。他借主角之口用过一个比喻，也是象征，说：蜂子或蝇子停在一个地方，给什么来一吓，即刻飞去了，但是飞了一个小圈子，便又回来停在原地，这很可笑，也可怜……现在想想，我也就是这样可笑而又可怜。

曾上下求索，有过喜悦，有过悲伤；排斥过得失，计较过有无。富的享受，穷的艰难，爱的折磨，恨的创伤，怒的威风，乐的欣慰，都像凡夫俗子，有的追求，有的纵情。在痛苦无由解脱之际，我曾参禅悟性，入过空门。

但，劣根未净，终又隐入红尘。

决断过，也反复过，走过东南西北，跋涉上下左右，风霜雨雪，雷电霹雳，有生死的考验，有名利美色的诱惑，一切都由有形蜕变为无言，一切皆由急骤物化为虚空。每每似有所悟，每每忽又蒙昧。

难道这就是所谓人生？难道这就是六根未净？难道这就是愚顽不驯？不！不！不！恐怕不能这样说吧？

如今我满头白发，两眼昏花，黯然归来，身心交瘁，精力疲惫。似来寻求归宿，忽又有"四大皆空"之感。

人，都该有个归宿。正如倦鸦返巢，北雁南飞，雄鹰伫岩，虎啸山林，但我的归宿何在？寄托是什么？

生活真像一座迷宫，难道是专为揶揄人的智慧与灵魂而布局的？

在上海时，见到了悟心，他还俗后早改名叫向曙了，比我小十多岁，早已是个"离休干部"了，只是看上去并不老态，说话声音仍像打雷。

当年分手前，他说："我不做和尚了，我要还俗，找我的归宿！"

言犹在耳，一晃却四十多年了！

我问他："几十年来，有所得乎？"

他点头答："有所得。"

"得在何处？"

"你回来后所见到的一切好的、善的、美的，都有我的一份贡献。"

我问他："有所悔乎？"

他摇头说："无!"

一个人到了晚年，能在"悔"字上回答一声"无"，这该算是找到归宿和寄托了吧？他是那种狂信的人，才能这样回答。

而我，却只有悔、悔、悔！正似李清照词中所说："感风吟月多少事，如今无去无成。"

是什么原因？是信仰上的多变与不定？是受到横流的人欲和人性的冲击难以自持？抑或是对大千世界中诸种事物参不透？还是对真理的追究陷入迂腐与书呆子气……

说不清！不可说！欲说还休！

现在，我已到灯尽油枯垂暮之年，又何必去追究那些，追究那些又有什么用？

似曾有过许多，终于又似乎丧失了一切。倘若我能重新再生活一遍，从幼年、少年、青年、壮年、中年而到老年，也许会懂得选择的重要与如何选择人生之路。

而现在，一切都已太晚、太迟，一切都已无法挽回，又何必再孜孜以求地去叹什么"悟以往之不谏"呢？

心愿，是回到这古刹里来重新看看。

看看这四下里曾多么熟悉的青山绿水，看看这曾消磨过我生命中一段宝贵光阴的旧地，看看这留下我脚迹的山间小道……

傍晚，在寺院外漫步时，我又在道旁见到那并不美丽却又使我喜爱的"剪秋罗"了！这种紫色和白色的野花，有一个特别诗意的名字。当年我见过，现在又见到了。它勾起我寂寞与哀愁的情绪。

当年我走后，这玉龙寺曾燃烧起一把熊熊大火，几乎全部化为灰烬。

但，如今在这山上，红墙环护，寺院金碧辉煌，佛像庄严，寺内树木葱郁，真有"万峰围殿阁，碧色净如云"之感。

路，早都翻修过，自来水已引入寺院。那口井栏被粗绳索磨成许多凹口的古井，早已搁置一旁，无人问津。

这寺院是重建并一再修缮过的，同当年大不相同，我却在这里到处寻梦。

这里殿堂肃穆，环境清幽，僧房整洁。

全寺僧众僧装整齐。主管执事僧请示住持空明大师后，同意我留寺膳宿，态度亲切。寺院里已找不到我当年住过的禅房，连禅房前那棵峥嵘的老槐树也不见了。使我心里有一种失落感，像失去了老朋友，像失去了一部分记忆。

旅途劳顿，我感到需要休息，在此住上几天，回首往事，几十年来，对这里常常魂牵梦萦，但在生命的长河中，使人感到满足的往往并不是你刻意追求的。如今来了，却又说不出是欢欣还是忧伤。

苦海无边，回头是岸。入世者决心出世，是回头是岸；出世后羡慕入世，又是回头是岸。如此生生不息，反复不停，就是人生。从零开始，复归为零，而历史由此便进一步。难道这也如《金刚经》上所说的"过去心不可得，现在心不可得，未来心不可得"吗？

月亮镶嵌在窗子上，外边蛐蛐、纺织娘和蝈蝈儿都在草丛中曜曜、唧唧地叫得热闹，叫得人想起许多许多过去的时光。

我太累了，需要休息。太累了！

晏师明（觉非）的回忆
1936 年那个春天

不能忘掉她那迷人的表情与身影。不能忘掉她那双动人的眼睛。她的温柔如烟、如水，她的甜蜜曾使我陶醉、融化。她使我总是沉溺在一种温馨的憧憬，一种烂漫的想象中。现在，一切都丧失、消逝了！

四月初八是释迦牟尼佛的诞辰，我就在这一天受菩萨戒，燃香烧疤，用以表示学佛决心、牺牲精神与供养心。

削发出家时，我暗暗想着她，尽管爱情并不可靠，对秋苇、对我都是一样。现在，受戒时我仍暗暗衷心虔诚地想着她。

我被剃去一小方头发，用艾绒做成的半寸长的香，点红后，把火灰按在头上，一个个烧成戒疤，并把事先预备好的枣泥封上火印，用手按平。

烧时，如针头刺痛钻心，我咬牙忍住了火辣辣的疼痛。

仿佛看到她用两只乌亮的大眼含泪凝望着我，不忍心地翕动着美丽的嘴唇在对我说："何必呢？你何必这样自己苦自己呢？"

如果我能回答她，我会说："别管我！秋苇！对爱情，有人信手拈来，像欣赏一本书似的浏览几个片断就完，有人却孜孜留恋，为它洒下热泪，甚至献出生命。去追求你的幸福吧！我对人世已无所恋。我不觉得这是苦。人世太苦，我要找一片净土寻找我的安适。"

当然，秋苇并不在我身边，她早随她那富有的表哥出国去东洋了。

说她是屈从于父母之命也罢，说她是仰慕荣华富贵见我突然由富变穷而琵琶别抱也罢。这我都不想知道。反正，她已像一阵热风离我而去。

我已万念俱灰，尘世对我已无所稀罕。我所求的只是解脱。"苦海无边，回头是岸"，佛家名言吸引了我，我决定远离尘嚣隐姓埋名来到这青山古寺剃度为僧。

但，我为什么仍对她难以忘怀？

在戒期中，我默诵戒条：不杀生；不偷盗；不邪淫；不妄语；不饮酒；不……背得滚瓜烂熟。我想念秋苇，绝无邪淫之念，但总不符合佛门清规，我既仍自以心为形役，又怎能说自己是个出家人？

啊，惭愧！惭愧！我只有自己克制。倘缺乏克制能力，修学坐禅岂不都是空话？

前年春末，与秋苇泛舟夜游的景象常显现在眼前。

那夜，云淡风轻，月色如银。她穿着黑色旗袍，衬得肌肤白腻平滑，熠熠发光。

四外静谧，只有桨声拍水，船底水声潺潺。岸上远处的灯火像天上的星星，使人分不清天上人间了。

我们手握着手，不再划桨，听任船儿在水上漂泊。

我看着她，她的面容镌在我的心上永远不会消失。一片淡清清的月光温柔地洒在她的脸上和身上。她脸上闪着光，愈加苍白、美好而纯真。

我能感觉到她轻微而有节奏的呼吸。我握紧她的手，尽力想使自己的生命融入她的生命里去，流通她的全身，我们的灵魂与灵魂相遇拥抱在湖上。

粼光闪烁的湖上在感觉上有明媚的春光。一切景物都使我感到生命的永恒、常青。

她双眸如灿烂的星光，忽然凄恻地对我说："我太怕父亲和继母的絮聒了！太需要离开这繁华的城市去青山绿水间休息一下。……"

月下，她如黛的黑发闪闪发光。她有着修长睫毛的两只眼睛像两潭碧水。

小船蹚过哗哗喧响的苇滩，惊起了一只拍翅吱叫的野鸟。后来，我们依偎着，看月亮向一侧斜去。柔情像春水一样在心里涌动。

可恨，美的容貌不一定就有美的内心。现在，秋苇的身影，有如湖上的水雾一样空蒙虚幻。

有人说：时间只属于过去和未来，不属于现在。因为上一分钟已成历史，下一分钟紧紧跟来，现在岂非并不存在？

我与秋苇的相恋，常使我感到是海市蜃楼、一场玩笑，像一个变戏法的拉开场子哐哐哐敲起了铜锣唱的那样：

　　　　毯子一抖真变假，

　　　　三尺宽来四尺长！

东盖鲜花变白鸽，

西盖礼帽变鱼缸！

诸位，您看好！

戏法来啦……

啊，好一个"戏法来啦"！人生中那些稀奇古怪的遭遇，不是"戏法"又是什么？谁若在山盟海誓中或者在甜言蜜语中一味地寻找爱情，那么，以后等待着他的只有被愚弄。

我丧失的许许多多和获得过的许许多多都消逝在生与死的无边的夜里。如今剩下的只有青灯木鱼，早上跟着站班列队，鱼贯入殿念经，晚上拜佛，跏趺入睡。生与死在我心上似成一片混沌，既无生之喜，也无死之忧。除非想起秋苇，痛楚中夹着辛酸，其他事在心上早已平静无波不动感情。我从人世间似乎"失踪"了！同亲友们全部隔绝了！

"迷时三界有，悟后十万空。"如何悟得"无"和"空"的境界呢？

入寺院的第一天，将我仅存的钱中留下一小部分以备零花，其余六百块大洋都捐作了香火之资，然后，见到住持太空法师与监院智信。

太空是位身材颀长、慈眉善目、红光满面的老和尚，两眉修长，神态庄重，沉默少语，老是在笑，大笑、微笑、咧嘴的笑、闭嘴的笑，给人极好的印象，见到了他，我就觉得他可以信赖。

智信模样长得难看，嘴歪眼斜，但出口不凡，看来也是高僧。

除了和秋苇的事，我向他俩坦诚倾吐了我的全部经历与要求出家的意愿，恳请指点迷津。

谁知，太空笑而不答。

静静听后，智信立即摇头，说："阿弥陀佛！劝施主还是回去的好。贫僧无法指导你逃避现实。禅门难进！当你心中尚有一丝牵挂之物时，便无法与禅相应。施主年轻，是有富贵经历和渊博学识的人，向内心看时，固有疙瘩；向外界看，无限广大。何必到山林草野之间寻求解脱？你六根未净，解脱之途还在红尘之中，不在此地。还是回去了却尘缘吧！"

话出乎我的意料。我想：来到这样的名山古刹安家，住持问一问出家的动机和目的也是应该的。越有声望的寺院，进门自然越难。他们一定是怕我心不诚、志不坚，又怕我心思混乱、杂念太多，难以坚持清苦的生活。加上听说了我的身世和经历，怕难侍候，所以拒我于千里之外，也不奇怪。

我望望智信，又望望精神矍铄、肤色红润、满面笑容的太空。太空仍不表态。

我苦苦哀求说："请师父关注弟子的一片诚心，过去种种，比如昨日死；明日种种，比如今日生。只要允许弟子皈依佛门，在此出家，什么苦我都能吃，什么烦恼我都能抛弃。清心寡欲，遵守戒规，一切都能做到。此志一立，终生不悔。望大师明鉴，留下弟子吧！"

太空仍旧不动感情，脸上微笑。

但，智信冷冷地摇头，说："禅是无我的天地，进禅门要做巨大的牺牲，要把你有生以来的一切，不论是精神抑或物质的，不论是思想或是知识的，都要全部抛弃，才能进入悟境。听你的叙说，你身出名门，虽然双亲早亡，但有长兄体贴，有家产供你挥霍，上过名牌大学，爱好诗文，有过著述，与名流交游，在师范任教，只是因为你长兄受人欺骗，经商失败，造成破产，你才看破红尘，要求剃度。我们佛门有句谚语说：'泥佛不度水，木佛不度火，金佛不度炉。'佛门净地非收容之所。怕引你进入禅境，我们无能为力。"

人不可以貌相。智信嘴虽然歪，容貌猥琐，但说的话如此精辟、周详。太空大师的面部表情虚无缥缈，笑中带着奕奕神采，一刹那间，我忽然在一种冲动的情绪下，猛然下跪了，叩头说："师父，弟子既来了，就不再回去了。'君子一言，驷马难追'！人世险恶，弟子来此是已找到了一片清净的佛土。佛门大慈大悲，师父能忍心拒我于佛门之外吗？望师父考验我吧！……"

谁知，当我抬起头来，住持太空和监院智信已经都不见了。

怎么办？

我决定留下不走，我认为住持太空和监院智信是要考察、考验我。既已决定出家，自然要显示信念坚定、学经用功、拜佛虔诚，对素食布衣、清规戒律视为神圣。我又去找到监院智信，向他表白："世事无常，恰如浮云。我一定在这里潜心静修，绝不思凡，请师父明鉴，并禀报太空大师。"

智信矮小精干，正当中年，他嘴向右歪，两只斜眼骨碌碌的很精神，当天正不知在忙什么，有些和尚围着他在谈说。他未说同意，也不说不同意，只是高深莫测地说："天上天下无如佛，十方世界亦无比，世界所有我尽见，一切无有如佛者……"

我似懂非懂，只觉得他十分高明。见他没有一定要驱赶我的意思，我便又去找了东序的执事僧人慧观。我说："弟子要在此出家，监院似已应允……"于是，我老着脸皮、一片诚心、顽固执着地留下了。

群山早晚都雾气腾腾、白云皑皑，一层层的苍翠山峦巨浪似的涌向虚无长天。

我站立廊柱间，庙殿森严，气势萧萧，年光凝注，万籁无声。虽未剃度，但我决心将自己作为已剃度受戒的和尚对待。

只是监院智信和尚来告诫我："我们佛门有一句惯语：'宁破千条戒，不令一俗知。'你尚未削发剃度，也未受戒，不能当作僧众看待。给你一个住处，就在韦驮殿右边靠近山门口的一间小客房里。寺院里藏经丰富，你就先读读经，起早睡晚，学学诵经、念供、拜佛，学学跏趺，学学佛门的清规戒律，慢慢再说。"

想不到佛门内外之别竟如此严厉！"宁破千条戒，不令一俗知！"我自当严格遵守。

我决心关门参究，打开经本。从三论般若，天台、贤首、禅、净以及大小乘经论胡乱翻阅。黎明天色墨黑，听到"夜巡"僧人打梆呼唤，早课开始，我就起床诵经。晚上，听到佛龛上的铜磬嗡嗡作响，我就幻想着佛陀就在面前，似能看到大雄宝殿里灯火通明，金色的释迦牟尼佛闭目垂眼神秘微笑，我就进行叩头跪拜。

每日早上，寺里打梆子过"早斋堂"吃咸菜稀粥的早饭。中午过"午斋堂"吃无油少盐的干饭。我衣服带得少，夜晚山上寺内阴湿寒冷，遍体冰凉。真使我不禁想起孟子的"天将降大任于斯人也，必先苦其心志……"

但，我的"大任"是什么呢？是出家修行，是希望进入无我境界，使禅境与悟境运行在我的生命之中，使我获得一个新的生命？

我住在寺院中，其实与僧众完全自我隔离。我思想上也暗自窃思过秋苇，不知她现在漂洋去到东瀛，是否能有幸福？不知她听说我失踪，会不会为我伤心？……我又想起一贯待我亲爱精诚的胞兄晏修明，不知他破产后如何收拾残局？我的失踪当会给他多大刺激？他是学法的人，却会上了骗子的当，法律也无法保障他。也许，今后他能靠当律师来糊口，但处境一定很机厄了吧？

当然，我随时排除这些萦绕在心上的干扰，使自己沉浸到禅定的境界中去，使自己如置身清风明月之中，满心禅悦，浑身舒畅。

却又每每自问："佛法对我究竟有没有用？我来学佛，究竟是为什么？……"

这样想时，每每得不到解答，心情也又纷乱起来。只是我终于坚持下来。那是因为想起了苏曼殊和李叔同。

我觉得我与他们也许殊多类似。我崇拜过苏曼殊。他是文学家，后来做了和尚。他曾留学日本，漫游南洋各地，能诗文，善绘画，通英、法、日、梵诸种文字。曾任报刊翻译及学校教师，与章炳麟、柳亚子等交游，参加南社，著述颇丰，去世才不过十八年。我熟读他的《断鸿零雁记》《碎簪记》等作品，深深被他的感伤情调与颓废色彩所熏染。他找到出家作为归宿，自然也是一种由积极向消极的变化。

李叔同出身富家，南洋公学肄业，年轻时是一位翩翩浊世佳公子，书画金石冠绝一时。留学日本研究西洋画，又入音乐学校研究钢琴。回国后，同我一样，做过教员，又参加南社发表诗词文章，编过报纸杂志。他对艺术教育贡献很多。苏曼殊死的那年，他到杭州在虎跑寺披剃为僧，法名演音，号弘一。出家后云游各地，芒鞋破钵，竟是一个苦行僧。目前居无定所，据说有时在浙江温州庆福寺，有时在福建泉州各寺。李叔同三十九岁做和尚，比我现在大十多岁。他本是一位积极的爱国者，却遁入空门做和尚作为归宿，是为什么？

好像找不到答案，又好像能找到答案。这样的归宿，对还是不对？这样的归宿，是否痛苦？不可说！不可说！

啊，自己会有痛苦，是因为没有悟通自己的本来面目是什么……人若是自私，以为自己是自己的，就会去拿自己同人家比较，于是就有痛苦。我若不自私，如能放弃秋荠而无动于衷，如能经历受骗破产而不以为意，我能在此青灯古刹之中冷冷清清而怡然自得，凄凄凉凉而无所芥蒂，饥饿寒冷而不以为苦，寂寞而不以为悲；那么，断绝烦恼和杂念来修行，该算是可以进入禅的境界了吧……

但仅仅五天！五天后，慈眉善目老是好像笑着的太空法师出现在我的面前，当时，我正在闭目、凝神，渐入佳境。

我觉得他那模样真像一个神明。我站起身来恭敬地施礼，说："法师，请让我削发为僧吧，这五天来，我已进入无想、无念、无心、无我的真空境界了。我出家的意志更坚，入禅的兴趣更浓，能皈依佛门为僧，决不会有辱佛门宝地。"

我将所思索的苏曼殊、李叔同的事讲了，表示决心地要求说："我确实有志于道，愿断孽根。我愿意执意按照佛律拜师，请法师一定收下我这个弟子吧！"

想不到太空却笑了一笑，只说了四个字："七七八八！"

我一时语塞，不知该怎么办。听说高僧讲的话总是高深玄妙的，似好懂，又似不好懂，也把握不了他的想法。但我觉得他既然说这种难懂的话，总有他的用意，我即使无法领悟，也该说点自己的心意。

于是我不清不楚地说："兀兀不修善，腾腾不造恶。寂寂断见闻，荡荡心无著。"此偈出自《六祖坛经》付嘱品第十，其实我也并未体会得很明白，是糊糊涂涂现贩现卖的。

想不到太空法师听了，"咦"了一声，忽然变色，忽又点头无表情地说"阿弥陀佛！"

他又微笑着转身走了。我怀疑这是我的话答得不对！果然，歪嘴的监院和尚智信又来了，仍是客气地驱赶我说："住持的意见，仍是希望施主回去了却尘缘。"

我问他："住持太空法师刚才对我说了四个字'七七八八'，是什么意思？"

智信摇头答："天机不可说！住持太空的四字诀是出名的。要靠自己去领会、解悟。"

我不理睬他。我既下定决心在此为僧，决不再离开了。我又盘腿跌坐，闭目凝神，一言不发。听到智信咂了咂嘴，脚步声踢踢踏踏地走了。

寺院里老槐树上有喜鹊窝，喜鹊"喳喳"地叫，翘着尾巴的黑白色花喜鹊常在树上跳来飞去。说喜鹊叫是喜事到。我会有什么喜事呢？

只是，我这种坚定和狂热，竟真的起了效。七天后，大雄宝殿里，灯光灿灿，檀香烟雾缭绕，僧众们高唱着佛门中有名的《炉香赞》：

炉香乍热

法界蒙熏

诸佛海会悉遥闻

随处结祥云

诚意方殷

诸佛现全身

南无香云盖菩萨摩诃萨

……

在金身灿灿的释迦牟尼巨像前，我虔诚地跪着。剃刀一下一下地"滋、滋"削去我父母传给我的黑发，头发离开我飘撒飞落，落在法衣上，落在地上。在红尘间喜怒哀乐、跌打滚爬的往事，一幕幕闪现眼前。在人世间交往的亲友面容与身影，一个个走过面前。但又都随着我的出家意志与超脱观念，一切烦恼如黑发之根根被剃净，瞬即消失。

我当时感到心里麻木，已说不上是喜是悦、是苦是悲。我只想到的是"转迷成悟"和"离苦得乐"。佛法广大，根本在心。

我就这样成为入了佛门的一个和尚了！

第二章

1994 年 8 月　晏师明的部分札记

（阴历）六月二十五日晨　星期二

昨夜，一宿好大的狂风骤雨。

雷吼，风急，雨猛，天色晦暗，雾气罩住了散发出泥土和草木清香气息的大地，生机好像遭到了摧残。

但，黎明后，风雨停了，远望灰蒙蒙的四周山峦，雾散处，露出青黛色，显出青翠欲滴的可爱的清新，使人心旷神怡。

我总是隐隐地感到在记忆的最深处，在我的潜意识里有什么东西挣扎着、呼唤着在拼命地想飞出来。

忆念的事情和人物，浮现出来，又像擦黑板似的擦拭掉了，一笔笔忆，一笔笔抹。心地上，有时人事繁复，有时一片白茫茫，真干净，却又真茫然。巨大的酸楚总是啮蚀着我的心。

天地间每个人都会有各自的归宿，只是河流多，一条条，蜿蜒曲折，最后终将汇入滔滔大海。而人的归宿却不像河流，人的归宿最后虽都不免是一抔黄土，但是非成败、高下文野、贡献大小、赞骂褒贬、正邪好坏、被人记住抑或被人遗忘、被人崇敬抑或被人鄙弃……这一切，好像均与佛家的"无我"矛盾。

佛家认为有了得失之志，有了得失之心，就有了悲欢喜乐，所以应该超越善恶，超越得失，认为随缘即是福。

但佛家的所谓"无我"，实际仍是有"我"；佛家的所谓"物来顺应"，佛家认为把人我、内外、大小、好坏、迷悟、生死、有无等对立的观念全打消了，禅境与悟境才会出现，使你获得一个新的生命。而为追寻这境界，并不是用思维，而是用自己的直观。

只是对立统一是互相依存的，直观就是从"我"出发才有的。这又如何解释？

当年出家，曾迷滞于此道。现在回顾，当时是坚信不疑的，虽然对未来的极乐世界究竟有无，对天堂和地狱的究竟有无，对如何进入禅境等等都存有一个个问号，但狂热地要求摆脱红尘求得解脱，一心愿帮佛门弟子，是诚心诚意的。

清楚地记得削发后两个月受戒时的情况：香烟迷蒙，我身搭黑色夏布制的"五衣"① 登上比丘坛。担任羯磨②的执事僧，就是西序头首的后堂首座，统领全寺僧众的智信。他虽歪着嘴，但十分威严。

他首先问："觉非，戒能持否？"

我虔诚地答："能！"

"杀生有无？"

"无！"

"偷盗有无？"

"无！"

"邪淫有无？"

我恭敬地答："无！"心里却愣了一愣，秋苇的黑眼睛出现在我的脑际。

---

① 五衣：即下身衣服。
② 羯磨：即截住的意思。

我心中突然酸溜溜的，但我掩饰过去。我何尝不知进入空门头脑里还思念着秋苇是一种罪孽，我何尝不知我对秋苇的爱并非什么邪淫，我却暗自认为既入空门为什么还要斩不断一缕情思？我意识到有愧，只是情难自禁。当自谴自责过分以后，却又变得心如死灰了。

　　智信以后问的话，我都回答："无！"

　　然后，将我身搭的"五衣"撤去，替我搭上"七衣"①，让我上下身僧衣全披在身上，还发给了我瓷制钵盂。钵盂内一把小刷和两块白布，是便于今后云游使用的，还有钵套一件、钵垫一个。我都恭敬地双手捧过。

　　智信一本正经，大声警告说："打碎了钵，要随钵而亡！"

　　生死于我，已很淡然。但以后用钵吃饭，却仍兢兢业业，深恐打碎了钵，想来好笑。当时，我曾觉得这是一种在人世间生活艰难怕打碎饭碗造成的后遗反应，想不到竟将这种后遗反应带入了佛门，可见佛门中谋生同世上一样艰难……

　　为什么想到受戒的事呢？

　　晨光不断扩大，天穹越来越开阔。今晨起来，天虽已放晴，树枝绿叶上的水点，依然往下面滴落。我独自踩着雨湿的小径出外蹓跶。昨夜的风雨将树梢的绿叶刮落了许多，一棵古银杏树的一只左臂似的枝丫也折断下来，使我看了心疼。

　　林间，有翠绿带黑斑的尖喙小鸟婉转啼鸣。听到有泉声，却未寻觅到源头何在，寺内仍有当年那种深远幽静的感觉。

　　经过大雄宝殿前，当年殿前的两棵碧郁的珍贵娑罗树已经不见。

　　问一个年轻和尚："那两棵娑罗树呢？"

　　他摇头淡漠地说："没见过！也许'文革'里就砍了。'文革'期间，这里毁寺逐僧，和尚都被红卫兵押去还俗了。大树砍掉了不少。"

① 七衣：上身衣服。

我默然，从树想到了人。这次回来，访旧已不可能。寺墙外东面有块一亩多地的乱坟堆，是多少年前埋葬过死去的老和尚的。但既无碑，也无拜台。

　　其中，除了瞽僧外，有我熟识的和尚吗？

　　向现任住持空明大师打听，他说："我是外地来的，年长日久，许多往事均湮没不可知了。仅听说早年有位住持太空埋葬于此，别的就弄不清了。"

　　啊，满面笑容的太空，就埋在此地与瞽僧为伴呢！

　　我踩着湿漉漉的野草，出着汗，听着噪耳的蝉鸣，到那里看到的只是凄迷野草下的好几个近乎平塌了的荒冢，十分凄凉。有桤木和楝树投下淡淡的、游移的阴影，光景惨淡。

　　啊，触目惊心！我产生一种空虚的感觉，陷入朦胧孤寂的沉思。往事断断续续都出现在眼前。向我传戒的就是太空，那个歪嘴的开堂和尚，亲口问我"戒能持否"的监院智信，如今他的尸骨在哪里？他的肉身早已与草木同朽。无论谁也逃不脱这一天。对于智信的事，历史已做结论，如今既无人评说，也无人追究了。只有我，此时此地还想起他，想起他瘐死时，感情是特殊的。

　　山间呈现一片光艳的翠绿色，身边有棵白皮古松，枝干伸向一望无际的长天碧空，似乎正在向苍天诉说一个过去的故事。

　　从那条刻满悠长岁月痕迹的石板小道上，眺望寺院一角，我仿佛透过日月的风霜，能看到一个被遗忘的昨日庙景。有如一个依稀的旧梦，残缺了的汉白玉石砌成的金刚宝座塔，虽经修饰但已破旧了的轩阁……一切都刻写着逝去的历史。

　　远处有处工厂似的建筑，烟囱里冒着浓烟。螺旋状的烟往上升飞。我觉得生活就像这样：迂回曲折，永远在上升。

　　我无由去挑剔或不满，更无由去否定。这是否还是属于佛家的毁誉不动、哀乐不生的境界呢？可见积习与思想沉淀对于一个人影响之深。

突然想起明朝传下来的一个笑话：

一禅师号"不悟禅"，本无所识，全仗二侍者代答。适游僧来参问："如何是佛？"时侍者他出，禅师忙迫无措，东顾复西顾。又问："如何是法？"禅师不能答，看上又看下。又问："如何是僧？"禅师无奈，辄瞑目矣。又问："如何是加持？"禅师但伸手而已。游僧出，遇侍者，乃告之曰："我问佛，禅师东顾西顾，盖谓人有东西，佛无南北也；我问法，禅师看上看下，盖谓是法平等，无有高下也；我问僧，彼且瞑目，盖谓白云深处卧，便是一高僧也；问加持，则伸手，盖谓接引众生也；此大禅可谓明心见性也。"侍者还，禅僧大骂曰："尔等何往？不来帮我。他问佛。教我东看你又不见，西看你又不见；他又问法，教我上天无路，入地无门；他又问僧，我没奈何，只假睡；他又问加持，我自愧诸事不如，做甚长老，不如伸手沿门去叫化也罢。"

有些浅薄、无意义的东西，每每是被人理解得深刻、含意深远了。同样的表示，常会有不同的含义。牵强附会是不可取的，虚无主义也未必正确。天下事物复杂，还其本来面目才可贵。

为什么想起这么一个明朝留下来的笑话呢？是想起那个脸上总是带笑已死了几十年的太空法师了吧？啊，啊！确实如此！

晏师明（觉非）的回忆
1936年那个冬天

云门文偃（公元864—949年），晚年移住韶州云门山的光泰禅院，是云门宗的开山祖师。

他说过："春有百花秋有月，夏有凉风冬有雪，若无闲事挂心头，便是人间好时节。"

出家修行这第一年，从春到秋，我就处在这种心情中，虽然不免感到物质上的贫穷落后和精神上的高尚。

入冬以后，心情有了反复，变得凄凉不定，常多忧愁忧思了。

由禅房望出去，晴朗的夜晚，天空是一块深蓝发亮的天幕，嵌满了熠熠星光。阴雨之夕，顶空像一堵墨黑的墙，压罩在头顶上，分外压抑。

玉龙寺很大，占地一百五十多亩，共有大殿五重：大雄宝殿、弥勒殿、韦驮殿、大悲殿、卧佛殿及配殿、僧舍。身处其中，我总感到自己的渺小。

寺内有个苦行僧，两眼失明，枯瘦如柴，法名慧道。我在寺内开初几个月，简直不知道有这个瞎僧的存在。他每日起早睡晚，诵经不绝，每日睡眠时间仅只三四小时。大家一日两餐，他有时一日一餐，过午不食。穿的破僧衣，冬天盖的仅一条破薄棉絮。因病重，住寺中存放灵柩处旁边的"如意寮"①，与众隔绝。

一天，大雪之后，天气特别寒冷。我有意去如意寮看看。转过正殿，下了台阶，通过引廊，走向后殿，曲曲折折走过几道回栏。到了用青砖砌成的阴森森的如意寮。

先看到了一些施主存放灵柩的地方。那种气氛使人心里沉重、紧张。我偶然瞥见了瞎僧，他坐在禅房内，白发皤然，满面皱纹，面黄肌瘦，弯腰驼背，体力孱弱，那模样孤苦伶仃，无人照顾，像朔风中幸存的一棵枯树。看到了他，不禁感到人间不平，心里凄惶。

我上前合十，说："师父自苦如此，有所悟否，愿受教！"

瞎僧先是不答，忽然阴郁地开口了，声音像来自遥远的地狱，说："我今年五十七岁，尝尽世味。过去张眼看此世界，看不到别的，只见痛苦与烦恼，我遂用针自己刺盲双目。这样，眼不见为净，眼前清净了，心上也就清净了。出家以后，我一心希望将来能入极乐世界，心

---

① 如意寮：寺中僧人养病之所。

上清净了，庶几不远矣！"

他呛咳着，苍白瘦削的脸泛一点潮红，话里带一股凄凉味。他的口气里透出许多苍凉，有深沉而不可捉摸的东西。

听说他是用针自己刺瞎双眼的，我大吃一惊，毛骨悚然，不禁唏嘘地问："我来此修行已快一年，但感到心尚不净。依师父说，我是否也应当刺瞎双眼以便进入禅境呢？"

瞽僧闭着两只瞎眼摇头，说："修行在于个人，参破一切只有靠自己，没有别人可以代替的。我是我，你是你！何必问我？"

再想提问，他盘腿跏趺，似已睡熟，什么都不回答。

这时，也巧了！监院智信刚好走来，见我同慧道在一起，忽然不悦，语气生硬，说："这是如意寮，你以后不要到这里来乱跑。"他指指停放灵柩的地方说，"这几家大施主寄存灵柩，常有女眷前来上供，冒犯了人家不好。"又盘问我，"觉非，你同他谈什么来？"

他眼睛像镬头一样，一下就刨出了我心里埋着的东西。我如实说了，语气充满对慧道的同情。

智信歪着嘴说："不必为他瞎了双眼而惋惜，他在尘世有罪，愿用苦行赎罪。《金刚经》说：凡夫只有肉眼；以行善为乐的人，可有天眼；体悟一切皆空，无所执着、贪爱的人，可得慧眼；能进一步在空荡荡中积极救世的是法眼；而层层前进以至极善的人，最后会得到佛眼！慧道虽无肉眼，但苦苦修行，有天眼、慧眼、法眼与佛眼可求，不用肉眼观察世界，就能看到光明与美丽。慧道刺瞎双目，斩断了妄念，是大智大慧大彻大悟的表现。你若要进入禅门，也应有做如此大的牺牲的勇气与决心才行！"

我听了，突然像有所彻悟，便向智信礼拜，说："感谢师父指点！"

一刹那间，似乎感到自己确实也应有决心刺瞎双目不去看人间不平事，一心去求得真经的愿望了！心里觉得智信真是一位非常高明的禅师，心中对他多了不少敬仰。

只是，毋庸否认，秋苇的笑靥，她那乌黑的眼睛，总常在我心上浮起。有时，仿佛看到她避开银灿灿的月光，站在一片婆娑的树影里；有时，仿佛看到她那双动人的眼睛包含着晶莹的泪水，更增加了魅惑的力量。有时，仿佛听到她柔媚的声音分外亲切。她的头兀自疑惑地偏着，像是一直在思索着什么……

冬夜，风，震撼着屋瓦，窗棂颤抖。我心醉神迷于禅的境界，也心醉神迷对秋苇的怀念。心中似乎明白：这是正与邪、好与坏、烦恼与菩提、迷与悟、戒与破戒的斗争。但不愿也不能向谁暴露思想。人，似乎在未曾修成正果之前，总是像《镜花缘》中两面国里的臣民似的，要遮住一面藏在阴暗中的，只露出那一面可以让人看的。

我虽自谴并内疚，却无法摆脱内心最深处的魔幻。

记得那次过年，爆竹声噼噼啪啪，傍晚时分，去到她家。她家大门上的春联，贴的是：

诗书传家秀色盈门，
福寿延年春风满堂。

那一笔富态的颜字，是她父亲的手笔。墨里放了糖，黑得亮闪闪的。

她梳着发髻，穿着一套喜气洋洋的红色织锦缎裙袄出来了。她年轻，梳着发髻，别有风韵。髻缝里插一朵通草制的红喜花，美艳极了。

她父亲和继母在隔屋招待拜年的客人。四下无人，我悄悄在她耳边说："你今天真像个新娘子！"

她瞪我一眼，说："你坏！"

我给她带去了一个手工制作的小小彩陶扑满做新年礼物。

她笑着说："你是想让我做守财奴？"

我笑着说："不！给你用来贮满对我的爱情！"

她似乎感动了，宛然地咬着嘴唇笑了。

后来，我们燃起了一支香放烟火。一朵朵彩色的烟火如梦似幻的闪亮着，散开着，金花似的映着我俩的笑脸。

……

是头年的一个秋天，天空中已经消失最后一缕霞彩，一钩淡淡的蛾眉月挂上林梢。夜幕降临时，遥远的天空中，清晰传来雁鸣。天，似要下霜。

她到我住处来，走时，我送她出屋。她穿着那件黑平绒的中式罩衣，衬得她异常白皙，也使她显得格外修长。

忽然，她似心里涌起一股莫名的酸涩，眼圈红了，第一次告诉我说："我不能不告诉你，父亲和继母一定要我跟表哥好……"

想这些干什么呢？我暴躁并恼怒，恨我自己心存杂秽，悟性太低。要有不受任何烦恼约束困扰的彻底自由，还有多少路程要走？

我恨我自己。决心排除杂念。那夜，特别寒冷，我始终不能合眼。我脱去上衣，光着身子盘腿念经，我虽心中尚未四大皆空，但如此时此地，要我为入佛门而殉身，我恐怕入虎穴蹈龙潭也是会毅然做到的。

我是想要以瞽僧道慧的苦行来激励自己的上进。为此殉行似也不悔。

第二天，感冒了，发起高烧，脸色赤紫，所赖我身体底子好，一场感冒，喝喝姜汤也就治愈了。我感到自己太傻，不应用这种愚蠢的办法求禅。

治愈感冒以后，我苦心参究，从藏经楼里借来许多经卷。打开经本，从三论般若，天台、贤者、禅、净以及大小乘经论，都仔仔细细读了一遍，决意安心做一个佛教徒。

我有以前研治先秦诸子和宋明理学的基础，现在耐心读书，颇有所得，但心中存在的问题却又变得更多。我觉得不能只靠自己这样苦修苦钻，还须名师指点；不能只靠自己这样与人隔绝，还须适当活动，深入考察寺院中一些和尚的底蕴。形形色色知道得愈多，也许更有助于证明佛理的正确。

下了这样的决心，那一天，我找到了满面笑容的太空法师，向他求教。

这位传说已年将百岁的高僧，在我眼光中高不可攀，在我心目中认为他慧灵的本质与神相同。我认为应当把他视作奉神之命而来世间传达神意的使者。他的相貌特别使我产生一种敬慕之意。他清秀脱俗，仙风道骨，两眉修长，红光闪耀的面上总有那种慈祥煦和异乎常人的笑容。走路时，颀长的身材与缓慢的步伐十分潇洒。我真佩服在山林寺院中每天只进食两顿素餐的老年人，怎能满面红光如此健壮矍铄？这当然主要靠的心境，凭这一项就使我对他无限膜拜。

整个夏季，我都未见到太空。听说他这玉龙寺的住持，不但兼着当地佛教会的会长，还兼着近邻玉龙孤儿院的院长。那是一个慈善机构，经费来源主要靠向各行各业经常性的募化。无论佛教会还是孤儿院，实权据说都在智信手中，只是出面募化要借太空的名望和仪表。

听说太空将寺里事务全部交由智信主持，自己整个夏季出外募化。他所收皈依弟子很多，在达官显宦、富商阔贾中有威信。

玉龙寺里的和尚谈到太空时，有的只表示敬畏，不敢给他什么评价，顶多说一句："别看他总是笑，他很严厉。"有的则钦羡地说："他的年龄已不可知，估计总该有一百岁了！他的智慧无限，法力无穷……"

监院智信则对我说："他是高明的禅师，在他的悉心督促之下，进入禅门，比较容易。他会用种种使你看来好像违背常情常理的语言、动作或态度，做启示性的引导，使你很快得到觉悟，进入禅门……"

这使我想起了我来出家时他向我说的"七七八八"，真是禅味无穷。

于是，我决定悉心求教。

那天清晨，西北风瑟瑟，拂面如同刀刮。我向太空住宿的后院走去。

住处在何处？弄不清。只知他住在后院卧佛殿后的禅房里。

卧佛殿里，听说有一尊铜卧佛，有一丈多长，侧卧在殿中心一座高大的榻台上。人说是元代冶铜铸成的，轻易不给人看，派有和尚把守住一扇通往卧佛殿的小门。

我刚一走近小门，把门的一个年轻和尚就伸臂"嗨"的一声拦住了我。

他喝叫止步，查问："你去何处？"

我陷入慌乱，说："师兄，我想找太空法师求教。"

年轻和尚矮小瘦削，高颧骨、黑皮肤，睡眼惺忪，疲劳不堪地说："法师吩咐过：佛门重地，这里不许胡乱走动。你不在前边做功课，跑来乱窜，我要禀报监院！"

我用眼瞟着门里边，只见卧佛殿巍峨壮丽。有装饰性的雕刻和剥落了的彩绘，使人产生古朴的美感。里边两厢是一个用梅花砖墙砌出的独院，再往后深远处，叶片落尽的树木密密森森，凹凸不平的卵石小径通往寺院两边一个便门，那远处的后门紧闭着，里边别有洞天。站岗的年轻和尚驱赶说："走！不准窥视！"

我心里升起一团失望的云翳，怔怔伫立。天冷，在寒风中，一切都仿佛结了冰，我的声音也像被寒气凝结了。佛门难道还有怕见人的什么秘密去处不让人看的？

这使我想到《六祖坛经》上的一个故事：

一次，善慧菩萨正在讲经，梁武帝突然来听讲。"皇上驾到"的呼号声响彻云霄，听讲的僧众都起来跪拜迎驾。善慧菩萨端坐不动。

一个大臣上来责问："皇帝圣驾来到，你为何不站起来？"

善慧回答："法地若动，一切不安。"

这说明，佛门圣者，心中只有佛，并无什么皇帝，实质上是不该有尊卑、高下的分别。

现在，一个玉龙寺的住持，要见他一次同见皇帝一样困难！一个玉龙寺的卧佛殿与后院，划为禁区，连寺院里的僧众也不许涉足，岂非咄咄怪事？

我怅然若失地走回来，却在前边碰到了监院智信。智信见我从后边往前走，趸来歪着嘴问我："你去后边了？"语气里好生警惕。

我点头说："想找太空法师求教，但卧佛殿前守门的师兄不让进内。我在想如意寮那儿不准去尚有可说，这往卧佛殿的后院去顶礼膜拜，有何不可？"

智信冷着脸瞅我，摇头说："嗬！你是嫌约束你了吗？'回心即是佛，莫向外头看。'① 早说你六根不净，尘缘未了，劝你勿出家受戒。如今果然！你该知道，这做和尚是你自愿哀求才来的。既出家受戒了，就该遵守戒律和寺院清规。你如真不想修行了，禀明太空法师后，还俗也是可以的！……"

我辩解："弟子并无此心！"

智信未予理会，自顾自地说："但还俗是否自由了呢？未必！否则你也就不来做和尚了！因此，你说的什么自由，实际是你心上自己存在的桎梏！你的心如果得到自由，无所拘束，不芥蒂什么对你的限制，那才是真的自由。你该去好好悟悟！"

他的话触动了我，我觉得不无道理。

我说："阿弥陀佛！弟子知错！"不过，我终于还是提出："我希望能向太空法师请教一次，请他指点迷津。"

智信算是答应了，点头说："可以！待我禀明大师后，找时间请他同你谈谈也好。"

他匆匆忙忙说有个游方中年僧人梵月持介绍信和戒牒来玉龙寺挂

---

① 这是古代名僧（有人认为是宋代高僧，有人认为是初唐或晚唐高僧，尚无定说）寒山的五律诗《贤士不贪婪》中的两句。

单，他要去安排。离开我就转身走了。

我看到在前边配殿旁的一棵九龙柏下，站着一个浓眉大眼、身材高大魁梧的游方和尚，风尘仆仆，戴黑色僧帽，穿灰色僧衣，正等着智信。

智信前走，同他不知讲了些什么，让小和尚带着他去后边找住处了。

就在这时，那身材高大魁梧的游方和尚，忽然回首向我注目，我也不禁朝他看了两眼。

"这人我好像认识！"潜意识告诉我，我不禁思索起来：脸怎么这样熟呢？

"不，我不认识他！我怎么会认识这样一个游方和尚呢？"但，一切死去了的都有机会重新活在人的记忆里。我突然觉得：这人确实面熟，只是刚才没有看得十分清楚……喔，喔……想起来了，想起来了！

他很像我大学时代的同学好友冯明光的哥哥呀！

冯明光出身世家，祖父是清末进士，以后入翰林，官御史。其父留学日本，曾参加同盟会，做过省议会的议员。冯明光虽是庶出，但风流倜傥，为人侠义。他异母生的哥哥名叫冯明韬。

据冯明光说，冯明韬自小倔强，就是父母不喜爱的。长大后，离家去独闯江湖，从南到北，跑过许多地方，多少年不知下落。

后来，突然回来了，说是他因为忧国忧民发了牢骚，不知怎么蹲了监牢。这次回家来，是为经商筹笔资金，但家中经济已经衰败，父亲也早病故，冯明韬便在冯明光支持下筹措款子。明光来找我，我拿了一笔钱帮助他。以后，就又不知他的下落了。

我同冯明韬见过两次面，一次是在大学里上学时，冯明韬来找他弟弟；一次是冯明光结婚，我去喝喜酒时，冯明韬也在。冯明韬虽坐过牢，脸上有种风霜气色，但谈吐和其他种种，都不像坏人，反而给我很好的印象。

这是个沉默寡言、喜欢冷眼旁观的人。豪爽而有魄力的模样，讲话时体现出深沉的内涵，使人莫测高深，给人估不透的一种藏龙卧虎的神秘感。也弄不清他在干些什么，或是他要干些什么，但显然绝非等闲之辈。

但，现在突然出现的这个游方和尚，这个来玉龙寺挂单的梵月，难道真就是冯明韬吗？

他怎么会看破红尘出家当了和尚呢？

他怎么会巧不巧地来到这偏僻清幽而又著名的古刹玉龙寺中来挂单呢？

如果是他，真是有缘了！我悄悄失踪，来此出家，不希望被任何人知道。冯明光虽是好友当然也不知道。倘若这和尚是冯明韬，我宁可回避、躲藏，我要与寺外红尘割断一切千丝万缕的关系。不愿让任何认识我的人知道我在此地！

我怀着忐忑不安的心情走回来，一切有点惶惑，一切显得寂寞。

我在盘腿打坐思索着自己：为什么曾经宁静的心绪，入冬后会突然又变得乱糟糟的？忍苦耐劳，我已能够做到，纷乱情绪也正消除，却无法建立宁静、稳定与果断、自信的情操。

难道是这寒冷季节的萧瑟造成的影响？

难道是我修习的方法错误？

难道是妄念与杂念进行反扑使我丧失了明快和轻松？

难道自私的小我无法从我心上驱走？……

究竟是"知难行易"还是"知易行难"呢？从出家做僧到悟禅之途，我感到这都有道理，而实际是"知难行难"，一切都不容易啊！

我闭目诵经，实际头脑里是胡思乱想，秋苇的影子又飘然来到眼前。

仿佛看到她从腋下纽扣上取下一块雪白洁净的手帕在替我掸拭书桌上的一点点灰尘……

现在，她在干什么？

我为什么总是对她难舍难分？

这时，听到一声苍老的咳嗽声。张开眼来，看到站在我面前的，是神态庄重、满面笑容的太空法师。

我"啊"了一声，大喜过望，从幻觉和纷乱的思想中回过神来。嘴动了动，却不知说什么好了。

太空笑着对我说话了："觉非，你出家受戒，后悔了吗？"

他一问，我腋下出汗了，忙答："不，弟子无悔！"

"那你不安心修行，有什么好问的？"

我说："师父！弟子只是有些浮躁，心里着急，不知怎样才能尽快进入禅境？"

太空微笑，张口说了四个字："一丝不挂！"

我似乎能体会到他的意思，又不满足于他回答的过于简单，这该是指的禅家称心于法门，倡言心外无物，以无住、无著、无我为胜境吧？

我不禁又问："禅境的感觉可以表述吗？弟子应如何体会？"

他坐在禅床旁又笑了，吐露了四个字："春夏秋冬！"

更玄了！但我似乎仍能体会到他的意思。

出家前，早知道佛教中有的禅师遇上堂学人问法，胡乱棒喝一通，就算回答，实在是一种故作神秘的、不讲理的、专制可笑、压制僧众的江湖手法，太空并不棒喝，而是回答得简练玄妙，谁能说他的话里不蕴含着不可泄露的天机呢？

本来，天下有许多高深、高明的意思，都是只可意会不可言传的呀！他这样的四字诀，比起那种你提问他就给你一棒赏你一拳再或喝你一声的禅师，在我心中无论如何是高明得太多了！

我顶礼又问："如何才能大彻大悟？"

太空出乎我意料地笑着答："生生死死！"

奇哉妙也！他答得好吗？他答得不好吗？我又是似能意会不可言传了。什么问题在他那里似乎都能找到答案，可是什么问题又都似乎明确又不明确。

我忍不住又问："请问大师，弟子应如何修行？"

他的脸上总是带着一成不变的笑容，回答道："清风明月！"

我想，他这一定是指的修行时的胸襟与心灵应如清风明月了！

我认为他确实不同凡响，点头跪拜说："请师父示知佛法，如何能忘去过去种种，完全达到哀乐不生的境界？"

地上冰凉，寒气与湿气无声无息地由膝上袭入我的全身。

太空扬起下巴，那神气真像是救世主君临天下睥睨四海。他的嗓音拐了个长弯，增加了神秘色彩，笑着说："立地成佛！"

说完，他竟忽然起身，转过身去，头也不回，潇洒飘逸地走了。

他总是笑，那种笑给我以极强烈的感染力。"微笑能征服敌人，微笑能征服一切。"这句西洋谚语足以得到验证。他每次回答，都只有四个字，仅仅四个字！可见四个字里所包含的哲理与寓意，却让凡人用四百字、四千字也未必说得尽。这使我从心里面又起了崇拜之意。

起西北风了，空气冷冽而新鲜，使人心情愉快。我只自谴自己根底太浅，觉悟太低，功力不足，苦修不够。

是呀，修行在个人，谁也代替不了自己。我只有自己解悟禅机，苦苦修行。

那夜，月光神经质地闪烁，星星在神秘而深邃的天幕上眨眼。

我浑身冰凉，独自诵经参禅。

天上有乌鸦"呀——呀"地夜飞，远处有农家的牛哞声远远传来，撕破了我清静的心境。

我突然感到自己像坐在一辆古老的牛车上，摇摇晃晃地前进。小时候，我坐过这种牛车，车轮缓慢沉重地在泥泞崎岖的大车路上碾过，压下深深的辙印，车架子吱吱嘎嘎晃动。我体味、思索着太空法师的四字喻语，头脑里忽又从虔诚转向怀疑。难道这就是有知识的人惯有的或天赋的通病？头脑为什么总是这样复杂？为什么做每件事都不能像单纯无知的人那么死心塌地？

胡思乱想，竟想到了《景德传灯录》卷十一及《五灯会元》卷四中关于俱胝和尚的故事来了。

俱胝是以"一指禅"闻名天下的。相传有一次他修行时来了一个头戴斗笠的女尼。

女尼绕着俱胝走了三圈，说："你说得出来，我就摘下斗笠！"

俱胝只知其中含有无比的禅机，苦苦思索却说不出来。他痛苦惭愧极了。

数天后，来了美髯雪白的天龙和尚，看着俱胝说："看你神色不定，想必心里有什么疙瘩？"

俱胝心头一惊，知道老和尚不凡，马上跑下来，叙述了自己的奇遇，说："请大师开示！"

只见天龙和尚一句话也不说，仅仅竖起了一只手指。

啊！在这一只气象万千的手指上，俱胝好像看到了碧绿的山色融入清新的水气缭绕禅床。忽而是危崖，忽而是青松，忽而是潺潺溪水，忽而又化成百千众生的呐喊。在这气象万千的手指上，俱胝好像看见了那女尼的笑颜，斗笠摘下来了！转瞬间，眼前又化作无数只彩蝶，翩翩飞舞起来，那只闪闪发光的手指，仿佛是寂寂不动的雄壮山峰，迎面是泠泠盈耳的清风。

俱胝感动得热泪盈眶，匍匐拜倒在地，充满大彻大悟的喜悦，说："师父，我懂了！一即一切，一切即一！"

从此，只要有人问俱胝佛法，他每每默然不语，仅仅竖起一个指头，作为解答。"万殊一本，一本万殊"，"天地一指也"，"万物归一"，此之谓乎！

另一个禅宗史上出名的云门宗的开山祖师云门文偃，是以"一字关"闻名的，据说这是他唤醒弟子潜能的一种策略。

他讲道或回答问题，总是只说一个字。

问："什么是云门宗的教义？"

他答："亲!"

问："什么是正法眼？"

他答："普!"

问："什么是啐啄之机？"

他答："响!"

问："杀父母向佛忏悔，杀佛祖要向谁忏悔？"

他答："露!"

问："什么是道？"

他答："去!"

问："先师默然处，为何上碑？"

他答："师!"

确实不好懂！他认为：一字关是表达不可道之道的唯一方法，都是要让学僧自己去参破的。

这也许是最聪明、最滑头、最简单、最高明的回答方式了吧？谁说得清！

我本来对俱胝的一指禅或者对云门的一字关都认为确有道理。因为语言有限，真理无穷，想用有限的言语去解释无限的真理，往往难以达到目的。一指禅或一字关，用一个指头或一个莫名其妙的字，启发人们自己去参破解悟，确是别出心裁的智慧，确是高明。

先一会儿，听太空法师带着笑的"四字诀"回答，这种高明之感仍激荡在胸，但现在夜深人静，思前想后，却又忽然感到，其实，这种"高明"，何尝不是聪明人用来对付傻子和愚昧者的一种手腕呢？

满面笑容的太空法师，显然是个十分聪明的人！他该是从一指禅和一字关上得到启发而自己悟出这种四字诀来回答提问、指点迷津的吧？

这是藏拙的方法，这何尝不是谲诈的方法呢？

这是看似十分高明而实际最简便可行的方法，又何尝不是最留余地的方法呢？

是回答了，也未回答！似正确而又未必一定正确！可以做这种想法和解释，也可以做那种想法和解释。对你对他对我，可以有不同的适应，却又放之处处而皆准。难道救世的大师们就是这样做法？

我这样想着，心中五味俱全，却又暗自谴责！我怎么竟会发此邪想？我怎么竟如此大胆妄想？我怎么这样大不敬？我这样如何能修成正果？我这样岂非离入禅门越去越远？我这样岂非离经叛道违犯戒规？

咳，我倘若过去没有任何知识，头脑里像一张白纸，就不会这样胡思乱想了！

可是我玩世不恭，头脑早像一块染成五颜六色的布了，才会事事时时在一种搏斗与矛盾的境况下既膜拜又会反叛！摇撼、晃悠、摆动……难以稳定。

我来求什么？我却又来不求什么？

为什么要这样？

我万般痛苦，如一念之差入了地狱，又强自压迫自己，要以一念之悟跃出地狱，进入天堂。

天气寒冷，我的心更冷。彻夜未眠，直到听到远处农家鸡啼，东方发白，那徘徊浮躁的心才又逐渐开始平静、安定。

心上仍结着冰，却有一种胜利了的禅悦。

第三章

1994年8月　晏师明的部分札记

（阴历）六月二十五日傍晚　星期二

劳劳尘梦，来去匆匆。生活不断发生变化，人们知道自己的昨天和今天，很难能预测明天和后天。

作为人的归宿，明天和后天应当自己有所安排和估计，这种安排和估计将从昨天和今天得到启示。

我住在这岩峰挺秀、林泉幽美、葱郁苍翠、暮鼓晨钟的古刹内，像放映电影似的一幕幕回忆往事。顺着年月，顺着思路，将当年我在这里出家当和尚在茕茕青灯下苦修菩提心时的生活、心态、思想、遭遇重想一遍。

年岁大了，连回忆都感到吃力，有些人和事遗忘了，有些人和事模糊了，我只能尽量地将破碎了的梦缀补起来，构成一幅比较完整的画图，自我欣赏，自我检讨。

本没有太大的意思，不过对行将就木的人来说，既然兴起叶落归根念头，回来访旧寻梦是了却心愿，回忆自然是属于必须的。

回忆也许有误，那也无关紧要。

回忆的也许毫无意义，但在人的归宿这个问题上，应当抓住毫不放松。

我摇摆、矛盾了一辈子，也颠沛漂泊了大半生，今天这样从回忆中感到深切的悔意，就是我的归宿。

宋朝名僧惠洪有诗说："似镜此心清自回，如云往事去无痕。"现在默诵，更有所得。

上午，出外散步，漫步到玉龙山下。那座有"玉龙古寺"四个苍劲有力镶金草字的高门楼屹立在山脚，威严地俯视着下界。

高门楼据说是前不多久新建的。我在这里出家时，确也有个高挂着"玉龙古寺"匾额的门楼，但早毁坏无存了，现在是仿昔重建的。睹今思昔，不胜沧桑。

步入山门。青石台阶盘旋而上，四周参天古树，鸟语啁啾。走近大雄宝殿，香烟缭绕，佛教信徒与游客络绎而来。

高门楼可以毁了重建，人不在了难以重生。玉龙寺今天依然金碧辉煌，但当年的僧人，无论良莠，都不见了。

这风霜雨雪的从30年代中期到如今的近六十年哟，经历过日本侵华引起的抗日战争，又经历过三年的内战时期，听说大陆对佛教还是很好保护的，并且有过颇有道理的改革，比如以前寺院生活来源大部分依靠地租，有的寺院被坏人或不好的僧人把持，加强了迷信与没落的倾向，使佛教受到社会的揶揄与轻亵。

大陆的改革就是把束缚着佛教的封建与迷信的绳索割断了，也把假借佛教名义，宣传迷信、藏垢纳污的种种邪教如一贯道、九宫道等铲除了。

可惜那场"文革"，寺院所受的无情摧残听说是极厉害的。当年，我在玉龙寺出家时所熟识的僧众，在这许多年的频频战乱及意外震荡之后，除在上海见到了的早已还俗的悟心——向曙之外，一个都不剩了！

我进了寺院，见僧众已早早起来上完早课，有的在等待来院做佛事的信徒，有的打扫卫生，有的厨房值日，有的照看香火，都在忙忙碌碌。

庙里素食尚好。管理伙食的四十多岁的弘慈和尚告诉我："寺院一日三餐素食，逢年过节也会炒上几种素菜改善一下生活。出家人，伙食标准太高了容易使僧众追求享受，太差了又会影响健康。所以，年老体弱者或病号，可以专门做点可口的面条等食品。"

据云：这里国家发给僧众的生活费不低，还有一些津贴，所以大多数和尚还有点节余，或者用来探亲，或者用来做集体旅游等项开支。

我不禁想起了当年我在寺院里一日两餐的清苦生活，想起了当年住在如意寮中形同乞丐的瞽僧道慧身体羸弱的情况了。心头压下的隐痛，一时竟弥漫了整个胸腔。

后来，逛远了，沿着红色围墙绕着走，天色阴霾，灰蒙蒙天空，空荡荡的苍穹，弯弯曲曲的田塍，深深的野草，被隐没在草中的小径，都依稀仍有当年的影子。路上的积水一小洼、一小洼的，说明不常有人到这里逛悠。

岁月已将昨天抛向遥远的天际。

我这么走着，是为什么？自己也说不清楚。但我终于感到仿佛失落了什么是来寻找的。

我走着走着，走到后院那截当年护卫着镶有月亮门的后院外的红墙畔来了！突然止住了脚步，那里有许多黄色的野花，像一簇簇惊心动魄的黄色火焰。

是的，就是这里。当年，那个深夜，我在这里，闻到从那后院里面随风飘来鸦片烟香。看到后门开了！智信可疑地歪着嘴鬼鬼祟祟探头张望。我被他发现了，受到了他的盘诘。而后，满心充满了疑惑走火入魔般地回来……

我怅然地转身走回来，如烟的往事，使我心情寥落，也说不清到底是为什么。

天下常有想不到的事。下午，住持空明大师竟走来找我，对我说："晏先生，巧极了，你要打听的慧观和尚，我终于算是了解到了一点下落！"

我喜不自胜地问："他在哪里？还活着？"

空明大师摇头说："呵，不！他早已西逝了！正因如此，就不容易打听了，据了解，抗战胜利那年，他就由四川经云南入了缅甸。他在缅甸，寝馈治学，名声播于印缅及东南亚，他精通梵文、英文、印度文，尤湛佛家经典。其渊博学识，堪称淹贯中西。也就在到缅后的第四年，慧观法师因心脏病圆寂于摩谷镇。"

我问："空明大师，你是怎么知道的？"

空明答："这情况是去年一位缅甸佛教居士来玉龙寺时向知客僧谈起过的。据缅甸人说，早年，慧观在中国曾长住玉龙寺多年，所以他用赶来中国旅游朝山之便，特来玉龙寺参学。这位缅甸居士来时，我恰出外开会，未见面，也不知道。这次探问，才了解这么点信息。"

我眼前出现了慧观那清秀狷介的面貌。

我问："还有其他情况吗？"

空明摇头，白髯飘洒，道："没有了！我已让知客僧按那位缅甸居士留下的地址写信，请他能将安放慧观法师遗骨的舍利塔摄影寄赠，给寺院留作纪念。"

我说："是该这样，慧观是位了不起的僧人！"

空明继续说："是啊，慧观法师在国外，戒行清净，通晓教理，人们称举他是佛门之卓越学者，若令生于古代，就是法显玄奘，他一生为中缅、中印之间文化交流做出了很大贡献，也深深受到当地佛教徒的崇敬和爱戴。"

慧观的这点信息，使我颇多感触。是因为得知了他的下落？是因为他早已圆寂西去？是因为他在玉龙寺受到排斥而在域外却能大展宏愿？是因为我最后与他见面那夜他说的"人各有志"和"好自为之"八个字给了我无限思索的余地？都是！的确都是！

他洁身自好，严谨待己，忠于佛门，志于佛学，可说是终生为此在奋斗。就是智信等在玉龙寺的为非作歹，也未使他消极。他是一位真正的高僧，一位真正的佛门弟子！

他在佛教领域中，不但在国内，而且在域外，做出了他的贡献，找到了他的归宿。

听到空明大师的话后，我心中肃然起敬。

记不清是哪国一位文学家有句名言："停在十字路口不走之人，将走入于'永不'之室！"

他指的是做事不能犹豫、停歇，犹豫、停顿就走不到目的地。可是我却终生地踌躇、犹豫，好似聪明，实则笨拙。是一个没有志气的无用人！

朝着一定的目标走去，是"志"，一鼓作气中途绝不动摇或停止是"气"。两者合起来，就是"志气"。一切事业的成败都取决于此。

可惜我不是不懂这道理。天下最难的是正确道理要靠自己去执行。我，却做不到这一点。我总是缺少专一！当年临别时，慧观说的"好自为之"，是否就是指的这呢？

唉，唉！我无限悔恨！今天，听到慧观的下落后，悔心更浓。当年，并非为了我的还俗。

秋苇，我对你的爱曾是热烈的，但是那种爱并未能热烈得成为信仰。有人说过："凡是信仰不坚定的人，爱也不能坚定。"爱的本质在于精神如火。而我，这一类的火总是不能持久，熊熊燃起最后却又熄灭。

对你也是这样。不能专一的人干什么都不会成功，在爱情上也不例外。人生许许多多事都是难以预料的，正像我对于你，你对于我，我们分开又合，合了却又分开。

你是无罪的，我却有歉。与你结合我只以为会爱你百年，谁料到仅仅十多年后，我们就又会分手。

现在，人到老年了！随着岁月流逝，我的歉疚越来越浓。

夕阳西下，似乎使得盛夏时的鸣蝉正在力竭声嘶地抓紧时间苦叫。听说蝉的幼虫在地下要处在黑暗中许多年。出来后，在光明中只能生活一个夏季。在这有限的生命时间中，它歌唱，专心一致，直到寒冷袭来就坦然地死去。我似乎还不如一只蝉呢！

写下这些，秋苇，你能知道吗？

我疲倦极了，但写出这些，我心里才舒服一些。

晏师明（觉非）的回忆
1937年初夏

我记得很清楚：白天，太阳暴晒，那夜，地上像卷起热浪，特别炎热。蚊虫也特别凶恶。

我无法入睡，半夜也有蝉声絮聒，"知了——知了——"它高声嚷叫"知了——"知了些什么呢？

月光明亮，禅房前有月光透过树枝树叶的空隙洒落下来，闪闪耀耀。

我起来打坐，先以左趾押右股，后以右趾押左股，令二足掌抑于二股之上。手亦右押左，安仰跏趺上，身体端正，不动不摇，手结定印：二手仰掌，右安左上，二大指头相挂，安于脐下跏趺上，这叫作法界定印，能除一切狂乱妄想。我合眼断光，闭口合齿，舌抵上颚，鼻对肚脐，背脊笔直，两肩齐平，不偏不倚。这样坐着，可叹心情仍分外芜乱。

感情的旋涡在心上打着转子，无法入静。

控制住天马行空似的思绪，让自己安下心来。仍遍体出汗。

昨夜，我做过斑斓的梦，离奇古怪而又美丽。梦神狡黠，来了就走，梦中醒来，它缥缈远去，留下的只是惆怅、寂寥。

如今，我静静阖着酸涩的眼皮，让自己心中出现一片幻影似的彩色云霓、纷繁鲜花和碧绿草坪、蓝色湖面……我永远渴望有这样一片幻景，沁凉、澄明、舒心，有淡淡的花草芬芳，有轻笼着湖水的幽梦……

　　可是，虚幻的心境维持不长久，暑热的烦忧使我遍体如焚，浮躁异常。

　　于是，我悄然起身，夜游似的逛了出来。真有杜甫诗中所说的"灯影照无睡，心清闻妙香，夜深殿突兀，风动金琅珰。天黑闭春院，地清栖暗芳……"的意境。

　　趄出寺院大门，外边倒是有点微风了。踏着月光，踩着夜露浸染的小草，漫无目的地沿着寺院外的红墙向后边荒僻处走去。

　　身边草丛、石缝里，虫声繁密如落雨，那是无人走过的野径，开放着许多紫色、白色的野花——那种名叫"剪秋罗"的野花，白天虽不美丽，夜晚月光下却别有一番意境和风姿。

　　有纵横交错的沟壑常常禁锢住人的脚步，我却把这视为乐趣。让我的脚步越过禁锢走向自由，求得一种心灵上的慰藉。

　　除了虫声，四下寂静，只偶尔有夜鸟"吱——"地惊飞而过。走着走着，我忽然发现随风飘来一阵异香。

　　是什么味道？是鸦片烟味？真的，是鸦片烟香！

　　我愣怔住了！难道玉龙寺里竟有人吸食鸦片？这时我已发现，我已走到后院的围墙外来了！

　　鸦片烟味显然是由后院院内传来的。是谁在这深夜吞云吐雾吸食鸦片呢？

　　月光下，虫鸟在草丛中吱吱喳喳地鸣叫得更起劲了。我好奇地继续往前走，竟绕到后院那扇东边的便门附近来了。

　　天幕柔蓝，这里有一道被绿草半遮着的小径。穿过一片丛林下去，可以到达附近的一个僻静贫瘠的小村及一些散落在山坡上的农舍里去。

此刻，小村及农舍阒无声息。

这使我想起外祖母家那个村子的情况。那地方离这里很远很远，比这里富庶些，我顿时好像能看到黑瓦粉墙的瓦房平静地躺在月光下，有蔷薇花爬上了花架，燕雀鼓噪着在暮霭中飞来飞去。有条小溪潺潺流过屋左的果园，爬山虎攀附在墙上对着窗子耳语……景色引起我对无数往事的追忆。

月亮露出光洁的脸盘，大地披着银辉，远处的山上像轻轻涂上了一层银粉。一切都变得扑朔迷离，充满神秘色彩。

有云彩驶过，云团遮挡了月亮。我眼前的景色顿时失去了亮色，显得暗淡压抑。

月亮钻出了云彩，正在这时，听到轻轻的"吱呀"一声，那扇东边的小木门开了。一个和尚伸出半个身子鬼鬼祟祟地探头张望。

我一眼就看清楚了，这是监院智信呀！他这么深更半夜歪着嘴鬼鬼祟祟地东张西望，似是窥测门外有什么情况，似要做一件什么告不得人的事。为什么这样？

白天的暑热，被微微的清风一吹，已经消失。但，这时我又出汗了。我来不及闪避，已经被智信看到了！

突然，见他躲藏似的缩身进去，"乒"地关上了小木门。好神秘呀！

我呆呆站着移不动步，正在纳闷，听见小木门"吱——"地忽然又开了，智信大模大样地走出来了，径直朝我站立处走过来。

月光下，有一颗流星萤光似的斜划过天空，消逝在黑暗的苍穹中。

我也不想躲避，但心里边七上八下，想得很多，像揣着了一个闷葫芦。

监院智信已经走近我的面前了。凭借月光，他的面容我看不很清，但从他的气势、姿态、动作和声音中，我可以明确知道他的不满，他大有火冒三丈想动手打我的样子！平时讲那种德行高超的话时的正经模样不见了，现在有的简直是一种邪恶的青皮架势，摩拳擦掌。

他大声吆喝："嗨！今夜，我睡不安稳，感到似乎这里要发生什么事，果然，开了小门，看见了你！觉非，你深夜来此要干什么？"

我诚实地告诉他："天热难以入睡，出来走走！"

智信歪着嘴，我察觉他的表情和态度有历经风霜的世故和阴沉，说："佛法广大，根本在心！《瑜伽师地论》中说：'受皈依者，获大欢喜，获大清净。'夏夜虽热，但心静自然凉！你这样半夜出来在寺外乱逛，心中不净，有违佛门清规。快快回去睡吧！"

我心里虽有疑惑和不解，但觉得他的话没有错，点点头，脚下踩着蔓草，打算转身回来。

智信目光冷峻，只是语气变得和缓了，歪着嘴说："觉非，有件事我得告诉你。你当初要求出家，住持太空法师本来看出你尚有尘缘未了，认为你不可能真正皈依三宝，所以坚决拒绝。但你表了决心再三哀求，法师才收下了你这个弟子。这一年来，寺院对你破格优待，但仔细观察，你的表现很难立地成佛。太空法师慧眼看人，入木三分，他说过，你如果烦恼痛苦，修什么道？不如回去！佛门清规戒律甚多，去留却是完全自愿的，即使已经受戒，执意还俗，也无人强留。你是否好好斟酌一番？"

他的话出乎我的意料，我心里很反感，捺着性子说："弟子受戒到今天，一直兢兢业业，刻苦修行，从未违背戒律。"我用手指指刚才经过的后院外的红墙说，"只是刚才漫步经过那处墙外，闻到阿芙蓉的香味，心中纳闷，所以走过来看看。不想遇见了师父！"

四周静谧，月光下远处似有烟云流动。满山苍翠碧绿的树丛，此刻都呈现蓝黑色。

智信忽然摇头了，歪着嘴念了一声："阿弥陀佛！"说："佛寺本是清净了无烦恼之地，但佛寺处于尘世之中，自然也会有尘埃飞来。只是佛门子弟，倘一见尘埃就感到困惑，大惊小怪，迷失方向，想入非非，产生杂念，就是说明自己身上心上太脏，自己心上身上全沾满了尘埃！"

他说得富于哲理，同太空法师教导我的"一丝不挂"的道理类似，只是觉得不太明白。

我老实地说："请师父再明示一下！"

智信叹口气，声调带着感情，说："告诉你也罢！你有所不知，如意寮里的瘖僧慧道，病已渐重，另一病僧也患病难治。玉龙寺早年从老方丈处传下用鸦片治病的秘方。为此，在后院趁夜深人静之时，熬煮鸦片好用来为他们制成丸药治病。如此而已，岂有他哉！"

他说这番话时，正气凛然，语调铿锵，对病僧关切之情，令我感动。

我忽然像从迷乱中得到了彻悟，心里十分惭愧，对他肃然起敬了，先一会儿心中的谜和疙瘩一下子化为乌有。

我歉意地点头说："救人一命，胜造七级浮屠。师父做得对！"我双手合十，念了"阿弥陀佛"，躬身告辞。

凄怆的天际明朗得又清又滑，脚下的路坑坑洼洼，踩着野草，走远了，回头看时，见智信仍站在原地，瞩目盯着我回去。月光下，他像一尊菩萨，头上闪着光华，平时在我眼里形象长得比较丑陋的他，此时忽然使我产生一种圣洁高操的感情。

怀着疚意回到自己住的禅房。禅房前的大树默默伫立在月光的阴影里。矮小的禅房静悄悄，月光从外边映射进来。天仍那么闷热，蚊蚋凶恶地嗡嗡飞舞，我却不感到太热了。我定下心来坐禅，心里那种时涨时落的崇信禅心的意念又高涨泛滥了。我觉得既已削发受戒，必须抛弃一切过往，心中坦荡荡地苦苦修行，诚心诚意，与真理产生共鸣，决不使自己心上固有尘埃飞来而困惑，走向迷失方向、动摇信念。

就在这时怪事发生了！

月光下，我蓦然发现，有一个小沙弥手拿一张白纸快步跑来，将白纸放在我的禅床上，轻轻转身就又跑走了。

一看，纸上边写着斗方大字。我急急擦洋火点上了油灯，发现纸上写的是：

三伏闭门披一衲，兼无松竹荫房廊；
安禅不必须山水，灭却心头火自凉。

纸上没有署名，但我猜测是太空法师的字，智信告诉过我：太空法师的书法是出名的，卧佛殿前有"昙花霭端"四个金光灿灿的大字，流畅雄伟，就是法师写的。后来，我受戒时，看到过戒条张贴在比丘坛前，字体刚柔相济，也是太空法师的。

啊！太空法师他并未遇到我，却就能了解我此刻的心境？这位永远脸上泛笑的高僧真是一位了不起的大师，竟能如此善解人意，如此使人感到神奇，真是能"直指人心，见性成佛"了！

我想：人生有寒暑冷暖，也就是有顺逆苦乐，不论何时何地，将自己化入其中，不受干扰与对立，这才是我应走的道路。

这一次，太空法师未用四字诀，但抄了这么一首七绝诗，使我可悟之处太多了。我觉得我自己必须完全操纵自己，做自己的主人。

佛家说：禅者的言词只是"境界语"，带领启发你进入更深一层的境界。太空法师真太高明了！我简直崇拜得五体投地。如若他在当面，我一定扑倒尘埃，向他跪拜。

这后半夜，天虽炎热，只觉得暑气全消，精神作用之大竟能如此。我虽未立刻睡着，但确实感到灵魂出窍，似云游在广阔天穹之间，沐浴着月华与星辰的光彩，飘飘欲仙，无比舒坦，感到心里非常幸福。这玉龙寺是圣洁者的居处，是德行高超者汇聚的宝地，是智慧聪颖大慈大悲的高僧云集的寺院，是我最后的归宿之处。

我反省、冥想，那种甜蜜，未经历过那些波折与矛盾的人无法理解，未经历过那些凡心的蠢动和深刻的内心平静时刻的人也无法理解。

一切的一切，都被我虔诚、狂热的信仰吹得灰飞烟灭。菩萨像是从天降临到我心上，挽救了我的灵魂。

我如同渴了喝盐水，喝得越疯狂，渴得也越强烈。

当时，谁如果要我像瞽僧那样，立刻用针刺瞎双目，我是会那样做的；当时，谁如果要我跳向深海、跳入烈火之中，身殉我的信仰，我是会毫不犹豫地那样做的。

子夜的尽头，我陷于心灵宽慰的顶端，抛弃了所有世俗的意识，达到了前所未曾有过的禅悦。

不思过去，不想将来，真像佛家说的，做到了随缘即是福！天地之间，空空荡荡，在我心中却觉得我拥有的何其之多。

后来，下雨了。雨声时远时近，淅淅沥沥。从我禅房里远望，可以隐约看到天际那种迷蒙的深沉。

当黎明降临，东方露出鱼肚白时，我只觉得凉风习习，飘飘欲仙，产生了前所未有的快乐与安宁。

我默默诵念："南无阿弥陀佛！南无——阿弥——陀——佛！……"直至起身去做早课。

那以后的一些天里，我始终似沐浴在煦和的阳光下，始终似端坐在春风中。我将自己关闭在蒸笼似的禅房里，整日足不出户，不再出去东跑西走，耳像闭塞了，眼像封住了，完全像一个苦行僧。我僧服穿得端端正正，遍体流汗，在于表示暑热对我无法侵袭。

我开始断食，因为我听说：弘一法师出家前两年，在杭州虎跑寺曾试行断食三个星期，将断食作为一种身心更新的修养方法。

我也从过去阅读的书籍中，知道自古以来，凡宗教上的伟人圣者，如释迦摩尼，如耶稣，都曾断过食。断食能使人除旧换新，改去恶行，生出伟大的精神力量，我虽愚鲁，起步也迟，既然已经明白这个道理，何不立刻就这样做？

我断食了！

我的断食，引起了玉龙寺里僧众的注意。我注意到不少和尚都来我禅房里张望，有诵经退走的，有默默合十稽首的。

智信来过，太空法师也来过。他们都站着默默看了我一会儿，未说什么。

但，到我断食的第二周，我已精疲力尽，智信突然又来了，拿了一张四字诀送来，将四字诀展开留在我座前。

断食第一周，我除饮水之外，完全不食；第二周时，人已非常衰弱。这时，四字诀放在我的面前，我看到上面是苍劲灵活的书法，每个字有碗口大，写的是：

"天堂便至！"

这是太空法师的手迹，是他的四字诀。智信代他送来，显然是法师对我的指点与期望啊！

啊！这四个字刺激了我的心！

我身体已如此衰弱，但心里是明白的！

我觉得满面笑容的太空法师是指点我应当坚持断食下去，认为如果我能这样断食下去，西天就不遥远，天堂便将到达。

我应当怎么办？我本来断食只想像弘一法师李叔同那样，坚持到三周就结束的，现在太空法师指点我坚持下去，他是要我断食至死吗？他没有这样说，但他似已将这意思包含在这"天堂便至"四字诀中了！我应当怎么办？

天热断食，人已渐渐陷入奄奄一息状态，但我尽量使自己神志清醒，思索着应当怎么办？

说也奇怪！这"天堂便至"的四字诀，涉及生死，涉及苦乐，却反而打破了我心上的宁静。使我忽又丛生出许多杂念，引发出无数回忆，涌发出许多烦躁，魔境扰乱又来了！

在这时候，我忽然眼前又出现了秋苇那长长的黑睫毛下一双澄澈如夏日山湖的眼睛，柔和而安详……

是我最后一次同她见面，从那以后，她在我心里是最后一片光明。随着她的被囚禁，她同我之间的爱情，像一面被打碎了的镜子，闪闪烁烁地彻底灭破难以重圆了！

那天，我们一同看了一场电影，是一部著名的美国片：《香格里拉》。许多细节我已记不顶清楚了。故事轮廓印象仍很深刻。

我们在黑暗中依偎着看这部带有神秘幻想色彩的影片，看得津津有味：

一个年轻强壮的外国冒险家进入了白雪皑皑的也许是靠近中国西藏一带的一个不知名的小小的神秘地方。在这个名叫香格里拉的神秘土地上，人不会随着年岁增长而变得衰老，人都自由自在无忧无虑地快乐生活着。年轻的外国冒险家同一个本地的非常美丽的年轻女郎邂逅相爱了。他因为想念自己的家，要把她带离这片神奇而原始的土地，去到他那繁华的国家里去。香格里拉的统治者严肃地劝告他千万别这样做。说那样他将绝不会得到幸福！劝他就在香格里拉享受快乐的长生不老的生活。遗憾的是他和她不听，终于有一天，两人偷偷离开香格里拉，逃了出去。他们受到狂风呼啸和冰雪遍地的威胁，当刚离开香格里拉的土地上以后，年轻的冒险家，发现他所热爱的那位美丽的女郎立刻就幻变了！她在长生不老之国的香格里拉是那么年轻美貌，离开她所生长的土地后，现在还原了！她变成了一个满面皱纹衰老不堪的老太婆，死在他的怀抱中……

我还记得后来第二次世界大战中，当美机第一次起飞轰炸东京时，记者曾探问美国总统罗斯福：美机是从哪里起飞的？罗斯福幽默地回答："香格里拉！"

看完电影出影院时，正是暮色苍茫。我俩靠着最后一缕暮色向下走，在城市的黄昏中，她同我谈论着这个故事，带着唏嘘，听着江上远远小火轮闷声闷气地响着短促的汽笛声，心里有说不出的凄楚。

她和我都被这样悲惨的结局震撼了！那片使人离开就会发生那种

悲剧的神奇魔幻的土地，梦魇般地压在心上。

这故事是什么意思呢？

是说人应当把握现实，不应当去追求不可企及的东西？

是说爱情本属于虚幻而不是久长的东西，你能得到它但未必一定能长久保持它，更不可能永恒？

是说世界上并没有像"香格里拉"这样无忧无虑、长生不老永葆青春与幸福的地方？

是说衰老和死亡最最可怕？

是说人总想念他的家乡和故土，所以他才非要冒险带着她离开香格里拉逃走？

是说人应当实际些，不应当去追求渺茫不可知的前程？

是说人不应当背弃那些曾对你施过恩惠而给过你忠告的国土和百姓？

是说人不应背叛抚养自己成长的土地，否则即使是跟所爱的人远走他方也要受到惩罚？……

谁知道，谁能说呢？

那晚，她显得十分忧郁，马路上黝黑黝黑，路灯的光晕昏暗，电线杆孤苦伶仃地站着。

告别时，她清澈的眼里，射出悲哀的光。

她说："如果有香格里拉，我愿跟着你进去，而不是出来！"

她那娓娓的声音飘得很远、很远。

我叹着气说："唉！可惜并没有香格里拉啊！"

她突然勇敢地看着我的眼睛说："我们一同逃吧！我离开我的家，跟你一块儿走！哪怕天涯海角，哪怕我们穷得乞讨，我都不会怨你，我都愿意付出牺牲。只要我俩能在一起！"

但，我犹豫了！举棋不定，想得很乱，也很多：我俩一起出走，以后的日子怎么过？哥哥已经破产，我也就破产了，完全丧失了经济基础。我俩一起逃走，到哪里去立足呢？我落个拐逃的名义以后在社会上如何立足？

我叹息着颓丧地说："唉，秋苇，我怕那样我们的爱情就会像这个电影故事一样，是个很大的悲剧！"

她明显地战栗了一下，睫毛低垂下来覆盖了她明亮的眸子，我看到了泪花的闪光。

后来，她踽踽地走了。走得很远，还回头看我。黑暗中，看不清她的面部表情，只看得到她那美丽苗条的身影……

思绪没有能继续下去。因为，有人声干扰了我。我慢慢睁开眼时，看到我面前站着的是执事僧慧观。

他是个中等个儿的山东人，面目清秀狷介，长得很朴实。他执掌文书，管理寺内劳务；管理僧众饮食、住宿等。论理，住持太空法师的两个主要助手，我觉得一个是智信，一个应该就是慧观。

瘦瘦高高的慧观，是个不显山、不露水的人，据说他这人厚道、正派、极好。但不如智信能说会讲，灵活而工于心计。智信一心想以后代替太空法师做住持，在庙里很抓权，结交了他的一帮人。慧观没有这种想法。慧观是个本本分分的老实和尚，特立独行。我去借经籍时，掌管经籍的知藏和尚告诉我：慧观研读佛经十分刻苦，但从不在嘴上卖弄。寺院里所藏的经籍，他都借阅过而且比谁都有心得。

我平日与慧观从未深谈过。现在我断食已到精衰力竭的地步，他来到我面前做什么？

只见他手捧一钵粥汤放置我的面前。说："觉非，喝一点吧！"

我默默摇头，虚弱得脑袋十分沉重。

他充满善意轻轻地说："觉非。你应该知道，释迦牟尼本是迦毗罗卫国的太子，他为了追求真理，在尼连禅河近处修苦行，过了六年非常刻苦的生活，日食燕麦，身体消瘦，四肢无力。后来，自知过分的刻苦并不能获得真理，便放弃了苦行，接受了牧羊女苏耶姐乳糜的供养，恢复了身体的健康。你知道这段故事吗？"

我默默点头。

慧观又说："释迦牟尼太子这样做本来是对的。可是当时随从他的五人，以为他失去了道念，就不再跟从他了！只是，释迦太子不悔，决心要开辟自己的宗教途径。他有了健康的身体去追求，终于后来豁然觉悟一切正理，完成了无上正觉。从此世人就尊称他为佛陀。你在这酷暑天气，断食已经两周，应当立即开始恢复进食，由粥汤逐渐增至常量，切切不可再断食下去了！"

慧观在此时此刻竟然劝我不再断食，而且立即恢复进食，真是出我意料。我此时感到他对我是一片真情。所以才用佛陀的故事使我开窍。只是猛然想起太空法师的指点，我又犹豫了！

我用手指着面前墙上的四字诀，因为衰弱，喘息得声音细微地说："太空法师有'天堂便至'四字指点！"

谁知慧观摇摇头，他的眼光如同清水，说："虚幻的！不去管它！"

我声嘶力竭地说："这是太空法师的四字诀！"

"不！法师不擅书法！这是智信的笔迹。"

我几乎目瞪口呆了！法师不擅书法，那为什么智信到处说法师的书法好，平时常让太空给外界求墨宝的人题字？他为什么把自己的字冒充太空法师的字？……

只听慧观态度平静但声音激动地说："他这种做法，是火上加油，是驱人入地狱。涅槃虽是出世的快乐，但终须修集世间的善因，才能达到出世的善果，不是希冀一死就能获得的！"

"但……"

"佛家总不能指引人去愚昧，教人去干蠢事！让你干了错事却还使你觉得对，这不是道！是邪恶！"

啊！阿弥陀佛！一样都是佛门弟子，却又完全不一样！

慧观说着，便捧起小口大肚扁圆形的钵来，递到我的双手之中，让我捧着，扶着我肃静无声地一口一口呷粥汤。我太衰弱，已经虚脱，喝了不到小半钵，就昏迷过去了。

真想不到断食竟会使我衰弱得这么厉害。若不是慧观及时救我，我很可能就此丧生与瞽僧丧目相同了！幸好慧观来得及时，他用粥汤哺救了我。

当我苏醒过来以后，对慧观产生了深深的感激之情。面对智信在我断食的关键时刻假冒太空法师指点送来的那张"天堂便至"的四字诀，我百思不得其解，他用心何在呢？

是"请君入瓮"吗？

我未曾坚定照办是对的。我的断食，使我的身体受到很大创伤，结果却使我从愚昧的狂热中，清醒了一些。

"香格里拉"是一处虚构的、幻想出来的并不实际存在的地方。这也就是说，人生要去寻找那种极乐世界是非常困难、并无希望的。即使已置身于极乐世界的人，还在想脱离它逃跑出来，这又说明了渺茫的极乐世界未必极乐。哪里会有一个十全十美毫无瑕疵、人人满意的天堂呢？我因失去了我在红尘中的"快乐"而出家寻求解脱，我又何必要以生命去糊糊涂涂地换取未必存在的天堂？……

这样想时，我的思想又由单纯变成了复杂，那种反反复复的"魔境扰乱"也罢，"魔女诱惑"也罢，"魔鬼魔将"的威吓与进攻也罢，又都在我心上翻江倒海掀波作浪了。正像一只船驶入了激流，便给汹涌的水浪紧紧抓住裹挟而去，我连碰撞在礁石或岩岬上的危险都不去顾及了！

我只感到慧观所讲的释迦牟尼的那个故事是对的。勇敢的牺牲只要值得是应该的。如果是不值得的，经人别有用心地嗾使而盲从，那就是轻于鸿毛的死了！

我应当用一颗智慧的心，来换取进入禅的境界，而不是用傻得送命的办法来获取什么"天堂"！

我出家的信念和要求解悟的信念是坚定的，但用刺瞎双眼和断食的办法来求入天堂，这本身除体现了迷信和愚昧外，也体现了"有我"而非"无我"。

　　瞽僧的榜样使我毛骨悚然。我想：我险些也像他一样。不！比他更厉害！他失去了双目，而我则可能无谓地失去生命。这符合佛陀的教导吗？显然并不符合。瞽僧如今住在如意寮里，我未知道谁去关心他。从他那天对我说话时的语气和态度看，他的语气凄恻，身体状况孱弱得无可救药。虽然智信告诉我：为了治他的病，为他在烧熬鸦片制作药丸。鸦片能使他健壮吗？鸦片能挽救他的生命吗？显然不能！他的悲惨下场，不应当作为一面镜子吗？

　　那是个阴晦无风的酷暑日子，天空低沉得像要一直压到地面。我觉得我在这件事上转迷为悟了！阿弥陀佛！南无阿弥陀佛！

第四章

1994年8月　晏师明的部分札记

（阴历）六月二十六日晨　星期三

我这一生总是想得太多，自己以为懂得很多，却做得太少。

历史车轮滚滚向前，不会倒退。车轮的转动不能靠空想，不能靠消极，要靠一切有志于人类社会做出贡献的人来推进。我自问未曾做过推动历史车轮向前的人！有些真理其实十分平凡，人们都可以懂得。可惜我们每每撇下它们另去寻找虚无缥缈的真理。到最后，浪费了几十年，找到的仍是原来早已在手的真理。当然，我这不是指的佛家的法理，那我早已背弃多年了！

现代文明之风悄悄吹进佛门。日本如此；台湾如此，大陆也未例外。

今天我见到的玉龙寺的和尚中，也不乏戴手表、穿皮鞋的年轻人；听音乐、看电视也自有感兴趣者（当然，看的只是新闻节目）。有些人还有自己的业余爱好。

用住持空明的话说："不能拒绝现代科学的成果！"他的话是对的。

有一位年轻和尚，入门时间虽不长，但他在与外国僧尼游客的友好交往中，感到掌握一门外语很有必要。他自费买了录音机，做功课读经做法事之外，自学日语。高兴时还听听世界名曲，用音乐调剂一下紧张刻板的生活。

住持空明法师对他这样不但不反对，还加以赞赏。

他还给喜爱美术的和尚送去了书画的笔墨纸砚。

他对我说："年轻的和尚好学上进，我们理当支持。"话说得明智得很。

时代在前进，佛门弟子也在前进。当年我在玉龙寺出家时的情况同现在比真是大不同了。大陆开放改革之风似也吹进了山门，佛教曾被封建帝王利用，用鬼神祸福作为愚民政策的工具。当初在我出家前后的时代，有人发起革除这种做法，按照大乘物教的自利利他精神，以五戒十善为人生基本道德的善行，去改善社会制度，主张多注意生，少探讨死后的问题，主张从佛教大学的学员中选拔优秀僧人住持寺院等，可惜却遇到佛教内外强大的反对势力阻挠，实现不了。

现在，时代不同了，许多事在变化。拿日本来说，保守的日本寺庙正在改变维持了几个世纪的传统和讲经传道方式，不断想出新的方法来吸引信徒。

我去日本游览时，文部省文化厅一位宗教事务专家说，新的宣传媒介手段的出现，正在逐步改造日本宗教，寺庙正在把它的信仰融合在高技术中。

有些寺庙开始提供"茶室传经服务"来吸引香客，或由年轻的和尚成立摇滚乐队来博得年轻人的喜欢。我不认为这就是一个好方式，但这却的确居然出现了！

有些宗教组织不仅通过电视和电台，还通过计算机、终端机、录像带和卫星电视来传经讲道。日本一家香火鼎盛已有近八百年历史的古刹，去年春天就引进了一套个人计算机网络来传经讲道。

日本佛教协会的官员说，日本大约有八万个寺庙，二十三万个佛教团体，信教人口达 1.23 亿。

但是，日本寺庙现在面临一些困难。其中问题之一是严重缺少法师。据日本一个宗教组织所做的调查表明：它所属的百分之二十的庙宇都对前景持悲观态度，因为他们后继无人。

我在台湾时，那年年底去过龙山寺。这是一座有二百五十年历史的古老庙宇。这个万华地区的信仰重镇，过去曾吸引过大量善男信女，日本的观光客络绎不绝。然而，近几年，龙山寺的政治气氛不断升高，传统的宗教信仰功能反而渐趋式微。

龙山寺庙前广场上的最大特色是"清谈政治"。午饭过后，人群便渐渐聚集。老人是这里的主角，中年人和青年人也不少。这些人并不都是住在万华的。有许多人远远来自新庄、三重、泰山、板桥等地。他们把龙山寺作为谈政治的场所了。

佛门圣地，本来应是世外桃源，僧众修行的场所。即使佛事兴隆，讲经传戒，诵经举表，为丧生停放灵柩、举办法会……无论如何总不是什么清谈政治的场所。而我去到龙山寺，却亲眼看见了这里的政治气氛。

来这里的人，多数彼此谁也叫不出谁的名字。但话题始终不离政治。只要有人高声批评政治，立刻就聚集了一批人过来聆听。有的年轻僧众也来像听经似的听人演讲。但瞬即不见了，大约是被老和尚召回去训诫了吧？在广场上，尤其是些上了年岁的老人，说话激烈，抨击政治十分激动，对现实十分不满。一个老人对我说："报纸不敢登的东西，我们敢讲！快死的人了，死都不怕，还怕什么?!"一个中年人告诉我："在这里大家都很谈得来，因为大家心情都一样。不平则鸣，与自己有关的事怎么能不关心！可惜老百姓这么关心政治，连出家人也关心政治了，但官员们不关心有什么用！"我感到那里的人心里都有一股怒气，却人人感慨没有人听听他们的声音。

龙山寺前的广场，成了台湾出名的"清谈政治中心"，庙里、庙外所呈现出的意识形态的差异，已为万华地区塑造出不同于其他地区的政治气候。我去后不久，见报上对龙山寺的这种情况有了报道，看来，当局对此也早引起了注意。

在龙山寺，国民党、非国民党的政治人物都看上了这块政治舞台，一些反对党人也喜欢在这里演讲、谩骂，不满是这里共通的情绪发泄。当然，谁想在这里谈什么"台独"，是会遭到多数人群起而攻之的。在政治瞬息多变的今天，这群古老的台北人的政治话题应该是不会休止的，只是，听说夹杂在人群中的听众，有的是假的，是去执行任务的，身上带着现代录音设备。民主的旗子当局是要的，其实未必真要。这块"清谈"的地方迟早是会被取缔或变相取缔的。

我从来不相信会有什么绝对的民主。今天所以有感于上述这些，是因为我看到现代文明之风也悄悄吹进大陆的寺院。但寺院仍是清净庄严具足三宝的道场，是佛教界的神圣国土。在玉龙寺，令人欣喜既看不出有后继无人的悲观，也看得出是僧人住持佛法和修学的道场，是实践佛陀慈悲济世教义的活动场所，这里安静、清净，这里的和尚会谈爱国，会谈走与社会主义相协调的道路，但与龙山寺的气氛和情绪完全不同。

佛教理论应不应当接纳新的内容呢？我看是应该的。住持空明大师对我说："如果没有推翻剥削制度的革命实践，不通过发展科技和生产去探索一条创造社会物质文明与精神文明的现实道路，任何理想都只不过是一种空想。"

有趣！他显然是以和尚的身份在向我做政治宣传了。但，听一听也不无启发嘛！

我不认为寺院绝对不能谈政治。这使我不能不忆起当年我在玉龙寺出家时，看到悟心因为看报纸刊物被监院智信以犯戒名义打伤的旧事。寺院不是生活在真空之中，它不可能完全闭关脱离政治。像台湾的龙山寺，如果寺前的广场上长久是清谈政治的场所，说是寺院里的和尚两耳紧闭、两目不张，不会受任何影响，我是不会相信的。正如这大陆的寺院、僧众，当然也不会生活在脱离政治的真空中。

我似乎有点迂腐了！啰啰唆唆写下这些干什么呢？

听说抗战爆发后，沦陷期间，在日本侵略军统治下，篡夺到了玉龙寺住持职务的智信，充当了"佛教会"会长，又是"日华佛教联合会"的骨干，曾为"大东亚圣战"大卖力气，在"大东亚阵亡将士追悼会"上为日本炮灰超度亡灵，并为了表示"中日满亲善"，去过日本和伪满访问，替日本军国主义做义务宣传。后来，抗战胜利，这个曾经在玉龙寺不可一世的歪嘴和尚，被作为汉奸抓进监狱，瘐死牢内。也有人说他可能是自杀的，当然已弄不清了！

我今天参观了僧众做早课及经教学习。僧仪是整肃的，讲经说法的一位老和尚有一定的学术文化造诣，讲的目的显然是为提高僧众对佛教基本教义的认识水平，启发他们广学力行、爱国利民，指导他们正信正行。佛学的希望，似乎应在这里。

我今天想到前面这许许多多，是因为我确实感到我自己的曲折人生经历和对佛教、佛法的体悟，得出的结论也是这样。

外在的光亮射来，内在的物件不可能不蒙受光辉。主客本是一体，硬要切割似不可能。

若问为何？本来如此！

晏师明（觉非）的回忆
1937 年那个春天

整个冬天，除了常绿树外，草木都凋零了！

整个冬天，阳光因为树木无叶遮拦而变得格外慷慨。

我禅房外常有阳光，可叹阳光照不到我的心上。

整个冬天，我只见到那个身材魁梧高大的挂单和尚梵月——冯明韬两次。

一次是远远的。

我看见他跟那个协助管理寺内劳务的年轻和尚悟众在一起。

那悟众脑袋特大,长着虬髯,左脸上有块洋钱大的红色胎记。他是寺里出名的"牛脾气",智信最不喜欢他了。一个小和尚受戒时因为吃不饱,发了牢骚,被智信下令:"供养三十杨枝!"实际就是用藤条打三十鞭。打时,智信失手,一下子打破了小和尚的右耳,血滴下来。激起了悟众的无名火。他去找太空法师和慧观,怒吼着说:"这样野蛮,非但不合佛法,而且也不是人对人的举动!"他要去告智信,经太空转圜,事才平歇。

我肯定了梵月就是冯明韬。一点也没有错。但我们互相都不打招呼,像陌生人似的互相都不理睬。

我只听说他也很忙。在玉龙寺挂单,智信派他随一些僧众去对外向各处应酬佛事。用智信的话说:"这些来挂单的和尚,以为'天下丛林饭似山,衣钵到处任君餐'。我可不能让这种没来头的挂单和尚吃白饭不干事!"外边的佛事少了,有丧主在寺里举丧时,就让梵月参加诵经。一度听说让他充当寺内的"寻照"(即看管山林的职务),让他住在山上树林中。

一次,过早斋堂吃早饭时,迎面撞上他。

我不由自主地"啊"了一声,说:"你是冯明光的哥哥冯明韬兄!"

我发现他一脸黑而密的皱纹褶子,像张松松叠起的旧渔网。他比从前苍老得多了!

他念了一声"阿弥陀佛!"说:"贫僧梵月,在此挂单!"就谦虚地闪身过去了。

没有否定,也未承认。

我心里七上八下。一个莫测高深的人,坐过监牢,居然削发做了和尚。他是因为感叹于国事衰微消极出世的呢?还是也像我一样,感到人生太苦看破了红尘?

我对他产生了兴趣，很想了解了解他的经历和想法，又觉得他似乎有意回避我。又同他难得能见到面，也就打消了专门去找他攀谈的念头。

但他这个人却时不时地使我在心上产生了又一个谜一样的疙瘩。

人总是这样，越是神秘未知的事，越是稀罕、好奇。正如太空法师的年龄。人说他早年本是一个外来僧人。由于同原来死去了的老住持广慧是同乡，有同乡之谊，来玉龙寺挂单，后来因为相貌长得仪表堂堂，加上笑容满面平添三分德行，得到当地缙绅赞誉，广慧病重身亡，他就当上了住持。十多年前，他起先自称已经八十五岁了，后来人问他年龄，他都只用四字回答说："佛心慈悲。"年复一年，他早该百岁上下了，当然模样并不像，看上去只像个七十老人。

也正如那个让人把守着的卧佛殿后的后院。我纳闷的是为什么不让人随便进去？细细想想那夜我逛到后边的小门附近，智信开了门探头探脑张望，总令人奇怪。我总像未曾得到答案。

也正如那个如意寮，瞽僧现在怎样了？为什么智信不准我前去探望？难道那里有什么见不得人的秘密？为什么总要把一些地方弄得染上神秘的禁区色彩呢？

也不知为什么，当春天开始翩翩降临，我的凡心又春潮泛滥似的常常萌动了！一枝柳树梢头的绿芽，一声黄雀响亮的吱啾，时常混杂着童年的记忆、少年时的痴顽、青年时的眷恋，一起侵入我的梦中。

我突然觉得人生的任何一种旅行，都是漂泊，都是远离，都是在走向未知。哪怕是以前早已熟悉的路途也一样。

出家做和尚，已经一年快要出头，每日的例行功课都已娴熟。今天的生活都是昨天的重复。我似乎明白了一些，又似乎都还没有明白。

当寺院里的钟声震响时，山岭间漾起一连串悠远的回声。我有时就悲从中来，有一种在茫茫大漠中独自行走，不知何处是归程的凄凉心境。

在这冷静的古刹里，春天似乎只是季节的更换，人都迟钝忧郁，人心永远不应有什么不同的体会，只应当像那苍穹一样广阔而安详，平静而无动于衷。

我有时朦胧地意识到：一种我曾有过的生活已成过去，它当时曾经是美好的、充满憧憬的，但是它丧失了。

失去了是痛苦的。因此，我愿意整个割断过去，想重新去找另一种美好的重要的东西。这东西是什么？我弄不明白。反正是一种美好的向往吧。在我天真的童年时是梦想和幻想过有这么一种东西的。人逐渐成长，忧患与艰辛侵袭，我想要理解这是什么东西。但是，未能做到。出家受戒蒙受了极大的牺牲，在肉体上和精神上都经历了极大的折腾，我仍旧没有找到，也说不出！

唉，是为什么哟！

依然不能忘怀美丽的秋苇。

她是我活到今天所接触过、所感受到、所看到过、所经历过的最最美丽的造物主的杰作。但她属于尘世！我虽将她视为是仙境中才应有的灵葩，她却真正是红尘中的美女，不是天河仙境中应有的仙子。

那次看过电影《香格里拉》以后，就再也见不到她了。留给我的只有她那双哀愁灵活的黑眼睛，她那妩媚苗条的身影，和她那亲切动人的话音。

有一次，分手时，下着蒙蒙细雨。她打一把绿色大伞，钻进雨幕，留给我她罩在雨帘里远去的背影，模模糊糊，轻飘而空灵。

她的父亲和继母，为了要她同那比她年长十岁的表哥结婚，禁止她与我再来往。因此，将她幽禁在家里。

她父亲在社会上有好的名望和地位，但实际是个脾气暴烈专横的人，独断而封建。她继母工于心计，推波助澜，牢牢将她控制在掌心。

于是，她出不来了！我无法见到她。

我爱她爱得疯狂，渴望见到她的要求无比强烈。就像生命里仿佛被人挖走了心脏，活不下去。再三斟酌，我硬着头皮，在一个下着滂沱大雨的下午，到她家那高高的围墙外踱蹀，鼓起了勇气到那紧闭着的有铜环的黑漆大门上去敲动铜环："乒！乒！乒！……"

铜环响了！门开了！但见是我，开门的仆役，高声说了声"不在"，"哐！"无理地关上了大门。

在记忆的帷幕上，只剩下了哗哗的急雨声，满地溅泼的污水和眼前迷蒙的雨景以及那一声使我心碎的"哐"！

心中好生悲痛，觉得我同她这样悲惨分手，就像树上落下的两片叶子。风一吹，都沐风沾尘，各自随缘去也。

那是春天，我却感到像秋天。秋天里寺院里古银杏树上扇形的黄叶，全部闪着金色的光辉。如今，在春天里，我怀着悲秋的心境，感到自己变得枯黄，像行将随风坠落的黄叶了！

我不顾在这万物苏生的春天里，自己苦自己。我眼前宛如横了一团雾，湿了睫毛，看不清前方，看不清道路。突然想到应当去找慧观好好谈谈，听听他的指点。

自从他在我断食时指点了我并救了我的命后，我对他从心里面产生了强烈的好感和敬意。我知道他忙，找他像找太空法师一样不容易。我还是决定晚上去找他。

巧得很！这夜月淡风清，我到慧观的禅房里时，瘦瘦高高的他正点了一盏青油灯专心在读经卷。那张清秀狷介的脸上，映着灯光，有超凡脱俗的气质。

慧观平和地让我坐下，用铁钎挑着灯草芯。说："我们这个玉龙寺，对内管理太专断保守了！现在电灯已普遍都有了。玉龙寺要接线用电灯完全有条件，我提过多次建议。可是非说什么青灯古寺，要维持着点油灯的旧规矩。这算什么呢？"

话里有明显的不满，是对太空法师呢？还是对歪嘴的智信呢？我弄不清，也不想问。但我感到他的话是对的。如果说电灯是洋货，那油灯点的洋油、引火用的火柴不也是舶来品吗？能多给人些明亮不比什么维持"青灯古寺"好吗？

只是，我来不是为了谈这些事的，是想来请教佛法的。

我开门见山地说："弟子来此出家倏忽一年，还没有请师父专门指点。今夜，月光明亮，看到月亮那种高贵晶莹、不染一些世俗杂尘的品质，心中进入一种菩提灵台明镜般的超凡境界，所以特来请教。"

慧观清秀的面目上态度极为和蔼，诚恳地说："我听说过你的过去。你是有识之士！我们这是一种信仰。我为这信仰在此，你也为这信仰而来。大家都各有自己的参悟。我讲讲可以，但不是指点。"

这样谦虚，我反倒更敬仰了。

我说："弟子感到人生太苦！"

他点点头说："是的！你到尘世去观察、访问，真正完全快乐的人恐怕没有。穷有穷的苦，富有富的苦。男有男的苦，女有女的苦。七情六欲是苦，灾荒战火也是苦。俗话说：'家家有本难念的经。'所以说'苦海无边'，也所以才说'回头是岸'呀！"

我想，是这么回事，就说："请师父讲讲佛法如何？"

他说："佛法广大，根本在心；行门无量，主要在观。直观自心，见性成佛，此乃佛法要领之宗旨。"

我恭敬地点头说："谨受教。"

慧观诚恳地说："《圆觉经》中佛陀说：不要患得患失，不要斤斤计较自身名利与欲望。因为肉体终归会消逝，事事只不过水上浮萍。没有私欲的奉献和服务大众才是最高尚的。"

我觉得他虽引用的佛经，但出言不凡，如实地说："名利对我早如浮云。不过师父说到没有私欲的奉献，我虽愿意做到，却又觉得太难，心中不免有时烦躁不安。"

慧观宁静淡泊地说："我知道你读过的经书很多。仅仅读得多还不行，主要在于用。例如《涅槃经》和《杂阿含经》中都有过一个比喻，说，在茫茫大海之中，有块浮木，浮木上有个小孔，随风浪漂流不定。一只长寿的盲龟，每隔百年出来一次，要想碰到这浮木上的小孔，那真是难中又难。这比喻是说听闻佛法，远比这还难呢！"

我思索着说："用象征术的语言，用隐喻来说明禅的智慧，我有时也有解悟，但总觉得神秘。"

慧观一字一句地说："不要把禅悟解为神秘的东西。佛陀把自己喻为'农夫'，说，众生都是我的田地，信心就是我的种子，善行就是露水，智慧是阳光，细心照料就是犁，精勤不懈是我选的牛，真诚是系牛的绳，真理是我所握的柄，烦恼和无知是我要拔的杂草，不生不灭的永恒乐境是我耕耘所获的果实。"

此时此地，他这段话如汩汩清水流进我的心田。在我心中产生了意想不到的效果。我突然感到所获甚丰。

我诚实地说："信教有真信的，也有假信的。我厌恶也鄙视假信的！"

慧观说："其实，这也不足为奇！听你这样说，那你是真信的啰！"

我点头："是的！"

"未必！"

他出乎我意外地直率，说："你是真信的，应当四大皆空！依我看，你却未能忘我。你是真信的，应当坚定不移，而你常多疑惑、犹豫和动摇。"

我沉默无语，心中却像风雨咆哮，激动异常。我决定不打扰他了，要把他讲的话带回去好好咀嚼、体味。我站起身来，双手合十，正要告别。

万没料到，见年轻牛脾气的悟众和尚，风风火火地"踢踢啪啪"大踏步走了进来。

他挺着大脑袋，虬髯竖立，一定是遇到了什么怒气冲天的事。左脸上那块洋钱大的胎记红得发紫，满面怒气，太阳穴上青筋跳动，喘气声呼呼可闻，额上冒汗。他飞步走到慧观面前，也不管我是否在同慧观讲话，声音高得像打雷。

他说："悟心刚才给打伤了！你知不知道？"

那悟心，是个十六七岁的小和尚，很老实的模样，我有印象。

只见慧观凝望着悟众，清秀的脸上布满惊愕，说："为什么？"

"欲加之罪，何患无辞！智信说他离经犯戒，叫他在卧佛殿前跪在当院，头顶八砖（砖重八斤），让人用香板猛打。打得头和背都受了伤，晕倒在地。如今抬到如意寮去了！悟心家境贫穷，十二岁受戒，为人朴实，却如此责打，令人寒心，令人不平！"

慧观神色猛变，问："怎么离经犯戒？"

左脸上有红记的悟众虬髯舒张，声音震得窗棂都响，说："悟心这一向弄了些书报杂志在看，智信知道了，说他不能谨遵佛制，败坏佛门清规，不学佛经，不能戒行清净，却向往尘世，为整肃僧仪，让僧众恪守纲纪，就不分青红皂白打成那样！其实却是嫌悟心平日不听他话，挟嫌报复……"

我听了，心里吃惊，想不到在佛门里边，竟会有这样血淋淋的事。谁知就在这时，只听到急促的脚步声，原来是监院智信和尚来了！

智信这时好像是知道悟众在此，匆匆赶来训斥的。

只见他睁大了眼，歪着嘴大声吆喝悟众："悟众！你虽剃度受戒多年，但屡次犯戒！对你是够宽容的了！今天悟心犯戒受到'供养'，是为了让他去魔消孽。你却到处张扬，犯了不妄语之戒！意欲何为？目的何在？"

平时，我已觉得智信歪着嘴气焰高涨，现在只觉得他飞扬跋扈，无以复加，说话时，不只声调蛮横，右手点点戳戳，而且质问的口吻中含着威胁，脸上神态阴险毒辣，瞪着两只牛眼，歪着嘴，一副凶神恶煞模样，毫无佛门慈悲情怀。正与那夜他开后门见到我时相仿。

悟众却也不退让，挺着大脑袋，虬髯像一根根要竖起来，霹雳火似的顶撞反驳："何为妄语？你的孽作够了，别堵住我的嘴，不让我讲。'若要人不知，除非己莫为！'有朝一日，我全给你揭出来！悟心关心国事，看看书报杂志，不涉淫秽，犯什么戒？你假借犯戒名义，将他打成那样还说什么去魔消孽，是何居心？莫以为你在玉龙寺能一手遮天，我就是这个看不得人为非作歹的脾气！我不怕！"

智信怒吼："十恶业道中，你犯了妄语、离间语、粗恶语、嗔恚、邪见五项，罪孽深重！"

悟众怒答："十恶业道中，你犯了杀生、偷盗、邪淫、妄语、离间语、粗恶语、贪欲、邪见八项。你说得好听不行，听其言观其行，要看看你干了些什么勾当！"

他俩都引用了"十恶业道"中的项目，但悟众的"八"比智信的"五"凶得多。

我不禁心里奇怪而又纳闷：智信怎么竟有这么多罪恶？居然连"杀生""邪淫""偷盗"等都用上了。可信吗？

这时，慧观也开口了，对智信一字一句地说："依《菩萨戒经》记载，如有弟子不信佛陀所说的道理，甚至违反佛陀所说的意见，佛陀不但不会生气，仍然照样关心他们。我早对你强迫比丘'发露'（即对自己所犯之罪进行忏悔，无所隐藏），并主持供众（集体打人以示警）及'供养'打人深为不满，我对住持提过，你则不以为然，今天又发生了打伤悟心的事。难道能说这不是假借佛门戒律来自己违犯佛门戒律和清规吗？"

慧观的话铿锵有声，未说完，智信歪着嘴朝我盯了一眼，也不驳答，一顿脚，"乒"的一声，气呼呼地回身就走了。可能，他不愿当我的面吵闹；可能，他气得七窍冒烟想去禀告住持；可能，他不屑答辩争吵，要一意孤行；当然也可能，他自觉无理，铩羽而走……

见他走了，我不知怎么办才好。我额上冒出了冰凉的汗珠，心上揣了许多问号，比来前心中的疙瘩更多了。

只见悟众气冲冲地说："他不就凭借他在外面有势力就这样胡作非为的吗？真叫人气恼！我本来还想好好当个出家人的，如今细细想想，越想越没意思了。少林寺的僧人，唐朝皇帝李世民曾免去了他们的戒酒、戒荤和戒杀生的佛规戒律，这说明僧人的一切仍掌握在帝王之手。要是帝王决定拆你的庙宇、赶你还俗，你自己并做不得主。我在这玉龙寺中，就感到身不由己，恨不得放一把火烧了它！"

慧观摇头，说："少林寺僧，尽管皇帝免去了他们戒律，但大多仍遵守佛规，这说明一切仍在于'我'！这玉龙寺里的智信是坏，但鲜花萎了，不能砸烂花瓶；鲜果烂了，不能丢弃玉盘！"

悟众也摇摇头："有的朝代笃信佛教，佛教遂大兴，有的朝代尊奉道教，佛教遂遭压，'我'有何用？一部历史说得很清楚了！"

慧观心平气和地说："'我'自有用，我可好自为之，参禅悟禅，成为人所敬仰的高僧，弘扬佛法，普度众生！我可改造环境，使之清洁卫生，保持佛门圣洁。要看我是消极还是积极。消极无用，积极则就不同。"

悟众似在思索，忽然，气恼未平地低着头大步流星地转身走了。

这一年来，我与人接触太少，对寺院里的事一概不闻不问。来之前，我向慧观请教的还仅仅不过是我个人修行上的苦恼与问题。如今，头脑里充塞的是关于寺院里的许许多多苦恼与问题了！

从悟众的话里听来，寺院里十分复杂。有些事很可能是见不得人的。不说别的，就是假借执行戒规，用"供养"的名义打人致伤。我听到的以前有悟众为那个吃不饱发牢骚的小和尚打抱不平，今晚又听到了悟心因为看书报杂志被打伤的事。从牛脾气的悟众今天理直气壮地反驳智信所说的话看来，他一定掌握了许多佐证，所以智信听了他的话后，虽然飞扬跋扈，却拿他无奈。

这是些什么问题呢？是些什么神秘的事呢？

我不能不想起那个有月亮的夜晚闻到的鸦片烟香，那个有月亮的夜晚在后边围墙外见到智信歪着嘴鬼鬼祟祟开了小门探头探脑的模样。

内中一定有蹊跷，绝不是如智信所说的，是什么"睡不安稳，心上有所感应，感到似乎这里要发生什么事"，而是他想做什么事未曾做成，被我撞上了！

由此，我不能不想到卧佛殿后的那个用人把守的神秘后院。为什么后院像个禁区似的不让人去呢？鸦片烟香深夜从后院飘过围墙飞溢出来，意味着什么呢？

我也未向慧观告辞，丧魂落魄地独自离开慧观走回来了。一路走，一路心上仍在盘算，脑中仍在思想，悟众与慧观的对话，也引起了我深思。

不禁又想到了那个神秘的如意寮。这本是僧人生了病养病的地方，可是，到那里看望瘖僧同他谈话，智信却怀有戒心不让我谈，并且不准我在那里乱走动，又是为什么？

瘖僧早就病重，现在怎么样了？

如意寮本来是病僧养病的清净之所，如今，那里的厅房里，停厝着一些富户家女眷、爱妾的灵柩，气氛变得压抑、恐怖。智信说是为了给玉龙寺僧众增加收入才这么做的。那些富户都是头面人物，都是施主，智信难道不是为讨好这些人这样做的吗？

卧佛殿的后院与如意寮那儿都成了"禁区"，是为什么？如果不是藏垢纳污，忌讳人触犯，堂堂寺院应当正大光明，为什么怕人涉足？

有一团团暗淡、闪烁的鬼火在树木中悠悠闲闲地浮动，一似鬼在眨眼。我心里产生一种古怪的、挣脱不掉的厌腻与畏惧。

越想越纳闷，越想越激动。不禁又想到了我断食时智信送四字诀的事来了！他为什么要设下骗局，自己写的字说成是太空法师的字？他的"天堂便至"四字诀显然是想让我断食送命，这是为什么？难道他恶毒得想让我断食而归西天？这是不是为了我那夜发现了鸦片香和他的鬼祟行动？……

越想越深，毛骨悚然，身处在这如银的春夜里，却凉嗖嗖仿佛沐浴着严寒的西北风了！

啊，佛门寺院，未必就是清静之地呢！

啊，人世复杂，寺院内的人也复杂，并不单纯呢！

啊，佛陀慈悲，但假冒教义者的心是险恶的呢！一样都是受了戒的比丘，一样都是修行，一样都在学禅，可是所作所为并不一样呢！

这夜，月光照着窗户，风吹得竹枝声飒飒作响，我睡来睡去睡不着，辗转反侧，心中思前想后，左想右想，说不出酸甜苦辣咸是什么滋味。

后来，睡熟了，做了一个梦，糊涂而又清醒。仿佛梦见自己置身在玉龙寺内，耳闻钟磬之声，鼻嗅香烛之气，菩萨金身庄严，神祇气氛肃穆。庙宇开阔，禅房清幽，古树森森，有诵经声隐约回荡在空中，但阒无人声……

忽然，又似是置身在动物园内了。只见那虎、那豹、那豺、那狼……瞬忽从四面八方出现。虽不甚多，但也不少，凶狠地龇牙，伸出血淋淋的红舌，呜呜吼叫，到处搜寻猎物……

我好不害怕，连忙回身，急促间不顾一切地爬上大雄宝殿释迦佛的莲花宝座旁藏身。那些豺狼虎豹在下面前前后后四处东窜西跑，寻找目标。有想蹿上神坛来的，正在纵身跳跃，朝我进逼。

我见慧观、悟众也为躲避野兽的追逐，跑到大雄宝殿里来了。

我气急败坏地叫喊他们："上来！快爬上来！……"

但一只金钱豹张开血盆大口，狰狞地跃上了神坛朝我猛扑而来……

吓醒时，躺在无边的黑暗中，在彻骨的空虚及恐惧中，出着冷汗。月光没有了！野兽出没的恐怖场景消失了！

外边，霏霏下着春雨，空气似乎变得异常清爽。雨声潇潇，我心灵上擦过哀伤和失望，喉咙口感到了苦涩，心里有一种汹涌、神秘的呼唤。

呼唤什么？说不出！只向往着走到一片翠绿、恬静、温馨、和平的芳草地上去，闭上眼，躺在那里，一动也不动，让霏霏春雨飘洒在脸上、身上……

我多么希望自己能融化、消失到大地中去化为泥土哟！

第五章

1994 年 8 月　晏师明的部分札记

（阴历）六月二十六日晚　星期三

1928 年出生的英国著名人类学家和社会学家德斯蒙特·莫里斯，大约在 1969 年出版了一本名著《The Human Zoo》（《人类动物园》），后来曾引起西方社会的震动，成为风行一时的畅销书。他以一个动物学家的眼光来观察人类社会以及人的行为模式，认为当今人类像监禁在动物园中的动物一样，被监禁在人类社会这个动物园中，由此产生了杀人、自杀、伤害同类、贪欲无尽等种种罪恶。

我绝不苟同用人的动物性、兽性为出发点来研究、解释人类社会及人的模式。尽管有人认为这是为人类提供了一个研究人的新的视角，人是有思想的、复杂的生物，他并不仅仅受动物性支配。人，主要的是社会的人，而不是动物的人。何况，人类社会制度并不相同，人也确有思想信仰之不同而造成行动、行为之不同。人类社会正在并总是要向前发展的。我对人类的现状和发展并不持悲观的态度。那许许多多人类的优秀先行者早已用他们的崇高模范行动表明了这一点。

只是五十多年前那个夜晚我做的那个像置身于动物园中一样的恐怖的梦，到今天仍清晰地镌记在脑海中，那或许是"日有所思、夜有所

457

梦"吧？玉龙寺里的一些令人难解的谜一般的事，使我产生了一种恐惧感，使我想到了野兽的兽性。我看过电影《火烧红莲寺》，读过不少像《江湖奇侠传》等流行的、写寺院黑暗的武侠小说，难道我崇奉并信仰的这名山古刹的玉龙寺里，竟也藏垢纳污，被一些坏和尚无法无天地掌握着权力在为非作歹？难道这些人以出家修行为掩饰，以佛经禅悟为法宝，以佛门清规戒律为刀剑，诳骗着真正的佛门子弟，蒙蔽着一心解脱的厌世者，将这片理应洁净高尚的圣地，幻化为虎豹横行、豺狼出没的场地？

这些想法，反映在梦境中，就有了那夜使我醒来后浑身冷汗淋漓的恐怖荒诞的梦了！

其实，事情总是复杂的，并不那么简单。正如世上没有纯之又纯的东西。佛门如果一尘不染，也就无须诞生或维持什么戒律。佛门如果只有慈悲，也就不再存什么"大慈大悲"。每一个事物本身都有差异，因此，世上没有一成不变的绝对标准。用绝对的眼光来看待、要求一切，势必只有失望。

《六祖坛经》上两个故事，我读到时都曾惊心动魄，感到残忍，觉得不应出在佛门。

以"一指禅"闻名的俱胝，收了一个沙弥随侍左右。沙弥常装出一副大禅师的模样来。每当俱胝不在，有人前来参拜问禅，他就学俱胝的样子，竖起一根指头回答客人的问题。

一天，俱胝把沙弥叫来。

俱胝问："这些年来，你勤奋修行，现在你说说看，什么叫作佛法？"

小沙弥马上伸出一指。但俱胝从怀里摸出刀来，咔嚓一声，将小沙弥竖起的那个指头割断。

小沙弥的手指掉在地上，血淋淋的。小沙弥痛得哇哇大叫，奔向山外。

俱胝大吼："回来！"

一股莫名的力量拉住了小沙弥的双脚，他愣在门口打哆嗦，鲜血在指上直滴。

"徒儿！什么叫作佛法？"

小沙弥兴奋地猛然回头，本能地向着师父伸出他那已断掉的手指，却哪里还有手指的踪形？沙弥看到自己断指的刹那间，顿然开悟，他忍不住"哇"的一声哭了，连他自己也分不清那是为了断指的剧痛还是为了解脱的喜悦。

啊！明明断指是痛的，却说有喜悦！明明断指是残忍、专横、暴虐的，却说是传授了真理。我对这个故事的含义，体味了很久，可以做多种解释。

比如，也许是说：那真理虽然都是在小小的一指之中，那小小的一指却哪能禁锢真理于樊笼？！

也许是说：别人悟通体会的事理永远不可能变成自己的，除非你能从中自己悟通才能纳为己用。

比如说：你功底还浅，哪懂得一指禅的道理！只有我俱胝可以用一指禅给人启发，你怎么能行？

比如说：你要悟禅机，必须经历极大的痛苦，一指禅的掌握也必须如此！

比方说：指头已经砍断，小沙弥已无法挽回，倒不如将计就计，佯作解脱、觉悟的喜悦，来吹拍师父的道行，来保全和提高自己的地位……

不管做何种解释，总之我不能不为俱胝这样的高僧竟狠毒地用刀来斩断小沙弥的手指的残酷行为震惊。佛门戒杀生，戒经所载：上至诸佛圣人，师僧父母，下至涓飞蠕动，微细昆虫，只要有生命的，都不可杀害，那么，俱胝难道不是犯了佛门清规？

另一个故事是：赵州从稔从小在本州龙兴寺出家，嵩山琉璃坛受戒，后来到安徽池州拜南泉为师。

南泉禅院东西两堂的和尚，为争夺一只猫吵闹不休。南泉和尚便抓起了猫，摸出刀来，对大家说："你们说句合乎佛道的话来，我就放了这只猫，否则，我就斩了它！"

大家发愣了，都不知说什么好。于是，南泉用刀将猫血淋淋斩成了两截。

晚上，赵州从谂回来了。南泉把白天斩猫的事讲了一遍，问："如果当时你在场的话，你会怎么做？"

谁知，赵州从谂听完以后，并不回答，只把脚上的草鞋脱下，放在头上，就走了。

南泉点头说："嗨！假如当时你在场的话，便会救了那只猫的命了！"

人们解释这件事，都说南泉挥刀斩猫实际是斩断弟子们的妄念。赵州从谂常以高明的智慧、轻松幽默的行为做出启示性的动作。他将脚上的草鞋脱下顶在头上，这种本末倒置的行动，谁知他一定是什么意思，反正，你去想，你去体会就是了！

南泉也许体会到：赵州从谂是劝他不要本末倒置，所以说：假如当时你在场的话，便会救了猫的命。

南泉也许根本体会不出赵州从谂这种打哑谜的方式是什么意思，可又不甘自己显得浅薄无知，所以不懂装懂地说：假如当时你在场的话，便会救了猫的命。

不管怎么样，即使为了斩断弟子们的妄念，用刀将一只活生生的猫血淋淋斩成两截，对佛门弟子来说，总是十分残酷的杀生行动吧？有什么必要？

因此，当年梦醒后，我曾想过：出家人对一些事情何必太认真？高僧也是凡人，一般的和尚更是凡人，睁只眼闭只眼修行是必要的！尘寰人世，我见到的牛头马面并不少。到了这玉龙古寺内，即使听到、看到一些什么，比起外界来似乎总仍是清净得多，又何必少见多怪?!

只是，谁又想得到后来的所见所闻是那么触目惊心、触耳难忍呢?

今天下午，我就是去了两个地方，去寻找我当年的足迹，去回想我当年的经历，去重温我当年的旧梦。

我先到当年的如意寮去。那里，早不是当年的模样了！当年那场大火的熊熊烈焰烧毁了寺庙的大部，如意寮全部毁灭。现在，那里是个大钟殿，是一座上圆下方的木结构大殿。上层为圆形攒尖顶，殿内有个八角形巨大木框架，由八根粗大的方木支撑。方木向内稍倾，木框上架方梁，方梁上挂着大钟，钟体乌亮，铸满了整齐的楷书经文。内容是《诸佛世尊如来菩萨尊者神僧名经》及其他经咒十几种，都是汉文。

听和尚向游人及朝山进香的信徒讲述，似乎这些都是早早就在玉龙寺存在的。其实，我知当年我在时并没有。难道历史每每就是这样由现实存在和需要加以对过去的想象所构成?

木框架上层与殿壁之间，有环绕全殿的围廊，从下面有旋梯可以登上七米高的围廊。在廊上，可以看到大钟的顶部。大钟，据一个老和尚说，是抗战期间日本侵略军从外地古寺中劫掠来要运回日本的。后来，日本战败了，未能运走。丢弃下来了，被人发现，终于就运来玉龙寺安放。

玉龙寺本来有过一只较小的古钟。我熟悉它的钟声。当年寺院失火时，钟声曾两次在夜色中震撼过我的心。但，"文革"中，古钟被砸碎当成废铜烂铁卖掉了。这只大钟，由于大而厚，却幸免于难安然无恙。

我极想听听钟声，只是寺院现在规定：要在过农历年时，从初一到初三，每天每次才撞钟一百零八响，紧三响，慢三响。

钟，传说是明代铸造的，但上面找不出铸造年代。我国在古代，有"德大者铸钟"的说法。看来，是哪个帝王为了表示自己德大和消灾降福才铸造的。可是，铸钟的帝王已不知骨埋何处，他的大德也无所体现。倒是这口钟用它的形状又在每年农历年时用它的声音在为百姓服务！

面对大钟，沉淀在心底的许多往事涌上心头……

夕阳西下时，我又独自逛到了寺院附近梵音峰下的"听经石"旁。满眼绿茸茸的景色。

这是当年我同悟众及冯明韬约会秘密谈话的场所。

五十余年风风雨雨，那块巨大的听经石，刻满了悠长岁月的痕迹，较当年已经剥蚀不少，苔痕漫漶。一抹胭脂色的夕阳染红了西天。在淡蓝色的轻烟笼罩下的远处山峦、丛林与村庄朦胧在目。听经石上的梵音峰浓黛消融在暮色里。

我突然发生一种想法：时间能遮盖一切，也能使隐匿的东西显露；时间能使灿烂夺目的东西黯然无光，也能使黯然无光的东西重复璀璨。但最重要的是时间能矫正我们谬误的见解。从这点上来说，时间是真理的前驱……可是，对真理来说，永远是人在探索追求而无止境的东西，谁敢说他已达到了赢得绝对真理了呢？

有些求入禅门的人，恰像这块听经石，它无动于衷地听了多少多少年的经，但又能有什么解悟？又接近了多少真理？

顽石岂能真的点头？

五十多年前，我听到的那句话："要清醒！不要迷信！对佛教徒也是一样！佛教并不提倡迷信！"我曾忘掉并丢在一边多少年，可是今天却又响起在耳边了。直到今天，我仍然觉得富于哲理和启发，耐于咀嚼！

可惜，在上海同悟心见面时，谈得太少。我在台湾长期居住和生活形成的偏见，使我先入为主地怕他"宣传""说教"，给我"洗脑"。他早已不是悟心，而是向曙了！其实，人不该拒绝真理。为什么拒绝听别人的不同意见呢？悔有悔的道理，不悔有不悔的道理，兼听则明嘛！

听别人说话总是可以通过比较、通过鉴别、通过体味去联系真理的。

傲慢与偏见每每是使人离开真理越来越远的。不怕听人开口说话，让人把想讲的都说出来，这是寻求真理者必须有的态度。智者不该失去这样的机会。

正像当年，如果大家都塞上双耳，像那块听经石似的，每日在寺院中苦修寻禅，后来那些事也许都不会发生。后来发生的事，对每个人来说，反响都不一样。但谁更接近真理？谁找到了正确的归宿？今天我还去探索，而悟心却回答我："无悔！"

我是我，我不是悟心！我现在很悔，悔什么也说不清，但我是痛苦的，他是幸福的。我感觉到这一点！原因恐怕就在于我的始终一贯的摇摆与虚无，而他却一直是坚定的吧？

很疲倦，也不知为什么会这样。其实，每天的活动量并不大，也许思索得太多了！这种疲倦侵袭我全身，觉得有一种无言的哀戚。

秋苇，你在地下一定寂寞，而我，活着更寂寞，我真想像孩子似的放开嗓子大哭一场！

晏师明（党非）的回忆
1937 年那个春天

我觉得：任何打退堂鼓想返俗的想法，都同战场上士兵临阵脱逃一样可耻。对菩萨的信仰有一丝一毫动摇对出家人来说都和出卖灵魂一样卑鄙。

怀着忐忑不安、浮躁不定的心，一方面为玉龙寺内种种令人纳闷的事烦扰，一方面又强自克制住心中的不平静，想使自己安分守己地继续觉彻初衷，苦修禅行。

一直认为一个人最重要的是要有自我克制的能力。人有种种欲望，七情六欲，都要自己克制，人才能成为好人、体面的人或有作为的人。而入了佛门以后，必须自己有克制力，不违反佛门的戒律清规，才能修成正果。

我曾有机会参观过监狱，发现监狱中所囚禁的许许多多刑事罪犯，差不多都是缺少自我克制能力的人。他们抢劫、强奸、杀人、放火……都是由于自己不能克制自己的欲望，自己不能克制自己的思想和行动。人的地位的高低，人的无罪与犯罪，人的有成就与无成就，都同人的克制力有关。

南阳慧忠是六祖慧能门下的五大弟子之一。他在慧能处印证了后，便到南阳的白崖上度过四十余年，从未离山一步。

继承马祖道一法统的百丈，制订了有名的"百丈清规"，奠定了僧团的组织基础及禅宗的制度，他确立制度从方丈到僧众都要从事耕种，目的是要革除僧侣的乞食寄生生活。他自己活到九十四岁高龄时还身体力行与门人一起劳作。这类高僧都是自我克制力极强的人。

而今，僧徒中如有违犯清规戒律者，就是因为他们缺乏自我克制力。而我呢？我既受戒，何必做一个没有自我克制力的和尚呢？我应当加强自我克制力，朝高僧的方向走，以前辈高僧为榜样，千里之堤，溃于蚁穴。我怎么能让凡心影响自身的修行？我怎么能让杂念干扰我的解脱？

这么想时，我的内心趋于平和与安宁，寂如池水无波，风铃无声。

清晨，有驻军的号声远远凄凉地颤抖着在空气中回响。我已早早起身诵经。夜晚，满天的星像无数只眼睛怀疑敏感地在窗前空中紧紧地逼视着我。我仍在打坐念佛。

我抱着赎罪之心继续苦苦修行。

却未想到：只能暂时取得一点安宁，却无法持久。

那个横亘在心上的"谜"，使我发生悬念，使我十分烦恼。我像做一道数学题求解似的，希望找出答案来。找不出答案就感到自己难以安生。

我察觉：这些天，似乎有人窥伺着我的行动，常有小和尚来张望我在干什么。有一天清晨，我发现智信也歪着嘴远远注视着我在诵经。

然后，他走近来了。走到我的面前，忽然一副德行高超的模样，说："觉非，佛陀在《妙法莲华经》中曾将他的学生比喻为小药草、中药草和上药草。他把自己比喻为一片云朵，自己说的道理比喻为雨滴。因学生禀赋等不同，故感受也都不同。你应当算是一棵上药草，千万不要轻信他人妄语而动摇修禅的信念。这几天，我注视着你，太空法师也关心着你。见你依然如旧，安心出家，我们高兴。你应当好好安心，以求正果。"

我心中复杂，只是觉得他的话并不错。而且他说太空法师也关心着我，使我有点感动。

我闭着眼，诚惶诚恐地合十点头，说："谨受教！"

歪着嘴的智信讲经似的又说："一次，佛陀和弟子见到地上一张纸。一个弟子把纸拾起，佛陀问：'是什么纸？'弟子嗅了一嗅，答：'是包檀香的纸！'佛陀带大家又往前走，见到地上一条绳子。一个弟子拾起绳子。佛陀问：'这绳是做什么用的？'弟子闻一闻，说：'是条绑鱼的绳子，闻起来味道很腥。'于是，佛陀告诉弟子：'这两种东西，本都是干净清洁的。由于遇到外缘不同，所以气味变得大不相同。人也如此，亲近贤能的朋友，久而久之就学好；亲近邪恶的朋友，就会容易被染坏。'"

我明白他讲这些是什么意思。这其实同我早已了解的古语"近朱者赤，近墨者黑"没有什么不同。我明白他是把悟众、慧观那些人比作邪恶，而把自己比作好人，让我不跟悟众、慧观他们接触。其实，自古到今，愿意说自己坏的人总是少见的，这点谁都明白。

果然他又说："凡夫好像一面灰尘覆盖的镜子，镜子抹去了灰尘，才会产生照明作用。"

我想：他这是说，修行不到一定程度，就仍像被灰尘覆盖的镜子，无法照出物件的真实形象来的。

果然，他又说："凡夫又好像一面凹凸不平的镜子，因为凹凸不平，里面反映出来的景象，都是扭曲夸大或变了形的，正如波浪起伏的水面上反映出来的圆月，也是不完整的、不宁静的一样。所以，从禅的立场看，不去信那些迷人的邪说。邪说总把事物说得可怕与有缺陷。其实，如你真是一位高明的禅师，将会感到我的观念已不存在，就会不为一切事物干扰，不为一切邪说侵袭，意境变得崇高，心中会欣乐无比。"

我偷偷瞅他一眼，他歪着嘴在说这些，口齿虽不顶清楚，脸上很慈善，而我却有一种看到老虎做出猫的昵态的感觉。不过。我觉得他说的倒颇高深，也颇有道理，似乎不能不点头。

我就缓缓点头说："谨受教。"

智信后来走了。我心里火辣辣的，本来不宁的心境更不安宁了。他为什么要来对我说这些？他的话我应当怎样去体味？

是非有没有？黑白分不分？到底在这寺院里存在哪些污垢肮脏？到底谁是好人谁是邪恶？到底我应该亲近谁、远离谁？

如此等等，我简直坐不住了！

这夜，我决定悄悄再到如意寮去，冒着再被智信训斥的风险。

我要去看看瘖僧慧道。他太可怜了！早听说他病重。现在他怎样了？我也要去看看如意寮。那里为什么智信告诫我不准去乱走动？那里为什么是禁区？有些什么见不得人的隐秘？黝黑的地方总是有鬼吧？

这样想着，晚上拜佛仪式后，夜巡僧人打梆子，大家都睡后，我又耐心等了一会儿。听到夜巡僧人打更走过，我悄悄起身，趔向如意寮去。

天上没有月亮。星星闪烁得诡秘而狡猾。天黑黝黝的，昏暗而由于星光映照显得变幻不定。

我小心翼翼曲曲弯弯地走到了如意寮，心里有些慌乱，好像一个明知错了、偏要错下去、可又没决心错下去的人那样心神不定。

一会儿，我怔怔地停立在如意寮前，闪身在暗处，轻轻向前挪步，朝上次见到过瞽僧的地方走去。

那口停厝的楠木大棺材仍在，据说是本地某豪绅的三姨太太的灵柩。经常要有僧人来给她诵经超度。另一边，又停放了几口新的上等棺材，看来是新寄放的，还有些地方供有牌位。这些都是寺院得到大笔收入并求得靠山的来源。据说玉龙寺门口出那些禁止在玉龙寺驻军的布告的军长，就是在玉龙寺替父亲供有牌位的施主。

我移步走近原来瞽僧的禅房，通过加上木栅栏的窗户，只见情况变了！如今窗户上安着囚笼似的木栅栏，蒙着黑布，门反锁着，成了一间牢房。我借着星光朝内张望，看到一个和尚，蜷成一团蹲在墙角。

那绝不是瞽僧。瞽僧已经不知何处去了！

那是一个瘦高条的和尚。是谁呢？为什么被反锁囚禁在这里？我心里的闷葫芦更大了！

我轻轻压低嗓子叫道："喂！喂！"

吓了我一跳！那和尚猛地翻身而起，猛地像窒息似的扑向窗户。星光熹微，我见他两只三角眼瞪得好大，眼光发直，嘴里呜呜地轻轻咆哮，像有无限怒气与怨恨要爆炸，想扑上来将我撕裂。

我朝后退了一步，轻声唏嘘地问："啊，你，你是谁？"

没有理睬！他只是双手摇撼着木栅栏窗，想要折断栅栏跑出来。忽然又"哈哈"地狂笑起来，"呸呸"地朝外吐口水。

我这时肯定这是个疯子了！

心里想：我不能停留！得赶快走！又想：这如意寮的秘密，我还没有探到！还得看一看！

我朝旁边的禅房里望去，只见另外两间禅房也是关着人的。用大铁锁反锁着。只是里边都有床铺，各睡着一个和尚。

轻轻张望了一下，明白了！这是一个重病的和尚和因为看书报杂志犯戒被打伤了的悟心！

我又看到如意寮里边还有几间禅房，也反锁着门，但我又听到了巡夜的和尚打梆子的声音。我不想被人发现，决定赶快回去。

心里的"谜"更大了！疯和尚是谁？怎么被关着的呢？

疯和尚野兽一样的咆哮声仍隐隐传来……

我喘着气飞快地趸回来，轻轻回到房里，轻轻掩上了门。

轻轻上床，然后，听到敲梆子的巡夜和尚打着梆子、拖拉着脚步，发出"嚓嚓"声走过我的禅房门前。

睡不着，因为疯和尚的事，勾起了我对秋苇的怀念。

秋苇那双动人的黑眼睛包在泪中，更增加了魅惑的力量。我仿佛看见她嘴角落着凄然的笑意。

听说她被父亲和继母囚禁后，发了疯，当时我想可能是真的，当然也可能是假的。

她受到那么深的刺激，完全可能发疯，因为我了解她执着的个性，相信她是深深爱着我的，但她是聪颖的，为了脱身，作为一种手段来对付她那封建专制的父亲和继母，她的发疯也完全可能是假装出来的。

谁知道呢？

她被锁闭在黑色大门和青砖围墙里后，据说最初一个阶段，她终日以泪洗面，时常肩窝一起一伏地哭泣。

当她的一个亲密要好的女友、同她沾点表亲的许眉来找到我时，告诉了我她的种种不幸情况。我就请许小姐做我的信使，给我秘密带信给秋苇。

我劝她保重身体，劝她坚持不屈，告诉她：我对她的爱情至死不渝，劝她只要有机会逃跑出来我俩就设法一同离开此地，找一个遥远的地方比如南洋，去过我们幸福的生活。

许眉是个容貌平平但内心热情的女性，将我的信带去，又带来了她的信。

信上有斑斑的泪痕。秋苇告诉我：她过的是如何痛苦的生活，她的父亲和继母心肠有多么凶狠，她快要发疯了……

她要我相信她对我的忠贞，但她悲观地说她怕也许今生今世将不会再同我共同享有幸福！因为看守得是这样严密，她无有逃出来的可能！

于是，我又托许小姐再给我传递书信，鼓励她，安慰她。我的心虽然疼痛破碎，但我在信上写出一种无畏的乐观，我要她树立信念，坚决不要动摇。当然，首先是要注意身体，一切珍摄……

谁知，许眉带去的信件刚递到秋苇手里，就被突然闯进房里来的秋苇的父亲和继母抢夺去了！他们对许眉发生了怀疑，果然在严密监视下破获了这起传递信件的秘密！

富有同情心的许小姐成了不受欢迎的人了！她无法再做去秋苇家里传递信件的鸿雁。

秋苇完全被封锁控制起来了！她完全不可能知道我的任何消息。我则设法通过一个熟人买通了秋苇家的一个女佣，打听到秋苇发疯了的情况。

据说，她乱砸东西：热水瓶、金鱼缸、茶壶、粉盒、花瓶……什么都砸烂了！她被绑上了双手，用铁链绕着腿锁在铜床的床柱上。

据说秋苇常常失声痛哭，或者饮泣，叫人看了都心疼。但是她的父亲和继母毫不动心。他们的心是铁石做的。

据说，秋苇经常仰脸用她那双黑眼睛望着窗外天上的云霞、晨曦或者傍晚的彩云。一望就是两三个小时，目光呆滞，面容悲戚。

据说，秋苇很少进食，一天比一天瘦削。

逐渐，秋苇发展到哭笑无定，卧病在床。医生来把脉开了药方，药煎好了端到她面前，常被她掀翻在地……

秋苇疯了！我的心碎了！但我没有一点办法救她、去看望她、去安慰她。

这夜，由疯和尚想到了疯癫了的秋苇。由疯癫了的秋苇又想到了疯和尚。我的心里一片干枯的荒芜。实在不能理解，怎么在出家人里面会出现疯子？

出家人理应看淡人生，参破红尘，超脱而且豁达。寺院里理应没有压迫与威胁，没有暴力与专制，使出家人情闲意适。但如今玉龙寺里却用监牢似的禅房锁住了疯和尚，锁住了重病号和被打伤的和尚，又该怎么解释？

智信歪着嘴说的话响起在我耳边。同时，那夜在慧观房里，悟众的话也响起在我耳边。

我的心像一座摇晃的无法摆平的天平，不知应当怎样取得平衡与安静。

十分痛苦。我直感到是有人妄图用伪装的面貌欺骗我。当然绝不是悟众和慧观！悟众和慧观没有给我这种印象。这种印象来自智信。我觉得他那猥琐的外表所呈现出的道貌岸然显然是伪装出来的。

啊！多么可怕的伪装哟！这使我想到了绿色的蛇用保护色隐匿在草丛中或树枝上；这使我想到了《镜花缘》中两面国里的臣民放在前面的那张和善的笑脸。我的心寒冷起来，仿佛是冬日寒夜中裸露着的水面。

要警惕伪装！伪装着的话当然是不可信的。对智信有这种印象，公正吗？可靠吗？是因为他长了一张歪嘴模样丑陋吗？以貌取人总是不可信的吧？那么，对太空法师又该怎样看呢？太空确实是一副德高望重的模样。他在我心中本来是一尊活菩萨的化身。现在，我对他应当怎样看？他是一寺的住持，他能对寺院的一切不负责任吗？

在我印象中，他是重用歪嘴和尚智信的。

寺院里的大权，智信掌握得最多。而且，他好像是住在卧佛殿的后院里。那么，为什么那是一块禁区呢？使我纳闷生疑的鸦片烟香和智信那夜的鬼鬼祟祟，同他无关吗？那么，虬髯大脑袋的悟众所说的那些事与他无关吗……

我越想越感到那个"谜"在我心里不断发酵、膨胀。

我决定取得答案，解开这个"谜"！

有位哲人说过："向人们质疑，就是求得智慧之道；自己在内心思索道理，就是启发智慧之本。"

我要逃避混沌与蒙昧，去洞悉虚伪与真实。智慧昭示我：凡是干那些比黑夜更幽暗的勾当而不知羞惭的人，一定会不惜采取任何手段把它竭力遮掩的。我要去揭开秘密！

第六章

1994年8月　晏师明的部分札记

（阴历）六月二十七日午后　星期四

许多真理，非要等到个人亲身经历后，才能体会它的精义。

其实，世界上未能探测出答案的"谜"，何止千千万万。

人，应当而且也会去寻找谜的答案。可是有时得不到解答，有时每每得到的并不是一个真正的解答。不同的人也许就会有不同的答案。正如人生的归宿，人生的信仰一样。人并不都只会取得同一归宿，人也并不会都会趋向于同一信仰。

我今天回来寻梦，来了却心愿，实际却仍是像在探索、寻找一个"谜"的答案。

我这个一生动摇、一生东倒西歪，容易违背初衷、容易改变信仰的人，到现在这种灯尽油干的年岁，很可能依然找不到确定的答案，依然抱着一个"谜"化为灰尘。这使我悲哀，也使我懊悔。

我曾感叹于唐代诗人王维的思想历程。

他中年便"颇好道"，愈到晚年，信佛愈笃。皈依佛门，以求解脱。这样一位大诗人，竟连诗也懒得写了，画也懒得作了。可说是万念俱灰、四大皆空了。他名曰"维"，字曰"摩诘"，这"名"和"字"已经表明，他本是释迦牟尼的大弟子维摩诘。在《维摩诘经》中说过："深入缘起，断诸邪见。有无二边，无复余习。"王维在死前最后作的一批诗中有一首偶作中说：

老来懒赋诗，唯有老相随。

宿世谬词客，前身应画师。

不能舍余习，偶被世人知。

名字本皆是，此心还不知。

他这首诗到底是什么意思？据说历来没有人说清楚。尤其是诗的后两句，很难讲得通。许多注本都避不作答。《万首唐人绝句》索性删掉了首尾各两句，把律诗改成了四句五绝，另加题目曰《题辋川图》。其实，我觉得这诗是王维对自己一生的小结，消极而颓唐。原诗的后两句，实际是说：你自己的"名"和"字"不已早是皈依佛门的人了吗？为什么长期以来心中连这点也没明白过来呢？这时的大山水诗人王维，实际已经身存心亡，早是一个等待着寂灭的佛教徒了！

我觉得我比王维高明之处，也许在于王维到了晚年只沉迷于禅定消沉之中，似已找到人生的谜底，而实际并未肯定如何归宿才对！他只是因为未有施展自己政治抱负的机会，加以在安史之乱中折节污名，内心痛苦，于是信佛以求解脱，才看破红尘与名利。他对佛教有信仰，但也可看作他无信仰。他对归宿只是消极出世等待圆寂。他的追求与寻觅，到了皈依佛门后就停止了。而我则不，我在看破红尘出家受戒后，却未曾停止过我的探索与追求。而且，直到今天，我仍对人生，对信仰，对归宿，抱着从体味和经历中得来的种种往事，带着悔意，在比较、在斟酌、在鉴别、在寻觅和发掘。

也许，我这样好动摇、好摆动不定、好变化的人，永远也不会得到一个稳定的或者肯定的正确结论、正确答案。我在这一点上，感到自己的选择实在毫无道理。

只是"悟以往之不谏"，对我这样的老人已不存在什么"知来者之可追"了！

那么，我又何必"悟今是而昨非"，要去惆怅起来呢？

对于玉龙寺的"谜"，实际只是我人生道路上的大"谜"中的一个小"谜"。只不过，在当时，确使我十分着迷，而且急切地像欣赏魔术师变戏法，急于想拉开那块盖着的黑布看一看究竟。

我今天清晨，又到梵音峰下的听经石畔去了。那块听经石又经历过几十年风霜雨雪，虽又斑驳风化了一些，仍旧坐在那里像一个跏趺端坐听经的老僧，呆呆看着日出。初升的太阳真是美丽，鲜红澎湃，青春就是这样壮观的啊！可惜我已经老了！但我并不妒忌，却愿意歌颂青春。我欣赏旭日初升时那种蓬勃的朝气和满天鲜艳的红光。

朝晖照得梵音峰和听经石都泛出紫金色彩。听经石在我眼中忽然幻化成一个穿着灰色僧衣、身体端正、不动不摇、合眼断光、闭口合齿、跏趺端坐的高僧，头顶发出霞光。也不知为什么，刹那间，它的虔诚使我觉得它就像是当年我印象中那位可敬的清秀狷介的慧观。稍停，它的坚定却使我觉得它更像身材魁梧高大的挂单游方和尚梵月——冯明韬。

那年，我就是在这儿同冯明韬有过一次倾心长谈的。

他早已不在世上了！早该已化为泥土！据说抗日战争中期，他在华北敌后某地一次战斗中牺牲了，当时，日本侵略军发现他尸体时，见他头上有和尚受戒的香疤，曾感到奇怪。因为这个身材魁梧的中国游击队长，曾神出鬼没地袭据点、打碉堡，被形容成是一个"使皇军战栗"的铁汉。他是一个日寇曾经悬赏捉拿他要"给被杀死的皇军进行慰灵祭"的游击队长。

虽然，也许他根本就连一个黄土的小坟也没有。但，今天，在听经石前站立着看日出时，我仿佛又看见了他，听到了他的话声。那种怀念和敬重的感情是十分复杂的。

从听经石回来，我从住持空明大师那里读到了一份中国佛教协会颁布实施的《汉传佛教寺庙管理试行办法》。我读后大感惊讶，这才认识到，在共产主义之下的无神论者也那么关心着佛教僧团组织及生活方式，觉得真不可思议，值得普天下佛教徒关注。

里面规定：寺庙住持，应根据选贤任能原则，由当地或上级佛协主持，经本寺两序大众民主协商推举礼请之住持任期三至五年。可连选连任，任期内如道风严重不正或有重大失职，经上一级佛教协会核实后予以免职等等。

过去的已不可追，未来的则正不可阻挡滚滚前来。我在想：旧时玉龙寺可不能这么干。那时，似乎谁也没有监督权力！因此，智信可以利用手中的权力为所欲为，可以利用佛门本来有的清规戒律来作为对佛门弟子进行威慑的工具。是非可以颠倒，黑白可以不分，责打可以随意，罪恶可以掩盖，坏人可以得势，好人可以受气，不都是这么产生的么？

假借犯戒的名义，以香板将阅读书报杂志关心国事的悟心打伤，就是一例。我今天上午也从住持空明大师处看了《汉传佛教寺庙共住规约通则》，内中第九条写明："……看淫秽书刊，如有不遵，经批评教育而屡教不改者，不共住。"淫秽书刊，出家人自然不应看。这里还有个"屡教不改"，就更加合情合理。

而且，我今天亲眼看到有些年轻的和尚在看报纸。在今天这样的信息社会，人不能离开这个世界、这个社会。怎么能完全两耳不闻窗外事、一心只念南无阿弥陀佛呢？

所以，我说，无论如何，我对这世界、对人类绝不应悲观。我总觉得时代总是在前进，事物总是会向好的方向进展的。不合理的事总会慢慢被合理的取代，人所共厌的事，总会被抛弃。人们会比较、会取舍。比较和取舍会有错误，反复也可能会有的。这不稀奇，但总有许多智慧的仁人志士，大公无私的英雄人物，会研究、思考、追求、寻找、改进，会坚持正确和优秀的，摒弃恶劣和错误的……这正是人类和世界的希望所在！

天虽热，想到这些时，感到心里舒适了一些，仿佛有凉风习习，吹拂我身。

这里，寺院幽深，古木森森，午前由梵音岩下归来，走在林中小径上，深有"泉声咽危石，日色冷青松"之感。只是，我总是觉得累乏，一种说不出也无法形容的累乏。日子太短，过得太快。我已经无法说我已做成了什么，我现在只想知道一个人应该做些什么。不知道明天应该做什么的人是不幸的。可惜我即使知道了明天该做什么，我老成这种龙钟样子又能再做些什么呢？

这就是我从心里面生出无法形容的累乏的主要原因吗？

来之前，我在秋苇的坟前给她献上了一束兰花。她生前曾喜欢兰花的幽雅与风姿绰约。我喟喟地对她说："我走了！但我会常常想起你的。和你相聚的时间太少，以前多少话没有说。希望真有一个天国，我们在那里相聚，永世不再分离……"

我又对她说："你已经不能回去了！我去，将记一些札记。回来后，我要把札记献在你的墓前，焚化给你。"

说这些话时，我心里好酸。现在想起，仍那么伤心。玉龙寺，她那年来过，入寺门的小径和我住过的禅房附近，都有过她的足迹。她曾在那棵现在没了踪迹的大槐树下，伫立在急雨中，淋得浑身湿透。

啊，生命真像一首写不完的诗，一首唱不完的歌。

但，为什么总要掺杂着那么多悲伤的情结和那么多悲痛的音符呢？

怪不得弘一法师李叔同圆寂前写了"悲欣交集"四个字作为绝笔。他德行高深，得到解脱应当高兴。可是却仍掺杂了悲伤，又为什么？

晏师明（觉非）的回忆

1937年那个春天

那个风云跌宕的春天，是紧跟上年那个12月来的，那个寒冷的12月，西安发生了震动世界的兵谏。接着，形势大变，全国抗日情绪进一步波涛迭起。不过，我在玉龙寺内，既不关心，也不知道。

我自认为这是禅定所必须。禅定犹言静思息虑，是僧人的一种思维修习活动，佛教认为"安禅"可以使心绪宁静，灭除妄念烦恼，获得解悟。

《涅槃经》中说："但我住处，有一毒龙，其性暴急，恐相危害。"《禅秘要法经》卷中说："今我身内，自有四大毒龙无数毒蛇……集在我心，如此身心，极为不净，是弊恶聚，三界种子，萌芽不断……"将产生世俗的妄念烦恼和心猿意马造成出家人身心的危害，比作毒龙、毒蛇的啮扰。当时，在我心中是时刻提醒自己的。

只是我心中的毒龙、毒蛇却啮咬我的心，又像毒蛇引诱亚当、夏娃吃禁果犯罪一样，也引诱我去寻找"谜"的答案。

终于，怎样也耐不住寂寞了！

那是在听说瘖僧慧道死了的消息以后。

话是从掩埋慧道的和尚口里传出来的。说是瘖僧慧道其实病死已经一个月了。死时身子缩得很短，只剩下皮包骨头，可怜极了！死后，监院智信让趁夜黑用笭筐抬出去在后山冷僻处乱坟堆里埋了，连荷花缸或薄皮棺材也未给一口，告诫不许声张。

心里忽然豁亮了！那夜去如意寮时，已未看到瘖僧，看到的是一个疯和尚。原先瘖僧住的禅房已经用木栅栏封闭起来，门也反锁上了！怪不得人都不到如意寮那里去。那里也不准人随便去。人都说谁如果病重了去到如意寮就难活着出来了！是吗？

一阵莫名的恐怖感震撼着我。往事在记忆的宇宙中，留下了闪闪烁烁的星光，使我想起了秋苇的遭遇。

　　秋苇那双带着凄凉味的黑眼睛呈现在我面前，我仿佛看到她墨玉般的眼睛里，闪着坚毅的光，只是神情淡然，似已看破世事。记得当我听到她在家里的处境和情况时，我的心上顿时长满了皱纹。

　　她那狠心、残忍的父亲和继母，在她疯了时，既不分辨她是真疯还是假疯，也不做任何一丝一毫的让步或给予她应给予的温暖，却采取了独特的、少有的残酷做法。

　　她的父亲咆哮着大吼："宁可让她死在我眼前，也不能让她不听我的话，败坏门风！"

　　居然给秋苇买来了一具棺材，放在秋苇的病床前，并且给她买来了彩绸的寿衣，也放在秋苇的病床前。

　　他凶狠地横眉竖眼对躺在床上十分衰弱的秋苇说："你好好听着！不论你是真疯还是假疯，我已做好了你死的准备！我宁可没有你这个女儿，也不能让你违背我的话！你要么好起来，同你那有经济基础、出类拔萃的表兄结婚，要么疯下去穿上这寿衣进棺材！"

　　此后，他和秋苇的继母就再也不跨进她的房门了！

　　当时，据买通的女佣的传来的消息：秋苇虽在侍候她的女佣的劝解和服侍下每天吃少量的食物，但确是凄楚羸弱消瘦得完全脱形了。她脸上已没有了过去常有的浅浅笑靥，有的只是怨艾和惶遽交集的愁绪。

　　秋苇常常啜泣。有一次，她心如死灰地穿上了丝绸的彩色寿衣，照着房里那面五斗橱上的大穿衣镜，坐在棺材旁痛哭。

　　侍候她的女佣说："铁石心肠的人看到了也要动心！一个多么漂亮的小姐，竟被折磨得人不像人、鬼不像鬼了……"

　　我知道后，顿时感到浑身血液凝固了！像一口咬破了一只鱼胆，苦得不敢再往下想了！我发疯似的砸碎了我面前桌上的茶壶、砚台和笔筒、水盂。我痛苦得恨不能杀了我自己。我痛苦得恨不能带一支手枪冲进她的家里救出她来，然后远走高飞。

可是，没有这力量！办不到！我整日怏怏，心上有烧炙般的疼痛。有时夜里起身坐着，怔怔地对着孤灯发呆。

我觉得她是要在死前最后一次看看自己被糟蹋和损害了的美貌。我多想紧紧握着她的手，表达我心中积储着的许多无法诉说的话啊！

我将飞远了的那颗心，又运行回来……

世事无常，恰似浮云，须臾幻灭。凡人有生必有死，这不过是万物运行的不变法则。自从遁入空门之后，不能不说已在这生死与苦乐变化莫测的世间，有所体悟了。生有何乐？死有何惧？乐未必幸运，苦未必不幸。我见到过瞽僧那种可怜得令人战栗的状况。那么，他的死，是去到极乐世界？是超脱？有时候，死比活着容易，死也比生幸运！瞽僧慧道该是一例吧？

只是，想与做每每脱节，我对瞽僧的死总觉得难以忘怀。汇合了我对玉龙寺中其他一些"谜"的疑问，我决定去找悟众请教。

从那夜在慧观处听到悟众与智信的一番唇枪舌剑般的对话后，我对悟众产生了一种信任感。觉得这是个不信邪、不怕歪的和尚。他会无所畏惧地把实情告诉我的！

我决定伺机进行。

我又见到过梵月——冯明韬两次。他那魁梧的身影走路时步子十分稳重。他总是默不作声，似乎不想惊动或吸引任何人注意。

他依然常忙着随悟众等外出到别的寺庙里应酬佛事，为一些丧主举丧时诵经，做佛事生意，为玉龙寺提取回扣增加收入。

玉龙寺照例在清明时节要举办大规模的法会，招请各寺庙的僧人参加，并且做"众姓道场"，好向施主化缘。据说这一套全部由太空法师出面主持，其实都是监院智信在实际操纵。

慧观虽然名为东序执事，实权很小，管的不过是寺内劳务、饮食、住宿等，忙得团团转，大权却不沾边。

我终于写了一张纸条：

悟众师兄大鉴：

　　兹有要事请予指点。倘蒙俯允，今夜明月升至五莲山上空时，在梵音岩下听经石旁恭候，务请移趾赐教，不胜感荷之至。

觉非敬具

又多余地加注了一句："寺院西侧矮墙有缺口处夜晚可以进出。"

趁那日悟众未曾外出，我觑便走上前去，迅速将条子递到他手中，一言不发，转身便走。

我明白：同悟众约会去秘密交谈是犯忌的。而且我还摸不清悟众究竟肯不肯同我在梵音峰下见面。

干了这样一件事，我神经紧张。人在光明正大时可以无所畏惧。如果偷偷摸摸，就会胆怯。我从日落以后，就像热锅中的蚂蚁似的等着月亮露脸升起。

禅房里的光线逐渐暗下来，黄昏悄悄来临了。然后，天慢慢黑了。当银盘似的月亮光灿灿快要升至五莲山上空时，我就谨慎小心而且急匆匆地到了寺院西侧。四顾无人，我匆匆从那堵矮墙的缺口处爬出去，向梵音峰下的听经石那儿走去。

白天太阳晒射造成的暑气，还在地面上蒸腾未散。剪秋萝的花儿早已经谢了！草丛中那股野草的清香掺和着太阳的气息沁入鼻息，树丛下的溪流轻轻吟唱着流过。

我走着，淌着汗，绕崎岖弯曲的小径走向梵音峰下，有灼灼发着蓝光的萤火虫点点飞舞，好像给我带路。

夜给山上带来了一阵阵清风。我到了。卧牛石旁，巨大的听经石耸立着的模样，就像一个穿着灰色僧衣独自俯首端坐的老僧，在苦苦听经修行，沉默不语，也不用眼张望人世。

听人说过关于这块听经石的传说：也弄不清是哪个朝代了。好像是在隋代，一位不知名姓也不知来历的老年高僧，来到这里搭了茅庐讲经，宣讲大乘佛教的精神：奉献小我而广度众生。他讲的广度众生，一是让每一个众生得到身心的解脱；另一则是让大同世界成为合理的、适合修行的净土。

但，不知怎的，却因"诽谤"的罪名，将遭逮捕。有信徒来通风报信。老僧听了，哈哈一笑，坐在蒲团上俯首闭目，不再开口。

等到来缉拿的官兵到了这里，发现高僧已经化为一块岩石，形象毕肖，撼摇不动，再也不会张目说话了。

有游客问："为什么老僧俯首而不是昂首？"

玉龙寺的和尚们按照住持统一的回答是：出家人不厌生死苦，不欣涅槃乐，何必昂首？

据说，太空法师回答的四字诀是："天上地下！"

是什么意思就只好由着你去体味猜测了。也许可以说是老僧正在听天上佛陀讲经，怜地下众生可怜。也许可以说是老僧虽是俯首，但天上地下尽在他的胸臆之间……

是这样吗？谁知道呢？

天，黑下来了！各色虫豸在草丛、岩石缝中吱吱奏鸣。四下寂静。忽然，当月亮正升上五莲山顶时，我听到了窸窸窣窣的脚步声。我隐在一块岩石旁的树丛后，果然看到了僧衣飘拂，来的正是大脑袋有虬髯的悟众。

我闪身上前，招呼着说："师兄，你真准时！"悟众平时讲话声音像打雷，这时却压低嗓音说："觉非，你找我谈什么？"

"我早就想跟师兄请教了！"我向他说，"我来这玉龙寺一年出头了，心里老是不得宁静。尤其那晚在慧观处，听到你对智信说的那番话，我想得更多，你能把这玉龙寺的内幕如实告诉我一些吗？"

他用两只眼瞪着我看，眉心皱着，两手向下扇动。说："坐下来吧！坐下来吧！"

我同他在听经石旁的一块卧牛石上并肩坐了下来。他试探地问："你有什么感觉吗？"

我如实地把自己对如意寮的看法和想法，对卧佛殿后院的看法和想法，一股脑儿说了。

我说："我是看破红尘来出家受戒的。本来满腔天真，不想多管闲事。但现在不行了，这些事困扰得我太苦了！"

悟众静静听着，我仿佛能感到他在默默叹气。

等我说完，他忽然摇着头说："经是好经，给歪嘴和尚念坏了！"

是双关语！我懂得他这歪嘴和尚指的就是监院智信呀！

我说："智信好像满腹经书，出口一套一套的！"

悟众鼻子里哼了一声，说："这是他的本钱，也是他的看家本领。他有心计！有点学问的人干起坏事来本事更大！"

我说："智信是个怎样的人？"

悟众恨恨地说："太空法师年岁大了。他其实无能！就像现在这国民政府的主席林森，仪表长得极好，但是无权。玉龙寺的大权也并不在太空手里。他不过是个骗子！实际是受歪嘴和尚操纵的。就是连太空那著名的四字诀，都是智信给他出的点子。智信说太空有百岁了，早年参加过反清的天地会，又参加过义和拳。其实，全是胡编乱造！太空并非什么高僧，完全是个情欲未除的凡人，要他说法讲经，他都不行。智信倒是有他的一套，一张歪嘴死的都能说成活的。从太空的四字诀的把戏就可见出智信的狡诈。从上月起，太空突然就有些偏瘫了，整日不出房了。智信就更胆大包天了！"

我问："他这些事无人知道吗？"

"僧众无罪！整天关着诵经，许多人都像傻子了！智信的坏事，当然有人知道！"悟众虬髯舒张，气愤地说，"可是知道了又能怎么？他有一帮亲信，他这人心胸狭窄、手段毒辣、报复心强！玉龙寺的和尚，被他捉弄了又以违背清规戒律为理由撵出去无所归宿，流落成为乞丐的并不是一个两个了。被他逼疯的也有！你不是看到了那个疯和尚了吗？"

我毛骨悚然，炎热的夏夜，吹着清风身上却感到凉飕飕起鸡皮疙瘩了。

我说："疯和尚是怎么回事？"

悟众声音里透着悲凉，说："疯和尚一定不知发现了什么秘密，被他突然派亲信监禁起来，后来不知怎的就疯了！你看到的那个瞽僧慧道，那双眼实际也是他害的！"

"怎么呢？"我心里怦怦直跳。

"那瞽僧听说早年在原籍行医，因受人巨额贿赂毒死了那人一个仇家，涉讼被人检举，要缉捕他。他偷偷逃跑带了一批钱财来此出家，钱给了智信，辫子也在智信手里，全受智信操纵。加上自己忏悔做了杀人之事，万念俱灰，出家后倒是苦苦修行，希望有个好的来生。但受智信指点，加上威胁，竟自己刺瞎了双目，实际上，智信可能也有把柄在他手里……"

"哦！"我哼了一声，感到事情太复杂了。

悟众接着说："有人一次听慧道同智信大吵过。那是慧道自己刺瞎双目的头一天夜里。听他说：'我把看到的都说出来！'智信回他说：'阿弥陀佛！你胡扯些什么？我明天就通知他们来接你回去！'……后来，听说他就刺瞎了自己的两眼。"

"他这么傻？"

"迷信是会使人干出傻事来的！"

我突然想到我断食时的那首诗和那张四字诀了。看来，我已犯了他们的忌。智信是想利用我断食，让我狂热地断食而死的呢！好狡诈的愚人术啊！好狠毒的蛇蝎心啊！我一时目瞪口呆，竟说不出话来了。

月光冰冷地照着，哪像是夏夜的月亮呢？

听经石沉默着，但好像专心在听我们的谈话。

梵音峰上黑黢黢的，神秘而模糊，银色的月光照不到它的背阴面。

虫豸的鸣叫声伴和着不远处山泉水的流淌声轻轻弹奏，使我产生一种渴望，渴望心灵纯洁。

悟众望着我，说起话来给我莽撞的印象，说："你在如意寮不是看到悟心了吗？他被打得吐血了！打他，是说他违反佛门清规，私看书报杂志。其实，如今大家都要求抗日，和尚怎么就不能关心国事？贵如释迦者，固然孜孜不倦地到处说话普度众生，却也曾经为了拯救他的祖国——迦毗罗卫国，而静坐在大马路边，抗议敌军的入侵。悟心何罪之有？他们是嫌悟心与我接近，又想杀鸡吓猴罢了！"说完，恨恨地长叹一声。

我问："后院为什么不让人去？"

"葫芦里边有什么药弄不清。"悟众说，"反正名声不好。传说智信在里边偷着抽大烟。也听说，在后山农家有穷苦妇女经常偷偷夜深去后院里帮着做缝纫和烹调的事，暧昧得很。"

我倒吸一口凉气，说："太空法师也同这些有关？"

悟众挺着大脑袋，月光下两眼炯炯发光，说："太空道貌岸然，可惜看人不能光看外表。"

"不能把这些揭出去吗？"

"没用！"悟众摇着头，"玉龙寺历史悠久，收藏历代王朝帝王、大官赠给寺内的文物古董颇多。智信将寺里登记在册的古玩等，用偷梁换柱手法盗窃变卖，又赠送一些用来结交军政大员，凭借权势，谁惹得过他！"

我不禁也叹一口气。夏夜的月光冷冷地照着默默无语的远处山峦和平原，星星都像在眨眼窃窃私语。有淡淡的蓝雾，似从幽涧深谷涌出，在远处山峦间升起、漫开。听经石在月亮的银辉下落下一个阴暗的影子。

我不禁问:"慧观怎么样?"

悟众沉吟着,摸着虬髯,说:"他是个好出家人,虔诚得很,稳重得很,智信是个背叛了佛祖的不正派的坏和尚,慧观可是个正派的好和尚。这寺院将来要是由他当住持就好了!可是,看来他是当不上住持的。而且,因为他的正派,还得罪人,有些跟着智信跑的和尚说:'跟着慧观没好处,跟着智信能沾光!'慧观勤勤恳恳、独善其身,可是这样的正派和尚敌不过拉帮结伙的智信,也迟早得离开玉龙寺!"

"怎么办呢?"我坦率地说,"师兄!我是诚心诚意来玉龙寺出家受戒的,现在却懊悔了!我天真地以为佛门清净,要普度众生,大慈大悲,谁知也有男盗女娼、卑鄙龌龊的残酷现实。我实在无法安心待下去了!怎么办呢?"

悟众朝我看看。清亮的月光下,他浓眉虬髯的脸上那双大眼显得特别诚恳。

稍停,他说:"你也不要觉得奇怪!这山外红尘,这山中古刹,都在人间,当然会有类似的污垢,天下哪有纯而又纯的东西!当然也没有纯而又纯的地方。玉龙寺确是够糟的了,依我的火暴性子,恨不得放一把火将它烧得一干二净!"

我吃惊地说:"那可不行!"

他苦笑笑:"我懂!那当然不行!也许我应当留在这里,同歪嘴和尚他们干一场!可是,我感到势孤力单。佛教,同整个社会分不开!整个社会不动,佛教内部要树正压邪也无法进行!告诉你,我打算还俗了!"

他好像向我指出了一条路:还俗!

他说得这样坦率、真诚,却使我被他的大胆怔住了。

我感到受到了很大刺激。

我克制住心中的激动,说:"你打算还俗?"

他点点头："我原先在别的寺里做和尚，那里很糟。人告我：玉龙寺如何如何了不起！把太空说得像天上的神仙，把寺院内说得像是人间天堂。我就来了！来后，时间长了，见闻多了，嗨，竟是如此！我当然只有一条路：还俗！不过，你可别给我先讲出去。智信一直骂我是个离经叛道的和尚。这点现在他们倒说对了！我打算还俗！确确实实打算还俗！"

他说这话时，大脑袋里好像充满了智慧，虬髯似乎意气飞扬，他虽压低了嗓音，话声依然铿锵，使人能感受到他心上的激动和兴奋。

我不禁想起宋代名僧道潜的故事了。

道潜与苏轼友善，东坡谪贬黄州，他相从期年，东坡南迁，道潜欲渡海访之。道潜最后还因"讽刺朝政"，得罪了朝廷，被勒令还俗。现今这个时代，距宋朝八九百年了，可是寺院里的邪恶力量居然仍压得僧人要还俗，岂不可叹！

我觉得悟众对我真是够推心置腹的了，连还俗的话都能跟我说。

可是，我该怎么办呢？我也该还俗吗？

我想到了头上烫香疤时的钻心疼痛与当时所下的那种坚如钢铁的决心。

我想到了这一年多来在玉龙寺含辛茹苦孜孜修行的单调生活。

我应当离经叛道吗？

心里像波浪翻滚，难以平静。自己在心里问自己：我该怎么办？我是为了寻找谜底找悟众谈的。大概把谜底摸到以后，却更惶惑了。该怎么办呢？

那夜，是在一种更为不安、更为烦躁，也更为纷乱与痛苦的心情下，与悟众分手，悄悄踅回来的。已记不清当时是怎么与他分手并说了些什么。只记得当时的那种心绪，那种像一个人站在十字路口不知往东南西北哪个方向去的忐忑心情。

月光肆无忌惮地照进禅房里来，凄凉地洒在我的身上。禅房顶上滴溜溜地垂下来的条状蛛网尘埃，像流苏。有只大蜘蛛在月光里修补沾满了飞虫的破网，勤劳不辍。我漠然看着，说不清心中是什么滋味。

我睡不着，起来踱步，影子在墙壁上晃来晃去，使我觉得自己背后有人跟着，满心惊恐和不安。

那种解数学题的感受又来了。人生真像解数学题呀！运算的每一步似乎都无关大局，但对最终的求解，都是必要的，缺哪一步都不行！有过程，才有结果，通过过程取得结果，这就是奥妙所在。

我现在这道数学题正在运算，离结果还远。我还不知自己有没有能力得出结果来。

我觉得自己迷失自我了！像一只在风浪中颠簸的破船无处停泊。像一个败军之将走进了八阵图，兜来绕去，走不出迷魂阵来了！我因觉得尘世太痛苦才看破红尘来出家，抱着满腔真诚与虔敬。现在，发现了玉龙寺在佛光遮盖下的种种黑暗，又使我更加痛苦。我将如何逃脱这些痛苦？何处又是归宿？

半夜下起了动人情思的淅沥细雨。整宿我都未曾合眼。直到早上，雨仍在轻轻飘落。熹微的晨光射进窗来，照得粉墙雪白，我的脑际也一片空白。我始终未曾想出一个好出路来。

我想：也许，我可以托钵带着戒牒出外云游去，到别的名山大刹里去挂单。我为什么不能去另找一处清净的寺院继续去寻找禅境与禅悦呢？

据我所知，当年李叔同在杭州虎跑寺被剃为僧后，就云游各地，居无定所，最常住的是浙江温州庆福寺和福建泉州各寺。他芒鞋破钵，全像一个苦行头陀。那么，我为什么不能效法弘一大师呢？

这样想着，心里略为有所寄托了。只是觉得天气酷热，现在出外云游，未免太艰辛。出去云游，总是件陌生事，来寺里挂单的游方和尚，一个个都满面风尘、遍体汗水，十分可怜。到了寺里，又要受差遣去外边应酬佛事，像梵月那样……想着，又犹豫了，心中像十五只吊桶打水，七上八下。一刹那，觉得天地之大，竟无我立足容身之地，心里酸楚。原来只以为来到这古刹出家受戒，就有安身之所，可以清茶淡饭、青灯木鱼，转迷为悟，离苦得乐，求得解脱，最终成佛。没想到这佛门宝地，竟也充满狡诈、残忍、欺骗与作伪，一样有红尘中那些罪恶行径。由此，使得无名烦恼障蔽了慧光，现在竟像一叶无根浮萍漂在水面。心上迷惑不定，像风雨来时飘摇漂泊，不知东南西北了！

这时，忽又想起鸯哥摩里过比丘生活的故事来了。他在舍卫城街托钵，有人向他投土，或向他投石，有时头部受伤，有时毁了衣裳。佛陀安慰他说："圣者必须忍受。唯有忍受。如今，你在偿还以往所犯的恶业呀！"

我想：我也只有忍受，应当忍受！

只是，有趣的是：早上洒着牛毛细雨，我"放抽洁"①回来，忽然发现禅房床上有张小纸条卷着塞在枕边。

打开一看，上面写的是：

今夜天黑时，听经石旁晤面，风雨无阻。

明韬

啊！冯明韬！梵月真的就是他！

他看来同悟众不错。昨夜，我同悟众碰面密谈的事看来他都知道了。今夜，他要同我面谈了！谈什么呢？

这又成了一个"谜"！在我心上打了问号。

看着天上不断飘荡的碎雨花，听着雨渐渐下大了造成的檐头滴水声，我盼望着这一天快点过去，夜晚快点降临。

我急切地想见到冯明韬——好友冯明光的哥哥。

---

① 放抽洁：上厕所。

第七章

1994 年 8 月　晏师明的部分札记

（阴历）六月二十七日夜　星期四

秋苇：

我是一个脆弱者，一个信念不专一的背叛者，也是一个失败者。信念的搏斗、意志的抗衡上都如此。所以这样，可能都是由于我自己老是动摇、多变、好斟酌、缺少自信，我常常前后矛盾。

每一个精明的弈者，都是坚定、看得远、看得准的强者。每一个胜利的骑手，都是勇敢无畏、勇往直前的强者。我却总是不能专心致志固定信念，总是在矛盾中犹豫不定，东西晃动，直到现在，带着悔意，依然如此。

我悟了整整一生，得出的结论是：永远不要迷失自我，决不做信仰上虚无的人。我未曾找到我的信仰。因为我总希望一切都那么完美无缺。而这是不现实也是不可能存在的。于是，我一直在寻，一直在盼，从来没有满意过，也从来没有树立过自己的信仰。而没有信仰的人是痛苦的。

信仰应当发自内心，来自真理。树立信仰以后，就真诚地爱它，坚定它。

一样信仰佛教的人，会有好坏真假之分；一样信仰党派的人，也会有好坏真假之分。关键是他树立信仰后是真努力为公还是为私；是在为实现信仰献身抑是假借名义牟利？

有信仰的人是有福的，悟心同我在上海见面时就给我这种印象。他虽老了，但自信很足，毫无彷徨。他虽老了，但对过去的一切毫无遗憾。他说过："信仰未变，路未走错，我做了些好事，未做坏事。我活得充实，现在还在发挥余热"。他把老年的岁月用来写作回忆录，以此发挥"余热"。虽然我觉得他"虔诚"得可笑，但确感到他对我说的不是假话。

午后，住持空明大师同我在竹径上散步闲谈时，问："过去这几十年，您在台湾主要做过些什么工作？经商还是从政？"

我坦率地告诉他：我是个散淡的人，为了糊口，我在台南的一所中学教过书，写过几十万字文章赚点稿费。在彰化的一个少年辅育院里，做过几年副院长。我与哥哥一起经过商，但失败了。后来，朋友办个出版社，拉我去帮忙，我多少已经算是个作家了。我在新竹县泰雅族的村庄里生活过，写过一本书。又到台东的山胞阿美族中住过一段时间，写过一本书。这阶段，我做股票生意，居然赚了一大笔钱，买了房子，也在美国闯荡过。地皮和房子涨了价，我又有一笔钱存在银行里拿利息。年岁大后，生活也就不再发愁。

他问我，家里还有什么人？我告诉他：有过一个妻子，我非常爱她，她非常爱我。但后来我们却分手了。有过一个儿子，但十岁那年病死了。哥哥嫂嫂也早亡故。我早是闲云野鹤、孤子一人，到处是家了……其实，许许多多辛酸的经历，包括你的自杀，不想也不愿同他讲。讲又有什么意思呢？

空明大师后来问我："您早年出家受戒，后来为什么又还了俗？"

我坦率地笑着说："自从人类史上出现第一道围墙时，就同时产生了飞越围墙的逆反心理和逃亡意识。对墙里面的人来说，最大的愿望就是出去。我那时凡心未泯，身在寺院，心怀不满，加上经不住爱情的诱惑。于是，什么也不考虑地就走了……"

空明大师是个虔诚的佛教徒，十分稳重。他有双非常有神的眼睛，眉毛浓密且长，五官轮廓明显，而且线条有力，常有威严的表情。他听了，双手合十，什么评论都未说，从他眉眼间，我似乎能察觉到一丝憾情。

我不稀罕荣誉，也未曾得过很大的荣誉。但我也没有大的罪恶。我只是个渺小平凡的人。对我来说，离开玉龙寺的憾情，从来就不存在。我遗憾和抱悔的，只是光阴似水，一下流逝几十年，把年轻时应有的诗与梦，把中年时应有的豪情壮志，把本来想象得非常美丽而实际却很难完满的爱情，都丢入时光的火炬中，燃烧得灰飞烟灭。

我遗憾和抱悔的，只是我始终没有找到一种信仰，使我忘我，坚定乐观地按照信仰的大道勇敢往前走。我始终是个旁观者，指手画脚者，躲躲闪闪者，而不是个追求真善美、看准看定了正确目标走到底的志士。

那样的人是有福了。他们在临死时会说：我既无懊悔，也无遗憾，我这一生没有走错路，我曾忘我地为人类做出了贡献！哪怕这贡献不大，但我尽了我的全力！

秋苇，今天，我突然想起了二十年前，我在台东沿海山地上山村间的阿美族内生活的情况。也许是环境使我产生这样的联想？

那时，我住处山下有蓊郁的花木，有高耸的槟榔树，静静地围护着山村。这山村，好像不曾发生过什么，总是这样纯朴、静谧地躺着，拥抱着那轮流转换的日和月。

这儿，也有蓊郁的花木，有高耸的大树，静静围护着寺院。好像不曾发生过什么——虽然外边四周早已发生了天翻地覆的变化。这儿，却总是这样纯朴、静谧地躺着，拥抱着那轮流转换的日和月。

阿美族，婚姻上的"挂刀"习俗很有意思。

当一双恋人，情投意合，要论嫁娶时，双方家长不同意，两人又非结婚不可，只好商谈要"挂刀"娶亲了！"挂刀"是示意着非对方莫论嫁娶，否则双方以此刀殉情，别无他途了。

"挂刀"是利用夜晚，当父母都睡熟后，女儿偷偷把门虚掩着，让男方悄悄进来把刀挂在右上方的墙角上。到了第二天早上，父母醒来看到了刀，知道了女儿和恋人的决心，就只好答应这婚事，去各亲戚家里奔走相告，让大家来到女方家里，为他们办理婚事，了却心事，不让悲剧发生。

这使我想起了莎士比亚的《罗密欧和朱丽叶》，也使我不能不想起我和你的往事。

我们那时的相爱，本来山盟海誓那么真诚，可是，遇到了你那样的父亲和继母，就只能发生悲剧。如果有"挂刀"的风俗和传统，就不会有将你锁在家里，逼得你发疯、买棺材和寿衣刺激你的恶劣做法了吧？

想到这些时，我就又到已不存在的那棵大槐树下去踱蹀了。那儿，原先矗立着一棵枝叶茂盛的老槐树，就在我的禅房旁边。那天，你突然奇迹般地出现在我的面前。你穿一件黑色的旗袍，在滂沱的大雨中站在那棵大树下，淋得黑发披贴在额前，淋得黑色的旗袍紧贴在身上。你那白皙的脸上肃穆庄重，有快要死亡一样的表情。你沉默着，不说话，一句话一个字都不再说，看着你的黑眼睛，我感觉到了你的决心。那是一种"我不入地狱，谁入地狱"的决心。

这一切都留在我记忆中，深深的记忆中。

如果没有这一幕，那也就没有以后的种种。

谁说人世间的一切，没有偶然性造成的机缘呢？在大时代中，我们常不能自己主宰自己的命运。但当我们自己能主宰自己的命运时，却又每每蹉跎犹豫，而且让它像水似的从缝隙中全部滑泻流逝。

人到老年，容易怀旧。我始终记得你说过的一句话："坚持我们的感情，如果不坚持，无论你我，一切都空！"

这是你把我带离玉龙寺后第二天清晨说过的一句话。以后，风风雨雨好长好长的年月，好难过好难过的生活，我同你分手不在一起后，我常想起你说过的这句话。

埋葬你后，我也总常常想起这句话。这话是埋葬不掉的。今天，我又想起了这句话，心里怀着悲哀。

记得那年分手时，我对你说："我们无法在一起生活了！我们性格不合，我们互相厌倦了！我们两人都自由自由吧！但尽管如此，分手后，我也永远不会忘了你。"

你笑笑说："会忘掉的！天下什么事都会被忘掉的！"你的笑容复杂，背后隐藏着痛楚和凄凉。

你当时为什么会那么说，我不明白。但后来，确如你说的，我虽永远记住这些事，却又忘了这些事。关键不在于记忆。关键是一个人的行动。

后来，我去彰化那个少年辅育院工作，那里有几百个男生和女生。原称少年感化院，专门收容司法机关移送执行感化教育的少年。认为只有爱能够感化他们、拯救他们。认为在爱的世界里，一切都是被宽容的，罪也就显得那般可笑地无所遁迹了。但事实上，光靠爱是不行的。逃亡的事不断发生。人都是要自由的，所以要冲出围墙去。可是，人又是难以得到自由的。就连能操纵人命运的大人物在某种意义上也一样是"没有行动自由的"。听说以前蒋氏父子就处处受到"安全"的限制。没有谁见到他们随便逛街或上餐馆吃一顿，连夫妇散步时也得让卫兵放哨、侍从陪伴，不啻囚犯。当然，受感化的少年被剥夺掉自由与大人物的无自由不可同日而语。他们逃亡被抓回来后就延长了剥夺自由的时间。为防止逃亡，有人主张加高围墙、严密监视，有人主张拆除围墙，使学生和一般学生上学一样追求新的人生，以免扼杀学生心灵。

面对这两种截然相反的意见，我觉得都有道理，又都未必真正解决问题，始终犹豫不定。

尤其是许多学生，经过感化教育、爱的教育，在院里表现不错。可是出去以后，在社会的大染缸里，又染上了各种颜色。于是，我丧失信心，动摇了！最后，终于离开了那里！

离开前，戴深度近视镜的老院长殷殷劝我留下。我们有过一次坦诚倾心的谈话。

他说："我主张一个人未信仰一个东西之前要慎重，经过慎重选择与决定，下决心信仰了，就要坚信到底，不要东摇西摆。你这人太容易灰心！"

他的话刺激了我，使我想起了自己在玉龙寺做和尚的那段经历。

我反驳说："那知错也不要改？知不可为也不要改？知道并不佳妙也不要改？"

他叹口气摇头，透过深度近视镜看着我说："不！知错当然必改。主要是自己不去干错事干坏事，且努力使人不干错事和坏事。但知不可为仍应当去为。不然，你怎么能肯定一定不可为呢？也许大家一同去努力，并不佳妙的事也会变成佳妙了！这种例子难道还少吗？"

唉，是呀！其实，我为什么那样容易丧失信心呢？天下哪有全部完美无缺的工作呢？听说，与我同时工作过的潘青霞小姐，一个献身于辅育院岗位三十一年的女导师，终身没有结婚，生活极端朴素，死时五十四岁，就葬在院旁。每年都有许多院里院外的曾上过学的女生和男生，连同他们的亲戚来给她献花扫墓，恭敬地弯腰鞠躬。她的人品赢得了人们的深深尊敬。

听到这事以后，我曾面对夕阳遐想了很久。她像我的一面镜子。

也许，我有许多太不切实际的空想。我曾空想：如果我有一个长大了的孩子，我将怎么教育他或她？我同你谈过这个问题。只是遗憾我们亲爱的儿子十岁那年就死了！

这世界，这社会，使我太不安。

有个朋友，他有两个儿子。他让大儿子学兵工，让小儿子学医。他笑着调侃地说："世上从不会没有战争，也不会没有人生病。因此，他们都不会失业。而且，我的大儿子干制造杀人武器的勾当，我的小儿子做救死扶伤的工作，我心理上可以取得平衡。我对社会也可以无愧于心。"

我对你说过："如果我们再有个孩子，我真想把他放在一个只知道真美善的环境里，让他不知人间有这么多黑暗和丑恶。"

你摇头说："不可能！"

你是对的！

那时，抗战正是最艰苦的时期，我俩在重庆附近的一个小县城里教中学。那地方印象早淡漠了，但院子里一棵木槿花的香味每到秋天就浓烈得醉人。至今每一想起，印象仍深。当时，我们有了孩子，生活十分艰苦地折磨我俩。黑暗丑恶的社会现实时时困扰着我们。我们觉得在世上找不到一片净土，找不到一片没有罪恶，没有倾轧，没有人吃人，没有人欺人，没有狡诈、贪污，没有淫乱、眼泪的净土。

但是，中学的校长和另一个有势力的校董钩心斗角，各拉一帮人夺权。我们不想投靠谁，却在中间左右难做人。

我说："怎么办？我们投靠谁？"

你说："不投靠谁！我们只投靠真理！"

你确是颇有主见的。只不过，我们以后就未被续聘离开了那个学校。我又悔了！我老是爱吃后悔药。

读过一部商务印书馆出版的外国小说，连书名都忘了，故事还记得：一个老人，为了愤世嫉俗，将自己的孙子带到一个深山里亲自抚养大，只让他知道美与善，只给他知道爱，不让他接触人世的丑恶。但有一天，老人死了，孙子终于不得不独自离开深山又来到了人世间。于是，被世界的一切弄得十分惊讶与好奇。幸亏作家安排他遇到了一家好人。于是，结果以美满结束。

我读后，对你说："实际上，这孩子来到人世间，他不会这么顺利的。他会失望，并且也会受到侮辱与伤害的！这本小说有一个好的开头，但却写了一个败笔的尾巴！它启发我的是：人世间其实不可能有一个完全不存在黑暗和肮脏的地方，志士们不是只看到光明，更不是逃避黑暗，而是要去改变黑暗、肮脏与丑恶！"

这也使我联想到：看到黑暗你是拿起火把，摸出电筒，还是无动于衷、唉声叹气或者转身逃跑？看到肮脏，你是动手清除和打扫，还是也吐上一口痰或再倒上一桶垃圾？

说这些现在对我都已经没有什么意思了！但我想的就是这些。我老觉得你的身影飘荡在我面前，我不能不告诉你。

疲劳至极的感觉仍旧从早到晚每时每刻都侵袭着我。背部疼痛，膀子也酸，心脏不适，幸好这里清静。现在，屋外月光迷茫而深沉，很美。秋虫在长满荒草和蒺藜的地带已经提前在夏夜奏鸣了！记这日记，是为了你，我总希望像面对面促膝谈心似的把心里的话告诉你，像过去我们共同生活时那样。

但现在，我要睡了！

晏师明（觉非）的回忆
1937 年那个夏天

一个惊心动魄的夜晚，也是一个永难忘怀的夜晚。

月亮很好，让人心里明亮，天空则是墨黑而沉静的。

我准时在梵音岩下的听经石旁，见到了梵月——冯明韬。

他已先到了！庞大挺拔地坐在那里，就像梵音峰下又多了一块"听经石"。见我来了，他站起身来等候着我。

我叫了一声："梵月师兄！"

他笑了，说："叫我冯明韬吧！"我能听得出他话中的兴奋。

"你怎么也当了和尚？"我急匆匆地拉他在石头上坐下，树的阴影挡住了他和我，也将从枝叶缝中漏出的月光淋泻到我们身上。

他脚上套着一双肮脏的麻鞋，僧衣襟裆宽松地吊着。他笑了，说："先谈谈你吧！你怎么偷偷来这里当了和尚的呢？"

"唉！"我叹了一口气，说，"我看破红尘了！"

他点点头说："是呀！我都知道！明光都告诉我了。你兄弟俩破了产，你又失了恋，是很不幸呀！可是，你走了这条消极道路，失踪了！你哥哥好悲伤！明光也到处打听你的下落。听说，秋苇也是一样！……"

他谈到哥哥和明光因为我失踪而焦急、难过，这不奇怪。都在我意料之中。他说到秋苇也是一样，我却想不通。我就是为了她才出家受戒的呀！

往事犹如潮涌，在我眼前浪花飞溅……

我清晰地知道：她确是顺从地跟她的表哥走了！她那表哥在驻日大使馆里有亲戚。他要带新娘子到日本经商。他带了秋苇走了！

秋苇在被幽禁三个月以后，在疯了一场以后，在大病一场以后，在面对着棺材穿着绸缎的寿衣照镜子以后，终于屈服了！她答应了父亲和继母的命令，接受了表哥的求婚，然后就成了亲一同漂洋过海去日本了！

他们原来是要到上海去"一品香"举行婚礼的，结果却就在家里匆匆成了亲。为什么？弄不清。

当我知道这消息的那个早上，像当头遭到了雷击。我疯狂地砸碎了屋里一切可以砸碎的东西，号哭起来。午饭我不吃，晚上我喝了许多高粱酒，喝得醉死过去了两天。

我发现人的心是会变的。变了的心是最肮脏丑恶的东西！

当初对她的爱有多深，现在对她的恨也有多深。

我读过歌德的《少年维特之烦恼》，当时是含着眼泪读的。我曾做过一套维特服穿过。此时，我觉得我像维特一样，有一种想死的愿望。

人生对我，似已无可留恋。我曾那样坚信秋苇对我的忠贞，可是她竟会最后还是进入了他人的怀抱。我感到我的信念受到了玷污，我的信仰已经不复存在。但我觉得自杀究竟太怯懦了！我不能用我自己的手来杀死我自己，我也不愿用自杀来伤哥哥的心，我也不愿用自杀使秋苇的父亲和继母耻笑我。

我醉生梦死般地在家里住了二十多天。哥哥和好友们都来劝慰、看望，但对我都像隔靴搔痒。一个人自己的伤痛只有自己最清楚，也只有自己能要它痊愈或自暴自弃地永远让伤疤敞开不让它结痂。

在经历过一种天翻地覆、天旋地转似的日子以后，我想到过死，也想到过生；我想到过苦，也想到过乐。最后，我决定走苏曼殊、李叔同的道路。我要为我自己找一片脱离世俗与红尘的清净土，斩断过去情结，了此终生。

于是，我带了一笔钱，一笔破产后仅有的属于我名下可以应用的款项，对任何人也不说，在一个雨夜，带着一些随身衣物，踩着泥泞的道路离开了家。然后，远远地来到了玉龙寺。这里，我闻名已久，早年游山玩水时曾经来过，那幽静、崇高的印象镂在心上是难忘的。

只是，我想不到，在这里会遇到冯明韬，而且他做了来挂单的游方和尚。我更想不到，我在这玉龙寺里竟会发现那些使我瞠目结舌的秘密与黑暗。现在，我更想不到，从冯明韬的口里，竟会了解到除了哥哥与好友明光外，已经属于别人的秋苇，竟还关心、打听着我的下落。

这是怎么一回事呢？

悲哀、伤心的浪头扑到我的心上。

我急急地问："你有他们最近的消息吗？"

冯明韬点点头："你哥哥现在开办了律师事务所，生意尚好。经济上喘过一口气了！我弟弟还是老样子，跟他岳丈一同经商，常跑广州、上海，也去香港。秋苇从日本回来了，住在上海，曾有信给我兄弟打听你。"

"那是什么时候的事？"我突然发现我脚下踩着的是一丛密集无花的剪秋萝。我移动了脚，让受了伤的剪秋萝舒展开来。

"就是最近！"冯明韬说，"刚收到舍弟的信，所以急着想把这些告诉你。"

"你告诉他了我在这里？"

冯明韬摇摇头："如果你同意，我是要告诉他的！"

我叹了一口气，摇着头说："咳，不必了！"我想：何必多此一举呢？我虽现在处境好像进退维谷，但对人生确实万念俱灰了，萦绕在眼前的秋苇的形象，有如湖面上的水雾一样，弥散开去变成了一无所有的空蒙。我只是忍不住又问："秋苇的详细近况知道吗？"

冯明韬摇头，表示不知。

我闷闷地叹了一口气，不禁又问："明韬兄，你怎么做了和尚？"

他出乎我意外地又笑笑，说："实不相瞒，我是躲人追捕，才出家受戒做和尚的。本想隐身寺院，求得一点喘息，所以对一切事我都能忍。不想，事不由己，就只好做了游方和尚，跑到玉龙寺来挂单了。"

我想：原来是个假和尚！我原以为他蒙冤坐过牢，也是个受尽挫折之人，容易消极出世，所以披发为僧。现在看来，满不是那么回事。可不能用直线式的眼光去理解人世间曲折的事物呀！

我说："天下名山宝刹甚多，你何必长住玉龙寺？这里的情况想必你也知道。悟众一定也告诉你不少了吧？"

冯明韬笑笑，意味深长地说："桃花源不可寻，也没有。我们生活在一个充满谎言与污秽的世界里，而这个世界里，每每一切在表面上都装得合乎道德。玉龙寺当然也不例外！"

"那怎么办呢？你消极了？"

"不！我不是消极！"他笑着摇头，"永远不会消极的！消极只有使丑恶现象继续存在。"

他出言不凡，我不禁问："明韬兄，他们为什么要追捕你？"

冯明韬敞开僧衣当扇子扇着，目光炯炯如星，说："将来你可能会明白的。反正，相信我，我不是什么罪犯。以前抓我是他们专制无理，现在追捕我，也是他们暴虐凶残。我不信菩萨——"他攥着拳晃动，"只信民众自己的力量。"

我忽然觉得他那脸上的表情非常敏睿，眼光深沉，语气深刻，他的笑容开朗亲切。

我说："那你天天在念经哩！"

他看着我笑了，说："是呀！我现在天天念经，那只不过是为了求得生存，岂有他哉！我从不崇拜偶像，也不把太空和智信之流看作是什么高僧！"

我似乎进一步认识到他是什么样的人了！我无暇也来不及去思索他话里的哲理，只觉得对太空和智信这种人的认识，他一定比我深刻。因为他接触悟众。而且他看到和了解到的事一定比我多。

我问："你还打算在这里住下去吗？"

他说："这话该我问你。你还打算在这里住下去吗？"

我长叹一声说："痛苦极了，也犹豫极了！不知怎么办才好！"

他盯着我的眼说："要解决自己的痛苦，也要解决社会的痛苦。其实，解决社会的痛苦更重要！"

我听了，思索着说："悟众想还俗，你知道吗？"

他点点头，说："他是对的！现在，北方的抗日烽火燃烧起来了！发生了'七七'卢沟桥事变！南方吃紧，有可能也发生战争。热血的男儿都得想到国家的前途、民族的命运，能安心在这里做和尚吗？"

我说："那你准备怎么办？"

他咧嘴笑笑，说："我本来就是个假和尚，躲在寺院里靠菩萨庇护逃脱追捕的。现在，形势起了变化了，我当然还俗。不但还俗，而且我要去出力！要走！"

我有点明白了，说："悟众是同你结伴同行？"

他笑笑点头："不但悟众，还有悟心！"

啊！我心里大吃一惊：寺院里竟一下子就有三个假和尚呢！什么时候，他们三人已经抱成一团了呢？怪不得悟心看书报杂志呢！怪不得悟众为悟心被打伤的事与智信上阵冲突了呢！……啊，啊！我突然好像有些明白了！冯明韬可不是个简单的人哪！怪不得冯明光以前向我介绍他时，说他哥哥博学强记，既有学识，又有宽广的胸怀，是不可多得的人才。对他入过狱服过刑，而且因为倔强而得不到父亲喜爱去浪迹天涯的哥哥，不但没有丝毫贬语，反而以百般爱护、五体投地的赞誉。今日交谈，果然不凡呀！

我嗫嚅地说："你们三个都要一块儿走了！我向何处走呢？"

冯明韬甩甩僧衣宽大的袖子，说："要问自己向何处去，应先问中国向何处去？"

我皱眉："你说的我不明白。我这人胸无大志，没有独立性，没有理想。"

他说："对，人不应当让命运摆布，只应当自己去创造命运，应当有这样的志向和理想！"

"可是，"我说，"我摆脱不了命运的摆布！"

他不以为然地说："你来这里削发为僧，是自己来的，你不出家了，也可以由自己决定的嘛！你愿意跟我们一同走吗？其实，一个人的生活完全是由他的思想所形成的！"

他的话引起了我的思索。

我沉吟着问："去哪里？"

他笑笑，开朗温和的笑容，给人一种浑厚的亲切感，玄妙地说："到应该去的地方去！"

"远吗？"

"�`,比较远!"

我闷闷叹口气,说:"悟心他也还俗?"

他点头笑笑说:"他也早是个离经叛道者了!"说着,盯着我的眼睛,严肃中隐约透露出内在的坚毅之气,"你年轻,我要劝你,还俗跟我们走吧!去找点有意义有价值的事做。去找点对中华民族,对老百姓有益的事做!我们的信仰不该放在这种事上吗?为了这种信仰,就是死了,也值得!那比那个上了当刺瞎了双眼病瘐而死的瞽僧要有价值有意义得多吧?"

我突然更明白他是一种什么人了!真想不到这玉龙寺竟是藏龙卧虎之地呢!

我说:"你是干什么的,我有点懂得了!但你不觉得那是一条危险的路吗?"

他点头说:"知道!"

我说:"那为什么再走那条路?"

他平静但是沉着地说:"人生的目的,在于发展自己的生命,可是也有为发展生命必须牺牲生命的时候。因为平凡的发展,有时不如壮烈的牺牲足以延长生命的音响和光华。绝壮的音乐,多是悲凉的韵调。高尚的生活,常在壮烈的牺牲中!何况——"他朝我意味深长地看着,"就是你来做和尚,不也是想达到无我的入禅境地吗?对我来说,'无我',牺牲小我,为了大我,正是我要努力去做到的!"

我也反对、仇恨日本帝国主义的侵略,但我对跟他去到那"比较远"的地方没有兴趣。人世间给我的创伤尚难平复,我远没有还俗的愿望。何况,冯明韬好好的又提起了秋苇在关心着我的事。我虽不能原谅她,又常常在心里挂念着她。她怎么又从日本回来了呢?

是紧张的中日形势促使她随表哥回国了吗?是她发生了婚变?

我觉得:不管哪一种漂泊和远离,都是走向未知。我来到玉龙寺,已经有了遗憾,何必节外生枝又去渺茫的地方?

我在他雄辩的话语前，虽点着头，但我说："我对玉龙寺确实失望了！原来，曾想出去，到名山大川，托钵游方，但还俗的打算我还没有。"

他点点头，看着我说："约你今晚谈，这也是我的主要目的。信仰不能强迫，我不能勉强你。但国家兴亡，匹夫有责，我总觉得你的思想空虚、消极，跳不出自己个人的小天地。如果跟我们走，也许会变为积极。我们三个走了，把你丢下，我于心不忍。"

我心里摇摆不定。摇摆不定也是一种决定。我默然沉吟。

冯明韬挽起宽大的僧衣袖，字字沉重地说："你再好好考虑考虑。社会这个样子，国家这个样子，人怎么做？考虑完了就随时告诉我们。也许，我们很快就会走的。只等悟心伤好了就走！"

月亮已到中天，身边草丛和岩石里虫声繁密。有夜鸟惊叫飞过。天上无形无声地洒落着露水。有点清风，吹得树枝摇曳，月光就斑驳地在草上、石上跳动。

我问冯明韬："智信他们这么坏，怎么办？"问得天真，却是我的真心话。

他摇摇头，说："庙中的情况确是社会的缩影，这社会是找不到净土和极乐世界的。贪污、偷盗、抽鸦片、玩女人等事都不假。自己犯戒有罪恶，却拿棍棒乱打无辜。你不是看到过那个疯和尚吗？就是挨了打才发疯的。但他们拉帮结伙，在地方上有权有势，有靠山，谁能奈他们何？"

我说："真是坏透了！"

冯明韬笑笑，说："其实智信还不算最坏的。我做游方和尚，还见过有的寺院里，那方丈结交权贵，轻易不到寺中来。长期在外化缘，居然安了个家在天津，出入穿绸着缎，戴顶帽子遮住戒疤，乘坐包车，使用奴仆，还秘密娶了姨太太，吃喝嫖赌，化来的缘都用来挥霍。这当然是个佛门败类，但他有的是靠山，谁也惹不起他。智信我们当然也撼不动他。所以，我们三个决定走。我们的走，不是消极的。我们既是为了抗日，将来也是为了要改变这个世道！"

我问："你觉得慧观怎么样？"

他说："他是个虔诚的佛教徒。一个佛门的好弟子。佛门这样的好的僧众自然还是大多数。但他和我们三个不同。他是个真和尚。我想，他照他的信仰办，坚定地做好的佛门弟子，不做坏事，他迟早是会成为大师的。我是无神论者，但并不因为见到佛教徒里出了智信之流，就否定佛教。佛教的希望也许在慧观这样的佛门信徒身上！"说到这里，他问我："我走前要写封信给明光，我可以告诉他你的情况吗？"

我一时竟哽咽了，不知所措地说："我很矛盾！为了叫他和我哥哥放心，知道我还活着，我希望他们知道我的行踪。但为了使我的心里清静，我怕他们知道我在这里会来找我。……"

他竖着浓眉说："那你就考虑考虑，我也考虑考虑。"

苍穹广阔安详，群星灿烂无边。正谈到这儿，忽然，我们都被一阵急促的钟声怔住了！

疯狂的钟声如一把巨大的扫帚扫荡着这山野间沉沉的天空。黑暗的空间回荡着"当——当——"的金属撞击声。

玉龙寺的大钟，平时是不敲撞的。今夜什么原因，大钟突然这么疯狂地撞击敲打起来了呢？

银色的月光下，玉龙寺的一角呈现在我们眼前。它静静的，但是从后边卧佛殿那里，冒起一股冲天的浓烟，浓烟里散发着火星点点，浓烟与点点火星在月光下的黑色夜空中涌起，缥缥缈缈，冉冉上升。

是起火了呀！惊惶的钟声似乎在呼救吼叫，尖利刺耳地在山岭间漾起一连串悠远的回响。

寺内起火了，起火了哟！

冯明韬猛然站起，一拍我的臂膀，说："快！回去救火！"他机灵而有决断地又说，"别让人看到我们是在一起的！我走那边下山去！"

他话声刚落，窸窸窣窣地踩着山草、岩石就快步飞也似的跨步走了。

我从惊讶与愣怔中醒来，忙沿原路跑回寺里去。闪烁的树丛，没胫的野草，都在我奔跑时迅疾移动到我的身后。不知寺里怎么会突然起火？我浑身冒汗，僧衣背襟上全汗湿了。我脸颊发烫，额上挂汗，悄悄闪身进了寺内。

玉龙寺内好乱呀！和尚们都在抬水、挑水救火，人影子在墙上晃来晃去，像一群奇形怪状、大大小小的可怕幽灵。

我也奔过去帮着抬水。在远离卧佛殿前，迎面看到了智信。他举着一支火把在督促僧众救火。

他蜡黄蜡黄的脸上，像个救世主一样庄重，没有一丝表情。他歪着嘴，眼睛有着猫头鹰一般的绿色磷光，朝我看着。我觉得他心中不怀好意。但这只是直感，我说不出为什么会有这种感觉。

太空法师也带着病出现了！他由两个和尚扶掖着站在月光下的树荫里。他瘦了！一副弱不禁风的模样，看来病得不轻，也实在年岁太大了。他脸上不再有笑容，一丝也没有。呆呆地傻傻地站在那里，看着火势熊熊，看着僧众们在紧张地救火。重病已将他那种仙风道骨的神态折磨得完全丧失了。

这是我在玉龙寺最后一次看到太空法师了！从这以后，就没有再见到过他。他的病使他在后院禅房里从此不再出来，直到他圆寂，我也没再见过他。甚至他何时圆寂的，我都弄不清。

火幸好不大，只烧了卧佛殿的一角。当全寺僧众都来救火后，很快火就被扑灭了。

怎么会起火的呢？汗水和救火的水湿了我的僧衣。我心里纳闷，但不想问人。救灭火后，智信在那里高声吆喝大家回去。就在这时，见一个光着上身的和尚被几个和尚像罪犯似的揪着往前边走去。天虽黑，仔细一看，月光下，我认出了！这是疯和尚呀！那个关在如意寮里的三角眼的疯和尚呀!

只听他嘴里咿咿呀呀呜哩呜噜不清不楚地不知疯嚷些什么。他嘴里塞着东西,叫嚷不出,两只三角眼睁得好大!

只听见智信在大声吆喝:"快送他走!去如意寮!他是走火入魔了!"

我意识到这把火就是疯和尚放的!疯和尚怎么反锁着突然又逃出来了呢?他怎么放的火呢!为什么疯得竟放火烧卧佛殿了呢?

这一直是个谜!

没有人告诉我疯和尚的身世,也没有人告诉我疯和尚是怎么会发疯的,仅仅冯明韬在听经石旁说过他是挨了打才变疯的。疯子放火当然并不奇怪,但是否他清醒地怀着仇恨,就不得而知了!反正,放火也是疯狂的行为吧!

这次的火,仅仅烧毁了卧佛殿的一角。可是,不久之后,一个下过暴雨的黑夜里,玉龙寺却被一把大火烧得几乎精光。

那夜,也响起了发疯的"当——当——当"的钟声。火势凶猛,风势很大,僧众们救不了火,都跑到寺院外跪下诵经。太空那时可能已经病故。智信为了要做住持,保住太空的死讯不说。慧观在大火肆虐后独自离去,远走他方,无人知道他的下落。

智信在大殿着火时,跪在寺门外,口中念念有词地诵"灭火咒",但火势越烧越猛,不只烧了大殿,随着连斋堂、方丈等处,以及许多禅房全都烧成了一片焦土。整个玉龙寺惨遭大火,变成一片瓦砾。

那个夜里的大火,有人说仍是疯和尚放的,但谁也不能肯定。从那以后,疯和尚也不见了。人说他没有跑出寺院来,他自己放的那把火烧死了他自己。

岁月流逝,时日隔得太久。这一切,当然谁也考证不清了!我记得清楚的是这第一次失火救火后,当夜,我回到禅房里,久久无法入睡。心事浩茫,思绪万千。

我老在思索着冯明韬的话。他的话使我仿佛看到了一个纯洁的天地。那天地原本有些混浊，却被某种神奇力量弄得那么清澈，像一泓碧水。

我不能不说这有一定的引诱力，我倒很想去过一种新奇的、不可知的生活。但，我又想：那种生活能给我什么呢？连禅界都无法吸引我进入的时候，我这个对人生悲观失望急于同红尘隔绝的人，重新投放到红尘中去。我，一个读书人，手无缚鸡之力，同日本帝国主义打仗，做军官不够格，当士兵干不了！那么，我何必如此。

我的血并不冷，也不那么热。虽然，对抗日我确是从心里拥护的，但我像一条沙漠中的船，航不动了！

半夜以后，下起了哗哗急雨。屋顶上的雨声飞溅，好似在落黄豆粒儿。

我又想起秋苇来了！而且是前所未有的想念。这真是希望愈渺茫，爱情越炽烈。

我仿佛看到幽冥之中她神情黯然，墨玉似的黑眼睛闪着坚毅的光。

她的纯朴、明净，犹如一片荡漾洁净的湖水，在月光下闪着蓝光。我觉得她的黑眼睛里有怨艾和惶遽交集的愁绪。

我在感情的漩涡里挣扎，似乎快要没顶！

仿佛看到那一个明媚的夏日里，她带着一束鲜花来到我的房里。

花太美了！淡黄的花瓣衬着浓黄的蕊，给人一种无限娇柔又雅洁的感觉。

我赞叹地说："秋苇，你太像这花了！"

她微笑着说："花会谢的！我的感情是不会谢的！"

……这当然早是遥远的、过去的事了！

她违背了自己的诺言，背弃了我。

但是，我却舍弃不了她。即使是出家受戒后到今天，我仍总是难于忘情。

而今夜，冯明韬偏偏告诉我：她仍在打听我的下落。关心着我！她已从日本回来！这是为什么？

难道天下真有这种不可知的神秘爱情？

雨帘在空中密密地飘拂，雨滴打得禅房前那棵老槐树啪啪发响。

我辗转反侧，苦苦地唉声叹气，一口又一口，仍旧睡不着。我决定起来跏趺诵经，却抛弃不开秋苇阴沉、美丽而动荡着痛苦与愤怒的眼睛。

我念着经，心中却有一大堆爱情，像储量丰实的矿藏一样，渴望着采掘者。

为了弄清秋苇的意图与处境，为了弄清她的情况。我突然下定了决心，我不能跟冯明韬走。而且，我想托他打听一下秋苇的真实情况。然后，我就出去云游四方。

这就是那夜思考再三后的结果。

第八章

1994年8月　晏师明的部分札记

（阴历）六月二十八日午后　星期五

蝉声一清早就在寺院四周的树上悠扬响起。阳光倦慵，天热，挥汗如雨。住持空明早就派人给我送来一台电扇。日夜开着电扇，仍觉闷热。心脏不适，服药后，稍得缓解。

在台湾这么多年，看到政坛人物信仰宗教已成为一股社会风尚。面对复杂的政局，一些政治人物借宗教力量来解决问题。政教之间，似发生了密切关系。有一阵，佛教有很大影响。后来，深受基督教影响。近年，佛教又重新时髦，在政坛影响力大增。政治上难以抉择的事，有的显要常常听取宗教界人士分析。有些行动使我感到是在用不语禅或棒喝之类来对待百姓。

为什么有此风尚？有人说：政界人士常面对难以处理的问题，力不从心，希望借信仰寻求慰藉，协助内心升华，重新思考新方向。

有人说：有些政界人士把宗教当避风港，有些则是利用宗教的群众力量积累个人声望，企图建立道德形象。是否真诚极有争议。

我却感到这同人生密切相关。我从自己的切身体会，从玉龙寺的真实传奇中，得到更多的解悟，有更多的想法。那些想用宗教建立自己道德形象的政客，使我不禁想起玉龙寺的智信和太空。

我虔诚地信过佛，后来是不信了！抗战初期，我振作过，也有过火一样的热情；后来却被生活的重压和社会现实的黑暗改变得意志消沉了。我自认为忠贞于爱情，以后却做了破坏爱情的事，造成了终身遗憾。我离开大陆去台湾，是一场历史的误会。历史给类似我这些从大陆去到台湾的人开了一个大大的玩笑。这玩笑，几乎延续了半个世纪。其实我从未真的拥护谁或反对谁。我只想脱离政治，并不想弄懂孰是孰非。在台湾，我只是一个世俗、平凡、庸庸碌碌的大时代中的小人物，在春夏秋冬的岁月风尘之中浮沉。连写作也不是为了真正想表达些什么，虽然也有过这种想法，但终于只是为了谋生或扬点名声拿稿费混碗饭吃。我一直想寻找某种我可以信仰的东西。包括永恒的爱情在内，我有过可以得到的东西，却总是自己彷徨、摇摆，随意丢失。到现在，风烛残年了，我信仰什么，却说不出。

好像哪位文学家曾说过："我们的每一缕思想，只代表我们生命中的一个时期。倘使活着不是为了纠正我们的错误，克服我们的偏见，扩大我们的思想和心胸，那么活着有什么用？我们每过一天都想和真理更接近一些。"这话对，但我未做到。

这难道不是最大的悲剧、最大的痛苦吗？

拿我的随波逐流做个典型解剖展示展示吧！给那些刚走上生活道路面对人生迷宫的青年人做个指导吧！

有这么一个故事：

一个流浪者，一直在寻找光明和出路，一直在走呀走呀，走呀走呀，可是再也没寻找到一个一直不灭的光明，也没有寻找到一条一直不断的出路。

有人劝他去问庙里的神：哪里有这样的光明，哪里有这样的出路？

他摇头说："我不信神！我没有信仰，我也不迷信！"

有人劝他去问问最有智慧的圣者：哪里有这样的光明，哪里有这样的出路？

他摇头想：天下哪有什么最有智慧的圣者！我不相信有什么能指点我前行的圣者！

他仍旧整天整夜地流浪，不管到哪里，总见到有黑暗，总见到有死胡同。

他越走年岁越老，终于老得越来越走不动了。但他为了要找永久的光明和不断的出路，仍旧只好走呀走呀！也许一位哲人说得对："行踪飘忽的过客，只能永世在真理之门外流浪！"

有一天，他知道自己老得不行了！他累得已经挪不开脚步也张不开眼睛了。他只能躺下，等待着死神降临。

但，他忽然有了启悟：光明！我当然找到过光明！如果没有找到过永久的光明，我怎么能看得到那么多永久的黑暗呢？如果没有永久的光明，我是怎么在黑暗中也走了这么许多的路的呢？出路，我当然找到过出路！如果没有找到过出路，每次从死胡同里回过头来，我怎么会流浪着走了这么多岁月经过无数城市、乡村呢？何必要去找根本不可能存在的不灭的光明和不断的道路呢？每一个人都有归宿，正确或错误每每决定于自己。只可惜我没有善于利用我身边的光明，我没有把握住我已找到了的出路！

悟出了这番道理，可是他已经太老了！流浪者无法再去在光明中大步走着曲折的路前进了！他找到的归宿只是一个两米长、一米宽的墓穴。

这个故事最近常从我记忆的深井中浮现出来，使我沉思。

我太像这个流浪者了！

冯明韬、悟众和悟心，该算是同我很不一样的人。

冯明韬在华北敌后同日寇作战牺牲的事，我后来是在四川从冯明光处得知的。冯明光的泪水从他那深度近视眼镜片下淌落着，很伤心地告诉我这噩耗时，是一个下着连绵秋雨的傍晚。暮霭正悄悄爬上窗户，涂暗了玻璃。他又接上一支烟，重重地吸，浓浓地吐雾，想抖擞疲惫哀伤的身心，声音低沉得像从水底里发出来似的，叹息着说完这个发生在遥远的北方的故事。那里边有催人肺腑的感动之语。

于是，一个魁梧高大而又挺拔的身影老是飘荡在我面前，我心头上有一种拂之不去的悲凉。透过身后的窗户，依稀听到窗外院子里清脆的雨打芭蕉声，凉风若有若无地袭来，稍带些轻微的寒意在脊背上弥漫……心中是落花迷眼、天地混淆的境界。雨滂沱，我的泪也滂沱了！

但，印象更深、刺激更深，使我惊心动魄的是悟众的死。

那是我即将坐船去台湾前的一个中午，当时城市里已显得兵荒马乱，来送行的一个朋友讲了一件"闲事"给我听，说前几天为平抑银圆黑市价格飞涨，当作"投机银圆贩子"在市区闹市中当众枪毙了的一个人，络腮胡子，左脸上有一块铜圆大的红记，其实并非真的"银圆贩子"，而是一个向军队做策反工作的政治犯，故意假借"银圆贩子"的名义杀掉他的。结果发现怪事了！死后验尸时，见这人头上居然有和尚的戒疤。原来是个出过家受过戒的和尚。大家都在议论，他可能是冤枉的！

朋友说得很随便，我心里却不好受了！那天，报上刊登了他行刑前的照片，当时我就觉得脸熟。这难道是悟众吗？为什么不是呢？完全可能是悟众呀！

这次回来，在上海见到悟心——向曙时，问起悟众，他就告诉我："我们后来在一起的时间不长，就分手了！许多年后，他牺牲得很英勇。烈士陵园里有他的墓，每年清明我常去看看的。"我将这段事说了，他印证说："确实就是悟众，他本名黄之东，当时的化名叫黄锐！"他又说："不管时代的潮流和社会的风尚怎样，人总可以凭着自己高贵的品质，超越时代和社会，走自己正确的道路，留下不朽的踪迹。"

那天，我们还谈起歪嘴和尚智信。

悟心知道的情况也不太详尽。只知道玉龙寺烧毁大部后，智信亲自出马向各界化缘，他吃得开、兜得转，同时命令寺中僧众人手一钵，穿街入巷向人乞化，还通过各地到玉龙山进香的施主，达到向外地募捐的目的。居然重建了一部分大殿、斋堂和禅房。但日本侵略者统治时期，智信为"大东亚圣战"卖力，在玉龙寺举办"追悼大东亚战争阵亡将士"法会。与日寇交往密切，为侵略者服务，成了汉奸和尚。抗战胜利后，被逮捕，死在监牢里了！

这也就是他应得的归宿了吧？不同的人有不同的归宿。人总是要死的，但死确有司马迁说的那种轻重之分。而且，有的人活着，也早被人遗忘，有的人死了，人们提到时总带着敬意。那么，我这个毕生想寻求不灭之光和不断之路而老是在摇摆、犹豫，终于一事无成的流浪者，我的归宿在哪里？难道就是在那个两米长、一米宽的墓穴里？

生活，需要我们有坚强的神经和意志。秋苇，当年，你告诉过我，你是完全为了我们的爱情而活着的，是为了我才下地狱的。但，结果呢？爱情本不可靠，我们后来分手了！我倒不怕承担我背叛了爱情的罪名，但主要我认为一个人不能老是为男女之间的爱情而活着。人生包括许多方面，爱情仅仅是其中的一部分。只是我却不能不万分遗憾。我这个人连爱你也未能爱得永久、深沉。在人生的中途，我抛弃了我对你的信仰，未能一以贯之。这该是我一生中最大的悲剧了吧?！

人生是不应当有这样的悲剧的。如果我未曾动摇对你的信仰，我恐怕不至于落到今天这样的寂寞凄凉下场！任何理由都无法为我自己解脱，这是我一个永远无法弥补的大错误。

在听说你在台中服安眠药自杀后，记得我当时就又悲又惊，几乎傻了！我立即赶到台中，去到你的住处。

我看到了你短短的遗书。使我最震动的一句话就是："我的扑满还是空的！我像芭蕾舞剧《吉赛尔》第二场中的为负心男人而死的鬼魂！……"

我亲眼见到了打碎在你床前地上的那只彩陶扑满的碎片！那是我从前送给你的信物。你一直随身带着，保存了许多年。

啊！我何其残酷！你又何其残酷！

在那十分伤心的阶段，我曾遇到过一个诗人朋友。他刚离开可怕的绿岛，从囚禁生活中释放归来。

我们一同喝酒，我是陪他借酒浇愁，他也是陪我借酒浇愁。我们互相都安慰对方，但双方什么都没有说。只是沉默地喝，喝！

最后，快分别了。

他带着酒意，但是清醒地对我说："一切都如过眼烟云，你打算怎么活下去呢？"

我摇头说："我茫然，不知道。我倒想问问，你打算怎么活下去呢？"

他笑笑，笑得很惨，却又使我感到坚强，说："我有过的东西，爱情、家庭等，全失去了！我想寻找不会失去的东西！"

"那是什么呢？"我望着他那被酒精刺激红了的眼睛，说，"我也想寻找那种不会失去的东西。是指真理吗？是指不朽吗？"

他没有回答，也没有点头或摇头，只说："我们都去找吧！重找一个彩陶扑满。"

"那怎样去找呢？"

"靠你自己！在生活的十字路口，在生死搏斗的关键时刻，只有自己能决定自己。没有捷径，也没有哪吒的风火轮。生命是你自己的，你拥有它，便要自己为它负全盘的责任。"

他走后，突然来了台风。那正是台风季节。风势很猛，夹着暴雨，房屋玻璃窗都在晃动。雨水在窗玻璃上像泪水纵横。我独自静坐，想得很久。风声雨声，声声入心，我好像悟出了什么，又好像未悟出什么，但突然又有了当年出家受戒在玉龙寺坐禅时的感情了。

贫穷、厌倦、我的无所作为，以及我胡乱相信"缘聚则合，缘散则离"，我的固执、猜疑与越来越怪僻的脾气，使得我们竟会分手反目，以致终于造成了以后你的孤独与自杀。我很懊悔。但此时的我，对佛教早已变得玩世不恭。我只是觉得：去寻找不会失去的东西，那是对的！

那是什么东西呢？

今天清晨，我站在玉龙寺的后山上，展望日出。一轮鲜红的太阳，从东边天际缓缓地升浮起来。先是红得像胭脂，很快又腾跃而起变得金光闪闪。朝阳带来的美丽色彩，很快便染遍了四周的青山绿水，使我心醉，远处隐隐约约，许多数不清的工厂和楼房，这是我回来后印象最深的一点了！几十年来，发展变化之大，是太出乎我的想象了！

朗朗乾坤，大野芳菲。我忽然有所悟了！这永远不会失去的东西，是我们祖先传下来的祖国大好山河呀！

我突然有了一种从混沌蒙昧中苏醒过来的感觉。从古至今，华夏多少炎黄子孙，仁人志士，不都是为了这祖国的大好山河的统一、完整，为了反对强敌人侵而献身的吗？

我终生要找的东西，就放在我的面前，它经历千秋万世而屹立在中国人的面前！

秋苇，自从我们三十多年前分手以后，谁都没有再结婚。那是对爱情和婚姻的厌倦造成的吧？我生活过得不顺心，你独自生活，也非常艰苦。终于，你凄凉寂寞地走了！今天，我突然想：我要将你的骨灰盒带回来。根在这里，家乡在这里。一个人最难丢弃的难道不是自己的祖国和家乡吗？这是我——一个倦而知返的老人的迫切心愿。我愿叶落归根在此找我的归宿。等我也死了，让我们就一同睡在祖国家乡的土地上，睡在祖国大好青山绿水的怀抱中。生前我们未能为它做什么，死后，让我们化为烂泥，给它添一点沃土吧！

啊！我想你一定会愿意的！秋苇，是吗？是吗？

晏师明（觉非）的回忆

1937 年那个夏天

我完全想不到以后的事情会那样发展，而且变幻得这样快！

那年夏天，特别燥热。

离那次梵音岩下听经石旁同冯明韬见面，一晃半个多月了。我后来就没有再见到过身材魁梧高大的冯明韬，也没有见到过大脑袋虬髯的悟众和年轻精明的悟心。

他们三人是什么时候走的？不知道。是不是一起走的？这我不知道，别人也不知道。

他们走前，我曾偷偷去如意寮看望过一次悟心。他的伤势已经渐渐痊愈。

他感激我的好意，轻轻地坦率地说："我不做和尚了！我要还俗，找我的归宿！"

我发现他脸上有一种无畏的神色。

反正，他们走后，寺院里像爆炸了一颗大炸弹，轰动了！传说在如意寮里养伤的悟心门上的锁被砸坏人也逃跑失踪了；又传说那个挂单的游方和尚梵月不见了！犟脾气的悟众也不见了！

玉龙寺一下子突然不见了三个和尚，岂不奇怪！有人回忆，说他们三个平时似乎有些什么来往。有人则否定这种说法。有人说：会不会是梵月、悟众把悟心从如意寮里救出来带跑了？有人说：三个和尚顶多出去托钵化缘。保不住将流落街头乞讨……

但，他们三个就是杳如黄鹤，一去无踪影了！

只有我心里明白：他们是有目的地走的！他们不是一般的人，也不是一般的和尚。

他们的坚定，倒令我增加了徘徊。

我因为他们三人的"失踪"变得心地更加悲凉寂寞了。他们在玉龙寺，同我的交往其实只是那么少的一点点，可是他们走了，我却感到格外凄凉、寂寞和孤单。仿佛我一下子少了些亲人。看到疯和尚仍被囚禁在如意寮中，看到智信仍旧飞扬跋扈的嘴脸，我痛心疾首。那种梦中有过的置身于动物园中的感觉，常常酸涩地涌现在心头。

　　想不到，那天下午，智信忽然派人来把我叫到他的方丈室里去了。

　　方丈室在树荫下的阴影里，智信还不是住持，因为太空法师正在病危或已病故秘而不宣，但谁都明白：智信必定要做玉龙寺住持的。他现在已经就在方丈室里掌握全寺一切事务了！传说慧观受他排挤打算远远出去云游八方。

　　无数的鸣蝉正在树上声嘶力竭地苦叫。智信见我时，架子变得很大，倨傲严肃，歪着嘴说："觉非，你来玉龙寺的时间也不短了！我们对待你是十分特殊优异的，例如早晚课诵、斋供，可以不随众等等。这你应当知道。"

　　我点头说是。

　　智信接着说："但，细细观察，禅僧讲净心、自悟。净心即心绝妄念，不染尘劳；自悟则一切皆空，无有烦恼。能净能悟，顿时成佛。可惜你六根不净，贪、嗔、痴、慢、疑及不正见都有，一直未能走向顿悟之门。"

　　我不禁想：你呢？

　　只听智信继续说："'泥佛不度水，木佛不度火，金佛不度炉。'佛经说：'四大本空，五蕴非有，缘聚则合，缘散则离。'现在，我们之间，缘已散尽。太空法师病中犹关心着你。他希望你离开玉龙寺，能去外地找名山古刹朝山进香。望你善体他的法意。也许你离开这里有优遇，能容易达致清澄的心境。"

　　空气火烧火燎地使人感到窒息，使人慵懒困倦。

　　一听他从歪嘴里说出的这番话，我明白是要驱赶我走了。我虽然懂得天下万物，无论巨细贵贱，皆有其容身处，各有各的一片天空，各有各的一席之地，却不能不因他的驱赶而感到震惊，感到羞辱。身上全汗湿了！

一时间，觉得仓促，难以应付，又不知今后将去何处，产生出一种渺茫无依的心情。但到底是坐禅已久的出家人了，想到心如明镜止水，面对世事突然变化，胸中也就浮出了物来顺应的应对方法。

我双手合十念佛回答："迷时三界有，悟后十万空。指点的我明白了！"

酷热满和在空气里面，火焰焰的太阳当空晒得四下里都像蒸笼。

我淌着汗，不无懊丧地回到禅房里，不禁悲从中来，但，没有流泪，也强自克制住伤痛。我正襟危坐，心里盘算："天真地以为入了佛门，一切都是真、善、美，何尝想到今天！唉，算了！算了！我还是走吧！在这里度过了一年多没有笑声、没有歌声的日子，茫茫人世，在这酷暑天气，我就托钵出去云游吧！"

我向往着安徽青阳县境的九华山、四川的峨眉山、山西的五台山、浙江的普陀山，闻名于世的中国四大佛教名山。我想：我何必赖在此地呢？我不如冒着干燥炎热的热风，顶着郁闷、昏晕的气温，去到那奇峰峭壁、美丽多姿、环境清幽的名山古刹中，用一颗虔诚的心，饱览胜景，顶礼膜拜……

在同冯明韬那夜见面之前，我心中暗暗有过这打算，只是未下决心，现在形势逼得我不能不离开玉龙寺了，我又何必不下这个决心呢？

是的！在这酷暑天气，我独自云游，日行夜宿，必然疲惫不堪。我手头无钱，浪迹江湖，全靠化缘，也许会病倒途中。但，这一切都是无可考虑的了。离开玉龙寺，已经势成定局。"一念不决，念念愚痴！"何必再犹豫彷徨？

空气散发着燃烧似的气息。我的心里也燃烧着。对于未来，似乎处在一种不可知的境地，自己也无法预卜自己的命运。

这使我变得格外孤僻和困懒。我呆呆地看着窗外天上的一片悠闲地浮在蓝天上的云片，它映着耀眼的日光慢慢移动，像漫无目标的旅人，闲散而恬静。晴空万里的蓝天，延伸到无穷无尽的远处，澄净透明。我感到疲倦，昏昏沉沉不想动弹，只是计划着过几天我就上路……

也不知什么时候，天变了！

一阵闪电呼啦啦闪过，打了一阵闷雷，闷雷过后，接着是风，忽又下起急雨来。天上乌云翻滚，沉重飘急的大雨点噼噼啪啪像鞭子似的猛抽在屋顶、树梢和地面上。檐头的水声哗哗啦啦流淌不停。

雨，其实自己并没有什么响声。它的声音来自它打落在不同地方、不同物体上的回声，真正纯净的雨声，也许发生在空中雨线摩擦碰撞之时，但那几乎是听不到的。

天，凉爽些了！好一阵子的暴雨过后，雨转小了，雨点子稀疏了。禅房前长满青苔的地上，积水的地方，水面漾出无数水点造成的小圆涡。那暗下来的天色，和灰黑云块密布的天空，不时又发出一阵闪电，一阵闷雷，使人明白暴风雨还会再来。

大殿里传来嘹亮的梵唱，低沉的大鼓声，咚咚地震着众僧心里各起共鸣，例常的晚课时间到了。

点燃一盏青油灯，我独自在寮房里结跏趺坐，身体端正，不动不摇，手结定印，合眼断光，闭口合齿，心中暗想：生命的可贵，在于舍弃，在于奉献，也就是佛陀所说的布施波罗密多。对于生命的贪爱与执着，是众生不能舍弃、不能奉献、不能布施的根本原因，也是众生不得解脱的真正缘由。我也是这样！所以出家受戒到今天，依然犹犹豫豫，彷彷徨徨。今后，离开玉龙寺了！对于生命，"生为徭役，死为休息"，我不会也不应那么珍惜了。我应当摈弃忧患，收敛意志，坚定信念，不再做任何非分之想。也许我能从流浪和乞讨中重新去体验生活的意义。

我想起冯明韬和悟众、悟心的走，感到他们真是轻松，也真是坚定。既有钦羡，也有敬佩。只是总觉得自己与他们不是一路的人。头脑里一时还纠不过、拧不过自己的步子。

我默默诵经，感到天已暗将下来，雨仍在淅淅沥沥地下。万没想到，就在此时，奇怪的完全出我意外的事发生了！

难道人世间偏多这种想象不出的怪事？

难道人世间总是"山重水复疑无路，柳暗花明又一村？"

怪极了！有一个熟悉的、亲切而温柔的声音，带着浓烈的感情响起在我的身边。

有人在轻声呼唤着我的名字："师明！师明！……"

声音很近，又似乎非常遥远、遥远。有一种似梦非梦的感觉。

然后，我闻到了空气中有一股淡淡的香味，一股熟悉而好闻的宁静的香味。那不是外边飘进来的花香，也不是寺院中应有的香味！

以为是自己的幻觉。我强自克制，不让自己受任何虚无缥缈的想象的干扰和诱惑。出家受戒以后，我已经被这种诱惑折磨得够苦的了！现在当我快要离开玉龙寺去远方云游浪迹天涯时，我又何必再继续受这种诱惑的折磨呢？

我紧闭着眼，益加屏神集气，默默诵经。

但，呼唤我的声音又起，更加亲切、温柔："师明！师明！……"

我终于不能不睁开了眼睛。

站在我眼前的，是秋苇！透过微弱的灯光，我看到了她丰满合度、端正窈窕的身影。苍白的脸上，目光清扬婉约，她的神情明澈熨帖，柔媚有度，像海水一样深沉的黑眼睛上罩着长长的睫毛。她的乌亮的黑发，梳着一个好看的发髻。穿一件素净的黑洋纱旗袍，打着一把黑洋布伞，站在我的眼前，嘴角上抿着淡淡的忧愁。

她的脸上有忧郁，有憔悴，有愁绪，也有关怀。总之，是一种难以形容的神秘而复杂的表情，像一朵褪色的玫瑰，一轮苍白的月亮。

她站在寮房外，打着伞立在大树下，雨箭透过树枝树叶的缝隙洒落在她的黑洋布伞上，发出沙沙沙的声音。

呀！秋苇！真的是秋苇！

这可能吗？她怎么会突然来了呢？这怎么不可能呢？她不是现在就站在我面前了吗？

她为什么这样哀伤？她一定有过不幸的遭遇。而我，已经出家受戒做了和尚，头有香疤，身着僧衣，瘦骨嶙峋，面有菜色。那么，她千里迢迢来到这里找我、看我，在这样一个阴沉的、下着令人凄凉的夏雨的晚上，她来了，她见到了我，见到我这副模样后，能不悲伤吗？

啊，啊！我的心里哀伤极了！那些过去了的明快清澈的期待，令人激动的回忆，伤心的失望，都回来了！我的心里也纷乱极了！在这种夜雨时分，在这种我被驱赶即将出外云游、四海为家的前夕，在这种万念俱灰、我对人世早已伤心绝望只求早日解脱的今天，我何曾想到秋苇她会突然来到站在我的面前呢？

雨声又起，忽急忽缓……

是梦抑是非梦？难道是我对她念念不忘，精诚所至，因此引来了她的魂魄？抑是我的狂想与思念，凝成了她的幻影出现在我面前？

我悄悄用手掐我的大腿！啊！绝不是在梦中！

那么，秋苇她怎么会来的呢？啊，爱情！你真像这夏日诡谲多变的天气！

满身是风声、雷声、雨声。……

我木然呆坐，闭上眼不看，闭上嘴不说，像一尊泥塑木雕，心里浮上一阵奇异虚空的感觉来。

我为什么要看她呢？我能同她说些什么呢？她早已背弃了我，琵琶别抱！我曾那样地爱她，又那样地恨她！为了她，我厌倦了人生，离开了红尘，来到这古刹出家受戒。

她早已同她那有钱的表哥结合，做了人家的妻子。我用世俗的道德也好，用出家人的胸怀也好，都已不能把她看作是当年与我一同沉浸在爱河中的秋苇了！释迦太子成佛前，曾到尼连禅河洗澡，洗掉了六年的污秽，决心去开辟自己的宗教途径。我晏师明来到玉龙寺出家成为觉非和尚，早已决心洗掉我往昔沐浴在爱河中的那些恩恩怨怨。此时此地，我还有什么好看的？我还有什么好说的？

雨水不停地从天而降，狂落倾泻着……

啊，啊，秋苇！你这是怎么一回事？你在你的山外红尘中，我在我的青灯古刹内，我们各走各的路，你又何必苦苦还来纠缠我？

我头脑里颠三倒四地在胡思乱想。

只听得秋苇那凄凉关切的声音说："你怎么不理我呢？我得到了消息，立刻就赶来了！就像孟姜女来到了长城下，难道你要我哭毁长城？……"

我的心如一块生铁被一团烈火焚烧。我仍旧眼不睁、嘴不张。我明白：一定是冯明韬写信告诉了他弟弟冯明光，明光又告诉了秋苇的。一定就是这样！

那夜，我并没有坚决反对冯明韬把我在玉龙寺出家受戒的事透露出去。甚至我在一种犹豫不定的感情中是默默答应他可以把我在此当和尚的事透露给冯明光的。也许，当时是为了不使明光和我哥哥太伤心，别以为我已不在人世了！好让他们放心。但又何尝没有让秋苇也知道我的信息，使她也别伤心和得到放心的意愿存在呢？

人，就是这么一种常常充满矛盾的有思维的动物啊！人，就是这么一种复杂而又可怜的动物啊！

房前阴沟里流淌着哗哗的水声，雨水冷冷地在飘零飞落。

我觉得不能回答秋苇的话。我仍旧紧闭双目，端坐念佛，仿佛她并不存在于我的面前。

秋苇的声音里带着哭泣："师明！你怎么啦？你恨我，是吗？你张开眼看着我。你说话呀！……"

她明白我恨她吗？

是的！我怎么能不恨？我们曾山盟海誓。我们曾愿作天上的比翼鸟！可是她竟背弃了我！是的，她为我吃了许多苦，做出了很大的牺牲。可是，最后，她终于屈服了，抛弃了我，就像抛弃一件旧衣。她对爱情没有坚定的忠贞，她对爱情采取了叛变的态度。而我在她面前是无罪的。对不起我们的爱情的是她！不是我！

现在，她来了！如一缕烟，如一个梦？可是她早不再属于我，又何必来？水已泼掉了，覆水难收呀！她来，徒然增加我的痛苦与烦恼，此外，又有什么意义？

我不稀罕廉价的怜悯。我曾经培育与浇灌过的纯洁真诚的爱情，早被玷污了，早就破坏了，早就不存在了！为什么要可怜我，同情我呢？我破碎了的心无法再缝合或黏合了！爱情不是怜悯，不是施舍，我也绝不为此化缘！

我们之间的孽缘已尽。智信今天早些时候不是向我说了吗？"缘聚则合，缘散则离。"秋苇，我们的缘早已散了！早已离了！你回去吧！

于是，我紧闭双目，默默唱起经来：

> 自心众生无国誓愿度
> 自心烦恼无尽誓愿断
> 自性法门无量誓愿学
> 自性佛道无上誓愿戒

秋苇那关怀、动人的声音又响了。她一定在流泪。只听她说："师明！我匆匆赶来，一分钟也没有停留，只是要陪你离开此地！我们一同走！以后永远在一起！你难道连这也不明白？"

她的话，我一点也没听错。她确是在说：她来是要陪我离开此地，与我一同走，此后永远在一起。

但是，我能这样吗？我以前同她热情倾心相爱，已是错了一次。现在，我出家受戒了！她是有夫之妇，我是一个和尚。我怎么能犯这种邪淫之戒？干这种悭贪之事？再来犯第二次大错吗？无此必要也不应该呀！

爱，应是将我的快乐放进别人的快乐里！我不能为自己的快乐而使别人痛苦呀！

檐头雨水声潺潺，雨又大了，哗哗地打在寮房前的树上、地下。听着雨声、水声，我的心里流水落花无限伤感，意志却更坚定。

到处弥漫着湿润润的水气，暑热消敛。我闭着眼，仍旧不理不睬，求得心灵上的平和与宁静。

时间正在悄无声息，缓慢而又迅速地滑过。

"师明！你睁开眼来吧！别不理我！"秋苇哀求着我。

我眼没有睁，尽管潮气从脚踝上袭，腿上发凉。我像沉睡入定一般。

秋苇突然放声哭泣起来了，哭得好伤心！哭声与雨声、水声混成一体，苍天也似乎在为我们苦泣涕零呢！我心里好苦哟！但我不能睁眼，不愿说话。我心里想：让她回去吧！让她去另外追求幸福吧！明天，我就提前走了！此去何处？"明日隔山岳，世事两茫茫。"我曾追求过真正纯洁的爱，从中体味真正纯洁的美。现在，我不能而且何必去亵渎爱、亵渎美呢？

爱是一种责任！她背叛过！我却不能不负责任！

哭泣声和雨声、水声在我面前喧哗，我却在想：有人说爱情是不朽之物，我却觉得它对我早成速朽之物，人生痛苦，莫此为甚。

我的心里反而不那么混乱了，开始平复下来。

秋苇大约停止了哭泣。但她显然不想离去。她显然有一种比什么都强烈的固执，要使我的眼睛睁开，要使我说出心中的话来。她走近了我，我可以感受到她身上那种好闻的芬芳的气息。可以感觉到她身上那种带着温暖的热气。

她带感情地说:"别把你的心锁起来!也许你恨我!是不是?但是你错了!你完全错了!"

心绪纷乱,我闭着眼寻思:我错了?错在什么地方呢?又想:我是恨你,难道错了吗?难道会有什么我不知道的事或是有什么事被我弄错了吗?

雨,哗哗哗,仍在无尽无休地编织着剪不断、冲不破的悲帘。

"你记得送我的那只彩陶扑满吗?我一直带在身边。这次也随同衣物带来了!你忘了那只扑满了吗?"

啊!她提起了那只我要她贮满爱情的扑满!这扑满她一直保存着带在身边呢!

只听她继续说:"你觉得我背叛了你吗?你觉得我们曾山盟海誓而我却抛弃了你不讲信义了吗?你错了!"

我不禁叹了一口气,只是仍旧闭着眼、抿着嘴。

秋苇的语气里带着唏嘘:"师明!你不知道我为你受了多大罪、吃了多少苦、付出了多大的牺牲吗?这一切,都只是为了我与你的爱呀!难道你就蠢笨得连这也不能理解吗?难道你对我的了解就这么浅薄、这么错误吗?"

我闭着眼,想:说这些又算什么呢?这一切我都知道,都理解,但最根本的是那最关键的一步,你不该在最后动摇我们的爱投入他人的怀抱呀!有了这个结局,前面的一切都说不到了!都无价值了!如今,你已是你那有钱的表哥的妻子。你突然又来到我面前,你打算使你良心上能过得去,得到一些负疚后的弥补。但你不知道你这样反而更加刺伤了我的心吗?你这自私自利的美丽女人呀!你居然还责骂我笨,责怪我对你的了解既浅薄而又错误。我无须做什么争辩,只是就凭你突然同你表哥结婚同去日本度蜜月,这雷电似的打击,几乎使我自杀,几乎使我发疯,终于使我出家受戒,落到今天这种境地,你有什么资格，有什么理由还来刺激我呢？

我懒得去说什么了！依然像尊塑像似的坐着，不动也不响，不睁眼也不开口，由她去说，我自坚定不移！

她的语气变得锋利了，说："你太叫我失望了！你不是学了佛了吗？你应当知道，我完全是为了你才活着的！我也是为了你才下地狱的！别以为我背弃了你。我没有！我如果不答应那门婚事，我只有死！但为了你，我舍不得死！我宁可下地狱，为的是有朝一日，我可以逃出来再找到你！但是，我回来后才知道，你失踪了……"她哽咽起来了，伤心已极。我可以想象出她的泪水正像天上正降落着的流星急雨一样。

可是，我依然感到不愿睁眼张口。我的心上又混乱起来了，又翻江倒海般地大起大落了！

她说她是为了我才入地狱的！是真的吗？是的！这可以理解！她当时的不自由的处境，确实是除了死只有答应她那严厉蛮横的父亲和奸刁残忍的继母的条件，同比她年长十岁的表哥结婚然后同去日本。但这不算背弃吗？她人的究竟是天堂还是地狱呢？我今天再来苛责她，已经毫无意义。可是木已成舟，她如今已是别人的妻子。她为什么要用这种愚蠢的"入地狱"的办法，使自己使别人都受到损伤呢？

她不该为自己找这样一种归宿。用欺骗的办法破坏了我们之间对崇高的爱情的信仰，又使我有了这样一种出家当和尚的归宿。她难道不明白，她自己做的是多么罪恶、多么错误的事吗？如今她，却把错误当成正确，把恶当成善，还居然铮铮有理地在这里当面指责我！她将我打入了地狱，却说自己是在入地狱为了拯救我。真是从何说起哟！

第一次爱与第二次爱迥然不同！

我仍旧默默无声，铁定了心。

秋苇似乎失望了，也绝望了！她未能找到通向我的心的那条曲折小路！

她微喟似的说："好吧！你总会回心转意的……"

我听到并且感到她的身体渐渐离我远了，那股过去熟悉的香味渐渐远了。她不再作声，一切归于寂静，只剩下雨声滴答，水声潺潺，忽而有闪电，有隆隆的雷声。

她走了吗？她说："好吧！你总会回心转意的！"是什么意思？

她在干什么？

我闭目凝神，屏息注意着她的动静，但除了雨声，一切阒无声息。她真的好像离开了我，她好像静悄悄地走了！

我心里七上八下了！难道这就是那次太空法师说的四字诀"七七八八"的意蕴吗？当她刚才靠近我站着的时候，一种爱的感应，使我的腾跃的血似乎一时都冻结了！当她说话时，我感到她是仍旧要用爱的锁链来锁住我。为这，我亟思摆脱。现在，我感到她突然离我而去了，一种行将失落的恐惧感马上震撼着我。我忽然如此害怕会永远失去了她！不由我自己做主，我强自克制，仍抑制不住焦虑。听着雨声哗哗，雨越下越大了！那雨声烦躁不安，像都射在我的心上。到底爱是痛苦？还是痛苦是爱？我也说不清楚。我不由自主地张开了眼睛。

一盏青油灯依然闪闪烁烁放着微黄的光，在我的面前和寮房里，没有了她的踪影。

一把黑洋布雨伞，湿淋淋、孤零零地竖在寮房门前，靠着门框，滴得满地是水。

寮房外，是深墨漆黑的夜，绵密有力的雨点正在射落。黑沉沉的雨夜，不时有闪电银亮地划破长空。远处的蛙声鼓噪清晰可闻，可以想见大风雨中狂乱地摇曳着的田禾、绿树、青苇和野草。

忽然，响起了一串曳着紫蓝色火花的闪雷，闪电"嗤嗤"似利刃劈下。电光中，我看到在寮房外的大槐树下，秋苇浑身湿淋淋地站立着。她的发髻散乱地披散在额前和肩上。她那么苍白，那么娇弱，像风雨夜中的一朵白色百合花。树上的雨水和空中的雨箭都淋浇着她的全身，她目光里充满了哀愁和朦胧，似乎变得奄奄一息了。

我蓦然想起一件往事。那是在过去那段甜蜜的日子里，当我们热恋时，有一次，夏夜在湖里划小船，忽然下起骤急的大雨来了！雨真大啊！湖上氤氲起了白雾，雨水也同白茫茫的雾气混成了蒙蒙的一片。

怕雨水打湿了她的身体，使她着凉，我脱下了西装上衣罩在她身上挡雨，笑着说："记住这一次，我怕你受寒，曾脱下衣服给你遮雨。"

她也笑了，转过身来，用身体替我挡着雨，说："记住这一次，我怕你受寒，曾用身体给你遮雨！"

我们都亲热欢快地在雨中笑了！笑声传得很远……

啊，今夜，她千里迢迢到这玉龙寺来找我，遭到了拒绝。她却在滂沱大雨中，站在大树下，用淋着雨的行动，等候着我回心转意了！

雷雨，似乎解悟人意，下得更大了，像瀑布似的从天上倾泻下来。雨声叩击屋顶，檐水敲打台阶。闪电，用它的白光剑斩破长空。雷在低低的云层中轰响咆哮，震得人心里发慌。

我真怕秋苇娇弱的身躯经受不住这暴雨的倾淋。虽是夏季，雷雨之夜长时间淋着雨皮肤也会冻得青紫的哟！

我真怕那巨大的雷电会猛击在她湿淋淋的身上，这样的暴雨惊雷时节，站在大树下是最最危险的了！

秋苇站立在那里，静止不动，仿佛没有生命！

当一道白色带蓝的闪电又猛地闪过时，一个霹雳炸碎了房檐上的屋瓦。我已经毫不犹豫地站起身来冲出寮房扑到树下，爱怜地将秋苇连拽带拖拖到寮房里了。

我摸到她的手和臂膀都冰凉冰凉，凉得钻心。

我心疼、焦灼地说："唉！你何苦如此！"说着，我的泪水止不住就簌簌流得满面了。

刹那间，我的凡心动了！原来，生活中有许多东西是你逃避不掉的。你无法躲开它，也改变不了它！一切过去了的被我埋葬了的爱情又都回来了！正如一位哲人说过的那么一句意味深长的话："生活是一本精深的书，而爱情则是其中最精彩而又最艰涩的一页，别人的注疏代替不了自我的理解。"

"秋苇！啊，啊，秋苇！"我紧握住她的手，用自己的僧衣下襟不断给她擦拭她湿淋淋的脸庞、臂膀上的雨水，不断地用我的袖子去吸拭她黑洋纱旗袍上滴滴答答往下落的雨水。

那盏青油灯，此刻油尽灯枯，突然熄灭。

我情不自禁地一把拥抱着秋苇，想用我的体温去温暖她的身体，温暖她的心。我将她抱得那么紧，那么紧，似乎怕会突然失去她。我再也不能失去她了！我曾经为了她自己那么苦着自己。如今她出现在我的面前，她用的是唐三藏西天取经的毅力和精神来此的吧？她用的是白莲救母、沉香劈山的精神来此的吧？过去我曾梦寐以求的幸福放在我的面前，我却还残酷无情地一再置之不理。我何其忍心，我何其糊涂，我又何其愚蠢呀！

她什么也没有说。我先前对她的拒绝和淋了这么久的暴雨，已使她十分衰弱。但更多的我感到是她对我刚才那种不睁眼、不说话的拒绝心中不释。

我不断地呻吟般地说："秋苇！我爱你！我永远爱你！饶恕我刚才的态度！饶恕我对你的不公吧！"

她突然出声抽泣了！用她善良、温柔的声音说："我不怨你！也许我是错了！但我确是为了你才答应他的！你应当相信我！"

我说："我相信！相信！"我感到她冰凉的泪水淌在我发热的脸颊上。

她说："但是，我已经同他分手了！我现在是自由的了！我也同家里不来往了！我有点首饰，你跟我走！我们去找我们的天地……"

她真该一来就跟我这样说。但是她竟直到现在才这样告诉我。这使我惊奇，又使我喜悦。这一会儿，我突然感到，我虽然来玉龙寺出家当了一年多和尚，其实我这不过是为了遁世，看破了红尘受了刺激而找一块僻静处寄托哀思和块垒。信仰对我是并不存在的。我在这一年多里的诵经释佛，在这一年多里的坐禅以求解悟，都仅仅不过是为了求得自己心理上痛苦的解脱，一切是从我出发的。我一点也做不到无我。于是，当秋苇来到，像死灰复燃，我的心上又熊熊燃起了凡夫俗子的一切欲念，对山外的红尘，又流连忘返，无限向往了！

悲剧和喜剧常是人自己制造、自己决定的！

多的想法是没有的！有的只是爱！热辣的爱！

我只是连连像念经似的对秋苇说："我听你的！我一切都照你的办！我跟你走……"

离开玉龙寺，这时反而成为一种解脱了！这里早已无可牵挂！我没有什么要带走的！甚至连那只本来对我十分珍贵的钵——智信在我受戒时曾大声警告说："打碎了钵，要随钵而亡！"

现在，钵对我有什么用呢？我已无须托钵去作游方和尚挂单了！让它留在玉龙寺吧！

我光身一人，丢弃了身外之物，同秋苇摸着黑向玉龙寺外的小径上走去。

雷雨仍在下，我们决定走！冒着雷雨不被人知地走脱！离开玉龙寺，走向人间，走向我们那不可知的未来！

天，黑暗得伸手不见五指。我们在暑天的急骤雷雨中，淋着雨，身上发寒，浑身起了鸡皮疙瘩。高一脚、低一脚地穿过走廊，想趄过前殿，经过四大天王塑像走出山门去。

也不知为什么，这时我心里却隐隐有了一种恐惧感。我听到打更声，很怕碰到人。我知道，夜里山门是关闭上闩的。只有从寺院西侧那堵矮墙的缺口处可以爬出去，我扶掖着秋苇，两个人浑身湿淋淋地又向西边走。

更声遥远，但就在这时，在近旁暗处有一个庄严的人声在说："觉非，你将何往？"

我一惊一愣，雨中只见前边不远处配殿下，站着一个瘦瘦高高的和尚的黑影宽大的僧袍，使得黑影在我眼前显得修长、高大。

一道闪电从长空中白光一划，我看出了这是眉目清秀的慧观。是他，不是遇见智信，这也算是幸运呀！

我带着秋苇硬着头皮走近去。却听到秋苇在耳边说：“这位师父人很好！刚才就是他带我去到你那里的！丢下我他就走了！”

我“唔”了一声，坦然但带有歉疚地对慧观说：“师父，感谢关照，我要走了！”

我这算是回答了，实际也没有回答。许多事一时哪说得清？许多事一时又怎么说？

山崩地裂的一个连环响雷，轰隆隆在天上奔驰。他那充满智慧的脸上，表情聪颖而通情达理。好像十分懂得我的心，双手合十，念了一声：“阿弥陀佛！”

他庄重严肃而又恳切地说：“你动摇了？”

我惭愧地说：“我……”但什么也未说得出来。

他说：“玉龙寺有些主事的和尚违背了教旨，但他们不能代表全部和尚！佛经是有价值的，虔诚的信徒总会振兴佛教的！”

我叹息着说：“师父请明鉴……”

他打断了我的话，摇摇头说：“你们的事我也知道一二（我想：他是怎么知道的呢？难道他同冯明韬也有交往？）人各有志，玉龙寺不是清净土，红尘中罪恶更多！主要是自己该怎么做。要去，那就去吧！一切好——自——为——之！”

他的话善良而诚恳，使我从心中产生感激。这时一个响雷炸得人心悸，雨又飘泼下来。

我双手合十说：“谢谢师父！”

我挽着秋苇，冒着雷雨快步奔跑，心中惶恐不安而又带着侥幸和欢快，从西边矮墙的缺口处爬出了玉龙寺，经湿滑的坑洼不平的小路，向山下快步走去。漆黑的夜带着恐怖气氛。

四下里蛙声咯咯。远远近近似乎有无数大大小小的青蛙在欢快地歌唱，单调而神秘。大雨点降落着，蛙声随着雨声叫得十分欢畅。

秋苇紧紧依偎着我，我们互相扶掖着前进。我觉得她在微微发抖，是身上发凉还是兴奋抑是恐惧？恐怕都有吧！我们好像在漫无边际的黑水洋里泅游，盼着快到岸边。

水气与草木清香扑鼻而来。参天的林木在雨中窃窃私语，泥泞积水的道路踩得我们双脚双腿都是烂泥。我们虽走在漆黑的夜色中，心中有一种重聚的轻松与快乐，却又仿佛感到冥冥的黑暗中有无数妖魔鬼怪在窥视、议论。

狼狈地到达下边镇上的客栈里，才吁了一口气。秋苇早已在这里的二楼上开好了房间。连给我替换的衣服都完完整整地带来了。从雷雨中奔来，客栈的房间里给我一种温馨的感觉。

洗沐罢后，秋苇忽然说："让我给你看样东西！"

我喝着茶水，茶水苦涩回味却甜，问："什么东西？"

"你看，扑满在这儿呢！"她脸有喜色充满爱意地从小箱子里拿出那个彩陶的小扑满，双手虔诚地捧着像展示一件宝物似的将扑满放到我手里。脸上充满光彩和幸福，黑眼睛闪闪发亮。

啊！彩陶扑满！我们情不自禁地热烈拥抱在一起！我早热泪盈眶了！

这时，已过半夜，雨声幽幽地停歇了。一会儿，不知不觉间，夏夜的天空到处出现了隐隐约约的无数星斗。星星稀稀朗朗，仔细看时，又密密麻麻，像一颗颗银扣子似的将夜的黑色大氅扣得严严实实，使人看了感到深邃、恐怖而神秘。我们正打算就寝，忽然，听到有"镗——镗——镗——镗"沉重急促的钟声。远处，野狗的叫声也东起西落了。

我心里顿时一惊：这是玉龙寺的钟声呀！

是的！一点不错！这准是玉龙寺的钟声！

在这夜半时分，人们早已入睡的时分，钟声为什么这样疯狂地敲打呢？

我与秋苇一同站在二楼的窗口，向遥远处的玉龙寺张望。

这时，奇异的景象出现了！只见群山丛林怀抱中的玉龙寺，像一只巨兽蹲在山上。玉龙寺中冒起了冲天的火光，一蓬蓬抖抖的焰火。那火光，光芒辉映，似是适才那狂风暴雨所点燃，使人看了丧魂夺魄，有灼灼的蓝光，有吞吐的红火。暗夜沉沉，衬得那火焰更大更猛，也更壮丽。那是地狱之火，还是升上天堂之景？

火光冲天的景象，像一幅巨大的油画展示在眼前，色调幽暗而又明朗，光的对比那么强烈，黑暗衬得火光更加鲜艳、触目。

有一种无边无际的震惊，渗透到皮肤里、骨骼中。我心里怆然，壅塞着一种难以形容的感悟。秋苇依偎在我的身旁，默默无语，却颤抖着。

一会儿，她叹息地说："唉！玉龙寺起火了！好大好大的火哟！"

我潸然泪下，想：怎么会起火的呢？上次疯和尚放的那把火未将玉龙寺烧毁，今夜这把大火，恐怕就不同了！难道又是疯和尚放的火吗？"鲜花萎了，不能砸烂花瓶；鲜果烂了，不能丢弃玉盘！"一定是他！无论如何，放火这种无理智可言的事，这种不分青红皂白玉石俱焚的勾当，只有疯子才干得出来的啊！

啊！无穷的繁衍与存在，有消失，也有永存！玉龙寺，玉龙寺啊！

我的泪不知为什么挂满了两腮……

短短的尾声

1994 年 6 月 29 日早上，玉龙寺住持，那位白发飘冉的空明法师，到晏师明借宿的寮房去看望的时候，惊讶地发现老人躺在床上已经死了！

他连忙吩咐保护现场，立即报警。

老人脸上有痛苦的表情，枕边有心脏病的急救药，遗物中有些美钞和台币，也有些港币和人民币。此外就是些衣物和零碎用物及出入香港的过境证件和台胞证件。

引人注意的是一本札记本，只记了上面那三四天零零碎碎的日记，记录了这位不太知名的台湾作家的种种。

公安部门的人员和法医及台办的人员迅速来了。经法医验定：老人是因心肌梗死及脑溢血并发死亡的。老人脸上痛苦的表情是由于生理还是心理的原因造成，则无从下肯定的结论。

派人到上海查询名叫向曙的一位离休老干部，向他了解情况，并从札记上知道：晏师明是一个孤独的老人，自己忏悔自己是一个无论对信仰或对爱情都是不能专一的脆弱者，是一个好想得太多、自以为懂得很多而做得太少的人，是一个始终摇摆不定的近乎自由主义者的人。他早年曾经在玉龙寺出家受戒做过一年多和尚，法名觉非。他爱过一个名叫秋苇的女子。两人的婚姻受过封建家长的阻挠，后来他还俗同秋苇结了婚，抗战时期在四川大后方度过艰苦的生活，有过一个

534

男孩。去台湾后，男孩死了，两人终又因贫穷、因互相厌倦、因一些弄不清楚的原因离异分手。两人都未再婚，秋苇后来自杀了，晏师明孤身一人，这次回来是为了却心愿来的。

但，到底晏师明是个什么样的人，他的全部经历、他在海峡彼岸的故事是怎么回事，好像一个谜，无法详知，也无须一定要去弄清。

本来，人生就是这样，并不是每个人的"谜"都能求得谜底的。也许小说家可以凭采访时得来的材料加以大胆的想象从人生上来求解。

这部小说也就是这么诞生的。

欠缺的故事是晏师明与秋苇曾爱得这样死去活来，后来却又分手了，这是为什么？为什么秋苇自杀时的遗书中要说："我的扑满还是空的！我像芭蕾舞剧《吉赛尔》第二场中的为负心男人而死的鬼魂。"这问题用臆想来写，恰当吗？恐怕是不恰当的！只是人生中似乎就常多这种类似的事。慧观说过："好自为之！"他们却没有这样做。那么，留一点思索和回味的余地给读者，似乎也是应该的了！

雪　祭

一、又是白雪飘飘

啊，好大好大的风雪啊！

这使我想起一首年轻时背熟的诗：

> 假若我是一朵雪花，
> 翩翩地在半空里潇洒，
> 我一定认清我的方向——
> 飞飏，飞飏，飞飏——

我为什么在这样大的风雪天又到罗镇去呢？我和琴妹为什么偏偏赶在今天这样一个寒冷、泥泞而潮湿的日子来了这件久已想了的心愿呢？啊！啊！……

但希望这场大雪不会压断电线，不会堵塞道路。……

在长途公共汽车上，从紧闭的车窗门里望出去，天际白茫茫的一片，鹅毛般的雪花飘飘扬扬，不急不慢静悄悄地覆盖着一切。公路近边的房屋、树木、田野和远处的村庄、工厂厂房，都混混沌沌。是一辆DD680型长途大客车，车是新的，尽管路滑，仍开得不慢，轮胎在雪地上喀吱吱叫唤。常同迎面开来的许多"NISSAN"、"TOYOTA"、"MAZDA"、北京吉普、嘉陵摩托，还有高级的出租轿车"奔驰""皇冠"和"公爵"……风驰电掣般地飞擦而过，有时刹车声冗长而干涩。

车里人坐得满满的，男女老少都有。

戴呢鸭舌帽的司机，扭开了收音机。播放的是电子音乐。

一个白发老太太，鼻尖冻得通红，穿一件鲜亮的天蓝色宇航服，在吃蛋糕。

一个戴近视眼镜的大学生模样的青年，在看一本英文杂志。

一个搽口红的长发俊俏少女，两眼脉脉含情，头倚在男朋友身上笑着在啃苹果。

坐在我前排的两个西装客，廉价的西装大衣外穿着半新的米色风衣，像是个体户，又像是跑供销的，谈的是橡胶制品的销售问题。——我在想，我的两套50年代做的西装，"文化大革命"抄家时都被红卫兵用剪刀铰了。这两个人，从年龄看，说不定正是当年的红卫兵哩！这两个人，先一会儿抽香烟，给司机责怪了几句，现在又悄悄掏烟在抽了，鼻孔里不断悄悄冒出淡青色的烟雾来。

一对年轻夫妇，穿得又洋又土。男的新理的头发油搽得闪亮，女的满脸兴奋的红晕，模样像郊区富起来的农民。穿着绿色新羽绒袄的女人抱着个胖得有趣的婴儿。——我在想，这些年，农民生活确实越来越好了。

一个解放军战士，也许是经北方回来探亲的，穿着厚羊皮大衣，带了装得结实饱满的旅行袋和黑色人造革皮包。——我在想，他不会是经云南、广西前线回来的，他可能是从东北或者内蒙古边防上回来的。

坐在我左边的是个蓄长发留点小胡子的年轻人，帆布包抱在手里放在膝上，那里面是照相机。——我觉得，他可能是个摄影记者。

风裹着雪片扑着车窗玻璃，玻璃上的汽汗水雾蒙蒙的。右侧一个穿红衣的七八岁的大眼睛小女孩，有一张圆圆的红通通的小脸，是跟着她爸爸坐车的，她那爸爸像是个教师或者干部。她正用手在玻璃窗上写字，写的是："罗镇""罗镇"……字迹歪歪斜斜的。她爸爸笑着看她写。

雪片，像莹洁的素瓣纷纷飘落……

我心里，也像在下一场大雪。

是啊，罗镇！我们这辆班车，是从市里到罗镇去的。一晃已经十二年不到罗镇了！罗镇该有多大的变化？芸姨母家那片埋葬妈妈骨灰的竹林是什么样了？芸姨母该已白发满头了吧？……我仿佛闻到那古老的罗镇下午街上油条店里炸油的香味，我也仿佛看到那古老的罗镇在石桥边叫卖鱼虾的小贩同买主讨价还价的声音。小镇上那些绿黑色苍苔斑驳的青砖白粉墙，那些破旧古老砖木结构的小楼房，那一条条青石板条铺砌或用鹅卵石镇垫的小路，那些矮挤、陈旧的杂货店和喷散出酒香的小酒肆……

啊，罗镇！我又回来了！在这大风雪的日子里，来实现我的一项夙愿来了！……

我的心情凄恻而沉重，有一种说不出的交杂着负疚、歉仄、哀伤和痛苦的复杂感情。也许是这苍凉的大风雪吧？似乎更加深加重了我这种复杂得难以形容的感情。

洁白的雪，泥泞的路，使我想起十二年前那逝去了的、埋葬妈妈骨灰的那个下雪天；想起当时那种佩戴着自制的白纸孝花，踩在潮湿的烂泥路上的心情。

尽管现在耳里听到的是轻快的乐曲，看到的是一路上到处都在修建许多新屋，看到路过的郊区一个个小镇上那种兴旺发达的新建街道和人头拥挤的农贸市场，看到一张张乐呵呵的笑脸，包括这辆公路班车内的和睦、热烈的气氛，却丝毫不能减轻我心上沉重的负担。

我竖起雪花呢大衣的领子，用手搓搓干燥多皱的脸孔，低头将脸埋在大衣领子里，任凭自己沉浸在这种淡淡的哀愁中，似乎只有这样，才能偿还我心灵上欠上的那笔沉重的旧债。

琴妹坐在我右边那个靠窗的座位上。她头上包着黑色镶金边的羊毛围巾，穿着一件深紫色系腰带的呢子大衣，里面露出宽松柔软的黑色高领羊毛衫，看上去典雅大方。

她起先还在凝望着窗外掠过的景色，此刻像是在打盹。她太疲劳了！在医院里，她不但是整形外科挑大梁的主任，又是院务改革小组的成员。她如果穿上白大褂戴上白帽子，看上去干练而俊气，至少要少看十几岁年纪，谁也猜不到她近五十岁了！实际上，她身体一直不太好，心脏常有早搏现象，始终是带病工作着的。每天在医院里常要动几个手术，还要开会、搞科研，一天下来总是筋疲力尽。家务又繁重，幸亏郑律对她体贴。郑律前几年转业后，在机械局工作，回到家里，总是尽量多揽些家务事干。他们的独生女儿晓禾考取了研究生，在武汉，只有寒暑假才回来，人口虽少，柴米油盐，吃饭、穿衣……外加到家里来找的病人，亲友间的交往以及自己的进修，琴妹一年到头老觉得是在困乏疲劳中度过的。江南丰腴的水土使人皮肤白皙，琴妹的确不老，但她脸上终究已看不到童年时那张红通通胖圆脸的痕迹了。此刻，她靠窗口坐着，在我右边闭眼打着盹，从窗缝隙里偶尔透进来的一丝微风，轻悄无声地拂动着她耳侧的一绺长发。她平静地呼吸着，安宁而舒适。

我想同她谈点什么，又不忍心打搅她。

我想吸烟，想用辛辣的烟味刺激一下精神。一抬眼，看到汽车车厢前面挂着的"请勿吸烟"的金属牌子，不愿像坐在我前边的那两个西装客一样偷偷点着烟吸，就只有憋住烟瘾，让思绪天马行空般地飞驰。……

大风像在跳迪斯科舞，飘飞的雪片搅拌着摇摆着东扫西荡。冰冷僵硬的柏油公路上，有一辆宝蓝色小轿车"的——的"揿着喇叭闪电似的超越过我们的班车前行；一辆红色的摩托跟着也雳雳似的超越到前面，驾驶摩托的人戴着大红头盔；转瞬间，在白雪狂风中消失在前边公路转弯处的尽头了。

我蓦然思念起叶珊来了。

20世纪50年代初，我们在北京工作时，她骑在她大学时代同学刘丽娜的摩托车上拍过一张照片。那时候，刘丽娜的父亲是国家体委的一位处长，她全家都会骑摩托。叶珊和刘丽娜都在当编辑。只不过叶珊是在出版社，刘丽娜是在杂志社。那天，拍那张照片时，阳光灿烂，年轻的叶珊穿的列宁装，束着腰带，剪着短发，面部荡漾着笑意，一副向往着未来的神情，朴素而美得出奇。

但那张照片，"文化大革命"中被红卫兵抄家时拿走毁掉了。多可惜呀！刘丽娜也早在那场"红色风暴"中自杀。……现在，叶珊在遥远的L市家里干什么？也许她正在织毛衣？也许她在给红梅浇水？也许她在喂金鱼，还是逗弄那只可爱的芙蓉鸟？老年人的退休生活本来无聊，何况她又因为乳部肿块动了手术，就只能织织毛衣、种种花、养养鸟、喂喂金鱼陶冶性情了。呵，今天是星期天，光远不去农机厂技术科上班，一定是同莹莹在家陪着妈妈。呵，不，莹莹在外事办公室搞接待，今天说不定正陪外宾去游览呢！光远同莹莹这两个"大龄"，认识一年多来相处得不错，但愿他们幸福。……叶珊和光远他们一定也记挂着我。想起他们，一种刚离家却又思家的情绪冲荡着我，不由得使我轻轻地叹了一口气。

生活的复杂性为什么总是超过了每个人的应付能力呢？

人，一旦洗尽世俗的风尘，头脑会显得何等的清新？可是真洗尽世俗的尘垢，又是多么不易？

我在想：呵，人生，为什么会有那么多的心愿，又为什么每每要实现一个心愿那么困难？

就拿今天到罗镇来说，实现这件魂牵梦萦的凤愿我整整憋了二三十年。如今，我已经年满花甲，虽然精力尚好，已是退居二线的干部了。虽然，还有许许多多事等着我去做，今春从S省文学研究所的行政领导岗位上退下来后，我也仍继续在做我那做不完的现代文学研究和评论工作，看不完的资料和书籍，写不完的书稿和文章，但我到底老了！小孩子们见到我，总是叫"爷爷"，不再像那些年总是叫"叔叔""伯伯"了！在这一生已经过去的漫长旅途中，我有过多少心愿，但又实现了多少？

其实，我到罗镇来要了结的该是最平常不过的心愿，可是竟也这样难。而我年轻时的抱负，壮年时的期望，中年后的向往，该了未了的心愿真是说也说不清、数也数不完呵。难道，这就是人生？这就是人生必经的历程？带着未了的心愿而老去，留下遗憾，将是多么的可悲？我有一种感到在老年时应当一件件来办完那种积聚在心头未了的事情的紧迫欲望：人生应当是贡献，人生应当是给予。这种想法，也许只有到了老年才会来得更猛烈吧？

今天与琴妹同行，只不过是为了我走过漫长人生道路后经过思考与总结，想要完成的一桩小小的夙愿。

也许，珍妹会睁着两只美丽的黑眼睛凝视着说我："你做的事，它今天对于妈妈来说，已经毫无实际意义。对于你来说，却可以获得心灵上的慰藉。你何其自私？说是了此夙愿，为了妈妈，其实却还是为了你自己可以求得心灵上的安慰！"

我却要坚持这样做！我不管珍妹会怎么说。我只是表明：我要做我认为该做的事。早在20世纪50年代初抗美援朝时，珍妹的爱人鑫虹，新婚后不久就在朝鲜战场上牺牲，珍妹从此似乎变得格外孤僻了。她一直在北京，先在中央一个部属科研单位，最后到了中科院，工作一直很忙。我们之间存在着隔膜，痛心的似乎难以冰释的隔膜。我一直想向她解释，却又似乎永远没有得到机会。

其实，在这件事上，二三十年的岁月蹉跎，也是我思想摆脱那种封建桎梏与束缚的一个必然过程。当如今80年代人们以现代人的要求思索着许多伦理道德问题的时候，我才从捆绑自己的枷锁中摆脱出来，回顾前尘，用歉意和补救的办法来改正自己的积怨，我觉得心上的隐痛只有这样才能减轻。

我不相信鬼神，不相信人死以后尚有魂灵的存在。妈妈也许什么也不会知道。但我和琴妹，我和叶珊，我们的孩子们，以及芸姨母还有其他亲友们，他们会知道的。他们也许会从这样一件事上解悟、体会到些什么的。就像那位才华洋溢而一辈子坎坷的苏联女诗人阿赫玛托娃写过的一首诗里说的：

> 尘世的荣誉好似一缕轻烟，
> 我无意把它探寻。
> 我只求将幸福和温暖
> 带给所有我爱的人。……

汽车继续在白雪铺盖的公路上飞驰。公路上响着防滑链的声音和各式汽车的喇叭声。

如果这是春天，从车窗往外看，田野间一定是大片的油菜盛开着鲜艳的黄花同绿油油的麦田相映成辉。如果下着霏霏春雨，汽车在细雨中行驶，一定可以使人感到一种"杏花、春雨、江南"的淋漓美妙的生机勃勃的景色。可是，这是冬季，一个少有的、严寒的下雪天。从车窗里看出去，路边行人呵出来的热气都像烟雾。天实在够冷的了！我动了动双脚，穿着皮棉鞋的脚冻得有点僵了。车厢里前面和后面都有人在打喷嚏："啊嚏！——""啊嚏！——"

琴妹大约是被喷嚏声打醒了，倦容满面地头靠在车窗上睁开眼来，突然问我："快到了吧？"

我摇摇头，说："看样子还早呢！"

她用手擦擦白蒙蒙被汽汗水凝成的冰霜蒙蔽了的玻璃，看看窗外，说："路两边的景物变化太大了，都认不出车子已经到哪里了！"

是呀，我想：一切都在变，一切的变化都太大了呀！……拿你琴妹说吧！你小时候听人说起鬼故事、凶杀案都害怕，看到杀鸡也害怕，可是，如今你是操刀的整形外科主任了！你差不多每天都要给人动手术，在人身上动刀切割你也一点不在乎了！时光一年一年过去，什么不在变呢？

我似乎感到窗缝里能透进来冷浸浸的寒意。我说："你今年清明还来过的吧？"

琴妹点点头："你有十二年不来，当然更生疏了。那次我们来，公路两边连树都还没有哩！现在，树这么大了！"

我说："那时候，市内和这一带，还乱得很，派仗打得很凶，耳朵里不是样板戏就是语录歌。"

琴妹嘴角牵动了一下，似是带点讽刺的微笑，忽又轻轻叹了一口气，沉默住不再说话，似是在思索什么。她在思索什么呢？

我又问她："琴妹，你看芸姨母会欣然同意吗？"我指的是将妈妈的骨灰盒从地下取出来转移到苏州安葬的打算。

琴妹眺望着窗外，说："我不是告诉过你了吗？原来她反对得厉害，经我写信说服，她虽未复我信，却打了个电话到我医院里要我俩一同去，估计她会想得通的。这回再好好跟她谈谈。"

芸姨母是妈妈的堂妹，同妈妈一直比亲姐妹还亲。我想：芸姨母是个学历史有文化的人，她在上海教了一辈子中学，婚姻上因为选择过严，耽误了，终身未嫁。她脾气虽不古怪，性格也还开朗，却也有几分老处女的固执。退休后，回到罗镇，在故园的旧屋里安了家，听说有时还热心地帮助做做街道里弄工作。她反对将母亲迁葬，纯粹是出于感情的原因。只要把道理同她说清，取得她的谅解，她是不会一直反对下去的。……

所以，我点点头说："我们俩一块儿跟她谈吧！她这些年似乎很喜欢你，你说话她会听的。"

这些年，芸姨母只要有病，琴妹总是匆匆赶到罗镇去看望，或将她接到上海来治疗。……

琴妹看着车窗外飞舞旋转的雪花，用手掠掠鬓边散乱的头发，慨叹地说："唉，想不到那次与你来罗镇是大风雪，今天陪你来罗镇又遇大风雪。风神、雪姐似乎跟着我们打转转了！"

她显然想的同我相似。我没有说什么，车子突然在一个小站前停了。风雪将小站上的人都驱赶进了屋，外边冷清清静悄悄的，一排新开的小店铺有些稀稀落落的顾客在买吃食、衣物。车门"嗤"地开了，有人下车，又有几个男男女女上车。

上车的人中，有一个包着蓝围巾的中年妇女，尼龙网兜里带了两条冻得梆硬的大鱼。她一上车，马上传来了触鼻的鱼腥味。我一看，呀，她带的是白鲳！

妈妈生前喜欢吃这种鱼。这种鱼是海边才能捕到的，形状有点像小鲨鱼。妈妈是离罗镇不远的北川沙人。白鲳是她家乡的特产。她喜欢将白鲳斩成块红烧起来冻了吃。这种鱼，无鳞，骨刺少，肉头厚，味道鲜美。但这种鱼后来越来越少，家乡的亲戚有时带一二条出来送给妈妈。自从有了子女，她只顾着给人吃，自己虽然常夸说白鲳滋味好，实际上却很难得品尝了。也不知为什么，想起这些，我心里又酸酸的。

我用手肘碰碰琴妹，说："你看，白鲳！妈妈年轻时最喜欢吃这种鱼。"

中年女人正在拍打身上的积雪。琴妹看看被放在车中间空隙地上的两条白鲳，眼里露出回忆的神情，喟叹地说："是啊，也许是因为海水也污染吧，这种鱼几乎看不到了。妈妈生前多少年都没吃过一回呢！她在病中，我曾想弄一条给妈妈吃，但当时乱得很，连这点心意也未尽到。"

她的话音，轻轻地、富有感情地在我耳边回响。我瞅着窗外那纷纷扬扬的白雪，仿佛又看到了珍妹在妈妈去世近两年时给我写的那封长信，那是二十多年里她给我写的最长的一封信了，她回忆妈妈去世她奔丧的情景说：

　　……收到琴妹打来的妈妈病危的急电后，我要求请假回上海，工宣队开恩算是批准了我十天假。不凑巧，当时因大雪封路，火车停驶，好不容易买上票，坐了近五十小时的火车，才由北京到上海。雨雪霏霏，赶回家时是上午十点多，而妈妈已安息在床上。她是在我到达一个多小时前去世的。一路上，包括我见到妈妈的时候，我没有流泪，也没有哭泣，相反，我心里希望她早一点安息，免得受这不治之症的煎熬。因为据说肝癌是非常痛苦的。

　　我看见床上停止呼吸的妈妈，已与她 1965—1966 年来北京看望我时大不相同。头发全白了，剪短了，变得不像样子。琴妹说，妈妈因肝癌疼痛，有一天，自己索取剪刀剪掉了自己的头发。

　　我掀开她的被子，摸摸她的心房，心房已停止了跳动。我只默默地在心里说：妈妈，女儿给您送行来了，您安心上路吧！……

　　芸姨母来了，她是很现实的人，她说遗体应该快送殡仪馆，我也赞成。躯壳有什么用？把妈妈永远记在心里就是了。这以后，差不多有半年，我几乎天天梦见妈妈。好像还是小时候和妈妈在一起过那段最艰苦的抗日战争时候的日子。虽然我白天并没有想她（那时我正受到很厉害的冲击，有一度被隔离着），真是心心相通，可能有点道理吧？我到上海是 2 月 1 日，这是阳历的 2 月 1 日，而妈妈的生日是阴历的二月一日。上海奇冷，但妈妈房间两边的门和落地玻璃窗都开着，据琴妹讲，妈妈说透不过气来，要求开着门窗。妈妈床前的缝纫机上放着两大瓶白雪。她说，她想看看雪。妈妈是思想感情极其丰富的人，"文化大革命"中，为盛永昌等一类的事不断有人去调查，加上她看到子女受冲击，这些刺激对她生癌是有关系的。琴妹说：妈妈思想无法跟上形势，痛苦不堪。每想到这一点，我愿意妈妈早日安息。如果我当时能有今天这样的认识！就可以把她接来，好好常与她谈谈。但这是空话了，妈妈去世了，说什么都是多余的了！……

珍妹这封信，对妈妈怀着深厚的感情，但她对我的态度是冷漠的。她这信我看了无数遍，看得几乎完全背熟了。每次看到想到这封信，就要使我心里无限凄恻。看到想到这信，我就仿佛看到妈妈满头白发在那个严寒的白雪悠悠的日子里，躺在那两边落地玻璃窗和门敞开的房间里离开人世的情景。

我什么时候，才能真正减轻压在心灵上的对妈妈的负疚之情呢？我什么时候，才能得到妹妹们真正的谅解呢？

望着车窗外飞舞跳跃的雪花，我的心像在战栗。……

二、往事依依……

我有一个相貌堂堂的爸爸，也有一个非常美丽的妈妈。在我的眼里，爸爸和妈妈都是非常非常好的。但我从小却是一个不幸的孩子！非常不幸的孩子！

小学一年级，当我开始懂得一些事情的时候，我却没有了妈妈，丧失了母爱。

偏偏那时候，我觉得我最需要妈妈，我最羡慕的，也是看到别人家同我一般大小的孩子能常拉在妈妈手里，抱在妈妈怀里。我也说不出为什么，我是那样喜欢让妈妈抚摩、拥抱我，妈妈的抚摩和拥抱，使我感到一种爱。这种爱，是什么都不能代替的。

可是，我在小学一年级的时候，就没有了妈妈，没有了妈妈对我的爱。

记得很清楚，那天，我正在上唱游课，老师教我们唱歌。

> 飞飞飞，飞到花园里，
> 这里的风景真美丽。……

妈妈突然来了。她同平时完全不一样，头发有些蓬乱，脸上没有一丝平时的笑容。她在门边出现，向我招招手。我高兴地叫着："妈妈！妈妈！"跑上前去，她忽然一把紧紧抱住我，亲我的腮，抚摩我的脑袋，将我的脸紧紧贴在她脸上，使我几乎透不过气来。我感到妈妈的泪水冰冷地淌落在我的脸上。见到妈妈哭了，我也想哭，眼泪水在眼眶里骨溜溜打转。我奇怪地问："妈妈，你……你怎么了？"

妈妈什么话也没有说，只是一下又一下吻着我的脸，忽然她拭拭眼泪，放下我，一言不发地就撒开步子跑走了。跑得那么快，头也不回。

我怔怔地傻立在那里，不知是怎么回事。老师挽着我的手将我带回去跳舞。但一会儿，爸爸突然又来了。爸爸的头发也蓬松着，脸上也是一丝笑容也没有。爸爸同幼稚园的老师不知说了些什么，要将我接回家去。他抱起了我，我想告诉爸爸刚才妈妈来的事，但不知怎么才说得清。我只断断续续地说："爸爸，刚才，妈妈，她来了……"

但，爸爸很生气地说："不要理她！以后我们不要她！……"

我顿着小脚说："我要！我要！……"也不知为什么，听到爸爸说那样的话，我忽然哭了。哭得很伤心，像失去了什么最心爱的东西一样！

爸爸抱着我亲着我，也像先一会儿妈妈那样，用他有胡髭、带着香烟味儿的脸贴着我的小脸，用手抚摩着我的脑袋。我觉得他也好像要淌眼泪，但他没有淌泪。他将我抱回家去，我才发现家里变了样。

家里的东西少了许多。原来挂在墙上的妈妈的一张大照——那上面，妈妈穿着一件很好看的大衣叉腰站着，笑笑的。有客人看了，都说妈妈漂亮。可现在，照片也不见了。妈妈不在家，小珍妹妹和她睡的小床也不见了。妈妈买给小珍妹妹的一只赛璐珞的洋囡囡扔在地上。我似乎已感到出了什么事。出了什么事呢？我不知道也说不出。

我问爸爸："妈妈呢？小珍妹妹呢？"

爸爸皱起眉摇头："她们走了！你妈妈将你妹妹带走了！"又说，"以后，不要想你妈妈了！她也不要你了！"

后来，隔了两年，我才懂得：爸爸和妈妈离婚了。原来离婚就是这样子！他们为什么要离婚呢？大家在一起不好吗？以后很久很久，我都没见到过妈妈。接着，爸爸就谋了差使到南京去工作了。他将我带到了南京。

我还记得火车上看到的情景：火车的汽笛声"呜——呜——"响，车站旁边有密集的房屋和烟囱，房屋墙上全画着大广告。走运了，就只看到田地、水塘、水车和小村庄及田埂上的行人。水塘里有人坐了小木桶似的船采菱。有些破旧的风车张牙舞爪地转动，牵水牛的小孩呆呆望着火车飞驰。有些白墙黑瓦的农舍上冒着炊烟……

我开始在南京上小学。开始，爸爸每天早晨送我去上学，中午接我到街上小馆子里同他一起吃包饭，傍晚又来接我回家。小学离他教书的大学很近。我们租的房子也离小学很近。不久，家里雇了个女用人办饭，我自己下了课就能直接往家里跑，在家里等着爸爸回来吃晚饭，用不着他接了。

爸爸说我是一个乖孩子，他喜欢我，晚上也带我睡。礼拜天带我出去玩，什么玄武湖、北极阁、鸡鸣寺、中山陵、灵谷寺、夫子庙等都玩过。我要什么玩具他会买给我，我要吃什么，他也总是买什么给我吃。只是我心里总是不满足，总是想着妈妈。妈妈是爸爸能代替的吗？当然不！我喜欢爸爸，但我是那么想念妈妈。为什么我不能又有爸爸又有妈妈呢？为什么非要让我只有爸爸没有妈妈呢？

我也想可爱的小珍妹妹，她跟着妈妈有多惬意。可是小珍妹妹她没有爸爸呀！小珍妹妹她还不过刚会走路，两只又大又黑的眼睛天真明亮。她跟着妈妈，她会想念我和爸爸吗？她长得很胖，一头黑发，有一个酒窝，一逗就会张开嘴笑……她跟妈妈如今在哪里呢？

无处可问，也无人会答复我。我的心上总像少了什么，心上也常觉得搁着一种什么又重又刺痛的东西，难受极了。

时光流逝。白天，我喜欢遐想，呆呆地发痴，独自坐在草地上看着西天的云彩，想：如果到云彩上边玩玩该多有意思。独自摊开故事书，想：在大海里乘船漂游，在大森林里打猎，该多么开心！……想着想着，就想到妈妈身上去了。……

同爸爸睡在一起，常常夜半时我要醒。听着爸爸的鼾声，我独自暗暗偷哭。我想妈妈呀！妈妈，您在哪里？怎么不来亲亲我抱抱我呢？

过了春天，来了夏天，过了秋天，又来了冬天……

有时候，有客人来，同爸爸谈话，我听见客人劝爸爸说："你的人品、经济、地位、都不错，该给孩子找个新的妈妈才行。你看，你的生活过得多不好，你需要有个女人。……"

我心里说："不！"我渴望妈妈的爱抚，但我不要别的妈妈，只要我自己的妈妈！我用眼睛偷偷瞪那些客人，心想：你多管闲事！坏蛋！

有一次，一个客人发现我用眼瞪他了，哈哈笑着对爸爸说："看哪！你的公子不愿意呢！其实，家里怎么能缺少一个女主人呢？"

一年，又一年……

爸爸的态度变了。一天夜里，他突然对我说："小哲，爸爸想再给你找个妈妈了！"

我马上哭起来说："不，爸爸，我不要！我要妈妈，不要别人！"

爸爸苦笑笑，皱眉吸着香烟，说："傻孩子，怎么可能呢？你妈妈已经结婚了！所以爸爸也准备结婚了。爸爸给你找的妈妈，准是对你好的。对你不好的人，爸爸不找。"

我心里像塞进了一团乱麻，乱得理也理不清，说也说不明。我想：呀！妈妈怎么结婚了？她真的永远不要我了？……小珍妹妹怎么了？妈妈又结婚以后会是什么样子？……我心里会这样想，却不会问，只能哭着顿足，说："爸爸，我不要你结婚，我要妈妈！我也要小珍妹妹！……"

那当然是没有用的。爸爸和妈妈离婚，不会管我愿不愿意；爸爸和妈妈再结婚自然也不会管我愿不愿意。他们只管自己想怎么做就怎么做，何曾想到我会多么伤心和难过。

我真是难过得想死。小小年纪，就有那么多事闷在心里。我后来成为一个性情内向、性格忧悒的人，同这段童年时的遭遇自然是分不开的。珍妹长大后，脾气逐渐孤僻，自然也同这是分不开的吧？

爸爸和妈妈为什么离婚呢？以后，我长大了，爸爸早在抗战中期被敌伪暗害了，妈妈在"文革"中也病故了。我始终弄不清他们当年为什么离婚。我曾追究过：他们的离婚谁是谁非？可能夫妻事大约总有这么个弄不清的特点吧？他们的离婚，似乎只有他们自己明白是怎么一回事。不，也许连他们自己也并不真正明白是怎么一回事。反正，男女之间总难免有性格的差异，年轻气盛，连日常的生活琐事都会造成不和。日积月累，像一只瓷瓶上的裂纹多了，一旦遇到气候冷热，就有可能崩裂。

爸爸在我年幼时，还对我说过："你妈妈不好！她不要我们了！是她要离婚的……"可是，后来，当我长大以后，他不这么说了，涉及妈妈时，他常保持沉默的态度，甚至也说过："你妈妈心地是好的……"

妈妈在我上小学和中学时，也还说过爸爸脾气如何不好，离婚应当归罪爸爸等等。到妈妈年岁渐老时，她虽尽量避免触及这个话题，但提到爸爸，她却会说："你爸爸的为人还是不错的，他对我也还是挺好的。他年轻时好资助穷朋友，身边钱不多也会全部掏给人家。……"如此等等。谁知道她又是怎么想的呢？

在他们双方各自重又结婚的事上，我也并没有弄清楚究竟。

爸爸摸着我的头顶告诉过我："你妈妈已经结婚了！所以我也要再结婚了……"

妈妈也曾用伤心的态度告诉过我："见到你爸爸已经结婚了，在报纸上登了他同秦德蕙结婚的启事，我才决定再结婚的。……"

是不是他们在分手而未再重婚前各自都曾经考虑过复婚呢？还是因为各自为自己辩护取得良心上的安慰才这么说的呢？谁知道？谁又能说得清！连芸姨母都说她一点也弄不清。反正，追究这些也已无意义。人都早已逝去，追根到底完全没有必要了。他们之间的那些尘封土埋的旧事已经随风逝去，只是给我们子女留下的怅惘和创伤，是只要我们活着一天就无法消除一天的。我常想：也许，他们如果当初会认识到这一点，将不至于太轻率地就随便离婚了吧？

岁月如水，在我清晰的记忆中，那年冬尽春来的时候，爸爸给我娶来了一位新的妈妈。

她名叫秦德蕙，北平人，是个容貌秀丽、举止文雅的女大学生。由于爸爸在事业上的成就，在南京的一所大学里做了副教务长。他们年龄虽相差十多岁，却顺利地结婚了！

还记得，春天里，爸爸和德蕙妈妈结婚那天，不在南京而在上海，是瞒着我的。听家里女用人说："在上海一品香饭店摆了许多桌酒席，阔气得很……"结婚后，他们在上海玩了好几天才回南京。

那几天，我在南京每天照常上学，下课后回到家里十分清冷。女用人照应我吃完晚饭后，我总是一个人躺在床上看故事书。这时候，家里住的是一幢租来的小花园洋房，用了一男一女两个用人：一个拉人力车还侍弄花草，一个烧饭洗衣扫房间。我们住在百子亭附近的高楼门，是一小幢红砖盖的两层楼洋房。房东姓严，当过县长，下台后盖了五幢一式的小洋房，出租四幢，每幢都有小花园。一天夜晚，爸爸和德蕙妈妈从上海回来了，我在楼下客厅旁自己的小房里等着他们回来。我第一次见到德蕙妈妈，觉得奇怪。她怎么这样年轻？除了个儿高一些，年岁轻一些，怎么竟也像妈妈一样的美丽？

德蕙妈妈是个看上去总是带着微笑的女人，对谁都好像很好。爸爸的朋友们夸她好，用人们也都说她好。她住在楼上，轻易不下楼。晴天的时候，她住的房里，总是溢满阳光，她爱站在窗口露出半身凝望，见到我，总是笑笑的像对一个讨她欢喜的陌生人家的孩子一样。她爱听留声机和收音机。我在楼下常听到楼上传来留声机播放的广东音乐或京戏，也听到电台播放的各种节目。爸爸有很多书，一橱一橱的好多橱，还有装成木匣子的《二十四史》。德蕙妈妈坐了车夫胡二拉的人力车自己上街，也常买了许多书回来。她在楼上，大约就是靠这些书和留声机、收音机陪伴她的。

她来了，我有了一个妈妈。这个妈妈也关心我的穿衣和吃食，间或也问问："功课做没有做？""在学校里老师喜欢你吗？"……可是我所要的像自己妈妈对我的那种爱，那种亲昵，一点也没有。

有时候，我甚至妒忌爸爸。因为爸爸和德蕙妈妈在一起时，他总是那么高兴。那种笑声，那种亲亲热热的说话声，使我有时觉得他们在一起爸爸就忘了我。自从爸爸同德蕙妈妈结婚以后，爸爸对我不像以前那样了。虽然还是喜欢我，他不再在礼拜天陪我出去游玩，也不再陪我一起睡了。他常带着德蕙妈妈出去交际应酬，赴宴或买东西。我们父子之间，见面少了，很少谈什么，他不找我谈，我也不找他谈。

有一度，爸爸去大学里办公了，常来两个女的到家里玩，是德蕙妈妈大学时的同学。一个白胖白胖戴眼镜剪短发的，一个腮上有颗黑痣烫着头发有点像电影明星陈燕燕的。那个"陈燕燕"还带来了一只可爱的小白猫送给德蕙妈妈，说这是波斯猫，给她养了解解寂寞。

一次，她们就在楼下我卧室隔壁客厅里坐在沙发上聊天。我听到那个白胖戴眼镜的说："德蕙！你该自己生一个儿子嘛！俗话说'隔层肚皮隔层山'！别人生的儿子不会贴心的！"

我从自己卧室门上的钥匙洞里望到客厅里去，看得清清楚楚。

德蕙妈妈坐在深陷的沙发中没有作声。我只看到她的侧影，看不清她脸上的表情。

"陈燕燕"说："我见到你那孩子了！长得倒是挺好的。可现在小哪，大了，我看你在家庭里就势孤力薄了！说穿了，你不该……"声音低得听不清。

德蕙妈妈仍没有说话。隔着门，我只听到抱在她手里的波斯小白猫"喵呜喵呜"叫。

我听了那些话，感到刺耳。

当晚，我特别想念妈妈。我早早睡了。熄灭了电灯躺在床上，像躺在漆黑的汪洋大海里。室外秋虫喓喓鸣叫，我淌着眼泪。泪水将枕头也哭湿了。我想：如果妈妈现在在我身边多好！我又想：我如果知道妈妈在哪里多好！如果知道她在哪里，我就是不去找她，也会写封信给她的。我已经学会了写信，知道信封的格式怎么写，信里边怎么称呼："母亲大人膝下敬禀者！……"为什么关于妈妈的讯息一点也没有呢？一点也没有啊！

我无从知道妈妈在哪里。

妈妈，您在哪里呢？……

无数次，无数次，下课的时候，我看见同学的妈妈来接自己的儿子！被接的同学，得意地、骄傲地、满意地跟着妈妈幸福地走了。

我，怅怅站在一边，看着这情景，心里涌塞着无法形容的五味俱全的感情。

春天过去了！夏天，秋天，冬天跟着来临。一天，在我上小学三年级下学期的时候，妈妈突然出现在学校里了！

我们的小学地址在大石桥边。那天，太阳偏西，快放学的时候，我们的童子军课刚结束，我正和同学们打算去踢小皮球。级任老师颜先生来找我，做着手势说："黄颖哲！你有个亲戚来找你，在杜威院教室门口，你快去！"

我诧异地说："亲戚？"心想：什么人呀，踢小皮球的时候来找我！我拔腿往杜威院——那幢教室楼跑。

是秋天，树上的叶片在旋转飘落，风吹得灰尘和纸片在操场地上打转转。我跑着，见到西坠的金色太阳斜射在杜威院门口。门口一排盆栽菊花旁，夕照光辉里站着一个紫色旗袍外边加着黑外套的时髦女人，一头美丽的黑发，那些黄色的、白色的、紫红的菊花衬得她皮肤白皙，年轻而漂亮。身影多熟悉啊！稍近一点，我看到她也正冲我跑来。这是妈妈呀！是我朝思暮想的妈妈呀！我觉得脸上充血，心跳加速，怕有同学和老师在近旁看到。我忍住了泪，也忍住了喜悦。我只跑近前轻轻叫一声："妈妈！"就低头陌生地站在那里了。

可能是出乎妈妈意料的，妈妈忽然掏出手帕拭眼泪，说："小哲！是我呀！妈妈来看你。你想妈妈吗？"她跑近我屈下了身子，张开了双臂，声音里像有一股神奇的吸引力。

我终于忍不住了。我扑到妈妈身上，听任妈妈用她的双臂搂抱住我，听任妈妈用她的脸颊抚慰地亲贴着我。妈妈身上那种紫罗兰香水的香味是我熟悉的呀，多么好闻呀！我在梦中也曾多少次闻到过这种熟悉的香味呀！我哭了，泪水哗哗地流。我含糊不清地说："妈妈，我想你！你为什么丢掉我不要了呢？……"

妈妈站起身来，没有回答我，却用手绢拭拭眼泪，说："走，小哲，跟妈妈到旅馆里去！妈妈是特地从上海到南京来看你的！"

落日苍黄，我兴冲冲地去拿了书包，陪妈妈一同出了校门。我心里有一种从未有过的满足。妈妈带我上了一辆黄包车，对车夫说："到鼓楼饭店！"

在路上，我挤坐在妈妈身边，问："妈妈，您怎么知道我在这里？"

妈妈笑了，说："妈妈打听的！妈妈时时刻刻想念着你。你想妈妈，绝不可能比妈妈想你想得凶呀！妈妈没有了你，就像掉了魂似的。妈妈为打听你在哪里，费了许许多多事呀！"

我心里沉甸甸地问："小珍妹妹呢？"我想起了她又大又亮的黑眼睛。

妈妈眼里闪着熠熠的光，说："妹妹很好，还是很胖，现在已经三岁了。我带了她的照片，等会儿给你看。"

我请求说："妈妈，你不要再走了，好吗？"

妈妈两只像清泉的眼睛看着我，亲了亲我的脸，踌躇着说："傻儿子！怎么可能呢？你爸爸已经结了婚，你有了新的妈妈。我怎么能长久留在这儿呢?"

我孩子气地说:"我不要她,我要您!"

车夫拉了车子在向唱经楼跑,要从那里穿过才朝鼓楼方向去。

妈妈摇着头,长久没有说话,半晌,说:"儿子,后娘对你好不好?"

我没有理由说德蕙妈妈不好。她确实是不错的。从来没见她骂我或者虐待我。她脸上总是亲切真诚地笑着。她同那些故事书、连环画上说的一些凶恶的后娘毫无相似之处。我曾听过,看过不少故事书,都是说后娘怎么怎么坏:用芦花代替棉花做棉衣给前妻留下的儿子穿;挑唆男人不喜欢前妻留下的孩子;千方百计不给前妻留下的子女吃饱;设下恶毒的圈套让前妻的子女倒霉送命……

为什么那些编故事的人都要这样说呢?在德蕙妈妈身上,我从未发现有这些事。当然,德蕙妈妈确实又同我的亲生妈妈不同,她同我之间,太客气了,太冷淡了!客气得有很远的距离,冷淡得亲热不起来。我觉得她不错,却不觉得她很爱我。

所以,我回答妈妈:"还好!"

谁知,妈妈听我说:"还好!"却流泪了。她无声地哭了一会儿,不断用手绢拭眼,最后说:"她没有打过你吧?"

我忙说:"没有!怎么会呢?妈妈,她确实对我不错,人都说她不错。"

妈妈吁了一口气,似乎放心些了,问:"听说她是大学生?"

"是的。"我说,"妈妈,她跟您一样漂亮,她看很多很多书。"

妈妈叹了一口气,看看我穿的芝麻呢上衣和黄咔叽短裤,又看看我穿的长筒线袜和皮鞋,说:"看来,她对你是还不错,那你对她也要好,懂吗?妈妈最不放心的就是这个!看到了你,问了你,这下妈妈算是放心了。"

黄包车夫拉着我们坐的黄包车从行人拥挤的唱经楼向一条横石子

路上穿出去，再向鼓楼饭店方向走。一路上，妈妈问我在学校里功课好不好，问我爸爸结婚后家里的情况，问的全是分离后这两三年间的事。

我一五一十地讲了许多。到了鼓楼饭店，在妈妈租的房间里，妈妈开了电灯。她给我带了许多衣服、鞋、袜，还带了好些书，也带了许多吃食。灯光下，那些衣服都闪闪发光，衣服料子好，都很漂亮，可惜都不合身，都嫌紧嫌短，鞋子也不合脚。妈妈叹着气说："唉，没想到你长大得这么快，比我想的还快。"

妈妈在鼓楼饭店里叫茶房送饭来吃。吃的菜有盐水鸭，有炒虾仁腰花，还有……都是我喜欢吃的。

吃饭时，我忍不住将憋在心里许久的问题提出来了。我问："妈妈，您也结婚了是吗？"

妈妈一愣，立刻亲切地点头回答我："是的，小哲！"她不断地给我夹菜吃，似乎想避开谈这些。

"您为什么要结婚呢？"我语声里带着十分埋怨，"我不要您结婚！"我几乎要哭出来地说。我觉得嘴里嚼的虾仁也像木屑了。

妈妈放下了饭碗，我看到她那两只好看的眼睛里泪水潸潸地流出来。她手执筷子停止了吃饭，过了一会儿，说："儿子，你还小，你现在是弄不明白这些事的。妈妈向你说了你也不懂。你好好读书，长大了妈妈会告诉你的。"

无话可说了！我不忍心叫妈妈伤心，妈妈流泪自然一定是伤心。妈妈说这些事"说了你也不懂"，我还能说些什么呢？我吃着菜和饭，一顿饭吃得一点没味道。我心里紊乱，觉得我应当赶快长大，长大了也许我能弄明白这些事了。我默默地吃，一声也不吭。

见我发傻，妈妈深情地看着我，说："儿子，快吃，多吃一点！妈妈明天一早就要回上海，妈妈人不在你的身边，可是妈妈的心是在你身上的……"说着，她又悄声地哭了，掏出手绢拭泪，伤心地说，"儿子，不要怪妈妈，妈妈确实对不起你。不管是不是妈妈的错，在你这么小的时候，妈妈离开了你，妈妈就是对不起你。不过，你要知道，法院判决，将你给你爸爸，将你妹妹给了我，妈妈也是没有办法啊！"

见妈妈十分伤心，说的话又使我难过起来了。我也哭了起来。于是，饭也不吃了。妈妈紧紧搂着我，我也紧紧抱着妈妈。妈妈亲着我，我也亲着妈妈，很久很久，我感到非常幸福，又非常心酸。

猛的，我想起，我今天放学后没有回家，爸爸发现了是要不放心的，说不定会派谁到学校里去找我。我对妈妈说："妈妈，我不回去吃晚饭，他们不知道我在这里，要不放心的。"

妈妈点头，看看手上戴的一只八角形的小金表，说："时间还早，过一会儿，妈妈送你回去，不要紧的。"

我突然又想到了珍妹，我说："妈妈，你说带来了妹妹的照片，给我看看，妹妹长大多少了?"

妈妈去到桌边，将放在桌上的她的一只黑麂皮女式皮包"啪"地打开，从里边拿出一张照片，递给我说："你看，这是妹妹！"

我接过照片一看，有点糊涂了！照片上面有四个人：一个是个儿高高大大的男人，戴副黑边眼镜，穿的西装，他手里抱一个梳小辫的女孩，一个是妈妈，妈妈手里抱着个胖奶孩子！这是小珍妹妹吗？不，妈妈用手指着那个男的抱着的梳小辫的小女孩说："看，这就是你小珍妹妹呀，她三岁了！"

抱着小珍妹妹的男人是谁？我用不着问心里有点明白了。但妈妈手里抱着的这个小女孩是谁呢？我心里想着，嘴里不禁问出了口："妈妈，她是谁呢?"

妈妈贴着我的脸说："这也是你妹妹，她叫小琴！你看，这是你宗汉好伯!"妈妈用手指着那个男的说。

戴黑边眼镜的略胖的男人，脸上笑笑的，很和气的样子。珍妹被他抱在怀里也高兴地笑着，好像很幸福。但不知为什么，我就是讨厌他！是他，夺走了我的妈妈！是他，同妈妈结了婚！我只觉得他对不起我，对不起爸爸，……产生了一种无言的憎恨，我想着，默不作声。

妈妈似乎发现了我心里的秘密。我觉得妈妈对我的一举一动，都是了解的，无须我说话。妈妈对我说："小哲，你宗汉好伯是个非常好的人！他很爱你的妹妹，对小珍像亲生的一样，你将来如果到上海，见到他你会喜欢他的。他也一定会喜欢你的。"

我心里想说：我不想见到他！我也不要他喜欢我！我恨他！我讨厌他！可是，看到妈妈爱抚我的眼光，我没有说出来。因为，我爱妈妈，我不愿叫妈妈伤心，我也不愿叫妈妈不高兴。我不再看照片。我将照片放在妈妈的手里，脸上一点表情也没有。

不知什么时候，窗外下起秋天常有的那种"沙沙沙"的落叶雨来了。雨敲打着绿纱窗，我看看窗外，窗外黑黝黝的，夜早降临了。我说："呀！下雨了！"

妈妈叹了一口气，收起了照片。我看到她将买给我的衣服、鞋袜、图书和吃食都包在一起，用一块红点白花的包袱布打成个包袱。她说："小哲，衣服和鞋子虽然嫌小，也勉强可以穿，妈妈还是给你带去。……"她从一个小本子上撕下一页纸来，上边写着些字，说："这是妈妈在上海的住址，你想妈妈的时候，可以给妈妈写信。……"

听妈妈这么说，我知道要同妈妈分别了。她一定是要送我回高楼门家里去了。我心里想哭，我问："妈妈，您明天就走？回上海？"

她点点头，突然一把又抱住了我，说："妈妈以后有机会一定再来看你。你要好好读书，做个好学生。"说着，她又流泪了。

我也流泪，心里不禁想：您这么喜欢我，为什么又要同人家结婚呢？爸爸结了婚，您也结了婚，你们就不管我了吗？……但，我仍什么也没有说。

我默默接过妈妈递给我的那张纸条，折叠起来放进我芝麻呢上装的口袋里，又接过了妈妈递给我的那个包袱。

窗外，雨声淅淅沥沥。檐头的滴水声也流得很响。雨下大了，妈妈又叹了一口气。她叹气时，声音柔和但是凄厉。这种声音，以后，许多许多年，在秋天下雨时，我常常仿佛听到还回响在耳边，似乎永远都不能忘怀。

叹气以后，妈妈又搂着我亲了一会儿，泪水模糊了她那美丽明亮的眼睛，终于丧魂落魄地说："小哲，走吧！我们出去雇黄包车，妈妈送你回去。"

鼓楼饭店门口停着许多黄包车，车夫们看到有主顾了一拥而上。天，好像一只漏了的水壶，黄包车都打着篷，盖着油布帘，雨水溅打在上面"噼噼卜卜"响。妈妈叫了一辆车子，带我坐了上去。穿着号衣披着油布的车夫冒着雨"踢啪踢啪"地踩着泥水淋淋的道路向城北而去。妈妈似乎很同情车夫，和气地说："我们母子两个人，加重了你的分量了，真对不起！等会儿我还要坐你这车回来！我给你加钱……"

街灯昏黄的光线从油布挡不住的地方钻进来，把阴影投在我们身上。在车上，妈妈仍不断地亲我。雨夜的秋天有点凉，我偎依在妈妈身上，能感觉到妈妈的体温和心跳。到了高楼门那幢红砖小洋房不远处，妈妈让黄包车停下，亲了我的脸哽咽着对我说："小哲，回去吧！对你爸爸和德蕙妈妈要孝顺。想念我时就写信，短短的写一两句也好。"

她没有送我进家，看着我冒雨跑进了屋，她就叫车夫把车拉走了。我头上、身上淋满了雨水，站在家门前廊檐下的阳台上，看着那辆坐着妈妈的人力车在黑夜的雨线中消失，心头空落落的，像失掉了什么。

那晚，爸爸从楼上走下来到我卧室里问我怎么这样晚才回来。我如实讲了妈妈来看我的经过。连妈妈那张留下地址的纸片也给爸爸看了。爸爸看了纸片，沉默了半晌，又将纸片还给了我。他破例地陪我坐了许久。外边，雨声哗哗，他一会儿摸摸我的头，一会儿起身踱几步，先是一个劲儿地抽香烟，后来，长叹一口气，说："这事，不必让你德蕙妈妈知道!"

我点点头,心想:德蕙妈妈从来不同我多说什么,我也不会去对她说什么。她怎么会知道?

稍停,爸爸想想又说:"其实,她不该来!她已经结婚了嘛,为什么还要来呢?"又对着我说,"如果她真的那么爱你,她就不会结婚。但是,她结了婚,现在,你的妹妹小珍,我的女儿,也成了人家的女儿,要姓人家的姓了!你说,她来有什么意思?"

我没有作声。我已经养成了一种遇事缄口的习惯。这些我说不清、弄不明白、理不出头绪的事,超出了我年龄和能力所能思索和回答的范围,叫我说什么好呢?

那夜,秋天的雨整整下到天明,我夜里睡得极不安宁。我想:妈妈正独自孤零零地睡在鼓楼饭店那间小小的房里。她一定也在想着我。……我又想着爸爸说的话。爸爸的话对不对呢?我认为还是有道理的。我爱妈妈,又怨恨妈妈,我不能原谅妈妈的结婚。那个什么宗汉好伯的模样浮现在我脑际,我产生出一种厌恶他的情绪,我也想到了珍妹,可是妈妈抱着的小琴妹妹又出现在我眼前,使我产生一种说不出是什么滋味的感情。我的心情像海上掀起了波涛,动荡汹涌。

一连好多天,我连上课时都在想念妈妈。课本上的每一个字,似乎都是妈妈的眼睛,妈妈的美丽、明亮、和善的眼睛。练习本上的每一个格子,都能泛出妈妈的笑容,亲热、甜美的笑容。而我,苦涩的泪水不自觉地就滴在课本、练习本上了。……教自然的章老师见我不专心听讲,罚我站了一堂课。……教国文的何老师也当众说我不好好听课。……

我的日子后来又恢复了平静。我让算术题、英语单词、作文、周记占据我的时间,再有空闲就和同学一起玩,一点不剩消磨掉,借此荡涤我心里的烦忧。

妈妈的地址,我始终珍贵地留着,但我始终未曾给妈妈寄过信。

不是我不想念妈妈，我有时思念妈妈，甚至想哭。但是，只要我想起照片上那个"宗汉好伯"，只要我想起爸爸说的那些话，我就不想给妈妈写信了。有一次，我写了一封信的开头："母亲大人膝下敬禀者，见朝夕思念大人……"放了两天，仍旧撕掉扔了，扔在家里附近的一个清水塘里。

为什么呢？我说不出！不但过去小时候说不出，现在，当我年岁渐老，白发已经染尽双鬓，也还是说不出。

人生，有许多感情上的事，每每不是用什么理智的语言能说清的。在表达感情的时候，语言和文字每每显得苍白而无力。

三、车内奏鸣曲

长途汽车仍在雪路上又稳又快速地行驶。

雪，毫无停歇的意思，无止境地飘着。此刻，鹅毛般的雪片变成细颗粒状的雪粒了，打在车窗上发出清脆好听的声音："窸窸窣""窸窸窣"……

在北方的白雪原野上偶尔还可以看到白脖子老鸹，在这儿，在江南竟什么鸟也看不到，连冻饿的麻雀也绝迹。这跟我小时候可大不一样了。那时节，国家工业不发达，污染少，鸟雀可多了。下雪天，鸟类也出来觅食。……

半导体收音机仍在播放，是朱明瑛唱的歌曲《啊！莫愁莫愁》，叫人听了轻松又缠绵。这几年，买了录音机和彩电，我和叶珊常听音乐。土唱法、洋唱法、流行唱法、通俗唱法，我们都欣赏，但必须唱的是好歌，歌唱家的气质要好。听着这支歌，我沉浸在甜美的歌声中不能自拔。歌，有些淡淡的哀愁，其实，就是因为人生有忧愁，才叫你莫愁，如果人生没有忧愁，再来唱"劝君莫忧愁"就是多余的了！……

朱明瑛去美国进修了，有人说她不会回来了，但她在一家刊物上发表文章，说：我的事业在中国，我的观众在中国，我感情的源头在中国。有人说我不会回来，让那些人等着看吧！时间会给我做证的。……

我是相信中国的绝大多数知识分子的。他们爱中国，我自己就是这样。一九四八年夏天，我在上海，大学毕业后留校正做助教，学校出面同我联系美国哥伦比亚新闻学院的奖学金，很快就成功了。我本来可以在美国总领事馆拿到去美国的签证。可是，当时解放战争大局已定，正处在渡江前夕，一个新的人民共和国眼看快要诞生，我当时正同地下党的同志有接触，在协助他们做些工作，我感到肩上有时代赋予的责任，就毅然放弃了这个去镀金的机会，毫不可惜地留下来了。

"文化大革命"里，一天深夜，一伙红卫兵和造反派私设公堂审问我时，提到这段历史。一个姓魏的矮个儿物理教师凶狠地说："会有这样的事吗？让你到美国去你都不走？"

我不客气回了他一句："也许有的人现在觉得这不可思议，但我当时确实不去，要留下来！"

"你一定是想留下来干什么不可见人的勾当吧？"

我反问："你说我想留下来干什么？"

他结结巴巴地说："你想当走资派！想搞复辟！"

我只好苦笑笑，他们打了我几个嘴巴，又重新问这件事。

一个红卫兵问："你为什么不去美国？"

"为了爱国！"

他们居然哄笑起来："别往自己脸上贴金了！""给你出了国你早就不回来了！"……

同他们当然是无理可喻的，无知加上偏见，就会歪曲一切。……多么好呀，又多么幸运，一场极"左"的、折磨人、摧残人的内乱终于过去了，迎来了知识分子建国以来少有的美好的春天。……

车厢里，那个胖婴儿又哭了！他睡了一大觉，刚醒来。肥胖可爱的苹果小脸红通通的，头上一顶粉红色的绒线帽歪戴着，滑稽得可爱。做妈妈的正在哄着摇他，嘴里不断哼出催眠曲般的调子。

我猜的大致不差：那个穿着老羊皮军大衣的解放军战士，是从北部内蒙古二连浩特市回来探亲的。他正同身旁的其他乘客在闲谈。这青年战士长得英俊健壮，红扑扑的脸膛，机警锐利的眼睛，挺老练的。

有人问他："二连离苏联远不远？"

他答："那是从北京到莫斯科的国际列车离开中国边境的最后一站。去年，中央有领导同志视察了我们那里，提出要把二连建成北方的深圳！"

这倒新鲜！他的话吸引了很多人，包括我和琴妹，也转过脸去听他讲。

戴眼镜看英文杂志的技术人员问："那里热闹不？能有条件成为北方的深圳吗？"

青年战士笑笑，说："当然有条件！现在那里只是一个只有一条大街的小城镇。但是火车站周围，海关、出入境检查所、动植物检疫站等设施一应俱全。在大街中央，许多大楼、大饭店正在建造。我们现在重新加强了同苏联、东欧、蒙古的关系。从今年夏天开始，外国人也可以去二连访问了。在那里，可以看到贸易增加的情况：夜里，从莫斯科始发的国际特快驶进二连浩特时，站台上有用霓虹灯组成的'世界人民大团结万岁'的标语。广播用中、英、俄、蒙语对到站的旅客表示欢迎。"

有人咂嘴，是一个穿着入时年轻漂亮的姑娘，围的粉红拉毛长围巾，穿的灰长毛绒大衣，似是听到了没听到过的新闻，激动了。

坐在前边的两个西装客中那个胖的远距离地转过身来问："那里进口的货物不少吧？有些什么？"

解放军战士笑了，说："不少！从东欧各国进口的货物有捷克斯洛伐克的拖拉机，匈牙利的电冰箱，德意志民主共和国的卡车和拖拉机等等。苏联货物当然最多。"

一个穿黑呢子大衣戴呢帽样子像机关干部的中年人就坐在年轻战士旁边，赞叹地说："维护世界和平，发展国际合作，促进共同繁荣，是当今时代的要求，对外开放是改革的又一个重要内容。中国的开放真算得是面向全世界了。听说关押着的'四人帮'也能看到电视，他们看了天天播放的新闻联播，不知做何感想?!"

他的话引起了一阵满意的笑声。那个穿天蓝色宇航服、鼻尖冻得通红的白发老太太也开口说话了，一听口音才知她是广东或者福建人。老太太说:"'四人帮'那笔混账是说不得啦!我是从新加坡回国定居的，回来正碰上'文革'啦!那时候，因为我有海外关系，又是从海外回来的，不相信我爱国啦，硬说我是外国特务啦!斗呀斗呀，命都差点斗掉啦!我后悔啦!我为什么要回来呢?'四人帮'垮了台，我一家就申请去香港居住啦!后来，政策好了，去年又回来啦!中国人呀，能不爱中国吗?我拥护今天的党中央，今天，你把门敞开放大家出去，出去的人还是爱中国想中国的呀!'四人帮'那时候，不准人出去，人有机会偷越国境也想逃出去的啦!倒不是不爱国，是反对你'四人帮'呀!……"

老太太的话引起一片唏嘘和笑声。大家七嘴八舌，有的同她搭话，听她继续谈经历和体会;有的自己在发表议论，不外是"四人帮"时如何如何，现在又如何如何，倒颇有点忆苦思甜的味道。但也有人辩论起来了:

后座的一个大学生模样的人说:"……如今改革中问题不少!物价涨得太多!不正之风嘛……"他摇摇头。

一个穿棉衣的瘦子，总有五十七八了，用一种玩世不恭的语气插嘴说:"我们那里还有首顺口溜:十七十八振兴中华，廿七廿八夜大电大，三十七八重用提拔，四十七八有上有下，五十七八难以安插，六十七八养鱼种花，七十七八等待火化。"

大家哈哈笑了。

他身旁一个穿短雪花呢大衣的老年知识分子模样的人声音浑厚，却说:"问题当然有，可我是满意的。我喜欢我们这有中国特色的社会主义。现在是建国以来国家最兴旺的时期了。物价现在不冻结，但主要应当看生产力有没有发展，人民生活有没有提高。不正之风，我也恨，但正在纠正，有些原因还应当说是'文革'的后遗症。"

琴妹听到这里，对我说："这话我倒同意。十二年前来葬妈妈骨灰时，我简直觉得国家要完了！那时，拿我们家说吧，你刚解放还靠着边，谁曾料到后来又会复出。那时，珍妹隔离审查，谁也想不到她居然还会出国考察。郑律在贺兰山下'五七'干校挖煤。我也未曾想到会有今天。中国地大人又多，做个好当家人不容易。现在的当家人，我看都称职。"

我不由得点头说："我同意你的意见。那次，我们来时，那辆破车上的人，除了两个'小将'摆串联和揪叛徒的光荣史外，别人都像哑巴。一个国家要是让人民都成了哑巴，就说明民主和法制都完蛋了！那时，下大雪，我却没想到什么瑞雪兆丰年，只觉得河山像在戴孝，一切使我悲观。如今，到处让人看到兴旺，不论现在有多少问题，毕竟国家在前进，人民生活在改善，是大家都已看到并且完全有信心的了。"

汽车突然开得缓慢了，在过一条集镇似的街道。这儿虽在雪中，人仍不少。在我记忆中的旧日的大街，已经变换了面孔。有的商店的橱窗，竟用上了巨大的茶色透明玻璃。铮亮的铝合金嵌条闪闪发光，有些玻璃橱窗里放着时装模特儿，令人眼花缭乱。

汽车又在两边是白雪田野的公路上缓慢地行驶，常常避开对面来的各式疾驶的车辆，外面的大风雪在继续。爱在玻璃窗上写字的红衣女孩，又在玻璃窗上用手指头拭抹汽汗水写字了。这次写的是"上海""上海"。……

哦，上海！上海！

我再次见到妈妈的时候，也是在上海。这离妈妈到南京来看望我的那次该是两年后的事了。

四、过去的已经过去

这两年里，遇到一件意外的大事。

先是德蕙妈妈突然提出要同爸爸离婚，理由是她嫌爸爸年岁比她大得多，强调性格兴趣不合。

闹离婚那个阶段，爸爸脸上很少有笑容，我也不见德蕙妈妈随爸爸出去交际应酬，有一次，还听到她在楼上哭，似乎听见爸爸很烦躁地高声嚷嚷："如果哭能解决问题，你就哭吧！……"

不久，德蕙妈妈将长发剪成了齐耳的短发，从此不再打扮了。我偶尔见到她一人孤独地在花园里散步、晒太阳。平时，她不是出去到新街口买东西就是在楼上抱着那只波斯白猫不下来。但后来听说，她要离婚是另有原因：她本来有个大学同学是她的男朋友，那人同她不知为什么事闹翻了，她就经人介绍答应了爸爸的求婚。可是，她结婚后，那男的又后悔了，通过另外的女同学——也就是那个像陈燕燕的和另一个白胖戴眼镜的给他传信给德蕙妈妈。结果，就出了德蕙妈妈要求离婚的纠纷。可是爸爸坚决不同意。问题并未解决，偏偏夏季的一天，德蕙妈妈去闹市区买东西，在新街口过马路时被一辆摩托车撞伤，送到中央医院抢救，竟因肝脏及肾脏破裂出血过多而去世！

我跟爸爸赶到中央医院里看望德蕙妈妈时，她正生命垂危。我未被允许走进病房，只好在病房外等着。爸爸进去了，只见医生护士紧张地进进出出。大约一个钟点后，爸爸出来了，心情低沉，满面哀戚地对我说："她——死了！"

爸爸是个英俊挺拔、风度翩翩的男子，人都说他比实际年龄看上去小得多。可是，从病房出来时，我发现他顿时老了！脸上、额上突然好像长出了许多皱纹。从许多皱纹里好像泛出了失意、疲惫和苍老。几天以后，德蕙妈妈的一个哥哥从北平赶到，家里给德蕙妈妈出丧。她的遗体送到中华门一家殡仪馆里入殓，出丧后，她被葬在中华门外马家庄的一片松林里。

那天，炎热非常，蝉声高叫。我穿着厚白布做的孝衣。爸爸带着我坐了马车到德蕙妈妈坟上去。坟修得很精致，有一块爸爸亲笔手书的墓碑。马尾松的林子十分幽静，散溢着松香味。坟地是向松林边的一户人家买的。那户人家当家的是个跛脚的中年瘦子，住着三间茅屋。他们可以代管墓地。爸爸叫那家人家是"坟亲家"，叮嘱那个跛脚的中年瘦子："以后我们不能常来，坟就拜托给你坟亲家管了，逢年过节该给我们上上供，培培土，到年底你到公馆里来拿一年的月规钱。"

德蕙妈妈就这样同我们永别了。她那只心爱的波斯白猫当时已经长得很肥大，长毛、大尾巴，紫红透亮的眼睛。爸爸说，波斯白猫是德蕙妈妈心爱的，要让猫去陪德蕙妈妈，将它送给了坟亲家喂养，还叮嘱坟亲家要好好喂养它，逢年过节带它到德蕙妈妈的坟前走走。

爸爸会书法，德蕙妈妈死后，他自己写了一幅屏条裱了挂在客厅里。我当时看了又看，读不成句子。年岁大了以后，回想起来，他写的是苏东坡追悼亡妻王弗的词：

> 十年生死两茫茫。不思量，自难忘。千里孤坟，无处话凄凉。纵使相逢应不识，尘满面，鬓如霜。　夜来幽梦忽还乡。小轩窗，正梳妆。相顾无言，惟有泪千行。料得年年肠断处：明月夜，短松冈。

德蕙妈妈的一张照片一直挂在楼上爸爸和她的卧室里。我印象很深，她微笑着，站在盛开的梅花树中，风姿翩翩，很幸福的样子。据说是同爸爸游苏州时拍的。

在我记忆中，屏条和照片一直悬挂着，直到抗战爆发，我们离开南京收拾东西时，爸爸才取下来收进了箱子寄存在当时未离南京的一个友人处。我那时心中觉得奇怪，德蕙妈妈要同爸爸离婚，似乎她并不爱爸爸。可是爸爸对她却如此多情，岂不奇怪？男人和女人，这些大人间的事，玄妙得确实不是我们小孩能懂得的。

到了来年深秋，更有一件我意想不到的事发生了！

有一天，是礼拜六，爸爸突然对我说："走，小哲，爸爸带你到上海去玩一次。今天夜里坐蓝钢车去。明天早晨到上海，明天夜车就回来！"

我喜出望外，来到南京一晃几年，我已是上五年级的小学生了。对上海的印象正渐渐淡薄，爸爸带我去上海自然使我高兴。但我马上又想到了妈妈，想到了妈妈给我的那个从未用过的地址。我想：我到了上海，找不找妈妈呢？我是这样的想念妈妈呵！但是，仅仅一天的时间，又同爸爸在一起，我又怎样去找妈妈呢？而且，每当我想起妈妈已经结婚，并且有了"宗汉好伯"做男人，我马上心里反感。我不能上那个人家去！……我处在矛盾的痛苦之中，既有不能舍弃的爱，又有发自内心的憎恨。我将两年前妈妈写了交给我的一张有着地址的纸片，悄悄放在口袋里。为什么这样做，我自己也说不出原因。

坐了一夜蓝钢卧车，睡得很不安逸。火车"乞卡乞卡"地震动，加上我心里的不安宁，使我常常醒来。醒来就要想起当年爸爸妈妈离婚后爸爸带我到南京的情景，就要想念起妈妈。心上的疙瘩始终纠结着，越纠结越大。爸爸在我对面床上睡着，起先看报纸，后来打鼾了，可不等天明，他又起来，拉开绿色丝绒窗帘，望着铁路侧旁闪烁的灯火和黎明前灰白色的影影绰绰的田野。透过微弱的光线，我看到了他稍带浮肿的眼泡和有深刻皱纹的额头。他大约夜里睡得也很不好。

我们在上海住东亚旅社。这是附属于先施公司的一家旅馆。在先施公司的楼上。我们住的是三楼里的一个大房间，有阳台，还有洗澡间等卫生设备。房间里有沙发、地毯，布置得很华丽。漱洗完毕，仆欧按照爸爸的吩咐，送来了早点，是西式的牛奶麦片和火腿蛋。吃完以后，爸爸出乎我意料地说："小哲，今天，你妈妈会带你妹妹来！你高兴不高兴？"

我真差一点跳起来。简直不能相信！我哎呀了一声，说："您怎么知道的？"

爸爸神秘地笑笑："我约她们来的！"

我心里笑了，说："我怎么不知道？"

他微笑着说："为什么必须让你知道呢？在南京时，我写了一封信给你妈妈。我告诉她：我想看看你妹妹，并问她，想不想看看儿子。如果她同意，今天，我把你带到上海，请她把你妹妹带来，我们见见面。"

我也不知是高兴还是激动。我说："爸爸，你太好了！妈妈答应了吗？"

爸爸点点头："她给我复了信，所以我就带你来了！"

我天真地说："爸爸，您让妈妈把小珍妹妹再带回来不好吗？"我那年上五年级，已经头脑不那么简单了！我心里想：既然，德蕙妈妈也已死了，既然，爸爸您又愿意同妈妈见面，既然，爸爸您还想念妹妹，妈妈又想念我；你们再在一起不好吗？……所以，我怎么想就怎么说了。

爸爸一口接着一口吸香烟，吸得那么猛那么深，把烟吸到肚子里又经鼻子里吐出来，踱着步，半晌，才说："傻孩子，怎么可能？你妈妈，她已经同别人结婚了！"

我摇头恨恨地说："不要那个人，不要那个坏蛋！我恨那个人，我恨！……"

爸爸拍拍我脑袋，说："傻孩子，说这些干什么！走，楼下先施公司已经开门了，我带你下去买点吃食去！"

他带我在热闹的先施公司里兜了一圈，买了许多吃食：盒装的巧克力呀，盒装的什锦饼干呀，奶油西点呀，奶油花生糖呀……由我捧着一同坐电梯上楼。回到房里，他吸了一支烟，看看手表说："约定的时间快到了，她同我约定在二楼西餐部见面的，我们去等候，她们快来了！"

我随爸爸到了二楼，爸爸在西餐部定了一个小房间，让仆欧送来了橘子水和冰激凌。爸爸告诉仆欧：一会儿，有位太太带个小女孩要来，让他注意。过不多久，听到脚步声，我抢先出去张望，果然看见梳发髻穿件墨绿夹大衣内衬旗袍的妈妈带了一个穿花旗袍剪童花头的小女孩来了。我高兴地跳跃着上前高叫："妈——妈！"

妈妈一把抱住了冲到她身边的我，眼里露出慈爱和兴奋的光芒，对着小女孩说："看呀，小珍，快叫哥哥呀！"

珍妹比那张照片上又大多了。长得很有趣，乌黑的头发，雪白的脸上有两汪清泉似的一双黑眼睛。她有点不好意思，用陌生的眼光看着我，却不肯张口。这时，爸爸出来了，请妈妈进去。我也拉着妈妈的手，要妈妈进屋。

大家坐上了位子。一张长长的大菜桌，爸爸和妈妈各坐一头，我和珍妹对面坐着。桌子又长又大，我和珍妹更显得小了。

我看到爸爸问妈妈："你好吗?"爸爸脸上微笑，说话的态度很客气。

妈妈也客气地回答："谢谢你，一切都好。"

爸爸看着珍妹，说："呵，小珍这么大了！"

妈妈笑笑说："是呀，小哲也这么大了！"

仆欧端来了橘子水和冰激凌给妈妈和小珍，又拿西菜的菜单给爸爸看。爸爸点了四客西菜，包括汤、冷盘、铁扒鸡、蛋煎鱼、洋葱牛排等几道菜，外加布丁、牛奶咖啡和黄油、果酱、吐司等。

妈妈说："吃不了那么多，少点一些吧！"

爸爸说："难得见面的，主要是谈谈。"

仆欧转身走了。我发现珍妹老是用两只又大又黑的眼睛偷偷瞅着爸爸。爸爸对她笑，她也不笑。爸爸去亲她，她不给爸爸亲。

我说："妹妹，你吃冰激凌，这是巧克力冰激凌，好吃。"

珍妹毫不理睬我，却从椅子上下来走到妈妈身边，眨着大大的黑眼睛说："妈妈，我要回去，我要爸爸！"

当着爸爸的面，唉！她竟说："我要爸爸！"我觉得心上一哽：你要哪个爸爸呀！

只见妈妈说："小珍，别闹！"她俯身轻轻在妹妹耳边不知说了些什么，大约总是哄妹妹的话。

但，我看到爸爸的脸色变了，脸上原先有的一点笑容消失了，爸爸的脸色有点尴尬。

小珍妹妹讲的这个"爸爸"，自然指的是我在照片上见过的"宗汉好伯"呀！好糊涂的妹妹呀！放着你自己的爸爸不肯叫，却要叫别人"爸爸"！你知道不？姓宗的不是你的真爸爸呀！你怎么竟要那个姓宗的，不要自己的爸爸了呢？

可是，珍妹很犟，她不听妈妈哄她，竟又连续鼻子里呜呀呜的，又说："不，我要回家，我要爸爸！"

爸爸坐在那里，叹了一口气，点着烟抽，一口又一口。仆欧用盘子端着冷盘来了，给每个人面前放上了一盘。妈妈才将珍妹骗到她自己座位上坐下，叫她吃冷盘里的东西。

冷盘色泽漂亮，也很丰富，有鸭翅膀、鸡肫、鲍鱼、芦笋、卤鸡蛋……都是些好吃的东西。我见爸爸和妈妈吃得都很少。空气像冻结了似的，谁也不吱声，都闷头吃着。

过了一会儿，妈妈问我："小哲，你功课好吗？"

我点点头，吃着冷盘里的鸡肫说："还好。"

妈妈问："你怎么从来不给我写信？"

我心里惭愧，怀着复杂的感情。我想笑一笑，不知为什么瞬即泪水涌满了眼眶。叫我怎么回答呢？

幸亏爸爸打断了妈妈同我的谈话。

爸爸吃着冷盘里的东西说："月芬，今天见面，我很高兴。我已经告诉过你，我现在又带着小哲在过单身汉的生活了。我在想，我们是否可以再像从前一样地恢复原来的家庭呢？"

听爸爸这么说，我心里高兴。我看到：妈妈突然脸上严肃起来了。

妈妈说："话不要那样说了！你知道的，我现在已经有了我的家，我们过得很幸福！"

爸爸的话使我激动，妈妈的话使我心寒。我想说：妈妈呀，您怎么这样的呢？您难道不要我和爸爸了吗？爸爸在求您，您为什么不能离开那个戴眼镜的男人回来呢？……但我没说。我凝视着妈妈，泪水在眼眶里转动。

仆欧又来上汤了！爸爸在穿白衣的仆欧将冷盘收走后，喝起汤来。

他朝妈妈看着，恳求地说："月芬，请考虑考虑我的意见吧。你看，小珍连我也不认识了！难道她不是我的女儿吗？小哲，他是一直在想妈妈的，他希望我们一家再团聚。我现在是求你，让我们一家幸福，这全看你怎么办了！"

谁知，妈妈叹了一口气，手中的汤匙"哐"的一声掉在地上，她拾起汤匙，摇头说："太晚了！太晚了！再说那些干什么呢？我不能让有的人幸福却害得别人不幸啊！这是不道德的！"

爸爸站起来，踱了两步，又点上了一支烟，站到窗前吸起来，背对着妈妈，像是在俯瞰南京路上车水马龙的热闹街景，忽然说："是他，破坏了我们的幸福！不道德的是他！"

妈妈似乎生气了，说："应该说，是我们破坏了我们自己的幸福！关人家什么事？他没有任何罪！更没有任何错处！"

爸爸回转身来，说："想不到你对我们这样无情！"他说这话时，脸色有点可怕。

妈妈叹口气说："如果，当初，你像今天这样，有这种认识，就好了！可惜，现在——太晚了！"

珍妹突然又走下位来，扑到妈妈身上。她也懂得大人的脸色和谈话造成的气氛了。

她说："妈妈，我要回去！我要回家，我要爸爸！……"

我真想走上前去揍她一巴掌：你这个不懂事的女孩呀！你看你有多么不懂事呀！……

只听妈妈说："早知如此，我今天是不会来的。我来，不过是让你看看小珍，而我能看看小哲。但你谈这些，我就懊悔不该来了！"

爸爸似乎觉察到妈妈要走，说："谈谈不是很好吗？你还是当年那种性格，一点没有变！"

妈妈没有理会，摇头苦笑笑，她的牙齿又白又整齐，像珍珠似的。她说："能允许我将小哲接回去玩上半天吗？"

爸爸摇摇头，说："不必了！"

珍妹竟又缠住妈妈闹了："妈妈，我要回家！我要回家！"

妈妈叹了一口气，似乎有点伤感地说："好吧，我们回去了！"

我忙恳求说："妈妈，您不要走！"

爸爸竟没有留，说："也许，我刚才是不该说那些话的，请不要介意！"

妈妈忽闪着长长的睫毛，点点头，叹口气说："那，我走了！"她走到我身边，拍拍我的脑袋，又亲了我一下，说："想妈妈时，还是给妈妈写写信吧！妈妈从上次在南京见你，等你的信等了整整两年了啊！"

我低下了头。我想跟妈妈去玩上半天，又不想去。我流下泪来，默默无言。

妈妈用手绢给我把泪水擦干了，变得平静地说："小珍，我们走吧！"

那个年轻的穿白衣的仆欧端菜上来，惊诧地看着妈妈正站起身穿上大衣要走，放下菜盆端起汤盆退出去了。

爸爸站起身来，说："我给你们打电话雇辆祥生出租汽车！"他想抱抱小珍妹妹。小珍妹妹不要他抱，拼命地闪身向妈妈身后躲去。

妈妈摇摇头，说："不必了！我们自己走。我还要带小珍买些东西！"

这时，我才想起早上买的那些吃食带来还搁在一边没动哩！我说："爸爸，给小珍妹妹买的吃食都在这里呢！"我上去抱起五颜六色的盒子递到妈妈手里。

爸爸说："带着吧！"

妈妈拿了一些，留下大部分，说："留下这些给小哲吃吧！"

我说："不要！不要！"

爸爸显得心不在焉，只是皱眉吸烟。我知道留不住妈妈，也不再说话了。我们跟着妈妈和小珍妹妹走。将她们送到电梯旁。我和爸爸站在电梯门边，看着妈妈牵着珍妹的手跨进了电梯。电梯门"哐啷"一关，电梯载着她们"嗡"的一声就下去了。……

当天夜车，爸爸带我又坐火车回南京。我发现爸爸心情很坏，一直闷闷抽着香烟，不多说话。后来，他坐到我的卧铺上来，气恼而苦闷地轻声说："小哲，忘掉你的妈妈吧！她不要我们了！你看到的吧？连你的妹妹也像路上的陌生人一样了！……"

不知为什么，我同情爸爸。我一把抱住了爸爸呜咽起来。

爸爸稍停又说："一切的一切都怪那个男的。如果不是他同你妈妈结了婚，本来，这一切都还是可以改变的。"

我觉得爸爸说得对。一颗仇恨的种子，从此播种在我的心里。

五、雪，带来长长的记忆

从车窗里向外张望，天地之间，似是汹涌起伏银白色的洪流。这在江南倒是少见的。雪亮闪闪的，美好、安详，可惜也使人觉得冷冰冰的。

琴妹忽然从瞌睡中又醒来了，睁开惺忪蒙眬的双眼，皱眉望着车窗外漫天飞舞似孩子般任性的雪花，说："这雪，要下到什么时候才停啊！"

从右边窗口望出去，被大雪覆盖的那边，原来是一个池塘。如果是在夏季，青苇绿萍，池水会清澄得犹如透明的绿玻璃。现在，却是雪白的一片中由灰色和蓝色勾出了一个不规则椭圆形的池塘轮廓。

我凝神地望着那块白茫茫的地面，说："瑞雪兆丰年啊，真是一场好雪！"

她用手捂住嘴打着呵欠，说："那倒是！这几年，年年都是好年景。好政策加上好年景，老百姓就福气了。想起那年来葬妈妈时，那情景好惨，回想起来真像做了一场噩梦！"

我说："是啊，历史和社会的每一次前进，都要经历痛苦的长期的孕育！我们总算熬过了那十年内乱！"

琴妹忽然想起了什么似的，用她那低柔的声音说："对了，有些事你可能还不知道哪！"

我问："什么事？"

她一笑，面颊和眼睛紧凑到一块儿，笑容像是从隙缝间挤了出来，说："还记得那个长寿吗？"

我笑了，点头说："记得记得！不是改名叫'小兵'的那个吗？中等个儿的瘦子，两只挺凶的小眼睛，高颧骨，尖下巴。那次，就是他去检举揭发给我们找来了麻烦的呀！他怎么了？"

琴妹幽默地说："上西天了！他名叫长寿，改名'小兵'后，长寿就成了短寿了！"

"怎么死的？"我不无惊讶地问。

"一次武斗，他很勇敢，往一幢楼上冲，暗处飞来一把斧子，劈中了脑袋，当时就死了！"

我听了，不禁浮起一种莫可名状的感情，摇头想：一个为十年内乱白白牺牲的小人物！也许他是受了蒙蔽变得狂热，也许他是相信乱世出英雄想往上爬……谁知道呢？也够不幸的！风云一时，昙花一现，竹篮打水一场空，岂不可叹？……但，我说不出话来。

远处近处的树木，全成了琼花玉树。雪，星星点点沾满在寂然摇晃的树上，使晶莹遍体的树木显得俏丽而森严。

车厢里，前面两个西装客也已不打瞌睡了，一个在吃饼干，另一个阔绰地从黑包里掏出两只罐装的"青岛啤酒"来，硬要塞一罐给吃饼干的那个喝，两人拉拉扯扯你推我让的。

我忍不住问琴妹："炳根表弟情况还好吧？唉，那次把他揪走，我真担心！"

琴妹笑了，无意识地拨弄着手指说："他倒因祸得福，自己虽吃了些苦头，三中全会后群众又拥护他上台。现在当然让给年轻人干了。他的子女在'文革'中，既不打砸抢，也没沾染上当时的许多流行病，却勤勤恳恳努力向上。现在阿福是塑料厂的副经理了，玲弟早些年嫁了个跟她一样的知青，两人变成了种蘑菇的专业户，小孩都上了小学，家里都盖上了新房子。"

新房子？是的，一路驶来，看到的新房子真不少。在大雪中，这里那里，新房子和旧房子的门窗，常常东一片、西一片地露出斑斑点点的黑洞，像一只只眼睛，又像一张张嘴巴。

我说："我们这次去，不知芸姨母会不会把炳根表弟和阿福、玲弟都找来见见面？"我是始终感念着十二年前那个下雪天，炳根表弟带着子女骑车带上锨锄到芸姨母家里，在后园里帮着挖坑埋葬妈妈的骨灰盒的。

琴妹思索着说："芸姨母周到得很，她会把他们都找来的！"

我心中掀起了一阵波澜，想：唉，日月流转，人事变迁，真是沧海桑田。可惜这次不能见到珍妹！要是能见到她该多好！大家都渐渐上了年纪，同胞手足，难道竟真要将当年沉淀下来的疙瘩一直带入老年？……

我倚着车窗外望，看着银白的雪，不禁又想起珍妹来了。

我同珍妹整整二十年出头未见面更未长谈过了！这真是不可思议。儿时和年少时我们曾有那么多机会在一起，但后来竟连见一次面也如此困难。我们同在北京工作过一段时期，离得远，大家忙，见面少。后来，我在S省，她在北京，轻易就更没有见面的机会了。"文化大革命"搞了十年，我同她都各有自己不幸的遭遇。"文革"开始前那年，我到北京，特地去她单位看过她，偏偏碰上她出差去西北了，未能见到。去年，我出差到北京，不巧又遇她去美国考察，再次失之交臂。自从鑫虹在朝鲜战场上牺牲以后，她一直埋头业务，极少给我写信。妈妈去世近两年的时候，那时她"解放"了，处境还很恶劣，复过一封较长的信给我，对妈妈有很深的感情，而对我的态度依旧是淡漠的。听人说，她的脾气有点"冷"，工作起来废寝忘食，与人很少交往。这也许是随着年龄而起的一种变化吧。却又奇怪，据说她一直不老，看上去总是特别年轻，有人给她起了个绰号叫"塑料玫瑰"，那意思是象征她不会凋谢苍老，但又是多刺的。听说，这两三年她也参与了国务院技术经济研究中心会同有关部门组织进行的探讨我国经济和社会协调发展总体战略"2000年的中国"之研究，忙得不得了。那么，她不给我写信，我自然也能谅解她。

我有时总想，我与珍妹之间的芥蒂，不应当越来越深，而应当消除。我们之间过去的冲突，不外乎是为了妈妈、爸爸和宗汉好伯的事。其实，我心里的歉意早在二十几年前就开始孕育了。同珍妹感情上的裂痕，加深了我希望弥补自己过失的愿望。今天，我同琴妹到芸姨母处，来处理妈妈骨灰的事，实际是我赎罪并表示要弥补同珍妹感情裂痕的实际行动。当然这也是同琴妹进一步加深谅解的实际行动。我多希望能同珍妹见面，好好促膝长谈一次，将心头郁结多年的话，一起向她倾诉啊！这些话，这次到了妈妈葬地前，在那静悄悄的小竹林里，我是要向妈妈忏悔倾诉的。可是，同珍妹的长谈，哪天才能实现呢？

　　一个家庭的不幸，常常是由于不能重视感情的融合，反而互相摧残的结果。妈妈早年同爸爸之间，就曾互相摧残对方的感情。后来，我对妈妈，又老是摧残妈妈的感情，终于发展到我同珍妹之间也互相摧残对方的感情。我实在不能再容忍这种局面继续下去了！

　　在这次到上海同琴妹见面前，我曾两次给珍妹写信，告诉了她我打算与琴妹一起处理妈妈骨灰的意见，她都置之不理。在信里，我满腔热情地坦率向她表白了我过去的过错，说明我太对不起妈妈，也请求她的原谅。

　　她，竟没有片纸只字复我。

　　是她忙，忙得竟连一封信也不能写给我？

　　还是她古怪到瞪着两只又大又亮的黑眼睛永远不肯原谅我了？

　　我在信上约她：如果可能，希望她也能请假回上海，我好同她和琴妹一起到罗镇见芸姨母，说服芸姨母，处理好妈妈骨殖的迁葬问题。我对她说："芸姨母对我的意见坚决反对，但是你来同琴妹和我一起做她的工作，相信会得到她同意的。……"

　　谁想到，她回答我的竟总是渺渺无音讯呢！

　　珍妹那两只充满智慧的美丽黑眼睛，那酷肖妈妈的冷静而略带严肃的美丽容貌，留在我眼前的依然是年幼、年轻时的一些模样。她信奉一条真理，常说："终生努力，便成天才！"她在业务上确是那么做的。这二十年出头，她老了多少？尽管我的妹妹，都像妈妈家的人，年龄大了不显老，外祖母去世时七十多岁了还没生白发，但这些年的折磨珍妹总该已是双鬓出现银丝的人了吧？鑫虹在朝鲜战场上牺牲后，她那独身寂寞的生活，难道不会给她平添许多皱纹？……想起这些，我的心里酸楚楚的像灌了醋。我凝望着窗外飘洒的雪花，那些六角形图案的小雪花，贴在玻璃窗上可以看得清清楚楚。我感到身上冰冷冰冷，心里也冰冷冰冷。

琴妹的右手托着她白皙的脸，问："你在想什么？"她看得出我是在思索着一些不愉快的事了吧？

我不想告诉她什么，我摇头说："没有想什么！快到罗镇了吧？"

"恐怕还有一段路哩！"琴妹望着升起在一片房屋上空的几缕在雪中飘摇直上的炊烟，说，"这场大雪，车子开得慢，从时间上已经无法估计到了什么地方，加上四周的景物变了，盖了许多新房于，雪再一覆盖，简直认不出是到了什么地方了。"

天上有一架巨型航班客机飞过。大约是刚从虹桥机场起飞不久的吧，它飞得还很低，正向高空迅速上升。这是被叫作"珍宝式"的波音747还是被叫作"空中客车"的英国道格拉斯飞机？银灰色的巨型机翅和喷气式发动机发出的响亮轰鸣，不久就先后在云层上空消失了。

汽车继续奔跑。风雪好像渐渐减弱了。有人看着前边那大片白雪中矗立的楼房与密密群集着的平房在说："罗镇快到了！……"

从积雪而又布满淋漓水汽和薄冰的车玻璃窗里望出去，离罗镇是不远了。公路上拥集的汽车成串成龙。骑摩托车、自行车的人也逐渐多了。看到了高楼，看到了一种在发展中的小城镇的蓬勃景色和气氛。仿佛听到了城镇的喧嚣声，看到了纷至沓来晃动的人影。……

琴妹用手指着白茫茫的罗镇说："你看哪，罗镇！你认不出来了吧？现在家庭工厂和从事商品生产的农民可多了。它以前不过是一个小镇，一条穿镇而过的石板街，街上仅有几家小商店、杂货店、酒馆和大饼油条店，现在你看看！……"

我眯着眼远望，只见许多幢高楼拔地而起，猬集着的房屋，使我可以想象得出一片热闹繁忙的景象。

琴妹说："过去这里的人有两句话，叫作'日磨锄头，夜磨枕头'。现在，发展了小商品市场，好几百种商品，从儿童玩具到妇女装饰品，从炊事用具到小五金，应有尽有，连几分钱一只的小刨子、猪毛钳也有出售，这些都是国营商店里没有供应的。"

我问："小商品市场的发展，刺激了家庭工厂和乡镇企业的发展，是吗？……"

车厢里的人都像我们一样在谈论着。那个从二连浩特来的解放军战士，一定是同我一样，久别罗镇，显得特别兴奋，目不转睛地盯着窗外，在与邻座的人谈话。穿蓝色宇航服的红鼻尖老太太得意地在用手指指点点，同邻座的人不知说些什么，两人都笑得咧开了嘴。那对抱婴儿的年轻夫妇，大约是从车窗里看到了什么熟人，正在做手势打招呼。车子驶向前面了，他俩还回头从车玻璃窗里向外张望。带白鲫的中年妇女，急着想要先下车了，正在从座位下面将已经塞进去了的两条用网兜兜着的白鲫在往外拖。……

汽车进入罗镇的镇口，向汽车站方向驶行。这儿人烟稠密，摆着许多搭棚子的吃食摊，有粗嗓门的男人在叫卖，有女人的尖声朗笑。小饭店里的饭菜香弥漫空间。……

汽车要不断揿喇叭，才能缓慢地往前开。这是一条新辟的大街。原来那条穿镇而过的大石板街不知怎么样了？在这条过路的大街两侧，我看到有宾馆、饭店、邮电局，有菜场，有许多新开张的小商店。这样一个小镇，突然繁荣了！这里一样可以看到穿牛仔裤的，戴茶色眼镜的，留披肩发的。……商店的货架上五彩缤纷，有大大小小的电视机，有花哨的化妆品，有丰富的夹克衫、印花羊毛衫。……录音机里，越剧、台湾校园歌曲响成一片。……

我忍不住说："啊！变了！真的大变了！"

琴妹指着一些三层楼住房，底层大都开着营业的门市店铺，说："是啊，这些新房子，我上次来还没见到哩。盖得也真快！现在这里正在提倡号召农民自己集资建镇、盖房开店呢，所以很短的时间就起了变化。"

雪更小了，进入镇区以后，风也销声匿迹了。汽车在人丛中慢慢向前驶去。司机又开了收音机，播放起轻音乐，听了叫人心里有一种说不出的欢快。汽车上的旅客，在经历过一次风雪不断的长途行车之后，到了目的地，又见雪停了，个个都显得喜气洋洋。

那个搽口红的长发少女，服饰入时，一路上同她的男朋友吃零食，看杂志，说悄悄话。她的头老是靠在那个高身材穿猎装的男朋友肩上。这时候，她也在做下车的准备了，招呼那男的："你把放在架上的东西拿一拿！"男朋友笑着对她说："别急，到站再拿！"

有个坐在前排位置上的戴鸭舌帽的人，一直依在座位后背上打瞌睡，这时也不睡了，我才看清了他的脸。一直以为他是个年轻人，这才看到是像个退休干部模样的老人。他像变戏法似的从座位底下提出一个透明塑料包来，高高地举着观看，里边装的是水，水里有七八条红色和黑色的"水泡眼"金鱼。金鱼正活泼地游着。他欣赏着，似乎很满意这些金鱼经过长途跋涉都安然无恙，金鱼的色彩和游动的姿态都很美。

我左侧那个长发蓄小胡子的青年人也活跃起来了。他如果不是摄影记者，一定是个摄影爱好者。他将帆布包里的一只带皮套的摄影机取出来，将皮带挂在自己颈上。他前边一个瘦瘦的像工人似的青年人问他："你是记者?"他点点头，回答说："我是来拍几张照片的!"

这辆汽车上真是工农商学兵……俱全啊！

车站终于到了！售票员开了车窗，探出头和手去，举起了进站的小红旗。车子在音乐声中开进了新建的宽阔的车站，停放在一幢三层楼新建筑物前的停车场上。有人一声欢呼，车厢里一阵骚动，车门

"嗤"的开了！检票的一个女同志站在车门下，招呼着："票请拿出来，大家一个一个下！……"

北风微微吹来，冰雪与寒冷汇成一体。

琴妹问我："累吧?"

我心里忽然觉得空落落的，摇摇头，围紧了羊毛厚围巾，竖起了大衣领子，说："不累!"

我提着一只大帆布提包。十二年前来罗镇时，我提着的包里放的是妈妈的骨灰盒，这次提的是分送给芸姨母和炳根表弟他们的吃食糕点。给芸姨母特地从S省带来了阿胶，在上海买了她爱吃的莼菜①；给炳根表弟从S省带了名酒，在上海又给他和阿福、玲弟买了不少糖果、点心和水果。从罗镇回去时，我将把妈妈的骨灰盒放在这只大帆布包里奔上海。……

我同琴妹在络绎的乘客中下了车，踩着雪走出去。

这时，我看到那个先前爱在车窗玻璃上用手指写字的红衣女孩，正跟她父亲走下车来。他们带的东西不少，有小箱子，有帆布包，也有玻璃丝网兜装着的不少盒装吃食。红衣女孩长得很逗，圆圆的脸蛋，鼻子有点朝天，却不难看，反而显得特别活泼调皮。她用喜悦的口气在向他父亲说："爸爸，到妈妈那儿去吗?"

他父亲点头，"嗯"了一声

红衣女孩雀跃着牵着爸爸的手，乐呵呵地跟着爸爸踩着松软的雪走了。

我想：呵！她当然是有妈妈的！但"到妈妈那儿去吗?"这句问话是什么意思呢？难道这中间也有一段曲折的故事？当然，我不能问。但，这却使我想到了我自己的故事。……

---

① 莼菜：椭圆形叶子，有长长的叶柄与水下根相连，相传是西施最爱吃的菜，清香滑溜，入口而化，更可清热，产于江南水中。

六、为什么常多意外的巧事？

过去，这些事仿佛都被岁月之手掩藏起来了。现在，一件件突然又都重现在我脑海的荧屏上。

我第一次到再嫁的妈妈那儿去，是在抗战爆发以后的第二年。

天下常有巧事，有许多意想不到的事。我第一次会到妈妈那里去，也就是因为遇到一件巧得不能再巧的巧事。

抗战爆发后，南京遭到了日本帝国主义者的残酷空袭。爸爸辞去他原来的职务，带我到了上海。上海的一所大学和一家法学院聘请他做教授。我们住在公共租界大沽路上的一个弄堂里。那个弄堂很幽静，也比较清洁。二房东租了整幢的三层楼一套房屋，将整个二楼转租给我们住。整个二楼包括一间客堂、一间厢房和一间亭子间，卫生设备间齐全。楼下的厨房公用。爸爸带了我住在厢房内，合睡一张大床。雇的一个烧烧洗洗的女用人阿朱住亭子间。爸爸教书，我在附近的大沽中学里上初中一年级。

爸爸十分爱我。自从德蕙妈妈死后，常有朋友来劝他再婚，或给他"介绍"什么人。他总说"慢慢再说"，或说"不合适"，他说，怕找了一个不合适的人如果虐待我就不好了。有一个晚上，我们睡在一起，他躺着吸烟看书，曾经对我说："小哲，你没有瞒着我到你妈妈那里去过吧？"

我诚实地说："没有呀！怎么？"

他叹口气，说："没什么！我是在想，你妈妈不知怎么了？她倒也许过得幸福，而我们，太苦了！"

我忍不住将长久蕴藏在心上的一个问题提了出来，我说："爸爸，你和妈妈离婚是谁要离的？"说实话，我心里老是在想：你们为什么要离婚呢？拿爸爸你来说吧，你现在似乎懊悔了。可是，既知如今，何必当初！

爸爸摇摇头，叹了一口气，说："怎么说呢？我提过，她也提过。唉，年轻气盛，遇事轻率。一时的闹闹别扭，何尝想得许多！……"他丢掉烟蒂，似乎又沉浸在对往事的不堪回忆之中。

我也禁不住叹了一口气。忽然，我问爸爸："我能到妈妈那里，去看看她吗？"

爸爸摇头，很坚决地说："不要去！你到她那里去干什么呢？她结了婚了！那是人家的家：你妹妹都不姓我的姓了！她又有了跟这个丈夫生的孩子了！你去干什么呢？你忘了吗？我向她提出过复婚的要求，可是她拒绝了！她是铁了心不要我们了！去她那里干什么？"

我心里思忖：是呀！爸爸说得对！我去干什么呢？

爸爸擦火柴点烟，又说："孩子，你知道，爸爸为什么不再结婚吗！爸爸全是为了你呀！如果给你再娶一个后母，不如你德蕙妈妈贤惠，对你不好，如果她再自己生了子女，就必然会对你更不好。那样，家庭关系就更复杂了！爸爸不忍心这样，因为爸爸爱你。所以，你要争气，要好好读书上进。中国太弱，日本才能欺侮我们。你将来要为中国的富强努力，成为一个对社会有用的人！"

我"嗯"了一声，沉默着思索起来了。我在体味着爸爸说的话，觉得他说的是真诚的。我觉得爸爸比妈妈好，爸爸时刻想到我，妈妈却不。妈妈结了婚，还生了孩子，珍妹现在不知会不会受虐待？……想着想着，我觉得很可怕。以前，幸亏德蕙妈妈人善良，她死了以后，也幸亏爸爸没有再随便找一个女人结婚，不然，如果娶了一个凶狠的后母，我将怎样倒霉！从后母我又想到了后父。后父中的许多人当然也一定是凶恶的！珍妹的后父——这个"宗汉好伯"是一个怎样的人呢？是的，照片上的他是微笑着的，会不会是个笑面虎呢？……想着想着，我内心烦躁，忐忑不安。

爸爸也没有再说话，独自闷闷地抽着烟。直到我睡着了，过了一会儿醒来，发现灯还亮着，他仍在抽烟。床前小柜上的烟灰缸里烟头堆成了尖，房间里烟雾腾腾的。

幸亏，爸爸是个做学问的人。他教书、写书、看书，整天忙忙碌碌的，从不闲着。只是他心情明显的不好。他本来有些积蓄，可是，同德蕙妈妈结婚到给德蕙妈妈办丧事，花费了不少。到上海，为了租房子，又花了不少。他又喜欢买书，一有钱就买，经济渐渐拮据。有些朋友又常向他借钱，他不但不忍心拒绝人家，只要身边有钱，人家要多少他总给人家多少。我感觉到他很寂寞，晚上常听见他叹气。他不快活，很少有爽朗的笑容。可是我到底太小了，既不太懂事，又不能陪他谈心。我上大沽中学，功课够忙的，有老师和同学，我并不寂寞，也很少去关心爸爸。

那个阶段，我和班上的同学陈鑫虹、俞伯祈最要好。陈鑫虹是浙江人，长得很壮实，待人真诚，脾气好，总是笑眯眯的，你惹了他，他也不生气，但却是个有计谋的人，读过的书很多，点子很多，说起话来叫人心服。俞伯祈也是浙江人，祖籍杭州，黄皮精瘦的矮个儿，耿直倔强。俗话说杭州人都是"杭铁头"，他真有点"杭铁头"的味道。我们三个初中生抱成一团以后，决定干点爱国的、不寻常的英雄行为。当时，上海租界四周的中国地盘早被日寇占领，租界成了"孤岛"，公开抗日是危险的。有一天，我们三个去陈鑫虹家，在他的小房间里关了门闲谈。谈起日本帝国主义的侵略，大家都热血沸腾。

俞伯祈忽然提议说："我们组织一个党好不好？"

其实，什么叫"党"？我们三个人谁也不明确，当时似懂非懂，只以为几个人抱成一团，制定几条纪律约束，来一同干事，这就是组织了一个"党"了。

我觉得新鲜，问："组织一个党干什么？"

俞伯祈握着拳头咬牙切齿地说："散抗日传单！抗日！……"

他的提议不但使我们热血澎湃，更使我们感到刺激。我和陈鑫虹立刻双手拥护。

鑫虹打了俞伯祈一拳，说："亏你想得出：我怎么就没想到呢？法国作家嚣俄①有句名言：'有时天空没有太阳，这并不可怕，可怕的是不知道天空中本来就有太阳！'我们生活在孤岛，没有阳光，但我们的心里应当有太阳！我们应当让阳光照下来。"

我很欣赏鑫虹的话，我说："好，我们这个党就叫爱国党，好不好？"

三人一致同意。于是，我们三个一本正经地对天起誓："一定要抗日到底，决不怕死！"这天，我们决定说做就做，立即行动——写传单。我们一起在重庆路上一家烟纸店里买了一些黄纸、红纸和绿纸，又一同回到陈鑫虹家。他爸爸是海关里的职员，家里房子宽敞些。我们躲进他的小房间，紧紧锁上了门，将纸张裁成小长条，三人一张一张分写起来。写的口号都是"打倒日本帝国主义！""反对日寇侵略中国！""抗战必胜！""我们万众一心，冒着敌人的炮火前进！""枪毙汉奸！"……

写成以后，第二天，我们将传单全部分藏在书包里，然后，下了课，我们跑到热闹的南京路上，在大新公司三楼、四楼楼梯转弯处的窗口附近，偷偷伸出一只手去，天女散花似的将传单撒下，立刻飞跑下楼，若无其事地钻进在公司里货柜左右买东西的顾客人群中去。

以后，我们又到南京路上的慈淑大楼干过。那楼上有精武体育会，

① 嚣俄：今译雨果，当时翻译界译作嚣俄。

我们三个爱闪身进去看人练拳、练举重。看一会儿，我们就顺便蹓到四楼、五楼靠近南京路闹市的一侧窗口里，伸出手去，将传单满天飞地撒下去。

这样，干了几次，有一次在新世界，有一次在永安公司。……有一天，《大美晚报》上居然登了一条新闻，标题是："昨日本市永安公司楼上有人撒抗日传单"!

我们干的英雄行为竟登上报纸了!

真使我们高兴极了，也自豪极了，干得也更来劲了。我们虽然年纪小，也懂得要机灵，要小心谨慎，不能麻痹，很怕被日本人、汉奸、租界上的巡捕、包打听发现。所以，干了一段就停歇一些日子，换个地点再干。我们在八仙桥大世界人多的地方干过，也在黄浦江码头边人迹稀少的角落里干过，相信没人会发现。……

不料，有一天出事了! 下午，放了学，在学校里，我去阅报室里看报纸，想找点好消息写传单。书包放在椅子上，临走时竟糊涂得忘记拿。等到想起，急忙跑回去，谁知书包已经被人拾了交到教务处。

我急忙跑到教务处，透过玻璃窗看见戴眼镜的张校长正在同教务主任陆晶清谈话，我的书包正搁在桌上。

真糟透了! 书包里有传单，是打算回家时绕经跑马厅附近冷僻处散发的。书包里的练习簿上有我的名字。今天下课时，因为上周忙于抄传单，作文没做，我将鑫虹和伯祈两人的作文本借回去看看。他们的作文本都放在我的书包里。三只麻雀拴在一根线上，抓住了我，他俩也跑不脱!

正想硬着头皮闯进去，心里突然一惊：看到身材高大魁伟戴眼镜的张校长手里拿着几张红色、黄色、绿色的传单正在看哩! 事情不好了! 我不能预卜秘密泄露将发生什么祸事，我不敢进去了，心里火烧火燎，拔腿回身猛跑，跑出学校，上了街，跑了足足五六百米才停步。

稍一冷静，我侥幸地想：也许不太要紧。这个张校长是爱国的!

我虽然没同他说过话，给人的印象挺和气，挺正直。他兼授历史课，我们全班同学都喜欢听。听着听着，有时会使我们感到做一个中国人的骄傲与自豪；有时会使我们慷慨激昂地痛恨日本帝国主义的侵略。这样的人，我想，是决不会干出卖国勾当的。

想到这些，我才稍稍安心了些。俞伯祈家就在附近，我决定先找伯祈商量一下。伯祈父亲是私人开业的医生，诊所设在大沽路边。我去时，诊所门开着，俞伯祈正在诊所外间替他父亲搓棉花团。我悄悄上去对他说："俞伯祈，大祸临头了！快，一起到鑫虹家去！"

他机灵得很，跟着我就窜出门来。我们俩一起带着小跑往陈鑫虹家奔去。跑出家门不远，他纳闷地问："什么事呀？这么急吼吼的！"

我同他并肩小跑，边跑边说："唉！出事啦！"我把事情一枝一瓣地告诉了他。

伯祈也吓傻了，连连说："糟糕！糟糕！'大意失荆州'，吃不了兜着走啦！"

我又把我对张校长的看法讲了，他倒同我的想法一样，说："嗯，对，有道理！张校长不会做卖国贼。你这一说，我倒放心了！"

陈鑫虹家也不远。我俩跑去时他正在家里开了无线电听弹词开篇。一听我的话，他也凉了半截，"哎哟"一声之后，马上又说："张校长人倒是个好人，我父亲也认识他。这样吧，事不宜迟，我们马上到他家里找他，把事情讲清楚，求得他的帮助。说不定将来写传单时，他肯将学校里的油印机借给我们用用呢！"

他大胆的设想，我和伯祈都喝彩，都说这是个好主意。

俞伯祈说："可是我们不知道他住在哪里呀？"

鑫虹说："我知道！有一次，我跟爸爸路过法租界霞飞路环龙路，到一个亲戚家去。我爸爸指给我看过，说：'那是你们校长的家。'……我还记得那地方，离这里不太远。"

我讷讷地说："快走吧！我心里七上八下的，见到了他，谈过了，

593

也许反倒安心了！"

伯祈火急急地说："对对对，说走就走！"

鑫虹对我们做了个眼色，说："已是吃晚饭时间了，我不想跟家里说我要出去。我假作送你们，到外边我们一起溜！"

他果然送我们溜出来了。我们向重庆路方向穿出去，由那里从公共租界穿入法租界。到了环龙路，昏黄的街灯照着我们长长的身影，心中有事，黑沉沉的身影压在心上，我们的脚步像戴了镣铐一般的沉重。天，早就黑下来了。鑫虹带我们进了一条很干净的弄堂，他在一户人家门前，停留了一会儿，说："好像就是这里，敲门问一问吧！"

他当头，去敲门："嘭嘭嘭！"

一个白胡子老头儿开了门伸出半个身子来，问："寻啥人？"

鑫虹老练地说："请问，这里是张校长家吗？"

白胡子老头儿摇头，用手指指左边说："错了！姓张的住隔壁。"说着，"乒"地关上了门。

总算找到了！我们三个连忙到左边那户人家后门。我自告奋勇，说："我来敲门！"我走上去轻轻"乒乒"敲了两下。

听到一个女人好听的声音在问："谁呀？"奇怪，声音如此熟悉！熟悉得突然使我心跳，使我犹豫不安。还没容我思索，门"呀"的开了，一道金黄色的灯光将一个黑发女人的身影托照出来。

我刚脱口而出问："这里是张校长的家吗？"在灯光的阴影里我瞬即发现：开门的不是别人，正是——妈妈！啊！啊！我几乎惊叫起来，一下子躲缩到陈鑫虹和俞伯祈身后，真想拔腿就跑。

妈妈刚说了一声："他在！……"我立刻发现妈妈意外地看到了我，也是惊讶地睁大了一双黑眼睛，似乎一时惊呆了。她那双大落落的眼睛里，隐藏着心事，但她叫出声来了："小哲，是你？"

鑫虹和伯祈也都奇怪了，直瞪瞪地望着妈妈和我：是怎么一回事呢？……他们当然不会明白！

我突然满面是泪。我怎么会想到妈妈会住在这里呢！妈妈给过我地址，那地址我背也背熟了。但今天晚上，是鑫虹带路来的，他也没有说地址，我也未曾想到妈妈的地址。是鬼使神差使我竟糊糊涂涂走到妈妈门上来了！难道这"张校长"就是妈妈再嫁的男人吗？难道真会有这样巧的事？不对，我听妈妈说过："你宗汉好伯……"那个男人应当是姓"宗"呀，可是"张校长"不是姓张吗？

　　是陷身在一种进退维谷的尴尬局面中了。好在天黑，我闪身在暗处，用衣袖偷偷试去了泪水。我真希望这个"张校长"和妈妈不是一家人！希望他们不过是住在一幢房子里而已……

　　偏偏，我明明看到不知什么时候，戴眼镜身材高大微胖的张校长已经出来站在妈妈身后在说话了："啊，是你们啊！进来坐！请进来坐。"他有开诚坦率的面孔，看到来的是他的学生，他热情地招呼着。

　　我清楚地想起了在南京鼓楼饭店看到过的那张妈妈携带着的照片。想起这张照片时，连同那晚淅沥的夜雨声和忧郁的情绪都一起勾起了。照片上的那个抱着珍妹的男人，确确实实就是他呀！只不过面前的"张校长"比那张照片上的"宗汉好伯"略略又胖了一些罢了；只不过照片上的"宗汉好伯"穿的是西装，现在的张校长穿的是长袍而已。但，这是怎么一回事呢？

　　啊，天下为什么要有这样的巧事？又偏偏降临到我头上呢？我是处在顶顶难堪的局面中了。

　　心里像打翻了五味作料瓶，泪水湿了眼眶，心里不知是什么滋味。如果不是有俞伯祈和陈鑫虹在，我早就扑上去抱住妈妈了，妈妈也一定早扑上来一把搂住我了。可是，现在，我像傻了似的挨在鑫虹和伯祈的身后，不知所措，不知如何是好。不能让他们知道这一切呀！妈妈身上正束着围裙，看样子是在烧菜做饭，听到敲门声才出来开门的。她也被突如其来出现的困境制住了！她看着我，呻吟地又十分热情地说："小哲，进来吧！进来吧！……"

像有一股吸引力吸着我似的，妈妈的话使我不由自主地随着鑫虹和伯祈走进了屋内。

　　我们进的这间是客堂兼餐室，布置得很雅致，四面挂有裱得很精美的山水和花鸟画，中间放着餐桌，边上有沙发和藤椅。我一进去就看见：桌上放着菜和碗筷，正要开饭。一个剪童花头八九岁的女孩，同另一个也剪童花头的三四岁的小女孩都已经坐在桌旁了。她俩都穿的是同样的花洋布衣。我立刻明白：大的长得雪白有黑眼睛的正是珍妹，小的脸像个红苹果健康有趣的就是照片上妈妈抱着的那个婴孩呀！我强忍住眼泪，真懊悔，刚才不该进来。我就是到妈妈这儿来，也不该在这时候在这种情况下来呀！何况，我确是不愿来的！妈妈已经再嫁，又同别的男人生了孩子，我来干什么呢？我实在不该来的呀！

　　张校长刚才显然没有注意到妈妈叫我"小哲，"他招呼我们说："坐呀坐呀，吃了饭没有？在我这里吃一点好不好？"他说得倒是真诚亲切的。

　　鑫虹和伯祈都同声说："我们吃过了，都吃过了。"我怕叫我们吃饭，也咕噜着说："早吃过了。"

　　"真的吃过了？"张校长再问一遍。

　　"真的！"我们异口同声。

　　妈妈从后边房里拿了一些蜜橘装在盘子里端上来，一人一个递到我们手里，说："吃吧！吃吧！"她的话声特别亲切，看得出她希望我们能把橘子吃掉。说完，她又转身走了。

　　这时，珍妹突然说："爸爸，你的饭凉了，你快来吃！"她对这个"爸爸"，看来非常亲热。听她叫"爸爸"，我心里有一种难以形容的感情，也不知是嫉妒还是反感。她当然，根本忘了自己的爸爸，也不认识我这个哥哥了！

　　"张校长"亲热地拍拍珍妹的脑袋，看得出他很喜欢她，说："小珍，你先吃吧！爸爸有客人。……"

妈妈从厨房里用托盘端了三杯开水进来。她显然克制着感情。她一定懂得我的心理。在同学面前，她不愿流露出来。何况又夹杂着"张校长"在。她给我们将开水放在茶几上，关切爱抚地看了我一眼，看到珍妹和那个脸像红苹果的小女孩——她该就是妈妈说的小琴妹妹了——抢着连声叫唤着"妈妈，快吃饭"，便坐上餐桌，给珍妹夹菜，又给小琴妹妹用汤匙喂起饭来。

我尽量不去看妈妈。直到张校长讲话了，我心里仍然没有恢复平静。心，像要跳出胸膛。神思，老在过去和现在的许多事情上兜绕。我简直把这次同陈鑫虹和俞伯祈来找张校长的事忘掉了。我坐在沙发上，手里捏着那只蜜橘，六神无主，神情恍惚。

只听得张校长用和蔼的声音说："你们是为那只书包的事来找我的吧？"又说，"吃呀，吃呀！"他要我们剥橘子吃。

这时，我才从神思恍惚中苏醒了过来。我连忙点头，却不知说什么才好。我看到鑫虹和伯祈也忽然变得局促不安，点着头嘴里像塞了布团，只是下意识地将橘皮剥开。

张校长左手抚摩着他那坚毅丰满的下颌，微笑着说："你们不要紧张！上海成为孤岛这么久了，只要是有爱国心的中国人都是知道自己该怎么做的。孤岛的处境虽然险恶，但热血男儿是决不甘心做亡国奴的。我很高兴，我教出来的学生能无畏地做出令人振奋的事来。那只书包，明天到我办公室拿就行。你们不必担心。你们的校长、老师也是爱国的中国人呀！"

我忽然想哭。我实在激动极了，这结果同我想象的差不多，但比我想象的还要好。听了他一番话，我立刻对妈妈再嫁的这个男人产生了一种复杂的感情。在我的脑海里，"张校长"和"宗汉好伯"似乎变成两个人了！我有点喜欢"张校长"，却仍不能不恨"宗汉好伯"。但我明显地注意到：那墙上挂的一幅山水画上明明写着"张宗汉先生雅属"的字样。原来，"宗汉好伯"他姓张！"张校长"就是"宗汉好伯"，"宗汉奸伯"也就是"张校长"。在这同时，我发现，鑫虹和伯祈也激动得脸都红了。

俞伯祈做着手势声音急促地说："张校长，我们已经干了很久了！你看到过没有？《大美晚报》前些天登了一则新闻，说：'永安公司楼上有人撒抗日传单。'那也就是我们三个人干的呀！"

陈鑫虹也插嘴说："有一次，我们想在先施公司楼上撒传单，偏偏走到南京路旁的浙江路附近，遇到了'抄靶子'①！那次真危险，要是真给抄了就麻烦了。幸好我们远远看到绕个圈子避开了！"

张校长慈和地看着我们，说："我正要叮嘱你们一些话哩。我不想查问你们还干了些什么，但要提醒你们千万不能大意。比如这只书包，如果落在汉奸手里怎么办？孤岛很复杂，敌人和汉奸不少，你们干的事，只许成功，不许出岔。要从小培养自己严密、谨慎、细致的作风。"说到这里，他见鑫虹和伯祈剥开了橘子没有吃，说："吃呀，你们不要客气！"又指指我的橘子说："你吃呀，橘子很甜的！"

我也不由得跟着陈鑫虹、俞伯祈深深地点头。这时，鑫虹和伯祈开始吃起橘子来了，我却仍然没有吃。

张校长挥手做着手势，说："还有一点，你们爱国，抗日，为这不怕冒险，很对。但，不要有炫耀自己的想法。爱国，是一个子民对祖国应尽的责任。不是为了自己逞英雄才干这种事的。动机端正，会更谨慎，不会去干无谓的冒险事了。"

我们又都点头。

妈妈见我的橘子还没剥皮，对着我又亲切地说："吃吧，你看，他俩都吃了。你为什么不吃呢？吃吧！"

我懂得妈妈的心，只得将橘子剥开皮塞了一瓣进嘴里。橘子甜，我心里却觉得苦和酸。

---

① 抄靶子：当时租界捕房经常派出巡捕包探拦街抄查行人，叫作"抄靶子"。

只听张校长充满朝气地又说："今天回来前，我查看了你们的学习成绩，发现你们三人成绩本来都很好，但这次小考的成绩下降了。是不是同散传单的事有关呢？首先要做个好学生，好好学习，把抗日爱国的目光放远，不能把时间全放在逛马路散传单上，要把时间支配好！"

鑫虹吃着橘子，忽然有心计地说："张校长，能将学校的油印机借我们用一用吗？那样，不必用手抄，可以节省很多时间。"

伯祈也说："张校长，我们不会弄坏的，也不会让人知道的。真想有个油印机用啊！"

我没有说话，始终沉默着。我不想央求这位"宗汉好伯"。张校长好像注意到我不说话，忽然对着我说："你的意思呢？"

我从散传单的事考虑，不禁也改变了刚才不想央求他的想法，回答他说："是的，能有个油印机就好了！"

张校长微微笑了起来，豪爽地说："好吧，我答应你们。油印机可以借给你们用，但不能在学校里印，那样容易出事。你们谁的家里有印刷的条件？"

鑫虹说："我家里行！有个单独的小房间可以关上门印。"

张校长笑了，做着手势像讲课似的说："不要常这样干！不妨每一两个月散发一次。这样吧，我就睁一只眼闭一只眼，将油印机借给你们，就说让你们替学校印表格什么的。你们要学会写仿宋体，那样印出来的传单上的字不但清晰，也无法核对笔迹。再有，你们光写口号也不行，以后，可以写点短小精悍的文字，可以真正印发传单！"

伯祈几乎要欢呼，吃着橘子说："啊！对！"

鑫虹也高兴地说："张校长，我们一定照你的话做！"

我也心中兴奋。我忽然注意到：妈妈一直在注意地听我们谈话，并且不时用饱含深情的眼睛默默地看着我。我想说些什么，只是没有开口。我很难说出我心里是一种什么样的感情。

张校长表扬说:"你们是三个好学生!我欢喜你们。我讲的几点你们看来不会反对吧?"

我们三个人不由自主地都点头。

鑫虹看看我和伯祈,懂事地说:"我们该回去啦,张校长吃饭吧!"

我们三个都站了起来,张校长仍旧和气热情地说:"以后,有事可以找我来谈,没事,也欢迎你们来坐坐。"

鑫虹和伯祈都笑着答应:"好!"只有我没有作声。他俩的橘子都吃掉了,我却只吃了一瓣,将剩下的橘子放在茶几上。转过身,我看了妈妈一眼,发现妈妈也在深情地看我。我心里难过,突然想放声大哭一场。我低下了头,跟着鑫虹和伯祈。张校长站起身来送我们。到了后门口,谁知妈妈忽然跟着走上来,用手拍拍我肩膀,说:"小哲,你和你的同学都爱国,真叫人高兴,但,一切要小心,你也别忘了再来呀!"

我想点头,但没有点。我想叫一声:"妈妈!"对她说:"再见!"也没有说。我羞于让鑫虹和伯祈他们知道这件秘密。我发觉张校长用一种诧异的眼光朝妈妈看看,说:"啊,月芬,你认识他?……"

我顾不上听妈妈怎么回答的了,头也不回,跟着陈鑫虹和俞伯祈走出了妈妈家的门。我甚至也没有对张校长说声:"再见!"我怔怔地跟随着陈鑫虹和俞伯祈走出了弄堂。

街灯下,陈鑫虹忽然问我:"颖哲!你今天怎么了?"

俞伯祈也说:"刚才张校长的太太好像认识你,是认识你吗?她怎么认识你的?"

我摇摇头,什么也没说。谁也别想从我口里把这件秘密掏出去。我觉得如果让同学们知道了这件事,我会脸上无光。我摇摇头,最后掩饰地说:"好像认识,可是我记不清她是谁了!"

当晚,回到家里,爸爸盘问我到哪里去了,我没瞒爸爸。除了散传单的事怕他担心没讲外,只说有事去张校长家见到了妈妈,一五一十把经过全都讲了。

爸爸听了，说："天下真多巧事！……"接着，闷不吭声，仍是一支接一支地抽烟。到我临睡时，他忽然对我说："小哲，我决定给你换个学校，不进这个中学了！转学是很方便的。"

我当然表示同意。三天以后，我就不进大沽中学了。爸爸给我转到了虞洽卿路上慕尔堂里的东吴中学去。离开了好友鑫虹和伯祈，他们舍不得我，我也舍不得他们。但，为了不在张宗汉做校长的中学里做学生，我决定忍受这种损失。

妈妈对我说的："小哲，别忘了来呀！"这话常在我心头兴风作浪，但我始终不想再去。不是不想念妈妈，是我感到自己不应该去。

意料不到的是：有一天，妈妈找到东吴中学来了。学校借用慕尔堂上课，这是一个很漂亮的尖顶大教堂，教堂尖顶上有一个可以旋转的十字架。晚上十字架上红色霓虹灯亮了，远远就可看到。东吴是个教会中学，规定每个学生都要上圣经班。那天下午，下课后，我刚上完圣经班从教室里跑出来，发现面前站着妈妈。

妈妈穿一件墨绿毛线衣，里边是安安蓝的旗袍。她仍然美丽，只是比以前显得憔悴些了。我心里难过，想：妈妈一定很操劳！又想：不知张宗汉对她好不好？……妈妈见到我，眼里闪着慈爱的光，说："小哲，我们可以谈谈吗？"

我点点头。妈妈陪我走出慕尔堂，沿着人流滚滚的虞洽卿路，向跑马厅方向走。那面，如果沿着跑马厅走，空旷一些。

走着走着，我不说话，妈妈突然问我："小哲，你想妈妈吗？"

我点头发自内心地说："想！"心里真想哭一场！妈妈，你难道不明白做儿子的心吗？

妈妈忽然掏出手帕拭泪，说："小哲，你为什么不来看看妈妈呢？听说你转学走了，我和你宗汉好伯都很难过。你知道，妈妈没有一天不想你，没有一天不盼望着你来看妈妈。你为什么转学？为什么不来呢？……”

我没作声，泪水在眼眶里打转转。怎么回答呢？

我心里在想着刚才上《圣经》课时学过的《旧约·约伯记》第一章里所说的话：上帝为了考验约伯是否忠诚，毁了他所有的一切……我伤心地想：我小小年纪，被毁掉的还少吗？为什么我要这样倒霉呢？……

妈妈在问我："是你爸爸要你转学，是你爸爸不准你来看我的吧？"

我摇头："不是！"我不愿意妈妈对爸爸抱什么成见或恶感。再说，不到那儿，确是我自己的主张，像是一本算不清的糊涂账，我算不清也说不明。我简直太怕接触这件事了。

"那为什么？"妈妈亲切地问我。

我抑制不住眼泪了，说："妈妈，您为什么要同别人结婚呢？"

出乎意料，妈妈却喃喃地说："你爸爸不是也结了婚的吗？……他？张宗汉是个很好的人，你珍妹也很爱他。因为他很爱你珍妹。你到我那儿来，他也会对你很好的。那天，他不知道是你……"

我天真地问："他对您好吗？"

妈妈点点头，回答了一个字："好！"

我觉得无话可说了。既然"好"，有许多话我不想说，也说不出口了。我止住泪，沉默地跟着妈妈走。

妈妈恳求似的说："你来玩玩吧，儿子！妈妈实在想你！你越不来，妈妈就越觉得对不起你。妈妈的心没有一天得到过安宁。如果你不愿意见宗汉好伯，约定了时间你来，我让他出去。……"说着，她又淌眼泪了。

妈妈陪我在南京西路上一家馆子里吃生煎包子当晚饭。吃包子的时候，她又问起了爸爸的情况。我如实将爸爸的情况详详细细地全告诉了她。她听了，叹了口气，想说什么，又没有说。见天色已晚，我吃完最后一个生煎包子，说："妈妈，我要回去了！"

妈妈叹着气说："好，我送你回去!"

她送我到大沽路，叮嘱我说："儿子，答应妈妈，你一定来看妈妈!"我不好不答应，只得点头。

她站在一盏路灯下，看着我进弄堂，然后，才怏怏地转身去了。

我回到家里，爸爸还在等我吃晚饭哩。知道了情况后，他先是闷声不响，独自闷闷吃起饭来。后来，又在我临睡前对我说："孩子，再转学吧!"

我觉得没有理由不答应爸爸。我点头，应了一声："嗨!"

几天后，我又转到了养正中学，因为妈妈的堂妹芸姨母就在那所中学里教历史。芸姨母本来与妈妈感情很好，但妈妈同爸爸离婚后，芸姨母的同情是在爸爸这一面。当时，社会舆论对离婚或离婚后又再嫁的女人是最看不起的。芸姨母本来同妈妈很好，可是在妈妈同爸爸离婚又同宗汉好伯结婚的事上，她似乎同妈妈有过什么争论和分歧。妈妈同宗汉好伯建立家庭后，芸姨母竟与妈妈很少来往。爸爸为我转学的事去找了芸姨母，托她为我办转学手续并就近照顾我，芸姨母答应了，我就转到养正中学去求学。

这以后，我始终没有再到妈妈"家"里去过。……

七、罗镇啊，古老的罗镇！

啊，人生！为什么有许多场景会像烟云似的重复出现？

我终于和琴妹又踏雪走进罗镇这条名叫水果弄的小巷了。是一条像戴望舒写的《雨巷》诗中形容过的意境类似的小巷，坑坑洼洼的冰雪路上脚印已经很多。小巷，仍保留着路边那高耸的黄栌树和积存着落叶的断垣残壁；仍保留着沾满青苔与雨迹的斑驳白粉墙；仍保留着低矮的围墙与门楣；仍保留着一种寂寞、深幽的气氛。……

我们在这阴冷潮湿雪后的冬天里，又像十二年前带着妈妈骨灰来到似的站立在芸姨母那青砖瓦墙已经剥蚀一朽木门板已被岁月涂黄的门前了。

我又敲起了门。门上木纹清晰，两只铜环已经不见，还看得出曾经有过铜环的痕迹。它们是在"文革"中被红卫兵毁掉了的呢？还是被小偷偷了卖了的呢？

一棵老槐树上的干飒飒的雪粉，纷纷扬扬洒下来落在我身上。"乒乒乒"，门震响着，但是，我明白：不会再有那个獐头鼠目的各叫长寿的造反派小头头来开门了。他早已在一场武斗中死掉。

来开门的果然是芸姨母，她"吱呀"地开了门，立刻认出是我和琴妹。我和琴妹都亲热地叫了她一声。她马上说："啊呀，又是大雪！我等着你们，心里老在念经似的叨念：怎么还不来？怎么还不来？……这不，你们终于来了……"

说着，她眼圈红了。我以为她一定会哭一场，谁知，她却忍住了没有落下泪来，接着又说："快进房暖和暖和吧！我算过，整整十二年了哩！从你们埋葬你们妈妈骨灰的那个风雪天算起！……"

　　我和琴妹进屋。我端详着欢度晚年的芸姨母，发现她染了头发，一头乌光漆黑的头发。分别十二年了，她气色极好，耳不聋、眼不花、背也不驼，面上一点不显得比从前老，反而使人感到她焕发了青春。我从她手上接过她递来的茶杯，心里想：是呀，记得"四人帮"刚垮台时，在电视上和生活中看到过许许多多老干部、老知识分子，一个个都像行将就木的样子，不少人走路要人扶，有的自己拄着拐杖，老态龙钟。结果呢？这些老人绝大多数活到了今天，更有趣的是有的扔掉了拐杖，有的重新出山工作了。芸姨母何尝不也是这样！

　　妈妈是罗镇附近北川沙人，同芸姨母是堂房姐妹，比芸姨母整整大十岁。她俩自小就有交往。北川沙在海边，比较荒凉，罗镇那时候是集镇，繁华热闹，妈妈少女时代到年轻未婚前总常到芸姨母家住上几天，去则与芸姨母同床共眠。她俩一起在罗镇热闹的街道上买彩色丝线绣枕头，买鸭蛋粉擦脸，买金色花边镶旗袍，买"双妹牌"花露水洒在手帕上闻香，你用线替我绞脸①，我用线替你绞脸……罗镇上常有叫卖螺蛳的人，妈妈爱煮了螺蛳用小针挑了吃。每次到了罗镇，芸姨母的母亲，我们叫她"罗镇好婆"的，总要煮螺蛳给妈妈吃。……这些年少时幸福的记忆，以后妈妈年岁渐增每一回想，总要带来无穷的眷恋与深情，似乎这些逝去了的时光，是她一生中最美好的那些时光之一部分。她说想要到罗镇陪芸姨母住住，怕也是要去重温少女时代的旧梦吧？可是，她竟未能实现这样的夙愿，就离开人世了！那时，我们将她的骨灰盒葬到罗镇，就是这么一个来由！

---

① 绞脸——是少女和妇女修脸的传统手法，年轻姑娘为了美容，用细线把脸上的绒毛绞去。

我和琴妹围着炭火盆坐着，啜饮着芸姨母泡的香片茶。她老是爱喝香片，年轻时就这样，几十年习惯未变。芸姨母这间客堂间是重新布置过了的。十二年前那次来时，正是连老百姓种点花养点金鱼都是"大逆不道"的年月，可是今天，芸姨母这里也像那些新盖的宿舍大楼的阳台那样，摆满了盆花。在这严寒的风雪冬天里，芸姨母这间房里的文竹和君子兰依然青翠可爱。两盆令箭海棠已开着红色鲜艳的花朵。看来，她喜欢仙人球，种了八九盆各式各样大大小小的仙人球，有的仙人球还开着紫色、黄白色的小花朵。墙上，挂着很出色的山水和书法屏条，雅致得很。家具有些新添置的都是那种流行的贴面木器。

　　芸姨母陪我们在炉边坐着，用一种历史教师才有的沧桑感慨的语调说："风雪天，你们兄妹又一起来到这里，只不过那时是天下大乱，现在是天下大治。你们的来，也真可谓是历史重现了！我今天依然准备了菜，也依然将炳根、阿福和玲弟三个托人带信约他们午饭后来，并约定他们晚上在这里吃饭。十二年前我准备下了一瓶酒给炳根喝，他不但没喝到酒，还给揪了回去批斗。今晚，我为他准备了一瓶双沟大曲，一定要让他好好喝下去，喝个畅快。"

　　经她这一说，十二年前埋葬妈妈骨灰盒时发生的那场交锋顿时又如同就在眼前。

　　那天，大风雪，炳根表弟带了儿子阿福和女儿玲弟来芸姨母住处，帮着我们在后园里刨坑埋葬妈妈的骨灰。芸姨母本来在上海一所中学里教历史，"文革"初受过冲击，万念俱灰，退休回到了罗镇，住的是她家的老屋。自从她外出教书，这老屋一直托亲戚照管。她回来了，好不容易费了许多口舌本家兄弟才勉强让出了一间半屋给她。本家兄弟的儿子长寿是个造反派，对芸姨母很不满，看见炳根带了子女来帮助芸姨母刨坑埋骨灰盒，嗾使一伙造反派出面干涉。琴妹和我不服，同他们争辩起来。他们知道炳根本来是生产队长，给他扣了个"走资派复辟搞四旧"的帽子，将炳根揪走批斗折磨了一通。但这并没有吓倒我们，在大雪中，我们终于刨了坑将妈妈的骨灰盒葬了下去。……

现在想起往事，我不禁说："那个长寿，听琴妹告诉我，说是他死了?"就是这个长寿，"文革"中将名字改成了"小兵"。我还记得他是个中等个儿的瘦子，有两只挺凶的小眼睛，高颧骨，尖下巴。

芸姨母点点头，说："是呀，取名长寿实际短寿！他改名'小兵'，结果真当了炮灰死在武斗的疆场上了！这种人既可厌又可怜。死后，罗镇上他这一方的造反派为他开了追悼会，挂了他的大照片，一天到晚播放语录歌：'……轻于鸿毛……重于泰山……'那是个黑白是非颠倒的年代，死得轻于鸿毛偏说重于泰山。他死后，他妻子要把他也葬在后院竹林里，但造反派把他火化了，因为两派斗得厉害，没人管这事，他火化后骨灰没找到。他妻子不久也就改嫁了！"

琴妹庆幸地说："幸于没葬在竹林里！"

她的意思我明白：如果葬在竹林里，给妈妈添上这样一个邻居那就不好了。

芸姨母说："长寿本来想蚕食霸占我的半间卧室。现在，按照法律还给我了。我的卧室也就扩大了。今夜，你们可以安心睡在大卧室里，既不必怕隔墙有耳，也不必听隔壁人家喝酒吵闹打呼噜了。"她说着话，从一只食品橱里拿绿豆糕和"采芝斋"的核桃松子糖给我们吃。

我还不敢一下子就同芸姨母谈想谈的正题，只好由着她兴之所至地闲聊。这时，我从提包里取出早已准备下的一束塑料花说："芸姨母，我和琴妹想先到竹林里看看妈妈去！"

芸姨母点点头，说："去吧！去吧！今天一早，我冒雪从卧室后门扫了一条小路通到你们妈妈安息的地方。可是风雪太大，现在恐怕早又盖没了。你们兄妹俩去看看吧！"她的话声里突然生出一种哀伤的感情。

我站起身来，同琴妹一起由客堂间走进隔壁芸姨母的卧室。卧室果然扩大了，原先同隔壁长寿夫妇的房间是用木板隔开了的，如今板墙拆掉了，变成了一大间，足足有三十五六平方米。

卧室布置得又干净又整齐，色调是浅蓝色的：天蓝的窗帘，天蓝的被单，天蓝的灯罩……电视机、录音机，都是我上次来时没有的。

琴妹说："啊，芸姨母，你的卧室布置得越来越漂亮了啊！"

芸姨母笑了一笑，说："我这人不爱吃，只喜欢布置家。你们看，今晚多准备了一只大床，这只钢丝弹簧床上的被褥全是新的呢！"

我说："我一向不讲究。芸姨母您给点旧的被子我盖就行！"

琴妹开了卧室通向后院的小门，后院就在眼前，我们走出小门，芸姨母陪伴着，只见院子里全堆满了白雪，竹林里的竹子也被厚雪压得东倒西歪。芸姨母一早扫出的一条通向埋葬妈妈骨灰盒处的小路，因为先一会儿又被风雪覆盖，敷着一层的雪，露出淡淡一溜浅黑色的路轨。一些麻雀正在竹林里和檐头上吱吱啾啾。一切都同十二年前那天一样，只是后院里的一些泡桐、白杨树都长高长大了。竹林也更茂密了。那个被白雪湮没的花坛修整过了。花坛上残留着秋菊的枯枝残干。白雪，透出一种使我悲怆的淡蓝色，像我在许多苏联油画家所绘的冷调子的雪景上见过的那样。

我同琴妹由芸姨母陪同着，仿佛梦幻般地在这银色世界中，走到妈妈骨灰埋葬着的地点。那里，芸姨母一定在我们来之前早就平整过，没有野草枯叶，没有坷垃石块，方方正正，干干净净的一块。现在，薄薄积着一层晶莹洁白的雪花。四下肃静无声，我不禁想：啊，亲爱的妈妈，您不就安息在这下面吗？儿子来了！……我感到伤心，眼眶酸疼。我在妈妈坟前放上那束塑料花，静静地向着妈妈埋葬骨灰的地方弯下腰去，恭恭敬敬鞠了三个躬。琴妹也随着我一同鞠躬，当她抬起头来时，腮上挂着泪珠。

芸姨母在边上站着，这次她没有哭。一阵小北风瑟瑟吹来，我打了个寒噤，听到芸姨母在说："回屋去坐吧？外边太冷了。好久好久不见小哲，我们该好好谈谈。你们妈妈迁葬的事，我们还需要商量一下。"

她点到题上来了，我和琴妹踩着雪地顺从地跟着她进房，踩掉脚上的雪，关上了小木门，又穿过卧室回到客堂间坐到火前。

炉架上的一只水壶的水开了，嘶嘶冒着热气。芸姨母给我和琴妹一人递了一杯热茶过来。

香片冒着热腾腾的香气，我啜着茶，想等芸姨母先谈些什么。

记得十二年前来罗镇到芸姨母这竹林里埋葬妈妈骨灰时，芸姨母是那样地热情支持。但是，前些时，当我提出要替妈妈迁墓的主张时，写信征求她的意见，芸姨母却大动肝火了。她表示坚决反对，给我写了一封火冒三丈的挂号信，信上说："……我在此与竹林中汝母做伴，瞬忽十二年矣！私衷早已决定：如一旦我离开人间，则也将埋葬于竹林之中，继续与汝母为邻。如今汝自作主张要为汝母迁葬，不管出于何种动机，我皆不能同意。汝之来信，使我想起无数逝去之往事。许多情况，汝等当时年幼，并不一定了解。人复杂，人与人之间关系也复杂。孰是孰非，现在已无须辨明或弄清，但处理问题，必须既照顾生者感情，也要照顾死者感情，不宜有所厚薄。对迁葬一事，我态度就是如此，望能予以尊重。……"

上个月，我又给她写了信再次商量给妈妈迁葬的事。她回了封信，仍旧反对，坚持她原来的意见，只是措辞比较和缓了一些。

唉，芸姨母啊芸姨母，亏您还是钻研历史、教授历史的呢！您怎么会突然在这件事上变得如此固执？

我决定给妈妈迁葬，是事先深思熟虑过又同琴妹商量过的。要给妈妈迁葬，我是怀着一种向妈妈抱歉还债的态度来做的。谁能想到别人竟不能理解。

我给珍妹写信，满以为她准会同意的，想不到，她竟古怪到不复我一个字。我一连先后写了三封信，第三封是挂号信，她也不复。我只好决定，不再征求她的同意了。好在，我觉得这些年来她虽对我冷漠，为母亲的事她是不会反对的。

我又给琴妹写信，提出了我的真实心情和愿望。琴妹倒是十分通情达理，来信说："如果你认为这样好的话，我就同意。但请事先征求一下珍姐的意见，也要征求一下芸姨母的意见。……"我写信告诉她：我写过三封信到北京，珍妹始终不答复我，希望她再约珍妹商量商量看。不久，她复信来了，说她"写了信给珍姐，珍姐也不复我的信"。又告诉我："芸姨母思想也不通。"

唉，谁知我会在珍妹和芸姨母两处都碰了钉子呢！要办成一件事哪怕在主观动机上是一件好事，怎么也会这么难！

我要给妈妈迁葬的事，是坚决的。我不愿在心头压着的沉重包袱继续背下去。经历过十年内乱，对人生，对许多方面，我都有了一些新的解悟，尤其对封建主义思想的危害我深恶痛绝，对那种由于封建观念所造成的我对妈妈和宗汉好伯的偏激和不公，我需要自己来纠正。我通过写信，将自己的心胸剖析在琴妹的面前，求得她的支持。我的意思是：珍妹如果不闻不问，只好由她去了。芸姨母历来是属于那种比较通情达理的长辈，她思想不通，我和琴妹可以联合起来说服她。

琴妹在收到我的信后，也写过信给芸姨母，没想到，芸姨母在复她一封短信时，也表示反对。琴妹又给她写了第二封信，她竟还是坚持己见。

所以，我决定利用旅游假之便来到上海，会同琴妹一起到罗镇，准备说服芸姨母，将迁葬妈妈骨灰的事办成功。临离开S省之前，我给珍妹又写了一封航空信。我告诉她："一直未收到你的复信，我和琴妹就做主了！我大后天就启程到上海去罗镇了。……"

其实，对于葬坟立碑这种事，从改革陈规陋习角度、改革丧葬角度来说，我是很想得开的。我很欣赏那些将骨灰撒向长江、黄河或撒在祖国大地上的为殡葬开新风的先行者们。但是，我也不认为应当像"文革"中那样，摧毁一切坟墓。只要不是搞封建迷信，只要不是过分铺张浪费，一方面实行殡葬改革，一方面应当允许人民对这件事有自己的选择。为什么在生活上连这点应当给予的自由都要取缔，要用强制来代替呢？对设立烈士陵园，对何香凝死后要同廖仲恺合葬的愿望，对宋庆龄要将李姐葬在身边埋在祖茔里的愿望给予满足，我觉得未始没有意义。因此，对公墓地在"文革"中取缔了迟迟不能恢复，我并不认为正常。为什么名人、伟人可以修墓而普通人就连葬身之地的公墓也可以完全没有呢？设立公墓，使愿意埋葬的死者能有一小块碑地供生者吊唁又有何不可？……

所以，当知道苏州凤凰山有公墓可以购地建墓以后，我就有了迁葬妈妈骨灰的愿望。妈妈早年在苏州上过学，对苏州有感情。她常说那里是她的"第二故乡"。凤凰山风景秀丽，让妈妈在天光山色中与宗汉好伯长眠在一起岂不是好？

我是带着一种忐忑不安的心情同琴妹一起来到罗镇芸姨母处的。怕说不服她，怕她哭哭啼啼。我又不愿意过于违背她的意愿使她伤心。她虽然通情达理，有时也会有老处女的固执脾气。倘若她坚决不让妈妈迁葬，又怎么办才好？……

罗镇不是我的故乡，但埋葬着妈妈的骨灰。来到这里，我心头布满乡情，缕缕绵绵，柔如水，缠似胶，难以排遣，夹杂着芸姨母的反对迁葬的烦恼，以及珍妹对这件事置之不理的烦恼。我真是感到心上也像这彤云密布的下雪天一样，沉重压抑得很。

现在，芸姨母点到题上了！我期待着她能不使我们为难，顺利地完成给妈妈迁葬的事情。

但是，芸姨母好像并没有立刻就谈的愿望。她也啜着茶，说："以前'文革'那些年，是乱，搞得人难以团聚。近来这几年，是忙，又使人们难以团聚。你们的阿珍是个大忙人！她要是这次能来，你们做哥哥的和妹妹的也就可以团聚一番了。我知道，小哲你和阿珍是许多年不见面了呀！"

我只好耐性听着她一口一声"小哲"。尽管我年已六十，在芸姨母的眼里总还是小辈。趁她话音一落，我立起身来，将我和叶珊特地买了带给芸姨母的两斤阿胶从提包里拿了出来，又将琴妹给芸姨母带的吃食和我在上海买的几瓶莼菜也拿了出来，说："芸姨母，一点点心意，叶珊和我带给您的。这是琴妹和郑律带给您的。您看，我还记得您年轻时爱吃瓶装的莼菜呢！这次特地给您带了几瓶。……"

芸姨母显得高兴，晚辈对她的尊敬与惦念使她感到欣慰。她嘴里说："你们何必带东西……"从她眼里，我看得出她是高兴的。特别对那几瓶莼菜，那会使她想起不少年轻时的往事吧？

她说："我该去办中饭你吃了。昨天我就准备着你们来，一只水晶蹄髈已经烧熟冻好，红烧鲫鱼也是冻了给你们吃的。但另外，至少得有两个热炒、一个热汤要现去做呀！晚上，我还要给炳根办点喝酒的菜呢。一会儿，有熟人给我送河虾和猪心、猪肚来。现在，我炒菜去。"说着，她就从客堂间开了玻璃门到天井里用塑料玻璃瓦盖成的小厨房里去了。

我心里纳闷，对琴妹说："芸姨母情绪倒不错，但我们什么时候同她谈呢？她刚才在后院里说，你妈妈迁葬的事我们需要商量一下，我还以为她马上进来就要谈呢，怎么没有下文了？真是急惊风遇到慢郎中了！"

琴妹轻声说："注意到没有？她先一会儿说要商量一下，在这话之前又说好久好久不见了，我们也该谈谈了。这说明谈妈妈迁葬的事之前，她想同我们先叙叙这几年的别情呢。你同她十二年不见，也该多谈几句话。等同她老人家谈得融洽了，她心情舒畅了，回头再谈妈妈迁葬的事不是更好吗？"

我觉得琴妹说得有理，不由得连连点头。厨房油锅里爆葱的香味和"刺啦"的响声一起传来，引人食欲，我看看手表，已经十一点半了。

忽听门上"乒乓"敲响，我正要起身去天井里开门，见芸姨母已经抢在前头出去了。

我想：难道炳根他们提前来了？从客堂间的玻璃门窗里望出去，只见门口站着一个穿黑呢大衣的老年人，戴顶黑呢干部帽，像个老知识分子模样，脸上有股清秀书生气，手提一个天蓝色塑料菜篮，不知在同芸姨母讲些什么。他满面笑容。芸姨母也满面笑容，接过菜篮，好像是在谢他。这人客气地点头辞别转身走了，芸姨母关门之前，伸出身去朝外看了一会儿，点点头说了句："谢谢你！慢慢走！"然后，"嘭"地关上门，提着菜篮回身进屋来。

琴妹问："芸姨母，谁呀？"

芸姨母笑笑，说："一个熟人，给我送河虾来了！还有猪心和猪舌，猪肚没买到。你们看，这样的下雪天，集市上的河虾还活蹦活跳的，多么新鲜！以前，这样的虾是少见的。"她用手抓一把河虾给我们看。河虾只只都有小指粗，一寸多长，张须弹尾，碧青发黑透明透亮，十分可爱。

我夸了一声："这虾真好！"

芸姨母对我说："你帮着给我用剪刀将虾须剪剪吧。再给我洗净，好下锅炒。"对琴妹说："阿琴，你洗猪心和猪舌，好不好？"

我接过塑料菜篮，将河虾抓在芸姨母递给我的一只小脸盆里，又接过了她递给我的剪刀。琴妹已经将猪心和猪舌接过去了。

芸姨母带几分炫耀地说："现在，人与人之间的关系同'文革'时完全不同了。那时，谁敢跟谁来往呀！多一事不如少一事。现在，大家都重人情了。因为我经常去镇中心的花园里练气功打太极拳，结识了不少老年朋友。大家一起练身体、谈心，互相生活上也常有个照顾。比如刚才这老头吧，原先是邮政总局的高级职员，离休后回到家乡罗镇来养老的。……"说到这里，她转身又忙着到厨房里炒菜去了，似乎咽下了什么话没有讲完。

芸姨母确实比十二年前我见到她时开朗多了，大有恢复了青春的感觉，甚至比从前我在上学时代见到她时也有不同，那时的她似乎也没有现在开朗。是经过了十年内乱这场劫难从而使她对今天的生活感到更美好了还是怎么呢？

我用剪刀剪着虾须，鼻子里闻着芸姨母的炒菜香，耳朵里听着琴妹在用自来水冲洗猪心和猪舌的"哗哗"声，头脑里不觉遐想起来。

从门窗玻璃里张望出去，天空苍白发灰，仍有再下雪的意思。我忽然想起，当我在上海上初中时的那年冬季，也是常多这样阴沉寒冷的日子。那时候，我在芸姨母教历史的养正中学里读书，常见到芸姨母。她对我那么好，有一次对我说："你知道养正中学这'养正'两个字的意思吗？"我摇摇头。她说："养天地正气的意思嘛！"说着，就将一本文天祥的《正气歌》递到我手里，说："这不太长，你该背熟！"我就是这样，接触并背熟了《正气歌》的。

那时节，芸姨母间或也到爸爸和我的住处来，帮我们收拾收拾房间，给我们料理料理家务，有时陪爸爸谈谈，好像谈得很高兴。但后来，她却突然不来了，而且，我又第三次转了学。……

八、慷慨悲壮的死

　　我永远不能忘记那一年的那个冬天。

　　那在我心目中永远是一个凄凉、惨淡、寒冷、阴暗、恐怖的冬天。

　　当时的"孤岛"上海，风云险恶。大汉奸汪精卫早已叛国投敌，组织了汉奸伪政府"还都"南京。在上海沪西极司斐尔路七十六号，敌伪早成立了汉奸特务组织——特工总部。

　　"七十六号"成立后，上海租界——"孤岛"上的气氛日益恶化，恐怖的政治暗杀事件大量出现，法租界和公共租界的警务机关经常派出大批巡捕和包探，分守重要街口，施行紧急警戒，当街"抄靶子"的事情也越来越多。

　　当时，希特勒德国已经侵犯波兰，爆发了欧洲大战。欧战中，英、法等西方国家老是吃败仗。日本侵略者早已公开站在德国和意大利一边，上海租界好比日寇囊中之物，随时可以被日寇的魔爪攫去。

　　初冬的一天，我放学回家，走在途中，遇到过两个歹徒开枪暗杀一个穿西装的中年人。遭暗杀的中年人我觉得面有点熟。他刚由一辆黄包车上下来，两个穿短打的歹徒冲上去"砰！""砰！"开枪射击。穿西装的中年人满身是血跌倒在地，两个歹徒拔腿飞奔。路人围上来，巡捕也上来了，中年人被巡捕让人抬上一辆黄包车拉走。地上留下一大摊血。……

　　第二天，看报纸，才知道被杀死的人是一个法院的法官郁步庭。

我这才想起：这个人是爸爸的朋友，到我们家来过的。那天中午，爸爸知道这消息后，叹气说："郁步庭是个有气节的人，他不肯向恶势力低头，他们才暗杀他的！"他先是拼命吸烟，过了一会儿，突然对我说："我要出去一下！"我说："马上要吃饭了，您到哪里去？"他说："到郁步庭家去！我要给他太太和孩子送点钱去！"说着，他匆匆戴上礼帽就出去了。

人说战争年代容易使人成熟，事实上也确是这样。我感到住在"孤岛"中，耳闻目睹的许多人和事，都逐渐使我懂得了比我实际年龄应该懂得的更多。

自从离开了陈鑫虹和俞伯祈这两个好朋友以后，我最遗憾的是不能再同他们一起散传单了。不散传单，并不意味着我对国家命运漠不关心。不，随着时光的流逝、年龄的增长、抗战的持续，我对国家的命运考虑得更多了，对战局和形势也考虑得更多了。同爸爸也逐渐能谈心了。他寂寞，我也寂寞。我们虽然年龄的差距大，倒也渐渐谈得拢了。

爸爸是个爱国者。有时候，他看报纸，慨叹战局失利，会愤愤然"乒"地拍起桌子来，于是，他借酒浇愁。有时候，听收音机，正巧是汉奸电台的广播，他就起身"啪"地将收音机关上，顿脚骂一声："无耻！"他交往不太广，却结交了些新朋友，有几个是办报的。

有一次，我从外面回来，进房时，他和几个朋友不知在谈些什么。爸爸正慷慨激昂地说："……我是一介书生，有股浩然之气，死何足惧！……"见我进了房！他就没再说什么了。

爸爸常常夜里开了台灯一边喝"绿豆烧"，一边用小楷毛笔在绿格子稿纸上写文章。烟蒂甩满了桌上的烟灰缸。有好几次都写到天明我起床了，他才脱衣入睡。

一次，我问他："爸爸，您老是写呀写的，写的什么呀？"

他神采飞扬地说："我写的是痛骂日寇和汉奸的檄文，明天报上就能登出来！"

我说："报上肯登吗？登出来不要紧吗？"

他笑笑，说："朋友办的这张报纸，用了美商办的名义，他们敢登的！至于我个人，我不怕，我爱我们中国。在这世界上，我牵挂的只是你一个！如果真有什么三长两短，也是为了抗日，我将死而无怨！"

他说得激昂痛快，我当时听了心里十分难过，但我不知该说什么。因为爸爸是爱国的，我没有理由不叫他抗日，我黯然地低下了头，拿起书包，看着爸爸睡上了床，便上学去了。

有一天，芸姨母来。她是不大来的，她每次来，爸爸都显得特别高兴。那时的芸姨母，风华正茂，楚楚动人，是很美丽的。不但美丽，还很摩登。我记得她的皮肤特别好，两只眼睛光彩熠熠，头发长长的。冬天时常穿一件镶皮袖的蓝呢大衣，颈子上围一个狐狸围脖。

芸姨母每次来，总要带些吃食来，不外是熟菜，像"陆稿荐"的乳腐肉或四喜肉，"状元楼"的白斩鸡或烧鸭，瓶装的嘉兴莼菜……来后，看看家里女用人对我和爸爸的生活料理得怎么样，像检查似的看看我们的被褥和衣服，对女用人提些要求，比如说："被子太薄了！该给换一换了！""衬衫烫时要多在领口上喷点水！"……见到我的绒线衣袖子破了，女用人不会结绒线，她就在下次带了钩针来给我补上，诸如此类。每次她来，我总觉得仿佛给我带来了一点母爱。我心里高兴，我发现爸爸也总是很高兴，常常脸上出现一点平时难得见到的笑容。芸姨母说他："你烟吸得太多了！"他就笑着说："是呀，是太多了。"于是，当芸姨母面烟也抽得少一些了。每次她来，爸爸总是有说有笑。有一天，芸姨母来了，她不停地嗑西瓜子，爸爸把自己在给报馆写文章的事告诉了她。记得当时芸姨母听了，细长的眉毛聚集起来。沉默半晌，脸上洋溢着一种激动的情致，说："我赞成你写！你这样，像一个顶天立地的中国人！不过，我又为你担心。你能不能用化名写呢？"

爸爸说："我是用的笔名！"他这不爱嗑瓜子的人也陪着嗑起瓜子

来了。

芸姨母若有所思地又说："你能不能做到让你的朋友给你保密呢？在目前孤岛的处境下，一个人战斗不能像《三国演义》上写的许褚，脱光了衣服赤膊冲锋，那样身上就会中箭，应当穿上厚铠甲来作战！"

爸爸笑笑嗑着瓜子说："你真不愧是学历史的。告诉你吧，朋友答应给我保守秘密。我将稿子送去时，是约定在法租界霞飞路上一家小咖啡馆里碰头交接的。"

芸姨母吐着瓜子壳说："那我就放心了！……"

那个阶段，芸姨母同爸爸也在我面前谈起过妈妈。

有一次，下着毛毛雨，芸姨母打着一把漂亮的花伞来了。爸爸同她闲谈，她娴静地坐在那里。

后来，爸爸问她："你最近到你芬姐处去过没有？"

芸姨母回答："好久没去了。一是忙，二是我们之间的一点隔阂并未消除，所以，我不太愿意去。我还是一个多月前去过一次的。"

"小珍好吗？"

"挺好的。那位张先生倒是真的很喜欢她。他的那个小女儿叫小琴，长得挺好玩的。依我看，芬姐的生活过得蛮幸福的。"

爸爸沉默了，气色非常难看，叹了一口气，闷闷吸烟。那晚上，他话说得很少。

我觉得爸爸脾气渐渐变得怪僻起来了。后来，不知为什么，好像爸爸同芸姨母突然也有了什么隔阂，不见芸姨母再来。

我问爸爸："芸姨母怎么不来了？"

他叹气说："我愿意什么人都不再同我来往！"

一天，爸爸又忽然对我说："儿子，我决定搬一次家！"

我奇怪地问："为什么？"

他皱着眉说："为了安全，搬到一个更合适一点的地方去。再说，经济上也拮据，搬到差点的房子里去，可以把这儿的房子让出去！"

我们真的搬家了。搬到了乌鲁木齐路的一个里弄的三楼上。那房子，旧陋狭窄，房间的墙粉早已剥脱，露出斑斑驳驳的水渍和污垢。……我就又转学了，转到了靠近住处的一个中学里。每天从阳光下穿过斑斑点点法国梧桐的树影去上学。

从那，整个冬天里，我只偶尔见到过芸姨母，而且是在马路上碰见的。有一天，在西摩路那人头济济的路口，见到芸姨母迎面走来。西北风袭袭吹着，她的烫过的长发飘忽忽的像瀑布飞动。我马上迎上前去。

我心里有点难过地说："芸姨母，您怎么不来了？"

芸姨母很和气也很亲切地对我说："小哲，我忙呀！……"她的脸微微一红，我感到她说的不是真话。话不像是从她心里说出来的。

芸姨母又似乎很关切地问我："你们搬的那个地方房子很差是吗？你爸爸好吗？"

我老实地说："房子不好。爸爸他总是不大开心，脾气也不好！烟吸得很多！……"我脑际浮起了这样的景象：夜里，爸爸坐在桌前，抬头从玻璃窗里看着天空。天上，月亮躲进了夜幕，只残留着几颗星，一闪一闪的白光，点缀着乏味的苍穹，爸爸端着酒盅，又大口吸烟。

芸姨母听了，叮嘱我说："你对他说，我劝他少吸烟，少喝酒，还劝他保重身体！"

我恳求地说："芸姨母，您常来玩吧！您来，他会高兴些的。"

西北风袭袭吹着，她点点头，说："好的，小哲。"她飘忽地走了。不知为什么，我好像看到她眼圈红了。

实际上，她从没有再来。……

那个严寒的冬天，爸爸依然除了在大学教书之外，就是写文章。有时候，衣冠不整；有时候，胡子也不刮头发也不理。晚上熬夜的时间不少，白天，却还出外同朋友们见面，似乎忙得很，也不知忙些什么。他依然同过去一样地爱我，这是我深深感觉到的。有时，我睡熟了，发现他用手抚摩着我的头发，替我掖好散开的被子。有时，他见我醒着，会对我说："小哲，你快长大吧！长大了，读了大学，便能自立了，爸爸也就什么都放心了。……"

我说不出他是带着一种什么样的想法和什么样的感情这样说的。反正，他的话使我感到凄恻和压抑。这种感觉，在以后很长很长的时间里，我都排解不了。仿佛它已经镌刻融会在我的身体中了。

有一天，刮着大风，傍晚我放学回家，没有见到爸爸。临窗的写字台上的墨盒没打开，小楷鸡狼毫毛笔端正插在笔筒里，空白的绿格稿纸摊在桌上，烟灰缸里空空的没有烟头，桌上的瓷茶杯里没有泡浓茶……我问女用人阿朱，她说爸爸没有回来过，是午后就出去了的。当晚，我等着爸爸回来，但始终不见爸爸的影子。大风吹得窗棂"格格"响，等到半夜，我才睡。可是到第二天清早，我起身要去上学时，爸爸仍未回来。

第二天，爸爸还是没有回来！

第三天，爸爸仍是没有回来！

我着急了！爸爸失踪了！他到哪儿去了呢？

那个冬天，天老是阴沉刮风，特别寒冷，跑马厅四周，常有冻饿而死的穷人或乞丐。位置在上海沪西"歹土"上的极司斐尔路七十六号的汉奸特务和日本宪兵队勾结一气常常绑架、屠杀爱国者，已经早是公开的秘密了。被绑架到七十六号去的人，据说在那里上老虎凳、灌煤油、上电刑……受尽各种酷刑，有的就被秘密暗杀在那里。

爸爸会不会也是被绑架到极司斐尔路七十六号里去了呢？会？不会？谁能说呢？

我觉得上天无路，入地无门了！我到哪里去打听爸爸的下落？我到哪里去寻找爸爸呢？我焦灼、忧虑，六神无主。我跑遍自己所知道的爸爸的熟人家里去打听，都没有爸爸的下落。我真想去找妈妈哭诉！想了一想，我又不愿去了。我到芸姨母任教的养正中学里找芸姨母，在她租住的学校近旁的一幢石库门房子的亭子间里见到了她。

芸姨母关切地听我边哭边讲了爸爸失踪的情况，眼眶立刻湿润了，她饮泣了一阵，来回在她单身住的亭子间里蹀躞。她当然也不知道爸爸在哪里。她刚发薪水，拿出一沓钞票来，安慰我说："小哲，你先拿着用。不要急，你照常上学，也许，他很快就会回来的。我去找找熟人，看看有没有门路可以设法找到他，我会常来看你的！"

芸姨母当时给我的温暖，使我终生难忘。我本来想去找妈妈的，后来想：妈妈一定也无从知道爸爸在哪里。我既有芸姨母的接济和关心，不去找妈妈算了。因为我无论如何消除不了心上对那个"宗汉好伯"的憎恨与厌恶。虽然作为"张校长"的他，给过我好的印象，我总摆脱不了头脑里那种作为"奇耻大辱"的封建观念。何况，爸爸绝对不会喜欢我到妈妈那里去的，也许正是由于妈妈的重新结婚，也许正是由于这个姓张名叫宗汉的人同妈妈建立了家庭，使爸爸同妈妈的复婚成为不可能，使爸爸和我丧失了幸福。那么，我为什么要去找妈妈呢？我忍着心头的痛苦，像自己饮着苦酒似的，独自在家里等待着爸爸能突然归来。

芸姨母几乎每天都来看我一次，她很伤心。她找了些熟人打听爸爸的下落，可惜仍旧找不到线索。我从她的脸上和眼神里，觉察到了她失望和绝望的心情。

爸爸始终没有归来，像一阵清风似的消失得无影无踪，我再也没有见到过爸爸了！

在爸爸失踪后第八天的一个傍晚，发生了一件怪事。

那个傍晚，芸姨母来看望我以后要回家去。当我送芸姨到公共汽车站，看她上了车后，我转身回来走进弄堂口，有一个戴黑礼帽穿长袍的中年人迎面拦住了我，说："你是黄颖哲吧？你爸爸让送一张条子给你！"

我接过他递的条子，惊喜地问："啊，我爸爸在哪里？"

戴黑礼帽穿长袍的中年人说："别问！你快回去看纸条！"说完，就急匆匆地转身走了。

天已经暗下来，想追上他再问一问，又不知爸爸托这个神秘的人送来的纸条上写了些什么？弄堂里的路灯早已坏了，暗黝黝的看也看不见。我连忙跑回家，急匆匆开了电灯，两手抖索索地将爸爸写的纸条打开。

纸条不过三寸宽，四寸长，像是从拍纸簿上裁下来的。字是用铅笔写的。我认出确实是爸爸的笔迹。笔迹潦草，看得出写得很匆忙，心情紊乱。一看纸条，我泪水就忍不住流下来了，我浑身颤抖起来。

爸爸写的是：

> 小哲儿见字：汝见此字时，父已不在人世矣！父求仁得仁，于心无愧，唯一牵挂者唯有汝耳！父死之后，可立即将情况告知汝芸姨母，但千万不要麻烦拖累她。汝应速去投奔汝之生母，求她教养，相信她定会使汝读完大学，效法父之为人，自立于社会。此事，父系深思熟虑后做此决定者。望汝遵从父命，以后努力上进，父在九泉也当瞑目矣！
>
> 父绝命言

啊，啊，爸爸！爸爸！……我的好爸爸！

怕惊动邻人，我无声地号哭着，将爸爸写的纸条看了一遍再看一遍。我真是伤心极了！

我怎么会想到自己突然会成为无父的孤儿了呢？

我又觉得这张纸条上，有些我不能懂得不能理解的问题。

为什么爸爸叫我"可立即将情况告知汝芸姨母，但千万不要麻烦拖累她"呢？

为什么爸爸会出乎我意料地在纸条上说"汝应速去投奔汝之生母，

求她教养"呢？而且为什么爸爸要在遗书上说"此事，父系深思熟虑后做此决定者"？爸爸又为什么要说"望汝遵从父命"，这是否指的怕我不肯投靠妈妈呢？

啊，都有点像谜，那送纸条的人又是谁？

不过，纸条上的笔迹确实是爸爸的，这我完全认得清。

关于芸姨母的问题，我是找不出答案来的。关于爸爸要我立即投奔妈妈的事，我却能体会得出：这是爸爸对我的深爱。爸爸说他"唯一牵挂者唯有汝耳"，他一定是再三斟酌才做出决定的。爸爸也知道：他不在人世了，唯一对我最有深爱的自然是妈妈！只有把我托给妈妈，他才放心。事实上，这些天我自己也思索过，爸爸不在了，我可以投奔的只有妈妈和芸姨母，只有她们才真正会不嫌弃我，才真正会爱我关心我。如果拿妈妈同芸姨母相比，自然妈妈要比芸姨母更亲。因为我是妈妈亲生的呀！何况，芸姨母自己也未成家，她住在那么小一间亭子间里，让她抚养我自然不及妈妈。妈妈是一直盼着我去的。只是我不愿去，所以使她一直在伤着心。我之所以不到妈妈那里去，并不是说我不想念妈妈。不，绝不，我是在梦寐中也常想念妈妈的。只是我每一想到妈妈已经重新同那个"宗汉好伯"结了婚，并且又生了那个小琴妹妹，我就不知心里是苦是酸还是辣了。我老是觉得如果我到妈妈那里去，就是对不起爸爸，我不能做对不起爸爸的事。所以，即使在爸爸失踪后，我也忍住悲恸和想念没有去找妈妈。现在，爸爸的一张绝命纸条，遗言嘱咐我立即去投靠妈妈。爸爸在死前做了决定，我有什么理由违背他的意愿呢？

我一人看着纸条哭呀哭呀，从晚上一直哭到深夜，眼哭得又红又肿。眼前的世界好像突然发生了山崩地坍一般。我不知爸爸遭到了什么样的不幸。看来，他是一定被敌伪特工绑架去并且杀害了的！看来，是在临杀害之前不知用了什么办法或出于什么原因，让这个神秘的陌生人将他的遗言条送给了我的。也许，送信的也是位爱国者吧？……

爸爸死后怎么样了？谁知道呢？我又到哪里去找他的遗体？唉，唉，我永远见不到我的爸爸了！永远永远见不到他了！他是为了抗日为了爱国捐躯的。这使我在热爱之中更添了许多敬意。我在心里边说："爸爸，我不会辜负您的期望，我一定要效法您做人，使您瞑目！……"

既然决定了要去投奔妈妈，我觉得不能不让芸姨母知道。第二天一早，天蒙蒙亮，我没有去学校，离开住处后我乘公共汽车到芸姨母家去。

我在芸姨母住的亭子间门上"嘭嘭"敲了几下，芸姨母开了门。她刚起来，头发还蓬松着。见到了她，我放声哭了。我说："芸姨母，爸爸不在了！他死了！被鬼子和汉奸杀害了！……"说着，我从口袋里掏出爸爸写的纸条递给芸姨母手里，捂着脸痛哭起来。

芸姨母要我在她床上坐下，劝我不要哭。她接过纸条去看，看着看着，自己也落泪痛哭了，哭得那么伤心。然后，又仔细看起纸条来，半晌才说："小哲，你的意思怎么样呢？"

我拭着泪说："我听爸爸的话，照爸爸的嘱咐办！"

她思索着，手里绞着手绢，终于说："可以！但是你爸爸在纸条上说什么不要麻烦拖累我，是太见外了。对我来说，怎么谈得上麻烦拖累呢？"说到这里，她忽然又哭了，说，"不过，你是应该到你亲生妈妈那里去的。无论如何，芬姐是你的亲生妈妈，她是非常非常爱你的。去吧！今天我就陪你一同去。我也许久未到她那里看望过她了！……"

我很难说出自己当时的感情。到妈妈那里去是决定了，但我心里总怕看见那个"宗汉好伯"，总不愿见到他。我觉得我在那个妈妈的新的家庭里，是个"外人"。到那里以后，会有一种屈辱感的。不知道这个"宗汉好伯"会怎样对待我，反正，他不可能在我的心坎上的好感中占据一席地位。由于对爸爸的深爱，我无法很快就扭转早已生根在心上的感情。当芸姨母说："今天我就陪你一同去"时，我突然心里犹豫了。我的表情一定表露了我的这种感情。

芸姨母说："我听说，张宗汉前不久已经离开上海到重庆去了。……"

芸姨母真是了解我的心。

我不禁问："他到重庆去了？去干什么？"

"不清楚。"芸姨母从开水瓶里往洗脸盆里倒水洗脸，洗去脸上的泪痕又说，"他倒也是位爱国者，教育界的人很多都知道他。他收到过日本人和汪伪特工总部的恐吓信，敌人寄过一颗手枪子弹给他。后来，日本鬼子又连同租界当局一起去搜查，也没抄查出什么东西来，就逮捕了他。你妈妈当时很勇敢，不让把他带走，被打倒在地。后来，你妈妈又四处奔走，找了些熟人花了钱将他救了出来。出来后，他就走了，去内地了！"

我不禁想起那一次，因为我的书包掉了，到妈妈家去，见到宗汉好伯时他说的一番话来了。他说过：一定要小心，不能大意等的话。可见他的警觉性是很高的。唉，爸爸要是像他这样，也就好了！……他走了！到重庆去了！我到妈妈那里去，倒是少了些顾虑。我实在心里是一直挂念着妈妈的。爸爸死了，思念妈妈的心也更急切了！

我对芸姨母说："芸姨母，我马上就到妈妈那里去！……"

芸姨母说："好！我同你一起去。"

九、风雪归人

啊，那时候，芸姨母年轻、漂亮，据说追求她的人，来找她说媒的人是很多很多的。

可是她高不成低不就，用妈妈后来的话说叫作"眼眶子长得太高"，结果一个也没有选中。听妈妈讲，芸姨母说过这样的话："结婚有多大的意思呢？生儿育女，自找烦恼！倘若遇上个知心的男人，那还罢了，倘若找不到合意的人，为结婚而结婚，又何必！……"

果然，芸姨母真的独身一人从三十岁跨入四十岁，又从四十岁步入五十岁、六十岁，一直到了现在。

我剪完了虾须，在自来水龙头上洗净，给芸姨母送到小厨房里去爆炒。水，真冷呀！两手冻得通红。我洗毕，琴妹也过来把猪心、猪舌洗净切好，还剥了些葱姜放在上面。

这间小厨房是用塑料板和木板隔盖的，井井有条，被芸姨母收拾得干干净净。那些铝锅一只只擦得锃亮。一只乳白电饭煲看样子是新买的，光彩夺目。砧板上的切菜刀小巧玲珑，糖、盐罐子都是搪瓷的。这和十二年前芸姨母所有的那些乌黑的铁锅、竹壳热水瓶、利用空猪肉罐头做的盐罐……都不可同日而语了。

芸姨母正在火上炒菜锅里炼油，一边等着油熟，一边说："我想买个电炒锅用用，免得煤烟子熏。"

我说："芸姨母，我决定给你配备一个电冰箱！"

芸姨母摇摇头说:"谢谢你们这些外甥的孝心。你已经给我买过电扇,我已经满足了。夏天时,你珍妹来信,要给我买个一百四十八立升的冰箱,我觉得没这个必要,后来她就硬要给我买个双缸洗衣机。我一个人,天天吃新鲜菜,这里购物又方便,每天出去买买菜,走动走动对身体也有益。冰箱用处不大,用了也费电。"

琴妹说:"确实这样,一个人过日子冰箱用处是不大。所以我给您买了只录音机,可以让您听听音乐消消遣。再说,冰箱到底太贵,我这外甥女还买不起。"

我说:"芸姨母,还是有个冰箱的好,到底方便得多。我的一本书下个月出版,我老是在想送样什么东西孝敬孝敬您。我看就决定送个冰箱吧!"

芸姨母笑了,将葱姜丢进锅里,冒起一阵清香,说:"好好好,外甥有了成就,愿意孝敬我,总是高兴的,这是你们一片敬老之心嘛!可是,阿珍给我说,她这次出国回来,途经香港,已经买了个电冰箱,是带给我的。我要两个也无用呀!"

她话未说完,我惊讶地叫起来:"怎么,珍妹出国回来了?她最近给你来信了吗?不然,您怎么知道的?"

琴妹插嘴说:"小哲哥和我给珍姐写信,她都没有回信,我们纳闷着哩!"

芸姨母笑笑,"刺啦"一声将河虾倒入了锅内,说:"哈哈,怪我说漏了嘴了。她的事本来我是打算保密不同你们讲的,一下子谈到冰箱上竟泄露了天机!别的我就不再说了。"

我追问着说:"芸姨母,怎么一回事呀?"

琴妹也纳闷地说:"别打哑谜叫人着急呀!"

芸姨母炒着河虾,说:"别急,别急!反正,也许今天,也许明天,你们一定会明白的。"河虾在锅里全部变成了红色,芸姨母倒入酱油作料,腾起一股诱人食欲的香味,鲜美极了。她开始拿盘子,用锅铲盛虾，又说："这是阿珍同我约定的，谁也不讲，我不能违背我的诺言呀！"

我更加纳闷。自然猜得到这不是什么坏事。要不然，芸姨母的表情不会这么开朗的。既然她不肯说，何必勉强她说呢。我朝琴妹看看，琴妹却仍在纠缠正在炼油炒猪心的芸姨母，说："芸姨母，您一定要告诉我们这是怎么一回事？要是不说，我呵您的痒。"说着，她风趣地装出孩子气地真的呵起芸姨母的胳肢窝来了。

芸姨母咯咯笑了，琴妹也咯咯笑了。我让她们在小厨房里继续办菜，也继续聊天。也许芸姨母会对琴妹说悄悄话的吧？我自己退出厨房从天井里走进客堂间来。

外边，天色依然苍白、灰暗，雪意似乎更浓。又起风了，风声在远处吹刮，坐在屋内听来，似是一种海潮吞卷的声音："呜——呜——呜——""哗——哗——哗——"风声、雪意，加上眼前洁白的雪景，使人产生一种苍茫浩渺的感情，又使我忽然想起小时候随妈妈回她家乡北川沙海边的情景。波涛滚滚一望无际的大海，夜深时常常发出像人的叹息声……

我沉思于回忆之中，忽见琴妹从厨房里将芸姨母炒好的两盘河虾和猪心都用大碗扣住端进屋来放在桌上。我悄悄问："芸姨母说了吗？"

她摇摇头，说："没说！不知她们玩的什么把戏！"说完，转身又去厨房里了。

我独自坐在火盆边，用火筷加炭。芸姨母不在，我点燃了一支香烟，下意识地看着放在墙边花架上的一盆盆五针松、老梅桩、虎刺……芸姨母不知从什么时候也欢喜起盆景来了，我在想：看来，芸姨母同珍妹是互通信息的。难道她们结成了"统一战线"来反对给妈妈迁葬？

我迅即又否定了自己的想法：不会的！为妈妈迁葬的事，珍妹是绝对不应该反对的。珍妹同芸姨母不同，芸姨母可以提出她反对迁葬的理由——当然，这种理由使我感到还有一些只有她本人才能讲清的谜！珍妹是没有理由反对的。只是既然如此，为什么珍妹不复我和琴妹的信呢？珍妹过去对我有意见，伤过感情，她对琴妹一直是十分亲热的呀！自从鑫虹在朝鲜战场上牺牲以后，珍妹虽变得脾气古怪，对琴妹依旧是十分热情的。她对我虽不热情也并未视若路人。现在，她同芸姨母之间会有什么样的秘密呢？

我想不出，也想不通，心里反倒有些不痛快了。芸姨母买的一瓶红葡萄酒放在桌上。我倒颇想在这寒冷的天气、索然的心情下喝一点酒了！芸姨母走进房来，立刻就皱起了鼻子："啊，小哲，你吸烟了！嗨，污染空气！污染空气！"我连忙揿熄烟蒂，说："我不吸了，不吸了。"又问她说："葡萄酒是给我喝的吗？"

芸姨母用围裙擦着手说："当然，我知道你不会喝白酒，只能喝这种甜酒！炳根他是要喝白酒的，我给他买了一瓶双沟大曲在橱里，等他晚上独酌！"

我说："我先喝一点葡萄酒御御寒。"

芸姨母朝我看看，说："急什么，等会儿我陪你喝一杯！"她朝一只塑料台阶形三脚架上的晶体管闹钟看了看，说："嗨，十二点过七分了！十一点四十五分有班车到，说不定我还有客人来呢！……"

我说："呵，还有客人？是谁呀？"

芸姨母说："但愿马克思保佑，客人一定会来，如果来，等会儿见了你就知道了！"

我叹口气说："唉，芸姨母，您的闷葫芦太多了，怎么这样保密？"

芸姨母不正面回答我，只说："反正，过了十二点半客人不来，说明误期了，我们就吃。现在，还得稍微等一等！"说完，她又穿出小门到天井的厨房里去了。

我无聊地又点起一支烟来，想：客人是谁呢？我不想在今天有什么客人来干扰，因为要谈的正事，还没有同芸姨母谈一谈哩。下午，炳根表弟他们要来，好在都是自家人，当着他们同芸姨母谈是可以的。倘若再有外客，谈话就不便了。我真希望芸姨母说的这个约定要来的客人失约不来。也许大风雪挡道，真的不会来了吧？

从门上的玻璃窗里望出去，又开始飘雪了。好似玉龙鳞甲的雪片，纷纷扬扬坠落，不太密，也不太大。屋里所能看到的天空的一角，拥塞着成团的灰云，特别低沉和压抑。我又忍不住想再吸一支烟，只是想起芸姨母怕污染空气，摸了摸口袋里的香烟盒，又放下了。

坐在那里，打了个呵欠，脑际又闪过爸爸死后有关芸姨母的片断情景：芸姨母本来是爱打扮的，穿的衣裳常常很时新、很鲜艳。爸爸死后，很长一段时间里，我常见到她。她突然不爱打扮了，总是穿得很朴素。夏天时，一般总是穿的阴丹士林布的旗袍，春秋时，总是穿的黑色或灰色夹袍。……那时，芸姨母长得出色，向她求婚的人不少，她却好像抱着独身主义一个人过。那个阶段，听说她很用功，人家约她看电影，她回绝；约她打小麻将，她也回绝。她总是看书，除了看书，还是看书。后来，多少年后，听她回忆往事时对我说过："抗日战争中期以后，有个阶段，我思想苦闷，用读书来解愁。所有当时能找到的中外古今历史书，都读了一遍。《资治通鉴》那样厚厚的二十多本大部头，也一本一本读得挺熟，读得津津有味。那时读了许多书，好处很大。我虽在中学教历史，用不着读那么多书也行，可是读了以后，对人类历史的长河有了比较清晰的认识。对世上许多事情都能有联想和解悟。后来讲课也毫不费力了。虽然解放以后，在思想改造运动时，自我批判过唯心主义历史观，但是因为以往涉猎较多，反倒帮助了我较快地掌握辩证法和唯物史观。所以读书成了我的癖好，年岁大了也改不了爱读书的老习惯。……"

她说的是心里话。

芸姨母直到今天，仍旧爱读书。"文革"中破"四旧"时，红卫兵将她的书全部抄走，有的烧毁，有的当了手纸，有的称斤卖给了小贩，书架空空，一本不剩。现在，我看到在她的卧室和客堂间里又堆满放满了书，还有许多刊物。不仅有历史书，文学、艺术、哲学……什么都有，甚至放着一本新出版的《谈哈雷彗星》的小册子，几本《走向未来》丛书中的《探险与未来》《昨天、今天、明天》……甚至还有一本美国未来学家阿·托夫勒的《未来的震荡》。

我不禁想：到底是时代不同了，芸姨母虽然年纪越来越大，从书籍的阅读上看，她的兴趣是更广泛了，她的思想也显得更活跃了。这样一位老人居然还在关心着人类的未来！

当然，我又纳闷起来，为什么在我要为妈妈迁葬的问题上，芸姨母依然显得非常顽固守旧呢？可见人的思想，真正要由"旧"走向新，并不是一件容易的事啊！

雪，似乎越来越大，远处呼啸着的风猛然将潮汐吻着沙滩般的声音送进我的耳际。琴妹走进客堂间里来，她是来放碗筷匙碟的。看到她脸上的神态，我明白芸姨母一定是同她说了些什么悄悄话。

我问："琴妹，芸姨母告诉你什么没有？"

谁知琴妹竟也故作神秘地说："没有呀？"

我摇头说："好像，我的第六感官使我觉得她已经将'秘密'告诉你了！"

琴妹笑着摇头，一边在桌上放好碗筷匙碟，一边有点故弄玄虚地说："没有的事！她没有说什么。"从她脸上的表情，我肯定她是在捉弄我。

好吧，看来，是要瞒我一个人了！我心里纳闷了一会儿复又想开，管他呢，总不会对我有什么不利的事，显然是想逗逗我让我感到意外罢了，我又何必着急呢！我说："好了好了，你们是在孤立我，我心里明白！"

琴妹说："你别急，反正不是什么坏事，是好事！"说完，她又去天井的小厨房里了。

我看看一侧的晶体管闹钟，同我手表上的时间一样，指着十二点二十分了。我想：那个客人该快来了！如果再不来，也就不来了！我也有点饿了。

正在想，忽然听到敲门声："嘭嘭，嘭嘭，嘭嘭！"

我"哎"了一声，心想：人来了！抢着要去开门，从客堂间出去，到了雪花飘落满地洁白的天井里。只见芸姨母和琴妹也从小厨房里出来了，芸姨母做着手势对我说："小哲，快开门！"

雪，纷纷飘下。我怀着揭开"谜底"的心情去开门，心想：客人究竟会是谁呢？我有点怀疑是不是……

门"吱呀"一声开了，只见门外站着一个穿银灰色风雨衣的女同志，头发上挂满了雪花，一片闪烁。她背着一只时新的黑色镶金边麂皮包，提着一只带滑轮的小飞机箱，正站在雪地里。她的风雨衣上已经积了一层薄雪，看模样是长途赶来的。我仔细一看，同我想的恰恰符合。那两只虽然因为年岁增长而有些走样了的美丽黑眼睛，仍然一眼就让我认清了她！

我讶异地叫了一声："啊，果真是你，珍妹！……"

在这同时，只听得芸姨母在叫："阿珍！"也听到琴妹在叫："珍姐！"瞬间，她们三人已经紧紧拥抱在一起了。

啊！这真是从何说起！

"谜"拆穿了！原来是芸姨母约定时间让珍妹赶来的。真个是风雪远归人啊！我的眼眶一时发涩了，看着她们三个抱成一团拭眼泪，我关上了大门，帮珍妹提起箱子，说："快进屋坐吧，烤烤火暖一暖！"

芸姨母这次真的又哭起来了。有时候，人也真怪，悲伤要哭，高兴也要哭。因为悲伤和高兴常常是混杂在一起难解难分的。芸姨母现在的哭当然是高兴，又何尝不含有悲伤的成分呢？琴妹也在拭泪，她从小同她珍姐一起长大，多年不见，当然也会又悲又喜。

听了我的话，三人才分开着各自拭泪，一起进屋。芸姨母忙着叫珍妹将银灰色风雨衣脱下来拍掉雪片，琴妹忙着去倒开水冲茶给姐姐喝，房里出现了一派暖融融的气息。

珍妹那与妈妈当年极为相像的俊秀脸庞上洋溢着笑容，叫了我一声："哲哥！"语气不但亲切，两只黑眼睛的神态和脸上的表情也是热呵呵的，说："想不到我会突然出现吧？"

我观察着她。她比我小六岁，我同她二十多年不见，她确实已经不年轻了。但她身材未变，头发未白，额上和眼角虽有了些网纹，但两只黑眼睛仍旧光照动人。看上去要比她的实际年龄年轻十几二十岁。她依然风韵不凡，有一种不加修饰的脱俗的气质美。

我回答说："确实不敢猜想！你知道不？不但你自己不复我信，你还同芸姨母串通了跟我开玩笑，连琴妹刚才也参加了这个联盟！"

她笑了，用芸姨母递过来的毛巾擦着头发，又放下毛巾，双手在炭火盆上摩擦着，反复烤手，说："是这么回事吗？"她看看芸姨母和琴妹，她俩都在笑。

芸姨母习惯地把两手夹在双膝间，上身微微前倾，坐在那里喜悦地插嘴说："我还怕你今天到不了呢！这么大的风雪。他俩早上来时，我本以为你们会坐同一班车一起到，没想到他俩来了，你没来。"

珍妹啜着热茶说："我从来不失信。说了今天来，好不容易托人想法搞到了飞机票，听说这里下雪，我真怕飞机停飞或晚点。幸好飞机今天早晨准时起飞，一到机场雇一辆出租汽车赶到长途汽车站，我就按原定计划赶到了！"

我们大家互相问了好。珍妹向我问这问那，连叶珊、光远都一一问到，最后说："哲哥，别怪我不复你信，我是有原因的，让我讲给你听，你真不知道我有多紧张。为了'2000年的中国'这项研究，我参与写出有关能源和科学技术方面的专题，真正恨不得一天有四十八小时用。这件事刚完成，又出了一趟国，然后又是去长江三峡做了一次考察。马不停蹄，那些信，人家给我代收了，我是在动身前一天才看到的。看了后，我当即给芸姨母打了长途传呼电话，通了话接上了头，再复信也不可能了，我只好决定突然袭击！……"

大家都笑了。

芸姨母忽然下命令似的说："慢慢谈吧！我看，马上开饭！"她转身就进了厨房。

我也起身端凳子和椅子。我说："唉，珍妹，我们是要好好谈谈了，二十多年不见你，我老想着过去的一些事！人老了，容易怀旧。想起过去，有时晚上睡觉也睡不好，给妈妈迁葬也是我在这种心情下决定要做的。看来，你是同意给妈妈迁葬的吧？"

谁知又出乎我的意料，珍妹并不干脆，说："哲哥，先吃饭，吃完饭我们再好好谈谈。今天，我是同芸姨母约好来这里大家一起畅谈的。"从她的眼神里，我似乎可以捕捉到一种难以言说的感觉。她似乎并不同意给妈妈迁葬。

是为什么呢？我实在想不明白。

芸姨母和琴妹盛饭来了，她们和珍妹是不喝酒的，我却打开葡萄酒瓶在自己的高脚玻璃盅里满满斟上了一杯。……

十、滔滔江上衣冠冢

　　我就是那样，在爸爸失踪被敌伪暗害后，在那个天气寒冷的上午由芸姨母陪同着到妈妈家里去的。

　　自从宗汉好伯要去重庆，妈妈嫌原来住的房子太大，顶让给人家了。顶费一半给宗汉好伯做了旅费，又留下一半重顶了花园巷五号三楼的房屋居住。这个三楼包括一间客堂和一间大厢房，外加一间用晒台架设木板搭成的厨房。比起原来的住处，这里差得多了。

　　我去到妈妈家里，妈妈当然喜出望外地抱住了我，欢迎我的出现。当她知道爸爸失踪遇害的事后，立刻痛哭流涕！她没有多说什么，只是和芸姨母两人相对而泣。

　　珍妹上学去了。琴妹独自在玩一只布头的洋囡囡。她笑起来十分有趣，胖胖的脸有点滑稽，两只黑眼睛一闪一闪的。看到妈妈忽然哭了，她也立刻抱住妈妈哭。妈妈指着我对她说："叫哥哥！"她马上叫了我一声。接下来，大家默默无言。

　　最后，芸姨母走了。妈妈对我说："儿子，这就是你的家了！妈妈的一切都是你的。妈妈见你来了，非常高兴！非常高兴！……"

　　记得很清楚：那一夜，我独自睡在客堂间的一只小铁床上，妈妈带了珍妹和琴妹睡在隔壁大厢房里。我辗转不能入睡，老像在铁板上烙饼子似的翻过来翻过去，思索着。……

　　新的生活、新的道路摆在我面前了。爸爸死了！我虽在妈妈身边，却有一种空虚、怅惘和不安定的感觉。妈妈这时在一个中学里教书，是初二代课教员，每天一早去上两节数学课，其余时间都在家里。我睡的这间房是宗汉好伯去重庆前睡过的，是他的书房，墙上挂着他的一张放大的单身照片，是他在游西湖时拍摄的。这天夜里有一弯冷月，月光冰凉地射进房来，射在墙上他那张照片上。照片上的他微笑着，我感到这种微笑似是向我示威，不怀好意。……我猛地想起如今是住在他的家里。无论妈妈对我怎么好，对我怎么说，这里的家长毕竟是张宗汉！看到他的照片，使我不断想起爸爸。爸爸呀爸爸，您为什么要离我而去遭到这样的不幸呢？您可知道，您的儿子如今有多么可怜？今后他将走怎样艰辛、崎岖的道路？没有了您，您叫他怎么能快活？……

半夜，我听到轻轻的脚步声，又听到轻轻的门响，门开了！月光下，我微眯着眼假装睡熟。看到是妈妈。她是不放心我？我真想抱住妈妈痛哭一场，但我没那样做。我佯睡不动，妈妈替我掖好被子，轻轻摸了一摸我的头发，又悄悄地走了。

我明白妈妈深爱着我，我又不能不在心底里遗憾地想：妈妈呀！您为什么要再结婚呢？想起爸爸出事前很长一个阶段里那种不修边幅，拼命抽烟喝酒，十分苦闷寂寞的生活，想起爸爸很长一个时期极少表露笑容的情况，我心里总想：如果爸爸和妈妈没有离婚，如果后来爸爸向妈妈提出复婚，妈妈答应了的话，爸爸说不定会心情好些。会有人照顾他，他也就可能不至于出这么大的不幸的事了。……

一切的一切，自然都是无法再说的了。我心底里总不禁带着一种埋怨妈妈仇恨宗汉好伯的情绪。怎样才能解脱？我不知道！

我继续上学，逐渐熟悉妈妈的这个家了。宗汉好伯在重庆仍旧做了一个中学的校长，那中学专门收容从下江流亡去内地的难童。当时，上海、重庆之间通信，航空信可由香港转，倒也不慢，半月左右就可以收到。一天，他来了信，妈妈写复信时对我说："我上次写信时给你向你宗汉好伯问了好，他每次来信总是问你好的。……"我正埋头做英语练习，点点头，没有作声。她说："你宗汉好伯是个很好的人！他不但爱国，在朋友中有威信，而且心地好，脾气也好。他不在这里，如果在这里，是一定会喜欢你的。"

我不愿伤妈妈的心，又点点头，仍没有说话。

我感到妈妈轻轻叹了一口气，又埋头写复信了。

我心里冒起一股怨气：妈妈呀！您开口闭口总是宗汉好伯宗汉好伯，您为什么不常常说说爸爸呢？爸爸不爱国吗？爸爸不好吗？爸爸死得多可怜啊！……

珍妹和琴妹到底还小，她们似乎绝无或者很少想到我所想到的那些问题。珍妹是我的亲妹妹，可是她是个不爱同哥哥一起玩耍的女孩子，又从小同琴妹在一起成长，一直同妈妈和宗汉好伯一起生活。说实话，我感到宗汉好伯是喜欢她的，喜欢得像他亲生的琴妹一样。因此，珍妹对宗汉好伯也就一味叫"爸爸""爸爸"。我常看到她拿一张信纸，用歪歪扭扭的字给宗汉好伯写信："亲爱的爸爸……"她自己真正的爸爸呢？在她头脑里是不存在的。对我这个哥哥，她表现得很像妹妹，一口一声地叫我"小哲哥哥"，完全像一家人一样。可是，我发现她并不追究为什么这个哥哥以前不同她在一起，为什么这个哥哥突然冒出来了，也许年龄小了就是这么糊涂，也许由于她从小跟随妈妈后来又同宗汉好伯——她的"爸爸"在一起，就形成了这种无所谓的态度？……

谁知道呢？

至于琴妹，她天真活泼。她的日常生活，不过是吃吃睡睡玩玩，这一切当然都不是她的年龄所能想到的问题。她亲热地叫我"哥哥"，总是天真烂漫地对我笑，要我抱，要我讲故事。仿佛很高兴家里又多添了一个"哥哥"！

啊，当我狭隘地陷入思想苦恼的牛角尖里，当我对妈妈怀着几分莫名其妙的怨气时，当我有时望着"家"里到处都留着宗汉好伯的痕迹——从他的照片到他的字迹，带有印章的书籍，一切的一切而产生一种无名的烦恼时，我只要看到琴妹的天真活泼的笑容，听到她那略带大舌头的不太清楚的话声时，我会从内心深处产生出一种不可抗御的惭愧。

为什么？我自己也解答不出。

我就这样在一种矛盾的，在母亲怀抱中感到痛苦而又温暖的生活中生活着。

芸姨母偶尔会来，穿得很朴素，带些吃食来，常有我爱吃的香蕉、巧克力、陈皮梅等，我觉得她主要是来看望我的。她来，总要同我谈谈，问问我：功课学得怎么样，身体怎么样？如此等关心的话。

我有一种感觉：芸姨母同妈妈一直是很好的，后来仿佛她们之间有过什么不愉快的事发生。是什么原因？我年龄太小，她们没有在我面前谈过，我也无从知道。只是那种感觉的产生，也并不是毫无根据的。有一次，炳根表弟的父亲——我那做小生意的舅舅，从北川沙乡下带了炳根表弟来上海买点衣料和日用品什么的，住在妈妈家。晚饭后，我听到妈妈同舅舅在隔壁厢房里谈心时，谈到了芸姨母。

瘦削而有络腮胡子的舅舅问："芸弟这一向来不来？"北川沙的人习惯用男的称呼来称呼女的。

妈妈的声音："来的，有时来。"

舅舅咳着嗽问："她好吗？还是单身一人？"

"还是那样。"

舅舅的声音："你该帮她做做媒！"

妈妈叹口气："她这人呀，别人做不了她的主也说不得她什么的。其实，我对她……有什么呢？我明白，她……"妈妈的声音在空气中飘散了，变得很微弱。

只听到舅舅也叹了一口气，我仿佛看到他的高颧骨一耸一耸说话的样子："姐妹总是姐妹呀！你们要好，我就高兴了！……"

我猜不透妈妈怎么会同芸姨母不和，但有一点是肯定的，就是芸姨母对妈妈重新结婚是不满的。她好像是主张爸爸和妈妈和好复婚的。有一次，芸姨母来看望爸爸，我听到过芸姨母表露过这意见。芸姨母说："唉，如果芬姐没有重新结婚，多好！你们复了婚，孩子也不会这么可怜了！……"而且，芸姨母对宗汉好伯好像是有隔阂的，至少是有距离不熟悉的吧。宗汉好伯未去重庆之前，她是很少到妈妈处去的。宗汉好伯走了，她每隔十天半月就要去一次。

我觉得芸姨母对爸爸有感情，可是同爸爸也有距离。爸爸出事失踪之前一个阶段，她几乎不来找爸爸，爸爸也不去找她。我到妈妈处住下后，春五月里的一天，快近吃中饭时，她来了，穿一件很合体的黑软缎衬绒旗袍，朴素而美丽。妈妈见她来了，表现得很热情，一定要留她吃了饭走，并且就到厨房里忙着烧菜去了。

当时，上海的中学因为房舍不够，学生太多，分成上下午两批，都上半天课。我是上半天在家复习，下午上课。珍妹上学没有回来，琴妹独自在桌旁搭积木玩。忽然，芸姨母对我说："小哲，你知道古人死了以后，有的尸体无存，建衣冠冢的事吗？"

我感到她问得突然，说："是啊，我知道的。像史可法守扬州，清兵破城后他壮烈殉国了，尸体后来找不到，百姓就给他立了衣冠冢。"

芸姨母点头，黑软缎旗袍和她的黑发，衬得她那雪白的、未施脂粉的脸光洁生辉，她眼神熠熠地说："对呀，我在想，你是不是该给你爸爸立个衣冠冢呢？"

我忽然得到了启发，眼圈红了。我说："芸姨母，对，您说得对！是该这样！爸爸留下的衣冠物件等都有，但……"

"你是觉得建造一个衣冠冢不容易吧？"她见我露出有些为难的神情，马上问我。

我诚恳地点点头。我说："是呀，这事我觉得不好对妈妈说，这要

639

花很多钱！……"

芸姨母叹一口气，忽然轻轻地说："我考虑过了，不必真的去建造一个什么土石建筑的坟墓！你爸爸是个豁达睿智的人，他不但有渊博的知识、丰富的思想，也有高尚的情操，更有与常人不同的抱负和见解。对他这样的人，何必从俗？他生前喜欢遨游于名山大川之间，那么，为什么不用另一种方式将他埋葬呢？老实说吧，埋葬一个人最好的墓地是在心里！你懂吗？在心里——"她用手指着心窝，忽然眼圈也红了。

我半知半解，说："用什么方法将他埋葬呢？还立不立衣冠冢呢？"

芸姨母点头，说："立！当然立！我们带上一点他的遗物，到外滩公园去。我知道，他生前，有时候苦闷极了，常爱去那里看黄浦江。我陪他去看过江水滔滔地奔流。我们将他的遗物——比如一件衣服，一顶帽子，拴上重物沉入江中，让黄浦江成为他的衣冠冢。将来，如果要凭吊他，就到黄浦江边凭吊去。这不比立一个小坟堆要雄伟得多吗？不是会更符合他的心意吗？……"

我恍然大悟，说："啊，芸姨母，您说得真好！我们就这样干！"

她点点头，说："这样吧，下礼拜三清晨五点半钟，我在外滩公园等你。你带些你爸爸的遗物来，好吗？"

我点头说："好，我一定准时来！……"

我们这样谈话，琴妹当然一点也不懂。她专心致志地搭积木，想搭得高高的，总是坍了，最后，终于搭成了一座高楼房，得意地拍着小手笑着叫芸姨母："你看，好不好？好不好？"她模样可爱，芸姨母抱起她，吻她，说："你真可爱，脸长得像个红苹果一样！……"

后来，妈妈端菜进来了，芸姨母和我帮着开饭，都没再谈到给爸爸建衣冠冢的事。

我本来觉得这件事应该告诉妈妈，想了一想，妈妈平时怕提爸爸的事，我也不愿多提爸爸的事，何必告诉她呢？也就不说了吧。

到了下礼拜三，我起了个早，按照约定，准时去到了外滩公园。

天还没有大亮，雾气悄无声息地浮在江上和岸边。公园里人不多，江边水声哗哗，空气里泛着水腥味。风里还飘着黄杨树叶的清香气息。江上有过往船只的汽笛在鸣叫，时而沉闷，时而悠扬。我的书包里带了爸爸遗留下来的一件西装背心和一顶睡帽，这些体积不大。我怕拿了体积太大的东西会引起妈妈注意，又伯投进黄浦江时引人注目。我还带了些铁丝，顺手拿了家里一杆秤上的铁秤砣。

到外滩公园时，隔很远，我看到芸姨母已经在靠着江边的一只长长的石板凳上坐着了。她穿的仍是那件黑色软缎的衬绒旗袍。我穿过浓绿的树丛轻轻走上前去，见她带着一种痴迷的神情凝望着远处朦胧的江天交接处，似在遐想。黎明的外滩公园里，凉津津的，游人几乎没有，只有些练身体的人在远处靠马路的一侧活动，因为江边风大，那里风小。几盏高高的桅灯式的路灯仍未熄灭，发射出金星般的光芒。江对岸，看得到一些厂房和烟囱的轮廓在雾气弥漫中影影绰绰，好像海市蜃楼的幻景。我的脚步声惊动了芸姨母，她回转脸来，见是我，说："啊，小哲，你来了？"

江水汩汩地、打着漩泛着白沫忽急忽缓地流动着。……

我说："芸姨母，东西都带来了。"说着，我在长长的石板凳上挨着她坐下。我从书包里掏出东西来，说："你看，爸爸的睡帽，他的一件背心！还带了铁丝和一个铁秤砣。"

她那漂亮的眼睛上，密密的睫毛后黑亮亮地闪着柔光，看了看睡帽和背心，动手用铁丝捆扎起来，她没有肯用秤砣，说："这是从你妈妈买菜用的秤上拿来的吧？秤砣掉了她要找的，你带回去。"

我说："我想了半天，好像只有这东西才坠得住。"

她摇头说："这里石头多的是，找一块形状合适的大些的坠上就行！"

我依照她的意思，去找来了两块比砖头还大的石头。她挑了一块最大的、两头略粗中间略细的石头，将铁丝又绕在石头上，绑得结结实实的，然后对我说："你看，这样子不就行了！"

江边，有拴着铁链的水泥柱拦住游人，站着俯瞰下去，下边是打着漩涡的滔滔江水。在这朝霞突然升起，东方因霞光辉映色彩缤纷的时刻，江上春风浩荡，有舢板和汽艇鸣着笛声在水上行驶。不远处，停泊着的日本兵舰上亮着的灯有的还未熄灭，像魔鬼眨着狰狞的眼睛。我不禁心酸地想：爸爸，今天儿子给您在这里下葬，您知道吗？日本帝国主义现在还侵占着我们大片山河，抗战仍在继续，我一定要继承您的遗志，做个爱国的热血男儿，抗战到底，将来做个对国家对社会有用的人！……"

天穹清澈，我和芸姨母趁四下无人注意，抬着石头和爸爸的衣冠，"扑通"一声投入江中。江水溅起一片银亮亮的水珠，又泛着泡沫、卷着漩子一下子将石头和爸爸的衣冠吞噬下去，片刻就无影无踪了！江风吹动着我的衣襟，拂动着芸姨母好看的鬓发。我心头泛着凄凉空虚和悲哀的感情。我看看芸姨母，她正用手绢拭泪，凝望着呜咽滔滔的江水。

太阳从远处升起，江面霎时好像起了火，跃动着红光，动人心弦。

我看到芸姨母随手从身后的雪松上捋下一片片碧绿的针状叶子，散碎的针叶，微微颤抖着离开她的手撒向江面。……

然后，她说："小哲，走吧！"

我同芸姨母分别，急急忙忙回到家里。那天是五月十一日。

妈妈去学校里上课了，我将秤砣又给她放回原处，开始做未做完的物理习题。十点多钟，妈妈回来了，问我："怎么你今天一早就出去了？"

我的心儿好像搅起了一阵浪花，我竭力按捺住心头的不平静，说了一个谎："呵，我去同学家拿他借我的物理课本去了！……"

这天，下午我去上课，回家吃了晚饭后，妈妈在教珍妹做算术题，我闷闷地在看鲁迅的《彷徨》。妈妈瞅瞅我，突然问："小哲，今天你有什么心事吗？我老觉得你的脸色不对，也老觉得你好像有什么心事。"

我埋头仍旧看着《彷徨》，说："没有呀，哪有什么心事呀！"其实，我心里确实老在想着早晨的事。

她好像察觉我不肯说真话，不再问了。我隐隐觉得她叹了一口气。自从我来以后，我常常察觉她叹气。这每每是在我闹点别扭的时候。

在江里埋葬爸爸的衣冠以后，我的心情极不平静。回到房里，见到墙上挂的宗汉好伯的照片，忽然更加增生了一种不悦。大约是日有所思夜有所梦吧！夜里，我梦见了爸爸，爸爸是在一个监狱里，他身上有血迹，脸上有伤痕，头发蓬松，正横眉冷对、昂首不屈地在回答日本宪兵队的审讯。

一个牙刷胡满脸横肉的日本宪兵在问他什么。爸爸破口怒骂，甩起双手，用鸡蛋粗的铁链甩打过去。这时，我才发现爸爸戴着手铐。一条铁链"乒"的一声砸在日本宪兵的脸上。日本宪兵"哇"地大叫起来……

我也"呀"地大叫起来，迸出了泪花。梦醒了！我听到妈妈的脚步声。一会儿，门开了，她"啪"地开亮了电灯，听到她温蔼的声音在问我："小哲，怎么了？"

我哽咽着摇摇头，看着披着衣服的妈妈不说话。

妈妈在我床边上坐下了。我看到了她乌黑的带点蓬乱的头发和洁白的前额。她说："小哲，做梦了？"

我点点头，说："梦见了爸爸！……"说着，我伤心地哭了。

妈妈也忽然落泪，说："日本鬼子真像豺狼，你爸爸为了国家民族死得有价值，但太惨了！……"她好像有满肚子的话，没说出来。

我没有说话，默默拭着泪。

妈妈又轻轻叹了一口气，先好像不想说，最后还是说了："小哲，你来妈妈这里也快三个月了，但是妈妈感到你不开心。你不愿同妈妈谈心，不愿对妈妈说心里话是吗？"

她说的话正打在我心坎上，我忽然又哭出声来了，但我仍旧不说话。

妈妈落泪了，说："儿子，妈妈常感到对不起你。如果不是我同你爸爸离了婚，将家庭关系搞复杂了，你可能不会有那些不应有的痛苦，我也可能不会有那些我所不应有的痛苦。但是……"她抽搐着说，"现在一切都已无法挽回，你要相信妈妈对你的爱，你要相信张宗汉，他确实也是个好人，心里是对你很好的。不要对他抱有成见。我们现在是一家人，大家来努力，把这个家维持好！……"

我自己也克制不住我自己，我忽然哭着咆哮地说："妈妈，如果你爱我，你就不该忘掉爸爸！……"

妈妈似乎一惊，又一怔，终于说："我没有忘掉他，永远忘不掉的！……"她是在呻吟。

我说："既然你说没有忘掉他，为什么珍妹要姓张不姓黄呢？……"

我是在来到妈妈这里以后，发现这问题的。珍妹的拍纸簿和练习本上，名字写的都赫然是"张小珍"！我不能不想起爸爸生前那次说过的话。那是在上海东亚旅馆吃过西餐，晚上回南京时在火车上说的，爸爸那时闷闷地抽着香烟，他说："小哲，忘掉你的妈妈吧！她不要我们了。你看到的吧？连你的妹妹也被她教得不要我们了！……"我暗想：爸爸呀，您还不知道呢，珍妹已经不姓您的姓，去姓那个张宗汉的姓了！……

想不到我的话会有这么厉害。妈妈听了，眼泪啪嗒啪嗒地掉下来，半晌说不出一句话，后来终于哽咽说："我再怎么说，你也是不会原谅的！你对妈妈不贴心，难道就是为了这个缘故吗？……"

我点点头，心里乱糟糟的：其实，何止这一点呢？但是，我也不打算多说，因为我发现：刚才我仅仅谈了这一件事，妈妈好像已经承受不住了，如同受到了什么残酷的打击，刹那间就变得衰老憔悴多了。

我看到她疲惫、伤心、悲恸……终于不能不怜悯她，不能不觉得心痛。我想起了妈妈对我的爱，我一把紧紧抱住了她。

我哭着说："妈妈，您不要怪我，我不该那样说！我实在不该！……"

妈妈却制止住了眼泪，摇头说："我不怪你，不会怪的！什么人我都不怪，我只怪我自己！……"她好像丧失了魂魄，又好像失去了生之乐趣，有一种散淡、失望的态度出现在她脸上，变得平静了。

她拍拍我的肩膀，平静地说："睡吧！睡吧！……"

她替我"啪"地关上了电灯，关上了门，然后脚步轻轻地走了。

一整夜，我失眠，未能睡着。第二天一早，我起身时妈妈已经起来在煮泡饭。我察觉她夜里一定也失眠了，她的眼圈铁青，她的脸色苍白、两眼红肿，看得出是痛哭过一场的。她那本来美丽善良的脸上，木然地没有表情。

我叫了她一声："妈妈！"

她点头答应，说："起来了吗？泡饭马上就煮好。……"她去瓶里倒油氽果肉①和炸豆瓣出来盛在小盘子里，撒上盐末做早饭菜。

我想说些什么道歉和安慰她的话，嗫嚅了一会儿却说不出口。……

这样的日子维持了很长一个阶段。在这中间，有一天，我忽然发现：珍妹的姓又改过来了。妈妈给她重新买了些本子，是为改姓名买的，但妈妈没有将珍妹的"张小珍"改为"黄小珍"，本子上的名字，全由"张小珍"改成"魏小珍"了！

妈妈姓魏，让珍妹既不姓黄又不姓张，干脆姓妈妈的姓了。

刚改时，珍妹闹过一阵，我听到珍妹在向妈妈纠缠："妈妈，我不要改姓！我还是要姓张，为什么要改姓呢？……"

---

① 油氽果肉：上海人将油炸花生叫作油氽果肉。

妈妈耐心地对珍妹解释，珍妹还是念念叨叨："妈妈，我不要改姓！我要跟妹妹一样，都姓张！'魏'字太难写了！"

我心里气恼地想：你这个小丫头，太不懂事了！……

这件事，妈妈没有正式同我说，她却做了！让我们三兄妹姓了三个姓！她这样做了以后，其实我也并不满意。怎么能满意呢？在这个家里，我没有见到一点爸爸的痕迹，看到的、感受到的都是宗汉好伯的痕迹。它像幽灵似的无处不在，随时令我感到窒息，感到不安。

邮差来送信了，送的是他来的信或人家寄给他或"张宗汉太太"的信。

户口上的户主一栏里，填着他的名字。

水电费通知单上，写着他的名字。

有两本大影集，影集上全是他和妈妈或带着珍妹、琴妹拍的照片。

悬挂着的字画上，写着他的名字。

书架书橱里的书上，盖着他的印章。

在妈妈和妹妹住的厢房里，墙上挂着他和妈妈在杭州灵隐寺游玩时拍的合影；桌上有他从重庆寄来的一张在南温泉拍的单身相。

在我住的房里，墙上有一张他在学校办公室里伏案工作的照片。这张照片放大成十二寸，很大。

连一只古墓里出土的陶壶上都有人用白粉写上了一段铭文，写着"宗汉吾兄法家正之"的字样。……

也不知我当时何以竟那样狭隘，那样封建，那样自私，那样残忍？……一种封建思想的驱使，竟使我得寸进尺地要来折磨妈妈的感情。

有一天夜晚，当我在床上又思念起爸爸的时候，我看到月光透过玻璃映在墙上，照亮了宗汉好伯那张伏案工作的照片，我竟无法忍受了！我翻身起床，一把揪下了那张照片，将它塞进了写字台的中间抽屉里。会有什么后果我没有考虑。取掉了照片，我才比较安心地睡熟了。

我不知妈妈是在哪一天发现这一点的，也许她第二天就发现了。只是，她不说什么，我也不说什么。有一天，我发现她又悄悄暗自哭过，我也听到了她习惯于发出的那种哀怨的使人听了内心伤感的轻轻的叹息声。

心照不宣，我明白她为什么这样。我爱妈妈，自然也动过心，想：还是再给她将宗汉好伯的这张照片挂上吧！又一想，不行！好不容易取下来了，为什么还要挂上去呢？一种莫名其妙的邪念充塞着我的心，我硬着心肠一声不响。隔了几天，我在画报上见到一张杰出的油画，那是法国古典主义画家路易·雅克·大卫画的一张以古罗马传说为题材的大画——《萨宾的妇女》。我喜爱这张画的古典色彩和人物众多的雄伟画面。有一天夜晚，我将藏在大抽屉里的镜框取出来，将宗汉好伯的照片换成了《萨宾的妇女》。

啊，我那时候，为什么那样冷酷无情？为什么那样以无知为有知啊！对这张名画——《萨宾的妇女》，我其实毫无所知。我仅仅不过是因为喜欢画上宏伟壮烈的战争场面，以及在战争中的武士和妇女的动人形象而已。

可是，许多年后，当我逐渐长大，上了大学，在工作中由于文学和美术的关系密切而逐渐了解绘画时，我无限地后悔了。这张画画的是早先抢夺过萨宾妇女的罗马武士，正与来算旧账进行报复的萨宾武士在交战。在激烈的血战中，一群已经为罗马武士生了孩子的萨宾女人，冲到两军阵前舍死调解。……

啊，为什么天下偏多这样的巧事！我何以要在当时挂这样一幅画呢？

我猜到，妈妈是懂得这幅画的。宗汉好伯是个喜欢美术的人，他收藏的世界名画的复制印刷品很多，他的书架上美术方面的书也很多。妈妈也是一个有文化艺术修养的人，她是一定知道这幅画的含义的。难道她当时没有因此而有什么猜测？难道她当时没有因此而感到辛酸和刺激？我为什么要这样无知地伤她的心呢？

可是，我当时就这样挂上了这幅画！从我的房里，开始了"扩展"我的阵地、排除"宗汉好伯"的痕迹的工作。

隔了几天，我趁妈妈在外买菜的机会，将盖有宗汉好伯那"张宗汉印"图章的书籍全部搬到妈妈住的厢房间的书架上叠起来。这成了我第二次进攻性行动。

妈妈没有作声。我注意到了她那瘦削的两颊、更微陷的眼眶。隔了几天，我见她已将书架重新理过，将我叠在上边的书全部收拾到书架和书橱里去了。她是在一步一步退让呢。

又过了两天，我将妈妈给我用的一双皮拖鞋送到了妈妈房里她的床下。我宁可不要用这双皮拖鞋，因为我发现这是宗汉好伯过去用过的。

妈妈也没有作声。第二天，我发现我床下多了一双崭新的单拖鞋。我明白：这是妈妈特地为我新买的。

我们是在进行无声的通话。我有些惭愧，也产生了一些悔意。我觉得妈妈对我的爱真是深切无比。许多童年时的回忆和妈妈到南京看望我时的情景像放映电影似的展现在我眼前。我为什么要伤妈妈的心呢？我怎么样也不该伤妈妈的心呀！不过，在我的心中，另一个邪恶残忍的幽灵像迷住我心窍似的鼓励着我：好啊，你做得对，这才像个男子汉大丈夫的样子！你不应当怯懦，你应当站在你爸爸一边！难道你不觉得应当雪你的奇耻大辱并开始行动吗？你难道没有看到社会上那些人是用什么眼色和神情在看你吗？难道你听不到人们在窃窃私语，对你评头论脚地挑剔，你一个姓黄的人怎么跑到了姓张的人家来做"拖油瓶"① 了呢？……

啊，我怎么听不到？我怎么看不出？我怎么不知道？

---

① 拖油瓶：江南、上海一带的人对随母改嫁的男人家来的孩子叫作"拖油瓶"。

我注意到：同一幢房里住在二楼的顾家师母和住在亭子间里的刘家两个子女，有时都在背后点点戳戳指着我的脊梁骨不知议论些什么，使我心上有一种被火烫了的感觉。我注意到有一次她们在笑，是一种鄙视、轻视的笑，这种笑使我心里像蛰伏了一个怪物，使我心跳脸红。

我更注意到，有一次，宗汉好伯的弟弟张宗唐和弟媳从嘉定来看望妈妈。张宗唐是在嘉定一家书店里工作的。他长得跟宗汉好伯一点也不像，铁青的脸，铁青的刮光了胡子的下巴，有两只很凶的眼睛，看起人来老像是在讥剌恨仔。他问妈妈我是谁，我就狼狈地走开了。我不知妈妈是怎么局促着回答他们的。反正，后来我发现我进妈妈房里拿墨水时，夫妇俩老盯着我看，看到妈妈脸上的愠色，听到妈妈勉强留客吃饭的口气。他们那种矜持的、理所当然决定留下来吃饭的样子，使我厌恶。我只好悄悄跑了，在外边烧饼摊上买了大饼油条吃。下午去学校上课，直到傍晚才回来。

回来时，我轻踮着脚步，打算着如果这两个面目可憎的人还在，我马上再出去逛！我不愿见他们，见到他们我有一种依人篱下的屈辱感，心里不舒服，感到悲伤。我悄悄回来时，发现这对夫妇已经走了，听见珍妹恰好在问妈妈："妈妈，小哲哥呢？他怎么还不回来？"

听见妈妈的声音说："妈妈出去找一找，你带着妹妹在家，听到没有？"

看来，妈妈正想出外找我，见我回来了，她十分高兴，说："唉，你在哪里吃的饭？……"她没多说，我看到她的眼圈红了。吃晚饭时，她拼命往我碗里撺菜，想说什么，结果并没有说。晚饭后，在她洗碗时，我又听到了她轻轻的哀怨的叹息声。……

有一天上午，下着淅沥的雨，芸姨母来了。我正忙着做习题，芸姨母先在妈妈房里同妈妈不知轻声谈些什么，过了一会儿，芸姨母到我房里来了。

芸姨母身上散发着她爱用的那种"双妹牌"花露水的香味，使我想到妈妈从前爱用的那种紫罗兰香水的香味。只是妈妈早已不再用那种香水了。芸姨母先问问我这一向过得怎么样？接着，看看我换挂的那幅《萨宾的妇女》，说："为什么要挂这幅画呢？下次，我给你带一幅好的画来送给你挂。"

我无可无不可地说："行！"

雨声轻轻敲打着玻璃窗。那声音，使人听了会想起夜雨秋灯、逝去岁月和生离死别。……

芸姨母忽然正色对我亲切地说："小哲，你应当对妈妈好些，你妈妈太可怜了！"

我蓦然反感了。是一种变态心理吗？我说不准。听了芸姨母这话，我猜测芸姨母一定了解了一切，妈妈一定在她面前说了我什么。我控制住自己的感情，说："怎么？妈妈说我对她不好吗？"

芸姨母用两只灵活而智慧的眼睛逼视着我，说："她倒没有多说，但我感觉到了。小哲，你到底还只不过是初中学生，年纪小，懂的事不多。但无论如何，你要防止让妈妈伤心。妈妈她是十分爱你的，你做什么事应当也为她多着想，不要只由着自己的性子。"

我默然了。我不能说芸姨母的话不对。我又感到自己有一肚子的理由，只是不想说出来罢了。我低下了头，静静听着雨声，雨声好像都敲打在我的心上。……

芸姨母叹一口气说："有许多事，铸成了事实，要改变已经不可能，有许多事，责任不在一个人，要责怪谁都不公平！任何人陷身在你妈妈今天的境遇中，都会是无法处理的。我只能说到这里，只希望你听我的话，以后千万千万不要伤妈妈的心。她已经够苦的了！"她说得动了真情，使我的心颤动、发抖。

雨声紧促起来了，使我想起江上的浓雾、打着漩涡流泻的江水。……

我忽然想哭，回嘴说："我也够苦的了！"

芸姨母把头直摇，说："你能有她苦吗？这一家人的生活重担是你在挑吗？这黄张两姓的纠纷和矛盾，你能像她这样处理吗？过去的惨痛记忆和今天的悲苦遭遇，你能有她那样深广吗？她内心的疾风暴雨，绝不会是你想的那样简单。你还有什么理由看不到她的苦，却还偏要说自己苦呢？"

我感到理屈，用手捂住脸，落下泪来，我不断用手背拭眼睛，拭脸颊。

芸姨母红着眼圈继续说："你可能不知道，你妈妈年轻时，是一个多么有志气多么有锐气的新女性哩！那时候，为反对缠足，她能离开家庭，为反对家里包办婚姻，她能同你父亲自由结婚。她是个眼里容不得刺的女性！现在呢？锐气磨得干干净净了！你知道她有多少难办的事吗？她今天告诉我：'我已经变成了一个逆来顺受的女人。我不怨天，不怨命，只怨我自己。我只想教育好孩子，让他们成才。为了这，我做个牺牲品也愿意。'她呕心沥血爱着子女，你还不该可怜可怜她吗？"

玻璃窗上的雨，像泪痕纵横地流淌……

我动心了。我哭着，虽然没有再说什么，我心里边在点头。我自己对自己说："你是应当对妈妈好些！"我在心里深深忏悔着。……

我对妈妈开始体贴，我不再挑刺、寻事，开始全身心地埋头读书，沉醉在课本和习题中。我的脾气变得有点奇特，和同学们不多接触，上课到校，下课就走，再也没有交到过像过去在大沽中学时的陈鑫虹和俞伯祈那样的好朋友了。为了怕让鑫虹和伯祈知道我的"家丑"，我也不愿去找他们。从春到夏，从夏到秋，我始终处于苦闷、烦恼、寂寥之中。

芸姨母果然给我送来了一幅印刷得很精美的油画，那是一个法国女画家卡萨特的作品——《母与子》：一个母亲爱抚地抱着儿子。婴儿用力吮吸妈妈的乳房，明亮的眼睛中闪射着幸福感。母亲的脸看不到。

从侧影和姿势上能使人感到母亲的深爱。我懂得芸姨母送画的含义，这张画代替了《萨宾的妇女》，只是却解不开我心上的疙瘩。

有一阵，我实在苦恼极了的时候，总是独自一人跑到黄浦江边的外滩公园里去找爸爸。我坐在那张临江的长石板凳上，面对浩瀚的江水，用仇恨的眼睛瞅着一些远远停泊着的日本军舰。心头千言万语，像面对爸爸的衣冠冢似的，与爸爸谈心，倾诉着我心里的痛苦与忧伤。

那个阶段，我常爱唱一支新歌：

> 杜鹃声里春风柔，
> 撩起游子怀乡的愁；
> 任凭春水无情流，
> 难忘旧恨与新仇⋯⋯

唱着唱着，我就想哭。每每在这样的时候，滔滔流过的江水，似流经我的心田，在抚慰我那干枯、痛苦受了创伤的心灵。

想不到的是，有一天傍晚，我在外滩公园里忽然遇到了我常常思念的好朋友。

那天傍晚，落叶纷飞，我心情特别灰暗，坐在长石板凳上看着江水，看着黄浦江上停泊着的和水上熙来攘往的船只。忽然，背后有一只手拍在我肩上。一个熟悉的声音热情地说："啊！颖哲，真是你呀！你在这里？你躲到哪里去了？总也找不到你！"

我猛地回过头来，看到陈鑫虹穿一套秋天许多年轻人常穿的那种灰法兰绒夹袍，瑟瑟的秋风吹得他的头发飘飘的，我高兴得喊了起来："原来是你啊！你好吗？"

我们快活得几乎要拥抱，我马上邀他在石凳上坐下，两人畅谈起别后的种种事来了。我终于忍不住毫无隐讳地将一切事情都告诉了他。

原来他和俞伯祈仍在宗汉好伯做过校长的大沽中学里上学。他们的情况几乎同早先没有什么变化。听说了我在过去一段时间里的种种坎坷遭遇后，鑫虹表现得非常同情。

鑫虹用热情的语调说："唉，颖哲，你早该来找我们了！我们后来根本不知你转来转去转到什么地方去了，你们又搬了家！你心里苦闷，有了我们这两个好朋友，定会变得高兴的！"又说，"张校长是个好人，你不应该对他有坏的看法。你知道不？"他问我，"日本人会同租界当局要抓张校长，他才逃离上海去内地的。他走后，油印机我们也没法用了。现在，仍旧靠用手写，我和伯祈每一两个月总要散一次传单，不散传单就去'画墙壁'！"

我听不懂，问："什么'画墙壁'？"

鑫虹笑了："带上粉笔，晚上跑到僻静处，在墙上写抗日标语。够劲极了！"

我十分兴奋，遇到了鑫虹真是好呀！孤岛在日寇和汉奸造成的低气压下，近乎亡国奴的生活，加上家庭中的纠葛，使我简直难以忍受，常有一种胸襟里要爆炸的情绪。现在，遇到了鑫虹，又可以和他与伯祈一起干点抗日的事了。我需要这种刺激，这能满足我的爱国要求，这种有意义的事我愿意做。

我马上说："鑫虹，我再同你们一起干。现在，我在妈妈那里，自己也有单独一间房，要写传单到我那里写！"

陈鑫虹豪爽地说："好，我们一起干！明天，我就告诉伯祈。"说着，他俏皮地笑笑，"你知道我来这儿是干什么的？这儿我可是第一次来呢！"

我立刻会意地笑了，说："这还不明白？让我搜查，你身上一定有传单！"

他打着哈哈，说："搜查你是搜查不到的。告诉你，传单早放在西边夹竹桃树丛里了。过一会儿，我们把它撒了就走！"

我说："好！"

我忽然感到兴致勃勃了。我想：一个人如果只钻进个人烦恼的牛角尖里，是无法自拔的；如果把心胸扩大到国家民族的大事上去，情况就完全不同了。

那天傍晚遇到陈鑫虹，是我长久以来最高兴的一天。我们挽着臂膀在撒掉传单后走出外滩公园，走在南京路上唱着歌：

> 轰轰轰，哈哈哈哈轰！
> 我们是开路的先锋！
> 轰轰轰，哈哈哈哈轰！
> 我们是开路的先锋！……

啊，已经逝去了的峥嵘少年时代呀，难以忘怀的少年时代的不平凡岁月呀！……

假如人对所有的事都永志不忘，是无法生活下去的。我但愿留在记忆中的都是那些意味深长使我激励奋发的事，不是那些使我伤心难过的事。……

十一、莫道无情

在 S 省多年，再没有尝过江南风味的菜肴。现在来到罗镇，吃上了芸姨母亲手烹炒的河虾、猪心，还有特殊风味的水晶蹄髈、冷冻的红烧鲫鱼，感到菜味是如此香甜，连带着不禁想到了妈妈过去亲手制作的菜肴。当年，珍妹和琴妹都爱吃妈妈做的红烧鱼，不论是黄花鱼、鲫鱼还是白鲫，都烧得红通通、油亮亮的，也都带甜味。她俩都爱用鱼汤泡饭，大口大口地用匙舀着吃……

我是个平时从不喝酒的人，既无嗜好更无酒量。今天因为心里有着感慨，很想喝上几口。品尝着鲜美的河虾，红玛瑙似的葡萄酒几口落肚，立即脸上发烧，嘴里苦涩。听着芸姨母、珍妹和琴妹叽叽喳喳亲切地谈心，东一句西一句的，芸姨母说得最多，所说不外是这些年别后的片断经历，间或也谈到这两年来罗镇的变化。……

我打量着珍妹，想在她的脸上寻找笑容，寻找和解的迹象。先一会儿，刚看到她时觉得她老了，现在越看越觉得她不老，不但不老，简直是意外地年轻。五十多岁的人，竟还是这样头发乌黑、姿韵翩翩，实在少见。她穿着入时，脱掉了风衣，里面是件翻领的藏青呢大衣，款式新颖，质料和做工都好，合身贴体，估计是出国穿的衣服。现在，脱去了大衣，她穿的是一套细毛呢的棕色女式西装，里边一件米色羊毛衫，细黑的格子衬衫和一条天蓝羊毛镶金边围巾衬得她气度不凡。她的烫发细心修剪过，显得颇有风韵。从她的眉眼神态间，从她望着芸姨母的专心表情中，我依稀又找到了她儿时和学生时代的倩影。我们年少时到底是在一起度过许多难忘的时日，那时尽管互相损伤过对方的感情，但也曾留下种种美好的记忆。……

1941年12月8日太平洋战争爆发以后，日寇进入了公共租界，侵占了早已成了"孤岛"的上海，我还记得，那天清晨四点多，在家里听到黄浦江上炮声隆隆的情景。

日本突然发动珍珠港事件向英美两国宣战，停泊在黄浦江上的英国炮舰"彼德烈尔"号被日本海军击沉，美国炮舰"威克"号升起了白旗投降。从炮声震响开始，我和妈妈带着珍妹和琴妹担惊受怕地坐到天明。第二天早上，细雨蒙蒙，天阴沉沉，我拿起书包要去上学，妈妈说："别去了！今天说不定街上很不安宁呢？"

我说："不要紧，我要去上课，也想上街看看，打听打听消息！"

妈妈千叮嘱万叮嘱才放我走。我刚要出门，没料到陈鑫虹突然来了。这一向，鑫虹常同俞伯祈来我家里。我们有时一起做功课，有时关上门写传单。妈妈还记得以前那个晚上我们三个来找"张校长"的事。她对鑫虹和伯祈的印象都很好，对我们的事她心里支持，只是总不断叮嘱我们要小心。我在弄堂口碰到鑫虹涨着脸喘着气跑过来，一见我面就说："听说'萝卜头'①要进租界了！今晨天没亮黄浦江里打沉了英国军舰，这下我们真正要过亡国奴的生活了！"

我心头一阵酸楚，脱口说："不自由，毋宁死！他来他的，我们继续抗日！"

鑫虹问我："你到哪里去？"

我说："上街看看，不知今天学校上还不上课？"

我们两人一同跑上街去，见街上乱纷纷的，人们都三五成群窃窃私语，为时局担心。电车、公共汽车停驶了，店家有的也上了排门打

---

① 萝卜头：抗日战争时期，"孤岛"上的上海人，将日本兵贬称为"萝卜头"。

烊。一片萧条景象。

我们两人决定不去学校了。一路走，一路看，一路听人家谈天。接近外滩，看见街头已经出现了"上海方面大日本陆海军最高指挥官"的中文安民布告。许多人在围观。我们从人堆里略略看了一眼，又继续走。到了外滩，见一辆日本军用卡车驶来，车上装满了报纸，一些日本兵拿了报纸正在散发给过往行人。

陈鑫虹上去，拾起一份扔在地上的报纸。我凑上去一看，是日寇和汉奸办的《新申报》，上边刊登的就是先一会儿看过的"布告"，内容是说：日军要进驻公共租界，"确保租界治安"。鑫虹将报纸朝地上一扔，踢了一脚，拽拽我说："我真恨不得马上离开上海！……"

我心里也萌发了与他相同的念头。我叹口气说："唉，是呀，要是能离开孤岛就好了。但是，能到哪里去呢？……"

鑫虹没有说话，忽然他那张忠厚而智慧的脸上露出从未有过的严肃，说："回去吧！我不愿意看到日本鬼子耀武扬威在我面前走！如果现在我有一颗炸弹，我会毫不犹豫地送给他们吃！……"

我们一起没精打采地走回来。到了我家，将一路看到听到的情况详详细细都告诉了妈妈。

妈妈叹了一口气，说："以后的日子要更艰难了。……"就不再说什么，然后她呆呆地坐在椅子上打毛线，一针，一针，又一针。

琴妹在翻看一些小画书，看得很专心。珍妹尖着耳朵听我们谈话。她望着我们的那种专注神情，跟今天在这饭桌上望着芸姨母、听芸姨母讲话时的表情十分相似。……

珍妹问："鑫虹哥，鬼子兵什么样子？"

鑫虹是很喜欢珍妹和琴妹的，他跟珍妹开玩笑，说："什么样子？红眉毛、绿眼睛、猪鼻子、狗耳朵、猪嘴巴……"

珍妹摇头："哪像人呀？"

鑫虹哈哈一笑："萝卜头本来不是人呀！"

连心情很坏的妈妈听了，都苦笑了……

唉，都是四十多年前的事了，真是弹指一挥间呀！珍妹当年叫"鑫虹哥"的语声，好像还残留在我耳边。那时，也没料到后来鑫虹和珍妹竟会相爱并且成了夫妇。

鑫虹在上海读完高中，到过苏北，回上海又读了Ｃ大学。这段时间，经历了抗战和胜利，又转入解放战争。只要在上海他总是常来我们家。俞伯祈起初也常来，后来父亲去世，家境困难，随母亲离开上海回了浙江，就断了讯息，再也不知他的下落了。鑫虹在Ｃ大学时，我在Ｆ大学，珍妹和琴妹是在光明女中和附小。解放战争时期，学潮如火，鑫虹是Ｃ大学学生自治会的领导成员，我们常在一些集会上和游行时见面。他同珍妹从建立友谊到秘密建立爱情，就是在那个阶段开始的。只是我当时总把珍妹当小女孩看，不注意罢了。

后来，鑫虹去苏北解放区，并且参了军。当1949年5月上海解放后，他随军进了上海。他来家里找到我们时，穿的是黄色粗布军装，佩戴着"中国人民解放军"的臂章。我同他一见面，高兴得热烈拥抱。妈妈和珍妹都含着泪看着我们的重逢，琴妹高兴得将鑫虹的军帽从头上摘下来抛向天空，大叫："乌拉！乌拉！"

……

"你怎么老是独自喝闷酒呀？"芸姨母突然问我。她随手夹了一块肥肥的带皮的蹄髈放在我的碟子里。

琴妹惊叫："嗬！太肥了！小哲哥该少吃点肥肉，多吃点纤维素的东西。现在，国际营养学界已将纤维素列为继蛋白质、脂肪、碳水化合物、维生素、矿物质等之后的第七种营养素了！"

珍妹不以为然，笑着说："不要紧，我才不管呢！要都听你们医生的话，只好什么也不吃。医药界一会儿说胆固醇高不好，一会儿说胆固醇高可以防癌；一会儿说蛋黄不能吃，一会儿说吃了蛋黄能增强记忆。我是想吃什么就吃什么，不管那一套！"

我笑着说："怪不得你年轻不老呢，我照你的主张办。"夹起连皮的肥肉蘸上酱油一口塞进嘴里。

芸姨母说："小哲小时候爱吃蹄髈，这我记得的。可是你——"她对着珍妹，"不但不要吃肉，偏食得厉害，这也不吃，那也不吃！"

琴妹打趣说："她这样，我就有了福气，我什么都吃，妈妈盛到她碗里的菜，除了红烧鱼，她总是夹到我碗里偷偷说：'帮帮忙！''帮帮忙！'"

她们谈得热闹而有趣。

我不禁想起刚建国时，珍妹和鑫虹热恋的那个阶段的情景来了……

鑫虹常从部队在江湾的驻地来家里吃饭。妈妈办了菜，珍妹和琴妹同鑫虹也总是这样在饭桌上谈得热热闹闹。妈妈和我已经默许了他们的婚事，当时，珍妹正是青春烂漫、前途似锦的大学生。她从小在我感觉上有点骄傲和早熟。她不爱跟我这个哥哥玩，听妈妈或芸姨母讲故事时不但专心，还喜欢问许多小孩子不大会问的怪问题，比如：狼外婆装成外婆为什么没被看出来？人为什么要死？死了又怎么样？什么是妖怪？……在她同鑫虹热恋的阶段里，她却朝气浓郁，特别开朗活泼，脸上常挂笑容，平时总听得见她的笑声和歌声。……

今天，在阔别多年之后又看到她的笑容，听到她的笑声，我不禁深深怀念起鑫虹来了。鑫虹呀，我的好朋友！我的好兄弟！我的好妹夫！那么一个虎虎有生气的热血青年，那么一个奋发有为的军队政治工作者，谁能想到竟在还不满三十岁，同珍妹刚结婚不久，会在战火中牺牲在朝鲜战场的冰天雪地之中了呢？

我心里有点哀伤。哀伤掺和着对妈妈的悼念和对鑫虹的怀念，使我身上发热，头脑有点晕眩。我不愿在珍妹面前表露这些，只是静静端起了酒杯，又啜了一口鲜红可口的葡萄酒。

琴妹在将自己的情况介绍给她的珍姐听："……珍姐，你知道，十年内乱过去了，现在成了一个人人都希冀着年轻的时代。老人来找我，演员们来找我，容貌有缺陷的年轻人也找我。我干的这一行整形外科，有一阵子被认为是'为资产阶级服务'的，被迫取消。从此我整整当了好多年的外科医生。真是胡说八道！抗美援朝时，敌人用了凝固汽油弹，烧伤我们多少人，那时如果有一批懂得整形术的外科医生为我们的伤员整容，该有多么好！这两年，在中越边界自卫反击战中负伤的官兵，也有需要整形的，我就出过力。连外国人也找上门来，说我们收价低、手术好。……"

也许是琴妹谈到了抗美援朝，谈到了凝固汽油弹，触动了珍妹埋葬在记忆底层的旧事，我突然感到珍妹脸上的笑容和光彩消失了。她一定想起了鑫虹，翻动了埋葬在她心底的沉重的一页。

啊！鑫虹那年在朝鲜战场上牺牲在冰天雪地中的详情已经无人知晓。我们仅仅听说，在博川附近，他们的部队同武装到牙齿的敌人进行了十分惨烈的战斗。敌人的飞机、大炮狂轰滥炸，将我方构筑的工事不断夷平。一夜反复拉锯，双方伤亡惨重。作为一个年轻的营教导员鑫虹，他从军部被派到营里新履任不久。在战斗中他负了重伤。他的一个战友，是师部派往营里了解战况的作战参谋，当时派人背鑫虹下撤，鑫虹不让。后来，敌人一排排炮火轰鸣，敌机大量投掷凝固汽油弹，这个战友负了重伤被抢救下来运到后方。鑫虹可能就是在炮火和炸弹掀起的烈焰中献身的。

鑫虹是英雄，道道地地不折不扣的英雄。英雄的死未必都像电影和小说中写的那样悲壮感人，不错，鑫虹的死是壮烈的，但也是平淡无奇的。

有关鑫虹牺牲的情况就这么一点点，还全靠这位幸存的作战参谋提供。那支在冰天雪地中浴血奋战的部队，大部分指战员都牺牲了。鑫虹同绝大多数战友一样，也没有留下可供辨认的遗体。军情紧急，战争激烈，博川附近的冰天雪地上，炮火弥漫，新的战斗掩盖了旧的战斗的痕迹，没有一个活着的人能去考虑战斗以外的事情。……

鑫虹没有遗骸，当然也没有墓碑，只有朝鲜人民在中国人民志愿军烈士陵园里建立的纪念碑，与苍松并立，与翠柏同在，寄托着千万人对他们的哀思与怀念。……

琴妹却并没有察觉。她继续说："……珍姐，我去年做了一件大好事，可是整整几个月累得我心脏病都犯了呢！我应邀义务给一批被政府收养的弃婴、弃儿动手术。这批孩子可能都是因为生下来有残疾才被父母遗弃的。有的缺嘴，有的塌鼻，有的少一只耳朵，有的是凹脸或歪脸，有的是斜眼……我一个个耐心地补救、矫正，把美送还给了他们！……你说，我这工作有意义没有？"

我见珍妹点着头，但还是愣怔着，一副心不在焉的样子。为了有意使她得到排遣，我把话题转向了她新近的出国之行。

珍妹好像强自克制了一下，用筷子搛着一只河虾，平静地说："是去加拿大参加了一次国际性的能源开发与规划的学术会议，宣读论文、答辩和讨论，一开十多天。当然也抽空游览了些地方。"

她提到了加拿大，我突然想起了叶珊的好友刘丽娜的那个独生女儿。她是学医的，今年自费出国也去了加拿大，她有亲戚在那儿。

芸姨母似乎也察觉到了珍妹感情上的变化，想有意找点有趣的话使空气变得热烈些，对着琴妹说："阿琴，你看我芸姨母这张脸上的皱纹，能不能做做手术，让我恢复当年的模样？"

琴妹笑了，说："当然能！您知道，上次一位著名的电影明星李丽华从美国回来，她的年岁同芸姨母您恐怕也差不多，可是人家在日本动了手术，面部一点皱纹也没有。'文化大革命'里演样板戏《红嫂》的张春秋，也是动过手术的，脸上也没有皱纹。你要是肯忍受点痛苦，我保险让您看上去不过三四十岁光景！"

芸姨母笑着说："我看，阿琴，还是给你珍姐动动手术吧！她虽还是这么漂亮，到底也有些皱纹了。你要是给她脸上抹抹平，她真可能像个三十岁的人了！"

珍妹摇头笑笑说："用不着了！我有个体会，人的年轻还是年老，看容貌只是一个方面，更重要怕还是心情！"她做着手势，"我过去，自从鑫虹牺牲受到了刺激，感到自己的心老了，虽说想埋头在工作里解除痛苦，受了极'左'路线的干扰，弄不出什么名堂来。那时候，一句错话能戴上一顶帽子，很少看到人真正开心地笑过，谁也不打扮，谁也不敢讲究吃和穿，过一天算一天。……"

芸姨母说："一点不错！"

珍妹接着又说："那时我耳目闭塞，思想保守，简直不知道人间还有什么事可以使我快乐的。邻居一个小孩有一次问过我：'阿姨，你怎么不会笑？'有人背后替我起了个绰号叫'塑料玫瑰'！……"

琴妹笑着问："什么意思？"

珍妹说："我明白，意思是：人不丑，像朵花，可是没有生命力！对一切无动于衷，也许是说我冷，有刺！一场'文化大革命'，我进过牛棚，因为我的工作同外国人打过交道，说我'里通外国'！我到过干校，上过山下过乡，吃的苦就别提了，何曾想到'四人帮'垮台后，整个世道变了。人同人之间的关系变了，敢说话了；生活丰富多彩了，到处都是发自内心的笑脸。我忽然感到自己的古怪、孤僻与这一切太不相适应了。现在我也变了，我觉得心变年轻了。正因为这样，脸虽然老一些，我看也无所谓，又何必去做假呢，你们说，是不是？"

我意想不到珍妹会说出这样一番话来。珍妹的话说得深刻，是由衷之言，我不禁点头，说："珍妹，听了你的话，我很高兴。让哥哥敬你一杯！"

珍妹端起了酒杯，两只美丽的黑眼睛亲切地望着我，说："好！哲哥，我喝一点。"她是不会喝酒的，这我清楚。她用嘴啜了小小的一口，随即放下酒杯，说："刚才，琴妹谈到抗美援朝，我不禁又想起了鑫虹。我同鑫虹夫妻一场，不到一年他就离我而去，而我整整苦守了他三十多年。我确实爱他，但我越来越发现我是个受传统思想束缚的人。所以，我就无法摆脱痛苦。今天，我也特别想念妈妈。妈妈的一生，也是痛苦的一生。她本来应该是一个昂首挺胸的女性，可是由于婚姻的不幸低头过了一辈子。她为什么痛苦？不就是传统的封建思想束缚和折磨着她么！这种思想也束缚和折磨着别的人，别的受到束缚和折磨的人，又反过来再折磨妈妈。哲哥今天要为妈妈迁葬，我认为是哲哥自己打破封建思想桎梏的一个行动。值得高兴。但在我看来，这一认识似乎更比给妈妈迁葬还重要。你说呢？"

珍妹说话的时候，两颊透红，满脸激情。

我忽然感到面前的珍妹并不是我所想象的那一个珍妹。二十多年不见，她变了，完完全全地变了。她不再是"塑料玫瑰"，是一朵有芳香、有生机的玫瑰。

我点点头说："珍妹，你说得好。我是个搞意识形态的人，但说老实话，你刚才的话使我深受教益。"

琴妹忽然叹口气说："人人都有自己生活的根基。在日复一日的生活积累中，只要对社会有所贡献，自己感到高兴，就是幸福。我整天埋头在手术里，下班回家还要忙家务、钻业务，简直忙得不可开交。你们说这究竟是苦还是乐？我倒是一直开开心心地干着。现在冷静一想，珍姐刚才的话是有道理的。长期以来，只要想起妈妈，我总感到妈妈的一生太苦了！主要是精神上的痛苦。相当时期以来，我也感到珍姐你太苦了！甚至芸姨母，您不要见怪，您也太苦了！……"琴妹也是喝了点酒，这时"酒后吐真言"了。

芸姨母豁达地说道："阿琴，你说得对啊！你以为芸姨母是只木瓜吗？当然不是的。我读历史，从历史中解悟人生，我也常回顾你们的妈妈——我的芬姐的历史，回顾我自己的历史，我不能不说：在我们中国，由于封建主义思想根深蒂固，女子受害最深，也最可怜。……"

谈话是推心置腹的。我何尝想到珍妹的来到，竟会由给妈妈迁葬一事引发一个大家关注的也更有意义得多的命题。

我望望玻璃窗外，大雪仍在降落，大团大团飞絮似的雪花满空飞舞。我的思绪也跟着飞向往昔。

十二、苦、辣、酸、涩

在人生的途程中，谁也难以预料会有哪些意外的灾难袭来。

宗汉好伯是个很健壮的人，大约一米七八的个儿，宽肩、厚胸脯，塔一样挺拔，戴一副眼镜，脸上总挂着笑容。可是，突然之间他竟离开了人世！

那是民国三十二年。12月间噩耗从遥远的山城——雾都重庆传来时，已是宗汉好伯死去一个多月以后了。当天，下着淅沥的苦雨，天气阴冷。绿衣邮差送了一封由重庆辗转寄来的信。是宗汉好伯的一个同事好友写给妈妈的。

当时，国际上，意大利已经无条件投降，苏、美、英、中在莫斯科已经签订了关于世界普遍安全的四强联合宣言。国内战局上，日寇虽仍在"扫荡"和"铁壁合围"，实际是强弩之末了。……

我同鑫虹自己动手装了个收音机，在深夜偷听重庆电台的广播。天阴时常常收听不到，只有晴天才能收听。只要能听到一星半点好消息，我们立刻高兴得不得了。那时候，日本占领了香港，重庆和上海之间的邮路已不能从香港转。我们收到的信件，时间便隔得很久，每每要一个月以上才能收到。信封有时还受过检查，是用剪刀剪开又用不署名的封条封上的。有人说：重庆要检查，怕汉奸作祟；有人说，上海日本人也要检查，怕抗日分子活动。据说邮件是通过封锁线才转来的。过封锁线时，是邮务人员挑着担子将信件运进运出的。报道宗汉好伯噩耗的这封信，也受过检查，信封揉污得很旧很脏。

那天的黄昏是一个凄惨的黄昏，北风打着呼哨窜来窜去，从三楼玻璃窗里朝下望，巷道里的路灯已经亮了。妈妈接到信，开了写字台上绿色的台灯独自戴上老花眼镜在看。我在帮助珍妹做英语习题，突然发现妈妈的泪水从眼镜玻片下面唰唰流下来，淌在脸上，滴在桌上。妈妈的鼻尖因为天冷流泪泛出了红光。她哭起来总是这样的。她紧紧攥着信，看呀看呀，身子一动不动，像一尊雕塑似的木坐着。……我第一次发现，本来多么美丽的妈妈，一下子变老了、瘦削了！平时，我对她实在不够关心，虽天天见面，却没有注意到这一点。实际上，妈妈看书看信看报纸早已开始戴老花镜了；妈妈额上的纹路多了，深了；妈妈已经不像年轻时那样爱打扮了；妈妈身上也早已失去像她在南京看望我时让我闻到过的那种好闻的紫罗兰香味了；妈妈的乌黑漆亮的头发由于营养不良和生活的艰辛变得枯燥无光、稀少发黄。……今天，会是一封什么信呢？它竟使妈妈如此伤心！

雨声淅沥，似泣似诉。琴妹第一个发现妈妈在流泪，就扑到妈妈身边去了。她刚才也是坐在珍妹桌子对面做功课的。现在，她摇晃着妈妈的臂膀，对妈妈说："妈妈，您怎么啦？您为什么哭呀？……"她懂事以后，历来有个脾气：只要妈妈落泪，她也总要跟着落泪。见妈妈不搭理她，仍旧呆呆地坐着流泪，她也跟着泪流满面。

珍妹离开座位挪步走到妈妈身边去，脸上有一种与她年龄不相称的忧郁，说："妈妈，您别哭，什么事呀？……"

我心里估计一定是这封信引起的，但我不愿也不好多问。平日，宗汉好伯由重庆来信，我总是不看也不问的。我看到绿衣邮差送来的是一封有红白蓝三色边框的航空信，猜想一定是重庆来信。既是宗汉好伯的信，我就觉得无法启口。

可是，妈妈此次不同寻常，她的伤心的态度似乎是从未有过的。我怎么能不问问呢？我迟疑一阵也走到妈妈身边去。

我说："妈妈，发生了什么事了吗？"

妈妈依旧不声不响，手里捏着那封信，默默地潸潸流泪。

雨声响脆地溅着玻璃窗。玻璃窗上有一种似乎要炸裂的声音。

我心里急躁了，说："妈妈，能告诉我是什么事吗？"

我的话发生了效果。妈妈突然将手里的信朝我一递，迅即一手抱住珍妹、一手搂住琴妹失声痛哭。我连忙打开信来看。信是一个我不认识的人用龙飞凤舞的行书毛笔字写的，看来他是宗汉好伯的知心好友，写的是：

> 月芬嫂夫人妆次：敬告者，宗汉兄不幸于本月十四日在重庆至江津县间之小南海江上惨遭不幸。十四日晨，宗汉兄因公乘小火轮去江津县，与国立艺专唐校长二人同行。小火轮年久失修，行至小南海时，因水流湍急，先是机舵失灵，稍停船头触礁。当时，乘客纷纷落水，宗汉兄熟悉水性，善泅泳，本可逃生，但他先奋力搭救唐校长至江边，后见水上呼救者众多，不忍遽尔离去，又重新下水援救他人。终因水险力竭，在江中心漩涡处没顶，遗体于次日在长江下游沙滩上寻获。学校及教育界同仁莫不悲恸，经校董事会紧急会议决定：前日（十七日）开丧吊唁，今日入殓，棺木衣被均系董事会精心购置者。由于目前情况特殊，无法请家属前来参与祭奠并商量后事，董事会决定：棺木暂厝江苏同乡会会馆。宗汉兄之遗物已全部由执事者清点封存。俟将来南下返乡之时，一并用船运至上海交付家属。宗汉兄为人宽厚倜傥，见义勇为，高风亮节，素有口碑。此次蒙难，人皆痛惜，特将经过一一陈述于上，诸祈节哀珍摄，无任企盼之至。……

读完信，我像挨了个晴天霹雳。既吃惊，又手足无措；既心疼伤心的妈妈，又为可爱的琴妹难过。人世间为什么常常有这种令人意想不到的祸事突然降临呢？在大自然的灾难面前，人的生命为什么显得如此脆弱呢？……

说来也怪，我本来对宗汉好伯有一种说不出的夹杂着厌恨与敌视的心理，此刻，当知道他突遭不幸，且又是为的救人而牺牲自己以后，联想到他作为"张校长"时给我的印象，却忽然产生了一种惋惜与留恋的感情。他是一个好人呀！怎么就这样死了呢？……他死了，这一家怎么办？妈妈挑着的重担有一大半是压在宗汉好伯身上的，他不时由重庆通过熟人划款到上海接济家用。现在，宗汉好伯死了，像天塌了下来，担子全压在妈妈这个弱女子肩上了。我将信放下，珍妹立即接过去，琴妹也凑上前来似懂非懂地看了。我低头落泪，头里昏沉沉的。我为什么流泪？是为了妈妈，为了琴妹，为了这个"家"，还是为了宗汉好伯的不幸？不！我自己也说不清。我无法分析自己的感情。我并不想哭，可我不由得也流泪了！

我拭着眼泪说："啊，妈妈！妈妈！……"我嗫嚅着，说不下去了。我机械地安慰妈妈："妈妈，您不要难过！您不要难过！……宗汉好伯死了，有我呢！我会待您好的，我来养这个家。……"

我话没有说完，珍妹和琴妹一齐号啕大哭。妈妈抱住她们又低头饮泣。我明白：此刻对妈妈来说，悲痛压倒了一切。她同宗汉好伯的感情，使她不能蒙受这样悲惨不幸的结局。这时节，谁的安慰也是无济于事的。我从来没见到妈妈有过如此伤心的时刻。

妈妈一向是个娴静镇定的人，即使流泪也是流在心里，默默地不作一声；即使叹气，也是轻轻地一人吞掉，从不影响别人。像今天这样的痛哭，是从来没有过的。我真不知道怎么办才好。劝她有用吗？没用！只有让妈妈用泪水洗涤自己的痛苦。也许哭够了心里反倒舒服些。此时此地，什么力量也是无法帮助她解脱痛苦的。我只能陪着她流泪。只是我心里明白：我的哭，主要是为了妈妈，不是为了宗汉好伯；妈妈和珍妹、琴妹的哭，主要是为了宗汉好伯。人的感情在这种分寸上，是有差别和距离的，一点也不会含糊。

天，黑下来了。冬夜的苦雨仍在下个不停。开了电灯，昏黄的灯光映着雨丝，伴着凄凉的哭声，使人想起唐诗里"半夜灯前十年事，一时和雨到心头"的意境。

是该吃晚饭的时候了。妈妈止住了哭，抬起头来。一片昏黄的灯光洒在她脸上，看上去苍老憔悴，十分可怜。她忽然对我说："小哲，到厨房里去，将泡饭煮一煮。中午剩的菜还有，你带妹妹们吃饭，我要静一静。"说完，她转身上床，也不脱衣，盖上被子埋头睡了。

我肯定妈妈不会睡，是要哭。我真希望宗汉好伯没有死，真希望这一切都不过是我做的一场梦，唯愿等到梦醒，什么事情都没有发生才好。

可惜，这个梦永远不会醒，一切都是确确实实的真事！一切都太糟太糟，一切都不可挽救了！

妈妈从那个晚上一直睡到第二天傍晚，整日不吃不喝，成了个完全丧失生机的人。我和珍妹、琴妹都没有去上学。我们在她面前哀哭，乞求她喝点水吃点东西，她不答一声，也不动一动。

傍晚，我去打电话给芸姨母。芸姨母接到电话后连忙赶来，坐在妈妈床边，陪着她落泪，一句一句劝她。妈妈仍是不声不响。

终于，妈妈说话了，语调里掺着痛苦，也掺着坚强，对着围在她面前的芸姨母和我们三个子女说："事情已经发生了，谁也无力挽回。我想通了，你们放心吧！既然前面是一片茫茫的苦海，我也只有踩着波浪往前走！……"

她变得平静了，真正平静下来了。芸姨母走后，她起来写信去重庆，也写信给在嘉定工作的宗汉好伯的弟弟张宗唐，大约是告诉他这一噩耗。这两封信是交给我寄发的。我未看内容，但是能猜得到妈妈写的是什么。

妈妈正常得使我感到很不正常。但她确实是变正常了。她是个坚强无比的女性。

　　一整夜，我夜不成眠，思前想后，最愁的是今后一家四口的生活怎么维持。生活重担似乎压到了我的肩上。我，仅仅不过是一个高中尚未毕业的学生，在日本鬼子侵占的上海，面对社会上的失业和饥馑，我知道这副担子对我有多重，多难挑。

　　我辗转反侧，想得非常多。我不放心妈妈。半夜，听到妈妈房里挂着的自鸣钟敲了两下，我披衣起床，蹑足走到妈妈门口，从门上的玻璃里看到里边绿色灯罩的台灯还亮着，我用手拧着门把开了门，见珍妹、琴妹都已睡熟。妈妈并没有同珍妹和琴妹睡在大床上。她独自坐在沙发上，两眼发出奇异的光彩。那是泪花？她正默默无声地看着挂在她对面墙上的宗汉好伯与她合影的那张大照片，背景是杭州灵隐寺。我的开门声惊动了她。她慢慢回转脸来，看着我，好像知道我的心理似的，带着感情地说："小哲，不要不放心我！人生充满着疑问，这世界总好像过剩了些什么，又短缺了些什么。我面临的噩运是一种了结，更是一个开端。有你和你的两个妹妹，我会很好生活下去的。当然，那不是为我自己。……"

　　说着，我看到她眼睫毛下的两行热泪。

　　我清楚，她所想表达的意思并未表达得很深刻。她心上的伤痕，沉默而永久的伤痕，才是最深刻的。我一屈膝跪在了妈妈的身旁，低下了头，说："妈妈，我想，我不再念书了！我可以去找点事干，为了您和两个妹妹。……"

　　妈妈坚定地摇摇头，用手掌抚摸着我的头发，像童年时她抚摸我那样，说："你忘了你爸爸的遗言了吗？你爸爸是为了抗日求仁得仁的。他说过：要你投奔到我这里来。他相信我一定会使你读完大学，效法他的为人自立于社会。就为了这，我也要实现他的遗愿，因为我早在心里向他的灵魂盟过誓：我一定不负所托。你放心，家里还有点东西，妈妈还有点积蓄，有点首饰。妈妈也不老，是能找到工作挣钱养活你们的。你好好读书就行。……"

自鸣钟"滴答——滴答——",一秒一秒地在走,四外寂静,静得心跳都能听到。

我悲从中来,心里充满了千种情绪万种哀愁。在以后的许多许多年里,我总会忆起多少年前的这个忧郁而使我终生难忘的半夜。……

宗汉好伯的弟弟张宗唐,那个两只眼睛看起人来显露凶光的人,从嘉定来过。他同妈妈谈了些什么我不全清楚。有一点是知道的:他提醒妈妈将来有一天宗汉好伯的灵柩从四川运回上海时,应当重新举行吊唁和公祭,还要在玉佛寺里举行佛事超度,并且将宗汉好伯葬回到嘉定他们张家的祖茔坟地上去。接着,来过一些同妈妈和宗汉好伯熟识的朋友,不外是来表示慰问、悼惜的。再过些天,一切都过去了,不再见有什么人来。除了芸姨母,除了长泰舅舅和炳根表弟,除了鑫虹。

芸姨母有时来陪妈妈谈谈,送些钱给妈妈(妈妈总是谢绝了她的好意),或带些吃食来给我们。

长泰舅舅那时还没有生肺痨去世,或者自己或者让炳根表弟从北川沙送些白鲫、羊肉、米糕、珍珠米什么的给妈妈和我们吃。

鑫虹是常来坐坐的,他也不时送些吃食来,有时来帮着做点杂事:买米、修理门窗、帮助珍妹和琴妹补习功课,渐渐地如同一家人一样了。

妈妈脸上没有笑容,不过并不萎靡,常说:"天总要亮的!天总要亮的!""天亮",当然指的是抗战胜利日寇垮台的日子。她在两家中学里为人代课,一家教数学,一家教国文,傍晚又在西爱咸斯路一家姓高的药厂老板家做两个小女孩的家庭教师。这是学校里一个熟识的教员推荐介绍的。有一天,她经过华龙路,看到一家名叫"东方书局"的书店张贴着一张海报:征求给明星照片涂色。这家书店大批印洗批发畅销的明星照片——周曼华、袁美云、陈燕燕、白云、白光、舒适、陈云裳……都有，报酬是彩色涂得符合要求按规定时间交货的每百张照定价付 2%。妈妈联系来大批照片，我们一家四口就熬夜给照片涂色。妈妈、我、珍妹和琴妹都学会了用羊毫笔沾了照相彩色给明星照上色。

干这种事要限期，不但天天熬夜赶，收入也少得可怜。鑫虹找他父亲给我介绍了一家广告公司，让我利用课余时间去给他们抄写誊清文件，刻印蜡纸，外加起草一些广告上的宣传文字。讲定每月薪水是一石半米。我总是下课以后不回家，直接往广告公司跑，拿了要抄写刻印或起草的东西，要么在广告公司里做，要么拿回家来做，有时做到下半夜才睡，一早上学前又给送去。妈妈心疼我的劳累，我也心疼妈妈的劳累。无情的岁月，在妈妈眼角和额上刻下了纹路，唉唉，苦难的日子，米珠薪桂的上海，不这样劳累是没法生活下去的呀。妈妈和我甚至珍妹和琴妹都只能像牛马一样地劳累着，相依为命挣扎在死亡线上。当铺、旧货店经常有妈妈和我送去典当和出卖的东西。

终于，一天一天地苦熬，到第二年暑假，我高中毕业考取了 F 大学中文系。那天，我才看到自从宗汉好伯死后妈妈的第一次微笑。微笑带着凄苦，也带着欣慰。妈妈说："小哲，努力上进吧！我为你高兴，也为我们这个家高兴。……"我愁着学费，妈妈拿出了她的一根珍珠项链，那是她最值钱的一件纪念品——宗汉好伯送的。她不声不响拿到一家珠宝行卖了，给我付了学费。

"我们这个家"像只风浪中的小船。尽管我热爱妈妈、同情妈妈，那种传统的陈腐思想和那种可诅咒的私心杂念，总仍在我脑海里掀波作浪。"这个家"是谁的"家"呢？我总觉得"家"里边挂着的宗汉好伯的照片使我刺眼。虽然我的房间里早已没有他的照片了，可妈妈的房里有，桌上的小镜框里也有。对桌上这张我还可以暂时勉强忍受，对墙上那张，我总觉得羞耻。宗汉好伯死了，家中经历了一场灾难，生活逐渐趋于平静了，我忽然又希望在家里能消除他的一切痕迹！

邻居们总仍用一种歧视的眼光看我，有时顾家师母和曹家师母对我窃窃私语，有时亭子间里那两姐妹用眼光和手势对我指指戳戳，她们能议论些什么？无非是说妈妈是重婚改嫁的女人，宗汉好伯不是我的父亲，我们一家有三个姓等。那么，墙上挂着妈妈与宗汉好伯的合影，桌上放着宗汉好伯的单身相有什么好处呢？如果没有这些照片，也许一年、两年……以后，这件事就逐渐烟消云散了。挂着这些照片，像是在向众人宣告妈妈的丑史！我的丑史！我已经成年，为什么再要忍受这种耻辱？何况宗汉好伯已经死了，我为什么不能用我自己的力量来改变这种对我不利的环境？

我是爸爸的儿子！珍妹是爸爸的女儿！妈妈过去是爸爸的妻子！爸爸在这个家里，一点地位也没有。是的，本来，宗汉好伯活着，这是他的家，他死了，这个家为什么还要永远挂着他的牌号呢？要放照片，应该放爸爸的也不该放他的呀！如果爸爸在生前不能实现他同妈妈复婚的愿望。那么，现在，我做儿子的长大了，为什么不能在我的心目中和人们的心目中恢复爸爸在我们这个家里应有的地位呢？

公开说出来，是不可能得到妈妈同意的，我明白。要这样公开做起来，更未必能得到妈妈的同意。我陷入苦恼之中。

春季里的一天，芸姨母来了。她打扮得干净朴素，显得明净而有朝气。珍妹和琴妹上学去了。当时大学里实行选修课程，为了便于在广告公司兼职，我将选的课程集中到三四天里。余下时间，就在家里抄写、誊刻。我正在妈妈住的厢房间里刻着钢板，听到妈妈同芸姨母有过轻声细语的一场对话。

谈话是从妈妈关心芸姨母的婚姻起头的。

妈妈诚心诚意地说："芸妹，你也该考虑考虑自己的终身大事了。……"

芸姨母似乎是在苦笑摇头，说："怎么说呢？倒也不是不考虑，人家满意我的，我不满意人家。我满意的，现在还没找到。这不像买菜，拾到篮里就行。与其凑合，我宁可独身！"

　　妈妈说："不能没有条件，也不能脱离实际。……"

　　芸姨母笑笑，说："芬姐，让我说句实话，我看到你，感到你实在太苦了！你年轻时多么了不起的一个美人，人都说你有抱负，可是，你的婚姻有了波折，从那，你就开始变了！看到你的遭遇，我对结婚更望而却步了！结婚是目的吗？我常在思索。"

　　妈妈好像语塞了。稍停，叹一口气，说："是呀，我是不足道的了！我也曾反抗过世俗和封建，当时父亲要包办我的婚事，我连同缠脚和婚姻全反抗掉了。但是，虽是自由结婚，却又半途离婚。也许因为我自己想追求完美的东西，而自己本身又并不完美的缘故吧。婚姻是关系到个人、双方、下一代和整个社会的事，无论结婚还是离婚，都要本着对本人、对社会、对子女负责的慎重态度。我并不是毫未思考过，不能算很不慎重，但是效果总是不好。酸甜苦辣只有自己知道。我不是说离婚离得不对，也不是说再婚不对，但是把家庭搞复杂了，事情就多了，烦恼也就多了，要做许多捏合的工作。"

　　芸姨母也叹一口气，带点天真地说："是啊，我有许多方面都不能同你比，处理事情也没有你能干，我真怕我结婚后什么都安排不好，得不偿失。而且，我珍重我的自由。所以，就拖下来了。也许，到哪一天，我忽然想结婚了。什么不幸后果都不管，愿意做奴隶了，我就会突然结婚的。"

　　妈妈忽然说："以前，你恐怕有点误解我了。其实，我倒是很愿意你们成功的。你为了我而那样……"

　　芸姨母忽然打断了妈妈的话，说："芬姐，过去的事别再提了！"

　　妈妈说："我是说，你不该做出那样的牺牲。……"

　　芸姨母说："芬姐，那件事就不谈了吧！……"说到这里，她望望正在专心刻钢板的我，忽然说："小哲，你听到了吧？你妈妈同我在讨论婚姻问题呢！"

我觉得她这好像是提醒妈妈：我在身旁，不愿妈妈谈到有关她的什么隐私。

　　芸姨母对我像发感慨地说："这婚姻问题啊！上一代、下一代，中国人、外国人，这个人、那个人，男人、女人，个个都要直接或间接地有关联。这也许是个永恒的主题，够人讨论一辈子、十辈子、百辈子的。我希望你将来长大了能够悟出一个正确的答案来，身体力行。"

　　我苦笑笑，那时节，我根本也没想到恋爱，当然更不会想到要讨论婚姻问题。芸姨母的话，我无动于衷。但这一次旁听到了妈妈同芸姨母的谈话，我生出了一个疑问：妈妈同芸姨母之间，过去发生过什么不愉快的事呢？妈妈说的"误解"，指的又是什么？……当然，疑问在我心中并不强烈，逐渐也就淡忘了。

　　只是，在这个"家"里，使我烦恼和不安的事简直时时搅扰着我的心。有时，我坐在妈妈旁边，只要抬头触及宗汉好伯照片上的眼光，就感到心头一刺。他那眼光本来是和善的，不知为什么，在我的感觉上它好像站在妈妈身旁凝视着我，质问着我："你是什么人？你不是姓黄吗？为什么闯入我的家里来？……"

　　于是，我不想看他的照片，不但不想看它，我恨不得立刻把它取下来，藏到我看不见的地方去。

　　我这些心里的想法，妈妈似乎并无感觉。她似乎料不到我会这样想。因为她想不到这些，更使我苦恼。我是成年人了呀，不能听任妈妈对芸姨母说的那种"捏合"！不能忍受自己处于这个姓张的家庭中寄生似的屈辱地位。尤其使我揪心的是：我越来越感到珍妹她对爸爸根本毫无感情，对宗汉好伯却同琴妹一样毫无区别。她虽然改姓了妈妈的姓，可是只要同妈妈和琴妹谈起宗汉好伯来，她总是一口一个"爸爸"，喊得那么亲切，那么热情。对自己的爸爸呢？对自己死在敌人魔掌里尸骨无存的爸爸，她从来不提，似乎她根本不是爸爸生的。这常常引起我的愤怒。珍妹已经不小了呀！为什么这样糊涂？为什么对爸爸这样无情？我在心里暗暗决定：一定要改变这种状况。

一个礼拜天的下午，我特地约珍妹到黄浦江边外滩公园里去。

在那里，可以望到远处虹口方向插在高楼上的日本太阳旗。在那里，可以望到黄浦江边停泊着的灰色日本军舰的狰狞炮垒。我将她带到那一张倚江的长石板凳上坐下。江水拍打着水泥堤岸，发出哗啦哗啦的声响。我觉得心上也有江水在流，唰唰唰，使我心头悱恻。

我对她说："珍妹，你恨日本鬼子吗？"

珍妹用两只又大又亮的黑眼睛奇怪地看着我，说："那还用问？"

我说："你知道爸爸怎么死的吗？"

珍妹居然笨嘴拙舌地说："不是在重庆小南海江里救人死的吗？"

我气愤地黑下脸说："你太糊涂了！谁问你张宗汉呢？我是说，我们的爸爸！我和你的亲爸爸！"

那天，天阴欲雨，江上的雾气已汇聚成一片片一丝丝颤动的飘带，变幻着神奇的色彩；外滩海关大楼的钟声正在敲响，悠扬，深远……周围反倒显得格外宁静。

珍妹的脸顿时变色，她愣在那里，不高兴地低下了头，玩弄着绒线上衣上的纽扣，不再作声。

江水旋转，我看着江水，有点头晕，心里气闷得很。

我教训她说："你要知道，我们的爸爸是抗日死的！是被敌伪杀害的，他连尸骨都没有留下！这里——"我指指面前呼啸的黄浦江，说，"是他的衣冠冢！我将他的衣冠埋葬在这江底里，今天带你来，是让你知道，你是爸爸的女儿！虽然妈妈让你姓魏，实际上你姓黄，你不是张宗汉的女儿。你这么大了，过去糊涂，我做哥哥的不怪你，今后，你要懂得这一点！……"

谁知她却冷冷地说："不，我从来不认为我姓黄，我现在姓魏很好。"

江风吹过，细浪打得堤岸似呻吟似絮语般地作响。

我拂拂额前被风吹乱的头发，说："你岂有此理！你简直是个混蛋！……"

谁知，我话未说完，珍妹"哇"的一声哭了，她转身撒开腿便跑。

我叫唤着她："珍妹！珍妹！……"

她不理睬我。

我追上去，她跑出了公园，在外滩喧嚣拥挤的人群中隐没了踪影。

我茫然，沮丧，辛酸从心头冉冉升起，气恼地回到家里，恨不得见到珍妹狠狠甩她一个巴掌。回到家里，见妈妈和琴妹都在，珍妹独自低头在桌前看书。她装得好像什么事也没有发生过一样，我就也假作什么事也未有过，忍下了心头的气恼。

夜间，又下起了淅淅沥沥的冷雨。我心绪纷乱，躺在床上又失眠了。

我想：无论如何，男子汉大丈夫，不能忍受寄人篱下的屈辱！我一定要改变处境，变换这个家庭的模样。

我决定：明天，趁妈妈出去不在家的时候，我要误作不小心，将装着宗汉好伯同妈妈合摄的照片的相框从墙上打下来，顶好把它打得粉碎！我要努力装作是无意的，让珍妹、琴妹可以作为目击者证明。这样，不致引起妈妈太大的反感。这样一来，事实上它也就是被我消灭了！妈妈总不至于再配好玻璃把它挂上去的。……是的，让我先把这张照片的问题解决，下一步再来设法将桌上宗汉好伯的单身相搞掉，我就是这个主意。

做了决策，我才安然入睡。

第二天，我下午从学校里回家，恰好妈妈出外没有回来。家里静悄悄的，珍妹和琴妹都在妈妈房里。琴妹在做功课，珍妹去厨房里忙着做六谷粉的饼子。我注视着她，她一会儿在厨房里给煤球炉加煤球，一会儿到妈妈房里来端菜橱里中午吃剩的菜准备加热，一会儿又到房里桌前看看英语书，嘴里念念有词地拼记着单词。

瞧准机会，我决定下手。

我到妈妈房里，对琴妹说："琴妹，晒在阳台上的衣服干了可以收了。那一把架晒衣竹竿的叉子呢？"

琴妹热情认真地说："在门背后，我拿给你！"说着，她站起身来去门背后拿叉子。

叉子是宗汉好伯在家时自己做的，在一根三尺多长的竹竿头上绑了一个用粗铅丝拧成的 V 形叉子，可以架晒衣竿用。

我从琴妹手里接过叉子，突然装作不经心地一个横扫，正巧竹竿尾巴"乒"地打在照相框上。只听得"哗啦"一响，力气用得太大了，大照片框立即从墙上被砸到地上，碰得玻璃粉碎，框子也散了架。妈妈和宗汉好伯在杭州灵隐寺前的合影就这样被覆盖在一堆玻璃碎屑之中。

琴妹"啊"地惊叫一声，跑上去捡照片，说："呀，照片框打碎了！"

我刚要说什么，只见珍妹往厨房里一阵风似的冲进房来。她见到我手里拿着叉子，镜框已砸地粉碎，琴妹正在那里收拾，连连地说："这怎么办？这怎么办？……"忽然，她又转向我高声质问："这是怎么掉下来的？"

我心里发凉，没有回答。

见我不答，她又质问："你说，究竟是怎么掉下来的？"

我掩饰不了心里的气恼和惊慌，朝她瞪了一眼，说："不小心碰的！"

善良天真的琴妹替我做证，她是怕姐姐同哥哥闹起来。她说："小哲哥不小心，叉子碰下来的！"

谁知珍妹无情地大声对着我说："不小心？是不小心吗？你是有意的！你一定是有意的！"她的两只又大又黑的眼睛里充满了气愤。

我一下子出乎意料，愣住了。

我辩解着说："怎么会是有意的呢？我，我是想去收衣裳……"言不由衷，说不下去了。

珍妹忽然哭了起来，手擦着眼泪，伤心地号啕，嘴里依然在说："我知道，你是有意的！有意的！……"

她不但不能像我所希望的给我做证，解除妈妈心头的疑惑，反倒一口咬定我是有意干的，使我狼狈极了。我又气又恼，见琴妹还尴尬地站着，我说："琴妹，你扶小珍坐到沙发上去！她愿哭就哭吧，不管她怎么说，我打碎的我负责！……"

我正这样说着，没想到一抬头忽然看见了妈妈那一双正盯着我的神情严肃的眼睛。妈妈不知什么时候已经回来了！她的眼睛里蕴含着一种复杂得难以形容的光芒。是责备？好像是，又好像不是。是怀疑？好像是，又好像不是。是伤心？是痛苦？……不知为什么，当我瞥见妈妈的眼神时，心上猛的像被什么利刃一刺。我惶恐了，退缩了，只觉得两腿软绵绵的站立不住。

珍妹头一个哭着扑向妈妈，她抱住妈妈说："妈妈，是小哲哥打碎的！他是有意的！有意的！……"

我心里明白，辩解是多余的，我无法处理面临的杌陧局面。我放下叉子，一句话也不说，转身走出房去，咚咚咚咚地跑下了楼梯。我听到背后妈妈在叫："小哲！……小哲！……"但我不愿回头。

我心里也流着痛苦的泪水。我难道不痛苦吗？我难道不伤心吗？这件事难道都是我的错吗？我要这样做难道不是合情合理的吗？……反正，心里懊丧透了，简直要窒息！简直要变得歇斯底里了！我不能忍受这样难以忍受的烦恼。一瞬间，我觉得人生毫无意义，只有痛苦，没有欢乐，一种厌世的惆怅之情浮上胸际。我穿过充满尿味和垃圾味的弄堂走到街上。

天已昏黄变黑。远远近近一家家灯都亮了，亮光连成了一条街、一条里弄。不知哪家楼上传来一串银铃似的歌声，是在放"金嗓子"周璇的唱片。……发红发黄的街灯像鬼火似的朝我挤眼。十字路口亮着红绿灯，街上走着匆匆流动的人群，路边住户的门首泛出饭菜香，正是吃晚饭的时候，我无目的地徜徉。走过散发出沁人心脾的绍兴酒香的酒店。里边有人在喝酒划拳："全家福呀！五金魁呀！……"街边一个摆油豆腐线粉摊的老头，在给一个买主的碗里加上通红的辣油。我感到饥饿，却并无食欲。

从家里弄堂出来，一直逛到法租界法国公园旁边，公园里游客正被铃声驱赶出来。公园要关门了。……我在附近街上逛来逛去，让北风使我的愤激冷却下来。街边有各家各户的喧哗声和海潮似的麻将声，有小贩的叫卖声，也有乞丐的哀求乞讨声。有轨电车隆隆驶过，自行车响着铃铛晃过，街上行人匆匆，许多都是急于赶回家去的，我却无家可归。

过一条狭窄的十字路口时，人车辆拥挤，一辆黄包车险些儿撞倒了我。拉车的人狠狠骂了一声："赤佬！你寻死？"我也无心同他吵嘴。我心里只是想：唉，人生，多像这狭窄而拥挤的十字路口哟！

我走到僻静处，在街灯下法国梧桐的阴影里立定了脚步，无聊地看着前边不远处一个摆摊子给人用黑纸剪像的"街头艺术家"，他正在给一个青年男子剪像。……我在思考着到哪里去？

想去找芸姨母，又想去找陈鑫虹……又决定都不去找。街头有一个面露饥寒之色的中年妇女带着一个六七岁的男孩在乞讨。哀怨的乞讨声和悲苦的神情，做妈妈的揽着儿子的疼爱，忽然触动了我的心。我又可怜起妈妈来了！她难道还不可怜吗？她命运好坎坷啊！她的人生经历好不幸啊！看看她憔悴的脸和变得关节粗红的双手吧？这一切的一切，如果都怪妈妈公允吗？妈妈一直爱着我，就说今天的事，她并没有说一声责怪的话呀，我为什么要离她而走呢？此刻，她说不定正在家里着急，不知我到哪里去了。也许她正同珍妹她们一起上街寻找我呢，也可能是在弄堂口等着我。……唉，我忽然觉得我这个人太自私了，太残酷了。无论如何，总不该折磨自己的妈妈。妈妈啊，妈妈！我心头泛起无穷的悔意，泪水涌上眼眶，我急步上前，将身边仅有的一点毛票，塞到正在乞讨的中年母亲手里，然后拔腿便走。

我决定回去。这时天色墨黑，街边店家为招徕顾客用收音机播放着音乐。这家唱的是："香槟酒气满场飞，钗光鬓影晃来回……"那家响的是："月亮在哪里，月亮在哪乡？……"有一家播的是敌伪的《大东亚进行曲》。我脚下迈着步，心头充满了厌恶，萌生出一种国仇家恨布满胸膛的感觉。晚风凛冽，身上发冷，肚内咕噜噜作响。走着走着，终于到了弄堂口。果然，我看到妈妈正在弄口路灯下站着伫望。风，吹动着她的头发，也吹拂着她的棉袍角。昏黄的路灯光映照着她苍白、憔悴、带着忧伤的脸。她在这里望着街上三三五五你来我往的行人一定很久了！

我心头一热，迎上前去，叫了一声："妈妈！"

妈妈惊喜地回了我一声："小哲！"我的出现无疑使她高兴，眼睛里流露出一丝意外的欣慰，说："你珍妹和琴妹上鑫虹家去了，以为你去他那里了呢！"

我摇摇头，心里歉疚地说："没有，我没有去他那里。"

妈妈的声音带着感情，说："快回家吧，该吃晚饭了。"

我讷讷地随妈妈回到房里，发现先前打碎的镜框、碎玻璃都收拾干净了。那张妈妈与宗汉好伯合拍的大照片也不见了。一定是妈妈收起来了。一切平静如旧，妈妈也不谈这件事了。她忙着去厨房做饭，叫我等着妹妹回来。

她似乎想就此不声不响地把事情了结。我想这样也好，虽然我对妈妈感到啮心地内疚。想到这张照片终于不挂了，我心头还是掠过一丝欣慰。

但是当我坐在妈妈写字台前的藤椅上，一眼瞥见宗汉好伯那一张在重庆南温泉摄的单人照片时，我忽然感到他的目光比以往任何一次都使我难以忍受。那目光，是在敌视我，是在讽刺揶揄我！

唉，为什么我要遇到这样痛苦的折磨？为什么我要忍受这"家"里最后一张他的照片的存在？

当然，我知道，我不能再立刻火上加油地将这张照片也"消灭"，但是天啊，它给我的刺激，委实使我无法抑制我心头萌生的强烈的不满和要求继续改变现状的愿望。……

十三、秘　密

啊，失落了的岁月！捡不起来了的失落了的岁月！留下的是烙在心里难以消失的忏悔。……

雪还在纷纷扬扬地下。它像白粉飞撒，像杨花卷舞。

客堂间里洋溢着亲人情谊交织的欢乐，我们仿佛又回到了当年，忘却了室外的严寒。

酒，我是不能再喝了。我已经感到有点微醉，脸上红了，身上发热。芸姨母给我盛了一碗米饭来，她又去厨房里端来一碗冒着腾腾热气的鸡蛋蘑菇汤，招呼着说："喝点热汤，吃饭吧！"

我一直在想，刚才珍妹和琴妹提出的话题，可以思索之处很多，只是我的头脑因为酒意变得昏沉沉的了。

回忆往事并不困难，要从中领悟什么哲理或教训我却感到吃力。就拿童年来说吧，小学时在南京的好朋友，一个个都仿佛还活跃在我的眼前；我家院子里爬满竹篱的茑萝和牵牛花都像还在身边，它们有卷曲的绿藤，开出好看的花朵。……但想这些干什么呢？所以我只是吃菜、喝汤、嚼着米饭，不说什么。倒是希望听听她们之间的闲谈。

谈了一阵，芸姨母顺手捋了捋头发，说："这顿饭也不能吃得太长了。吃完，我给你们一人泡杯香片或者冲杯速溶咖啡，再给你们讲个故事。"

珍妹任性地说："我不要听什么故事，就想听听您自己谈自己的事。"她的脸上绽着笑。

芸姨母爽朗地说："行行行，在你们面前，我这个长辈没有什么事要瞒的。我本来就不是老古板，都八十年代了，思想还能不解放？我要讲的故事你们就当是我自己的事来听，不就行了？"

琴妹揉了揉面颊说："那敢情好！我记得芸姨母年轻时，身材匀称，漂亮摩登，妈妈保存着不少您的照片，可惜'文革'时都烧掉了。说真的，芸姨母您年轻时的事我一点也不知道，就讲讲吧，比如您的爱情呀……"

芸姨母频频点头，目光深不可测，说："行啊，只要你们想听，年轻的事我讲，年老的事也讲。讲完了故事，恐怕炳根他们也该来了！"

我希望找到一种能使我平静下来的感觉，却失败了。我说："芸姨母，不必等吃完了饭，现在开始讲吧！"

她将碗里舀的汤喝干，说："好，今天的重逢，使我想起了许多往事，产生了一种想谈谈过去的欲望。你们慢慢吃着，边吃边听我讲好了。"

我和珍妹、琴妹都吃着饭，听着她的叙述。

芸姨母脸上露出回想的神情，真的像讲故事似的说："许多年以前，有个年轻的少女，出生在一个所谓书香人家。父亲享受着祖父的余荫，过着寄生虫般的少爷生活。出外谋差使，从不好好干，平日只讲究吃喝嫖赌，毫无雄心壮志。最后终于赋闲回家，养鸟种花抽鸦片。母亲是因为家道破落由父母之命、媒妁之言嫁给她父亲的，比父亲小十几岁。这是一个女方高攀男方的婚姻。婚后，在家庭中，男尊女卑的地位成了天经地义。父亲是个大男子主义者，动辄打骂妻子。母亲忍气吞声连哭泣都不敢大声。以后，由于生的是一个女孩，她在家庭中更没有地位。男女双方在家庭中的地位不平等，家庭生活也绝无幸福可言。这点，少女在童年时就有很深的印象……"

听着芸姨母的叙述，我心里暗想：这难道就是她的身世？……芸姨母的口气平淡，感情却是深沉的。

"随着西方新思想新潮流的涌入，男女平等的口号叫得挺响，家庭生活也逐渐起了点变化。比如，父亲对母亲的打骂少了，对女儿的冷淡和歧视逐渐变成肯给女儿一些青睐和教育。这样，少女才得到了上学受教育的机会。以后，父亲因为酗酒吸大烟，死得早。……"

我心里一动，听妈妈生前说过：芸姨母的父亲酗酒、抽鸦片，糟蹋了身体，很早就死了。……芸姨母讲的是事实。

芸姨母又说："父亲死后，母亲做主，要按照自己走过的道路来安排女儿未来的生活，由媒人给女儿找了当地一家大地主的二少爷做填房。男的要比她大二十岁，听说是个肥胖得马都驮不动的男人。少女不愿意，母亲却认为这是'高攀'，至少一生无虑吃穿。女儿在外边读了书，思想自然与母亲不同。女儿对母亲说：'妈妈，这个男人听说很坏，我又从不认识，我不愿跟他一起生活。您不想想，您同爸爸结了婚，您的幸福在哪里？这种高攀的婚姻，包办代替，我坚决不从！'母亲认为女儿违背了三从四德，非常生气，为了对付女儿的大逆不道，阻止女儿继续在外边上学，擅作主张逼女儿回家完婚。事情发展到这个地步，女儿决定反抗……"

珍妹忽然点头，说："反抗得对！"

芸姨母接着说："女儿有个堂姐，比她大十岁，在当时是个新女性。堂姐的父亲有个好友，由于两家相好，当她母亲怀孕时，就由双方父亲指腹为婚，把她许给了好友的儿子。她长大后，父亲送她进了新式学堂，她曾因为反抗缠脚，逃离家庭在外靠同学资助求学，而且因为相信实业救国的主张读了蚕桑学校。……"

我心中又一动："堂姐"难道就是妈妈？我见珍妹和琴妹也专心听着，她们想的恐怕也与我一样吧？

芸姨母继续说："这时，堂姐已经自食其力，在上海的小学教书，找了一个很不错的对象，自由结婚了。她对堂姐一向钦佩，万般无奈，决定出走，逃离家庭到了上海，求助于堂姐……"

琴妹突然问："您这是讲的妈妈吗？"

芸姨母不置可否，自顾自地说："堂姐当时同她一样，长得很是出色。但堂姐比她更聪明，更有才华。她多同堂姐接触后，也接受了新思想的影响，在婚姻上，懂得了反封建的意义。由于父母那种不幸婚姻从小给她留下的惨痛印象，她立志婚姻一定要自由，男女之间必须要平等。她决定要像堂姐一样自由恋爱找个称心合意的男人。她上了中师，毕业后谋到了职业，也在小学里教书，她一直未曾回家。……"

听到这里，我不禁轻轻叹了一口气，我不知为什么会叹气。

"直到有一天，她的母亲病重了，亲戚找到了她，她才匆匆赶回家乡。母亲已经病危，在弥留之际对她说：'女儿，我一生太苦了！你不学我的样是对的'！……母亲原谅了她的反抗。"

我看到芸姨母的眼睫毛是湿润的。她叙述时的语气带着深情，牵动人心。

"但是，她惶惑得很。堂姐自由恋爱找了一个仪表不凡奋发有为的男人，两人可以说是天生的一对，谁料婚后却并不幸福。原因是什么？谁也说不准。男女之间的感情和矛盾，除了他们自己，别人总难弄清。甚至就是他们自己，恐怕也难以弄清。我猜想，不外乎是双方性格有差异，相互间不够了解和信任，让一些琐碎小事引发误解和气恼，甚至对夫妻生活产生厌倦等。当然，也可能是堂姐一心想找并且找到了的是位有事业心有才华的男子，却没有想到对方为了成就自己的事业，首先要牺牲她的事业。这样就使他们的矛盾加深了，扩大了。一个人自己未必完美，而用十分完美的要求去要求对方，结果往往失望。于是有一天，堂姐和堂姐夫终于离婚了！……"

我发现珍妹全神贯注地听着，听到这里轻轻地叹息了一声。

芸姨母皱了皱眉，继续说："她感到震惊！这时，追求她的人不少。可是，由于上一代婚姻给她的昭示和堂姐离婚给她的震动，使她犹豫徘徊。当时有人对她说：'婚姻是恋爱的坟墓！但这是一个奇怪的坟墓，人们自觉不自觉地拼命都想往这坟墓里钻！'她听了，警惕起来，禁不住地想：结婚对女人到底是为了什么？是目的吗？像母亲和父亲那样不幸的婚姻也要叫人忍受下去，不太可悲了吗？如果随便结了婚又离婚，又何苦呢？因此，结婚必须慎重，择偶必须严格。她不愿被人的花言巧语迷惑，也不愿被人的殷勤吹捧陶醉。她用冷静和冷漠的态度对待所有追求她的男人……"

琴妹忽然插嘴说："我看，这些都是对的。"

芸姨母未加理会，接着说："可是，年华似水，每个人的机遇是不同的。人海虽然茫茫，每个人的接触面未必很宽。天下哪有完人？人间岂能到处有知音？她愿天下有情人都成眷属，但自己的终身大事却一拖再拖。用今天的话说，她被耽误了，成了大龄女青年！……"

听到这里，珍妹又发出了一声轻轻的喟叹。

芸姨母顾自往下讲："堂姐离婚后，她曾经力劝堂姐复婚，因为在世俗的眼光中，离了婚的女人让人瞧不起。她不希望堂姐蒙受耻辱。加上，她深感堂姐夫妇俩对她的情谊。她认为他们之间没有什么不可以调和的矛盾。堂姐夫倒是想回心转意，堂姐却不愿意，认为覆水难收，既已离婚，为什么还要复婚。她坚信自己是一个新女性，绝对可以找到一位理想的爱人。因为这原因，她的同情放在堂姐夫的一边。想不到，堂姐一度竟误会她也许对堂姐夫有了特殊感情。她同堂姐之间，当然产生了隔阂。不久，她知道堂姐已经另有所爱，也就决定不再介入这件事。……"

我听着芸姨母的叙述，忽然解悟了许多以前我有所感却无从解释的事。如果芸姨母说的不是故事而是真实的事情，那许多答案我都找到了。

芸姨母又说："不久，堂姐结婚了。对象自然是她自己中意的。据堂姐说，这时堂姐夫也已经结婚，并且在报上登了结婚启事。女方是位大学毕业生，因为失恋而嫁给比她大二十几岁的男人。婚后听说双方感情一般，谈不上幸福，也谈不上不幸。彼此心头都有创伤，这种婚姻不过是尽尽人事而已。而且，没有很久，由于女方原先的恋人回心转意，女方先是提出离婚，达不到目的，就忧郁成疾不幸死去。……"

听到这里，德蕙妈妈的形象又浮现在我眼前。那时，我太小了，许多事都还不懂。现在芸姨母一讲，引起了我许多回忆。我不禁想起了德蕙妈妈临窗站立呆呆远眺的神态和她抱着那只长毛波斯白猫郁郁寡欢的模样。……

芸姨母叹息了一声，说："在这期间，这个大龄未婚女子虽然仍很漂亮，终于失去了许多成婚的机会。年龄渐大，寻找理想中人的希望也就越来越小。何况，她在左右近傍的熟人中发现，有的夫妇之间，因为不生孩子而感情破裂；有的夫妇之间，因为生了女孩不生男孩而龃龉；有的夫妇之间，全靠孩子维系着感情；有的夫妇之间男的有外遇或女的有情人；有的夫妇之间只有性关系而没有共同的兴趣爱好或信仰；有的夫妇之间，因为门第悬殊，生活习惯不同发生矛盾；有的夫妇之间因为日常经济拮据常常争吵；有的夫妇之间因为婚礼挥霍铺张欠债造成后患。……她对婚姻更加望而却步。"

珍妹赞叹地说："啊，芸姨母，您真是个这方面问题的专家了！"

芸姨母笑笑，摇头说："阿珍，别打断我的话头。"

我早已吃完饭，起身去给芸姨母泡了一杯香片茶，递到她手里。

芸姨母啜了口热茶，拾起了话头："她更惊异地发现，连当年那么有朝气有锐气的堂姐，重新结婚以后，也成了家庭妇女，整日盘旋在油盐酱醋和柴米之间，整日忙碌着养育孩子操持家务，成了道地的贤妻良母，不见她再讲什么新女性，不听她再谈什么自由解放。而且，堂姐总是劝她：你不要挑三拣四，不要再高不成低不就，该快点结婚了！这使她又进一步惶恐起来：难道堂姐的婚史是幸福的吗？如果这样的婚史是幸福的，她宁可不要！她怕那个'奇异的坟墓'。她在婚姻上依然用的是一种可遇不可求的态度，不急不慌地等待，希望有一天会突然遇上一个理想的'上帝'！

"谁知这时候，奇怪的事发生了！由于抗战，她先前的堂姐夫来到了上海。她同堂姐夫又有了较多的接触。她对他有点感恩，有点同情，更钦佩他是个爱国者。而堂姐夫却渐渐爱上了她。……"

听到这里，我不禁恍然大悟，一个长久不解的谜底今天终于被揭开了！

芸姨母接着说："有一天，堂姐夫向她求婚了。问诸内心，她对他确实也萌生了爱情。因为他的人品具有磁石一般的魔力。可是，她还是断然拒绝了，并且一连拒绝了三次，使他完全陷入失望之中。"

我看看珍妹和琴妹，她俩都专心致志地听着。芸姨母脸上布满一种我很少看到过的激动的神情。我的心情也十分激动。我记得很清楚，那段时日，我并不知道爸爸同芸姨母之间的这些事，现在回想起来，爸爸的寂寞，芸姨母的不复再来，都历历在目。

珍妹忽然问道："芸姨母，这是为什么呢？"

芸姨母笑笑，笑得有些伤心："这也许就是那种掺杂了封建思想的道德观吧！虽然她自以为曾经反封建，她拒绝堂姐夫的求婚，纯粹是因为以前她调解堂姐和堂姐夫的关系时，堂姐对她有过误解。尽管那时确系误解，现在这么一来岂不十足证明以前那段误解却是事实吗？她不愿这样，她觉得这样做对不起堂姐。她只能紧紧地关闭自己的心扉，不让情感流泻出来。堂姐夫问她：'你为什么不能答应我的请求？'她回答：'因为我决定抱独身主义！'其实，这是她的违心之言，她情愿为此而做出牺牲。……"

琴妹感慨地说："其实，这是不必要的。"

我心里想：是呀！如果当时爸爸向芸姨母求婚，芸姨母同意的话，又会是怎样的情况呢？……

芸姨母对琴妹说："是的，多年以后她已感到这种牺牲的不必要。她有爱的权利，也有被爱的权利。她不应当失去她应有的幸福。况且，堂姐已经结婚，有了一个在她看来比较满意的家庭。堂姐夫当时处境孤独，很需要组织一个新的家庭。他们如果结合，并不会给别人带来损害，只会给自己带来幸福。可是，也许善良的人在人生历程中，每每总愿意将自我牺牲作为一种自己对人世或对别人的奉献吧，她觉得首先应当想到给予，不应当想到攫取。既然过去堂姐在这问题上有过误解，她何必要去触动这个伤疤？当然，也许她也有一种清高和自私的想法。人的思想复杂，事隔多年，每当想起这段往事，她就会涌起辛酸和哀愁。不过她是个爽朗的人，很想得开，事已过去，她并不为之沉沦或伤感。……"

琴妹忍不住问了一声："芸姨母，您说的就是自己的事吗？"

芸姨母牵强地笑笑，喝着热茶，说："我开头说过，这是谈心，我讲的是故事。你们要当作是我自己的事听，那也可以。"

琴妹说："如果是您的事，芸姨母，您这一生在这方面太不值得了！"

珍妹平静地说："我很同情，但我倒也并不觉得芸姨母这一生太不值得。人不是为了婚姻而活着的，也不是为了建立家庭而活着的。芸姨母一生虽不轰轰烈烈，却也实实在在，并不虚度。"

我明白珍妹的话主要是为了安慰芸姨母。我说："让芸姨母往下讲吧，你们别老打断她老人家的话。"

芸姨母目光炽烈，扬起脸说："以后，堂姐夫因为抗日被敌伪暗害，甚至尸骨无存，使她十分伤心。尤其是堂姐夫临死还在关心着她的终身，不让自己的孩子到她那里牵累她，这是怕影响她结婚成家呀。……"

听到这里，我不禁感慨万端：啊，原来如此，原来如此！……我到现在才明白了这一点！

芸姨母又说："此后她心情黯然，一度屏绝一切交游。这时，堂姐改嫁的男人也因为抗日爱国不能留在'孤岛'，独自去了大后方。谁知有一天噩耗传来，他在那里竟因意外献出了生命。这对她的刺激更大。人生不如意的事太多，悲伤不幸的事常有，人只有坚强才能生活。她看到堂姐在遭到不幸之后，含辛茹苦抚养子女，很快人苍老了，年华也消逝了。她由此常常想起法国作家莫泊桑写的一篇小说《项链》：一个女人长得十分美丽，出于虚荣向好友借了一根漂亮的钻石项链参加舞会，当夜出尽风头，人都夸她美丽，她自己也感到异常幸福。谁知乐极生悲，项链不幸遗失。为赔偿女友这根项链，她从此苦苦节衣缩食，终年劳累。等到钱存够了，人也老了，憧憬也丧失了，幸福远远离开了她。一夜的风流，只换来了终生的遗憾。到最后，才知道：她要赔偿的这根项链其实是假的！……我觉得婚姻犹如这根美丽的假项链，它也许会带给你短暂的欢乐，但它不可能带给你长久的幸福，它需要你付出的代价常常是太大了！"

芸姨母的话声戛然而止。我们三人的心情却久久不能平静。琴妹第一个打破沉默，她感慨地说："我在婚姻上可能算是个'知足常乐'派，我同郑律，总的来说，互相都能迁就和体谅，互相也都能互敬和互爱。他不嫌我长得丑，我也不嫌他无作为。平平稳稳，努力工作，一过倒也二十多年了。所以像芸姨母说的这些望而生畏或者望而却步的经历，我是连想也没有想过。"

"知足常乐论好不好呢？"芸姨母用匙舀着咖啡问。

琴妹笑了："谁知道呢？我也说不清楚。也许，比不幸的婚姻好一些吧！起码，我们能彼此尊重，互相体贴，共同教育孩子。"

芸姨母连连点头。

我帮着芸姨母去拿热水瓶冲咖啡。看到珍妹坐在那里入神，似在思索着什么。我不禁想，如果说琴妹在婚姻问题上是个"知足常乐"派，珍妹该是什么派？她自从鑫虹牺牲以后，一直独身不嫁。她究竟怎么想的？

芸姨母真诚地说："你们一定想象不到：人世间有许多事，表面同内里的区别是极大的。堂姐重新结婚以后，在她看来，过得也很融洽和谐。新的堂姐夫死后，她也看到堂姐的悲伤是十分真诚的。堂姐孤身一人埋头挑着家庭的重担，忍受着生活的鞭挞和世俗的冷眼，更难忍受的是社会上封建思想的进攻和打击。甚至就连她的爱子，也会无尽无休地在这些旧思想的影响下折磨自己的母亲，伤了妈妈的心，她确实苦啊！……"

芸姨母后面的话正是说我。我是有罪的，一生愧对妈妈。我低头不语，只想到后院埋葬妈妈的地方去痛哭一场。

但是，听得芸姨母接下去说："其实她真正痛苦的还不是这些。……"

我忍着心里的刺痛，忍不住脱口而出地问："不是这些？那又是什么呢？"

芸姨母不慌不忙，用小匙搅着杯里的咖啡，说："是啊，还不是这些！这是在许多年以后，当堂姐病危时敞开了心扉才说出来的。……"

我和珍妹、琴妹都眼睁睁看着芸姨母。她的话确实太使我们惊讶了！看来，这里藏着一件秘密！妈妈只告诉了她，而她，直到今天才告诉我们。

芸姨母两眼看着玻璃窗外纷纷扬扬的飞雪，眼睛突然湿了，掏出手帕擤了鼻子说："那天，堂姐病危了，天也正下着大雪。她去看望堂姐。那时她受冲击不久，行动还很不自由。当时正是'文革'期间，堂姐盼望着远在外地的儿子和大女儿能回来见上最后一面。……"

珍妹掏出手帕在擦眼泪，我心里也是酸酸的。

芸姨母说："小女儿正忙着设法搞止痛的针药。她陪着堂姐，坐在堂姐床边。堂姐说：'将门打开，我要看看雪！我要吸点新鲜空气！'她将朝着阳台的立地玻璃门开了，冰冷的空气被西北风刮进来。雪花漫空，不紧不慢，飞舞飘坠，使人感到宁静而忧伤。堂姐又说：'请你用脸盆和瓶子装点白雪给我看看。……'她明白：堂姐内心火热火燎，是癌症造成的。堂姐希望看到冰冷的雪，希望吹到冷风吸着冰冷的空气。她用脸盆和大玻璃瓶到阳台上舀了白雪来放在病床前的桌上。这时，她看到堂姐突然在近日内变得雪白了的头发和瘦削得脱了形的面庞，她心如刀割，不禁哭泣起来。谁知，就在这时，堂姐竟透露了内心的秘密，对她说了这样一番话。……"

芸姨母看了我们一眼，她的目光变得火辣辣的："她说：'人之将死，其言也善。我快死了，要对你说说心里话，但是有一个条件：只让你一个人知道；如非必要，绝对不要告诉别人，包括我的子女。'她心里十分难过，流着泪说：'姐姐，你就说吧！'堂姐说：'我觉得对不起你，你到今天仍然孤身一人，这是我误了你，也是我没尽到责任。这段时间，我病着，想得很多，只要清醒时就会想我的经历。我结了两次婚，我应当坦率地告诉你，两次都未给我带来幸福。第一次，我年轻天真，抱着幻想恋爱。他有事业心，但不容我有事业心，让我走进厨房，让我养儿育女，我不能忍受，只好离婚。可是离得太草率，真的太草率。这一点我后来不愿意承认。第二次，我自以为有了经验，也自认为比较慎重。我挑选的对象，无论第一次还是第二次，说实话都是挺不错的。可是婚后，只有过短暂的幸福，后来就不能令我满意了。世上没有完人，何况，爱情和婚姻终究不过是人生需求中的一部分，人不可能永远从早到晚从春到冬在爱情和夫妻圈子里寻找乐趣。无论是谁，如果将自己仅仅局限在爱情和夫妻圈子里的话，总是会感到厌倦的。我也正是这样。'……"

我和珍妹、琴妹都静静听着芸姨母讲。她讲的每一句话，我都像海绵吸水似的吸进心里去。

"堂姐继续说：'我年轻时，为了反对封建包办婚姻，做过重大的背叛。我想让人们说，看哪，她是一个胜利者！可是，通过自己的生活遭遇，环境、孩子、家务，使我无法摆脱，除非我再离婚，不然我就只得忍受。我简直无法自强不息了。我如果迟生孩子或只有一个孩子，也许会好一些。但我有了三个孩子。我早就默认我是失败者了，只不过我不愿意讲，不愿意被人知道。因为我认为一个人无论如何对任何事情都永远不要绝望才好。我总想让人以为我是幸福的。在第一次结婚时，感到婚姻是一种桎梏，家务和生育使我烦恼，我同你姐夫常有争吵；第二次结婚后，这些烦恼并无根本改变，我只有做了伪装，让人们只会看到我们的融洽与和睦。实际上并不如此。我们毕竟不是生活在真空之中，是生活在社会之中，受到的各种制约太多了，我是一个欺骗自己也欺骗别人的女子。'……"

我心里吃惊，伤心而又郁闷。

芸姨母的叙述继续着："堂姐说：'像生活在一场梦中，我后来的生活目的，是将教育下一代子女作为一种对社会的奉献。我见过不少犯罪的年轻人，每每是不幸家庭的产物。我立誓要做个好的母亲，我通过两次结婚，已经认识到理想上的幸福和现实中的幸福是有很大距离的。我愿三个子女都成为对社会有用的人。不是这样一个愿望，第二次离婚是随时都会发生的。'……"

我看到琴妹瞪大了眼睛，像有无数个问号反映在神情中。

芸姨母说："我惊骇地问：'难道你对他们俩居然谁都不爱？'堂姐点头说：'我应当诚实地告诉你，我对他们都有过爱，也都有过不爱。我快死了，会想起他们对我的许多好处，但也会想起他们给我带来的许多痛苦与烦恼。两者相比，后者远远大于前者。一想到这些，我就对他们失望。'我不明白，堂姐为什么要对我说这一些。但她终于吃力地呻吟着，点明了她要表达的意思。她说：'我要告诉你的是婚姻的秘密，我对婚姻问题的体会与了解，不要把它理想化，不要把恋爱与婚姻当作人生第一要素，不要认为这就会绝对给你人生最大的幸福！不，不是这样的，这中间五味俱全，对女人来说，尽管在叫喊男女平等，生儿育女的责任常常更多地落在女性身上，苦味就更多。但独身主义是否就正确了呢？当然也不！独身主义违反人的天性和常情，会给社会带来问题，给个人带来寂寞、孤独与无依无靠。所以我劝你：爱情绝不应该有盲目性，盲目的爱情会使你有无穷无尽的苦恼和后患；但排除了盲目性，如果有你认为喜欢的对象，你就结婚吧！当然，不要草率，不要抱太多的理想色彩。'……"

我低头皱眉思索着这些话。这是妈妈发自心底的话。

芸姨母说："我说：'姐姐，你的话使我感到矛盾！再说，我已经这么老了！'堂姐忽然笑笑，说：'是啊，是矛盾！也许我是病得太重了！我以前说不清楚，现在我快死了，就更说不清楚了！我不能恰切表达我的意思。而且，我也是在一种矛盾的心情中同你谈这些的。我说得很乱，也许不但不能帮你解决什么问题，反倒搅乱了你的心。那就当我没说吧！我说过的，你都把它忘掉！……'堂姐说到这里，脸色灰白，气喘吁吁，口中仿佛只剩下了一缕游丝，癌症的折磨使她头上出了黄豆般的汗珠。不多一会儿，她的小女儿拿了药回来，给她注射，她又像平静入睡似的闭上了双目。第二天，她就断气了！断气前再也没有说过一句话。"

我的泪水冰凉地流在脸上。我见珍妹、琴妹也像我一样，都在无声地抽搐着、流着泪。

外边，白雪仍在飘飘扬扬地降落，远处风声凛冽，带着凄哀的鸣叫，使人想见树木的枯枝摇晃和雪地上的风雪翻腾。从玻璃窗里望出去，看到的一小块天空，是令人战栗的冷色，沉重而压抑。

啊，我想：妈妈呀！原来您生活中的痛苦比我原来想象的还要多而深广呀！……

我们听着芸姨母的叙述，都静静地肃坐在火盆边的椅子上，谁也不再讲话。可以引起回忆的是这么多，可以引起思索的又是这么多，妈妈有一个多么顽强的灵魂，我不能不为她负载着难以承受的感情重担浮沉于人世的波谷浪峰中而难过。她的事嵌入我的心坎，我的心像浸泡在盐水里，无限痛楚。……

珍妹一双黑亮的眼睛闪烁着泪光，琴妹的脸上，也挂着忧伤。尘封的旧事都被开启出来在思维的天地中游荡着了。……我和芸姨母当然也同她俩一样。

忽然，听到敲门声。"嘭！嘭！嘭！"

芸姨母第一个警觉地站起身来，说："啊，一定是炳根他们来了！没讲完的，慢慢再说吧！"

我讨厌这敲门声打断了芸姨母的叙述。我本来正想起黑格尔的一段话："爱情是男女青年共同培育的一朵鲜花，倘若把它囿于'个人私生活'的狭小天地就要枯萎凋零，只有使它植根于为人类幸福而努力奋斗的无限沃壤中才会盛开不衰。"我不能说妈妈同爸爸或宗汉好伯没有实践后一句，但他们将爱情囿于个人私生活的狭小天地中却是无疑的。……

我的思绪被打断了。我说："芸姨母，让我去开门！"我走到飘雪的天井里。门还在"嘭！嘭！嘭！"地响，我上去打开。门开了，果然看到是炳根带着阿福，他们都穿着风雨衣，各扶一辆自行车站在门口。阿福那辆自行车上绑着锹锄。我早听琴妹介绍过了，说他们三家很兴旺，炳根的生产队长早让给年轻人干了，但邻里对他都很尊重；阿福是塑料厂的副经理；玲弟早些年嫁了个跟他一样的知青，两人成了种蘑菇的专业户，小孩都上了学；家里都盖了新房子。……

多年不见，炳根表弟的胡髭都花白了，脸上倒是红通通的。阿福比当年健壮，胡子巴叉的，以前是平头，现在头发留得很长，他"现代化"了，风雨衣里穿的是西装，打了花领带。

见到我，炳根表弟依然用沙哑的嗓子朴实地叫了我一声："阿哥！"阿福也叫了一声："伯伯！"

我说："啊，早等着你们来了！"我亲热地握着炳根表弟冰冷粗糙的大手说："表弟，你好！"

珍妹和琴妹还有芸姨母都迎到了积雪的天井里，看着炳根父子将自行车推进门来，架好。

芸姨母问："玲弟没有来？"

炳根表弟吞吞吐吐不清不楚地说："她，临时，嗯，有事。……"

阿福粗着嗓门气鼓鼓地说："什么有事？夫妻间又闹架了！口口声声要离婚，放着享福的好日子不过，总是自找苦吃，常常吵闹，鸡犬不宁，真丢面子！"

炳根叹口气笼着手，用带点恍惚的神态说："唉，是呀！过去愁穷，要吵闹，现在富起来了，还是吵闹，闹得更凶，真没办法。……"似乎一言难尽。

芸姨母和我们都不知说什么好。我不禁想：是呀！富裕并不意味着一切都幸福。

琴妹似乎是为了排遣掉炳根的不快，在问阿福："你现在不叫卫东了吧？"见阿福点头憨笑，她说："我看还是阿福这名字好。你长得一副福相，叫阿福合适！"

芸姨母招呼着说："天冷，快进房暖暖吧，慢慢谈！慢慢谈！"

大家一起拍掉身上的雪，跺掉脚下的雪走进房里。珍妹和琴妹收拾掉桌上的残羹剩汤和碗筷，芸姨母忙着抹拭桌子。我让炳根和阿福快到炉边烤火，我给火上加了些木炭，用火筷将木炭架空。

同芸姨母的一场谈话在她刚把故事叙述完后就被打断了。我却坐在火边，想着屋外的飞雪，独自又思索起来。……

十四、刺心的外国童话

我的心灵之河流淌着一种无可名状的哀悼……

我与妈妈相依为命，却又总是在做伤害妈妈的事。

同妈妈闹得最厉害的一次，就是为了那张放在妈妈房里桌上的宗汉好伯在重庆南温泉拍的照片。而且，我再也想不到，珍妹竟也会因此同我在感情上劈开了巨大的鸿沟。

这已经好像是妈妈据守的最后一个"阵地"了！从我住的客堂间到妈妈和妹妹们住的厢房间，我一步一步进攻，现在只剩下这张使我感到"刺眼"的唯一照片了！我明知，再去"消灭"它会引起妈妈的极大不快与极大不满，会引起珍妹和琴妹的反对和抗议。我却无法使自己不去冒瑟这么做。

自从上次我用衣叉将那张妈妈与宗汉好伯的合影横扫砸碎以后，珍妹表现得对我那样无情，使我每一想起就心里生气和难过。

我想：你不是黄家的女儿吗？对我这个哥哥太差了！你对宗汉好伯未免太好了！如果这放在琴妹身上倒可以理解。可是你呢？你太糊涂了。

我用衣叉故意打碎了装有妈妈和宗汉好伯合影的相框，珍妹一口咬定我是故意这么干的。她常用一种近乎敌视的眼光看我。她脾气似乎变得怪僻了！平时我同她讲话，她总是爱理不理的。她爱跟琴妹一起有说有笑；见到我，总是不多说话，也很少主动叫我一声"哥哥"。

也不知为什么，自从那次打碎镜框后，我见到她心里就不自然。我本来觉得她年龄小，从那次她同我"作对"后，我就感到她长大了，并不是孩子了。回想起战前爸爸带了我同妈妈带了她在上海东亚旅社西餐部吃西菜时见面的情况，我就感到：那时她确实小得一点不懂事；可是如今她长大了，一切行动和表现并不是不懂事而是很懂事了。她显然是对妈妈、对宗汉好伯有深厚的感情，她所以对我打碎相框反感，所以对我毫不亲热，也说明了这一点。她不但对爸爸毫无感情，说不定她是十分怨恨爸爸的，怨恨爸爸从她小时候就舍弃了她。

是的！爸爸没有同她一起生活过，妈妈和宗汉好伯同她一起生活过多年。爸爸没有从小抚养过她，宗汉好伯是十分喜欢她的。宗汉好伯在重庆时，来信常常附有给珍妹单独写的信，珍妹也常常单独给宗汉好伯写信。当宗汉好伯在小南海不幸溺死的噩耗传来后，一连许多天，珍妹有时暗暗流泪，有时发傻似的看着妈妈桌上宗汉好伯的照片。

宗汉好伯死后当月的阴历十五夜晚，月光皎洁明亮，巷堂里许多人家都在焚化锡箔和长锭。巷堂里有掮着竹竿上面挂满长锭、锡箔的人叫喊着："长锭要哦长锭啊！……"黑夜凄凉的意境，真使人急切地盼望看到天亮。这夜，我发现珍妹忽然带了琴妹轻轻下楼去了。悄悄地，神秘地，似乎要去做一件瞒着人做的事情。我从自己房里临着巷堂的一面窗户向下鸟瞰，看见一幕奇怪的景象：珍妹正买了一串长锭，在弄堂里地上焚化。火光熊熊，一堆长锭烧成了黑白色粉末，有的黑白色碎末正随风腾飞起来。珍妹带了琴妹呆呆地注视着那堆火焰，我看到珍妹掏出手帕拭泪，琴妹也用手背在拭眼。我明白，她们是烧化给谁的！是烧化给宗汉好伯的。她们也懂得锡箔长锭就是冥币，她们要送点冥币给宗汉好伯。她们虽然年岁不大，平时也不相信鬼神、迷信，却懂得用这来寄托哀思了！看到这情景，我当时心里酸酸的，倒丝毫没有责怪她们的意思。只是被那幅凄凉的图景搅乱了心境，久久不能释然。

现在，我要再来拔除、消灭最后一个"阵地"，我明白可能会引起什么样的不快，引起什么样的纠纷。可是，我无论如何忍受不了在妈妈房里的桌上再放着宗汉好伯的照片。我宁可再引起最后一次纠纷和冲突。我认为按照前几次的"进攻"取得的成果，这一次，妈妈也可能仍不会同我正面冲突，琴妹她还小，而珍妹，她无论如何也是拗不过我的坚强意志的。

如果再有冲突，让它来吧！来了以后也会很快过去的。

决定采取行动，不问后果，也不讲究方式了！我只决定急于使"家"里消失宗汉好伯的影子。那样，妈妈就全是属于我的了！她是我的妈妈，不再同宗汉好伯有什么太多的联系，至少在表面上是这样。我可以逐渐变得扬眉吐气，不再被人背后点点戳戳指着脊梁骂"拖油瓶"了！我这才对得起死了的爸爸，才能使珍妹真正逐渐认识到她是黄家的女儿，不是张家的女儿……

必须承认：对于曾经做过我校长的张宗汉，我确实并不存在什么深仇大恨，甚至我回忆起在大沽中学时对他的印象，包括那晚我同陈鑫虹、俞伯祈找他的情景，由于他是爱国的、抗日的，我对他还保留着美好的感情。他对我不坏，我知道。当爸爸死后，我投奔到妈妈这里时，妈妈写了信告诉他。他曾专门从重庆给我写过一封长信，安慰我，亲切得像对自己的孩子和学生似的谈家常。口气完全像一家人一样，不存在隔阂和疏远。他说："你回到家里同妈妈和妹妹在一起好极了！……"我没有给他回信，以后他给妈妈写信，总要问起我，并要妈妈好好照顾我，用的是一种长辈的亲热态度。琴妹是他的亲生女儿，他当然爱琴妹，可是我发现他很注意这一点，从来不在我和珍妹之间，引起一种他对我们同对琴妹有区别的感觉。可惜，感情这个东西是奇妙的，它会变化多端，又不时会被一种无法形容的情绪像燃烧剂似的胡乱支配，以致爆发时能不分青红皂白。

比如，拿琴妹来说吧！从她小时候我见到她时，我就喜欢她，她的苹果似的小脸、漆黑的大眼、温和的性格，都那么可爱。平日，她总是亲热地叫我"小哲哥"，她逐渐长大，我们虽然很少谈心，我总觉得她是我的妹妹。但是，只要当我想起她是妈妈同宗汉好伯生的女儿，她姓张，我又有一种遗憾的异样感觉，感到她同我之间是有一道沟一道墙了！当然，我也并不常这么想，我想宗汉好伯的事多，想琴妹的事少，同琴妹之间的这点沟或墙，并不深，也不高，从未造成过我对她有什么恶感，由于琴妹年岁小，我总觉得她是小孩子、小妹妹，任何事都无须听她的意见、征求她的看法。她只不过是家里一个不起作用的成员，我不会厌恶她或歧视她，更不会虐待她。当然，我也从未想到：我在做的和我要做的是有损于她的事！我所栖身的家本来是她的家，可是我却不准挂她的亲生父亲的照片，我实际是想把这个姓张的家，在不知不觉中改变成姓黄的家。我是在做损害她的父亲、损害妈妈和她的勾当！……

有时，稍为冷静下来，我会想起"鹊窠鸦占"这句成语，想起这句难听的成语时，心里很不好受，产生一种羞惭。可是，只要我激动起来情绪反常时，就不顾一切了！一切都不在我考虑之列，一切都被丢在脑后，那情景就像一个喝醉了酒的司机，驾驶着一辆飞驶的汽车，横冲直撞。说他毫无知觉，当然不是；说他是用理智来开车，也不是。他是在一种似醒非醒蒙眬混沌的状态下驾驶着方向盘的，自然会肇成车祸！

我是一个正常的人吗？是?！不是?！……我当时自己也不知道！也未考虑！

我当时是处在一种昂扬、神经质的状态中。这种不正常状态，并不仅仅在于家庭中的问题苦恼着，更是由于当时日本帝国主义者侵略中国占领着上海造成的。

那时，物价飞涨，买平价米半夜就要去排成一字长蛇阵抢购。买煤球也是这样。经常有不少日本浪人伪装便衣侦探借口搜查抗日分子，深夜到居民家里破门而入任意翻箱倒柜。鑫虹家里就被这样抢劫了一次。日本侵略者不断吹嘘战绩：跑马厅广场上常常挂着悬有宣传大标语的氢气球，一会儿宣传"新加坡陷落"，一会儿庆祝"仰光陷落"，一会儿又宣传"长沙陷落"……外白渡桥上，过桥的中国人要挨个儿向日本岗哨行鞠躬礼才放行。学校里增设了日语课。琴妹的国文课本改成了《幼学琼林读本》。……

过着受欺压受侮辱的准亡国奴的生活，在我思想感情上形成的难以忍受的压抑造成了我的痛苦，使我产生阴暗心理，触发了我的类似疯狂的反常情绪。我不能忍受任何外加于我的刺激或伤害了！

那个阶段，我同鑫虹因为各人忙各人的事，不常见面。那时，珍妹还比较小，鑫虹和她还没有爱情关系。不过鑫虹同我们一家人都很亲密，我们住在法租界。法租界还没有被鬼子接收，人称之为"天堂中最后的一片乐土"。其实，当时法国本土已被希特勒德国占领，法奸组织了维希伪政权。上海法租界好比海外孤儿，法租界当局处处配合日本帝国主义者，才能保住残局。凡公共租界当局屈从日本侵略者出的布告，或由日本宪兵队出的布告，同样可以见之于法租界，只是尾巴上换了法国人的签名而已。

冬季里的一天，是星期三。我去外滩公园江边凭吊了爸爸，一人孤独地走回家。从外滩转进喧闹的金陵东路，向法租界走。当时，由于租界上常发生抗日锄奸的事，我看到一家商货店外的墙上张贴着日军司令部的一张铅印大布告，重申"取缔恐怖事件的三条办法"。

布告上写的是：

①如有政治恐怖事件发生，日军得将该处交通遮断；

②日本宪兵得拘禁附近住户代表处以重罚；

③接近案件发生地点，得施以长期封锁，直至破案之日而止。

……

我放学回家，看到了这张布告，心里又气又恨。天冷风寒，看到马路上那不少面有菜色饥寒交迫的人的面容，更加感到心里难受。这天上学前，妈妈叮嘱过我："家里的平价米没有买到。我今天回家要晚一些，你放学后，买些大饼油条回家做晚饭！"

我听从妈妈嘱咐，回家时，顺路在环龙路口一家小烧饼铺里买了一包大饼油条带回家去。谁知刚买好出门，后边过来两个衣不蔽体蓬头垢面的小叫花，一个将我手上抱着的大饼油条"啪"地一打，打得满地都是；另一个同他从地上拾起大饼油条就一边吃一边跑！

当时，上海发生抢吃的事并不稀奇，抢吃已经成风，人都司空见惯，边上没有任何人大惊小怪。你有吃的，他没有；他抢吃的，可以谅解的嘛！但他们抢的是我这个穷光蛋呀！身边的钞票已经不够再重买八副大饼油条了！我只得自认倒霉，只是心里更加窝火。一顿晚饭这么断送了！回去怎么办？

搜索身边的剩余零钱，又重买了五副大饼油条，决定回去后就说我自己已经吃过了。两副给妈妈吃，余下三副让珍妹、琴妹分吃。这次不敢再大意了。我紧紧攥住用报纸包着的大饼油条，东张西望，生怕身边会闪出抢吃的乞丐。终于，彳亍着回到了家里。

回家后，我也说不清自己当时头脑里是怎么想的。我将三副大饼油条分给了珍妹和琴妹，给妈妈留下了两副。开了电灯，自己倒了杯热开水坐在妈妈房里的沙发上，捧着玻璃杯，一口一口喝着暖手充饥。我既冷且饿，浑身疲倦，心绪懊丧夹杂着气恼、悲愤。这时，我的眼光忽然又落在妈妈桌上。又看到了宗汉好伯那张照片上的目光。啊，不知是什么原因，宗汉好伯的目光如此使我不安！他明明是微笑，我却觉得他是在讽刺讥笑我！他明明脸上平静，我却觉得他是皮笑肉不笑……我一时忽然将浑身的怒气、怨气和郁结的仇恨、气恼，一起发泄出来了！珍妹和琴妹都按老规矩——每天放学回来坐在一张玻璃桌面的小方桌旁做功课。她们分吃着油条大饼，吃得有滋有味，琴妹还用手沾落在桌上的芝麻吃，我却忽然"呼"地站了起来，走到了写字桌旁。

我萌发出一个愿望：要立即把这张照片拿掉！要永远看不到它！我不能让自己，在外边受到压抑回到家里来仍旧受到压抑！我要改变环境！改变它！

我快步走近桌旁，一把拿起装有宗汉好伯照片的相框，打算拉开抽屉将它塞进去。我想，这样一来，估计妈妈是不会再将它拿出来放在桌上了！谁知，我刚拿起相框——

珍妹却立起身大叫起来："干什么？"

我转过身去，发现她的声音很冷，脸孔无情，两只黑眼睛瞪得大大地对着我，满含生疏的敌意。

我更冒火了，说："不要你管！"

琴妹愣在那里，珍妹却几步跨到我的面前，像一只好斗的小公鸡似的，一把要从我的手里夺去相框。看来，她很明白我要干什么。

我气极了，扬着相框不让她夺走。我说："你要干什么？这种事不要你管！"

谁知珍妹咬着下嘴唇，一言不发，动手就来抢相框，她的力气还真不小。

我恨不得一拳打过去。我克制了！她是我的妹妹呀！我说："你要再敢抢，我就把照片撕了它！"我是半真半假的话。

琴妹"呀"地哭了起来，她吓坏了！

珍妹大叫："你敢！你这坏东西！"

我火冒十丈地反驳她："你……你是个糊涂蛋！你难道不知道吗？你姓黄！你忘了祖宗啦！"

谁知珍妹哭着大叫："我为什么要姓黄？我为什么不能姓张？我偏要做姓张的女儿！我的姓黄的爸爸他从来没有尽到过对我的责任！你

难道不知道吗？我是姓张的爸爸养育大的！我爱他！对你所说的姓黄的爸爸，我告诉你，我恨他！他生了我，可是他遗弃了我！你没有理由把你喜欢的东西强加到我头上。强加给我，我也不要！"

她真是长大了！道理一套套了！她说得铿铿锵锵，哭得声嘶力竭。我气恨极了！我说："好！你这个混蛋！今天，我非要把这张照片清除掉！"

珍妹大声怒嚷："你敢！"说着，她拼命地动手揪我的臂膀，掰我的手指。

我气得不顾东南西北了！能忍受她这样做吗？能说了话不算数吗？我将相框朝地上用力一甩："乒啷！"相框玻璃粉碎，相框也散了架，我用左手挡开珍妹，右手拾起相片"哗"的一声，我用双手将相片撕成了两片！

琴妹"哇"地哭叫了起来！珍妹也大哭起来！她哭得十分伤心，像要跟我拼命似的用两手握住拳头，雨点般地打在我的肩上、胸上、臂上，打得那么重，打得那么狠！

我忽然像从迷梦中被琴妹和珍妹的哭声震醒了！被珍妹的拳头打醒了！我忽然意识到：闯了一个大祸！我产生了悔意。唉，唉，我怎么会这样呢？我无论如何，是不该撕掉宗汉好伯这张照片的呀！我有什么必要有什么权利要这么做呢？

我突然醒悟到，我确实是做了一件蠢事！一件无法挽回的坏事！唉，我难道有神经病吗？神经正常的人会干这样的事吗？我听同学们说过：上海这段时期，精神病患者大量增加，街上常有疯子出现。这是因为敌人的侵略暴行，类似亡国奴的痛苦生活和艰难维生的世道造成的。难道，我也有了神经病发了疯了吗？

我没有还珍妹的手，只是用臂拦挡。如果还手，我是可以将她打倒在地的。但是我挨着她的拳头，我不还手，我后退着。不过，我的心里冒火冒烟：无论怎么，你也不该打我打得这么凶呀！你是姓黄的女儿，我是你的亲哥哥，难道你就对我这么无情吗？……

珍妹的拳头仍旧在一下又一下打着我，我也在一下一下遮挡。……

果然，我最怕的事情出现了！

突然，在最不可开交的时候，门开了！

妈妈！是妈妈！她满面憔悴，哀伤地站在那里，穿着一件旧的黑呢大衣，手里提着那只她做家庭教师装课本、钢笔和杂物用的蓝布袋。见到房里的情景，她惊呆了，也愁坏了。她"乒"地关上了门，默默站着一动也不动。

琴妹"哇"的一声飞上前去扑到她怀里。

珍妹停止了打我，也哭着扑到妈妈身边。

就我孤独懊丧地站在那里，十分狼狈。地上是破碎的玻璃和相框，还有被撕成两片的宗汉好伯在重庆南温泉拍的照片。

用不着说，妈妈已经察觉是怎么一回事了。我看着妈妈，只觉得她的脸上混杂着痛苦、哀愁、惊讶、伤心……的表情，那是一种很难用语言文字表达的感情。她一手搂着琴妹，一手抚着珍妹，极力想平静，却又使我感到像一座沉默的火山快要爆发前的情景，平静得是不寻常，平静得可怕！

珍妹两只黑眼睛看着我像两把锥子，哭着在向妈妈控告我："妈妈，他将爸爸的照片撕了！他坏！……"

我不能否认，也不应否认。确是我撕的！虽然当初我并不想撕照片，只不过想把它收进抽屉里去。可是，珍妹的抢夺，使我一时冒火，情急之下我竟撕了。正像醉酒的司机，将汽车开到了人行道上撞进店铺里去了！……事情已经如此，还有什么可以说的呢？我不辩解，也不吭声，站在那里，像泥塑木雕似的不言不语，一步不动。我不知妈妈会怎么办？但我心中有数：一场暴风雨必将降临！妈妈一定会大发雷霆的，妈妈年轻时是有个性的女子。今天这件事，我做得太过分了！

她可能是不能忍受的。我心里忐忑，等着一场疾风暴雨来到。我想：来吧！来得猛烈些吧！我只有忍受！虽然，我无法预料，妈妈会怎样？我又会怎样？……

谁料，出乎意外，妈妈没有作声，她推开珍妹和琴妹，放下手中的蓝布口袋，默默地去从地上拾起那张被我撕碎的宗汉好伯的照片，拉开写字台的中间抽屉，将照片放了进去。然后，她往沙发上一坐，疲乏的双手捂住哀伤到极点的脸，低着头默默坐在那里，不声也不响。

西北风刮着窗户，使年久失修的窗棂发出"格格"的抖动声。弄堂里有小贩叫卖声："檀香橄榄卖橄榄！——"声音颤抖、悠长。房里静悄悄的，珍妹和琴妹又偎依到妈妈身边，她们都用陌生的眼光看着我。我感到一种孤独。我的两脚像被生铁浇铸了似的移不开步，我仍站立在一边，皱着眉尖低下了头。

这时，我发现妈妈在流泪。她的泪水已经滴落到了地上，地板上湿漉漉的，沾了晶亮的泪水。泪水是从她捂着脸的手指间缝隙里滴下来的。她无声地在哭泣，伤心的态度使我忍受不了。我宁可挨一顿痛打，也不能看到妈妈这样伤心呀！珍妹和琴妹在妈妈身旁劝慰摇晃着妈妈。珍妹在说："妈妈，您不要哭！您不要哭！"琴妹在说："妈妈，您快吃饭！快吃大饼油条吧！"……

我无话可说。我想走，想回房去，可是，我又意识到不该走。我心里像有刀割针刺。我想说些什么劝解妈妈的话，但我也说不出口。我仍旧只有低头愣愣地站在那里，像一个木偶。

妈妈无声地哭了一会儿，忽然用手帕拭干了泪水，用手捋理了纷乱落下来的鬓发，站起身来，走到床边，脱下大衣，和衣盖上被子躺在床上了。

我想起了宗汉好伯噩耗传来的那天。我真怕妈妈又像上次一样。那次，她不吃不喝，整整两天。谁劝她也无用，后来是自己想通了才起床的。现在，她会不会又这样呢？太难说了！啊，妈妈，我是您亲爱的儿子！见您这样，我能不痛心吗？我能安心吗？……我终于移步走到妈妈床前，我诚心诚意地哀求说："妈妈，我错了！我不该惹您生气！"

没有回声，妈妈没有理睬我。我听到她的饮泣声。她自顾自地痛哭着。我了解她的个性，她现在轻易不发脾气，她的脾气真的上来发作时，就不会是很容易消失的了。

我像念经似的又再说了一遍。我说："妈妈，我错了！您别哭了！……"

妈妈仍旧在饮泣。轻轻的饮泣声，像一阵又一阵的刺骨冷风，使我心里冰凉。

珍妹和琴妹已经都又坐到了她们坐着做功课的方桌旁的椅子上去了。停止了做功课，哭着凝望着躺在床上和衣盖着被子的妈妈，她们都同妈妈一样的伤心。

珍妹忽然对我怒目而视，说："都是你！都是你！……"

我迎着她锐利的目光，反瞪了她一眼，心咚咚地跳，没有作声。我不愿再引起妈妈不快。

珍妹似乎要将心里的一切怒气全部发泄到我身上，忽然大声说："你知道吗？我们本来过得很好的。就是你！你老是要叫妈妈生气！老是要叫我们难过！你没有良心！……"她声音很响，好像要叫妈妈能够听到。

我吃不下这口气了。我反驳说："我怎么没有良心！你才没有良心呢！"

珍妹叫嚷起来："你没有看到吗？爸爸是怎么待你的？妈妈是怎么待你的？我和琴妹是怎么待你的？妈妈本来过着很平静的生活，你偏要搅得天翻地覆，搅得她伤心！你是做儿子的！你应该这样吗？……"

说实话，我是从这件事起才感到珍妹确实已经是个大人，不再是个孩子了！她的话很凶、很有分量。我不能说她说得不对，不能说她说得无理。我虽然十分生气，看到妈妈伤心的样子，我不愿也不能再抛开妈妈去同珍妹争吵。我只是感到：我同珍妹之间，由于小时候的分离，由于长大后的隔膜，由于对待宗汉好伯的态度上的分歧，我们之间竟因此伤了感情。我有一种预兆，这种感情上的损伤，很可能是难以弥合的！一只损伤了有了裂痕的瓷瓶，即使不破碎，裂痕是消失不了的。

我心里充满无名的惆怅，继续哀求妈妈说："妈妈，我求求您，您原谅我这一次吧！"说着，我在床前屈膝跪下了。我心里难过，说着哭了起来，我说："我给您跪下了！……"

我一跪一哭，妈妈不忍不说话了。她止住了哭泣，梦呓般地说："小哲，起来，我不怪你！……"

我明白，她虽说"我不怪你"，是不可信的。怎么能不怪我呢？我今天撕掉宗汉好伯照片的行动委实是太过分了！

我说："妈妈，您打我吧！骂我吧！只要您不生气。"说着，我哽噎着说不下去了。

珍妹和琴妹也陪着妈妈在床边哭。

多么凄惨、悲切的夜晚！多么寒冷、压抑的夜晚哟！

妈妈终于掀掉被子坐起身来，用手拢拢头发。她两眼红肿，脸上是宁静的。她说："你们该干什么去干什么！这件事到此为止！"说完，她起来，说："让我独自安静一下！你们都离开我！我要安静一会儿！"

她说得那样严肃认真，我只得走到沙发边去在沙发上坐下，珍妹和琴妹也回到小方桌前坐在她们的位子上。

窗下，弄堂里，有人哼着京戏走过，声音悲凉："……我好比，笼中鸟，有翅难展。……我好比，南来雁，失群飞散。……"这不知是弄堂里哪家的一个干瘪老头子，平时老爱唱这几句京戏，而且总是夜里在弄堂里走路时唱。唱得叫人听了心里空落落地难受。

我看着坐在床上的妈妈，心里的潮汐始终泛滥未平。妈妈的头无力地低垂着，她又习惯地用右手在捋理乱了的鬓发，将鬓发捋到耳朵后面去。我心疼苍白、瘦削、憔悴、苍老了的妈妈，我不禁又说："妈妈，您的大饼油条在桌上，您吃点吧！"

妈妈摇摇头，说："我不饿！"显然，她丝毫没有吃的意思。

我语气带着哀求，歉意地又说："妈妈，我不好，我错了！"

妈妈摇摇头，说："怪谁呢？我也不能怪你！……"

我听不明白妈妈的话。我觉得珍妹和琴妹坐在那里望着妈妈也一定听不懂妈妈的话。她们脸上的表情说明了这一点。我不知再说什么好了。我走过去，屈着膝倚在床前妈妈身边。

稍停，妈妈像思索着似的忽然说："小哲，你听到过一个这样的外国童话吗？也许你没有听到过。我讲给你听——"她的语调平静而声音深沉。我想，她讲课时一定也常是这种语调。

在这样的时候，她有什么心情还要讲童话故事给我听呢？是一个什么样的外国童话呢？我奇怪。

我不能不专心地听着妈妈讲。妈妈讲的每一个字我都像海绵吸水似的听到了心里去。

妈妈用慨叹的语调说："从前，有一个儿子与母亲二人相依为命，谁也离不开谁。母亲含辛茹苦，将儿子养大成人。母亲爱儿子胜过于生命。可是，儿子长大以后，爱上了一个美女。……"

我心里想：妈妈是要用这故事责骂我了。……我静静地听着。

妈妈讲："儿子向美女求爱。美女说：'我知道你深爱着你的母亲。你是否可以爱我胜过爱你的母亲呢？'儿子思考以后回答：'当然！我当然可以爱你胜过爱我的母亲！'……"

我忍不住解释说："不！妈妈，我爱你胜过一切！真的！……"

妈妈摇摇头，说："我不是说你不爱我！你听着，听我把这童话说完！"她继续讲道："美女高兴地说：'那好！如果真是这样，希望你拿行动来表示！'儿子问：'什么行动呢？'美女说：'把你母亲的心挖来给我!'……"

我不由自主地呻吟了一声。

但是，妈妈继续在讲："儿子起先当然不肯，但最后终于答应了，说：'好！我一定将母亲的心带来给你！'儿子穿过一座黝黑的大森林回到家里，闷闷不乐。母亲问他为什么。儿子说：'美女要我挖你的心给她，不然，她就不肯嫁我！'母亲说：'如果你认为需要的话，你就把我的心挖去给她吧！'儿子终于狠狠心将母亲的心挖出来，捧在手里要去献给美女了。母亲的心被挖掉了，当然死了！……"

我又呻吟了一声，我的心战颤着。……

妈妈平静地仍在往下讲："儿子捧着母亲的心，急急忙忙跑过大森林去到美女家里。这是夜间，大森林格外黝黑。儿子捧着母亲的心，一不注意，'叭'地跌了一跤，跌得很重，心掉了！儿子急忙用双手去摸寻，一下子他摸到了母亲的心。儿子高兴极了！把心捧在手里打算再去找美女献上母亲的心。但这时，母亲的那颗心说话了。说的是：'啊，好儿子！你跌疼了没有？'……"

妈妈的眼睛冷冷的，泪光闪闪，说到这里，停住了。一对伤心的眸子定定地嵌在眼眶里，泪水从那里成串地滚落下来。

我的眼泪潸潸滴落下来。

屋外，风声正吹得电线呜呜响，吹得窗棂轧轧响。我默然无语，嘴角抽搐，眼角湿润，心里像大海翻腾。我明白妈妈说的是什么意思。妈妈当然是原谅了我，可是我再也不能原谅我自己。……

我是挖了妈妈的心的坏儿子啊！我为什么要挖妈妈的心呢？我亲爱的妈妈！……

就是这样，妈妈仍旧是疼我爱我的！如果我跌倒了，妈妈首先想到的，不是我挖了她的心，而是我跌疼了没有！啊，妈妈的心！妈妈的心啊！……

整整一夜，我通宵失眠，未能入睡。望着窗外天空高处的点点寒星，我想得很多很多。我无法根除我头脑里的那种世俗偏见与封建的残余思想。我也无法减少我对爸爸的单一的热爱。当然，同样，我也不可能减弱我对妈妈的热爱。我仿佛被夹在一部轧人的机器中，机器正在将我绞紧压扁，使我血肉淋淋。我力图跳出这部可怕的机器，却感到无能为力。我的泪水淌湿了枕头。直到天明，我未曾闭眼入睡。

我心里明白，由于我伤害了她们，这一夜，妈妈，甚至珍妹，可能也都像我一样，不能入睡。……

第二天，我去找陈鑫虹，流着泪将事情原原本本都告诉了他。

鑫虹叹口气，同情但是责怪地对我说："颖哲！国家民族今天正处在水深火热中，亏你还把自己沉沦在这些莫名其妙的封建琐事上！你的爸爸和张校长还有你的妈妈都是爱国者，就这一点，我认为他们都是值得尊敬的人！你纠缠那些不值得纠缠的事干什么？你奉若神明的东西实际是些旧思想、破烂货。我劝你，转移转移自己的注意力吧！你不是也会唱那只《天伦歌》的吗？里边有两句歌词挺好，你可以回味回味嘛！……"

那两句歌词是："……收拾起痛苦的呻吟，献出你赤子的精神，服务牺牲，服务牺牲，舍己为人无薄厚。……"

我觉得鑫虹的劝告是对的。我蓦然产生了一股强烈的愿望：我要到大后方去！要离开沦陷区，去抗日！要离开这个使我难熬的家，离开敌人统治下的疮痍满目的上海。我要马上跳出这种境地，要去争取天亮的到来，而不是在敌人的魔掌下坐等天亮！

我征求鑫虹的意见，心中涌起一种企望新奇生活而萌动的那种朦胧情绪。

鑫虹那线条开朗的脸上洋溢着激动，有劲地说："好！我举双手赞成！但，伯母会同意吗？"

我叹了一口长气，心里想：妈妈并不是个平凡的女性。她一向是个有见地有抱负的女人。她爱国，她抗日，只是环境和家庭的原因把她压迫拖累成现在这个样子。我如果要去大后方，去抗日！她一定是同意的。当年，宗汉好伯离开上海去重庆，不就说明了这一点吗？愁的倒是经济问题。家里这样困难，去到大后方，我需要旅费，我怎么好向妈妈启口呢？

一天下午，我去到芸姨母处。我终于嗫嗫嚅嚅地告诉了她：我要到大后方去的意愿！

想不到芸姨母马上抹下手上的金戒指，又去箱子里取出一条金项链塞到我手里，开朗地微笑着说："小哲！我赞成你走，离开沦陷区，去闯一闯吧！青年人，守在家里未必就好！守在上海更不好！去吧！我实在已经不年轻了！不然，我也想走呢！亡国奴的日子是过不下去的！……"

我拿着芸姨母的首饰，感激而为难地说："芸姨母，我忘不了您对我的好处！将来，我一定……要报答您……"

她不让我说下去，风趣地笑了："这事不必对你妈妈说。她那人的性格我知道。她要不安心的。你就说是你同学资助你的就行！至于报答，你就别说得那么俗气了！你将来能记得你有个赞成你爱国抗日的芸姨母就行了！"

我是第二年春天离开上海去到大后方的。

临走前的头一天，妈妈忽然对我说："小哲，你明天要走了！今天，我陪你一同去你爸爸的衣冠冢前告个别吧！"

我大吃一惊：这个秘密我从未告诉过妈妈，她怎么会知道的？瞬即，我想通了！我告诉过珍妹，带珍妹到过外滩公园的江边……一定是她告诉妈妈的。只是，这时候妈妈忽然有这提议，委实是令我诧异的。

当天下午，天阴沉沉的，妈妈穿得很整洁。她许久没有这样修饰过自己了！她同我一起来到外滩公园。

我们带了一束黄白相间的素色鲜花。我同妈妈坐在江边那张冰凉的长石板凳上，看着江水打着漩涡从脚下眼前滔滔流过，耳里听着江面上小船的汽笛声和海关大钟的"哨哨"敲打声。我们痴呆呆地坐着，似在倾听水声、钟声、汽笛声、远处马路上嘈杂的市声共同诉说着无穷无尽的永恒的话题。……

我将那束鲜花献到水面祭奠爸爸，我看到妈妈的眼圈红了。那束芬芳的鲜花随着江水在漩涡中卷没浮沉远去。妈妈一直不曾说话。一阵凄恻的饮泣宣泄了语言所不能表达的哀伤。她好似长久地在那里出神思索着、思索着……

十五、雪　祭

　　大雪，仍在点点飘坠。今年这场冬雪怎么下得这样大啊？天很冷，盆里旺旺的炭火烧得红通通的，酒酣饭饱，同芸姨母、珍妹、琴妹和炳根父子围炉烤着火，喝着新沏的热茶和速溶咖啡，看着玻璃窗外的飞雪，身上暖洋洋的，我心里总惦着在后院竹林里葬在地下的妈妈。

　　那里，一定是冷冰冰的。白雪覆盖着冻土，寒气一定是直逼地层！孤独的妈妈该多么寂寞，多么凄清？刚才芸姨母谈的故事可惜被炳根父子的来到打断了！那些事，使我思前想后，心潮起伏。想到这些，我心里就恻然了。真想找个地方独自好好哭一场！哭妈妈的永远逝去，哭妈妈的辛酸经历，哭我往日对妈妈的寡情、忤逆与毫不了解。……

　　我始终沉默着，听他们谈心。他们谈的是今年北川沙的收成和阿福盖房子的事。我头脑里昏沉沉的，既杂乱又糊涂，淡淡的酒意加深了迷迷蒙蒙的情绪。我一言不发。芸姨母终于好像明白了我的心情。她坐在我的身边，轻轻地侧着脸对我说："小哲，你在悼念妈妈是不是？我看你一句话都不讲？"

　　我默默地点头，对芸姨母，我从来不想隐瞒什么。我说："刚才您说的故事，触动了我的感情。我很难克制自己。……"

　　芸姨母劝慰我说："过去的让它过去吧！人不能永远在回忆过去中生活。三中全会有句名言——向前看！我看很有道理。经过一场可怕的'史无前例'，如果不向前看，许许多多人恐怕都活不到今天。"

我点头。听到琴妹正在问炳根关于玲弟的事。提到玲弟，我总想起她当年那种少女的微笑。现在，她婚姻不幸，脸上还会有那种笑容吗？

炳根表弟吸着香烟。我发现他眉毛里有了白的，胡髭大都也白了，比十二年前见面时苍老多了。

他叹口气说："唉，都是自己人，家丑在这里也不怕外扬了！玲弟嫁的这个田东平本事倒是有的。高中毕业后，他没考上大学，先是参了军，'文革'期间，在部队去支过左，但没入上党。复员回来后，起先怨天怨地，跟玲弟恋爱上以后，我们常鼓励他安分上进，倒也还听话。……"

阿福气鼓鼓地插嘴："全是假的！当你面装老实！"

炳根表弟好像没听见，继续说："这几年，同玲弟两人钻研了点本事，种蘑菇、承包鱼塘养鱼，成了出名的专业户。人一富，自己不珍惜，也不听他老子娘和我们的话了。买了一辆什么'乌鸦马'的！"

阿福纠正他说："什么'乌鸦马'！你总是搞错！是'雅马哈'！"

炳根大口吸烟，额上的皱纹像刀刻似的深凹，说："反正是辆摩托车，整天'啪啪啪'。这倒是他经营的需要，但常带熟识的女人坐。他留了小胡子，留了长头发，穿了花衬衫，我真看不惯！这倒还不算什么，可是用起钱来吓人！在外边大吃大喝，吸烟要吸橡皮头的，喝酒要喝名牌的。上海开了游乐场，他也去玩。听说一张门票花了十几块。到跳舞的地方去，喝一杯什么'苦口咕噜'水就是六七块！……"

阿福纠正他说："可口可乐！不是'苦口咕噜'！"

炳根表弟叹口气："终于，认识了一个不正经的坏女人，鬼混起来。玲弟怎么愿意？过去刚结婚时，田东平穷得很，对玲弟也好。现在，好像他会挣钱了，凶起来了！玲弟带着一个儿子，还要忙这忙那，他是饭来张口衣来伸手，什么都要玲弟侍候着。干涉一下他那些不规正的事，就瞪眼，还开口骂动手打！今天干脆同玲弟提出：'离婚算了！'

为这，亲戚朋友，正在那里规劝。我是吃不消这号人的，我带着阿福就来了！"

琴妹关切地说："炳根表哥，今天不知道你家发生了这样的事。其实，你是不该来的！让阿福送个信给我们就行了。"

炳根摆手，吐出一口烟，说："不不不，我才不想多管这种事呢！他田东平要离婚就离婚！我现在思想倒也开通得很。与其两个人在一起过不下去，何必非要硬拉在一块？玲弟她也不是没有本事，也不是非靠你田东平养她！你要是经常动手拳打脚踢，她当然忍受不了。离就离吧！好在现在有国家的法律保护妇女儿童，他赚不到便宜的。所以我虽然烦心，也不太在乎。有人说：现在放宽离婚不好。我倒说：应当看情况，乱离婚不好，正当的离婚没有什么不好。现在的世道，不像从前了！从前，离了婚的女人被人看不起，现在——"说到这里，他忽然好像想起了什么停住不说了。

我心里明白：他很可能是想起了妈妈是离过婚的，所以说到这里，住口不说了。他在我印象中，是个十分老实、不爱多说话、脸上总是带着憨笑的人。他以前做生产队长，据说也有点老好人。可是，今天，他却侃侃而谈，还亮出了自己的观点，真是跟从前有些变了！这种变化，近几年我在接触到的许多熟人身上都发现过。说明了什么呢？也许正说明了过去在极"左"路线盛行时期，许多人连树叶子掉下来都怕打破头！谨小慎微，只好学泥菩萨！那时，人同人之间相处，互相不得不蒙上假面具。现在，人才真正敢于表达自己的思想和感情了！……

炳根表弟的话引起了芸姨母的唏嘘。

芸姨母生气地说："炳根！你叫田东平到我这里来一趟，我来好好同他谈谈，劝告劝告他！这个人，我对他的印象本来还是不错的，没想到现在变得这样。他真是好了伤疤忘了疼了！他同玲弟已经有了孩子，过去又是自由恋爱结婚的。本来感情也不错。现在，有了钞票富起来了就像喝醉了酒似的变了样。我要给他点醒酒汤喝喝，不准他再在危险的歪门邪道上走下去！"

阿福摇摇头，说："只怕他当面'好好好'，背转身去还是不听您的。这种人，我早已看穿他了！"

炳根表弟说："我一定叫他来，听您老长辈讲讲道理。说实话，他瞧不起我，我文化太低，不像芸姨母，您有学问，懂得开放政策。他平时还是很佩服您的！"

珍妹一直听着，这时说："不少年轻人，现在拿了西方国家的一些破烂当好货。生活富裕起来了，就想过糜烂生活。有了物质文明，精神文明欠缺得很，沾染上了资产阶级思想，这样的人越富越危险。芸姨母同他谈谈，我看很有必要。"

炳根表弟叹口长气，将快吸完的烟蒂丢到火盆里去，用火筷拨灰盖上，烟蒂冒出一缕青烟，他说："是啊！珍妹，我们是表兄妹，什么话都可以说，说错了你也不会生气。说真的，我看你就顶好。妹夫抗美援朝不幸牺牲在朝鲜了！那么大的打击你也承受下来了。你一直在北京工作，也不再结婚。听说你工作得很出色，心情一点也不受影响，给国家出力，为人民服务，你是个不小的干部了吧？……"

珍妹对他笑笑，听着他说。

炳根吸着烟说："这几年听说你常常出国，一会儿美国、一会儿英国的。我昨天就对玲弟谈起你。我说：人要有志气！看你珍姨，就是个榜样！真要是他田东平硬要离婚，你就离！我和阿福就帮你，照样做个好专业户给他看看！"

炳根表弟这人有点粗，他的话发自真心，我很怕触动珍妹的心事。炳根表弟的话基本是对的，但也有老思想、旧脑筋。我望望珍妹，珍妹脸上倒平静。

珍妹忽然笑笑说："炳根表弟，你谈到我不再结婚的事，我想简简单单说几句。现在回想，我同鑫虹的感情是非常好的。他在朝鲜战场上牺牲后，我十分痛苦。当时真是不能忍受，但后来我终于冷静下来了，将痛苦化为力量，埋头工作，在工作中求得安慰。我确实也受传统思想的束缚，不过，我却绝对不是一个坚决的从一而终的人。主要是我以后没有真正遇到过合意的人。尤其是受'左'的路线的影响，一场'文革'耽误了我十多年。如果形势不是当年那样，是现在这样，真正有一个令我满意的人来追求我，说不定，我也是会再结婚的。"

炳根愣在那里，掏出个烟嘴来将半截香烟插进烟嘴，满脸尴尬，似乎不知说什么好。

芸姨母忽然点头说："阿珍说的是心里话，我相信。我听说鑫虹上前线后有过信给阿珍，叮嘱她万一他在前线牺牲了，不要难过，要好好生活，希望她有合适的人应该再嫁。鑫虹是个开明体贴的男人！"

琴妹忽然发表感想了，说："我早说过，我是一个'知足常乐派'，也许就是一个'凑合派'！我总觉得，真正满意的人是不存在的。马列主义讲究一分为二，哪个人没有优点和缺点呢！完美的人也许火星上有，地球上我看没有！看你取舍他的哪一点罢了！"

芸姨母说："这当然是相对来说的，别把它理解得绝对化了。"

琴妹笑笑说："外国有一种理论，说一个女人需要三个丈夫！"

阿福饶有兴趣地听着说："哈，外国东西还真是样样新鲜！……"

炳根表弟大口吸着烟，鼻子里哼哼地说："一个女人需要三个丈夫？一个丈夫需要几个女人？我看田东平就一定喜欢这种'洋货'！"

琴妹笑着摇手，说："不是那意思！这种理论说：一个女人应当有一个好好工作或者好好经营事业的丈夫；也该有一个会干家务的丈夫；还该有一个善于谈情说爱体贴自己的丈夫。三个丈夫都是各有所长，不但能而且会致力于彼此的崇高任务，同他们结合在一起，家庭有了三根支柱，就一定基础牢固，比较完美。……"

阿福说："还完美哩！我看三个男人天天要打架哩！"

珍妹笑笑说："一个女人哪能有三个丈夫，这说的是一个丈夫该有三个丈夫的长处吧?"

琴妹笑着解释说:"是呀!他若兼有三者之长,才会令人满意。有人说,爱情像一只无底的杯子,永远不会满足。这是不幸的根源。而我,我早说过自己是个'知足常乐派'、'凑合派',没有什么不满的!"

珍妹微笑笑,摇头,说:"没意思!谈这些我倒有些乏味了。"她忽然站起来,说:"你们谈吧!我去看看妈妈去!"

她脸上神色凝重,与刚才笑时有极大的不同。这种时候,看了她这种脸色,使我立刻又感到她过去的那种冷僻给我留下的印象了。

闲谈似乎已经不能继续下去了!大家烤火也暖了身子。珍妹要去后院。琴妹上前挽着她臂膀要陪她去。芸姨母要带路,我也想一同再去看看妈妈——虽然那里并无妈妈的身影,那里只是覆盖着晶莹白雪的寂静的小竹林和覆盖着白雪的湿润冻土地。……但,与妈妈葬在一起的,有我的情感和我的心呀!……

炳根这时声音粗哑地说:"今天,锄头铁锹都带来了!听说你们要给芬伯迁葬,要不要马上就刨?"他性急地对阿福说:"阿福!去把锄头、铁锹从脚踏车上拿下来!"

他一定是听芸姨母说我想给妈妈迁葬来的,所以这么说。其实,我直到现在,心里还无底。坚决反对给妈妈迁葬的芸姨母现在究竟怎么想?她还反不反对?突然出现的珍妹,她是怎么想?看来她事先同芸姨母是通过长途电话约定了来的。她是决定怎么办的?我原来同琴妹商定的计划和步骤,今天好像全被打乱了!刚才几次谈话,快接触到主题上来时,每每不是岔开就是被打断了!那么,现在也未好好坐下来商量一下。到底迁葬的事怎么办呢?炳根表弟一说,我倒又犹豫了,不知如何回答他才好。

听到芸姨母阻挡住阿福说:"不急!先让阿珍到后院看看去!等会儿再商议!"

炳根表弟说:"好,我也到芬伯坟上去看看!"

我们一起从客堂间走入芸姨母的卧室，又从卧室通向后院的小木门，走进了闪耀着银光的后园。鲜冷的空气刺激得我酒后发热的鼻孔直想打喷嚏，迎面的冷风使我打了几个哆嗦。

大雪仍飘飘洒洒无声无息在降落，脚踩在积雪上吱吱作响。先前我同芸姨母和琴妹到后院时脚步踩脏的一条小径，足迹早已不知去向。小小的幽静的竹林在风声中依然仿佛在窃窃私语。几只麻雀也依然在竹林里和屋檐上单调乏味地叫着，像在对话和答话。雪花，轻轻降落在我们这群人的头上、身上……沾到脸上和脖子里冰凉冰凉的，又痒痒的。

炳根表弟和阿福一定都同时想起了十二年前埋葬妈妈骨灰盒时遇到的那件令人不快的事。

阿福忽然告诉我说："长寿的老婆，就改嫁在我们北川沙。她嫁的一个男人倒是老老实实，也是个复员军人，拖拉机、汽车都会驾驶，两口子生活过得不错，男孩也上小学了。"

炳根表弟说："上回，长寿挑唆了一下，弄来些造反派将我揪了回去，当活靶子。七斗八斗，一定要我承认搞四旧、搞复辟。我给斗得没法不承认。谁知掀我的那个小头头——就是你们见过的那个带胡子瓦刀脸的人，他原名卜坤，又名叫卜卫东，我们村里都叫他'不会东'！他是个亡命徒，吃人东西拿人东西从不想付钱。偏偏他娘犯心脏病死了。他要给他娘办丧事，就不再斗我了，罚了我一笔钱，我才算平安过了个年。"

琴妹问："这个'不会东'呢？"

炳根笑笑："他一直不安分！只是他是个小头头，政策对他宽大。开放以后，他想发财。前年，他听说福建沿海搞走私能发财，去福建了。一去竟再也不回来了，丢下老婆孩子还在乡下。有人说他在福建犯了案判了刑进监牢了。"

他话未说完，我们已走到埋葬妈妈骨灰的那块地方。珍妹叫了一声："妈妈！"说，"我来了！"她对着那儿，深深鞠下躬去。将本来别在衣襟上的一只花篮别针取下来放在妈妈的葬身地上。随着，我听到了她呻吟似的哭声。

我鼻子一酸，泪水止不住也流下来了。再一看，琴妹和芸姨母都在拭泪。只有炳根表弟和阿福，肃然站着，面上是一种伤感但是带几分木讷的表情。

我们静静站着，让雪花飘下来、飘下来。

我记得那年鑫虹在朝鲜战场上牺牲后，噩耗传来，妈妈伤心极了，打电话给我，说她要立刻到北京来看望珍妹，进行劝慰。我和叶珊到车站接到妈妈，陪妈妈到珍妹处去看望。当时，我们见到珍妹时，她叫了一声："妈妈！……"那声音，正像刚才她叫唤的那一声"妈妈"一样。

后来，她抱住妈妈痛哭了！她的哭声也像现在这哭声一样。

当天夜里，在珍妹的屋里，灯光下，她拿出了鑫虹的一包遗物。有一只黄色军用帆布包，有一条半新的毛巾，有两本厚厚的日记本，有一本他随身携带着上面密密麻麻圈点过的党员必读的《辩证唯物主义与历史唯物主义》，都是鑫虹临战前夕寄存在军部一个战友处的物件。那些日记里面，鑫虹不但记下了他在朝鲜战场上的生活和经历，也记下了他对祖国的热爱，对革命理想的崇敬和誓为反对侵略、抗美援朝、保家卫国献出生命的意愿。他在日记中也写出了他对珍妹、对我们一家，包括对我的怀念。……

那夜，我不知用什么话来安慰珍妹才好。她显得有点古怪，对我也仍是比较冷淡，用两只黑眼睛看着我时，目光常是既熟识又生疏的。她同妈妈合睡一床，我和叶珊是回到自己家里住的。我同她谈得很少，不，基本可以说是没有谈什么。

妈妈在北京陪她住了些日子，有一天，我去，我对珍妹说："珍妹，你不要太悲伤！……"我是想多说一些话劝慰她的。可是，真到向她启口时，看到她对我那种冷淡的态度，却讷讷得说不出话来了。

倒是她，虽然态度很冷，却向我说："别为我担心！我会自己处理好的！鑫虹渡鸭绿江出国前，写信对我说过，要我对他的死要有精神准备。他说过：不幸就像一把利刃，它能伤害我们，也能为我们服务，这要看我们是握着刀柄还是刀锋！今后，我知道怎么走我的路的！……"

由于她态度的冷峻，当时一番话给我的印象很深，后来，我发现，珍妹就是这么坚强地在生活着的！只是她的古怪常使我感到不可亲近。我和叶珊到 S 省以后，逢年过节常给芸姨母和她寄些礼物去。起初，她收下了，来一封简单的信说："不要怜悯我，我不需要怜悯！我并不缺少东西，以后请兄嫂别寄了！"往后，我们再寄，她干脆给退回来了！……倔强的珍妹哟！她外表常常那么冷，但今天，从她在妈妈葬地前的呼唤与哭泣，我能看到她的内心是火热火热的。此刻，在妈妈的葬地前，她低头肃立，沐浴着冰冷的白雪，她一定是在思念起妈妈和鑫虹的许多往事了吧？她对鑫虹的爱和对妈妈的爱，常是掺和在一起的呀！……

雪，纷纷扬扬！我站立在妈妈的葬地之前，身上寒冷，脸上、双手都寒冷。雪从天上洒满我的全身。我心里充满对妈妈的歉意与对往昔许多事情的悔意。忽然感到我此刻低头肃立在妈妈葬地之前，好似我童年时在课本上读过的一个韦伯斯脱的故事中的主人翁。

那是一个动人的故事：

一个下着大雨的阴暗的日子里，一辆马车到了一个街口停了下来，车上走下一个相貌魁伟衣着高贵的老人。他下车以后，也不打伞，淋着雨四面看看，然后走到街口一个地方停下步来，说："啊，是这里！就是这里！一点也不错！……"在那里，他脱帽低头肃立，大雨像鞭子似的鞭笞着他！他衣履尽湿，满面忏悔。……引起了打伞走过的路人的惊诧，终于，有人认出了他：呀！这不是著名的大学者、有名的

《韦伯斯脱大辞典》的编者韦伯斯脱本人吗？……

原来，当他年轻时，父亲在这街口开了一爿小杂货店，父亲体弱多病，要他帮着干活。可是他埋头自学，常常对父亲的差遣置之不理，父亲只能叹着气抱病干活。一晃许多年过去了，父亲早已逝世，他已早有成就，但也步入老年。终于，心里怀着忏悔歉疚的伤痛心情，来到这当年他忤逆父亲差遣的地方。尽管原来的房屋早已不在了，他却默默在雨中肃立，偿还他心头欠下的这笔内疚的旧债。……

唉！妈妈！妈妈！如果您现在还活着，儿子一定会跪在您的膝下，向您哭陈自己年轻时的不孝和对您的忤逆，求您的饶恕。可是，此刻一切都已太晚！儿子空有满腔的话，满腔的心愿，也只能用一种肃静的感情，默默无声地在心里表达。已经失去的东西为什么会变得那样珍贵？未曾失去时曾有过的珍贵东西，为什么又那么不被重视？

啊，"谁言寸草心，报得三春晖"！妈妈，您能原谅、宽恕我吗？

我记得 60 年代初时，我随一个代表团到苏联访问。在苏联巴甫雷什中学，走进校内，首先映入眼帘的是正面墙上的一条标语："要爱你的妈妈！"听说有人问曾长期担任那个中学校长的教育家苏霍姆林斯基：为什么不写"爱祖国""爱人民"之类的标语？他答道："对孩子的教育要从具体认识入手，如果一个孩子连他的妈妈都不爱，他还会爱别人、爱家乡、爱祖国吗？"

当时，我听了，不由得想起了妈妈，想起了年轻时的许多往事。

这真像那只出名的流行歌曲《酒干倘卖无》的歌词里说的，子女对抚养者的爱："从来不需要想起，永远也不会忘记……"

啊，妈妈，妈妈！您能知道儿子此刻的心情吗？……

十六、天亮以后的战斗

艰难困苦的时光，即使再慢，也会过去的。

抗日战争终于胜利了！上海"天亮"了！我从大后方复员回到上海再见到妈妈和珍妹、琴妹的时候，已是1946年夏季了！我是那年暑假从四川重庆随学校经西北公路复员回上海的。我进的F大学，在大后方和上海都有，上海的算是留沪的，重庆的算是抗战时期从上海迁去的。现在抗战胜利，重庆的迁回上海与上海的大学合并了。

自从到了大后方，目睹政治腐败，军事失败，贪污成风，特务横行，物价飞涨……我心头充满了一种失望和懊丧的情绪。我同妈妈通信，知道妈妈带了珍妹和琴妹在沦陷区过着水深火热的生活，我就不愿将真正的感想和情况告诉她们。每次写信，总是粉饰地说："此地一切都很好，我也很好……"如此等等。实际，我享受的贷金、公费微薄可怜，过的是吃不饱、穿不暖的日子，更严重的是大后方的政治空气也是那样使人窒息。我不愿当亡国奴和顺民，也同样不愿当法西斯统治下的奴隶。当时，国统区人民民主运动已经开始高涨，学校里学潮如火。我自然也像许许多多同学一样，也投入了要求时代进步的洪流。

1945年12月1日，昆明发生了有名的"一二·一"惨案，消息传来，我们对死难的烈士进行了公祭。我们用激昂的语调、怨愤的声音唱着挽歌：

安息吧，死难的同学，

别再为祖国担忧，

你们的血照亮了路，

我们会继续前进！……

在当时，左派进步力量与右派法西斯党团力量泾渭分明，我毅然不顾一切地站到了进步的一方。

我到重庆后，曾想同鑫虹通信。后来从妈妈的来信上才得知：鑫虹已经离开上海到苏北去了。那时，由于新闻封锁，我还并不了解鑫虹到苏北是去干什么，是后来回到上海才明白的。他实际是去苏北寻找新四军去的。所以后来，当我从四川复员回到上海，隔了半年与他重逢时，他已从苏北回来了。他进了Ｃ大学，并且是Ｃ大学学生运动的领导人之一。

我复员要回上海时，正是全国规模的内战爆发的时候，当国民党反动政府发动这一场空前的大内战时，多数人的心里都是沉重的。抗战胜利带来的喜悦消失了，和平被彻底破坏了！国家的民主和进步面临夭折的危险。7月里，骄阳肆虐，到处战火纷飞。上海学生的争取和平民主运动已发展到同全市人民的争取和平反战运动汇合起来。他们举行了"六·二三"反内战大示威，虽也受到了镇压，却使我们热血沸腾。我急着能早日回到上海去。但我在将随学校复员启程前，突然收到珍妹署名写给我的一封信。

自从在上海发生龃龉以后，珍妹从未给我写过信，这次她写的信，笔迹娟秀，字迹端正，看来，她已是一个成绩很好的高中生了！信上出乎我意料地要我办一件事，是关于宗汉好伯灵柩的事。

她信上说："……灵柩，厝放在重庆海棠溪，现在，渝江中学董事会决定将灵柩托付木船运送到上海，全部用费由他们负担，但希望家属出面随枢陪同押运（他们有专人负责，家属只是照顾）。我的意思是希望你不必随同学校复员，可以出面到重庆找该董事会张裕寿先生联系一下。由你随枢陪同押运。此事妈妈本没有要你办的意思，我见妈妈接信后不知所措日夜不安的样子，感到应当写这封信给你。你这样办了，省了妈妈许多事，也安慰了妈妈的心。妈妈这些年来含辛茹苦抚养我们，她已经越来越瘦削衰弱了。你过去在上海时做的那些事，使妈妈心灵蒙受了深刻的创伤。我觉得是不能得到宽恕的。如果现在办了这件事，我想，妈妈会原谅你的，我和琴妹也会原谅你的……"

"胡说八道！"我读了信，气得发昏，"岂有此理！"我恨不得一把将信撕了！我明白，我同珍妹之间，没有共同的语言。感情之间的鸿沟是难以合缝的了。自从到重庆后，我已经丢掉了在上海时因宗汉好伯而给我的许多烦恼。谁料想，在临离开四川复员回下江的时候，竟会又冒出这样一件怪事来呢！

我应不应该按珍妹的要求去办？我思索着、苦恼地思索着，寻求答案。

是的，如果按照她的话办，对我复员回下江来说，是一样的，甚至还舒适一些。妈妈和珍妹她们当然都会满意的。说不定真的会像珍妹说的那样，过去的积怨一下子都会消除了。

但是，我为什么要这样去办呢？

这样去办，岂不是向那个什么中学董事会和那位我并不认识的张裕寿先生自我介绍：我是张宗汉的"亲属"了吗？什么"亲属"？如果人家追究盘问，我不就显然是他的"儿子"了吗？如果我不这样介绍，我又怎么介绍呢？为什么要蒙受这种耻辱？我应当将虱子往自己的头上抓吗？

如果我办了！我真是尽了"孝子"之责了！我陪同押运他的灵枢，我的身份是什么呢？我为什么要对他尽"儿子"的职责？我自己的父亲我也未曾尽到这种职责呀！他尸骨无存！我每一想起就要心上淌血！

我如今竟替他生前痛恨的人当孝子！怎么对得起我亲生的父亲？

再说，如果我办了！我将这具棺材运到了上海，麻烦事不是更多了吗？我以前在上海为消灭他的几张照片做了那么多的艰苦斗争，现在呢？我却要带回他的棺木！想起那一次，宗汉好伯的弟弟张宗唐说过：将来灵柩从四川运回上海以后，要好好举行吊唁，要给他在静安寺做做佛事！……那倒好！我到四川大后方，总算摆脱了在这件事上的许多烦恼，将棺木由我运回上海，一下子这些烦恼又都要卷土重回了！我该这么干吗？

啊，我痛苦极了！收到信的当天晚上，我独自去到嘉陵江边，对着远处月光下的山影，像个疯子似的高声大叫："啊！——啊！——啊！——"叫喊的回声在空中、在山水之间回荡，仿佛只有这样的狂叫才能解除发泄我心中聚积着的沉重的块垒。

那夜，我始终睡不着，黎明时，我做了决定：将信撕了！撕得粉碎，扔进了字纸篓！我也未回信给珍妹，我决定随学校一起复员回上海。

记得很清楚：酷暑中，我随学校师生们从经常阻塞、翻车事故不断、凹凸不平的西北公路，经过秦岭、宝鸡转道陇海路再转往南京到上海时，我的心情是何等兴奋、激动，但又何等哀伤。抗战胜利了！能回到家乡了！能见到亲人了！当然使我兴奋、激动！但时局蜩螗，内战愈演愈烈，艰难的岁月正摆在我面前。我想念妈妈，也不能不对妹妹怀有感情，可是想起死在敌人魔爪中的父亲和他在黄浦江里的衣冠冢，想起离川前收到珍妹的信所引起的烦恼，体会到我实际没有自己的家，我又不能不悲从中来了！

抵达上海的那天傍晚，我一身破旧的衬衫短裤，汗流浃背，一肩行李，到了妈妈家里。由于复员时限带物件，一些用土纸印刷的沉重的书籍全部被我卖掉了。我有一种特殊的心情，仿佛过去的这些岁月，我始终是在用竹篮舀水，舀了又舀，一天又一天，结果什么也没有剩下。

离开了几年，花园巷五号这幢石库门的房子并未变化，它依然阴暗、古老，还残留着经历了战争的气氛——玻璃门窗上都歪歪斜斜贴着防震的纸条。这是美国飞机 B-29 轰炸上海那种威慑力量留下的陈迹。像以前在上海时那样，我仰脸向着三楼高喊："妈妈，开门！……"

叫了几声，我听到楼上妈妈答应的声音了："来了，谁呀？……"

然后，我看到在三楼阳台上妈妈露出了她瘦削苍白的脸。啊！同我离开上海时的妈妈，已经又有了很大的差异；同我在梦境中梦到过的妈妈也有了很大的差异。她比我想象的要更瘦、更苍老、更憔悴！战争和生活是多么磨难人呀！夕照的斜阳余晖照着她的头发。头发已经不是她早年那种乌亮的黑发了！是发黄枯干的头发！即使她在三楼，离得那么远，我也似乎看清了她脸上时光和艰辛刻下的皱纹。

是珍妹下楼给我开了大门。

门一开，我看着珍妹：她长高了！已经是个成熟的大姑娘了！应当说，比以前变得漂亮多了！在她脸上身上完全能找到妈妈早年的美丽倩影，只不过她的两只黑眼睛更大更亮更动人！我不由自主热情地叫了一声："珍妹！"

珍妹看着我，那么严肃，那么矜持，却眨着美丽的黑眼睛问了一句："我给你的信收到没有？"

我缺少思想准备，一时竟愣住了。我硬着头皮佯装地说："什么信呀？"我并不爱说谎，此时此地，我决定说假话！

想不到她竟冷冷地哼了一声。我明白，刚才我的一愣一犹豫，她一定看出蹊跷来了！她忽然眼圈红了，说："你，……你还想骗我！你，……你……我永远不想饶恕你！……"说着，我看到她的泪水流下来了。她用手背拭去了泪水，又说："我写信的事，妈妈并不知道，请你别提！"说完，她竟转身走了！对我，像对一个陌生人。

我像被人在北风里泼了一头凉水，半晌回不过味来。我明白，我同珍妹之间，是再也难以融洽无间了。我们是同血缘的亲兄妹，可是思想和感情同血缘一定有什么密切关系吗？未必！我生气，也伤心！抗战胜利了，回到家里，竟会遇到这样的事！我甚至觉得留在遥远的四川嘉陵江边不回来也好呀！那时的憧憬，那时的夜梦乡思，到底是令人感到温馨神往的，现实生活的冷酷，却使我只能灰心泄气。

幸好，妈妈对我还是那么热情怜爱。她也从三楼急急下楼来了！见到了我，一把抱住我就痛哭流涕了。哭得那么伤心，嘴里却不断地说："我这是高兴呀！我这是高兴呀！……"

我们一同上了楼。又回到当年熟悉的房里来了！妈妈给我倒了水，告诉我："你走后，我总是梦见你。昨夜又做了梦，梦见你回来了！果然，你今天不就真的回来了吗？……"

但，一会儿，妈妈又忧虑满面地说："原先以为天亮了赶走了日本鬼子，一切都好了！现在才明白：不是那么一回事！真像大家说的：'左等天亮，右等天亮，天亮到了，更加遭殃！'这些从重庆来的接收大员，只忙着'五子登科'①，根本不管老百姓死活。这日子，一样使人灰心失望呀！……"

她话说得不断："你怎么也不来信呢？要是收到你信知道你今天一定到，我们就去接你了！……"又说，"你琴妹现在也给人家做家庭教师了！她还没回来！长大了，功课在班上是第一名哩！"更忙着对去到隔壁房里避开我的珍妹高声说："小珍，你在干什么呀？快给哥哥打洗澡水，让他洗洗！他身上都发酸了呀！"

珍妹应了一声，顺从地去打洗澡水。看来，她是不愿意在妈妈面前泄露"秘密"。她表面平静，若无其事，只有我能从心底里感觉到她的冷淡。

琴妹与她不同。琴妹回来时，我正在洗澡。洗完澡后，见到琴妹，

———————————

① 五子登科：这指的是重庆的接收大员为房子、条子、车子、女子、票子而忙。

她果然长大得多了；脸仍是圆圆的，总是爱笑，一笑左腮一个酒窝，两只眼睛发亮，也有点像妈妈年轻时的模样。见到我，说："小哲哥，我们真是天天盼着你回来呢！你回来了，妈妈就高兴了！妈妈有时夜里做梦也在叫着你的名字'小哲''小哲'呢！"

总算回来了！我尝到了母爱的温暖，也有琴妹的欢迎。但由于珍妹，更由于心理上的说不明白的因素，我总觉得家中像是缺少了什么。缺少了什么呢？说不出！这像菜里没有放盐，缺少了那么点必须的味道。我没有在家里再看到有宗汉好伯的照片，论理，这使我觉得顺心，可又使我觉得对妈妈有愧！好像这是一种缺憾。可是我又不能叫妈妈再把照片挂上！我明白：妈妈这样做，是为了避免同我再发生什么不必要的冲突。我心里曾想过：当我不在上海时，也许宗汉好伯的照片又是出现在墙上和桌上的。是我要回来了，才又拿掉的……对这事，我有一种烦恼，但我不愿多想它，也不想去管它：人为什么总是有这么多的矛盾呢？我常常想起妈妈对我说过的那个能震撼我心灵的外国童话。我已决定绝不再像过去那样愣头愣脑地使妈妈生气！我决不能再挖妈妈的心了！我决定用一种不闻不问的态度来应付对待这些。

宗汉好伯的灵柩的事怎么了呢？我心里是明白的！珍妹写信给我，要我办这件事，我没有办！妈妈确实未必知道。那么，后来这事如何处理的呢？很可能，灵柩不运回来了！也可能，灵柩由那边的中学董事会派人运送回来。反正，这件事并没有了结。我回家不久，就感到我同妈妈和珍妹、琴妹之间，在宗汉好伯这个敏感的问题上，是在进行一场互相心照不宣的捉迷藏。我不去过问，她们也不希望我知道。我想知道，却又不想管，她们不让我知道，我也就算了！

我专程去看望芸姨母。芸姨母仍在她那个中学里教书。对抗战胜利，她表现得兴高采烈；对接收人员"五子登科"，又大为不满。她也显得年岁大了，微微有点发胖，不过性格未变，见到我，十分高兴。问这问那，告诉我：宗汉好伯的灵柩要家属去陪运，由于妈妈不能去，所以妈妈已写信请他们将灵柩托人代运回来。……我听了没有作声，她也就不再提。她告诉我：胜利前，她一直和接近的同事们在深夜通过短波收听重庆中央电台、延安新华电台和菲律宾方面的美国华语广播。日伪强迫居民办理收音机登记，凡三管以上的长短波收音机都须送检，剪除短波装置，但她拒不照办。她除了和好友们秘密收听短波，也刻印抗日传单散发，为怕被人发现，她们就用打麻将掩护。又说："书还是我的好朋友，这以后，不打麻将了！要多读点书。"她仍没有结婚，向我表示："这种年头，还是单身的好！……"

由于学校复员，暑假特别长。暑假前后，我们在学校里办情报、组织读书会，广泛联系同学，要求和平，反对内战，抗议驻华美军暴行，忙得脚不沾地。学校里有宿舍。妈妈要我住在家里，我推说学校里忙，干脆搬到学校宿舍里去住了。其实，我也爱妈妈，只是有意想避开宗汉好伯灵柩运回来的那件事。再说，我也不喜欢看珍妹两只对我冷淡的黑眼睛。

一天午后，没有课，我抽空从学校回到家里。妈妈和珍妹、琴妹都不在。楼下邻居胡家师母对我说："她们到万国公墓去了！……"我心里明白：一定是宗汉好伯的灵柩或者骨灰运回来了！我心里揣着明白装糊涂。我同妈妈和妹妹之间，谁也不提有关宗汉好伯的事，互相都布置了缓冲地带。我知道，她们一定给宗汉好伯在万国公墓里造了一个坟，有了一块墓地。我突然谴责自己，这次复员回来，我还没有到爸爸的衣冠冢前去过。是忘了爸爸？当然不是。但我确实感到：爸爸人已经不在了！他的坟也只不过是个象征性的东西而已。事情这么多，多去凭吊使自己沉浸在悲恸中有什么意思？

那天下午，我买了一瓶"庄源大绿豆烧"。这是爸爸生前常喝的酒。我特意到黄浦江边的外滩公园里去。

外滩公园，曾经被日本侵略军做了军营，园景遭到严重破坏，音乐亭被拆去圆顶改为碉堡，树木花草摧残殆尽，一片荒芜寥落的景色。

我找到了那张长石板凳，坐了下来。黄浦江上，依然群集着船舰和舢板。靠近虹口杨树浦的船码头那边，灰色的日本军舰不见踪影，停泊的是挂着星条旗的美国兵舰。面对着我想象中的爸爸的衣冠冢——其实，只是滔滔地打着漩涡的水。我将酒瓶开了，将酒洒下江去默然哀悼。那张石板长凳，不知怎的，已经被人打碎了一角，凳脚上苍苔丛生。周围的树木都已长粗变大，我扔掉空酒瓶子痴坐着，心里思前想后，感触万端。

我不禁向爸爸倾吐着心里的话说："爸爸，抗日战争胜利了！儿子回来了！请原谅我到今天才来吊唁您。我已经上了大学，可是还毫无建树。国仇家恨，仍郁结胸膛！前途艰难，我还未能预卜未来会怎样？我准备献身于当前的学运，尽一个大学生的责任。您用自己的范例和生命，教导我要爱国！我很懂得，如果国家不能团结统一，不能实现人民民主，也就不能富强。你在九泉之下，也是不会瞑目的。我今后也许不会常来。让滔滔的江水做证吧！我将按您的期望，奋勇前进，决不畏缩后退！……"

当我向爸爸讲完这番心里话后，立刻想起了鑫虹。啊，我那次重逢鑫虹，是在这里。我的好友，你如今在什么地方？我听妈妈说过：我走后，鑫虹起初还不断到我们家里去看望妈妈和妹妹。但，后来他去苏北就没有音讯了！

现在胜利了，鑫虹啊，你在哪里？他家的地方我还记得。我决定哪天抽出空来一定要去他家看看，打听他的下落。

天下也多那种"说到曹操、曹操就到"的巧事。我这里还没抽出空去寻找鑫虹，鑫虹却自己找上门来了！

大约是我回到上海不到半年的一个冬天夜晚，北风萧瑟，我刚好从学校回到家里，正同妈妈在谈心。珍妹带了一个臂缠黑纱的高个儿进来，她兴奋地说："妈妈，来客了！你们看看是谁？"

我抬头一看，只见来人那张忠厚熟悉的笑脸在灯影里一闪，叫了我一声："颖哲！"

我立刻认出是鑫虹！我"啊"了一声，高叫："鑫虹！"马上同他紧紧拥抱在一起了。

妈妈含着泪花看着我们相会，她为我们的重新见面显得十分高兴。珍妹给鑫虹倒了一杯热开水，琴妹忙着笑眯眯地去拿熏青豆给鑫虹吃。那是炳根表弟从北川沙乡下带来送给妈妈的一种当地土产。

我打量着鑫虹，他不但比当年高大，也比当年老成了，脸上有风霜之色，仍然是胖胖的，微笑着的，显得脾气温和，宽厚而又充满智慧和干练的样子。

我问他："你怎么今晚突然出现了？你这黑纱是怎么回事？"

鑫虹说："我从苏北回到上海三个多月了！父亲不幸在上月病故，我现在进了C大学，遇到了阿珍，知道了你们的情况，所以今夜决定来看看你们！"

后来我才知道，其实鑫虹同珍妹前些时在抗议"沈崇事件"的学潮里，两人就见到过了。珍妹和他都参加了"上海市学生抗议驻华美军暴行联合会"。来年的1月1日，在国民党宣布"宪法"的那天，上海一万多学生举行抗议游行，我在人群的铁流中，看到鑫虹和珍妹都在队伍里高举着旗帜和横幅。

鑫虹和珍妹是怎样进入恋爱的？我不清楚。但他们互相由接近到热爱，这点，妈妈知道，我知道，琴妹也知道。

珍妹对我仍旧是存在着芥蒂。当妈妈的面，她只是表现得平静和平淡，尽量不让妈妈察觉她对我的不满。我明白她是怕妈妈为此伤心。背着妈妈的面，她对我像一块冰，尽量远离开我。我们都参加学运，却又不谈这方面的话。为了不使妈妈难过，我也尽量装得若无其事。仿佛我和珍妹之间，什么事也没有发生过。

妈妈，她并不是一个迟钝的人，也许是琴妹，将我同珍妹之间的情况告诉了她。一天，妈妈对我说："小哲，听说你同珍妹之间不那么亲密，我已经同她谈过。我也要同你谈谈。如果有什么事造成你们兄妹这种隔阂的话，应该怪我！你们看在妈妈的面上，互相千万不要不和睦。能答应吗？"

我心里发酸，有许多话说不出口。我只能说："妈妈，您放心。我对珍妹没有什么不好，她对我也还是不错的。我们既不吵也不闹，过去有些误解，随着时间推移，慢慢会冰释的。"

妈妈叹了一口气，说："有时候，不吵不闹比吵吵闹闹更严重。……我也渐渐老了！一家人只有和睦才能兴旺。阿珍现在看来同鑫虹很要好。我也喜欢鑫虹，你是他的好朋友，有些事你同鑫虹谈谈。鑫虹这人，是个有见解心肠也好的人。他说话，阿珍也是会听的。"

我答应了妈妈。

一天，我去Ｃ大学找到鑫虹。在校园里的草坪上，同他谈了我同珍妹之间的事。我一五一十坦率地把什么都讲了。他听后，诚恳地说："颖哲，有些事你不谈我还真不知道呢！你告诉了我，我一定努力做工作。你妹妹是个有个性的人，她的工作我来做，希望能做得通。在你这方面，我觉得主要是要解决头脑里封建思想的问题。为什么你竟把伯母的离婚和改嫁看得那么大逆不道？为什么你对张校长那样的爱国者会反常地厌恨？为什么你要在伯母的伤口上不断洒上盐水？你为什么对姓黄姓张的问题看得那么重？你不知道吗？许多热血青年，到苏北找新四军后，为了保密或其他原因，都把姓名改掉了，随便取一个姓！姓名不过是个称呼而已，有什么了不起？让这些残留在我们脑子里的世俗的垃圾见鬼去吧！人决不要在错误思想指导下自寻烦恼！……"

我微喟着想：人决不要在错误思想指导下自寻烦恼！他这句话说得多好呀！……

鑫虹又说："今后，你对伯母应当更好一些。她是一位了不起的母亲。你很少同她谈心，可能对她不很了解。她忧国忧民，是很容易接受进步思想的。你应当加深对她的了解。……"

我不能说鑫虹的话没有打动我的心，他说得有道理。我对同珍妹改善关系的愿望是强烈的。我相信，关系会得到改进。只是我对鑫虹向我谈到妈妈的一段话并未引起足够的重视。

这次同鑫虹谈话以后不久，想不到他竟出事了！

当时，鑫虹去参加了上海职工们在劝工大楼楼上召开的爱用国货大会。会上，特务捣乱，当场打死了永安公司职员梁仁达。鑫虹那时和一些参加学运的同学正在进行活动，有一天夜里走出学校，被一辆疾驶而来的黑色汽车突然迎面拦住。车上下来几个面目不清的人，将鑫虹揪上汽车绑架走了。……

那天，珍妹不顾她和我的不和，突然气急慌忙地跑到 F 大学找我，含着泪告诉我："鑫虹失踪了！"

我和珍妹四处奔波，将鑫虹被特务绑架的事宣扬出去。学生抗暴联合会这时成立了，先后号召同学向反动派进行斗争。有些社会交往较多的熟人，又纷纷去找各种社会关系了解鑫虹被绑架逮捕后的情况。终于打听到：他是被中统特务驻沪办事处青运组逮捕的，关在特务机关亚尔培路二号，并且据说已经受了毒刑。

在这时候，我才发现了妈妈的性格。她在从珍妹处知道了鑫虹被捕失踪的消息以后，又主动找到我询问了详细的情况。后来，出乎意料地对我说："我一定要救他出来！"

我问她："妈妈，您用什么办法救呢？"

妈妈说："我在做家庭教师的那家姓顾的人家，同国民党市党部的一个党团行动处处长是亲戚。那个处长是中统的大特务，常到顾家打牌。我就说鑫虹是我的女婿。我准备将一只明代蓝花古瓶作为礼物送给顾家，再将一只宋朝的紫端御砚托顾家送给那个处长。姓顾的最爱古董。去年年初，生活实在困难，我想卖了那只明代古瓶，他很想要。后来我没舍得卖，就留下了。他一直还在动心思想要这只瓶。我想，拿出这两样东西去，他们是会帮这个忙的。"

呀！我知道：这两样古董是宗汉好伯生前珍藏的东西。是他们张家的"传家宝"。抗战时期，家里窘到山穷水尽的地步，妈妈也未舍得卖。现在却慷慨地准备全抛出去了，实在使我感动。我说："妈妈，您快去试试吧！但别送了古董，人救不出来！"

妈妈说："放心吧！不牢靠的事我是不做的！"更出意料地对我说，"小哲，我马上就到顾家去！还有件事，你马上给我办一办！"

我问："什么事？"

妈妈说："你替我快到金神父路九十八号二楼去找一个名叫盛永昌的男人，告诉他鑫虹被捕的消息。但是，进门前要注意：如果他窗口上挂着一束红毛线，你就别进去。没有红毛线，你才可以进去。去时，你给我送些重要的东西给他，说是鑫虹交给他的。你的名字可以告诉他。就说你是鑫虹的好友，是我的儿子。"

呀，妈妈呀！直到这时，我才明白：这一段时间里，妈妈实际已经完全知道了鑫虹在干什么事，也在实际上帮助鑫虹干工作。他让我交给姓盛的重要的东西，是她代鑫虹保存的。是什么？她没有说，我也就不问。但我这时，对鑫虹说的"她是一位了不起的母亲！你很少同她谈心，可能对她不很了解！她忧国忧民，是很容易接受进步思想的！……"我是有了理解了！我在心底里赞美妈妈！我为能有这样一位好妈妈感到骄傲。

我按妈妈的嘱咐，去到金神父路，找到了盛永昌，将鑫虹的那包重要东西交给了他。然后，回来告诉妈妈。我看到妈妈脸上有欣慰的神色。

我问妈妈："你这些事为什么不叫珍妹做？"

妈妈回答我："我怕你珍妹也许早被特务盯上了：她这一向常同鑫虹在一起。……"稍停，又说，"我救鑫虹，不是纯粹出于私心。我是觉得他是个好青年！他同你珍妹，也许将来会是一对，也许不是！这很难说。不过我现在需要用女婿这个名义来救他。这事我想不让你珍妹知道为好。你是鑫虹最好的朋友，这事你应该做！再说，我希望以后你珍妹知道这件事后，从感情上会对你好一些。做妈妈的，没有比看到自己的子女不和更痛苦的了！"

我赫然动容，发现妈妈办事是精细、周密、用心良苦的。

果然，隔了几天，鑫虹被保释出来了！出来后，组织上要他立即撤退到苏北去。

鑫虹去得仓促。行前因我在学校里太忙，竟未能同他见面话别。听妈妈后来说：她同珍妹和鑫虹曾经匆匆在西摩路一家小咖啡馆里见了一面。鑫虹有没有把我的托付同珍妹谈过，就不清楚。我估计他是谈了的。如果没有谈，那么妈妈一定也是会将我替鑫虹去找姓盛的事等等告诉珍妹的。反正，后来我发现：珍妹对我的态度比从前是好起来了！虽然并不热乎，至少不是冷冰冰的，更不是用那种敌视的眼光看着我了。当然，这也许另有原因：她到底年龄渐增，不再那么孩子气地任性了！何况我同她当时都在上海学联的领导下参加学运，我们是志同道合的兄妹呀！

11月里，为了浙江大学学生自治会主席于子三被反动派惨杀在狱中，上海学联号召学生用罢课或者鸣钟、素食、捐款等方式表示哀悼和抗议。那天中午，我同珍妹是在街头募捐时在南京路新世界附近偶然遇见的。她见到了我，对我笑笑，又特地跑过来，递了一个罗宋面包在我手里，说："饿了吧？吃吧！"然后，又跑回到她那支募捐小分队里去了。

我手里攥着那只两头尖尖的咸面包，心头涌起一阵温暖。她那笑容，以前很少给过我。这次的笑容，以后许多年，依然镌在我的心上……

十七、生死、不灭的光

我们从积雪的竹林里那妈妈骨灰的埋葬处，又回到前边客堂间里来了。

大家又围炉烤火，琴妹给炉子里添了许多木炭，木炭"哔哔剥剥"爆炸，发出一股刺鼻的气息。我心里想：炭盆该淘汰了！我该给芸姨母置一个香味电暖风器。那东西外形美，干净省电，送热均匀，还能喷发香味，老年人取暖比炭盆可强多了。

芸姨母忙着又给大家斟茶，阿福帮着递杯子。炳根表弟仍旧又吸起烟来。在芸姨母这里，他似乎是个可以毫无顾忌地抽烟的人。

芸姨母在说："炳根，真拿你没办法！这房里给你熏得臭烘烘的，人家颖哲吸一支，你要吸五支！我以后要是得了肺癌，就找你算账！"

炳根只是憨笑，依旧自顾自地喷云吐雾。

我坐在珍妹旁边，发现珍妹还未从刚刚墓前凭吊妈妈的哀思情绪中恢复过来。我自己也是这样，心头总是荡漾着一种思念妈妈和回顾往事的哀愁。也不知为什么一看着结满冰凌的玻窗上由于室内炭盆里有熊熊的火焰，玻璃上的冰冻已经融化。窗户台上那盆翠绿色浸在白瓷盆子里的水仙已经含苞，我脑际浮起了一首前几年读过的一位诗人的诗：

哦，我们生命的千山万水哟，

你们是否还记得我和当年的岁月？
——有风霜，有阳光，也有云雨……
如今，在这奔腾汹涌的大海边，
我一齐寻到了你们以及那些
失却的故事，逝去的日子。

　　我为什么会想起这几句诗？这里既没有千山万水，也没有阳光！我说不出！世界上最难说清楚的事也许就是感情了吧？诗的奇妙是否也正在这里？有时，一些平凡无奇的诗句，在适当时机，会引起人的共鸣。

　　我静坐无言，默默啜着苦涩而又甘甜的热茶。见珍妹也静坐无言，在玩弄着围巾上的一绺绒毛，搓来搓去，理顺了，又将它搅乱。

　　我终于忍不住了。我说："芸姨母，您快来坐下！我们来商量商量一下妈妈迁葬的事吧！您看好不好？"

　　芸姨母灌满一壶凉水来搁在炭盆炉架上，爽朗地说："怎么不好呢？你不谈我也要谈了。你们三兄妹好不容易都聚到一起了，是该好好商量商量。我这个老长辈，也要发表发表意见。炳根和阿福，也可以自由发言。如果要迁移，他们动起手来，花不了一个钟点！"

　　炳根喷着烟说："我还弄不清到底是怎么回事？是要迁到哪里去呢？入土为安嘛！这里离芸伯近，离北川沙和我们也近！为什么要迁呢？"

　　我正想解释几句，却听到敲门声，就止住没说。

　　又是谁来敲门了呢？

　　芸姨母站起来说："我去开门！"

　　我和琴妹都站起来要去开门。琴妹一让，我已走到积雪的天井里去了。

　　雪，仍在纷纷扬扬。我拨开门闩，看到门外一个老年人，约莫七十岁，穿一件黑呢大衣，戴顶黑呢干部帽，打把伞遮雪，手里提着一只小竹篮。我一眼认出了，就是上午送河虾和猪心的那位面目清秀的老年人呀！这人生得慈眉善目，满面是笑，彬彬有礼地躬躬身子，说："我是来送猪肚子的！"说着，递过小竹篮来。

我忙接过小竹篮，也躬身还礼客气地说："谢谢，谢谢！请进来坐坐！"

老头却连连摇头摆手，说："不坐了！不坐了！我还有事……"说完，客客气气地打着伞踩雪走了，身板笔挺。

芸姨母也从容堂间里赶到门口来了，见老年人已经走了，在门里伸出身子叫嚷着说："谢谢！谢谢！……"她从我手上接过了小竹篮，说："这么大的雪，叫他别送了，他还是又送来了！"

我说："是谁？真太麻烦他了！"

芸姨母并不回答我，自顾自地说："这只猪肚倒是新鲜，晚上，烧了给炳根下酒！"她去厨房里放下竹篮，同我一起回到客堂间里，对阿福说："阿福，你去厨房里洗洗猪肚，人家刚送来的。洗干净了，晚上烧给你们吃。"

阿福应了一声："好！"就去厨房间了。

炳根却吸着烟，说："芸伯，这个袁老头子还是常来？看来他的心没有死呢！"

芸姨母笑笑，说："你胡扯些什么！"

琴妹忽然说："呵，我有点明白了！"

炳根表弟说："要不是他有意思，这么大的雪，能给您老人家送猪肚？"

我也好像有点明白了，心想：怪不得上午这老年人送来了河虾和猪心，如今又来送猪肚，怪不得先一会儿芸姨母说过：年轻的事我讲，年老的事我也讲。要不是炳根他们来打断了她的故事，说不定她早谈起这件事了呢！……

琴妹已经嘴快说出口了："芸姨母，这位老先生是不是君子好述啊？"

芸姨母开朗地笑笑，搓着双手对着我和珍妹琴妹说："好呀！玩笑开到老长辈头上了！这又不是什么秘密！你们三个也许不知道，炳根他们早知道了。这个袁老头子，人倒还老实，过去是邮政总局的高级职员，前年离休后回到家乡罗镇来定居的。分配给了他一套三间的房子，老头子的一儿一女都早独立了。儿子在上海，女儿一直同爹生活在一起，可是去年女儿随女婿去了深圳，家里冷冷清清，连个说话的人也没有，生活也无人照料。我们是打太极拳练气功认识的，退休职工有时也上街帮着维持交通秩序宣传'五讲四美'。认识后，他就往我这里跑得勤了，还写了封信向我透露了点意思。罗镇上的'老人婚姻咨询服务所'里的人也来想做红娘。可是，我并没有认真思考这个问题呢！我年轻时那么慎重，到今天年龄可以当祖母了，还会草率吗？"

炳根说："这种老不正经，我看少理他也好！"

阿福已经洗完猪肚子进房来了，插嘴说："爹爹，你这是老脑筋了！现在老年人五六十岁、六七十岁、七八十岁成双配对的多的是。你还少见多怪，骂人家老不正经，你那是过时皇历了！"

琴妹说："说真的，年岁大了，子女大了，孤单一人，生活也不方便。有个老伴，互相照应，只要脾气相投，生活习惯相同，谈得来，我觉得还是很好的。那年，唐山大地震，我参加医疗队去救援。地震后，许许多多家庭都破坏了。有一个时期，党和政府做了大量的工作，重新组织家庭。这家剩个男的，那家剩个女的，互相都有毁家之痛，那就结合起来吧！很多家庭重建起来，还是很幸福的。家庭这东西，有了有时嫌累赘，没有了似乎确实也不行呢！"

我点头说："琴妹的话我同意。老年人也该有爱情生活嘛！只要这种婚姻有爱情，结合自愿就会有幸福。我到了今天这把年纪也有体会了。我同叶珊倒也并不是什么矛盾都没有，有时也会发生小争吵，可是总的来说，双方满意。要是让我失去了她，真感到人生会乏味了！"

芸姨母笑着说："看来，你们这些人里，有的好像是赞成我结婚的，有的是反对的。阿珍，我倒要听听你的意见。"

珍妹一直眨眼听着大家谈，这时说："芸姨母，这种事别人的话都只能参考，要您自己拿主意。如果您自己满意，认为结婚有幸福，就别放弃机会。也别以为自己年岁大了。春天来得迟了也总是春天，花儿开得迟了也总是花朵。我只希望您有幸福！我懂得一个单身人独自生活有时多么寂寞和不便。……"说到这里，她忽然眉头一皱，停止了话音。看那意思，是因为这些话触动了她自己的心事？

是呀！芸姨母是老处女，一直未婚；珍妹自从五十年代初期鑫虹在抗美援朝中牺牲后，她也始终是独身。这个问题，她触及起来自然是敏感的。有些话别人好说，她说起来就困难了呀！

芸姨母听着珍妹讲，摇着头，说："你们说得都有道理，但对我来说，拿主意确实要靠自己。我还是一样，时代不同了！我的思想感受也不同了。过去我寂寞能忍耐，因为我有点消极。现在看到大家生活好了，都过得热热闹闹的，就觉得寂寞不可取了。一本杂志上登过一个材料。美国柏克莱加州大学对七千人进行九年的调查发现：与社会隔绝的人死亡率比经常与人接触的人高一倍；对三千八百多位日裔美国人进行的研究表明：孤独者的心脏病患者比喜欢交际的人高一倍。……"说到这里，她见琴妹在笑，她显得好像年轻了似的笑笑，说，"也许，你们以为我真想结婚嫁人了吧？也不是这么一回事。我确实还一点没有考虑呢！我到底是老太婆了呀！"说完，她朝我们每个人的脸上看看，又笑着说："炳根，你这封建老脑筋被我的话吓坏了吧？"

炳根表弟连连摇头摆手，笑着说："不瞒你芸伯说，我这人是有点老脑筋！去年，乡下也有人来给我做过媒，说：你的儿子分出去了！女儿也嫁出去了！你一个人，也该有个女人照顾照顾。我当头就回绝掉了！说实话，我有点怕难为情，不像芸伯文化高，思想开通。可是，你们别看刚才阿福说我是老脑筋，我要真是又结婚，他决不会投赞成票!"

阿福连忙笑着辩解:"爹爹,你要结婚尽管结,我们现在生活都好了,房子也都有了。你那点旧房子旧式木器什么的,谁也不稀罕。反对点啥?说实话,要真有个人照顾你,我们也就放心了。可别把自己不结婚的责任往我们身上推!

芸姨母打趣道:"万一来了一个女人,不但不能照顾你爹,还要给气你爹受,好吃懒做,怎么办?"

阿福的头发从前额上散落下来,说:"大不了离婚就是。再说,结婚前选一选,打听打听,不就行了。爹爹同姆妈以前是包办婚姻,还过得不错。现在自由恋爱,问题不会太大。"

我对谈论着的这件事没兴趣了。知识分子的婚姻观、爱情要求和家庭要求,每每同炳根表弟这样的乡下农民不大一样。我知道炳根弟媳同炳根的婚姻全是父母包办的。他们看上去没有感情,却一样生儿育女。平时在家,一切炳根说了算,弟媳见到炳根有点笑脸就很高兴了。她日夜操劳,干家务、下地劳动,平时吃饭,炳根吃了她才再吃剩的。临死,据说她对炳根和阿福、玲弟说:"我这一辈子过得很顺心。"她那种生活,放在妈妈、芸姨母或者珍妹、琴妹、叶珊,恐怕谁也受不了,可是她竟说"过得很顺心"。奇怪的是:炳根在她生前,对她并不好,在她死后,却常在喝酒时落眼泪,还常给她摆一双筷子和一只酒盅在桌上,说是她生前,他对不起她,她死后,他就想到她的好处了。炳根在她死后既不再续弦,也没有在外胡搞。中国农村,过去像炳根夫妇这样的家庭不少。现在,听说阿福夫妇倒还和睦,玲弟夫妇却是常常闹得不可开交。炳根夫妇这种老一代的由封建包办婚姻和旧意识巩固维持着的家庭,当然不值得推崇,也不可能长期维持下去,但是像今天田东平和玲弟这样的夫妇关系和家庭情况,表现形式和造成的原因虽然多种多样,据说在农村也并不少了。这里边,问题很复杂,有的是西方资产阶级思想的影响,有的是从过去封建思想束缚下解放出来从一个极端走向另一个极端。男女之间，婚姻、恋爱、家庭的问题，过去、现在、将来永远是个值得思考、探索、讨论的永恒主题。要我马上理出一个头绪来，太难了！而且，我也不想理出头绪，归纳出我的结论来。比如芸姨母吧！从刚才那袁老先生的二次来送猪肚，到她刚才说的那番话，谁又能真正摸到芸姨母微妙的感情和思想活动呢？谁又能预料到她今后的发展变化情况呢？那是受复杂奇妙的感情支配着的一种东西！用纯理智反倒是说不清的……

听着这些，我不愿再想，也不想再去谈这个问题了。我决定把问题拉回到妈妈迁葬的事上来，这是我千里迢迢从 S 省赶来邀了琴妹来罗镇会见芸姨母要做出决定的主题呀！怎么能老是被打岔打断呢？

我说："芸姨母，我们来谈谈妈妈迁葬的事吧，您看好不好？炳根和阿福他们今晚还得赶回北川沙去的吧？"

炳根表弟嘴里含着烟说："有自行车，骑回去快得很。明天需要我们来，就再来，不碍事的。"

芸姨母说："好的，是该谈谈给你们妈妈迁葬的事了。这件事，是小哲提出的。小哲主张让他妈妈与他宗汉好伯合葬在一起，葬到苏州去，凤凰山有很好的坟地。苏州也是他妈妈的第二故乡，离上海又近。我懂得小哲的心意，是想通过迁葬，来还清自己过去欠下的对妈妈和宗汉好伯的歉意，是想借这件事来调和自己与两个妹妹的感情。自从他来信提出以后，我本来是坚决反对的，可是，现在，我看还是你们兄妹决定的好……"

是的！我提出给妈妈迁葬，使妈妈与宗汉好伯合葬，确实是一种想赎罪的表示。但芸姨母这一说，完全出乎我的意料。她怎么改变主意的呢？我朝琴妹看看，琴妹也正巧在朝我看。我们互相会意的眼光一接触，那意思是：芸姨母不再坚持己见，给妈妈迁葬的事情就好办了！我再朝珍妹看看，只见珍妹沉默而平静地坐着，看不出她在想些什么。珍妹是个遇事常有主见的人。现在芸姨母不坚持反对了，珍妹呢?

芸姨母正要继续谈,忽然又有"嘭嘭嘭"的敲门声!敲得又重又急。

芸姨母不耐烦地说:"这样的下雪天,怎么谁又来敲门?"

我也觉得不安定,心想:莫非又是那个袁老头儿来了?见阿福出去开门,我引颈透过玻璃窗朝外张望,只见门开了,进来的是一个从自行车上下来的陌生的中年男人。炳根表弟见到这人,嘴里说了一声:"是阿德,来找我的!……"跨步急急出去了。

来人是个三十来岁的乡干部模样的人,在同炳根、阿福指手画脚,不知说些什么,脸上严肃,说完匆匆出门骑车走了。我心里有数,准是为玲弟夫妇吵架的事来找的。看来,不知发生了什么急事。

果然,炳根表弟带着阿福进客堂间来了。炳根脸色难看,嘴角拧歪着,说:"阿德来找我,为玲弟的事,要我同阿福马上回去一趟。说是两个人打得不可开交,玲弟一头撞在墙上要寻短见……"

芸姨母皱着眉愁着脸说:"唉,快回去一趟吧!好好劝劝!"

我也不放心地说:"炳根表弟,你们快回!无论如何别让出事!"

珍妹和琴妹也在一边关切地说:"快回去吧,要玲弟坚强些!""真叫人不放心,要耐心劝劝他们!"……

炳根表弟脸上像添了许多皱纹,低着头说:"那,我同阿福回去一趟!……"

阿福气得虎着脸陪着炳根出去,在大雪中将锄头、铁锹从自行车上解下来靠在天井的墙角里,我们都跟着送到门口,琴妹给开了门。

炳根表弟皱着眉头说:"明天,我同阿福一定再来!你们商量定了!要迁的话,我们把芬伯的骨灰缸挖出来不难。"

我说:"炳根表弟,看情况吧!这次请你们来,本来也是多年不见大家聚聚的意思,如果要动土,你带来的工具在这里,我们兄妹三个动手也不难。你把玲弟的事妥善处理好最重要。这里的事你别挂念

……"

大家在大雪中，看着炳根和阿福骑车走远了，才又一同进客堂间里来烤火。大家唏嘘了一番。琴妹忽然叫了起来："啊呀！买给炳根表弟的东西没给他带回去！"

是呀！那些礼品都在那里放着，只有等一天再说了。

芸姨母叹了口气，双手笼着火说："唉，玲弟的事没有谈头了！刚才谈迁葬的事打岔又打断了，我再接下去说吧！"她继续说，"我本来坚决反对，理由本来是不想坦率说的，但我是个直爽人，觉得坦率点好。一是我刚才已经把芬姐临终前对我谈的那番话告诉了你们。我认为要尊重她的意见。既然她临终之前表明她对过去与她共同生活过的两个男人都既有爱也没有爱，既无恨又有恨，她宁可独身，那么现在为什么还硬要将他同第二个男人合葬在一起呢？如果同张宗汉合葬在一起合适的话，那么对黄文琪又怎么办？而且，我同芬姐，亲如骨肉，年轻时不说，后来虽有过误解，我们还是无话不谈的手足。她葬在我后院里十二年了，我老觉得我在陪伴她，她也在陪伴我，我如果哪天死了，愿意葬在她身边。可是你们要把她迁走，使我觉得很孤单。生前孤单，死后也孤单。所以坦白说吧：小哲来信后，那个袁老头子常来上门谈谈，却促使我不能不突然有点动心了。这是以前从未有过的。当然，并不是说我已经有了什么决定。不是的！我只是直率地告诉你们，我觉得我太孤单了！你们对母亲是一片孝心，想到为她迁葬，可是你们想到过我这个可怜的芸姨母吗？……"说到这里，她忽然泪流满面了。

我心头充满了另一种歉意。一个人要想对谁都不抱歉何其难耶？我对芸姨母有深厚的感情，回想起过去她对我的种种好处，我确实觉得她也像我的一位母亲。可是我又对她尽了多少孝道？我又为她考虑过多少得失呢？在给妈妈迁葬这件事上，我确实未曾为她着想呀！我忍不住说："芸姨母，您别难过。您说吧，您的话我们总是听的，我们想得不周到，您别在意……"

琴妹也说："芸姨母，小哲哥说得对，我们听您的！"

芸姨母继续说："我所以坚决反对，你们应该明白了吧？后来，我想通了。我觉得人死了，一切对他也就不存在了。你们做子女的，愿意怎么办，就怎么办，我何必作梗。我不该自私，一个人不想到生前怎样怎样，却去想到死后怎样怎样，也太可悲了。我是学历史的。自古到今，墓葬的事，帝王将相最重视了。有的皇帝一登基就开始营造奢华的墓穴。可是，秦始皇的墓、武则天的墓迟早被开掘了，有些雄才大略的皇帝陵墓早已无存。好不容易保存下来的古埃及木乃伊或者中国马王堆的女尸，也不过是被挖出来摆在博物馆里赤身裸体当展品。许多皇陵，被盗过墓的粉身碎骨不说，保存完整的，也不过是地下宫殿之流。有的落个穷奢极侈的骂名，有的落个虚荣的空名。他们的后代何处去了？谁知道呢？伟人的儿子未必是伟人！倒是有些人民怀念的人，未必有坟，人民都纪念他们。他们的不朽价值在于对社会对国家做出的贡献，并不在于有没有坟墓。……"

芸姨母慷慨激昂地说到这里，琴妹给她递了一杯热茶过去。

一直静静听着的珍妹开口了，说："芸姨母，您说得对，这个观点对我启发很大。周总理没有纪念堂，没有高大的坟墓。有朝一日，多少代以后，人们如果问起他为什么没有坟墓，也许得到的感受，比那些有坟墓的人还多得多呢！"

芸姨母继续对着我们说："是的，我同阿珍在长途电话里匆匆交换过意见，所以我坚决约阿珍来。不是希望她支持我，而是希望你们兄妹聚一聚，很满意地大家取得一致，很好地处理你们妈妈的骨灰问题。更重要的是你们兄妹之间，如果过去有隔阂的话，今后不该再有隔阂。只有这样，你们妈妈在九泉之下才能安心。"

我连忙说："珍妹，我对你是早已毫无芥蒂了。长期以来，我心里一直有歉，感到对不起妈妈，也感到对不起宗汉好伯。我一直在想，你如果对我不满，都是我早年的错误造成的。多少年来，年岁越大，自责越深。不能得到你的谅解，我心里一直十分难过。"

琴妹在一边说："珍姐，小哲哥确实说的是真心话。"

我继续说："如果不是十年内乱，我的心愿早偿还了。后来，一拖十多年，近几年，又忙于想把失去的时间夺回来。再说，对于重新搞丧葬这种事，心里也还有想法，觉得未必合适。也觉得不值得提倡。直到今年看到各地都在重修一些名人的墓冢了，又见不少海外华人也回来扫墓修墓了，才感到可以办一办这件事了。我的意思是：将妈妈的骨灰迁一迁，在苏州风景好的地方找一块墓地同宗汉好伯合葬。妈妈独自在这里太孤单，我还记得那张挂在墙上的妈妈与宗汉好伯的合影，在杭州灵隐寺前他们还是很幸福的。让他们合葬到风光秀丽的苏州凤凰山上，他们泉下有知是会满意的。我用这件实际行动表明了心迹，妹妹们一定会谅解我的。我想，珍妹你一定不会再对我抱成见了吧？"

珍妹一直专心听着我讲。这时用两只坦率的眼睛看着我说："小哲哥，妈妈生前一再说，希望我们兄妹和睦。如果说我以前没有重视妈妈的叮嘱，那这些年我是越来越想按妈妈教导做的。我对你早没有什么意见了。你这次的心意我明白。我平时少写信，是由于实在太忙，这次不复信，是因为信由别人交给我已经太迟。同芸姨母通长途后，我觉得三言两语说不清，决定来一同聚聚，所以同芸姨母约好，由她保密，好让你们喜出望外高兴一下。"

我和琴妹听到这里，心情放松，绽开了笑容。

琴妹说："珍姐，你到外国跑跑，大约也变得像美国人性格了。真想不到你会跟芸姨母密谋策划来骗我们。"

珍妹笑笑，继续说："关于给妈妈迁葬的事，我思考了芸姨母的意见，现在倒有我的想法。一动不如一静，炳根表哥说的'入土为安'不是没有道理的。妈妈已经长眠于地下，如果她泉下无知，那迁葬就一点意义也没有；如果她泉下有知，按照她临终前对芸姨母说的话，她已经安静得很久了，我们何必再去扰乱她的神思？……"

我听到这里，不由得深深叹了一口气。

大家都望着珍妹，听她做着手势讲话。

珍妹说："芸姨母讲的妈妈临终前的话，我是完全相信的。记得，在我同鑫虹准备结婚前，有一夜——那时我还同妈妈合睡一张大床，妈妈问过我：'你是否深爱着鑫虹？'我当然说是的。她说，由于她自己在婚姻上的曲折，使她成了一个开明的母亲，所以一方面她主张慎重，一方面她愿意多去了解子女的人生追求和爱情选择，不会横加干涉的。她愿意使自己的思想顺应时代的潮流，了解社会的发展趋向，破除掉潜藏在自己头脑中的封建陈腐意识。只有这样，才能使做母亲的深情挚爱被儿女接受。我问她：'妈妈，您认为婚姻最主要的应当注意什么问题？'她说：'如果双方曾在长期的接触中有了真诚的理解与爱情，而这爱情里边不掺杂有一些不那么纯洁的东西，那么婚姻关系建立在这种纯洁的爱情之上，应当说是比较幸福的。'我说：'妈妈，请告诉我，您的第一次婚姻是不幸的，您的第二次婚姻是否使您很幸福？'谁知她出我意料地摇头，说：'失去的东西很难再重新获得。何况，一个人如果第一次未曾懂得去珍惜他的幸福，那第二次即使得到幸福也补偿不了他的损失。珍儿，我应当坦率地告诉你，张宗汉曾使我感到过幸福，但未使我感到始终幸福！'当时，我并不理解妈妈的话。但，后来我算是有了些了解……"

我问："怎么呢？"

珍妹说："60 年代初期，一次我出差到上海，在妈妈那里住了三天。正逢黄梅天，妈妈要晒一些衣物和宗汉好伯留下的古书信件等。琴妹去上班了。她让我帮她从壁橱里搬出来清晒。无意中，我在许多信件中发现了一封妈妈早年写了打算寄到重庆去的给宗汉好伯未发出的信。这封信可能是由于宗汉好伯的突然惨死而未寄发的。"

琴妹呻吟了一声，说："啊，信？"

珍妹点头，说："是的，琴妹，原谅我，当时看了那封信，我大吃一惊，怕妈妈勾引起沉没在心中的忧伤，我决定将信悄悄拿下来。我也不想告诉你，以免影响你对宗汉好伯的形象的损害。我硬硬心肠把信带回了北京。信，可惜在'文革'中被抄家时弄丢了。从那封信里，我发现：妈妈因为听说宗汉好伯在重庆同另一个女人有不正常的交往，很生气。看来，在这封信之前，他们已经为这事在信上争吵过了，妈妈的信写得十分严厉，有'我们之间已经没有爱情'，'无论如何，欺骗妻子的丈夫总是可耻的'一类句子。她甚至说：'如果不是为了孩子，我真想马上同你离婚！'……"

琴妹呻吟了一声，声音是交杂着痛苦与意外的。

芸姨母默默地用火筷往炭盆里夹炭，脸被炉火熏得通红。从她严峻的面容上看不出她在想些什么。她插嘴说："你们的妈妈不容易啊！你们三人总算都没有辜负她的期望，是她含辛茹苦的教育培养，才使你们健康成才的啊！"

我皱着眉头，头脑晕眩了！怎么能想到会有这样的事？宗汉好伯怎么会变得那样的呢？他会这样吗？谁知道？谁能说呢？我不禁朝着珍妹说："妈妈听说的宗汉好伯同那个女人的事可靠吗？"

珍妹摇摇头，说："谁弄得清呢？已经弄不清了！这封信我是亲眼见到并且留在手边过的。人是复杂的，我不能信，也不能不信。那时，鑫虹早已牺牲多年，在偶然的机缘中，我遇到了一个男同志。他是鑫虹的战友，当时丧妻，对我表示追求，居然长期始终专一，就是后来在'文革'中他也没有变心。本来，也许我会有什么考虑的。他是个军人，自从鑫虹牺牲后，我对军人就有一种特殊的感情。但，一种旧思想的约束，加上发现了妈妈的这件秘密，使我对男人和婚姻感到寒心。我一直冷淡地拒绝他。他不灰心。直到现在仍在说是等待着我！当然这已是不可能成为事实的！我已经老了……"说到这里，她的声音是凄恻的，那双漆黑的眸子闪出忧郁的光。

我又深深叹了一口气，抬头凝望着窗外仍在飘飘下坠的白雪。

珍妹接着说："也许是因为从小与宗汉好伯生活在一起他又很喜欢我的原因吧，我对他是有感情的。相反，对自己的爸爸却没有什么感情。但近些年，我也常想：我同小哲哥是不是各有片面性呢？对于他们同妈妈之间的事，我们做子女的难以弄清也不应乱加干预。所以，对小哲哥，我确实也感到歉意。我以前年纪小，对你的态度是不对的……"

我心里暖烘烘的，忙说："珍妹，别这么说，我不怪你。我这些年来，总是在怨我自己。"

珍妹又动感情地说："对宗汉好伯，我在看到妈妈的那封未寄发的信时是有过感情上的痛苦与变化的。由于弄不清他们的问题，我后来也原谅了他，恢复了对他的感情。对爸爸，我年轻时有过怨恨，后来我也思考过：既然爸爸与妈妈离婚了，当时我被法院判给妈妈，我怎么能责怪他呢？妈妈后来都对他有一定的谅解。有一次我谈起他时，妈妈就不是否定他而是宽厚地说：'他那个人其实还是不错的……'当我随着年龄的增长越来越懂得男女之间的恋爱、婚姻、家庭方面的各种幸与不幸的微妙复杂情况时，我就觉得我没有理由恨他。何况他又是一位可敬的爱国者！仅这一点，我感到做他的女儿是光荣的。"

我忍不住叹息了一声，顿时想起了那黄浦江水滔滔翻滚的爸爸的衣冠冢……

珍妹端起琴妹给她倒的一杯热茶，喝了一口继续说："所以，我要说到正题上来了。小哲哥建议将妈妈迁葬，将宗汉好伯也从嘉定迁葬，将他俩合葬到苏州凤凰山上去。我觉得，我们不妨先研究一下情况：这样是否合适？是否符合妈妈生前的心愿？"

芸姨母说："我也是这样想啊！让已死者都各自安顿在他们目前的葬地里吧！"她对着我说："我也是同情你爸爸的！他连个尸骨都未存，

只有一个虚无缥缈的衣冠冢。如果说寂寞，他是最寂寞的了。也许江水的呼啸是他在发泄寂寞的呼啸。让你妈妈同他合葬和让你妈妈同你宗汉好伯合葬我看都不公平！我自然也不信有鬼有灵魂，但他们如果有灵魂，恐怕会同意我持这种公正的态度的！"

珍妹忽然拭泪，说："鑫虹，他也是尸骨无存，只留下他的国际主义和爱国主义精神在天地之间的……"

琴妹也在拭泪，说："刚才一些事，我都是听你们说了才知道的。我原来还以为妈妈同爸爸一直很好哩！抗战胜利后，爸爸的灵柩运到了上海，妈妈同珍姐及我悄悄给他在公墓里找了一块墓地下了葬，立了碑。妈妈还哭了！但是，后来，每年清明，珍姐和我去上坟，她都不去，只叫我们去献花。我也猜不透是什么原因。现在看来，她对爸爸可能感情已经不好了！"

珍妹忽然问："琴妹，宗汉好伯的骨头现在你已经送去葬在嘉定了。那骨头到底确实是他的吗？"

琴妹一愣，摇摇头说："'文化大革命'里，公墓整个被造反派和红卫兵挖毁用推土机推平。我告诉了妈妈，要妈妈跟我一同去收找一下爸爸的遗骨。那时，妈妈身体已经不大好，妈妈沉吟着叹口气说：'别去了！人死了，几根骨头还有什么意思？'我就决定自己去。我夜里去的时候，也有别人家的亲属在拾遗骨。我打着手电筒，鼻子里闻着臭味，踩着坑坑洼洼的地面，到爸爸墓地旁去。见碑也没了，墓也挖了，但有一些骨头在附近。我就捡了一根股骨和一根大腿骨，用布包了回来。后来，装在罐里，妈妈让送到嘉定，那时叔叔还没生胃癌病故，由他和我把骨头葬在他们家的屋旁。这骨头，是不是一定是爸爸的，我也不敢说。那时也没法鉴定……"

听琴妹这么说，我才知道在收找宗汉好伯遗骨前妈妈还说过这么一段话，她也没亲自再去操持安葬宗汉好伯骨灰的事。对于琴妹捡来的两根骨头，是不是宗汉好伯的？确还难说！其实，如果是的，倒还罢了！如果不是的，将妈妈的骨灰同别人的骨头合葬，又算什么呢？

火盆里的火很旺，水壶吱吱吟着。

珍妹摇头说："是的，或者不是，本来意义也都不大了。现在一切都在改革，改革中，最迫切的是改革自己的头脑，改革那些不适应新的形势的传统观念。我们在妈妈殡葬的问题上似乎还没有跳出老套套。我对给妈妈迁葬感到犹豫，最主要的原因倒还不是前面讲的那些……"

琴妹似乎不理解地问："那是什么呢？"

芸姨母用一种专心倾听的表情看着珍妹。我也想听听珍妹讲讲她的理由。她这个人对许多问题常常是有自己的独特的看法的。

水开了！珍妹起身将炭火上的小壶取下来，斟进茶壶，又从茶壶里倒茶在自己的杯里，捧着杯子喝着茶说："先前芸姨母讲了不少关于墓葬的事，我都是同意的。从古到今，坟墓何止千千万万？可是保存下来的能有多少？现在世界人口是四十多亿，据说如果发展到 2000 年，人口将达一百亿。世界上总不能全成了坟场！我说这话，自然不是说不应该建坟，像'四人帮'肆虐时期那样，主张将坟一起挖掉，那将既不合情理之常，也是行不通的。建立坟墓应当允许。但我总觉得对普通人来说，坟基能保留下来传之于后世的恐怕不多……"

我打断她的话，说："妈妈是一位伟大的母亲！"但我又突然想到：抗战胜利后，我到南京中华门外马家庄寻找德蕙妈妈的坟墓，她那坟墓营造得是挺讲究的。可是，谁也不知她的坟在哪里了！

珍妹听了我的话点头说："是的！妈妈确实是一位伟大的母亲。回顾她的一生，她为国家、人民培养了我们这些子女，都能为社会做点贡献。她在一生中也为革命贡献过力量。小哲哥可能不知道，鑫虹离开上海去苏北那次，因为当时中共代表团被勒令撤退，临走前将地下党在上海的两处房产的契据托人交给妈妈保存，妈妈一直保存到解放后才拿出来。鑫虹交给了上级，后来当时的政务院曾发过奖状给妈妈。鑫虹将奖状交给妈妈时，妈妈只说：'这点小事我应该做！'她是一个宁静淡泊的人，那张奖状她珍藏着，但从未拿出来挂着炫耀。"

琴妹叹息地说："奖状在'文革'中被红卫兵来抄家时遗失了！"

珍妹继续说："妈妈在我们的心中，形象是崇高的。提起妈妈，我们不但有感情，更有自豪感。但是，妈妈究竟还是普通人中的一员，举国上下，像她这样的革命妈妈是很多很多的。我想过，我们对妈妈有这样深厚的感情，等到我们不在了！别人和下一代不会有这么深的感情了。甚至可以说，也许毫无感情了！我是孤身一人，没有子女。你们有子女的，小哲哥，你家的儿子光远，琴妹你的女儿晓禾，他们对妈妈的感情如何！这不是说他们不好，而是一种规律所造成。他们同妈妈没有长期相处过，感情不会从天上掉下来。等到他们的下一代，就更无感情可言了！做个现代人，应该理解这一点。"

我听到这里，不能不觉得珍妹的话是有道理的。我曾因工作关系到山东、河北一些烈士陵园去采访过。那许许多多烈士每年能有亲属来扫墓的已经很少很少，只是在清明节时，保留着隆重的集体扫墓。有些烈士的后代偶尔来献个花圈，有的当然是出于崇敬和怀念，也有的说穿了不过是借此炫耀自己，并不真正都是对先辈怀有什么纯真的崇高感情了……

珍妹接着说："这样，我就探索出一条极为普通的规律：一个普通人家的坟墓能保留到三代已是很不错的事了。这也就是为什么绝大多数坟墓都逐渐废颓化为乌有的原因。真正能长久建立的坟墓，是要建立在人的脑海里，建在人的心坎上。爱迪生墓在何处我不知道，但人们看到电灯就想起他！屈原的坟根本没有，但人们到端午会用粽子、龙舟纪念他……"

芸姨母点头说："是呀，翻开一部二十四史，上边的英雄豪杰，真正有坟墓的很少，没有坟墓的很多很多。"

珍妹自顾自地说："爸爸牺牲在敌人魔爪下，尸骨不知在何处，只有一个象征性的衣冠冢，可是我常觉得滔滔的黄浦江比一个华丽堂皇的坟墓更好。妈妈已经在这里有了一个墓了！如果觉得没有碑，刻块碑给妈妈立上也可以，迁葬有特殊必要吗？我们谁可能经常不断地去上坟扫墓呢？迟早也是湮没了罢了！真正纪念妈妈的好办法，是我们都努力工作，因为我们身上流着妈妈的血，我们继承着她的事业承担着她的希望。比如你，小哲哥，我看到你去年出版的一本书，扉页上印着你的照片。照片脸型酷似爸爸而眉眼神态却像妈妈，我就想到了妈妈和爸爸。比如你，琴妹，今年在一本杂志上，我看到介绍了你在整形外科上做出的贡献，刊登的你的那张照片，五官神态之间，使我好像看到妈妈，又好像看到了宗汉好伯……"

我突然看到芸姨母在掉泪，琴妹忽然也掏出手帕来拭泪。

我不禁想：是啊，是啊，能说珍妹说得没有道理吗？我从前曾因为封建思想支配，纠缠过许多可笑的问题。今天，我要为妈妈迁葬，固然带有出自感情的成分，但也含有赎罪还债的思想。这种思想采用立墓造坟的形式表现出来，难道不仍是一种听从世俗支配的行为吗？这是否符合妈妈的心意姑且不说，坚持这样做，即使不算是一种封建思想残余，也还是一种不足为训的旧思想在支配吧？

珍妹明白自己的话可能刺激了芸姨母和琴妹，引起了她们的感触，语气变得平和了，说："我不是不讲感情，我还是个重感情的人。我的同事都知道我爱芸姨母像自己的妈妈一样。也都知道我爱我的琴妹。我的照相本上就放着妈妈、爸爸、宗汉好伯和芸姨母及你们大家的照片。刚才的话，可能是不是'左'了？是不是偏激片面了？所以我强调，我不反对，我只是犹豫！我只是坦率发表看法，80 年代了！小哲哥和我都是共产党员，琴妹听说最近也要入党了。共产党员应当思想解放一些，新一些，更马列主义一些。我们团聚商量不容易，想到的话不说，会憋得难受的……"说到这里，她好像松了一口气。

我心里想：如果妈妈不能同宗汉好伯合葬，迁葬又有什么意义呢？

芸姨母对琴妹说："阿琴，你对姐姐的话觉得怎么样？"

琴妹竟同我想的大致相仿，思索着说："如果妈妈不去同爸爸合葬，就不必迁葬了！妈妈在这里，有芸姨母你照管比在哪里都好。"

芸姨母说："你觉得该让妈妈去同你爸爸合葬吗？"

琴妹朝我看看，说："建议是小哲哥提出来的。我明白他的心意，觉得他是一片好心，我赞同了。现在，我想，妈妈原先葬在这里，就是为了尊重她的心意。妈妈同爸爸之间，有些事也许只有他们自己明白。事情已经过去多年，将他们合在一起或不合在一起，也都不过是我们的意愿，未必是他们的意愿。谁能再去了解妈妈的心呢？"她说到这里，眼圈红了，"妈妈已经葬在这里，爸爸已经葬在家乡，维持原状没有什么不好。刚才珍姐讲的许多道理，有些尽管还可研究，总的精神我是可以接受的。"说到这里，她问我："小哲哥，你说呢？"

我觉得一刹那间，头脑里很乱。珍妹的话我是可以接受的，琴妹谈的话大致同我的想法也相仿，我觉得还要思考思考，我的理智上已经不存在太多的问题，感情上却还有些把不准的地方。我望着窗外仍在飘落的大雪，说："好在还有时间，让我再想一想……"

芸姨母点头，说："想一想的好，谈一谈更好。"她看看钟，钟嘀嗒嘀嗒在走。她说："我去办晚饭！你们兄妹三个再好好聊聊！"又叹口气说，"唉！这个炳根！上次那瓶酒他是隔了一年才来喝掉的！这次替他准备的双沟大曲他又没喝到！"说着，起身去厨房里了。

珍妹亲切地对着我说："小哲哥，我的意见也许是不对的，你做哥哥的有什么不同的想法千万不要有顾虑，千万不要因为我过去对你不尊重而让你同我之间仍存在一条'岸'！这条岸，我早想让一条桥沟通它了！我这次来，是来搭桥的。"

我点点头，没有回答。我想起了昨天在报纸上看到过的一首诗，那是流传在中越边界老山、者阴山战士们中间的一首面对侵略者随时要献出生命流尽鲜血的战士写的诗，题目叫作《我走了》。

诗中有一段是这样的：

我走了，

像一发出膛的炮弹，

飞完了全部射程。

给容纳过我的空间留下点什么？

恐怕只是轰的一声巨响。

我落到哪里并不重要，

重要的是我有过声音、速度和光亮。

这就是我们的战士的思考，这就是他们对人生价值的回答？

我曾用笔将它记在身边的小本子上，因为它使我感到激动，使我引起不断的思索。

现在，我为什么想起这段诗了呢？不知道！也许是珍妹的话启示了我吧？"落到哪里并不重要"，人葬到哪里有什么重要呢！前人不早说过了吗？"埋骨何须桑梓地，人生何处不青山？"……

十八、心　碑

　　我将珍妹和琴妹留在房里炭火盆旁，让她们谈话。我告诉她们：我要独自到后院里再去看看——我当然指的是要再去看看妈妈。

　　心情极不平静，我需要独处。

　　后院里一片静寂，我从芸姨母的卧室后门走到院子里，走在冰冷的雪地上。雪仍在纷纷扬扬地下，一片皆白，满目银光。一阵冷风沿着墙根袭来，竹叶和枯树牵起一派窸窸窣窣的声响，仿佛精灵们在窃窃私语。一个冷峻凛冽的世界！踩着白雪我又静静肃立在妈妈葬地面前了！我低头站着，让雪花洒在我头上、身上、脚上……

　　思绪像风车一样在转动、徘徊。逝去了的岁月，追求、向往、酸楚、艰辛、奋发……混合而成的经历……

　　啊，人们心灵中真正神圣的东西实在是无法表达的……

　　我其实已经在内心里做了决定。记得周恩来总理死后，法国总统德斯坦说过："要对这位从不希望为自己树立纪念碑的人表示敬意。"周总理在50年代时，考虑到中国人多地少，倡导过殡葬改革。后来，他自己就是骨灰都不保留，"把骨灰撒在祖国的江河大地上"的。周总理的纪念碑，树在人民心中。让妈妈的纪念碑，也树在我们子女的心中吧！

　　我不想让妈妈的骨灰搬迁了！让妈妈安静地长眠于此吧！她在这一小片安静的竹林里是会与这片大地衷心契合的。让这片晴朗时有阳光照耀和翠竹掩映的土地覆盖着妈妈的骨灰吧！让妈妈同芸姨母在此生死做伴吧！即使我离开此地，我的心里始终埋葬着妈妈，正如同我的心里始终埋葬着只有象征性的在滔滔黄浦江里的衣冠冢而无坟墓的爸爸一样。其实，就是宗汉好伯，又何尝不是埋在我心里了呢？即使我知道并且相信了他后来在重庆有了什么造成妈妈对他怨恨的事，但是他留给我的总的印象，使我还是无法抹杀他的整个为人的。上一代之间的那些难以弄清的属于情感上的问题，我并不想多去刨根寻底了……

　　我站立着，默默地想，我也会有一日离开人世。这是自然规律决定的。到那一天，一切现在藏在我心里的事情，记忆中的人物，我曾经有过对她（他）们的感受，当然会与我俱逝。但一个人只要曾经无愧于自己的一生，曾经为社会为国家为人民献出过光和热，即使世上没有他的名字与遗迹，他也不会愧憾。有名的英雄究竟终是少数，无名的英雄始终总是绝大多数。愿那些像流星一样殒逝的人，也都享有坦然安息和与大地沉默着并存的权利吧！因为，就是流星，在陨灭之前，它也曾发出过光，发出过热，造成过宇宙空间和大地上虽然短暂但却是辉煌美丽的刹那美景！……

　　我低头沐着雪花立在妈妈埋葬的地方前面，感到浑身发冷，只是由于热血澎湃，身上的热量却在抵消着寒冷。我赎愆地在心里说："妈妈，安息吧！我现在向您讲话，您一点也不能听到。但这都是我的由衷之言。您生前我未能向您说的，现在必须补说：我爱您，像孩提时一样地爱您。只有在永远失去了您的时候，我更感到有妈妈的可贵。只有当我年老有了孩子的时候，我才更体会到妈妈您的心。妈妈，饶恕我这个曾经挖了您的心的不孝子吧！饶恕他年轻时的自私、无知与愚昧吧！……"

　　当我幼年时，您曾教我读过《三字经》，里边有"窦燕山，有义方，教五子，名俱扬"，那说的是家住燕山的窦禹钧，教子有方，五个儿子都成了才。今天，您的子女，都已各有成就。像"慈母手中线，游子身上衣"一类对我们的关怀；像自己当年节衣缩食却长年要努力让子女吃饱的情景；像您把着手教珍妹写大楷，每天辅导琴妹功课的劳累；像您奔波操劳养活一家和抗日战争时期在敌伪统治下半夜起来去排队挤平价米的辛苦，这些且都不说。听芸姨母说起您临终前同她谈心时的话，我才更进一步明白您作为母亲，为了教育子女，抱着怎样的一颗苦心。您从没有放松过对子女的教育培养，总是以自己的勤劳奋斗，鼓励子女上进，做对国家和社会的有用之才。抗日战争时期，您一直用"爱国"两个字教育子女鼓励亲人；您在国家掀起革命风暴时，自己跟上时代，支持子女走革命的路。我怎么能忘记这些？……

那是 1957 年"反右"前，在北京，我出席第一次全国新闻工作者代表大会做列席代表。小组讨论时，主席团里的一个两鬓染霜的老同志名叫丁涯的跑来参加，坐在我身边。知道我的名字后，老是盯着我看，我也觉得他面熟。

忽然，他高兴得像想起了什么似的问我："啊，问你一个人，陈鑫虹你认识不？"

我点头答："认识！"

"呵！他已经牺牲了！"他话里带着感情。

"是的！在朝鲜战场！"

他问："你认识我吗？"

我抱歉地摇头："脸有点熟，但没想出来您是谁？"

"你认识盛永昌吗？"他笑笑问。

我心头立刻一亮，明白了：那年在上海，鑫虹出事，妈妈让我给一个名叫盛永昌的人秘密送过一包东西！我马上惊喜地说："啊，您就是盛永昌同志？您现在名字叫丁涯？"

他笑着点头，拍着我肩膀，又同我再次热情握手，说："对啊，我们是老同志、老战友了！"说着，马上问我，"令堂大人她好吗？"

我说："很好，她仍在上海！"

他点头说："请一定代我向老人家请安。你母亲是一位了不起的革命妈妈。她勇敢、机智、慈祥，又能保密！她是一位无名英雄！她那时，给党实际做了不少工作，她跑交通，还保护过我，悄悄掩护我逃脱过追捕。她的地址我早遗失了，请把地址写给我，以后到上海我一定要去看望她。"

我将妈妈的住址给了丁涅，心里十分感动。后来，我写信告诉过妈妈。可是，不久，反右派斗争开始了，我在报纸上看到了丁涅的名字，他是一家全国性报纸的社长，错划成了右派。以后，没再听到他的名字，直到前几年，看到报上写的悼念他的文章，才知道"文革"期间他在西北某省已经被迫害死了……

听琴妹说，也是在"文革"期间，两个"外调"的人由里弄干部陪同找到妈妈调查盛永昌又名丁涅的"叛徒"问题。妈妈身体已经很不好，严肃气愤地说："我只知道他革命，别的没听说，也不可信！"两个"外调"的人上纲上线，拍桌子逼妈妈写无中生有的材料，威胁说："你儿子是走资派！你大女儿里通外国，都在审查！你顽固不写，要想想后果！"妈妈一个字也不再说，一个字也没有写。以后，丁涅怎么被迫害死的，不清楚了。妈妈是像在解放战争时期一样地默默尽了她的力量在保护着革命者的……

我真遗憾在妈妈生前，没有痛痛快快仔仔细细地同妈妈谈过心，谈过思想，谈过她的一切。为什么这样粗疏、愚蠢而又无情呢？再忙，也应当有这样的时间来充分了解妈妈的一生呀！年轻时的无知与愚昧，导致我同妈妈之间存在着隔膜，我们后来虽亲亲热热，总避免触及那些敏感的问题。这种情况是从妈妈收养我后一直保持到她去世的。现在想来，责任全在于我！是我布下的障碍！妈妈和琴妹显得有点"怕"我！珍妹并不"怕"，她要同我针锋相对！但她也不愿故意来伤和气。我们家庭成员之间互相都设置了"禁区"。我同妈妈这种正常母子关系中的不正常，延续了那么多年。苦果是我种下的籽和根。我为什么不能早些在妈妈生前就在两块岸地之间搭上一座桥梁呢？

啊，啊，妈妈！您已经听不到我的声音了！失去了的总是不可能再原样补回来！悔恨总是要在事后才会翩然出现。如果在您生前，我像现在这样，该多好！我为什么不在事前安排好这些，却要在事后伤感抱憾呢？

天空一片灰色，雪仍在飘落，竹梢随着风有时晃动，缓缓地，沉重地……

这次来上海，动身前的那个晚上，叶珊对我说："明天早晨，你就走了。我虽刚动了大手术不能去，我的心是与你同去的。请在妈妈迁葬后，代我专门献上一束鲜花——一定要鲜花！要红色的鲜花！……"说到这里，她泣不成声。她没有讲的话，我都明白。

我永远不能忘记那一束红色的鲜花。

我同叶珊是在学生运动中认识的。她是马尼拉一个爱国华侨家的独生女儿，单身回国来上 S 大学的。我也说不出为什么我们竟在认识后不久产生了那么浓烈的爱情。

妈妈发现了这情况，有一天关切地问起了叶珊同我的事，我如实说了。妈妈说："恋爱、婚姻是桩极其严肃的事情，一开始就该慎重，草率是对自己和对方都不负责任，将来也是对孩子不负责任。既然你这样爱她，她又这样爱你，你们就好好地相爱吧！要一诺千金，爱而不悔！我为你们祝福！"

我们为反对内战一起参加请愿，为了保卫民族尊严，也一次次地走上街头。1947 年 5 月，上海大专学校公费生的菜金一天只有法币 750 元，合两根半油条，尽管公布了镇压人民的"维持秩序临时办法"，在"反饥饿、反内战"运动中，七千多大学生冲上了街头。我和叶珊都参加了！到了 5 月下旬，学校罢课，成千成万学生上街宣传，特务用木棍、铁棒、带了钉子的棍棒毒打我们。受伤的，倒在地上了，同学们还是英勇地唱起了歌："跌倒算什么，爬起来再前进！"前仆后继地出去宣传。

叶珊和刘丽娜她们一些S大学的女生，组织了几个宣传小队，在外滩和平女神像下进行宣传要和平、反内战时，第一批宣传小队全体被警察抓走了。叶珊她们第二批宣传小队又上来接着宣传。一个女生发表演说，声泪俱下，听众越聚越多，围成了里三层外三层，有的来索取传单，有的捐款。这时来了一辆"飞行堡垒"，武装警察下车要来抓她们。

学生同警察讲理。叶珊上前说："我们有什么罪？难道我们说的不是真理吗？"

刘丽娜带着一伙女生高叫："警察拿出良心来！"有的学生高叫："反对打内战！提高警察待遇！"……

警察理短，为首的一个说："我们是奉命来的！没办法！"

刘丽娜说："请你们允许我们五分钟自由！让我们完成宣传！讲完再跟你们走！"

边上听众也大哗。警察听着那女学生讲演，也觉得自己来抓人理亏，不愿太激化矛盾，无可奈何地苦笑了，说："好吧！五分钟！只能五分钟！"

叶珊和刘丽娜她们又宣传了五分钟，随后她们自动登上警备车，高唱着《反对内战要和平》的歌。"飞行堡垒"带着唱着歌的女学生走了。

这时，第三批宣传小队又走到了和平女神像下进行宣传……

叶珊她们被捕以后，是第二天下午被释放出来的。释放回校，没料到竟遭到了特务打手的殴打。据说是特务机关以发给津贴法币四万元、西装一套和宴请吃午、晚两餐收买的流氓打手。叶珊被打得满面是血，昏厥过去。同学们将她送到了广慈医院去住院治疗。

我闻讯后，去医院探望。没想到，妈妈由珍妹、琴妹陪着也来了。那是妈妈同叶珊第一次见面。5月艳阳天，妈妈手里捧着的是一束从林森中路上鲜花店里买来的红花。真是一束美丽鲜艳的红花呀！妈妈将红花递到叶珊手里，深情地抱住叶珊亲吻着她的头发和脸颊，连连说："好孩子！好孩子！……"

叶珊的眼眶湿润了。事隔多年以后，有一次，叶珊对我说："我的亲生妈妈在我小时候也常吻我。但这一生最最使我感动的是你妈妈在医院里那次吻我。当时，我不但觉得她是你的妈妈，也是我的妈妈，更觉得她是我们的同志……"

因为要给妈妈迁葬，我未曾想到来到罗镇后会改变了原来的打算，所以没有替叶珊带一束红色的鲜花来。这使我感到歉疚！当想到这束红花，想到这段往事时，我觉得我的心意和叶珊的心意是已经呈献在妈妈的灵前了。

妈妈，我们的祖国，正在一天一天走向富强，走向四个现代化，您可曾感觉得到？

雪，无声地飘着，飘着。仿佛是在默默地诉说着永远说不完的衷情。四下一片雪白，一个美丽而静谧的童话天地。一切都被遮湮了！都被晶莹纯洁闪闪发光的白雪湮没了！那洁白洁白的色泽，恰似妈妈水晶体似的永不会磨灭的纯净真挚的爱和人品……

我仍垂着头站在埋葬妈妈骨灰的小竹林前。天，渐渐暗下来了！有小雀子飞过，弹落了竹叶上的一堆积雪。小雀子"吱"的一声飞远了！我脸颊已经被风吹得僵硬，骨缝中似有无数股细小的冰流在纵横切割。

我蓦然发现：不知什么时候，珍妹和琴妹都已经站在我的身后。

珍妹伸手挽着我的左臂，说："小哲哥，进屋去吧！……"我突然从她的黑眼睛里好像看到了当年妈妈那种关切我的眼神。

琴妹挽着我的右臂，用她的右手替我掸去身上的积雪，说："芸姨母在炒菜，我们都去帮帮她的忙！"

我的泪水像泉水似的汩汩涌淌出来。但，我的心里是温暖、舒畅的。

尾声：意外的结局

可惜，炳根表弟又没有喝到芸姨母特地为他准备的那瓶双沟大曲。吃晚饭时，芸姨母捧起酒瓶叹了一口气，挂念地说："唉，不知玲弟怎么了？这瓶酒倒好办，留着给炳根下次喝吧！"

夜里，雪渐渐停了，天气似乎更寒冷。

我们吃完饭后，坐着闲聊了一会儿，从客堂间到了芸姨母那间宽大的卧室里，坐在桌边和沙发上谈心，将烧得通红的炭盆也挪了进来。

芸姨母有服了安眠药早睡的习惯。这时，服下的安眠药已经在起作用了，她打着呵欠说："你们谈得也够多的了，留些事明天谈吧！今晚早点睡！"

落地台灯盖着紫纱灯罩，光柔和而朦胧。

琴妹显得疲劳，赞同芸姨母的意见，说："对对对，我也想早点睡了！"

珍妹看看手表，说："不，让我看一会儿电视吧！我近几年有个习惯，上床睡觉前，总要看一会儿电视。有时也并不真看，只是调剂一下脑筋，代替过去上床看书的习惯。"说着，她走到电视机架前，揭去彩电的红丝绒罩，"啪"地开了十四英寸国产"金星"牌彩电。电视台正在播放中央台的法制宣传专题节目《规矩与方圆》。

我问芸姨母："我怎么睡？"

芸姨母卧房里只有两张大床，每张床上有好几床厚被和毯子。一张是她本来睡的。为了我的到来，她又借了一张大床。起先，我只想到我一个人，芸姨母同琴妹睡，我可以睡那张借来的大床。现在，珍妹也来了，我很想把借来的大床让给珍妹睡，我到客堂间里搭个铺睡或者在大沙发上睡。

芸姨母早已胸有成竹，指指她自己的大床："我这里地方小，也没法放三张床。我同阿琴合睡。你同阿珍兄妹俩睡借来的那张大床。你们兄妹分别多年，睡着也好谈谈。"

我还没有说话，珍妹听到了，说："小哲哥，我们俩一起睡这张大床好了！我是个夜猫子，干你那一行的准也喜欢熬夜。让她们先睡，我们再谈一会儿。要是你困了，我们睡着还可以再谈谈。"她坐在大沙发上，看着电视，双手在炭盆上烤火。

我本来还怕她脾气孤僻，不乐意同我合睡一张大床，见她这样，就坦然了，说："好好好，我们先谈谈！我在Ｓ省，每晚总是睡得很迟的。"我走到她坐着的大沙发旁，在她身边坐下，同她一起看电视。这时，芸姨母和琴妹都在脱去外衣准备上床睡了。我说："你们方便不？要不要我出去回避一下？"

芸姨母笑了，说："我是老太婆，不怕你这外甥；何况，我这儿还有屏障！你看——"她将一道拴在细铁丝上的细花彩色"的确良"帘幕一拽，拽了一半就将她们睡的床遮了起来，便于她们更衣。这帘幕如果全部拉上，电视就被挡住了。遮住一半，坐在大沙发上照样可以看电视。

琴妹上床钻进被窝里了，突然说："你们临睡要将炭盆搬出去！千万别放在房里，免得中煤气！"

芸姨母哈哈笑了，说："到底是医生！三句不离本行！这房间大，门窗都漏气，进不了坟墓！"

琴妹笑着同芸姨母打趣，说："你说过，婚姻是恋爱的坟墓，但是个奇异的坟墓，人都爱往里边钻！可是，这煤气才真会使人入坟墓呢！

不管你愿不愿意，它都能叫你进去！"

芸姨母笑了，说："那话并不是我说的！是我年轻时听人说的。其实是片面性的话！先结婚后恋爱的人也多的是。"

她两人在那儿打趣着上了床。我这里起身斟了两杯热茶，递一杯给珍妹，同她并肩坐在大沙发上看起电视来。《规矩和方圆》是中央电视台一个进行法治教育的专题节目，今天的内容是介绍广东韶关的一所模范改造犯人的监狱生活。我发现珍妹并不专心在看，她面上的表情似是在遐想。

她在想些什么呢？

我忽然忆起那年与琴妹回来给妈妈葬骨灰的那一次。当时，隔壁还住着长寿夫妇。那个长寿死了，妻子改嫁了！他们本来还想占芸姨母的卧室。结果，自己的卧室现在让给了芸姨母。今夜，放着我和珍妹要睡的这张大床的地方，本来是长寿他们的地盘呢！天下事，为什么每每有这样与人的贪欲相反的结局？

芸姨母躺在床上大约快要睡熟了，忽然含糊不清地叮嘱："小哲，今夜落地台灯别关！开着睡好了！"她的话音带着浓郁的睡意。

我"唔"了一声，把思绪拉回来，觉得很想同珍妹谈谈。

我问："珍妹，这次能在这里住几天？"

"我打算住三天！"她脸上仍带着遐想。

"那，我可以陪你！"

"好极了！我们可以好好谈谈。"

我随意地问："珍妹，这些年，你过得还好吗？"

她莞尔一笑，说："还好！……"似乎有些话想讲也不想讲，嘴动了动，才继续说，"整个国家方针政策好了，形势好了，个人当然也就好了！"

我说："我不是指这，我是指你自己的个人生活。平时，看到我所亲近的人中有谁生活得不好，我就会涌起忧伤和不安。说真的，作为哥哥，我常感到对你关心不够。鑫虹牺牲后，你老是一个人生活，使我心里总有点不安。"

珍妹笑了，我看到她的身体不由自主地颤抖了一下，说："不要为我担心！也不要为我难过。苦难与不幸，也是人生的课题。谁经受得住，谁就会胜利。我是遭遇过不幸，但我在很好地生活，并没有颓丧或者后退。"

我点头说："是的，我了解！"

芸姨母的打鼾声轻轻传来，她睡熟得真快。白天，她辛苦了！

我想问问珍妹谈起过的那位在总参工作的鑫虹的战友的情况，却不知为什么没有勇气。

珍妹听着芸姨母的鼾声，对我说："去把电视关了吧！别吵了芸姨母，我们可以轻声谈谈。"

我点点头，去到电视机前关电视。朝芸姨母的大床上看看，她正睡熟着，张大了嘴打鼾。琴妹好像也睡着了，侧着脸，紧闭着眼，神态安详。她这个"知足常乐派"连睡觉时的表情都是满足、幸福的。

我又回到大沙发旁在珍妹身边坐下。四下里静悄悄的，只听到有风声好像在远处什么地方吹来扫去。后边院子竹林里有竹叶萧萧瑟瑟响。听到这种声音，使人感到寒冷、潮湿。我忽然又想起了妈妈，长眠在竹林里雪下的妈妈，我心里又有些恻然。

珍妹大约也想起了妈妈，眼神里有一种回忆的神色，说："记得那是我要同鑫虹结婚的时候，一天，我问妈妈，我该怎么办？妈妈对我说：'阿珍，如果在恋爱婚姻中已经得到了幸福，那你就别再轻率抛弃它！也别胡乱转移它！'这话，我一直记在心头。"

我回味着，只听珍妹两臂抱在胸前又说："后来，鑫虹在战场上牺牲了！我悲伤极了。妈妈到北京来，陪我住过一段时日，见我人消瘦了，情绪总是波动，她终于对我说：'阿珍，短暂的幸福在恋爱的婚姻中，永久的幸福只有在事业中。'……那时候，有些年轻人中流行唱

《夜莺曲》，歌里有两句：'可爱的人儿最难忘，勇敢进取切莫忧伤。'……"

我说："解放前在上海杜美电影院看了苏联影片《夜莺曲》后，我们也唱过的。"

珍妹一脸不容置辩的神气，说："有一度，我总是轻轻地这么哼！一遍又一遍。人总不能老是在忧伤中生活呀！人总得朝未来看呀！人也总得多为大家想不要老是为自己想呀！妈的话，我觉得对，就努力设法用工作消除寂寞和痛苦。"

我叹口气说："把事业放在第一位，当然是对的。可是，只有事业没有爱情生活能行吗？"

她笑笑："也许行，也许不行！我心情平静时是行的。你可能不了解，一个女人的情感是复杂的，既脆弱也坚强，既浓烈也恬淡，既容易得到也难以攫取……这一切，男人未必知道……"

我体味着她的话，终于关心地问："珍妹，你还会再结婚吗？比如同鑫虹的那位战友。我听你讲了，觉得这人还是很好的。"

珍妹笑笑，我发觉她是在极力掩饰心中的凄楚。她的语气捉摸不定："也许会，也许不会！我的心境在爱情上有时像一池死水，看谁能不能诱惑我重新燃起爱情之火吧？这一点，好像芸姨母与我也有相同之处。我也早不年轻了！考虑的问题会更多一些，不过，至少有一点是明显的。结婚并不是人的全部生活，更不是人生的第一必需。甚至，在坚强的有事业心的人面前，它也并不能决定一个人是绝对幸福还是绝对不幸……还是妈妈说得对！如果在恋爱婚姻中能得到幸福，就别再轻率抛弃它。对年轻人如此，对年岁大的人又何尝不一样。老年人未必不需要爱情。"

寒冷的天气使我鼻子有点发酸，我感到不知对珍妹说些什么好，只能沉默。

稍停，我忍不住说："我同叶珊在一起生活了这么多年，我们互敬互爱，大家也都遵守道德原则，我感到生活还是非常幸福的。'文革'期间，如果没有她，可能我早自杀了！"提到叶珊，我的心胸像弥漫着一种甜美而温馨的云雾。

珍妹点头。她的两颊似乎出现了一种关切的表情："是呀，我也羡慕你们。可惜这种机遇和幸运并不是每个人都能有的。我倒想问问你，你对从恋爱到婚姻有些什么体会呢？"

我说："起先，是由于我同叶珊有共同的信仰和理想，由相爱到成家是很自然的进程。家庭的建立虽是人生的一件乐事，同时也需要男女双方为它做出一定的牺牲。由于我们有坚实的爱情基础，我们就懂得组成家庭以后，任何一方的行动都必须考虑到对方的意愿，照顾到对方的需求。"

珍妹注意地听着，点头轻轻叹口气说："是的，你们掌握了一把金钥匙，我现在没有！"稍停又说，"有了的要珍惜，没有的就不必灰心失望，这里丧失的爱的幸福，也许可以从那里补回来。无论如何，我们每个人都应该有那么多的地方可以寄托爱，也有那么多的工作需要去做，你说是不？"说这话时，她的睫毛上是湿润的。

我动感情地说："珍妹，你很坚强，我愿意你幸福！……"我真不知向她说什么好。

珍妹也动感情了，说："小哲哥！别再以为我会对你有一丝一毫的怨恨。你是我唯一的哥哥。鑫虹死在前，妈妈死在后，我的亲人越来越少了，我不可能对你和琴妹没有感情的。"

我说："我相信！我也一样！所以我特别希望你能得到快乐！"

珍妹突然微笑，笑得伤感，说："多少年来，我常记住一个哲人说过的一个故事：

"从前，有一个人，生活得很快乐，世界上任何事情都使他高兴，就是看一棵小草，他也喜笑颜开。有一次，他忽然想要弯下腰来看一看他的欢乐还在不在。可是，他刚一弯腰，欢乐就不见了。'呀！'他惊叫道，'欢乐刚刚还在，怎么会这样一下子就不见了呢？'他走遍东南西北，去寻找自己的欢乐，人们各种各样的欢乐他看到不少，但就是看不到自己的欢乐。他弯着腰弓着背，寻遍山川、河谷、森林、田野，失去的欢乐还是没有找到。这时，他直起身来，对自己说：'不找了！丢了就丢了！有什么办法呢？难道我要弯着腰走下去悲伤一辈子吗？'但是，说也奇怪，当他刚一站直身子迈开大步往前走，欢乐又回到了他的身上。欢乐是怎么失去的，又怎么回来了！……"

说完这故事，珍妹忽然沉默了。

我像咀嚼一颗橄榄似的思索着她讲的故事，心里忽然觉得她一点也不冷漠或孤僻，她是充分了解人生的。一个人想要了解别人，是多么难呵！这么多年来，我连对自己的妹妹也毫不了解啊！我说："我懂得你说的是什么意思。"

珍妹的黑眼睛格外明亮，闪着梦幻般的光彩，喝干了手里杯中的茶水，说："睡吧！我突然有点倦了！我们来将这炭盆挪到客堂间里去。"

我同她一起将木炭快要烧尽的炭盆抬到了客堂间里，又回到卧室里来。珍妹替我铺了一个被窝，加盖了一条毛毯，又替自己铺了一个被窝，盖上了大衣，说："睡着谈吧！也许不多久，我就会睡着了呢！"

她脱去了外面的呢外套和呢裤，穿着羊毛衣和绒线裤就钻进了被窝。我也脱了上衣和呢裤和衣钻进了被窝。我突然想起年少时的事。那时，爸爸死后我到妈妈处去住以后，本来一直是睡那间客堂间的，有一次，炳根表弟和弟弟一起从乡下来，我将床让给他们睡了，只好同珍妹和琴妹睡在一张床上。琴妹很高兴，说："小哲哥，我们睡一头！"珍妹却说："不！我同你睡一头，叫他睡那头去！"那时，珍妹对我就是不那么有感情的。一晃四十多年过去了！芥蒂消除，为什么竟要花费那么多的岁月？我们都已经老了！

珍妹忽然问我："你在想些什么？"

我不愿把心中想的如实告诉她。我只说:"想起了炳根表弟……"确实,这时,我突然又想起了炳根表弟,他家的玲弟同田东平闹架的事不知会怎么了?

珍妹说:"奇怪,我也正在想这件事呢?"她沉思的样子,显得文静,富有感情。

我说:"你看会怎样?"

珍妹说:"他们已经不是第一次闹了!我看,也许调解一番,再维持下去;也许,调解不了,离婚难免。现在离婚率普遍很高。说实话,我要是玲弟,宁可离!"她笑了笑,有点揶揄自己。

我说:"玲弟有了孩子,离婚的事就费斟酌了。说爱情和婚姻像一个迷宫,有关问题值得探索一百年,二百年……我看自有人类到今天,这问题确实一直没有很好解决。最佳方案像药方似的开了许多,效果如何,缺少绝对权威。因为人的差异如此大,国情差异如此大,情况又因人而异千变万化,哪能一切都无争议。无论多难的数学题,总存在一个标准答案,生活的难题却不会只是一个答案。人们只能从许多事情中总结经验教训,加以接受,再在实践中继续取得认识……"

珍妹叹口气,说:"你是搞文学的,托尔斯泰说得不错吧?幸福的家庭都一样幸福,不幸的家庭各有各的不幸!但我却认为不必用自己的情况去衡量别人的幸福,因为每个人都有引以自豪的生活。只要有这,就是幸福。"

我觉得她说得对,没有作声。我想转变个话题了,说:"给妈妈迁葬的事我想就不办了。也许可以在妈妈安葬处立一块碑,刻上妈妈的名字和我们子女的名字。也许,不立也行,明天我们再商量吧!"

珍妹说:"好!我想,这样做芸姨母和琴妹会赞成的。"接着又说,"让我们和你及叶珊、琴妹、郑律及你们的孩子们在心中为革命的妈妈——不,还有因为抗日牺牲的爸爸,因救人而献身的宗汉好伯,连抗美援朝保家卫国牺牲的鑫虹一起,都在心中立一块碑吧!爸爸和鑫虹并没有坟墓，但那有什么呢？人不是为了立墓而生活和斗争的。人间的碑会倾圮，心中的碑是不会倒塌的！"

我突然想起了蔡希陶。那是位对植物大有研究的科学家，一生贡献给了云南的植物研究工作。三年前，出差到昆明，去游植物园，看到一棵大榕树。蔡希陶的骨灰就埋在树下，但没有坟，也没有碑，那棵生机勃勃的大榕树，该就是吸收了他骨灰的养料而增加了生气的吧？他生前培植了无数植物，死后仍在滋腴着绿树和大地……

我一时十分激动。今天，我们讨论了一场给妈妈迁葬的事，牵连出了许多往事的追忆，除妈妈之外，也涉及了爸爸和宗汉好伯，还有鑫虹。我们实际是在挖掘起那些埋葬、湮没在心灵深处的闪光的东西，怀念这些死者对社会和人民的贡献。对妈妈、爸爸和宗汉好伯之间那些弄不清的属于爱情和婚姻方面的个人纠葛，我们已不可能也无须去弄清。但对于他们生前值得使人尊重和铭记的爱国言行，我们却深深怀念和崇敬。那是无论生死永远不灭的光！他们已经给我们、给社会带来了许多，用不着乞求我们或别人再给予他们施舍什么的了。在我们的心中，实际已经为他们树立了光辉的纪念碑。给妈妈迁葬的事是我提出来的，我原来的想法，仍仅仅不过纠缠在个人的恩爱问题上，现在回顾起来，何其肤浅？！

我曾奉若神明的东西，在另外一种更神圣的东西面前失去了光彩，变得那样苍白、渺小、可笑！妈妈、爸爸、宗汉好伯和鑫虹他们，与我之间的爱，随着时间的流逝，反而使爱更深、更明晰。生活中一切个人之间的琐事，都消散了。唯有这种爱，会永留人间。我的心，仿佛在一场晶莹圣洁闪闪发光的大雪中，受到了洗礼！

我沉浸在思索之中，我老是在怀念妈妈。妈妈活着的时候，在爱情和婚姻上，是个失败者。她的两次婚姻都由于在爱情上产生的某种纠葛而不幸。她曾陷入现实的人生与理想的人生的矛盾痛苦中。她想摆脱这种痛苦，又不能不屈从于现实。现在，她离开人世，使我总有幽明永隔的惆怅，为什么想到她的这些事就总是使我心里这样难过呢？

不知什么时候，珍妹已经睡熟了，她平稳地呼吸着，从她那已经不很年轻但却仍然很美的脸上，我仿佛又看到了妈妈年轻时那种精干温柔的神情。

风，仍在后院竹林里扫来扫去。竹林透出一股清香，竹叶发出窸窣的细语声，间或也听到檐上冰柱落地碎裂的噼啪声。……雪早停了！明天早晨，太阳出来时，金色的阳光一定会首先照到那片竹林和葬着妈妈的那块坟地上，送来缕缕不绝的温馨和慰藉。

我在宁静地忆想……

忽然，一阵"啪啪啪"的摩托车声由远而近，声音是如此急促，在雪后夜深人静的时分，格外显得叫人听了不安。偏偏摩托车声越来越近，越来越响，一下子刹住车停在门口了！

芸姨母和琴妹仍旧熟睡未醒。

似乎睡着了的珍妹，猛地睁开了眼，用一种奇异的眼光看着我，说："啊，有摩托车？"

我一颗心往下一沉，想：难道是玲弟自杀了？是他男人田东平骑了"雅马哈"来报讯了？……在这半夜时分，刚下过大雪，摩托车的来到，能有什么好事呢？我越想越肯定，不禁脱口说："会不会是玲弟出事了？"

话刚出口，只听到"嘭嘭嘭"震耳的敲门声传来。一听那猛击门上的声音，就可以料到来人是有急事。

我说："糟糕！"马上掀被起床，穿上外衣，踏上皮鞋。一种看不见的寒冷，已经浸入我的全身，使我战栗。

珍妹也掀被起床，去抓外衣和大衣。

那边，芸姨母打着呵欠也惊醒了，说："怎么半夜还有人敲门？"

琴妹在床上告诉她："是辆摩托车……"

打门声仍在"嘭嘭嘭"传来，夹着一个嗓门洪亮的男人吆喝声：

"电报！电报！……"

我急急忙忙去开门，心里想：电报？谁的电报呢？不是急电，电信局怕不会这么积极！是什么要紧事呀？难道是叶珊的身体突然又出了问题？难道是光远发生了什么不幸的事？……

只听到芸姨母高声在叮嘱："先问问清楚再开门！……"

她老人家虽然服了安眠药，也没有丧失警惕！要是今晚就她一个人在家，我和珍妹、琴妹都不在，恐怕来人敲破了门、喊哑了嗓子，她也不会起床去开门的呀！

我开了客堂间的电灯，由客堂间开门出去，在天井里踏着雪走到门边，见珍妹穿上大衣跟着我也出来了。天真寒冷，冷空气刺激得我鼻孔里痒痒的想打喷嚏。

外边的人仍在敲门："电报！电报！……"已经不耐烦地在骂了，"这么冷的天，怎么不来开门？是装聋？再不开，我要走了！……"

我急忙隔着门大声招呼："喂喂喂，谁的电报？哪里来的？"

"北京来的！打给陆芸转给魏小珍的电报！"

"我的电报？"珍妹几乎惊叫起来。她抢前一步拔门闩开了门。

我心里不禁想：真怕是玲弟或家里叶珊和光远出了事呢！……但这是珍妹的什么事呢？难道是她的单位有急事催她回去？

门口站着的是穿电信局制服外加皮大衣的送报员。天冷，他戴着白色头盔，不断地跺脚甩手。这是个高头大马的棒小伙子，手里拿着电报，见门开了，咕咕囔囔地发泄不满情绪："这样深更半夜的下雪天，送电报要都碰到你们这种不开门的老爷太太，早都冻死了！"

珍妹从他手里接过电报，向他道歉，在他的收报本上拔笔签字。我连忙向他解释："起先没听见，再说，穿衣也费时间，真对不起。进去喝杯茶暖一暖好吗？……"

珍妹已经拆开装电报的塑料袋在看报文了。虽然白雪映得四下一片空明，却看不清。她跑着碎步进客堂间去了。

我请送电报的小伙子："进来坐坐。……"

小伙子变得和气了，笑笑摇头戴正头盔："我还有一个电报要送！"说着，发动起那辆摩托，"啪啪啪"——一股风地在雪地上驶走了。

看来，雪虽然大，没有阻断电波，也没有堵塞道路。那辆摩托车风驰电掣般地走了，只留下了车尾的一盏红色尾灯幽幽闪着红光在远处眨动。

我回身关门，心里忐忑，不知道深更半夜珍妹接到的是一个怎样的电报。我跨进灯光明亮的客堂间，见珍妹坐在那里，电报捏在她的手上。从她痴痴的脸上看，似乎平静，但可以让我觉察到她内心并不平静。

里间卧房里，传来芸姨母的声音："谁的电报呀？……"

我问珍妹："什么事？是单位里打来有急事催你回去的吗？"

我觉得她的眼里似有火光在燃烧。

她立起身来，摇摇头，一脸都是犹豫的表情，但将电报递给了我，说："看吧！"

我急忙接过电报。电报是：

"云鹏病重，嘱速电告，盼能见你一面。"

下面署名是"蔡"。

电文充满悲剧色彩。客堂里寒气逼人。

我问："云鹏是谁？"心里却又忽然好像明白了什么。

珍妹有点黯然，说："就是先前我讲过的鑫虹的那个战友。这电报，一定是关心他的同志代打的。看来，说他病重，我知道，这不是病，他是受的伤。前些日子，他一直在云南老山前线。……"

里屋琴妹的声音在嚷嚷："你们怎么不进来呀？谁的电报？……"

珍妹将电报从我手上一把拿去，说："不必对她们说了！这种不愉快的消息……"

我关了客堂间的电灯，跟着珍妹进了卧室。

芸姨母在问："是什么电报呀？你们这两个慢郎中，真急死人了！"

珍妹平静地说："北京打来的电报，一个同志病重了！"

芸姨母关切地说："一定是病危了吧？不然哪能深更半夜来急电！"

我瞅着灯光下珍妹苍白不安的脸色，说："电报上说是病重，不是病危。再说，电报一定是下午打的，人家发电报的没想到是会半夜来敲门送电报呀！"

琴妹从医生的角度说："电报上说是病重，一定就是病重。病重与病危不同。病重基本是有希望挽救的。"

我看看琴妹善良的眼睛，忽然感到聪明的琴妹似乎从珍妹的表情上观察、猜测出些什么来了。

芸姨母已经又要睡觉了，打着呵欠说："谢天谢地，总算玲弟没出事！听到那什么'雅马哈'一叫，我就心跳！"她又打了个呵欠，睡眼惺忪地说，"大家快睡觉吧！"

珍妹和我同到床前。我轻声劝了她一句："你，不要着急！"

她摇摇头，开始脱去大衣，又和衣上床。我听到她微微叹了一口气。我看得出她心里的纷扰、挂念与不安。

我也开始脱去大衣和上衣，钻进了我那冰凉的被窝。我心里深深同情着她，想再说些什么，又感到言语的无力，感到我对这件事了解得太少。有些感觉是可以意会却是不可言传的。

琴妹睡着没有？我不知道。但芸姨母的安眠药仍在起作用，她又开始轻轻像拉风箱似的打鼾了。

我不由自主地叹了一口气。

珍妹似乎明白我的情绪，轻轻地在枕边昂起头对我说："小哲哥，我明天一早就回去，购机票走！"她的脸部映着灯光，若明若暗，黑眼睛却被即将来临的爱燃烧着。

她本来说是要住三天的。现在，她决定明天一早就走了！我感到她话里的那种决心和勇气竟使这冷寂的寒夜退缩下去了。

我点点头说:"我看,那病或伤是不要紧的。现在部队医疗条件好!你明天一早走吧!我送你!"

她犹豫了一下,说:"只是我感到这样匆匆就走对不起妈妈……"声音里带着伤感。

我说:"你安心地去吧!我同琴妹留在这里再多陪妈妈一天,也陪芸姨母叙叙。这次你回来,在给妈妈迁葬的事上,谈了很好的意见,我们给妈妈他们立一块心碑,是对她和爸爸、宗汉好伯以及鑫虹的最好怀念,这既改革了殡葬,也了却了心愿,妈妈是会欣慰的。只要我们大家都好好生活努力工作,获得幸福,妈妈会高兴的。"

"你们要立碑就给妈妈立一块!"

"好,明天送你走后,同琴妹和芸姨母就商量着办。"

我看到珍妹眼眶红了。过了一会儿,她轻轻叹了一口气,忽然声音很柔和地说:"人的感情真是奇怪!我竟成了一只被丝线牵引的风筝了……"她有一种渴望幸福的音调。

我看到她那双明亮的黑眼睛睫毛上有闪亮的泪花。我忽然说:"珍妹,该爱就爱吧!"

她侧着脸没有作声,嘴紧抿着,闭上了眼睛,让一颗晶莹的泪珠从左眼顺着秀丽的鼻梁滴流在枕上。

我心里忽然想将海涅的一首诗里的几句念给她听:

> 我的心,你不要忧悒,
> 把你的命运担起。
> 冬天从你这里夺去的,
> 新春会交给你。

但,我没有念出声。那不需要。有时候,无字的诗、无声的话更加好!珍妹是个有主张、有决断的人。

这一夜，她始终闭着眼睛再没说话，她心愿迷离，心事浩茫，我估计她没有睡着。我也听到琴妹不断在床上翻身的声音。这个自命是"知足常乐派"的妹妹，一向专心埋头在工作中的好妹妹，今夜也失眠了？只有芸姨母服了安眠药而睡熟的鼾声不断，间或还夹着梦呓。我也睡不熟，我的心沉落着，担心那个名叫"云鹏"的军人的重伤。我的头脑像机器在开动，想珍妹，想玲弟，想芸姨母，想那些难忘的岁月，人物和旧事，想幸福与不幸，幸福常常变为不幸，不幸常常又在变……东想西想，想得很多……

今天这一天，真是单纯而多变的一天呀！在爱情、婚姻和人生问题上，能使我思索、回味和探讨的事情为什么这么多呢？我想：今天的生活同时又负载着以往的岁月，要理解今天，就必须理解昨天和前天。任何经历都不会消失得无影无踪。我发觉我还需要进一步站在历史的高度去俯瞰、总结过去那段日子和那些人物。我觉得我应该有更广博深远的爱。

啊！生活是坎坷的，又是美好的。我要为珍妹祝福！为一切应该可以过得幸福或更加幸福的人祝福。明天一早，就陪珍妹去，购机票让她赶快飞回北京……

1986 年 12 月完稿于成都
1987 年 6 月改定于成都

后　记

　　我偏爱我的这部新作品。为什么？一时还说不清。也许只是一种感情上的偏爱？

　　我曾在写完后，请几位同志看过，并听取他们的意见，主要是问他们读后认为我要表达的是什么？

　　一位同志说："虽然你既未写开拓型的企业家，也未写改革与反改革的矛盾，但我想你这实际也还是写改革的作品。你反映了现实生活，歌颂了改革与开放的年代，并连带写出了人们在这改革与开放的浪潮中的心愿、思想变化与反省，以及与封建思想残余的斗争……"

　　一位同志说："你这是一部探讨人生的作品，侧重写了对爱情、婚姻以及生死的沉思与探索，这是一部伦理道德题材的小说。"

　　又一位同志说："你虽然仅仅不过写了一天，但你用时空交叉的手法，以简洁的篇幅写了极漫长年代的故事，站在今天，回首过去，召唤未来……"

　　还有一位同志说："我想，你是想写一位伟大的母亲。我喜欢小说中的抒情性和哲理性。"

　　我觉得这些同志们说的都是对的，但却有一些并不是我创作时清醒所要表达的。这也许就是文学作品的一种"特异功能"吧？它每每会在不同的读者中博得不同的反响与不同的启示。有些总是作者自己所未必想到或未必料到的。

那么，我自己又何必用一个茧子来套住我的这部作品呢？我偏爱它，即使只是一种感情上的原因，也自有它存在的价值。

在小说中，我引用了中越边界老山、者阴山战士中流传过的一首战士诗《我走了》，其中一段是：

> 我走了，
> 像一发出膛的炮弹，
> 飞完了全部射程。
> 给容纳过我的空间留下点什么？
> 恐怕只是轰的一声巨响。
> 我落到哪里并不重要，
> 重要的是我有过声音、速度和光亮。

我喜欢这首朴实无华而意味隽永的小诗。我愿我的这部作品就是这样！它"落"到哪里并不重要，重要的是它是一部给人美感、给人真诚、给人理想的作品！这就是我所寄望的。

我期待着读者们的评论。

王　火

1987 年夏